A NATUREZA DA TERRA-MÉDIA

ESCRITOS TARDIOS SOBRE AS TERRAS, OS HABITANTES E A METAFÍSICA DA TERRA-MÉDIA

J.R.R. TOLKIEN

Editado por CARL F. HOSTETTER

A NATUREZA DA TERRA-MÉDIA

ESCRITOS TARDIOS SOBRE AS TERRAS, OS HABITANTES E A METAFÍSICA DA TERRA-MÉDIA

Tradução de

GABRIEL OLIVA BRUM,
REINALDO JOSÉ LOPES e
RONALD KYRMSE

Rio de Janeiro, 2022

Publisher *Samuel Coto*
Produção editorial *Brunna Castanheira Prado*
Estagiárias editoriais *Beatriz Lopes* e *Lais Chagas*
Produção gráfica *Lúcio Nöthlich Pimentel*
Preparação de texto *Leonardo Dantas do Carmo*
Revisão *Eduardo Boheme, Guilherme Mazzafera e Jaqueline Lopes*
Diagramação *Sonia Peticov*
Adaptação da capa *Alexandre Azevedo*

DADOS INTERNACIONAIS DE CATALOGAÇÃO NA PUBLICAÇÃO (CIP)
(BENITEZ CATALOGAÇÃO ASS. EDITORIAL, MS, BRASIL)

T589N
Tolkien, J. R. R., 1892-1973
A natureza da Terra-média / J.R.R. Tolkien; tradução de Reinaldo José Lopes, Gabriel Oliva Brum, Ronald Kyrmse; [editor] Carl F. Hostetter. – 1.ed. – Rio de Janeiro: Harper Collins Brasil, 2021.
512 p.; 13,3 x 20,8 cm.

Tradução de: *The Nature of Middle-earth*
ISBN 978-65-55112-06-1

1. Ficção inglesa. I. Lopes, Reinaldo José. II. Brum, Gabriel Oliva. III. Kyrmse, Ronald. IV. Hostetter, Carl F. I. Título.

07-2021/26 CDD: 823

Índice para catálogo sistemático
1. Ficção: Literatura inglesa 823
Aline Graziele Benitez — Bibliotecária — CRB-1/3129

HarperCollins Brasil é uma marca licenciada à Casa dos Livros Editora Ltda.
Todos os direitos reservados à Casa dos Livros Editora Ltda.
Rua da Quitanda, 86, sala 218 — Centro
Rio de Janeiro — RJ — CEP 20091-005
Tel.: (21) 3175-1030
www.harpercollins.com.br

Enyalien

CHRISTOPHER REUEL TOLKIEN

21 Nov. 1924 – 16 Jan. 2020

e para

Alex, Aidan, Collin e Caylee

Sumário

Prefácio

Em seu Prefácio de *Morgoth's Ring*, (vol. X de *A História da Terra-média*), Christopher Tolkien escreveu acerca de seu pai que, no fim da década de 1950, e depois da publicação de *O Senhor dos Anéis*:

Meditando longamente sobre o mundo ao qual ele dera o ser e agora tinha sido, em parte, revelado, ele ficara absorvido em especulações analíticas acerca de seus postulados subjacentes. Antes que conseguisse preparar um novo e definitivo *Silmarillion*, precisava satisfazer os requisitos de um sistema teológico e metafísico coerente, que agora se tornava mais complexo, em sua apresentação, quando se supunha a presença de elementos obscuros e conflitantes em suas raízes e tradição.

Entre as principais concepções "estruturais" da mitologia sobre as quais ponderou naqueles anos estavam o mito da Luz; a natureza de Aman; a imortalidade (e morte) dos Elfos; a maneira como a reencarnação deles ocorria; a Queda dos Homens e a duração da história antiga deles; a origem dos Orques; e, acima de tudo, o poder e a significância de Melkor-Morgoth, os quais foram ampliados até se tornar a base e a fonte da corrupção de Arda.

Christopher publicou uma seleção considerável das longas reflexões de Tolkien acerca de seu mundo subcriado em *Morgoth's Ring* e nos dois volumes subsequentes de *A História da Terra-média*, mas de modo algum todas. Os textos neste volume compreendem uma parte significativa e um registro mais completo de suas "especulações analíticas acerca de seus postulados subjacentes". Eles contêm os "escritos sobre a Terra-média e Aman que são de natureza essencialmente filosófica ou especulativa" e que não foram incluídos nos últimos volumes de *A História da Terra-média*; assim como aqueles de uma natureza descritiva e/ou histórica, que dizem respeito principalmente às terras e aos povos de Númenor e da Terra-média, que não foram incluídos em *Contos Inacabados*. Esses textos e este livro encontram-se lado a lado com porções significativas dos volumes supracitados, e serão um grande atrativo para aqueles que têm particular interesse nestes.

Assim como *O Senhor dos Anéis*, este livro teve uma longa gestação. De certo modo, estive trabalhando nele — embora durante muito tempo eu não tivesse consciência ou noção de que estava fazendo isso — por quase 25 anos. Em 1997, na qualidade de um dos editores autorizados dos papéis linguísticos de seu pai, recebi de Christopher Tolkien um conjunto de fotocópias de vários materiais manuscritos e datilografados, aos quais ele se referiu coletivamente como "ensaios filológicos tardios". Como essa designação corretamente sugere, todos os materiais nesse conjunto tratam em certa medida de questões linguísticas; porém, como é com frequência o caso nos escritos não narrativos de Tolkien pós-*Senhor dos Anéis*, as questões linguísticas que deram origem a cada ensaio levaram Tolkien a longas digressões (aparentes), ou porque explicam as situações históricas, culturais, mitológicas e/ou metafísicas que várias palavras e expressões refletem; ou simplesmente porque Tolkien queria explorar alguma ideia ou ponto que lhe ocorrera naquele momento. Editei e publiquei primeiro três ensaios desse conjunto no periódico *Vinyar Tengwar*, "*Ósanwe-kenta*", um ensaio abrangente acerca da comunicação de pensamento, em *VT* 39 de julho de 1998; "Notas acerca de Órë", uma reflexão sobre a faculdade interior de advertência e aconselhamento dos Encarnados, em *VT* 41 de julho de 2000; e "Os Rios e as Colinas-dos-faróis de Gondor", uma extensa discussão dos nomes e características daqueles acidentes geográficos, em *VT* 42 de julho de 2001. (Christopher na verdade havia preparado uma edição deste último texto para ser incluído em *The Peoples of Middle-earth*. mas o texto foi cortado por falta de espaço.) Um quarto longo ensaio desse conjunto, suplementado por materiais relacionados encontrados nos papéis linguísticos de Tolkien, foi editado por Patrick Wynne e publicado em três partes como "Mãos, Dedos e Numerais Eldarin", em *VT* 46–49, de fevereiro de 2005 a junho de 2007. (Os primeiros três textos estão publicados aqui como os capítulos 9 e 10 da Parte Dois e o capítulo 22 da Parte Três, respectivamente. O quarto, numa forma consideravelmente reduzida, está publicado como o capítulo 3 da Parte Dois.)

Após a publicação das minhas edições de "*Ósanwe-kenta*" e "Os Rios e Colinas-dos-faróis de Gondor", e ciente do meu grande interesse neles e em escritos filosóficos, históricos e descritivos similares de Tolkien, mesmo sem considerar os seus elementos linguísticos, Christopher me pediu para auxiliar o estudioso francês Michaël Devaux na preparação de uma edição dos materiais (em sua maior parte) inéditos acerca da reencarnação élfica, aos quais Christopher fez alusões em diversos pontos, tanto de *Morgoth's Ring* como de *The Peoples of Middle-earth*, e que enviara a Devaux. Essa edição, junto com a tradução francesa e os comentários de Devaux, veio a ser publicada no periódico *La Feuille de la Compagnie*, vol. 3, em 2014. (Esses escritos, com minha própria edição, estão publicados aqui como o capítulo 15 da Parte Dois e o capítulo 15 da Parte Três.)

Esse interesse também explica por que, a partir do final do verão de 2008, Christopher começou a me enviar sucessivas pilhas de fotocópias de um conjunto grande de escritos tardios (em sua maioria) manuscritos, que haviam sido reunidos sob o título "Tempo e Envelhecimento", para a minha opinião e ideias sobre o possível arranjo deles. Como se verá, muitos desses escritos são bastante diferentes da maioria dos escritos de Tolkien e incluem, entre outras coisas, longas tabelas e cálculos acerca do ritmo de amadurecimento e do crescimento populacional dos Eldar, desde a época de seu despertar até o período da Grande Marcha e no decorrer de sua chegada em Beleriand e além. Apesar dessas contagens técnicas e inegavelmente áridas, esses escritos, não obstante, possuem muitos detalhes interessantes de importância histórica e cultural — por exemplo, o fato de que Tolkien considerou colocar não só o Vala Oromë para instruir e proteger os Elfos em Cuiviénen, mas também a Maia Melian e aqueles de seus semelhantes Maiar que mais tarde, em formas encarnadas, iriam (novamente?) à Terra-média na Terceira Era como os Istari, os Cinco Magos que foram enviados pelos Valar para encorajar a resistência a Sauron. Esses materiais como um todo também exemplificam não apenas as inesperadas (pelo menos pra mim) habilidades e precisão matemáticas de Tolkien (em uma época muito antes de calculadoras eletrônicas se tornarem acessíveis), mas também a sua grande preocupação com a coerência e a verossimilhança, como se vê no decorrer de seus escritos tardios.

Após muito estudar e refletir sobre os materiais de "Tempo e Envelhecimento", e de pensar nos escritos nos "ensaios filológicos tardios" (tanto publicados como inéditos), e também em certas passagens igualmente filosóficas e culturais (mais uma vez, tanto publicadas como inéditas) nos papéis linguísticos de Tolkien, oriundas de modo similar de considerações etimológicas — o ensaio que editei e publiquei como "Destino e Livre Arbítrio" em *Tolkien Studies 6*, em 2009 (ver capítulo 11 da Parte Dois), por exemplo, e uma longa discussão acerca da natureza dos espíritos de acordo com pensamento élfico, que foi editada e publicada por Christopher Gilson na edição 17 do seu periódico *Parma Eldalamberon*, em 2007 (ver o capítulo 13 da Parte Dois) —, comecei a perceber como todo esse material poderia ser organizado em um livro coerente. Isso me permitiria não só publicar uma quantidade bastante substancial de material, que não poderia ser acomodada em um periódico, mas também levar todos esses escritos ao público mais amplo que sinto que eles merecem. Depois de chegar a essa conclusão, decidi rapidamente chamar esse livro planejado de *A Natureza da Terra-média*, unificando de maneira sucinta esses materiais de acordo com os dois sentidos principais da palavra "natureza": tanto os fenômenos visíveis e perceptíveis do mundo físico, incluindo suas terras, flora e fauna, como as qualidades e caráter metafísicos, inatos e essenciais do mundo e de seus habitantes.

Este livro está dividido em três partes categorialmente amplas. A Parte Um, "Tempo e Envelhecimento", é composta quase que inteiramente de materiais da coleção de mesmo nome descrita anteriormente, embora sejam em um ponto ou outro suplementados por materiais dos papéis linguísticos de Tolkien. A Parte Dois, "Corpo, Mente e Espírito", e a Parte Três, "O Mundo, Suas Terras e Seus Habitantes", são compostas de materiais de três fontes principais: a) o conjunto de "ensaios filológicos tardios" que me foram enviados em 1997; b) material retirado dos papéis linguísticos de Tolkien; e c) particularmente na Parte Três, materiais reunidos por mim ao longo dos anos dos dois principais arquivos de manuscritos tolkienianos, na Biblioteca Bodleiana, em Oxford, e na Universidade Marquette, em Milwaukee. Reeditei os materiais que foram publicados anteriormente em periódicos especializados para torná-los mais acessíveis a um público geral, principalmente removendo ou minimizando passagens e comentários que dizem respeito em sua maior parte a detalhes linguísticos. Há naturalmente, e de forma inevitável, certa sobreposição dentro de textos específicos entre essas três categorias amplas, mas a distribuição de textos entre elas, e a ordenação dos textos em cada parte, são as que me parecem as mais sensatas.

É um prazer agradecer a assistência de muitas pessoas na compilação e conclusão deste livro. Catherine McIlwaine, a arquivista de Tolkien nas Bibliotecas Bodleianas em Oxford, e William Fliss, arquivista das coleções especiais e dos arquivos da Universidade nas Raynor Memorial Libraries da Universidade Marquette em Milwaukee, foram apoiadores extremamente prestativos e entusiásticos deste livro. Também sou extremamente grato a Cathleen Blackburn e a todo Tolkien Estate, e a Chris Smith, editor de Tolkien na HarperCollins, por tornar a publicação deste livro possível. Como todos os estudiosos e pesquisadores tolkienianos, estou em dívida com Wayne Hammond e Christina Scull por sua pesquisa e obras de referência minuciosas e completas, em particular os três volumes do indispensável *J.R.R. Tolkien Companion and Guide* [J.R.R. Tolkien: Compêndio e Guia]. Tive a felicidade de poder me valer do extensivo conhecimento de John Garth acerca da experiência militar de Tolkien, e de sua assistência atenciosa na localização de certos textos nos arquivos da Biblioteca Bodleiana, em particular o material númenóreano neste livro. Arden Smith e Charles Noad aplicaram ao texto suas formidáveis habilidades de revisão e verificação de fatos (embora, naturalmente, quaisquer erros que permaneçam sejam unicamente de minha responsabilidade). Também sou grato pelo apoio, amizade e encorajamento de numerosos estudiosos tolkienianos e amigos do mundo inteiro que me ouviram ler alguns dos materiais neste livro ao longo dos anos, incluindo: David Bratman, Marjorie Burns, Michelle Markey Butler, Chip Crane, Jason Fisher, Matt Fisher, Verlyn Flieger, Christopher Gilson, Melody Green, Peter Grybauskas, Wayne Hammond, Yoko Hemmi, Gary Hunnewell, John Rateliff, Christina Scull, Eleanor Simpson, Arden Smith, Valah Steffen-Wittwer, Paul Thomas, Patrick Wynne, e os finados e saudosos Vaughn Howland e Richard West.

Por fim, o meu maior agradecimento é, naturalmente, a Christopher Tolkien, que me forneceu diretamente a maioria dos materiais que foram incluídos no livro e que apoiou a minha ideia de publicá-los dessa maneira. Ele pôde ver e aprovar a proposta do meu livro, com uma seleção representativa do meu tratamento e apresentação dos textos, e meu plano para a obra como um todo, no ano anterior ao seu falecimento. Sou grato acima de tudo pela gentileza, pelo encorajamento e pela solidariedade que ele me expressou ao longo da nossa correspondência de décadas. Tive a imensa felicidade de considerá-lo um amigo, e dedico este livro à sua memória.

Práticas Editoriais

Para tornar estes textos o mais legíveis possível, com intrusão editorial mínima, muitas vezes silenciosa, expandi abreviaturas cujo significado não deixava dúvida; acrescentei pontuação, conjunções e outras pequenas palavras de conexão onde Tolkien, escrevendo muito às pressas, as omitiu; e regularizei o uso de maiúsculas e outras convenções ortográficas, sempre que tais alterações eram insignificantes para o texto ou seu significado. No entanto, tendi a não padronizar ortografia ou, salvo quando necessário para maior clareza, a pontuação original ou outros acréscimos aos textos citados nas notas editoriais. Também não fiz qualquer tentativa de anotar ou registrar os lugares em que Tolkien cometeu e em seguida corrigiu um erro matemático.

Exceto por introduções mais ou menos breves, descrevendo o manuscrito ou exemplar datilografado de cada texto e fornecendo uma data (tão exatamente quanto possível), e outros contextos relevantes, todos os comentários editoriais — mormente detalhando alterações autorais e/ou editoriais com alguma relevância, citando diferenças significativas entre as versões variantes de um texto, e referências cruzadas a outros escritos de Tolkien — foram postos em notas finais numeradas em cada texto (ou grupo de textos relacionados), e não precisam ser consultados pelos que não se interessam por tais assuntos textuais. Onde comentários editoriais precisaram ser feitos dentro dos próprios textos de Tolkien, eles foram diagramados em uma fonte menor e com maior recuo nas margens do texto. Notas de tradução são aplicadas no rodapé do texto e marcadas com [N. T.]

Tolkien é inconsistente, em todas as partes, em seu uso de aspas simples e duplas. Adotei a prática de usar aspas duplas em todas as citações e frases (exceto no caso de citações e frases no interior de citações, em que uso aspas simples), e também aspas duplas para todas as glosas (reais ou aparentes): por exemplo, *fëa*, "espírito", e *hröa*, "corpo".

Onde foi factível, forneci as notas de rodapé e notas interpoladas do próprio Tolkien (frequentes em seus escritos mais tardios) como notas de rodapé na página do referencial de cada nota. Quando foi necessário adicionar notas finais editoriais a essas notas de rodapé (o que meu editor de texto não permite), coloquei a marca de nota final entre colchetes ao lado da marca de nota de rodapé, por exemplo, *[1], e indico na nota final sobre qual palavra, trecho ou assunto da nota de rodapé estou comentando.

Forneci uma breve discussão de vários conceitos e temas metafísicos e teológicos encontrados nestes textos no Apêndice I, interligada com pontos-chave relevantes nos textos. Um glossário e um índice de formas retiradas dos idiomas inventados por Tolkien, que são importantes para esclarecer o significado de vários trechos não especificamente linguísticos encontrados nos textos deste livro e que podem ser usados para outras referências cruzadas tópicas, estão incluídos no Apêndice II como Glossário editorial e Índice de termos do quenya.

Pressupõe-se familiaridade com pelo menos *O Silmarillion*, conforme publicado em 1977. Além disso, ter acesso ao *Contos Inacabados* e aos volumes X a XII de *A História da Terra-média* ajudará ainda mais na compreensão dos textos incluídos aqui.

Abreviaturas e Convenções

Autorais

AA Ano(s) das Árvores (aproximadamente 10 *löar*)
AC Ano(s) de Crescimento (isto é, múltiplos de 12 *löar* entre nascimento e maturidade dos Elfos)
AD Ano(s) do Despertar (isto é, *löar* desde o Despertar dos Elfos)
AdS Ano(s) do Sol
AdV Ano(s) de Vida
AM Ano(s) da Terra-média/Ano(s) Mortal(is) (= 1 *löa*)
AS Ano Solar (isto é, *löa*)
AV Ano(s) Valiano(s) (variando entre 100 e 144 *löar*)
Bel. Ano(s) de Beleriand (isto é, desde a chegada dos Exilados na Terra-média)
CA "O Conto dos Anos" (ver *Morgoth's Ring*, volume 10 de *A História da Terra-média*, p. 49)
DT *As Duas Torres*
DV Dias de Ventura
Ger. Geração(ões)
NB *Nota Bene* ("note bem")
PE Primeira Era
4E Quarta Era
RR *O Retorno do Rei*
SA *A Sociedade do Anel*
SE Segunda Era
TE Terceira Era

Bibliográficas

AAm "Os Anais de Aman" (em *Morgoth's Ring*) de c. 1951–2, com revisões em 1958

ACin “Os Anais Cinzentos” (em *The War of the Jewels*) de c. 1951–2, com revisões em 1958

C As *Cartas de J.R.R Tolkien*

CI *Contos Inacabados*

DIN “Uma Descrição da Ilha de Númenor” (em *Contos Inacabados*, pp. 229–37) de c. 1965

HdTm *A História da Terra-média* (em 12 vols.)

I–XII Volumes individuais de *HdTm*, especialmente os volumes V: *The Lost Road and Other Writings*; IX: *Sauron Defeated*; X: *Morgoth's Ring*; XI: *The War of the Jewels*; XII: *The Peoples of Middle-earth*

LRRC *The Lord of the Rings: A Reader's Companion* [O Senhor dos Anéis: Guia de Leitura], de Hammond e Scull, 2014.

OED *Oxford English Dictionary*

PE *Parma Eldalamberon* (periódico)

S *O Silmarillion*

SdA *O Senhor dos Anéis*

TCG *The J.R.R. Tolkien Companion and Guide*, vols. I, II, III. Ed. Scull e Hammond, 2017.

VT *Vinyar Tengwar* (periódico)

Editoriais

[...] Inserção/acréscimo editorial (exceto se houver observação diversa)

[?...] Leitura incerta

{...} Apagado por Tolkien

>> Alterado por Tolkien para

Apênd. Apêndice

cap(s). Capítulo(s)

DG Datilografado

esp. Especialmente

MS(S) Manuscrito(s)

n. Nota

nr. Nota de rodapé

Idiomas

eld. com. eldarin comum

eld. prim. eldarin primitivo

quen. quenya
sind. sindarin
tele. telerin

Linguística

√ Forma raiz/radical
★ Forma primitiva ou reconstruída
< Surgiu por evolução fonológica de
> Tornou-se por evolução fonológica
† Poético
fem. Feminino
intr. Intransitivo
lit. Literalmente
pl. Plural
s. Substantivo
t.pr. Tempo pretérito
tr. Transitivo

Parte Um

TEMPO E ENVELHECIMENTO

Introdução

Em meio à grande coleção de páginas (majoritariamente) manuscritas que Christopher Tolkien chamou de arquivo "Tempo e Envelhecimento" estão duas meias folhas de papel de carta do Merton College, em que foram escritos dois textos inter-relacionados, porém distintos — apresentados aqui como Cap. 1, "O Ano Valiano" —, escritos a um intervalo de cerca de seis anos. Esses dois textos convenientemente demonstram que, em algum ponto entre 1951 e 1957, Tolkien tomou duas decisões que teriam efeitos de longo alcance em seu legendário. Enquanto a primeira dessas decisões — a saber, fazer com que o Sol e a Lua fossem coevos com Arda, o mundo habitado — e suas ramificações nos escritos e revisões subsequentes de Tolkien já foram documentadas e consideradas por Christopher Tolkien nos três volumes finais de sua monumental *A História da Terra-média* (e especialmente na seção chamada "Mitos Transformados" no volume X, *Morgoth's Ring*), a segunda decisão transformadora e suas ramificações não foram apresentadas antes.

Como mostra o segundo desses dois textos, por volta de 1957, Tolkien decidira que o número de anos solares (AS) em um Ano das Árvores, ou Ano Valiano (AV), deveria ser muito aumentado, da relação anterior de 10 AS = 1 AV para uma nova relação de 144 AS = 1 AV, e desse modo expandiu vastamente a duração temporal em anos solares dos eventos registrados nos Anais de Valinor e em cronologias subsequentes datadas em Anos Valianos. Grande parte do arquivo "Tempo e Envelhecimento", cujos textos são apresentados aqui, se ocupa de desenvolver as ramificações (talvez surpreendentemente) complexas dessa decisão, não somente para a cronologia da Primeira Era — em especial para o Despertar dos Elfos (incluindo até quais foram exatamente os Primeiros Elfos a despertar), a Grande Marcha, e o retorno de Morgoth e dos Exilados à Terra-média —, mas também para os períodos temporais ocupados pela geração, pelo crescimento, pela maturidade e pelo envelhecimento dos Elfos.

A preocupação de Tolkien com algumas dessas questões no final da década de 1950, em particular com a geração, amadurecimento e envelhecimento élficos em relação aos Homens, já foi vislumbrada no início do texto de c. 1958 conhecido como "Leis e Costumes entre os Eldar" (X:209–10):

Os Eldar cresciam em formas corpóreas mais lentamente do que os Homens, mas em mente mais depressa. Aprendiam a falar antes de fazer um ano de idade; e no mesmo período aprendiam a caminhar e a dançar, pois suas vontades logo chegavam ao domínio de seus corpos. Não obstante, havia menos diferenças entre as duas Gentes, Elfos e Homens, no início da juventude; e um homem que observasse crianças-élficas brincando, bem poderia crer que eram filhos de Homens, de algum povo belo e feliz. [...]

O mesmo observador poderia de fato ter se admirado com os membros pequenos e a estatura dessas crianças, julgando suas idades pela sua habilidade com as palavras e graciosidade de movimentos. Pois ao final do terceiro ano as crianças mortais começavam a superar os Elfos, rumando depressa a uma estatura plena, enquanto estes permaneciam na primeira primavera da infância. Os Filhos dos Homens podiam atingir sua altura plena enquanto os Eldar da mesma idade ainda eram em corpo como mortais de não mais do que sete anos. Apenas no quinquagésimo ano os Eldar atingiam a estatura e forma nas quais suas vidas dali em diante haveriam de perdurar, e para alguns, uma centena de anos se passava antes de crescerem por completo.

Os Eldar se casavam em sua maioria na juventude e logo após o quinquagésimo ano. Tinham poucos filhos, mas esses lhes eram muito caros. Suas famílias, ou casas, mantinham-se unidas por amor e por um profundo sentimento de parentesco em corpo e mente; e os filhos necessitavam de pouca governança ou instrução. Raramente havia mais de quatro filhos em qualquer casa, e o número diminuía à medida que as eras passavam; mas mesmo nos dias antigos, quando os Eldar ainda eram poucos e ansiavam por aumentar sua gente, Fëanor era renomado como pai de sete filhos, e não há registro nas histórias de alguém que o tenha superado.

E, ademais (X:212–13):

No tocante a gerar e ter filhos: um ano se passa entre a concepção e o nascimento de uma criança-élfica, de modo que os dias de ambos são iguais ou praticamente os mesmos, e é o dia da concepção que é lembrado a cada ano. Em sua maioria, esses dias ocorrem na Primavera. Pode-se pensar que, uma vez que os Eldar não envelhecem (como creem os Homens) de corpo, eles podem gerar filhos em qualquer momento das eras de suas vidas. Mas não é assim. Pois os Eldar de fato envelhecem, ainda que lentamente: o limite de suas vidas é a vida de Arda, que, apesar de longa além do entendimento dos Homens, não é eterna e também envelhece. Além disso, seus corpos e espíritos não eram separados, mas sim coerentes. À medida que o peso dos anos, com todas as suas mudanças de desejos e pensamentos, acumula-se sobre o espírito dos Eldar, os impulsos e as disposições de seus corpos também mudam. É isso que querem dizer os Eldar quando falam de seus espíritos os consumindo; e eles dizem que, antes que Arda termine, os Eldalië na terra terão se tornado como espíritos invisíveis a olhos mortais, a não ser que desejem ser vistos por alguns entre os Homens em cujas mentes possam entrar diretamente.

Também dizem os Eldar que na concepção, e ainda mais na gestação dos filhos, uma porção e força maiores de seus seres, em mente e em corpo, são despendidas do que na feitura de crianças mortais. Por essas razões, sucedeu que os Eldar tinham poucos filhos; e também que o tempo de geração ocorria em sua juventude ou mais cedo em suas vidas, a não ser que destinos estranhos e difíceis lhes sobreviessem. Porém, qualquer que fosse a idade em que se casavam, seus filhos nasciam dentro de um curto espaço de anos após o casamento. (Curto para o modo como os Eldar mediam o tempo. Na contagem mortal, havia amiúde um longo intervalo entre o casamento e o nascimento do primeiro filho, e ainda mais longo entre cada um dos filhos.) Pois no que tange à geração, o poder e a vontade não são, entre os Eldar, distinguíveis. Sem dúvida eles conservariam por muitas eras o poder de geração, caso a vontade e o desejo não fossem satisfeitos; porém, com o exercício do poder, o desejo logo cessa, e a mente se volta para outras coisas. A união de amor é de fato para eles grande deleite e felicidade, e os "dias das crianças", como os chamam, permanecem em suas memórias como os mais alegres da vida; mas eles possuem muitos outros poderes de corpo e mente que sua natureza os urge satisfazer.

É evidente que a maioria dos textos no arquivo "Tempo e Envelhecimento" são posteriores a "Leis e Costumes", como mostrado pelo uso da palavra em quenya *hröa* para "corpo" (praticamente) em toda parte nesses textos, *ab initio* — enquanto em "Leis e Costumes", como inicialmente escrito/datilografado, a forma era *hrondo*, antes da correção subsequente para *hröa*. Ver-se-á assim que o extenso arquivo "Tempo e Envelhecimento" é uma série de elaborações e reconsiderações das questões da gestação, amadurecimento e envelhecimento élficos suscitadas em "Leis e Costumes" e assuntos relacionados, à luz do grande aumento de tempo transcorrido pelo cálculo de Anos Valianos.

Sobre o tema da datação dos textos individuais de "Tempo e Envelhecimento" — a maior parte dos quais claramente constitui um único bloco —, visando reduzir repetições enquanto justifico uma data provável para a maioria deles, se eu afirmar de modo simples e raso que um texto é "c. 1959", sem mais evidências, então a data se baseia em uma ou mais das seguintes considerações:

1. O texto usa a palavra em quenya *hröa* (plural *hröar*), que significa "corpo", *ab initio*. Não há evidência independente de que essa palavra estivesse em uso antes de ser produzido o texto datilografado "B" de "Leis e Costumes entre os Eldar" em c. 1958 (ver X:141–3, 209, 304).
2. O texto emprega o nome *Ingar* para a gente de Ingwë, que só ocorre alhures no Texto "A" de "Leis e Costumes entre os Eldar" (ver X:230 n.22) e no Texto 2 de "De Finwë e Míriel" (ver X:265 n.10), que pertencem ambos ao que Christopher Tolkien identifica como a "segunda fase" da evolução do "*Quenta Silmarillion* Tardio", que ele, por sua vez, data do "final da década de 1950" (ver X:199, 300).
3. O manuscrito, em sua aparência, e o texto, em seu caráter e conteúdo, são consistentes com a maior parte dos demais escritos do arquivo "Tempo e Envelhecimento", incluindo os que podem ser datados mais certeiramente de c. 1959 por outras evidências, internas ou externas.

Os textos apresentados aqui recaem, em sua maioria, em uma de três etapas, baseadas em uma aparente progressão conceitual do período da gestação élfica no útero: a primeira, em que os Elfos gestam por 8 ou (mais comumente) 9 *löar* (como é chamado o ano solar em quenya); a segunda, em que gestam por 1 *löa*; e a terceira e última, em que gestam por 3 *löar*. As duas primeiras etapas são exibidas em textos que, com certeza ou grande probabilidade, datam de c. 1959 ou 1960; a terceira encontra-se em um único documento que data de 1965.

Por fim, embora eu forneça um glossário de termos no Apênd. II, há certas palavras em quenya que ocorrem em "Tempo e Envelhecimento" tão frequentemente que também as gloso aqui, a fim de facilitar as referências para o leitor:

hröa, pl. *hröar* "corpo".
fëa, pl. *fëar* "espírito".
löa, pl. *löar* "ano (solar)", lit. "crescimento".
yên, pl. *yéni* "ano longo" = 144 *löar*.

1
O Ano Valiano

Estes dois breves textos foram escritos a caneta de bico preta em duas meias folhas rasgadas de contas de provisões semanais (diferentes) do Merton College. Tolkien foi Professor Merton de Língua e Literatura Inglesa de 1945 até sua aposentadoria, em 1959. O fragmento da conta que leva o primeiro texto não tem o campo de data, mas o do segundo texto tem, e está datado de 27 de junho de 1957.

O primeiro texto (escrito com grande pressa) demonstra que, ao escrevê-lo, Tolkien decidira que o mundo deve ser redondo e coevo com o Sol e a Lua; portanto, ele deve ser posterior à versão "Mundo Redondo" (C*) do "*Ainulindalë*" que Tolkien escreveu em 1948 (X:3). No entanto, muito provavelmente precede as revisões da versão de c. 1951 dos "Anais de Aman", na qual o comprimento de um Ano Valiano foi reduzido de exatamente 10 anos solares (como no primeiro texto) para 9,582 anos solares (X:50, e ver X:57–8 n.17 e 59–60 parágrafos 5–10).

Texto 1

O *yên*, que é meramente um modo de cálculo, nada tem a ver com a vida dos Elfos. Em Aman, isso dependia dos anos das Árvores, ou na verdade dos *dias* das Árvores; na Terra-média, dependia dos ciclos de crescimento, de uma primavera a outra, ou *löar*. Na Terra-média, um *löa* envelhecia um Elfo tanto quanto um ano das Árvores, mas estes de fato tinham um comprimento 10 vezes maior.

Um Ano das Árvores tinha 1.000 dias de 12 horas = 12.000 horas [das Árvores]. Um ano de 365,250 dias de 24 horas tem 8.766 horas. Anos das Árvores têm 87.660. Se 12.000 horas [das Árvores] = 10 anos da Terra-média, cada hora das Árvores = cerca de 7,3 horas solares = 7 horas 18 segundos.[1]

Como vamos acertar o *Sol* e a *Lua*?

Os Elfos não sabem como Arda foi estabelecida nem como foram feitos os companheiros de *Anar* ou suas [?companhias]. Pois é à vida de *Arda* (*não* Eä) que estão ligados, e todo o seu *amor* é por Arda. Porém [?pela Tradição] podem considerar [?o assunto] e, tendo visão espantosa, podem ver no firmamento coisas que não podemos [?por falta de] instrumentos.

Texto 2

Tempo

Há doze horas das Árvores em cada Dia Valiano, 144 Dias em cada Ano Valiano. Mas cada Ano Valiano = 144 Anos Mortais; portanto, 1 Dia Valiano = 1 ano mortal, e 1 hora das Árvores = aproximadamente 1 mês mortal. O tempo é registrado (para fins Mortais) assim durante os dias das Árvores: AV 100 Dia V. 136 Hora V. 9 = o 9º mês do 136º ano [solar] do 100º Ano Valiano.[2]

Na Terra-média, originalmente os Quendi evoluíam e envelheciam em 144 AM (ou *yên*) como [mortais] em 1 AM. Portanto, quando foram a Aman, não sentiram mudança — mas os que permaneceram logo sentiam a taxa necessária de "mortalidade" ao envelhecerem. Após a morte das Árvores e a ruína de Beleriand, a taxa era cerca de 12 anos = 1 AM.

Os Elfos despertaram em AV 1050 e alcançaram Aman em 1133, após 83 AV, o que lhes parecia 83 anos, mas era 11.952 AM. Os Homens despertaram em AV 1150, ou 100 AV mais tarde = 14.400 AM.[3]

> Pode-se ver que por volta de 1957 Tolkien introduzira uma nova correspondência de 1 Ano Valiano = 144 anos solares (o comprimento do *yên* élfico, ou "ano longo"), e assim expandiu vastamente o período de tempo, em anos solares, dos eventos registrados nos "Anais de Valinor" e em cronologias subsequentes datadas em Anos Valianos.

NOTAS

[1] Nos "Anais de Valinor" de c. 1937 está implicado que o Ano Valiano é, como aqui, exatamente o mesmo que 10 anos solares: "As Primeiras Eras são contadas como 30.000 anos [solares], ou 3.000 anos dos Valar" (V:118). Isso também ocorria na primeira versão dos "Anais de Aman" de c. 1951 (X:50, e ver X:57–8 n. 17).

[2] Tolkien na verdade escreveu aqui: "do 14.400º Ano Valiano", um óbvio deslize da caneta.

[3] Nos "Anais de Aman" de c. 1951 os Elfos despertaram (como aqui) em AV 1050 e chegaram a Aman em AV 1132 (X:71, 84), e em AV 1500 o Sol e a Lua foram criados e se ergueram pela primeira vez (X:131); e com aquele primeiro nascer do sol, os Homens despertaram (X:130). À época em que Tolkien (primeiro) trabalhava nos AAm, o Ano Valiano ainda era de apenas 10 anos solares, e, portanto, os Homens despertaram 1500 – 1050 = 450 × 10 = 4.500 anos após os Elfos.[a] Aqui, com AV = 144 AS, os Homens despertaram 1150 – 1050 = 100 × 144 = 14.400 anos depois, um acréscimo de tempo mais do que triplo.

Pode-se observar, ademais, que como Tolkien, ao escrever o Texto 2, decidira que o Sol e a Lua eram coevos com Arda, o despertar dos Homens não tem mais nenhuma correspondência cronológica com o retorno dos Exilados à Terra--média nem com o primeiro nascer do Sol e, assim, não há menção a estes.

[a] Aqui e adiante, Tolkien usa a notação aritmética de um modo que pode confundir o leitor. É claro que 1500 – 1050 não é igual a 450 × 10. A fórmula ficaria mais compreensível se fosse escrita: "1500 – 1050 = 450, e 450 × 10 = 4.500". [N. T.]

2

Divisões Temporais Valinorianas

Este texto ocupa oito páginas de quatro folhas de papel sem pauta. Foi escrito numa caligrafia clara, com caneta de bico preta, mas acréscimos e algumas revisões foram feitos com caneta esferográfica azul. Os versos da maioria das folhas estão cheios de cálculos, que não foram representados aqui. O texto data de c. 1959.

Num esquema revisado — no qual o Sol e a Lua são partes primevas de Arda, sendo estabelecidos antes que o planeta fosse habitável —, a *medida básica de tempo*, mesmo em Aman, precisa ser o *ano solar*, já que o astro governa toda forma de crescimento, seja ele lento, normal ou rápido. Mas não é necessário observar o dia solar, já que Valinor era coberta por uma abóbada.[1]

Portanto, a *equivalência básica* entre o Tempo Valiano e o Tempo da Terra-média (TV e TTm) será:

1 Dia Valiano (ou Dia das Árvores) = 1 ano solar

Todas as multiplicações ou divisões dele eram feitas por 12. Portanto, o Mês Valiano tinha 12 Dias Valianos = 12 anos, o Ano Valiano (um *yén*) tinha 12 Meses Valianos = 144 anos.

Essas equivalências são exatas, já que o Dia Valiano se mantinha sempre com a duração do *löa*, ou ano solar élfico (independentemente de variações ou ampliações dele).[a]

---

[a] Mas, uma vez que a luz de Valinor era bastante independente da rotação da Terra e dependia da duração da luz das árvores — a qual, entre a abertura de Telperion e o fechamento de Laurelin, ocupava exatamente 1 Dia, ou ano solar —, todas as frações menores de tempo eram contadas com base em divisões decrescentes por doze. Elas eram, é claro, exatas e acuradas para os propósitos valinorianos, mas,

Nos Dias das Árvores: O Dia Valiano era dividido em 12 Horas Valianas, as quais eram organizadas, evidentemente, para que cada uma ocupasse exatamente $^{1}/_{12}$ de qualquer que fosse a duração do Ano-solar. (Acredita-se que ele passasse por variações e ampliações.) Na duração presente do Ano-solar, portanto, uma Hora Valiana equivale a aproximadamente 1 mês de 30 (ou quase 30½) dias.[b]

Já que os Valar e os Eldar apenas crescem ou envelhecem lentamente, mas não vivem, agem, caminham ou percebem as coisas lentamente (pelo contrário), para o uso local em Aman, a Hora Valiana era subdividida em grupos consecutivos de 12s.

Um Ano Solar contém 365d. 5h. 48m. 46s. = 365d. 20.926 segs. ou 365,242199074 dias.

1 dia tem 86.400 segs. ¼ de dia, portanto, tem 21.600 segs. O Ano tem, portanto, por uma diferença de 674 segs. (11m. 14segs.), quase 365¼ dias.

Dia Valiano =	Ano solar	
12	horas	
144	primeiras	
1.728	segundas	
20.736	terças	Ano solar tem 31.556.926 segs.
248.832	quartas	
2.985.984	quintas	
35.831.808	mínimas	Portanto, a Mínima Valiana é de 0,88069589 segundo.

Ou muito perto disso. O valor verdadeiro seria de 35.831.807,9581... mínimas num ano.

Tolkien então escreveu "valor real" e calculou a fração depois da vírgula para a relação entre a mínima e os segundos solares, chegando a aproximadamente 360 casas decimais, ressaltando onde os valores começavam a se repetir. Na página seguinte, ele acrescenta uma sexta antes da mínima, encurtando assim a mínima em mais uma divisão por 12.

devido à inexatidão do ano solar em relação às rotações da terra, isso se complicava no que diz respeito ao tempo da Terra-média (em dias, horas, segundos).

[b] 30 dias 10h. 29m. $\frac{35}{6}$s.

1 Dia Valiano era exatamente igual a 1 *löa* ou Ano-solar. Era, por sua vez, dividido em 12 Horas das Árvores. Cada uma delas, portanto, equivalia a $^1/_{12}$ de Ano. Todas as subdivisões seguintes da Hora Valiana também eram por 12; começando com a Primeira, passavam pela Segunda, Terça, Quarta, Quinta, Sexta (ou primeira, segunda etc. subdivisões da Hora) até chegar à Mínima, que era a $^1/_{12^7}$ parte da Hora Valiana e equivalia a aproximadamente $\frac{1}{14}$ dos nossos segundos.

Com a taxa atual de 365 dias 5 hrs. 48 mins. 46 segs. para 1 ano:

Divisão Valiana	Dias	Horas	Minutos	Segundos	Mínimas [sexagésima parte de segundo]
Hora	30	10	29	3	50
Primeira	2	12	52	25	19 $\frac{2}{12}$
Segunda		5	4	22	6 $\frac{7}{12}$ aprox.
Terça			25	21	50 $\frac{1}{2}$ aprox.
Quarta			2	6	49 aprox.
Quinta				10	38 aprox.
Sexta					53 $\frac{2}{12}$ aprox.
Mínima					4 $\frac{31}{72}$ aprox.

Os equivalentes mais próximos, portanto, são:

Divisão Valiana	Equivalente
Hora	1 mês (30 ½ dias)
Primeira	2 ½ dias
Segunda	5 horas
Terça	25 mins.
Quarta	2 mins. (2 $\frac{1}{10}$)
Quinta	10 segs.
Sexta	1 seg. ($\frac{10}{12}$)
Mínima	$\frac{1}{14}$ seg.

Na narrativa, durações de tempo menores que a Segunda Valiana raramente são mencionadas; e menores que a Quarta Valiana (2 mins.) praticamente nunca.

NOTAS

[1] No tocante às "abóbadas de Varda" na versão do "Mundo Redondo" da mitologia, ver X:369–72, 375–8, 385–90.

3

Do Tempo em Arda

Apesar de não me sentir obrigado a manter a ordem precisa dos textos, tais como aparecem no arquivo "Tempo e Envelhecimento", fiz isso para os cinco primeiros textos que se seguem, pois Tolkien parece ter selecionado, reclassificado e (no caso dos três primeiros) os denominado com números romanos, de modo a indicar um plano para montar com eles uma obra maior, a ser intitulada "Do Tempo em Arda".

No caso do primeiro texto, originalmente chamado de "Escalas de Tempo", Tolkien lhe deu um número e um novo título:

I. Os *Quendi* comparados com os Homens

O segundo texto, originalmente chamado de "Juventude dos Quendi", também recebeu um número e um novo título:

III. Juventude Natural e Crescimento dos Quendi

(Se alguma vez existiu um texto II, ele não parece mais residir na pasta "Tempo e Envelhecimento".) O terceiro texto simplesmente recebeu um número, e de resto manteve seu título original:

IV. Resumo das tradições eldarin acerca do "Despertar" e da *Lenda do Cuivië* (*Cuivienyarna*)

Além disso, em seguida todas as páginas destes textos (que não haviam sido canceladas antes) foram renumeradas continuamente de 1 a 15.

Todas essas modificações foram feitas com esferográfica vermelha, o que pode ser significativo para os títulos indicados nas margens superiores das páginas dos dois textos subsequentes, que também estão em esferográfica vermelha (apesar de não terem recebido números, nem suas páginas terem sido renumeradas em continuidade com os três primeiros textos). Assim, "Despertar dos Quendi" foi escrito nas margens superiores das páginas de ambas as versões do quarto texto, e "Março" foi escrito nas margens superiores das páginas de ambas as versões do quinto texto, que originalmente tinha por título apenas "*Quendi*".

Aparentemente em seguida à seleção e às modificações dos três primeiros textos, Tolkien começou uma nova versão datilografada dos textos reunidos (porém chegou apenas a escrever parcialmente o primeiro texto, recém-renomeado), que deste modo serve agora como uma espécie de folha de capa para eles. Esse texto datilografado ocupa duas folhas e termina no pé da segunda folha. Todos os termos élficos são escritos com fita vermelha, assim como a extensa nota de rodapé sobre termos quenya para "amor". Até onde chega, o texto datilografado segue de perto a versão manuscrita, apresentada aqui, mais adiante, como capítulo 4, "Escalas de tempo", porém com suficientes diferenças de detalhe para ser apresentada em sua totalidade.

DO TEMPO EM ARDA

I

Os Quendi comparados com os Homens

Os Valar, tendo entrado em Arda, e estando, portanto, confinados na vida desta, também devem sofrer seu lento envelhecimento, percebendo-o como um peso crescente sobre si, visto que são, para a *erma* total de Arda, semelhantes de muitas maneiras aos *fëar* no interior dos *hröar* corpóreos dos Encarnados (*hröambari*).[1]

Os Quendi, sendo imortais dentro de Arda, também envelheciam com Arda com respeito a seus *hröar*; mas, visto que — diferentemente dos Valar, cuja vida verdadeira não era corpórea e que assumiam por vestimentas formas de corpos à sua própria vontade — o ser dos Quendi era encarnado, e consistia naturalmente da união de um *fëa* e um *hröa*, esse envelhecimento era sentido mormente no *hröa*.

Este, como dizem os Eldar, era lentamente "consumido" pelo *fëa*, até que, em vez de morrer e ser descartado para dissolução, tornava-se absorvido, e por fim nada mais era que a lembrança de sua habitação de outrora que o *fëa* retinha; assim, agora tornaram-se em geral invisíveis aos olhos humanos. Mas isso levou longas eras para se realizar. No começo, os *hröar* dos Elfos, sustentados e nutridos pela grande força de seus *fëar*, eram vigorosos, resistindo às mágoas e curando depressa aquelas que sofressem internamente. Portanto, seu envelhecimento era extremamente lento conforme a medida dos Homens, apesar de, em seus dias primeiros, serem tão "físicos" quanto os Homens, ou mais até: mais fortes, enérgicos e velozes de corpo, e deleitando-se mais com todos os prazeres e exercícios corpóreos.

Se desconsiderarmos o *tempo efetivo*, medido nos anos solares da Terra-média, mas usarmos "anos" meramente como unidades de medida do crescimento, do nascimento à maturidade própria de cada espécie, será observado que os Elfos muito se assemelhavam aos Homens neste processo. Alcançavam a maturidade (do corpo) por volta dos 20 anos de idade e permaneciam com pleno vigor físico até perto dos 60. Depois disso, o *fëa* e seus interesses começavam a dominá-los. Por volta dos 100 anos de idade, um dos Quendi alcançara uma etapa semelhante a de um Mortal de plena idade e sabedoria. O período normal, portanto, para se casar, gerar e ter filhos e criá-los (o que estava entre os maiores deleites dos Quendi em Arda), era entre os 20 e os 60 anos de idade.

No entanto, os Quendi diferiam dos Homens em diversos aspectos importantes, se falarmos deles apenas nas idades jovens de sua vida em Arda.

1. Seus *fëar* nunca alcançavam a maturidade no sentido de cessar sua capacidade de crescer, por incremento adicional de conhecimento e sabedoria; mas chegavam a uma etapa em que a *memória* (de pensamento e labuta, e dos eventos da história, geral e particular de cada um) começava a ser um fardo, ou pelo menos a ocupar cada vez mais suas mentes e emoções. Porém, esse desenvolvimento, que assinala o verdadeiro "envelhecimento" dos Elfos, não dizia respeito aos Dias Antigos, e começou a se tornar evidente durante a Segunda Era, aumentando depressa durante a Terceira Era, quando o Domínio dos Homens finalmente se realizou.

2. Os indivíduos eram mais variáveis até que entre os Homens. Isso pode ser atribuído à variabilidade dos *fëar* élficos em força nativa

e talentos (maior que qualquer variação vista entre os Homens), e à influência mais poderosa que esses *fëar* exerciam sobre seus corpos. Portanto, as idades definidas acima (20, 60, 100) são somente gerais e aproximadas. Após a maturidade, suas mentes e vontades tinham controle muito maior do que no caso dos Homens sobre os eventos do corpo e sobre a direção e o ordenamento serial dos usos dos poderes do corpo. Por exemplo, na maturidade, um dos Quendi podia casar-se e de imediato ingressar no *Onnarië*, ou "Tempo das Crianças". Mas podiam adiar o casamento; ou, dentro do casamento, adiar o *Onnarië* (por ausência ou abstinência). Fosse porque estivessem ocupados alhures em carreiras que absorvessem sua atenção; ou porque ainda não houvessem encontrado alguém com quem desejassem se casar, ou, como dizem os Homens, "se apaixonado";[a][2] ou por razões de prudência ou necessidade, como em tempos de transtorno, peregrinação ou exílio.

[a] Ou, como diziam os Eldar, "encontrado o amor". Neste assunto, as línguas élficas fazem distinções. Falando do quenya: o "amor", que os Homens poderiam antes chamar de "amizade" ou até de "simpatia" (não fosse o maior calor, força e permanência com que era sentido pelos Quendi), era representado por palavras derivadas de √*mel*. *Emel* (ou *melmë*, um caso particular) era primariamente um movimento ou inclinação do *fëa*, e, portanto, podia ocorrer entre sexos iguais ou diferentes. Em si, não incluía desejo sexual (ou melhor, procriativo); apesar de que nos Encarnados uma diferença de sexo naturalmente alterasse a emoção, visto que o sexo é considerado pelos Eldar como algo pertencente também ao *fëa*, e não somente ao *hröa*, e, portanto, não está inteiramente incluído na procriação. O desejo sexual (para casamento e procriação) era representado pelo termo *yermë*; mas, visto que ele não ocorria normalmente sem *melmë* de ambos os lados, as relações dos amantes antes do casamento, ou de maridos e esposas, muitas vezes também eram descritas como *melmë*.

Dois outros grupos de palavras também se referiam a sentimentos que muitas vezes chamaríamos de "amor": os relacionados com √*ndil* e com √*ndur*. √*ndil* pode ser comparado com o elemento grego *phil*, que ocorre em palavras como "anglofilo" e "bibliofilo", ou como "filosofia". Expressava uma profunda preocupação ou interesse por coisas ou objetos do pensamento, e não por indivíduos ou pessoas, e era, portanto, equivalente às artes e ciências dos Homens, apesar de as superar em intensidade e no elemento do afeto. Assim, *eärendil*, "amante do mar", ou *ornendil*, "amante das árvores". Frequentemente se encontrava em nomes, como *Elendil* (< *eledndil*) "*Ælfwine*, amante dos Elfos", *Valandil* "*Oswine*, amante dos Valar". √*ndil* (*nilmë*) pode ser chamado de "amor", pois, apesar de seu ímpeto principal ser uma preocupação com coisas diversas de si mesmo por causa delas próprias, incluía uma satisfação pessoal, porque a inclinação fazia parte do caráter

Adiar a realização do casamento afetava o tempo em que o *hröa* permanecia em pleno vigor; pois o uso desses poderes corpóreos absorvia, em comparação com os Homens, maior parte da vitalidade dos Quendi, e também mais (porém em menor grau) da juventude do *fëa*. Assim, em certos casos, o casamento podia ocorrer entre Quendi com a idade de 60 anos ou mais.

NOTAS

[1] O significado pleno dessa afirmação ficará mais claro na Parte Dois deste livro, esp. no cap. 15, "Reencarnação Élfica"; e ver a minha introdução à Parte Dois. Em resumo, significa que os Valar dão forma material à "matéria primordial" (quen. *erma*) básica e indiferenciada de Arda, de acordo com a Música do *Ainulindalë* e a Visão de Arda que lhes foi mostrada por Eru antes da criação física desta; e assim são, de certo modo, o espírito dela.

[2] "*Elendil* (< *eledndil*)": aqui, na verdade, o DG tem "(< *eld-ndil*)", mas isso parece um provável erro tipográfico; ver a derivação da forma "*Eled-ndil* > *Elendil*" na versão MS precedente. Com a citação de pares quenya/inglês antigo aqui, dos nomes Valandil/Oswine ("amante dos Valar" e "amigo-de--Deus", respectivamente) e Elendil/Ælfwine ("amante dos Elfos" e "Amigo--dos-Elfos" respectivamente), vide o significativo uso pareado desses mesmos nomes em "The Lost Road and Other Writings" de c. 1937 (V:7 e seguintes), os "Documentos do Clube Notion" de c. 1945 (esp. Parte II, IX:222 e seguintes), e o subsequente "Submersão de Anadûnê" (IX:331 e seguintes).

O texto datilografado termina com esta extensa nota, no pé de uma página, seguindo-se apenas: "√*ndur*" (indicando a intenção de iniciar uma discussão do radical √*ndur* como na versão manuscrita; mas aparentemente ela jamais foi realizada).

---

nativo do "amante", e o estudo ou serviço das coisas amadas era necessário ao seu cumprimento.

4

Escalas de Tempo

Este texto é (em sua maior parte) um manuscrito nítido escrito com uma caneta de bico preta em caligrafia muito cuidadosa, em dez páginas de cinco folhas de papel sem pauta. As notas de Tolkien, muitas vezes longas e interpoladas (que aqui são mostradas como notas de rodapé), estão em letra menor e itálica, mas são caprichadas do mesmo modo. Mais tarde foram adicionadas algumas notas marginais (aqui mostradas como notas de rodapé) e acréscimos a esferográfica vermelha. O texto data de c. 1959.

Escalas de tempo

Os Valar, tendo entrado em Arda, e estando ali confinados na vida desta, também devem sofrer (enquanto ali estão e sendo como que seu espírito, assim como é o *fëa* para o *hröa* dos Encarnados) seu lento envelhecimento.[1] Os Quendi, sendo imortais dentro de Arda, também envelheciam com Arda com respeito a seus *hröar*; mas, visto que — diferentemente dos Valar, cuja vida verdadeira não era corpórea e que assumiam por vestimentas formas de corpos à vontade — seu ser era encarnado e consistia naturalmente da união de um *fëa* e um *hröa*, esse envelhecimento era sentido mormente no *hröa*.[2] Este, como dizem os Eldar, era lentamente "consumido" pelo *fëa*, até que, em vez de morrer e ser descartado para dissolução, tornava-se absorvido, e por fim nada mais era que a lembrança de sua habitação de outrora que o *fëa* retinha: assim, tornaram-se ou são agora, em geral, invisíveis aos olhos humanos.[3] Mas isso levou longas eras para se realizar. No começo, os *hröar* dos Elfos, sustentados e nutridos pela grande força de seus *fëar*, eram vigorosos, resistindo às mágoas, e curando depressa aquelas que sofressem internamente. Portanto, seu envelhecimento era *extremamente lento* conforme os padrões mortais, apesar de, em seus dias primeiros, serem tão "físicos" quanto os Homens, ou mais até, mais fortes, enérgicos e velozes de corpo, e deleitando-se mais com todos os prazeres e exercícios corpóreos.

Se desconsiderarmos o tempo efetivo, medido nos anos solares da Terra-média, mas usarmos "anos" meramente como as unidades de medida do crescimento, do nascimento à maturidade própria de cada espécie, será observado que os Quendi se assemelhavam aos Atani neste processo. Seus *fëar* nunca alcançavam a maturidade no sentido de cessar sua capacidade de crescer em conhecimento e sabedoria; mas chegavam a uma etapa em que a memória, tanto de pensamento como de labuta (bem como dos eventos da história, geral e particular de cada um), começava a ser um fardo, ou a ocupar cada vez mais suas mentes e emoções. Porém, esse desenvolvimento, que assinala o "envelhecimento" dos Quendi, não dizia respeito aos Dias Antigos, e começou a se tornar evidente durante a Segunda Era, aumentando depressa durante a Terceira Era, quando o Domínio dos Homens finalmente se realizou.

Porém, os *hröar* dos Quendi tinham um ritmo e processo definidos, semelhantes aos dos Homens. Alcançavam a maturidade por volta dos 20 anos de idade[a] e permaneciam em pleno vigor físico até perto dos 60, depois de que o *fëa* e seus interesses começavam a assumir o comando. Após a idade aproximada de 90–96 anos, um dos Quendi alcançara uma etapa semelhante à de um Mortal vigoroso e sadio de grande idade e sabedoria.[4] O período normal, portanto, para se casar, gerar e ter filhos e criá-los (o que era um dos maiores deleites dos Quendi em Arda), era entre os 20 e os 60 anos de idade.

No entanto, os Quendi diferiam dos Homens nos seguintes aspectos importantes, se apenas falarmos deles nas primeiras idades de sua vida em Arda. Os indivíduos eram mais variáveis, de forma que as idades definidas anteriormente (de 20, 60, 90 anos) são somente gerais e aproximadas.[5] Após a maturidade (com cerca de 20 anos), suas mentes e vontades tinham controle muito maior sobre os eventos do corpo e sobre a direção dos usos e o ordenamento serial dos usos dos poderes e das funções do corpo. Por exemplo, na maturidade um dos Quendi podia casar-se e de imediato ingressar no "Tempo das Crianças". Mas podiam adiar o casamento; ou, dentro do casamento, adiar o "Tempo das Crianças".

[a] Elfos homens 24, Elfas c. 18.

Fosse porque estivessem ocupados alhures em carreiras que absorvessem sua atenção; ou porque ainda não houvessem encontrado um "cônjuge desejado" (ou, como dizem os Homens, "se apaixonado");[b][6]; ou por razões de prudência ou necessidade imposta

---

[b] Nesta questão as línguas élficas fazem distinções. Falando do quenya: o amor, que os Homens poderiam chamar de "amizade" (não fosse a maior força e calor e permanência com que era sentido pelos Quendi) era representado por √*mel*. Esse era primariamente um movimento ou inclinação do *fëa*, e, portanto, podia ocorrer entre pessoas do mesmo sexo ou sexos diferentes. Não incluía desejo sexual ou procriativo, apesar de que nos Encarnados a diferença de sexo naturalmente alterasse a emoção, visto que o "sexo" é considerado pelos Eldar como algo pertencente também ao *fëa*, e não somente ao *hröa*, e, portanto, não está inteiramente incluído na procriação. Tais pessoas eram frequentemente chamadas de *melotorni*, "irmãos de amor", e *meletheldi*, "irmãs de amor".

O "desejo" do casamento e da união corporal era representado por √*yer*; mas nos incorruptos ele jamais ocorria sem "amor", √*mel*, nem sem o desejo por crianças. Portanto, esse elemento raramente se usava, exceto para descrever ocasiões em que ele dominava no processo de cortejo e casamento. Os sentimentos de amantes que desejavam se casar, e de marido e mulher, eram usualmente descritos por √*mel*. Esse "amor", é claro, continuava permanente após a satisfação de √*yer* no "Tempo das Crianças"; mas era fortalecido por essa satisfação e pela sua lembrança, gerando um elo normalmente inquebrável (de sentimento, sem aqui falar de "lei").

Dois outros radicais também diziam respeito a sentimentos que muitas vezes chamaríamos de "amor": √*ndil* e √*ndur*. Em geral não diziam respeito a indivíduos ou pessoas, e não estavam ligados ao sexo (quer em *fëa*, quer em *hröa*).

√*ndil* é melhor comparado ao inglês *-phile* [português *filo*], em *Anglophile* [anglófilo], *bibliophile* [bibliófilo] etc., ou especialmente com *phil(o)*, [fil(o)], como em *phiolosophy* [filosofia] ou *philology* [filologia]. Expressava um sentimento de especial preocupação por, atenção a, ou interesse em coisas (como os metais), ou criaturas inferiores (como as aves ou árvores), ou processos de pensamento e pesquisa (como a história), ou artes (como a poesia), ou grupos de pessoas (como os Elfos ou os Anãos). Assim, *Eledndil* > *Elendil*, "amante dos Eldar", ou *Elen-ndil*, "das Estrelas"; *Eärendil*, "amante do Mar", *Valandil*, "amante dos Valar". Pode ser chamado de "amor" pois, apesar de seu ímpeto principal ser uma preocupação com coisas diversas de si mesmo por causa delas próprias, incluía uma satisfação pessoal, porque a inclinação fazia parte do caráter inerente do "amante", e o estudo ou serviço das coisas amadas era necessário ao seu cumprimento.

√*ndur* parece ter-se referido originalmente a devoções e interesses de um tipo menos pessoal: à fidelidade e devoção no serviço, produzida mais por circunstâncias que por um caráter inerente. Assim, *ornendil* era alguém que "amava" árvores, e que (sem dúvida além de estudar para "compreendê-las") tinha especial deleite com elas; mas ornendur era um vigiador de árvores, um guarda-florestal, um "silvícola", um homem envolvido com árvores, como poderíamos dizer,

pelas circunstâncias, como em tempos de transtorno, peregrinação e exílio.

Adiar a realização do casamento afetava o período de tempo em que o *hröa* permanecia em pleno vigor da maturidade. Pois o uso desses poderes corpóreos absorvia, em comparação com os Homens, maior parte do vigor corpóreo dos Quendi, e também mais (porém em menor grau) da "juventude" do *fëa*.[c] Assim, em certos casos, o casamento podia ocorrer entre Quendi com a idade de 60 anos ou até (raramente) de idade maior.

Pode-se observar também que em cada vida élfica havia normalmente apenas um período para gerar ou ter filhos, não importa quando começasse; e que a duração desse período era variável, assim como o número de filhos produzidos. Podia ocupar de 12 a cerca de 60 anos (ocasionalmente mais).[7] Os filhos normalmente eram em número de 2, 3 ou 4. Ter um filho era excepcional, o que podia ser devido a diferentes causas, por exemplo, a separação dos cônjuges, como no caso de Idril, filha e única descendente de Turgon de Gondolin, cuja esposa, Anairë dos Vanyar, não quis ir para o exílio com os Ñoldor, mas ficou com Indis (também dos Vanyar), viúva de Finwë.[8] Em outros casos, os cônjuges (um ou ambos) podiam não desejar mais que um filho. Isso era raro, e nas histórias dos Dias Antigos ocorria somente quando nascia algum filho com qualidades extremamente grandes, o que (como dizem os Eldar) exigia muito mais do vigor e da vida dos pais que um filho normal. O caso mais eminente foi o de Míriel, mãe do mais dotado de todos os Ñoldor, Feänor. Outro caso foi o de Lúthien, filha de Elwë e Melyanna

---

"profissionalmente". Mas visto que (certamente entre os Eldar livres) √*ndur* era normalmente acompanhado por √*ndil*, ou interesse pessoal — e até por √*mel*, pois os Eldar acreditavam que essa emoção pode ser corretamente sentida por Encarnados em relação a seres que não são pessoas, visto que são "aparentados" com todas as coisas em Arda, através de seus *hröar* e através do interesse de seus *fëar*, cada um em seu próprio *hröa* e, portanto, em todas as substâncias de Arda —, a distinção entre *-ndil* e *-ndur* (especialmente em nomes quenya tardios, como eram usados pelos Elfos ou Homens) ficou obscurecida. Em palavras comuns, a distinção era aproximadamente a existente entre "amador" e "profissional" — porém, sem incluir qualquer questão de remuneração.

[c] Os Quendi chamam de "juventude" a parte da sua vida em que o corpo ainda é dominante.

(Elu Thingol e Melian);[9] porém esse caso também foi singular, pois Melyanna não era Elfa, e sim da raça dos Valar, uma Maia.[d][10]

Um número maior que *quatro* era raro, porém, nos primeiros dias do pleno vigor dos Eldar registrou-se que *cinco* ou *seis* filhos nasceram de um par de cônjuges.[e] *Sete* era totalmente excepcional, e na verdade entre os Altos-Elfos só se registra o caso de Feänor. Ele teve *sete* filhos. Os dois últimos eram gêmeos: Amrod e Amras. Gêmeos eram muito raros, e esse é o único caso registrado dos Eldar nas histórias antigas, exceto pelos filhos gêmeos Eldún e Elrún, de Dior Eluchil, mas ele era meio-elfo. Em tempos posteriores (Terceira Era), Elrond teve filhos gêmeos.[11]

Deve-se recordar, no entanto, ao considerar os registros e as lendas do passado, que estes (em especial os feitos ou transmitidos pelos Homens) muitas vezes mencionam ou nomeiam apenas pessoas que desempenham um papel registrado nos eventos, ou que eram ancestrais diretos de tais atores principais. Portanto, não se pode concluir, apenas a partir do silêncio, quer na narrativa quer na genealogia, que determinada pessoa não tinha filhos, ou não mais do que os mencionados.

Uma criança-élfica era carregada no útero da mãe mais ou menos pelo mesmo tempo (relativo) que uma criança mortal, isto é, por cerca de ¾ de um "ano de juventude" = ¾ de 12 *löar* = 9 *löar*;[f] porém, para os Quendi, esse período era mais variável, sendo frequentemente menor, e em raras ocasiões maior.[12] Diz-se que Feänor permaneceu no útero durante um ano de crescimento (12 *löar*).[13]

---

[d] Isto é, um espírito divino, coevo com os grandes Valar, porém, com menor poder e autoridade que os Valar, a quem serviam. Melian assumiu (como os Valar e Maiar podiam) "a vestimenta dos Filhos", dos Encarnados, por amor deles. Somente um dos maiores dentre os Eldar, em seu vigor primevo, poderia ter tolerado uma união dessa espécie (singular em todos os contos conhecidos). Mas Melian, que em forma de mulher deu à luz uma criança à maneira dos Encarnados, não desejava mais fazê-lo: com o nascimento de Lúthien ela ficou enredada na "encarnação", incapaz de deixá-la de lado enquanto o marido e a filha permaneciam vivos em Arda, e seus poderes mentais (especialmente a previsão) foram toldados pelo corpo através do qual já tinham de agir sempre. Dar à luz mais filhos a teria encadeado e embaraçado ainda mais. Sua filha acabou tornando-se mortal e morrendo, e seu marido foi morto; e ela então pôs de lado sua "vestimenta" e deixou a Terra-média.

[e] Especialmente no "Tempo da Juventude" antes da Grande Marcha.

[f] Na verdade, um período de tempo = 96 meses, ou 8 anos mortais.

O *onnalúmë*, ou "Tempo das Crianças", era nas vidas normais uma série contínua, ocupando cerca de 12 a 60 anos.[14] O intervalo entre o nascimento de uma criança e o próximo nascimento era normalmente de um "ano de crescimento" = 12 *löar*; mas frequentemente era maior, e em uma série contínua tendia a crescer (pois era necessário mais repouso) entre um nascimento e outro. Assim, 12 *löar* antes do 2º nascimento, 24 antes do 3º, 36 antes do 4º, 42 antes do 5º e 48 antes do 6º. Mas os intervalos podiam ser *maiores* e não necessariamente em dozenas exatas.[15]

Mas, ao comparar os Quendi com os Homens, é necessário observar que a *unidade* (chamada de "ano") era de duração real bem diferente no caso dos Quendi. Diferenças semelhantes ocorrem ao comparar outras "espécies" de criaturas crescentes, ou até outras variedades de espécies semelhantes. (Assim, os animais "envelhecem" a taxas diferentes, medidas em anos da Terra-média — AM ou anos solares —, e também o fazem diferentes variedades de Homens; também era assim com diferentes variedades de Quendi: os Eldar chegavam à maturidade menos depressa que os Avari.)[16]

Em seu começo, os Quendi cresciam a uma taxa em que a "unidade" era o *yên*, ou ano-élfico, que tinha 144 AM. Então, se uma criança élfica se tornava uma donzela e uma jovem mulher em cerca de 20 "anos", casava-se aos 25 e tinha o primeiro filho aos 26, sua idade em termos mortais seria de 2.880 anos na maturidade, 3.600 ao se casar e 3.744 na maternidade.

Essa velocidade de crescimento e taxa de envelhecimento nada tinham a ver com a *percepção do tempo*. Como dizem os Eldar sobre si mesmos (e em algum grau isto também pode ser verdade em relação aos Homens), quando pessoas (em ser pleno, *fëa* e *hröa*) estão totalmente ocupadas com coisas que lhes causam profundo interesse natural e deleite, e têm grande felicidade e saúde, o tempo parece *passar depressa*, e não o contrário. A detalhada satisfação e apreciação de eventos e pensamentos na série temporal não faz, como se poderia supor, com que o tempo pareça mais longo, assim como seria uma estrada ou uma senda que se inspecionasse em detalhes. Pois essa inspeção só poderia ser realizada retardando o andamento normal da viagem. Mas a taxa de progresso normal através do tempo não pode ser retardada; contudo, a velocidade do pensamento e da ação pode ser acelerada, de modo a realizar mais em um dado espaço de tempo.[17]

Assim, os Quendi não viviam e não "vivem lentamente", movendo-se pesadamente como tartarugas enquanto o tempo passa como um lampejo por eles e seus lerdos pensamentos! Na verdade, movem-se e pensam mais depressa que os Homens, e realizam mais que qualquer Homem em dado espaço de tempo. Mas têm muito maior vitalidade e energia nativas ao seu dispor, de modo que leva e levará um enorme espaço de tempo para consumi-las.

Dessa forma, podemos observar que todas as questões de *crescimento e desenvolvimento*, que pertencem à natureza separada do *hröa*, empenhado em seu próprio processo de consecução de sua forma completa e madura, e que não estão subordinadas à vontade ou ao controle consciente do *fëa*, avançam muito mais devagar entre os Quendi que entre os Homens. Portanto, a gestação avança de acordo com a escala de crescimento e envelhecimento dos Quendi, e ocupa ¾ *yên*, ou 108 AM.[18]

Durante todo esse tempo os pais estão cônscios do crescimento da criança nascitura, e vivem em alegria e expectativa muito mais longa e mais intensamente sentida; pois o parto entre os Eldar não é acompanhado de dor.[19] Ainda assim, não é questão fácil nem desimportante, pois se realiza com muito maior gasto de vigor do *hröa* e do *fëa* (de "juventude", como dizem os Eldar) do que costuma ocorrer entre os Homens; e depois da gestação é seguido por um tempo de quietude e recolhimento.[20] Também as Elfas normalmente ficam quietas e recolhidas antes e depois do parto. Por essas razões, os Eldar (quando podiam evitá-lo) não ingressavam no "Tempo das Crianças" em épocas de aflição ou peregrinação. Assim, não houve casamentos nem nascimentos durante a Grande Marcha; e nem durante a viagem dos Ñoldor de Aman a Beleriand, e foram poucos os nascimentos durante toda a Guerra contra Morgoth. Pelo mesmo motivo os Homens que lidavam com os Eldar costumavam ver muito menos as Elfas, e podiam até ignorar que algum rei-élfico ou senhor-élfico tivesse esposa. Pois o recolhimento e a quietude da esposa podiam ocupar todo o tempo de sua estada entre os Eldar, ou na verdade grande parte de todo o seu tempo de vida mortal. Pois esse "recolhimento", ocupando de três a quatro "meses" ou doze avos de um "ano", isto é, um quarto a um terço de *yên*, em termos mortais duraria cerca de 36 a 48 anos.[g]

Por outro lado, o ato da procriação, sendo ato de vontade e desejo partilhado e deveras controlado pelo *fëa*, realizava-se com a

[g] Mas na Terra-média, onde os Homens e os Elfos se encontraram, a taxa já havia se acelerado para 100 = 1. Portanto, aqui deveríamos ter 25 ou 33.

presteza de outros atos conscientes e voluntários de deleite ou de feitura. Era um dos atos de principal deleite, em processo e memória, em uma vida élfica, mas sua importância derivava apenas de sua intensidade, não do tempo ou da duração: não podia ser suportado por grande espaço de tempo sem desastroso "gasto".[21]

O texto termina aqui, a cerca de dois terços da extensão da página. Posteriormente, Tolkien escreveu a lápis na margem inferior:

Isto não se encaixa na narrativa de *O Silmarillion*. O que fazer com Maeglin?

Sobre isso, vide os textos apresentados aqui como cap. 10, "Dificuldades na Cronologia", cap. 11, "Envelhecimento dos Elfos", e cap. 16, "Nota sobre a Juventude e o Crescimento dos Quendi".

NOTAS

1 Ver X:401: "Os Valar se 'desvanecem' e se tornam mais impotentes, precisamente na proporção em que a forma e a constituição das coisas se tornam mais definidas e assentadas."

2 Sobre a unidade natural do *hröa* (corpo) e do *fëa* (espírito, alma) nos Encarnados, ver Corpo e Espírito no Apêndice I.

3 Ver X:427: "Então um Elfo começaria [...] a 'se desvanecer', até que o *fëa* como que consumisse o *hröa*, e ele permanecesse apenas pelo amor e pela memória que tinha ao espírito que o habitava."

4 A gama de idades "90–96" foi uma alteração posterior do "100" original. Note que o trecho correspondente do texto datilografado (cap. 3, "Do Tempo em Arda", acima) tem "100" neste caso e também na próxima nota de fim.

5 Aqui a idade de "90" foi igualmente uma alteração posterior do "100" original.

[6] Nesta longa nota de rodapé, o radical eld. com. "√*yer-*", em ambas as ocorrências, é substituta de uma forma anterior, fortemente riscada, mas que possivelmente é "√ūyer-". Sobre o amor como "primariamente um movimento ou inclinação do *fëa*", conferir X:233. Quanto à finalidade dupla do casamento — unidade e procriação — ver a discussão sobre Casamento no Apêndice I. Sobre o "parentesco" dos Encarnados "com todas as coisas em Arda, através de seus *hröar*", ver cap. 2, "Impulso primário", na Parte Três deste volume. Sobre "um elo normalmente inquebrável (de sentimento, sem aqui falar de 'lei')", ver "Leis e Costumes entre os Eldar" de Tolkien (X:207 e seguintes) para uma discussão bastante contemporânea, tematicamente próxima e expansiva do casamento entre os Elfos.

7 As idades de "12" e "60" são aqui substituições posteriores do "10" e do "50" original, respectivamente.

8 No cap. 10, "Dificuldades na cronologia", adiante, está dito que Anairë era mãe de Idril e "recusou o exílio". Em todas as demais fontes publicadas que a

mencionam por nome, Anairë é esposa de Fingolfin e, portanto, avó, não mãe, de Idril (ver XI:323, XII:363).

[9] "Elwë" e "Melyanna" são as formas em quenya dos nomes em sindarin "Elu" e "Melian", respectivamente.

[10] Sobre a crescente fixação da alma e do corpo, juntamente com o crescente uso entre os que não eram naturalmente encarnados, ver cap. 9. "*Ósanwe-kenta*" na Parte Dois deste livro; e Corpo e Espírito no Apêndice I.

[11] Sobre Eldún e Elrún como filhos gêmeos de Dior, ver XI:257, 300 n. 16 e 349–50. Nos últimos escritos de Tolkien, esses nomes foram substituídos por Eluréd e Elurín (ver XII:369, 372 n. 8).

[12] Da forma como foi escrito primeiro, o período de gestação foi dado como "9 meses ou ¾ de *löa*". A alteração foi feita a esferográfica vermelha. A correção para "96 meses, ou 8 anos" surgiu como nota marginal a lápis.

[13] Da forma como foi escrita primeiro, esta sentença terminava em: "por um ano". A alteração foi feita a esferográfica vermelha.

[14] Da forma como foi escrito primeiro, o período em anos foi dado como "10 a 50 anos". A alteração foi feita a esferográfica vermelha.

[15] Da forma como foi escrito primeiro, este parágrafo terminava em: "o próximo nascimento normalmente era após 3 a 9 anos; mas podia variar entre 2 anos (muito raramente menos) a 12 anos (dificilmente mais)". A alteração foi feita a esferográfica vermelha. Uma versão anterior deste parágrafo (fortemente riscada), conforme foi escrita primeiro, diz:

> A gestação durava cerca de 1 ano, os dias da geração e do nascimento eram normalmente os mesmos (ou quase). O "Tempo das Crianças" (*ontalúmë* ou *onnalúmë*) era, em vidas normais, uma série contínua que ocupava 10–50 anos. O intervalo entre filhos era [?às vezes] menor que 2 [?ou chegava a] 12 anos.

Ver X:212: "No tocante a gerar e ter filhos: um ano se passa entre a concepção e o nascimento de uma criança-élfica, de modo que os dias de ambos são iguais ou praticamente os mesmos, e é o dia da concepção que é lembrado a cada ano". Este parágrafo foi depois alterado, a caneta de bico preta, para:

> A gestação ocupava (em média) mais ou menos o mesmo período de tempo que entre os Mortais, apesar de ser talvez mais variável, muitas vezes mais rápida e em certas ocasiões mais longa — Fëanor foi carregado no útero por um ano inteiro! O "Tempo das Crianças" (*ontalúmë* ou *onnalúmë*) era, em vidas normais, uma série contínua que ocupava 10–50 anos. O intervalo entre filhos era de 3 a 9 anos; mas podia ser de 2 (raramente menos) a 12 anos (raramente mais).

Tudo isto foi então riscado a caneta de bico preta.

[16] Da forma como foi escrito primeiro, este parágrafo terminava em: "os Ñoldor alcançavam a maturidade menos depressa que os Sindar". A alteração foi feita a caneta de bico largo durante o processo de escrita.

[17] Acerca da percepção do tempo, ver cap. 12, "Acerca dos Quendi em seu Modo de Vida e Crescimento", e cap. 20, "O Tempo e sua Percepção", adiante.

[18] Da forma como foi escrito primeiro, este parágrafo terminava em: "ocupa todo um *yén*, ou 144 AM". Tolkien pôs um "X" ao lado deste parágrafo, aparentemente pretendendo alterá-lo/removê-lo, mas acabou não o riscando de fato. As alterações do tempo ocupado pela gestação foram feitas a esferográfica vermelha.

[19] Sobre a ausência de dor durante o parto entre os Eldar, ver A QUEDA DO HOMEM no Apênd. I.

[20] Com este "maior gasto de vigor do *hröa* e do *fëa* (de 'juventude', como dizem os Eldar) do que costuma ocorrer entre os Homens" na geração de filhos, compare X:212.

[21] Uma versão anterior, cada vez mais apressada e difícil, desta seção final, riscada em seguida, diz:

Assim, os Quendi não "vivem devagar", realizando em 144 anos apenas o que um mortal poderia fazer em 1 ano; não são como tartarugas que se movem pesadamente enquanto o tempo passa por eles como um lampejo. Na verdade, movem-se e pensam bem mais velozmente que os Homens, e alcançam mais, em qualquer dado período de tempo, do que qualquer Homem poderia. Mas têm uma *vitalidade e energia* natural muito maior de que se aproveitar, de forma que levam muito mais tempo para gastá-la toda.

Assim, o ato procriativo e a "gestação" ocorrem rapidamente, mais ou menos à velocidade dos mortais, não demorando 144 vezes mais! Na verdade, o ato de união demora mais, e a gestação um pouco mais — ela [a gestação] ocupa um *löa*, ou ano solar na Terra-média.

Mas a produção de filhos despende grande quantidade de energia física e espiritual; o desejo pelo ato seguinte, portanto, ocorre a uma velocidade élfica, e quando falamos de um intervalo de 3 anos queremos dizer 432 anos.

Todas as questões de *crescimento* que não são diretamente controladas pelo *fëa* consciente são lentas nos Quendi. Portanto, a gestação leva muito tempo — cerca de 144 AM, e durante todo esse tempo o marido e a esposa estão cônscios do crescimento da criança e experimentam alegria e expectativa muito mais longas. Pois o parto élfico *não* é acompanhado de medo nem dor — mas há grande gasto de vigor, seguido de quietude e exaustão em ambos. Porém, o ato da procriação, não sendo de *crescimento* até a união da semente, e estando sob pleno controle da vontade, não leva muito tempo — apesar de ser mais longo e de deleite mais intenso nos Elfos que nos Homens: demasiado intenso para ser longamente suportado.

5

Juventude e Crescimento Natural dos Quendi

Este texto foi escrito a caneta de bico preta, em caligrafia bastante ornamentada, nas quatro páginas de duas folhas de papel sem pauta. Data de c. 1959.

O próprio texto, até chegar à tabela das equivalências mortais das idades élficas, segue de perto o início do texto aqui apresentado como cap. 12, "Acerca dos Quendi em seu Modo de Vida e Crescimento", a seguir.

Juventude dos Quendi

Quando os Quendi eram muito "jovens em Arda" (aproximadamente as primeiras *seis* gerações nos primeiros 96 anos valianos de sua existência), eram muito mais semelhantes aos Homens (não caídos).[1] Seus *hröar* tinham grande vigor e eram dominantes; e os deleites do corpo, de todos os tipos, eram sua principal ocupação. Seus *fëar* apenas começavam a despertar plenamente, e a crescer, e a descobrir seus poderes e interesses. Assim (como inicialmente era deveras necessário e, portanto, ordenado a eles), ocupavam-se muito mais com o amor e a geração de filhos do que mais tarde.[a]

Não era, no entanto, sua duração natural de crescimento e vida que era diferente (pelo menos não antes que se passassem muitas eras); mas usavam-na de modo diferente. A vida natural dos Quendi era crescer depressa (para eles) até a puberdade, e depois permanecer com pleno vigor por grande espaço de anos, até que os interesses de seus *fëar* se tornassem proeminentes e seus *hröar* começassem a minguar.

[a] A geração de filhos também era menos exaustiva à sua "juventude" nas primeiras gerações.

As "idades" dos Quendi normalmente são dadas em termos comparados à vida humana; mas nem todos os períodos de anos tinham o mesmo efeito de envelhecimento sobre os Quendi. Os Eldar faziam distinção entre *crescimento* e *vida* (ou *persistência vital*). Aquele era 12 vezes mais rápido (em efeito de envelhecimento) que esta.

Agora, quanto ao *crescimento*: ele afetava o *hröa* élfico desde a *concepção* até a *maturidade* (ou *puberdade*). A taxa de *persistência vital* dos Quendi era como 1 *yên* para 1 *löa*, ou "ano solar": isto é, 144 : 1 Humano. A *taxa de crescimento* era 12 vezes mais rápida: isto é, seguia apenas a proporção de 12 *löar* = 1 *löa* [Humano], ou ano solar. Assim, da *concepção ao nascimento*, eles ficavam no útero por 9 *löar*. *Após nascerem*, eles continuavam a *crescer* à mesma taxa, até a puberdade. Nos Elfos homens, ela era alcançada na "idade" de 24; mas nas Elfas, aos 18.[b][2] Isto é, para o sexo masculino, 24 × 12 após o nascimento, ou 288 *löar*; para o sexo feminino, 18 × 12, ou 216 *löar*. Nas eras antigas, essa "maioridade" era questão de cerimônia, na qual era anunciado o *essekilmë*, ou "nome escolhido", pessoal do Elfo.[3]

Mas, exceto nas *três primeiras gerações*, a geração de filhos por *Elfos homens* não costumava se seguir de imediato quando atingiam a "idade de 24" (apesar de o "noivado" muitas vezes se seguir, ou mesmo o "casamento"). Ela foi adiada pouco a pouco, até que logo a "idade de 48" passou a ser considerada a idade ótima para o começo da paternidade, apesar de muitas vezes ser adiada até os 60 (ou seja, 24 anos de crescimento + 36 anos de vida).[4] É claro que a geração de mais outros filhos podia ocorrer mais tarde que isto. *Podia* ocorrer até uma idade masculina de 96 — depois dessa idade (96) raramente ocorria uma *primeira* geração.[5]

No caso de *Elfas*: o casamento e a gravidez aconteciam mais cedo, com o primeiro filho nascendo antes de terem 20 anos.[c][6] Na verdade, mais tarde tornou-se comum um certo adiamento, de forma que o casamento aos 21 era o ponto mais usual; porém, qualquer idade até os 36 (18 + 18) não era incomum.[7] Em dias de aflição ou de viagem e vida errante, a geração de filhos era naturalmente evitada

---

[b] Acerca desta diferença, os Eldar falam na lenda que chamam de "O Despertar" (*i-Cuivië*).

[c] Nas primeiras gerações.

ou adiada; e, *visto que o adiamento, em especial da primeira gravidez ou geração*, prolongava a "juventude" ou vigor físico dos Quendi, isso podia ocorrer até uma idade feminina de cerca de 72 (18 + 54) — mas uma *primeira gravidez* raramente ocorria após essa idade (72).[8]

Essas datas, pelo menos nas eras antigas (das quais estamos nos ocupando), não eram tanto questões de impossibilidade física *quanto de vontade ou desejo*. Assim que atingiam a maioridade, e com rapidez crescente após os 48 (Elfos homens) e 36 (Elfas), o *fëa* e seus interesses começavam a dominar. Um Elfo que não se tivesse casado, ou pelo menos encontrado uma desejada como cônjuge,[9] provavelmente (em circunstâncias normais) permanecia solteiro por volta dessas datas — apesar de que naturalmente em tempos difíceis, quando os amantes ou cônjuges podiam passar longo tempo separados, o casamento bem podia ocorrer muito mais tarde; ou a gravidez ser adiada por longo tempo.

O *número* de filhos produzidos por um casal era naturalmente afetado, em parte pelo caráter das pessoas envolvidas (mental e físico); e em parte por diversos acidentes da vida. Mas também era muito mais afetado pela idade em que o casamento começava. Mesmo nos tempos mais remotos, depois dos "Primeiros Elfos", ter mais de *seis* filhos era muito raro, e quatro logo se tornou a média normal. Mas seis nunca foi atingido pelos que se casavam após 48/36. Em casamentos posteriores, dois era mais usual.

Para fins cronológicos e comparação entre Elfos e Homens, estas datas podem ser exibidas assim:

[Anos-élficos]	**[Anos mortais]**
Uma criança élfica concebida nascia 9 *löar* depois. Idade de "crescimento" élfico cerca de 9 meses. Tempo real:	9 anos
A "idade de crescimento" de 12:1 (em comparação com anos mortais) era mantida até um Elfo homem alcançar a "idade de 24". Tempo real:	288 anos
No caso de mulheres, costumava cessar aos 18, porém, às vezes era continuada, especialmente em Aman, até os 21. Tempo real:	216 anos (ou 252)
Na "idade de 48", portanto, um Elfo homem tinha 288 *löar* + 24 *yên* (288 + 3456).[10]	3.744 anos
Na "idade de 96", portanto, um Elfo homem tinha 288 *löar* + 72 *yên*	10.656

Na "idade de 192", portanto, um Elfo homem tinha 288 *löar* + 168 *yên*	24.480
Na "idade de 21", portanto, uma Elfa tinha 216 *löar* + 3 *yên* (216 + 432).	648
Na "idade de 36", portanto, uma Elfa tinha 216 *löar* + 18 *yên*	2.808
Na "idade de 72", portanto, uma Elfa tinha 216 *löar* + 54 *yên*	7.992
Na "idade de 144", portanto, uma Elfa tinha 216 *löar* + 126 *yên*	18.360

Em todas as ocasiões, a não ser que interferissem as circunstâncias e os cônjuges fossem obrigados a se separar devido a guerras ou exílio, os Quendi desejavam ficar na companhia do marido ou da esposa durante a gravidez e o início do crescimento do filho. Também em regra, preferiam ordenar suas vidas de forma a terem um "Tempo das Crianças" consecutivo em que nasciam todos os seus filhos — mas é claro que muitas vezes isso demonstrava ser impossível, em especial nos tumultuados anos antigos.[11] Após um nascimento, mesmo que se conseguisse um *Onnalúmë*, ou "Tempo das Crianças", consecutivo, naturalmente sempre se fazia um repouso. Ele era governado pelo "tempo de crescimento", e, portanto, normalmente não era menor que 12 *löar* (= 1 ano de crescimento); mas podia ser muito maior; e costumava aumentar progressivamente entre os nascimentos em série consecutiva: como 12 : 24 : 36 : 48 etc.

NOTAS

1 Tolkien substituiu os "1000 AV" originais por "96 anos valianos" enquanto escrevia. Com o estado não caído dos Elfos, ver os caps. 6, "O Despertar dos Quendi", e 12, "Acerca dos Quendi em seu Modo de Vida e Crescimento", mais adiante. Ver também A QUEDA DO HOMEM no Apênd. I.

[2] Com "O Despertar", ver cap. 8, "Tradições Eldarin Acerca do 'Despertar'", mais adiante.

3 Para mais informações sobre o *essekilmë*, "nome escolhido" (ou "escolha de nome", também grafado *essecilmë*), e sua respectiva cerimônia, ver X:214 e seguintes.

4 Esta sentença originalmente terminava em "paternidade", mas foi estendida por uma inserção marginal a caneta de bico preta. Essa inserção originalmente terminava em "Raramente ou nunca era adiada além da idade" antes de ser riscada. Uma inserção posterior, a esferográfica vermelha — acima de "até que logo a idade de 48 passou a ser considerada" — e subsequentemente riscada, parece dizer: "não por anos de vida, e sim por anos de crescimento, [?por]

12, 24, 48". Talvez a ideia seja que o adiamento resultava de um aumento no número de "anos de crescimento" dos Eldar.

[5] Como foi escrita primeiro, esta sentença começava por: "*Podia* ocorrer até por volta de uma idade masculina de 192, porém não ocorria frequentemente muito após os 96". Depois o número "192" foi riscado, e foram acrescentados cálculos na linha acima, dizendo: "24 + 144 (período de 168 anos) 18 + 144 (162)". Em seguida, esses cálculos e tudo que estava entre "192" e "após a idade" foi fortemente riscado. A sentença originalmente terminava em "ocorria raramente, se é que ocorria".

[6] Como foi escrita primeiro, esta sentença terminava em: "não raro antes de terem 20". As palavras "não raro" foram enfaticamente eliminadas e substituídas por "às vezes", que depois foi riscado também.

[7] Esta sentença está aqui na forma em que foi escrita primeiro, a despeito de cancelamentos e adições subsequentes, porque as alterações não parecem ter sido completadas de modo a formarem uma revisão coerente. As palavras "um certo adiamento" foram riscadas de leve, e uma nota grosseira foi acrescentada acima delas, dizendo (até onde consigo determinar agora): "[??] a data do [?primeiro nascimento]"; e as palavras "[?crescimento passado]" foram acrescentadas acima da palavra "usual", aparentemente ao mesmo tempo. Por fim, as palavras "aos 21 era o" foram riscadas, mas sem substituição nem harmonização com o restante da sentença.

[8] Como foi escrita primeiro, esta sentença terminava em: "isto podia muito bem ocorrer até a idade de 144 {>> 162} (o mais tardar) — mas uma *primeira gravidez* raramente ocorria antes da idade de 72 {>> [?90]}".

[9] As palavras "uma desejada como cônjuge" foram alteradas, enquanto estavam sendo escritas, a partir de: "uma desejada como es" (aparentemente um início abortado de "esposa").

[10] Tolkien de fato escreveu a forma aparentemente singular "*yên*" em cada caso.

[11] Ver X:213.

6

O Despertar dos Quendi

Este texto, uma discussão das questões apresentadas pela cronologia do despertar dos Quendi com respeito a *O Silmarillion* da forma em que ele estava, existe em duas versões. A primeira versão, que traz o título "*O Despertar dos Quendi* & posição de Ingwë/Finwë/Elwë etc.", data (de acordo com uma afirmativa explícita nele) de 1960 e ocupa as quatro páginas de duas folhas que Tolkien marcou com as letras *α–δ*. A segunda versão, que parece ser de época bem próxima, é uma considerável expansão da primeira. Ocupa seis páginas de três folhas numeradas por Tolkien de 1–6. Ambos os textos estão escritos a caneta de bico preta e (na maior parte) mais ou menos claramente; e a numeração de ambos os textos, várias notas posteriores, o título principal e dois títulos de seções da segunda versão foram acrescentados a esferográfica vermelha. Aqui dou primeiro a segunda versão (B), seguida dos trechos da primeira versão (A) que apresentam variação significativa.

Texto B

I. Discussão preliminar

Neste ponto: a Estória não foi imaginada totalmente, e a cronologia criada até agora é impossível.

O "Conto dos Anos" (CA) faz os Quendi despertarem em AV 1050; mas em AV 1085 Oromë já encontra um povo considerável.[1] Ora, o CA foi criado com uma escala AV = (cerca de) 10 anos solares (*löar*).[2] Portanto, é óbvio que os Quendi devem ter sido criados, desde o princípio, em grande número (já que somente se passaram 350 *löar*).

Também, visto que Ingwë, Finwë e Elwë foram primeiro levados a Valinor em AV 1102, àquela época somente se tinham passado 520 *löar* desde o Despertar.[3] Não se criou nenhuma escala de "crescimento" ou "envelhecimento" quendiano, mas em Valinor os eventos parecem mostrar que eles viviam mais ou menos à razão de 1 AV = 1 ano de vida élfica. Isso concorda com os eventos em Valinor, para os quais foi arranjado, mas torna todos os Eldar demasiado velhos nas narrativas posteriores, a não ser que suponhamos que permaneciam inalterados, após a maturidade, por tempo indefinido.

As *datas reais* do CA não precisam ser consideradas, já que (estando na escala errada) elas terão que ser revistas. Mas, posto que uma criação em massa dos Quendi é má narrativa e mitologia, alguma espécie de "lenda" do surgimento dos Elfos e de sua multiplicação e suas sortes precisa ser criada, e evidentemente deve-se passar um tempo muito mais longo que 350 *löar* entre o "Despertar" e o "Achamento", e também muito mais longo que 480 *löar* (AV 1085 a AV 1133) entre o "Achamento" e a chegada dos Ñoldor em Valinor.[4] Todo o tema da "Grande Marcha" precisa ser levado em consideração.

Mas: aumentar o período de tempo entre o "Despertar" e o "Achamento" (que é útil por proporcionar mais tempo para Melkor interferir com eles) deve inevitavelmente atribuir alguma culpa aos Valar. O que provavelmente é justo.[5]

Os Valar, é claro, não tinham conhecimento *preciso* do tempo desse "Despertar". Não se — *como parece ser essencial* — a Visão (que se seguiu à Música) se interrompeu antes da efetiva "Chegada dos Filhos".[6] Aos Ainur foi outorgada uma Visão dos Filhos, mas não de seu lugar exato na sequência. Mais tarde, Eru deliberadamente *não* informou Manwë de que o tempo se aproximava: pois Ele não pretendia que fossem dominados, e a função dos Valar era preparar e governar o *lugar* de sua habitação. Mesmo assim, os Valar deviam ter vigiado melhor e não deviam ter permitido a Melkor a paz para ele se estabelecer. É claro que estavam muito ansiosos, mas negligenciaram a questão até temerem arruinar Arda em uma guerra, que envolveria os Filhos em miséria ou destruição. (Pode-se objetar que isso não poderia acontecer — mas *todas* as operações de Melkor, àqueles que agora estavam no Tempo, pareciam ser um desafio a Eru e ter o poder de transtornar ou arruinar o desígnio; de modo que, se elas eram permitidas por Eru (ou não podiam ser evitadas!), não havia como saber até que ponto iriam prosseguir.)

Parece claro que o *resgate dos Quendi* precisava ser secreto (na medida do possível), e *antes do ataque a Utumno* — do contrário teria ocorrido esse mesmo perigo. A *Grande Marcha* devia ocorrer atrás de um anteparo de bloqueio e antes que começasse algum assalto violento!

Mas é claro que Melkor, já que controlava a Terra-média em larga medida e tinha hostes de espiões e servos, logo descobriu os Quendi, e teve tempo de amedrontá-los, encher suas mentes com imaginações e temores tenebrosos, além de (provavelmente) capturar alguns deles, e mesmo corromper ou seduzir alguns — vindo daí a mácula, em certa medida, da "Sombra" que se abatia até sobre os Eldar.[7]

Acerca dos Homens: ver em "Sauron: Surgimento e Queda dos Homens".[8] O surgimento e a queda aconteceram durante o "Cativeiro de Melkor" e foram realizados não por Melkor em pessoa, e sim por Sauron. Ocorreram cerca de 100 AV após o "Despertar dos Quendi", ou seja, 14.400 *löar* depois. Nesse caso, se os Homens surgiram em AV 1100, estaria explicada a "negligência" dos Valar, visto que já haviam cumprido seu dever e removido Melkor. Se o Fim do cômputo valiano, com a Morte das Árvores, ocorreu em AV 1495 (como está no CA e foi presumido até agora), por volta de 310 em Beleriand, os Homens teriam existido há 395 AV + 310 *löar* = 57.190 anos (*löar*).[9] O que é adequado (mesmo que cientificamente não seja longo o bastante).

Aqui o CA é totalmente impossível. Faz com que os Homens despertem inicialmente com o primeiro Nascer do Sol, que é em AV 1500, depois do que as datas são dadas em *löar*.[10] Mas os primeiros Homens surgem em *Beleriand* — já parcialmente civilizados, profundamente divididos em aparência e idioma, e deixando atrás de si uma longa história — e muitas outras variedades de Homens "impenitentes" no Leste — em AS 310. Tudo isso em 310 anos![11]

Tomando qualquer data para começar: Que os Quendi despertem em AV 1000. Então alguma data *antes* do Surgimento dos Homens seria melhor, mas não muito tempo (em termos élficos) antes, para o Achamento. Naquela época, apesar de serem bastante numerosos (? alguns milhares), não se haviam espalhado muito —? medo de Melkor, Sauron &c.; e não parecem ter-se encontrado com Homens ainda (apesar de, quase com certeza, terem ouvido mentiras sobre eles dos emissários de Melkor).

O "Achamento" deveria evidentemente ser por volta de AV 1090, ou 90 AVs antes do "Despertar" (12.960 *löar*): isso lhes daria tempo, mesmo a taxas élficas, para se multiplicarem a partir de um começo pouco numeroso. *Também, o que é importante*, tempo para inventarem os começos da *língua quendiana primitiva*: para descobrirem algo sobre Arda, e sobre seus próprios poderes e talentos.[12] (Devemos supor que a *língua* era um dom especificamente élfico, não possuído pelos Valar mesmo até encontrarem os Quendi; um dom de Eru inerente à sua natureza, de modo que desde seu Despertar começaram imediatamente a tentar comunicar-se *pela fala* uns com os outros.[13] Os *Homens* tinham um dom semelhante, porém menos destacado e menos *hábil*, visto que eram menos hábeis em todas as questões *artísticas*: *a linguagem era a arte primária*; portanto, suas línguas mais rudes foram muito incrementadas pelo contato, mais tarde, com os Quendi; e a semelhança geral — à parte os empréstimos linguísticos — das falas *ocidentais* dos Homens com o quendiano.)[14]

Os Quendi, é necessário presumir, tinham desde o princípio uma taxa natural de "crescimento" e "vida", que nas eras primitivas não se alterou muito em nenhum lugar: assim, desde o princípio podemos calcular com uma relação de 12 : 1 (em comparação com os Homens) de "crescimento", e uma relação de "envelhecimento" subsequente, ou valiana, de 144 : 1.

Sua *primeira geração*, ou os "Primeiros Elfos", despertou à época da primeira maturidade — *ver depois Lenda*;[15] e começaram de imediato a se multiplicar com grande rapidez nas *primeiras três gerações*, apesar de depois isso ocorrer mais lentamente.

Os Quendi jamais "caíram", no sentido da queda dos Homens.[16] Estando "manchados" pela Sombra (como talvez os próprios Valar estivessem em certo grau, com todas as coisas em "Arda Maculada"), podiam *fazer o mal*. Mas *jamais rejeitaram Eru*, nem adoraram Melkor (ou Sauron), seja individualmente[a] ou em grupos, ou como todo um povo. Portanto, suas vidas não estiveram sujeitas a uma maldição ou diminuição geral, e sua "duração de vida", coextensiva

[a] Apesar de ser possível que, no passado remoto, alguns Quendi tenham sido intimidados ou corrompidos por Melkor! Se assim foi, eles abandonaram a comunidade quendiana. Certamente os Eldar nunca, mesmo individualmente, rejeitaram Eru em palavra ou crença.

com o restante da vida em Arda, ficou inalterada — exceto apenas na medida em que, com o efetivo envelhecimento da própria Arda, seu *primitivo vigor corporal* se reduzia constantemente. Mas a "redução" ainda não afeta apreciavelmente os períodos de que trata *O Silmarillion.*

Não se pode supor que as "vidas" dos Quendi fossem afetadas por viverem na Terra-média "sob o Sol" — NÃO SE, como agora parece certo, o Sol for parte da estrutura original de Arda, e não criado somente após a Morte das Árvores — visto que estavam *destinados a viver* na Terra-média e "sob o Sol".[17] Qualquer alteração (se houvesse!) ocorreria sob as condições "artificiais" de Aman. Mas, visto que a taxa de "envelhecimento" quendiana já era a mesma dos Valar (144 : 1), a alteração só diria respeito à *taxa de crescimento* (12 : 1): esta poderia muito bem ser desacelerada para 36 : 1, 72 : 1, ou mesmo 144 : 1.[18]

Portanto, quando Oromë encontrou os Quendi em, digamos, AV 1090, o *incremento* pode ser calculado aproximadamente. De acordo com a "lenda" e a teoria explicada mais adiante: os Quendi, por volta de AV 1100, teriam sido em número maior que 32.000.[19] Isso provavelmente é adequado SE supusermos a geração de filhos durante a Grande Marcha: como está também mostrado no que se segue.

Por "o que se segue" Tolkien quer dizer os textos seguintes do maço "Tempo e Envelhecimento".

II. Nota sobre Angband e Utumno[20]

Em "O Conto dos Anos" Morgoth tem *tempo insuficiente* para a construção e organização de Angband. Assim, ele escapa em AV 1495, mas apenas 20 *löar* depois (AV 1497) já está atacando Beleriand (antes da feitura do Sol!).[b][21]

Claramente: OU Angband tem de estar *no mesmo local* de Utumno, que, tendo sido de fato parcialmente destruída, e suas profundezas jamais exploradas, foi restaurada depressa; OU Angband já precisa ter existido em alguma forma.

[b] Poder-se-ia fazer com que a fuga de Morgoth precedesse o Exílio em um período mais longo, mas isso não é necessário, se Angband já existia.

Esta última versão deve ser muito preferida. Um forte no longínquo Oeste, e não longe do Mar, seria um expediente estratégico natural de Melkor para evitar que os Valar viessem confrontá-lo com grande força, ou para postergar o avanço deles se tentassem atacá-lo.

Esta é a história provável ☞. Assim que descobriu os Quendi (ou de fato muito antes, e bem antes do tempo em que despertaram, que Melkor adivinhou mais astutamente que os Valar), Melkor construiu Angband. Uma de suas funções principais era não somente defender as Praias do Oeste, mas *dissimulá-las.* A função primária das Thangorodrim (originalmente vulcânicas) era produzir *fumaças, vapores e escuridão.* Todas as costas do noroeste foram encobertas, e o Sol excluído em larga medida, por centenas de anos antes de Melkor ser aprisionado. Sauron teve um papel importante nisso; e, quando finalmente os Valar vieram à Terra-média, ele (sob as ordens de Melkor) fez uma vigorosa simulação de resistência, enquanto Melkor recuava e reunia quase todas as suas forças em Utumno. (Assim foi tornada possível a passagem dos Quendi.) Na ocasião, Angband foi destruída em muito grande parte, apesar de os Valar, avançando para Utumno — que era aparentemente o centro real do poder de Melkor — não fazerem nenhuma tentativa para demoli-la por completo. Mas, quando Melkor fingiu submissão a Manwë, Sauron recebeu ordem de reconstruí-la (o mais *secretamente* possível: portanto, mormente estendendo suas mansões subterrâneas), visando à fuga e ao retorno de Melkor. *Não houve mais vapores* antes que Melkor retornasse: mas, quando retornou, em 1495, Angband estava quase pronta. Então Melkor a transformou em sua principal sede de poder, por razões estratégicas e por causa da chegada dos Eldar. Se tivesse tido êxito, talvez retornasse a Utumno, mas *não* antes de os Eldar estarem derrotados ou destruídos.

Texto A

A segunda versão expandiu em muito a primeira, altamente comprimida, exceto no que diz respeito às questões do despertar dos Homens e da posição e natureza de Angband em relação a Utumno, e de ambas essas questões em relação ao tempo da morte das Duas Árvores, da fuga de Melkor e do Exílio dos Noldor. Sobre esses assuntos, a primeira versão, que mostra muito mais do processo deliberativo de Tolkien acerca deles, diz:

Os Homens devem "despertar" *antes do Cativeiro de Melkor.*[c][22] É demasiado tarde após o retorno a Angband; *pois não há tempo suficiente*: os Atani, já parcialmente civilizados, chegam a Beleriand em c. 310. Isso são apenas 310 Anos Solares após o retorno de Morgoth![d][23]

Em qualquer caso, Morgoth tem tempo muito exíguo para construir Angband. Ele escapa em 1495 e apenas 20 anos [solares] mais tarde (CA 1497) já está atacando Beleriand.[24]

Claramente Angband e Utumno têm de estar no *mesmo lugar* e, destruídas apenas parcialmente, foram restauradas depressa.[25] Ou Angband também deve ter existido.[26] Um *forte no longínquo oeste* seria um bom artifício para manter os Valar longe e mal-informados do que estava acontecendo. Assim, *logo que os Elfos despertaram*, Melkor deve ter construído Angband no Oeste como artifício adicional — *e cobriu todas as costas do noroeste e o interior com trevas, obscurecendo o Sol.*

Mas Angband era principalmente um lugar para produzir *fumaça e treva*, e ainda não muito grande. Quando todos os Valar vieram contra ele, Melkor apenas fingiu defender Angband, e depois recuou para Utumno. Esta acabou sendo bastante destruída, mas foi habitada por Balrogs. Estes foram instruídos *secretamente* (apesar de Morgoth fingir submissão) a reaverem e estenderem Angband (em silêncio e [?dentro de] fumaças) visando à fuga dele. Portanto, Angband estava quase pronta em 1495![e][27]

Se (como em "O Conto dos Anos") os Valar vieram em AV 1090 e Utumno foi sitiada em 1092 e destruída em 1100, então os Homens *precisam* despertar antes de AV 1090.[28]

Se despertaram em AV 1050, isso daria 40 AVs, ou 5.760 Anos Solares para Melkor lidar com eles e os corromper, antes de seu cativeiro. Os Atani entraram em Beleriand em 310 Bel. Isto é, no 22º ano solar do AV 1498. Os Homens haviam então existido por 448 AVs + 22 ASs: isto é, 64.534 Anos Solares,[29] o que, apesar de

---

[c] Mas ver abaixo. Os Homens provavelmente foram corrompidos por Sauron após o Cativeiro (100 AVs mais tarde).

[d] Ou no máximo 454 anos! Mas a fuga de Morgoth poderia ocorrer em algum ponto antes do Exílio. A Matança das Árvores poderia ocorrer em AV 1494, o Exílio em 1495 e a chegada a Beleriand em 1496.

[e] Ver adiante: era Sauron quem controlava tudo na ausência de Morgoth.

cientificamente ser sem dúvida insuficiente (visto que faz apenas — já que estamos em 1960 da 7ª Era — 16.000 anos: no total cerca de 80.000), é adequado para os fins de *O Silmarillion* etc.[30]

Mas os Elfos, quando foram descobertos em 1085, já eram um povo, porém, parece que *ainda não* tinham encontrado os Homens, que despertaram muito mais longe a leste. ☞ *Cuiviénen* tem de estar *bem longe a oeste* (perto do centro de Endor?).

Podemos supor que os Elfos despertaram pelo menos 50 AVs antes dos Homens (isto é, 7.200 anos mortais). Isso é mais ou menos suficiente.[31] Mas seria melhor reduzir o tempo dos contatos de Melkor com os Homens, visto que o dano poderia se produzir em muito menos que 5.760 anos de vida mortal.

Que Melkor descubra os Homens 1.440 anos (isto é, 10 AVs) antes de os Valar iniciarem o ataque em AV 1090. Portanto, os Homens "despertarão" — o processo exato *não* será revelado nem discutido em *O Silmarillion* — algum (curto) tempo antes de AV 1080; digamos 1079/1075.[32]

Os Quendi deverão então despertar pelo menos a tempo de a primeira geração se tornar adulta antes de Oromë encontrá-los; mas também tempo suficiente para Melkor afetá-los seriamente.[33]

Se desde o começo os Elfos cresciam às taxas posteriores: a *primeira geração* estaria "amadurecendo" entre 216 e 288 anos depois de "despertar", mas não teriam alcançado o *apogeu* (nos dias antigos aos 100 anos de idade) por mais 76–82 anos-élficos = o mesmo número de AVs (ou ASs 10.944–11.808).[34] Portanto, quando foram encontrados por Oromë, devem ter existido por pelo menos 11.000 anos, ou (digamos) 80 AVs. Oromë os encontrou em 1085. Portanto, quase certamente começaram a existir em c. AV 1000.

Os Quendi despertaram em AV 1000.

Os Homens despertaram em AV 1075 (e estão ocultos de outros contatos por Melkor)? Mas Eru, independentemente de Manwë, envia mensagens e *mensageiros* a eles (e aos Elfos). Isso é cerca de 10.800 Anos-solares depois que os Elfos [despertaram] e 15 AVs (ou 2.160 ASs) antes do ataque dos Valar. Os Valar *não descobrem os Homens* (cujo centro era muito ao sul de Utumno),[35] e creem que a remoção de Melkor seja provavelmente proteção o bastante: não deveriam "imiscuir-se" com os Homens, mas apenas vigiá-los para que possam se desenvolver como devem. Mas estão *ansiosos*, especialmente depois de descobrirem que Melkor já afetara os Quendi;

e estão cônscios de que, de nenhum modo, todos os malignos sócios e forças de Melkor foram destruídos ou capturados. Portanto, estão sempre mandando emissários e exploradores à Terra-média durante o Cativeiro de Melkor.

NOTAS

1 Christopher Tolkien observa (X:49) que: "'O Conto dos Anos', uma lista cronológica do mesmo tipo daquela no Apêndice B de *O Senhor dos Anéis*, existe em formas diferentes, associadas com as primeiras e posteriores versões dos 'Anais'; a forma tardia, de estreita associação com ['Os Anais de Aman'] e o texto que o acompanha, 'Os Anais Cinzentos' ('Os Anais de Beleriand'), é talvez o texto mais complexo e difícil de todos os que meu pai deixou". Assim, o texto, considerado como um complexo de camadas e evoluções, só foi parcialmente editado e publicado (ver X:56–7, XI:342–54). As datas aqui citadas de "O Conto dos Anos", porém, concordam com as de "Os Anais de Aman" de c. 1951 (ou, seja como for, com suas formas finais; ver X:47–8), onde (X:71) os Quendi despertam em AV 1050, e onde (X:72) Oromë os encontra em AV 1085 (que ali se diz serem 335 dos "nossos anos", isto é, *löar*, depois de despertarem = 9,57 AV). Nem há indicação, dada por Christopher Tolkien em suas notas editoriais de "O Conto dos Anos", de que essas datas fossem diferentes no texto tal como foi escrito originalmente.

2 Ver X:50, §7: "cada Ano [dos Valar] [...] equivale a algo mais do que nove e meio dos nossos anos (nove e meio e oito centésimos e um pouco mais)" (porém as palavras entre parênteses são omitidas em "O Conto dos Anos", X:57 n.11); também X:59, §§5-10.

3 A data AV 1102 outra vez concorda precisamente com AAm (X:81).

4 AAm (X:84) dá AV 1133 como a data da chegada dos Noldor a Aman.

5 Para outras discussões das possíveis imperfeições dos Valar, ver "Notas sobre motivos em *O Silmarillion*" (X:394-408), e cap. 9, "*Ósanwe-kenta*", na Parte Dois deste livro.

6 Tolkien marcou este parágrafo como um ponto crucial, com um grande asterisco (*) na margem diante dele. A "Visão", como etapa intermediária entre a Música dos Ainur e o mundo ser criado pela fala de Eru, surgiu no Texto "C" do *Ainulindalë* de c. 1948 (cf. X:11, §§12, 13; X:14, §§22; X:25–6).

7 A parte correspondente da versão A deste texto diz aqui: "Daí uma tendência latente à *maldade* mesmo entre os Quendi".

8 Tolkien marcou este parágrafo como um ponto crucial, com dois grandes astericos (**) na margem diante dele. Sobre "anteparo de bloqueio[f]", ver *OED* "*Investment*", acepção 2: "Uma cobertura externa de qualquer tipo; um invólucro; um revestimento"; também acepção 4: "O cerco ou encurralamento de uma cidade ou fortaleza por uma força hostil de modo a cortar todas as comunicações com o exterior; sítio, bloqueio", e a citação ilustrando este sentido: "O segredo e a rapidez são assegurados, no *investment* de uma fortaleza no interior,

[f] Em inglês, *investment*. [N. T.]

pelo uso de uma força avançada de cavalaria e artilharia montada, que oculta a marcha do corpo principal". Se alguma vez existiu um texto como o referenciado aqui, infelizmente já não existe remanescente que eu conheça.

[9] AAm igualmente dá a data AV 1495 para a Morte das Duas Árvores (X:98 e seguintes.). Tolkien na verdade escreveu "57.334" aqui como a duração da existência dos Homens em 310 Bel., mas esse é um erro matemático. 395 AV x 144 = 56.880 + 310 = 57.190.

[10] Ver XI:30–1.

[11] Tolkien marcou este parágrafo como um ponto crucial, com um grande (*) na margem diante dele.

[12] Tolkien marcou esta passagem acerca da linguagem como um ponto crucial, com um grande asterisco (*) na margem diante dele.

[13] Tolkien marcou esta passagem como um ponto crucial, com uma manícula (☞) na margem esquerda diante dele.

[14] Tolkien marcou esta passagem acerca da primazia artística da linguagem como um ponto crucial, com um grande asterisco (*) diante dele. Sobre a similaridade das "Falas ocidentais dos Homens" com o quendiano, ver *O Lhammas*, §10 (V:179).

[15] Isto parece ser uma referência ao cap. 8, "Tradições Eldarin Acerca do 'Despertar'", a seguir.

[16] Tolkien marcou esta passagem como um ponto crucial, com uma manícula (☞) na margem esquerda diante dele. Com a natureza decaída dos Homens, no pensamento élfico e humano, veja o "*Athrabeth Finrod ah Andreth*", em *Morgoth's Ring*, e caps. 12, "Acerca dos Quendi em seu Modo de Vida e Crescimento", a seguir, e 10, "Notas acerca de *Órë*", na Parte 2 deste livro. Ver também A QUEDA DO HOMEM, no Apênd. I.

[17] Para a decisão (ou, seja como for, opção pensada) de longo alcance (e grandemente disruptiva) de Tolkien, de tornar o Sol e a Lua coevos com Arda (e não os últimos frutos das Duas Árvores), e para a consequente situação "artificial" em Aman, ver X:369-90.

[18] As várias relações possíveis, como são todas múltiplas de 12, evidenciam aquilo a que Tolkien, em outro lugar, se refere como "sistema duodecimal" de razões.

[19] Tolkien substituiu um número anterior, aparentemente 59.000, por 32.000 enquanto escrevia. Este último número concorda com aquele calculado para os Eldar no Achamento no "Esquema 2" do texto 2 do cap. 17, "Esquemas Geracionais", adiante; mas vide também os cálculos similares no cap. 15, "Um Esquema de Gerações", a seguir.

[20] O título é original, mas a numeração do texto como "II" é um acréscimo posterior a esferográfica vermelha. Ver XI:344: "Meu pai escreveu a lápis no texto datilografado (referindo-se ao intervalo desde o retorno de Morgoth de Valinor, em 1495): 'Tempo curto demais para Morgoth construir Angband', e também 'Tempo curto demais, deveria ser 10 pelo menos ou 20 Anos Valianos'. Isso teria exigido uma modificação substancial da cronologia; e parece concebível que essa consideração tenha sido um fato no surgimento da história posterior de que Utumno e Angband eram fortalezas distintas em regiões diferentes, ambas construídas por Morgoth em dias antigos (X:156, §12)."

[21] AAm (X:98) concorda com o "O Conto dos Anos", dando AV 1495 como data da fuga de Melkor, e também lista 1497 (X:118) como data do retorno dos Noldor exilados à Terra-média.

[22] Tolkien marcou esta passagem como um ponto crucial, com uma manícula (☞) na margem esquerda diante dele. Em algum ponto posterior, a esferográfica vermelha, ele acrescentou a nota que começa por "*Mas vide adiante*", que concorda com a data (AV 1100) e o agente (Sauron) da corrupção dos Homens explanada na segunda versão.

Em um escrito aparentemente contemporâneo, entre os papéis linguísticos de Tolkien, há uma folha rejeitada que, além de algumas etimologias élficas, contém esta nota:

☞ A Inquietação dos Ñoldor deve durar *muito tempo* (os Fëanorëanos podem habitar por muito tempo no Norte de Aman). Um *longo tempo precisa* ser alocado (a) para os Homens surgirem e *divergirem*, e (b) para Melkor os corromper? Deveriam "despertar" bem quando ele retorna à Terra-média — em uma ilha. (Razão para ele retornar foi sua conjectura sobre o tempo.)

Todo o tempo em Beleriand deve ser estendido a pelo menos 1000 anos, *a não ser que* os Homens despertem antes do cativeiro de Melkor. Assim, Fingolfin deveria morar *por muito tempo* em Arvalin [?ao sul] de Valinor.

Em nenhum outro lugar Fingolfin é descrito como alguém que viveu em Arvalin, que aliás só se conhece como uma terra sombria ao sul de Valinor, onde morava Ungoliant.

Diante do primeiro parágrafo, na margem, Tolkien escreveu com esferográfica:

Não, a *corrupção* dos Homens deve ocorrer antes do cativeiro.

[23] Estes comentários foram acrescentados mais tarde a esferográfica vermelha. Ver a nota posterior, semelhante, que Tolkien fez sobre o trecho correspondente na segunda versão (B) deste texto.

24 Ver XI:14–15.

25 Tolkien precedeu esta passagem com um grande asterisco (*), indicando sua importância como decisão.

26 A afirmativa sobre a existência prévia de Angband entrou como nota marginal durante a escrita. O sentido é de que ou Angband surgiu no mesmo lugar, e sobre as fundações destruídas apenas parcialmente de Utumno; ou de que Angband existia em um lugar separado antes da destruição de Utumno. Esta última solução é a que foi descrita como "deve ser muito preferida" na "Nota sobre Angband e Utumno" na segunda versão (B) deste texto.

[27] Esta nota entrou como nota marginal posterior a esferográfica vermelha.

28 Diante deste trecho, ou pelo menos diante da afirmativa de que "os Homens precisam despertar antes de AV 1090", Tolkien escreveu depois "não" a esferográfica vermelha.

29 Aqui, Tolkien na verdade escreveu "64.434", mas corrigi esse erro de cálculo.

30 O comentário entre parênteses nesta última sentença entrou como nota marginal contemporânea. Para a importância da afirmativa de que Tolkien está escrevendo no ano de 1960 "da 7ª Era", ver Eras do Mundo no Apênd. I.

Antes, em uma carta de 1958, Tolkien dissera sobre o tempo entre a Queda de Barad-dûr e "nossos dias" que: "Imagino que a lacuna seja de cerca de 6.000 anos: isto é, estamos agora no fim da Quinta Era, se as Eras forem da mesma duração da S.E. e T.E. Porém, creio que elas tenham acelerado, e imagino que na verdade estamos no final da Sexta Era, ou na Sétima" (Ver Cartas de J.R.R. Tolkien, carta 211).

Portanto, se os Homens entraram em Beleriand em 310 Bel., e a Primeira Era terminou em c. 600 Bel. (ver XI:346), então essa entrada ocorreu 290 + SE 3441 + TE 3021 = 6.752 anos antes do fim da Terceira Era. Assumindo três eras adicionais, mais 1.960 anos da 7ª Era como aqui, e sua ocorrência cerca de 16.000 anos antes, isso daria uma duração média da 4ª à 6ª Era de: 16.000 – 1.960 – 6.752 = 7.288, e 7.288 ÷ 3 = cerca de 2.430 anos.

[31] Da forma como foi escrita primeiro, esta sentença dizia: "Mas de fato isto não é suficiente".

[32] Tolkien marcou a afirmativa de que "o processo exato [do despertar dos Homens] *não* será revelado nem discutido em *O Silmarillion*" era crucial cercando-a de grandes asteriscos. O ano alternativo "1075" parece ter sido um acréscimo posterior, mas a caneta de bico preta; ele concorda com a data dada em B para o despertar dos Homens.

[33] Da forma como foi escrita primeiro, esta sentença começava por: "Os Quendi, então, deveriam despertar pelo menos [1000 >>] 10 AVs mais cedo: digamos [?950 >>] 1050, em breve", antes de tudo entre "pelo menos" e "em breve" ser riscado com força.

[34] Estes números pressupõem uma taxa de "amadurecimento" de 12 ASs para 1 ano-élfico, e uma taxa da maturidade até o "apogeu" de 144 ASs para 1 ano-élfico. Portanto, na maturidade, os Elfos teriam entre 18 e 24 anos-élficos (isto é, 216 ÷ 12 = 18 anos-élficos para 288 ÷ 12 = 24 anos-élficos).

[35] Muito ao sul e, presumivelmente, muito a leste de Utumno. Em certo ponto, Tolkien afirmou categoricamente que: "A Grande Terra Central, Europa e Ásia, foi habitada primeiro. Os Homens despertaram na Mesopotâmia" (IX:410).

7

A Marcha dos Quendi

O texto apresentado aqui ocupa doze páginas de sete folhas de papel sem pauta, que Tolkien marcou com A–M. Está na maior parte escrito com caneta de bico preta, com caligrafia bastante clara, mas depois recebeu um novo título, "Marcha", e foi revisado e recebeu acréscimos em alguns lugares, a esferográfica vermelha. Data de c. 1959. Dou aqui o texto conforme foi emendado.

Quendi

Se tomarmos AV 1000 como data provável do "Despertar" e 1085 como do "Achamento" (por Oromë); 1090: começo do Ataque dos Valar; 1102: Ingwë, Finwë e Elwë trazidos a Valinor; 1105: começo da Grande Marcha; 1115: separação dos Nandor; 1125: os Eldar chegam a Beleriand; 1130: Thingol se perde; 1133: os Vanyar e os Ñoldor aportam em Aman; então temos de considerar a questão dos Eldar, e as idades e posição de Ingwë etc.

Em 1085 Oromë já encontrou um povo considerável (que já tratara com emissários de Melkor).

De acordo com a tradição Eldarin: Os Quendi "despertaram" na maturidade do corpo, e haviam "dormido" durante a feitura de seus *hröar* "no regaço de Arda"; mas quando despertaram formavam *12 casais*, Elfo e Elfa jazendo lado a lado, cada um com um cônjuge "predestinado". Após 1 *löa* eles geraram filhos; de modo que no "[Ano do] Despertar 10" os Primonatos, ou a chamada 1ª geração, começaram a surgir. De início, os Quendi estavam ansiosos por aumentarem sua espécie; *em média* geravam filhos aos 40 anos de idade, e a intervalos médios de 24 anos. Nas três primeiras gerações, o número de crianças nascidas para cada casal foi 6. Nas três gerações seguintes, o número médio foi 5; em gerações subsequentes, até a Grande Marcha, o número médio foi 4. (Durante a Grande Marcha foram geradas muito poucas crianças, e não houve novos casamentos.) O número de homens e mulheres era igual de início (por cerca de três gerações), porém mais variável posteriormente, quando os homens tendiam a ser um pouco mais numerosos.

		População total
1ª ger. surge AV 1000/10 AD 10	Em AD 10, 12 crianças nasceram. A população total tornou-se, então, 36 (24 + 12).	**36**
[1ª ger. completa] AV 1000/130 AD 130	Mais crianças se seguiram em intervalos de 24 anos até cada casal dar à luz 6 filhos: Os "Primeiros Elfos", então, pararam de gerar. Assim, em 5 × 24 + 10 = AD 130 a "Primeira Geração" estava completa: eram 72. A população total era agora 24 + 72 = 96.	**96**
2ª ger. surge AV 1018/19 [AD 2611]	A "Primeira Geração" começou a gerar filhos aos "40 anos de idade": isto é, os *primeiros* 6 casais dos 36 casais da 1ª ger. começaram em AD 10 + 288 (= 24 AC) + 2.304 (= 16 AV): ou seja, em 18 AV + 10 *löar* após o Despertar. Assim, supondo aproximadamente 9 anos de gestação: os primeiros 6 da 2ª ger. surgiriam em 18 AV + 19 *löar* após o Despertar.	
2ª ger. completa AV 1018/139 [AD 2731]	Os últimos seis (os últimos filhos dos mais jovens da 1ª ger.) surgiriam em 18 AV + 10 *löar* + (5 × 24) *löar* + 9 *löar* = 18 AV + 139 *löar*. O aumento de população seria de 6 × 36 = 216.	**312**
3ª ger. surge AV 1036/28 [AD 5212]	A 2ª ger. começaria a produzir a próxima ger. em 40 anos de idade após o surgimento da 2ª ger.[1] Havia 216 da 2ª ger., ou 108 casais. O tempo para completar uma geração desde o primeiro nascimento até o último nascimento seria *como antes* de 120 *löar* (5 × 24). A 3ª ger., portanto, começaria a surgir em AV 1018/19 + 18 AV/9 *löar*.	
3ª ger. completa AV 1037/14 [AD 5342]	Os últimos da 3ª ger. surgiriam em AV 1018/19 + 18 AV/139 *löar*, ou AV 1037/14. O aumento foi de 6 × 108 = 648.	**960**

Agora o número de filhos por casal diminui para cinco, e o emparelhamento não é exato. O intervalo entre filhos também aumentou para cerca de 30, de modo que o tempo total para produzir a 4ª geração foi o mesmo, 120 *löar*.

4ª ger. surge AV 1054/37 [AD 7813]	A 3ª ger. começa a produzir a 4ª ger. em AV 1036/28 + AV 18, e os primeiros da 4 ger. surgiriam em AV 1036/28 + AV 18/9 = AV 1054/37.	
[4ª ger. completa AV 1055/13 AD 7933]	A 4ª ger. estaria completa 120 *löar* mais tarde = AV 1054/37 + AD 120 = AV 1054/157 = AV 1055/13. O aumento de população foi de 5 × 150 = 750.	**1.710**
5ª ger. surge AV 1072/46 [AD 10414]	Em AV 1054/37 + AV 18/9 a 5ª ger. começou a surgir: AV 1072/46. Havia 750 na 4ª ger., dos quais cerca de 700, ou 350 casais, se acasalaram.	
[5ª ger. completa AV 1073/22 AD 10534]	A geração estava completa em AV 1072/46 + 120 *löar* = AV 1073/22.[2] Aumento: 5 × 350 = 1.750.	**3.460**
6ª [ger. surge] AV 1090/55 [AD 13015]	Em AV 1072/46 + AV 18/9 a 6ª ger. surge = AV 1090/55. Havia 1.750 na 5ª ger., dos quais cerca de 800 casais se acasalaram.	
[6ª ger. completa AV 1091/31 AD 13135]	A geração estava completa em AV 1090/55 + 120 *löar* = AV 1091/31. Aumento: 5 × 800 = 4.000. O total em 1090, ou *por volta da época do Ataque* [contra Melkor], cerca de 7.000.[3] À época do Achamento por Oromë em 1085 somente 3.460.	**7.460**

O número de filhos por casal agora diminui para quatro, mas leva cerca de 100 *löar* para completar uma geração.

7ª [ger. surge] AV 1108/64 [AD 15616]	A 7ª ger. começa a surgir em AV 1090/55 + AV 18/9 = AV 1108/64. Dos 4.000 membros da 6ª ger., cerca de 1.900 casais geram 4 filhos cada um.	
[7ª ger. completa] AV 1109/20 [AD 15716]	A geração está completa em AV 1108/64 + 100 *löar* = 1109/20. Aumento: 4 × 1900 = 7.600.	**15.060**

Os mais jovens da 7ª geração estariam ativos e capazes de marchar em cerca de 10 anos de crescimento = 120 *löar*; ou seja, AV 1109/140, ou, digamos, AV 1110.

As datas da Marcha etc. dadas no *Conto dos Anos* são calculadas para se ajustarem à escala 10 löar = 1 AV; mas, mesmo assim, são longas demais? Os Eldar levam 20 AV = 200 anos [solares] para chegarem a Beleriand. Mas devemos imaginar muitas *longas paradas* e indecisões. Ademais, os Eldar *ainda desejavam filhos*, e sem dúvida *geraram muitos na Marcha*. Mas *paravam* para esse fim. As paradas ocupariam pelo menos 10 anos [solares] (gestação 9 + repouso da mãe) + 10 anos de crescimento (120 [AS]) = 130 [*löar*] para os filhos mais jovens crescerem até a idade de marchar.[4] Então seguiriam em marcha durante um intervalo de cerca de 30 anos [solares]; e parariam de novo por 130 [*löar*].[5] Digamos que a Marcha começou em AV 1110, quando o número total de Quendi era de cerca de 15.000.

Suponhamos que 10.000 marcharam (Eldar), e 5.000 Avari ficaram: Ingar 1.000, Noldor 3.500, Teleri 5.500 (ma*is tarde* Lindar – Sindar – Nandor).[6]

Distância? Beleriand tinha cerca de 550 milhas de largura de Eglarest até as Montanhas de Lûn. Das Montanhas de Lûn até o Mar de Rhûn são, de acordo com o mapa do SdA, mais de 1.250 milhas: [total] 1.750 milhas. A que distância a leste ou sudeste do Mar de Rhûn ficava Cuiviénen?[7] Se dissermos que nos dias antigos Cuiviénen ficava a 2.000 milhas, a voo de corvo, da costa da antiga Beleriand, isso estará aproximadamente correto.

Que 10.000 Eldar partam no começo de AV 1110. O engendrar da 8ª geração deve começar em AV 1108/64 + AV 18/9 = AV 1126/73. Mas então 16 AV = 2.304 anos [solares] terão transcorrido! (*Poderia* começar em AV 1108/64 + 2 AV = AV 1110/64, quando a 7ª geração tivesse a idade de 24 anos [de crescimento] [= 288 *löar*]).[8]

Claramente *ou* não são mais gerados filhos antes da chegada a Valinor, *ou* a Marcha deve ter sido retardada.

8ª [ger. surge] AV 1126/73 [AD 18217]	A 8ª ger. começa em AV 1126/73. A 7ª ger. continha 7.600 pessoas: destas, que 3.500 pares se casem.	
[8ª ger. completa] AV 1127/29 [AD 18317]	A ger. estará completa em 1126/73 + 100 *löar* = AV 1127/29. O aumento será de 3.500 × 4 = 14.000.	**29.060**

Que a Marcha comece quando os mais jovens da 8ª ger. tiverem pelo menos 10 anos [de crescimento] de idade (= 120 anos solares), portanto em AV 1127/29 + 120. Isto é em AV 1128/5 ou *cedo* em 1129. Que 20.000 marchem (deixando 9.060, ou cerca de 9.000 Avari). Ingar 2.000, Ñoldor 7.000, Teleri 11.000. Não ocorrerá mais reprodução regular da 9ª ger. até AV 1126/73 + 18/9 = AV 1142/82. Mas pode iniciar em 1126/73 + 2 AV = 1128.[9] Desses 20.000, 14.000 × $\frac{2}{3}$ terão mais de 11/10 anos [de crescimento], 7.600 × $\frac{2}{3}$ terão 81, 1.750 × $\frac{2}{3}$ terão 120 etc. Assim:

		["Idade"]
mais de 9.000	crianças pequenas	[AC] 11/10
mais de 5.600	jovens adultos	40+
mais de 2.700	adultos plenos	80+
mais de 1.200	apogeu	120+
mais de 500	apogeu	160+
mais de 400	apogeu	200+
144	apogeu	240+
48	apogeu	300+
24		340+
19.616		
9.000 crianças +		
11.000 adultos		

Crianças demais, assim provavelmente *retardar marcha* até a maturidade (288 anos [solares]) após o nascimento dos mais jovens da 8ª ger. Se 1127/29 + 2 AV (= 288 anos [solares]) = 1129/29 ou início de 1129. Os marchadores mais jovens terão 24 [anos de crescimento] (288 anos [solares]) de idade, os mais velhos 168 *löar* ou 1 AV/24 mais idade. Mas engendrar uma 9ª geração agora seria possível para, digamos, 4.000 casais da 8ª geração.

[Geração, ano e avanço rumo ao Mar]		**[População de Marchadores]**
[8ª ger.] AV 1129/29 [AD 18605] 450 milhas	A Marcha começa em AV 1129/*löa* 29. A grande hoste de 20.000 anda muito devagar (2.000 milhas a percorrer);[10] precisa providenciar comida, vestuário etc. no caminho, apesar de ter a ajuda dos Valar através de Oromë.[a] Avança principalmente do final da primavera até o início do outono: abril a setembro. O processo geral é ter um período de marcha e depois parar para reparos, feitura de roupas ou cura de peles, e repouso. A Marcha começou por volta de 1º de abril do *löa* 29 do AV 1129. Portanto, bem aprovisionada para partir. Avança cerca de 200 milhas até o final de abril, para e depois volta a avançar de 20 de junho a 20 de julho com mais 200 milhas (total 400).	20.000

[a] [Uma nota marginal, aparentemente referindo-se aos outros Valar, diz:] Outros ocupados com guerra?

	Está agora perto da margem leste do Mar de Rhûn, à época um lugar muito agradável. Após alguns debates, move-se para as margens do Mar de Rhûn (total 450 milhas) e ali para durante o restante do *löa* 29, e não se move outra vez, porque muitos estão contentes por ora, e desejam gerar filhos.	
[9ª ger. começa] AV 1129/39 [AD 18615]	Dos 4.500 casais de 8ª ger. disponíveis, 2.000 geram filhos na primavera do *löa* 30. Eles (2.000) nascem na primavera do *löa* 39 (AV 1129/39). Portanto, a hoste não volta a se mover por mais 10 anos de crescimento = 120 *löar*: AV 1129/159 = AV 1130/15. Agora combinou-se com 2.000 crianças pequenas (de idade aproximada AC 11/11).	22.000
AV 1130/15 [AD 18735] 650 milhas	Na primavera e no verão do AV 1130/15, move-se apenas 200 milhas (650 total). Acampa no que são os amplos prados antes de alcançar Trevamata, e repletos de cereais e comida. Os Elfos, ensinados por Oromë, semeiam cereais naquele outono e colhem no verão de 1130/16. Fazem isso três vezes até 1130/19 e não avançam antes da primavera de 1130/20.	
AV 1130/20 [AD 18740] 800 milhas	Nesse ano chegam à Grande Floresta, mais 200 milhas. Parece ser um lugar aprazível, mas descobrem que contém males à espreita. Possivelmente Sauron está ciente da Marcha? Seja como for, muitos dos males de Melkor estão à solta. Alguns Eldar se perdem; os restantes têm medo. Recuam para os prados por 50 milhas (850 – 50 = 800) e esperam por ajuda de Oromë. Oromë vem em 1130/25, afugenta os males e encoraja os Eldar.	
AV 1130/26 [AD 18746] 1.050 milhas	Os Ingar e os Ñoldor, seguindo Nahar, atravessam a Grande Floresta (rica em frutos e bagas?) na sua extremidade sul (que ficava mais ao sul que na Terceira Era) durante 1130/26. Saíram no Vale do Anduin e se deleitaram com ele. Seus chefes não conseguem persuadi-los a avançarem mais naquele tempo. Seu pensamento geral é "por que não habitar aqui, e os Valar que nos guardem? É aqui que os Quendi deveriam habitar, entre a floresta e a água!". Somente os Chefes que haviam visto Aman não estão contentes.	

	Aqui os Lindar começam a vaguear. Nem todos haviam alcançado o lado leste da Floresta quando os Ingar e Ñoldor atravessaram. Nenhum ainda seguiu Oromë.	
AV 1130/36 [AD 18756]	Os Ingar e os Ñoldor se estabelecem na margem leste do Anduin (a região onde mais tarde foi Lórien). Descansam até a primavera de 1130/27. Então começa um novo engendrar de filhos. Os casais disponíveis de Ingar e Ñoldor são cerca de 4.000. (O total da 8ª ger. = 14.000 — mas $^{1}/_{3}$ são Avari, deixando cerca de 9.000 Eldar, $^{9}/_{20}$ dos quais = 450 × 9 = 4.050 casais disponíveis. 2.000 casais geram filhos (1.000 da primeira vez, 1.000 da segunda vez) que nascem na primavera de 1130/36. Os Eldar gostam de sua vida ali: a presença dos Máyar rechaça o mal, e o lugar é rico em flores e comida.[11] A despeito dos Chefes, relutam em se mover.	24.000
AV 1130/79 [AD 18799]	Demoram-se até 1130/70 e depois iniciam nova geração (2.000 casais); [?nascimentos] adicionais da 9ª geração surgem na primavera de 1130/79. Agora começam a surgir os Teleri: deixaram os prados e contornaram a Floresta pelo sul. Gostam do novo lar e agora estão ansiosos por mais filhos.	26.000
AV 1130/89 [AD 18809]	Cerca de 2.000 casais (da 8ª ger. disponível de Telerin, de 4.950) geram filhos na primavera de 1130/80. Os Chefes e Oromë ficam perturbados. Não é possível mover-se antes que as crianças mais novas tenham mais de 10 [AC]: isto é, em 1130/89 + 120 = 1130/209 = 1131/65.	28.000
[AV 1130/90] [AD 18810]	Seja por acaso, por maquinações de Sauron e/ou porque Oromë retira a proteção (esperando deixar os Eldar menos contentes com seu novo Lar (*Atyamar*)),[12] os invernos são rigorosos e o tempo piora. Agora a hoste está sobrecarregada com muitos jovens nascidos entre 1129/39 e 1130/89. Os mais velhos são os [que] (em 1131/65) [terão] AV 2/26 de idade = 314 *löar*,[13] os mais jovens cerca de 10 [AC]. O total destes é de 8.000 na hoste total de 28.000. Os Chefes ordenam um avanço atravessando o Anduin para a primavera de 1130/91. Os Teleri já demonstram amor pela água e pelos barcos, e iniciam uma grande construção de barcos. Aprontam balsas e barcos no decorrer de	

	1130/90. Mas grande parte dos Teleri depois se opôs a isso, no inverno de 1130/90–91. O Anduin está selvagem e inundado, e grandes tempestades de neve caem nas Montanhas Nevoentas — então muito mais altas — que duram até muito depois do começo da primavera. A hoste telerin completa é agora de 13.000; mais de 3.000 se recusam e deixar Atyamar. Estes são os *Nandor*.[b][14]	
[AV 1130/91] [AD 18811] 1.150 milhas	A hoste, agora em número de 25.000, atravessa o Anduin, mas descobre que as *Hithaeglir* são intransponíveis. Alguns se perdem na tentativa. Acabam vagando rumo ao sul, através de bosques, até a planície onde mais tarde foi Rohan (Calenardhon).[15] Os Teleri atrasam-se mais uma vez.	25.000
AV 1130/95 [AD 18815] 1.850 milhas	Os Ingar e os Ñoldor se estabelecem finalmente na região do Isen (perto de onde mais tarde seria Isengard). A peregrinação durou cerca de quatro *löar* (1130/95). A hoste principal para por longo tempo. Os Teleri recuperam seu extravio.[16] NB: Toda a costa ao sul de Haradwaith originalmente se estendia muito mais para o oeste (antes da ruína de Beleriand e de Númenor, mais tarde), de forma que ainda estão muito longe do Mar, o qual não veem e do qual não ouvem falar.	
AV 1130/109 [AD 18829]	Um novo engendrar de filhos começa em 1130/100. (Alguns estão concluindo a 9ª ger., sendo que alguns são filhos da 4ª ou da 2ª telerin.) Novas [?ocasiões] da 9ª ger. surgem em 1130/109. Casais disponíveis de 8ª ger. somam 6.000 (menos 900 Nandor). Cerca de 3.500 casais geram filhos.[17]	28.500
AV 1131/5 [AD 18869]	Um novo engendrar começou em 1130/140, mas nem tantos produzem filhos. Alguns já produziram quatro. Além disso, as mulheres estão ficando [?inquietas] por causa das dificuldades dos filhos e agora muitas estão ansiosas para prosseguir. 2.000 casais produzem 2.000	30.500

[b] Diz-se que muitos ali permaneceram por milhares de anos, mas outros migraram — e alguns acabaram rumando ao sul, descendo o Anduin e se estabelecendo nas costas ao sul das Montanhas Brancas, em especial onde mais tarde foi Belfalas. Outros prosseguiram ao longo das costas até que certo número, e Denethor, subiram para o sudeste de Beleriand.

	filhos em 1130/149 = 1131/5.[18] Oromë está impaciente. Ainda assim, esperam até que as crianças mais jovens tenham 12 [AC], isto é, 144 anos [solares] = 1 AV = AV 1132/5.	
AV 1132/9 [AD 19017] 2.110 milhas	Os Eldar planejam não gerar mais filhos até Beleriand. A hoste dos Ingar e dos Ñoldor move-se para oeste até chegar ao Gwathló (cerca de 260 milhas) no final de 1132/9.	
AV 1132/11 [AD 19019] 2.310 milhas	Aqui esperam pelos primeiros dos Teleri atrasados, que chegam em 1132/10 e ajudam os Ingar e os Ñoldor a atravessar. Olwë e os demais vêm devagar na retaguarda. Os Ingar e os Ñoldor alcançam o Baranduin em 1132/11. Estão agora perto da extremidade meridional das Ered Luin.[19]	
AV 1132/17 [AD 19025] 3.111 milhas	São conduzidos, em 1132/12, a Beleriand oriental "que é segura". Nos próximos poucos anos, percorrem cerca de 800 milhas [?dirigindo-se] para perto da área de Doriath Ocidental. Digamos, em cerca de 1132/17 alcançam a costa de Beleriand.[20] A Marcha terminou.	
AV 1132/20 [AD 19028]	Os Lindar (Teleri) estão ansiosos pelo Mar e avançam rumo ao oeste, até a Falas ou Nevrast. Os Ñoldor e os Ingar habitam principalmente na área em torno do Sirion. Por volta de 1132/20, todos os Eldar da hoste principal estão em Beleriand, e totalizam 30.000.	30.000

Agora começa a negociação para o transporte

Tendo finalmente trazido a Hoste da Grande Marcha à costa de Beleriand, e tendo detalhado o tempo que isso levou e o aumento de população ao longo do caminho, Tolkien passa a comparar esse novo esquema com o esquema de "O Conto dos Anos" (ver X:49, 56–7) e a considerar suas implicações, especialmente as que decorrem do fato de Finwë evitar casar-se antes de chegar a Aman:

Em "O Conto dos Anos" os Eldar alcançam a costa em AV 1125 (apenas 20 AV = 200 anos [solares] na Marcha).[21] Ulmo leva os Ingar e Ñoldor em 1132; chegam a Aman em 1133. Os Teleri partem em 1150. AV aqui [isto é, no "Conto dos Anos"] = 10 anos solares. Os Eldar (Ingar e Ñoldor) só habitam em Beleriand 7 × 10 = 70 anos solares. Só leva 10 anos solares para atravessar o Grande Mar. Os Teleri partem 180 anos solares mais tarde. À exceção da passagem pelo Grande Mar, esses períodos [de tempo] são suficientes?

No esquema anterior, os Eldar alcançam a costa em 1132/17. A Marcha começou em 1129/29: ficaram em migração quase 3 AV = 420 anos solares. Deveriam habitar 1 AV (1133/17) antes que partam os Ingar e Ñoldor. Trânsito [atravessando o Grande Mar] = 12 anos [solares]. Agora os Teleri vão às costas e se tornam amigos de Ossë. Parte dos Teleri e Olwë são levados em 1134.

No "Conto dos Anos", Finwë gera Fëanor em 1160, e este nasce em AV 1169.[22] Isto são (de acordo com a escala do CA) 27 AV = 270 anos [solares] após a chegada de Finwë em Valinor.[23]

Onde entraram os chefes no esquema presente? Ingwë, Finwë, Elwë (Olwë)? Se forem "Primeiros Elfos" eles despertaram em AV 1000, com aproximadamente 24 anos de envelhecimento. Em AV 1133/29 eles chegam a Valinor. Têm então 24 + 133/29 AV de idade = 24 + 133 = 157 anos de envelhecimento; na verdade, 288 + 19.152 = 19.440 [anos solares].

Claramente *Finwë não pode se casar em Aman* a não ser que o arranjo das vidas élficas seja *alterado*. Poderia ser alterado satisfatoriamente deste modo:

1. Os Eldar, especialmente nas eras antigas, não se casam nem geram até tarde, e talvez tendo pelo menos 200 anos de idade.
2. Eles não necessariamente geram em Tempos das Crianças consecutivos; mas podem gerar em qualquer tempo adequado ou pacífico, à vontade. Mas não geram tendo passado do apogeu do *hröa*, que nos Dias Antigos era por volta dos 200 anos de envelhecimento (mas isso se reduziu: na Segunda Era eram 150, na Terceira Era, 100).

Ingwë, Finwë etc. puderam postergar o casamento até a chegada (e provavelmente não esperavam passar tanto tempo em viagem). Se assim for, no entanto, pode ser bom ter poucos casamentos na Marcha —: mas, como Ingwë, Finwë e Elwë eram casos especiais (sendo os únicos que já haviam visto Aman, e, portanto, desejavam que os filhos nascessem lá), podiam estar entre os poucos que se abstiveram [isto é, de se casar antes da Marcha e durante ela]. Se houver poucos casamentos na Marcha, então *ou* os Elfos precisam despertar mais de 82 AV antes de seu achamento *ou* muitos mais precisam ser "criados": 144 (72 casais), ou 144 casais?

Mas em qualquer caso — como Ingwë etc. ou qualquer "Primeiro Elfo" saberia o que iria acontecer, para postergar o casamento?

Como Elwë/Olwë/Elmo poderiam ser "irmãos"? Muito claramente, então, Ingwë etc. *não* são "Primeiros Elfos". O que, então, foi feito das gerações mais antigas?

Isso pode ser superado. Os Quendi inicialmente (até 3 ger.?) eram muito *filoprogenitivos*. Uniam-se quase de imediato com seu cônjuge predestinado. Era só *algum tempo* depois, quando seus *fëar* jovens e inexperientes começavam a assumir o comando, que suas outras faculdades exigiam satisfação, e eles começavam a ser absorvidos pelo estudo de Arda.[24] Portanto, as *gerações mais jovens* progrediam rapidamente em força, nobreza e intelectualidade de caráter, e se tornavam líderes naturais. As primeiras poucas gerações (que dispendiam muito vigor no ato de gerar) eram menos aventureiras e, ao que sucede, eram quase todas de Avari.

Em segundo lugar, *de qualquer modo*: senhores ou Reis élficos (como mais tarde os númenóreanos) tendiam a repassar o senhorio e as questões aos seus descendentes, se pudessem ou estivessem ocupados com alguma atividade. Frequentemente (apesar de não vermos isso em Beleriand, visto que a Guerra ocupou um período tão curto do tempo élfico, e senhores e Reis eram mortos tão amiúde) renunciavam após passarem dos 200 anos de envelhecimento. Assim, seriam *Quendi jovens, ávidos* de algumas gerações posteriores (cujos pais ou avós eram senhores) os escolhidos e/ou dispostos a irem a Aman como embaixadores — depois do que seriam proeminentes e líderes óbvios da Marcha. "A luz de Aman estava em seus rostos", e os demais Elfos tinham reverência por eles.

Diante deste parágrafo Tolkien pôs um grande "*" e acrescentou uma nota:

Isto é melhor que fazer os Embaixadores diferentes dos líderes posteriores.

Também desenhou linhas verticais diante dos dois últimos parágrafos dessa página e, no canto superior esquerdo, ainda acrescentou a palavra "Importante", indicando seu entusiasmo por essas soluções. Importantes, de fato, pois essas soluções aos problemas — de 1) reduzir o número de casamentos (e, portanto, de engendramentos) dos Eldar na Marcha, e ao mesmo tempo 2) ainda ter números suficientes de Elfos para povoar de forma crível tanto Aman quanto

Beleriand, e 3) permitir que Finwë ainda estivesse em idade de se casar e gerar filhos quando chegasse a Aman no esquema de "anos de envelhecimento" exposto nestes papéis — revelaram-se como o germe de "A Lenda do Despertar dos Quendi (*Cuivienyarna*)" dada em XI:420–24. Pois nas páginas que se seguem de imediato a esta discussão estão o germe e a elaboração grosseira dos mecanismos dessa lenda, começando assim:

Os "Primeiros Elfos" que despertaram em AV 1000 deveriam ser 144: 72 casais de *cônjuges destinados*. Mas não despertaram todos ao mesmo tempo do sono "no regaço de Arda". Havia *três primeiros Elfos*, conhecidos em lendas posteriores como Imin, Tata e Enel (a partir dos quais os Eldar diziam que foram feitas as palavras para 1, 2 e 3: mas o contrário provavelmente foi o fato histórico).

Foi aparentemente aqui que os nomes e vultos de Imin, Tata e Enel, como os três primeiros Elfos homens a despertarem, surgiram pela primeira vez. Para a continuação da evolução desta lenda, ver o próximo capítulo.

NOTAS

1 Esta sentença continua no MS com: "isto é, em AV 1018 + 19 *löar*"; mas isso é impossível, já que a própria 2ª geração surgiu naquele ano.

2 Aqui Tolkien na verdade escreveu: "AV 1073/24", que é um erro de cálculo (visto que 46 + 120 – 144 = 22).

3 Tolkien marcou isto como ponto crucial com um grande "*".

4 Da forma como foi escrita primeiro, esta sentença terminava: "pelo menos 10 anos (gestação 9 + repouso da mãe), mais provavelmente 20". Seguia-se: "[?Ou] Se toda uma geração ou Tempo das Crianças", riscado no ato da composição.

5 Da forma como foi escrita primeiro, esta sentença terminava: "e parar 20 outra vez".

6 Isto é, esses Teleri e seus descendentes tornaram-se mais tarde os Lindar, Sindar e Nandor de Beleriand. Para o nome *Ingar*, o "Povo de Ingwë" (isto é, os *Vanyar*), ver a introdução dessa parte do livro.

7 Aqui Tolkien na verdade escreveu: "Quão longe a O ou SO do Mar de Rhûn ficava Cuiviénen?", mas isso deve ser um deslize, visto que em nenhum relato do Despertar Cuiviénen ficava a oeste do Mar de Rhûn e, como será visto, aqui também os Eldar chegam às margens do Mar de Rhûn pelo leste.

8 Esta última sentença, aqui representada como comentário entre parênteses, foi um acréscimo tardio a esferográfica vermelha.

9 Esta sentença final entrou como acréscimo tardio e esmaecido a esferográfica vermelha.

10 Isto é, 2.000 milhas "a voo de corvo", como estipulado antes. O percurso verdadeiro da viagem, como se verá, foi muito mais longo que isso.

11 "Máyar" é uma forma raramente usada do nome "Maiar" que parece ter surgido em notas linguísticas que datam de 1957 (PE17:124, 149 s.v. √AYA-N, e ver 145 s.v. ADA para a data). Os Máyar em questão não são mencionados aqui, mas veja a entrada para DV 866/13 no cap. 13, "Datas Importantes", adiante.

12 "*Atyamar*" em quenya é literalmente "segundo-lar".

13 Aqui Tolkien na verdade escreveu: "2/26 anos de idade = 166 *löar* = 13 *löar* 10 [?meses]", mas isso é irreconciliável com o registro e a matemática.

14 "Denethor": ver S:87, 138–41, X:93, XI:13.

15 Aqui um elemento curioso entra no novo esquema da Grande Marcha: ou seja, que *nenhum* dos Eldar atravessou as Montanhas Nevoentas (*Hithaeglir*) para Eriador após atravessar o Anduin, mas em vez disso toda a hoste (exceto por cerca de 3.000 Nandor) se voltou para o sul, descendo o Anduin. Em contraste, *O Silmarillion* narra (S:87, e ver X:82–3 registro para AA 1115):

> os Teleri habitaram longamente na margem leste daquele rio [o Anduin] e desejavam permanecer ali, mas os Vanyar e os Noldor o atravessaram, e Oromë os levou através dos passos das montanhas [as Hithaeglir].

E mais adiante que também os Teleri acabaram atravessando as montanhas (S:88):

> E a hoste dos Teleri passou pelas Montanhas Nevoentas e atravessou as amplas terras de Eriador [...]

16 Originalmente esta sentença continuava assim (antes de ser riscada):

> mas muitos descem ao Mar, em Boca-do-Isen. Oromë acaba convencendo-os a irem — dizendo que podem morar junto ao Mar por muito tempo no final de sua jornada, e que os Valar querem que eles sigam rumo ao norte para

Aqui, "Boca-do-Isen" [*Isenmouth*] deve se referir à foz do Rio Isen/Angren (e não a Carach Angren "Mandíbulas de Ferro"/Boca-ferrada [*Isenmouthe*] da futura Mordor; ver SdA:1318, 1329–32). Se assim for, essa continuação original implica que na Primeira Era o Rio Isen desembocava em Belegaer na mesma latitude e longitude, ou aproximadamente, em que o fazia na Terceira Era, a despeito da submersão de vastas extensões das terras ocidentais de Beleriand na Guerra da Ira, ao final da Primeira Era. Sem dúvida, a percepção desta implicação do trecho fez com que fosse excluído no ato da escrita, e causou a nota que se segue imediatamente.

17 As duas últimas sentenças são acréscimos a esferográfica vermelha, e escritas grosseiramente. O número de casais disponíveis da 8ª geração parece ter sido originalmente de 8.000, e o número de casais que conceberam, 4.000.

18 Tolkien na verdade escreveu aqui "1131/9", mas isso é um erro.

19 Aqui, mais uma vez, como consequência da rota meridional que a hoste trilha para evitar atravessar as Montanhas Nevoentas e do fato de passarem em seguida através do desfiladeiro de Rohan (mais tarde denominado assim) na extremidade sul das montanhas, a hoste entra em Beleriand abaixo da extremidade sul

das Ered Luin; enquanto que em *O Silmarillion* os diversos corpos de toda a hoste atravessam por cima das Ered Luin (em diferentes tempos) em um ponto muito mais setentrional (S:87–8, e ver X:83 registro para AA 1125):

> Por fim, os Vanyar e os Noldor atravessaram Ered Luin, as Montanhas Azuis, entre Eriador e a terra mais a oeste da Terra-média, à qual os Elfos depois deram o nome de Beleriand; e as companhias da vanguarda passaram pelo Vale do Sirion e desceram às costas do Grande Mar entre Drengist e a Baía de Balar. [...]
>
> Assim, depois de muitos anos, os Teleri também atravessaram afinal as Ered Luin, chegando às regiões do leste de Beleriand.

Relatos da Grande Marcha anteriores a este dão a impressão de que ela prosseguiu mais ou menos em linha reta, de leste a oeste, próxima à latitude média das Montanhas Nevoentas e muito mais perto da latitude de Doriath. Dada esta nova rota, mais sinuosa e muito mais ao sul, parece difícil compreender por que, após entrar em Beleriand na extremidade sul das Ered Luin, a hoste se desviaria tão longe para o norte até atingir a área de Doriath. Como pelo menos Oromë deve ter sabido, a Baía de Balar diretamente a oeste deles era muito mais próxima que a Falas ou Nevrast, e ela acabou se tornando seu ponto de partida da Terra-média rumo a Valinor.

[20] Aqui Tolkien na verdade escreveu: "Digamos por volta de 1132/17 eles estão em Beleriand"; mas, visto que a hoste (principal) entrou em Beleriand em AV 1132/12, e que Tolkien escreve em seguida "A Marcha terminou", e depois escreve mais adiante que "os Eldar alcançam a costa em 1132/17", usei este último texto para esclarecer o que aqui parece ser a real intenção.

[21] Ver X:81–3, em que a Grande Jornada começa em AA 1105 e termina em 1125. Como Tolkien observa, no esquema anterior de "O Conto dos Anos", 20 AV = 200 anos solares, não 2880 como aqui.

[22] Ver X:101 n.1.

[23] Ver X:84 §67, que cita 1133 como o ano em que os Vanyar e os Noldor chegaram a Aman. É de fato 27 AV antes da geração de Fëanor por Finwë e Míriel (mas 36 AV antes de seu nascimento), e, portanto, parece ser o que Tolkien aqui refere como "isto".

[24] O material de esboço deste trecho diz:

> Quando os Quendi eram muito "jovens em Arda", eram muito mais como os Homens (não caídos), ou na verdade crianças crescidas. Seus *hröar* (e os deleites corporais de todos os tipos) eram dominantes, e plenos de vigor; e seus *fëar* só começavam a crescer e despertar e descobrir seus poderes. Assim, eram bem mais progenitivos e menos exauridos pela produção de filhos.

Ver o parágrafo de abertura do texto apresentado no cap. 5, "Juventude e Crescimento Natural dos Quendi". Sobre a natureza não caída dos Quendi, ver A QUEDA DO HOMEM no Apênd. 1

8

Tradições Eldarin Acerca do "Despertar"

Este texto está escrito a caneta de bico preta em cinco páginas de quatro folhas de papel sem pauta. Data de c. 1959.

Conforme observado no capítulo anterior, a lenda de Imin, Tata e Enel surgiu a partir do desejo de Tolkien de reduzir o número de casamentos (assim também de geração de filhos) dos Eldar na Marcha, mas ainda mantendo um número suficiente de Elfos para povoar de modo crível Aman e Beleriand, e ainda manter Finwë em idade de se casar quando chega em Aman.

Apesar de a versão datilografada subsequente deste texto, publicada em "A Guerra das Joias", seguir este manuscrito (com suas emendas) bem de perto (ver "A Lenda do Despertar dos Quendi *(Cuivienyarna)*;" XI:420–24), há suficientes diferenças de detalhe e evolução textual para justificar que seja mostrada aqui toda a versão manuscrita, no contexto em que a lenda surgiu pela primeira vez.

Resumo das tradições eldarin acerca do "Despertar" e da "Lenda do *Cuivië (Cuivienyarna)*"

Durante o despertar de seus primeiros *hröar* da "carne de Arda", os Quendi dormiam "no regaço de Arda", sob a verde relva, e "despertaram" quando estavam adultos. Mas os "Primeiros Elfos" (também chamados de *Não Gerados*, ou *Gerados por Eru*) não despertaram todos juntos. Eru ordenara que cada um jazesse ao lado de seu "cônjuge destinado".[1] Mas três Elfos despertaram em primeiro lugar; e eram Elfos homens, pois os Elfos homens são mais fortes em *hröa* e mais ávidos e aventureiros em lugares estranhos.[2] Esses três são nomeados nas tradições mais antigas: *Imin*, *Tata* e *Enel*. Despertaram nessa ordem, mas com pouco tempo entre eles; e deles, dizem os Eldar, foram feitas as palavras para 1, 2 e 3: os mais antigos de todos os numerais.[a][3]

Imin, *Tata* e *Enel* despertaram antes de suas esposas, e a primeira coisa que viram foram as estrelas, pois despertaram no início da penumbra antes do amanhecer. E a próxima coisa que viram foram suas esposas destinadas, jazendo adormecidas no verde relvado ao lado deles.[4] Então, tanto se enamoraram da sua beleza que seu desejo pela fala foi avivado de imediato, e começaram "a pensar em palavras" para falarem e cantarem. E, visto que estavam impacientes, não foram capazes de esperar, mas despertaram suas esposas. Assim (dizem os Eldar) depois disso as Elfas sempre alcançaram a maturidade antes dos Elfos; pois a intenção fora que elas despertassem mais tarde que seus esposos.[5]

Mas, após certo tempo, quando haviam habitado juntos por um tanto e haviam inventado muitas palavras, Imin e Iminyë, Tata e Tatië, Enel e Enelyë caminharam juntos, e deixaram o verde vale de seu despertar, e logo chegaram a outro vale e ali encontraram *seis* casais de Quendi, e outra vez as estrelas reluziam na penumbra matutina e os Elfos homens acabavam de despertar.[6]

Então Imin afirmou ser o mais velho e ter o direito da primeira escolha; e disse "Escolho estes doze para serem meus companheiros". E os Elfos despertaram suas esposas, e quando os dezoito Elfos se haviam demorado juntos por algum tempo, e haviam aprendido muitas palavras e inventado outras mais, seguiram caminhando juntos, e logo, em outra baixada ainda mais funda e ampla, encontraram *nove* casais de Quendi, e os Elfos homens acabavam de despertar na luz das estrelas.

Então Tata reivindicou o direito da segunda escolha, e disse: "Escolho estes dezoito para serem meus companheiros". Então outra vez os Elfos despertaram suas esposas, e habitaram e falaram juntos, e inventaram muitos novos sons, e palavras novas e mais longas;[7] e então os trinta e seis saíram a caminhar juntos, até chegarem a um bosque de bétulas junto a um regato, e ali encontraram *doze* casais de Quendi, e da mesma forma os Elfos homens

[a] As palavras eldarin referidas são Min, Atta (ou Tata), Nel-de. Provavelmente o inverso é histórico. Os Três não tinham nomes até desenvolverem a linguagem, e receberam (ou tomaram) nomes depois de terem inventado numerais (ou pelo menos os 12 primeiros).

acabavam de se pôr de pé, e olhavam as estrelas através dos ramos das bétulas.

Então Enel reivindicou o direito da terceira escolha, e disse: "Escolho estes vinte e quatro para serem meus companheiros". Outra vez os Elfos homens despertaram suas esposas; e por muitos dias os sessenta Elfos habitaram junto ao regato, e logo começaram a fazer versos e canções ao som da música da água.

Por fim, todos partiram juntos outra vez. Mas Imin observou que a cada vez haviam encontrado mais Quendi que antes, e pensou consigo: "Tenho apenas doze companheiros (apesar de ser eu o mais velho); farei minha escolha mais tarde". Logo chegaram a um bosque de abetos de doce aroma em uma encosta, e ali encontraram *dezoito* casais de Quendi, e todos ainda dormiam. Ainda era noite e havia nuvens no firmamento. Mas antes da aurora um vento veio, e animou os Elfos homens, e eles despertaram e se admiraram com as estrelas; pois todas as nuvens foram levadas pelo vento e as estrelas estavam luminosas de leste a oeste. E por longo tempo os dezoito novos Quendi não se deram conta dos demais, mas olharam para a luz de *Menel*. Mas, quando finalmente volveram os olhos para a terra, contemplaram suas esposas e as despertaram para que olhassem as estrelas, exclamando-lhes *elen, elen!*[8] E assim as estrelas adquiriram seu nome.

Então Imin disse: "Ainda não escolherei de novo"; e Tata, portanto, escolheu aqueles trinta e seis para serem seus próprios companheiros; e eram altos e de cabelos escuros e fortes como os abetos, e deles descendeu mais tarde a maior parte dos Ñoldor.

E agora os noventa e seis Quendi falaram entre si, e os recém-despertos inventaram muitas palavras novas e belas, e muitos engenhosos artifícios da fala; e riam, e dançavam na encosta, até que por fim desejaram encontrar mais companheiros. Então todos eles outra vez partiram juntos, até chegarem a um lago, escuro na penumbra, e havia acima dele um grande penhasco do lado leste, e uma cascata descia das alturas, e as estrelas rebrilhavam na espuma. Mas os Elfos já se banhavam na cascata, e haviam despertado suas esposas. Havia *vinte e quatro* casais; mas até então não tinham fala formada, apesar de cantarem com doçura e suas vozes ecoarem na pedra, misturando-se ao ímpeto da cascata.

Mas outra vez Imin conteve sua escolha, pensando "da próxima vez será uma grande companhia". Portanto, Enel disse: "Tenho a escolha, e escolho estes quarenta e oito para serem meus companheiros". E os cento e quarenta e quatro Quendi habitaram juntos por muito tempo à margem do lago, até terem todos um pensamento e uma fala, e estavam contentes.[9]

Por fim Imin disse: "Agora é a hora de prosseguirmos e buscarmos novos companheiros". Mas a maior parte dos demais estava contente. Assim, Imin e Iminyë e seus doze companheiros partiram, e caminharam longe, de dia e na penumbra, em toda a região em torno do Lago, perto do qual haviam despertado todos os Quendi — razão pela qual ele se chama *Cuiviénen*.[10] Mas jamais encontraram outros companheiros: pois o conto dos Primeiros Elfos estava completo.

E assim foi que, depois disso, os Quendi sempre contaram em *dúzias*, e que 144 por muito tempo foi seu maior número, de modo que em nenhuma de suas línguas posteriores havia um nome comum para números maiores.[11] E assim também ocorreu que os "Companheiros de Imin" ou Companhia Mais Antiga (dos quais provieram os Ingar)[b] fossem, apesar de tudo, apenas 14 no total; e a menor companhia; e os "Companheiros de Tata" (dos quais provieram os Ñoldor) eram 56 ao todo; mas os "Companheiros de Enel", apesar de serem a Companhia Mais Recente, eram os mais numerosos. Deles provieram os Teleri (ou Lindar), e no início eram 74 ao todo.[12]

Ora, os Quendi amavam tudo que já tinham visto de Arda, e coisas verdes que crescem, e o sol do verão, eram seu deleite; mas ainda assim as Estrelas sempre comoviam mais seus corações, e as horas de penumbra, no "matinturvo" e "vesperturvo" com tempo claro, eram os tempos de sua maior alegria.[13] Pois nessas horas, na primavera do ano, haviam primeiramente despertado à vida em Arda. Mas os Lindar, acima de todos os demais Quendi, foram desde seu princípio os mais enamorados da água, e cantaram antes de poderem falar.

NOTAS

1 Da primeira vez em que foi escrito, dizia: "cônjuge predestinado".

2 O qualificador "Elfos" em "Elfos homens" foi uma inserção posterior.

3 Para outras tradições eldarin acerca dos numerais, ver "Mãos, Dedos e Numerais Eldarin" no cap. 3 da Parte 2 deste livro.

[b] Vanyar.

[4] Da primeira vez em que foi escrito, aquilo que se tornou estas duas sentenças dizia: "a primeira coisa que cada um viu foi sua esposa destinada jazendo adormecida no relvado verde".

[5] Da primeira vez em que foi escrita, esta sentença terminava originalmente em: "mais cedo que os Elfos; e usualmente se casavam com Elfos um pouco mais velhos que elas".

[6] As palavras "outra vez as estrelas reluziam na penumbra matutina e" eram uma inserção marginal a caneta de bico preta. Da primeira vez em que foi escrita, a última frase da sentença começava por "*seis* casais de Quendi, ainda adormecidos, mas".

[7] Da primeira vez em que foi escrita, esta frase dizia: "inventaram muitas novas palavras e artifícios de fala".

[8] O final desta sentença, "exclamando-lhes" etc., entrou como inserção marginal, aparentemente pouco tempo depois da composição original.

[9] Da primeira vez em que foi escrito, este parágrafo terminava com a sentença parcial: "Mas apesar de amarem tudo que já tinham visto", antes de esse trecho ser riscado.

[10] Da primeira vez em que foi escrito, isto dizia: "razão pela qual foi chamada de *Cuiviénen*".

[11] Da primeira vez em que foi escrita, esta sentença começava por: "E assim veio a acontecer".

[12] Da primeira vez em que foi escrito, o texto continuava com: "E os Lindar desde o princípio eram mais enamorados da água (junto à qual despertaram); mas todos os Quendi, apesar de amarem [?A]", terminando aí abruptamente, antes de esse trecho ser riscado.

[13] Da primeira vez em que foi escrita, esta sentença começava por: "Ora, os Quendi, apesar de amarem tudo o que já haviam visto de Arda, e os deleitarem as coisas verdes que crescem".

9

Escalas de Tempo e Taxas de Crescimento

Este é um manuscrito nítido, escrito mormente com caneta de bico preta, em seis páginas de três folhas sem pauta que Tolkien denominou, a esferográfica vermelha, como a–f, e juntou com um clipe. Alguns acréscimos e correções foram feitos por Tolkien a esferográfica vermelha e azul e a lápis. Data de c. 1959.

Para aplicações similares das taxas muito aumentadas de Anos solares para Anos Valianos de 144 : 1 para personagens específicos no legendário, ver os textos apresentados aqui como os caps. 10, "Dificuldades na Cronologia"; 11, "Envelhecimento dos Elfos"; e 18, "Idades Élficas e Númenóreanas".

Escalas de tempo e "taxas de crescimento"

	Ano Valiano de Envelhecimento	**Homens Mortais**
	1	144
Quendiano original	1	144
Depois	25/36	100

A taxa quendiana correspondia originalmente à valiana, e assim permaneceu em Amanw. Mas, com cada ato ou escolha que, por assim dizer, aliava os Quendi, ou qualquer grupo deles, mais de perto com "Arda Maculada", a taxa de "crescimento" se acelerava (pois a tendência à decadência física aumentava).

Diz-se que os Avari aceleraram para 100 : 1 assim que os Eldar partiram; que os Nandor fizeram o mesmo assim que abandonaram a Marcha; que os Sindar também fizeram o mesmo quando resolveram permanecer nas Praias do Oeste; e que, por fim, os Ñoldor exilados aceleraram do mesmo modo assim que deixaram Aman, ou melhor, assim que a Sentença de Mandos foi proferida e eles persistiram em sua rebelião.[1]

Em todas as lendas anteriores, portanto, a taxa de 100 : 1 pode ser usada para determinar aproximadamente a idade de qualquer um dos Eldar em termos humanos (exceto enquanto estavam em Aman, sendo aí de 144 : 1).

Diz-se que após a queda de Sauron, e o início da Quarta Era e do Domínio dos Homens, os Elfos que ainda se demoravam na Terra-média foram outra vez "acelerados" para uma taxa de aproximadamente 72 : 1, ou, nestes dias recentes, de 48 : 1.[2]

Alguns cálculos

Ver-se-á que as datas mencionadas no "Senhor dos Anéis" encaixam-se bem nestas taxas, *exceto em dois pontos.*

A taxa dos *Meio-Elfos* que decidiram juntar-se aos Quendi era evidentemente, na Terra-média, de 100 : 1. (Para os que se juntaram aos Homens, estabeleceu-se uma taxa de crescimento especial, de aproximadamente 3 : 1, apesar de esta diminuir, mas quase ser restaurada em Aragorn: ele tinha 5 : 2).[3]

Elrond. Nasceu 58 anos [solares] antes do fim da Primeira Era com a derrocada de Morgoth;[4] mas nasceu na Terra-média e, portanto, herdou desde o começo a taxa de 100 : 1. Depois, viveu por toda a Segunda Era da Terra-média: 3.441 anos. Desposou Celebrían em TE 100 (ao que se diz),[5] e deixou a Terra-média no fim da Terceira Era (3021). Ele disse que na Última Aliança (SE 3430) foi "arauto de Gil-galad".[6]

Vemos, portanto, que quando deixou a Terra-média tinha 58 + 3.441 + 3.021 anos de idade = 6.520. Em termos humanos, tinha então pouco mais de 65 anos, e ainda estava em pleno vigor.[7]

Na Última Aliança tinha 58 + 3.430 = 3.488 ÷ 100 = quase 35 anos. Ao se casar tinha 58 + 3.441 + 100 = 3.599 ÷ 100 = 36.

Celebrían nasceu (ao que parece) no começo da Segunda Era, quando Galadriel se recusou a retornar a Eressëa, e atravessou as Montanhas. Provavelmente SE 300. No seu casamento com Elrond, portanto, teria 3.441 – 300 + 100 = 3.241 anos de idade, ou 32. Uma idade razoável, e ademais explicável pelo fato de que seu casamento foi adiado devido à Guerra da Última Aliança e aos distúrbios precedentes em Eriador. Quando partiu da Terra-média em TE 2509, tinha 3.141 + 2.509 = 5.650 anos de idade, ou 56.[8]

Arwen. Nasceu (de acordo com o SdA) em TE 241. Casou-se com Aragorn em TE 3019. Tinha então 2.778 anos de idade, ou, em termos humanos, quase 28. Em termos élficos, essa é uma idade muito adequada. Seja como for, seu casamento foi inevitavelmente adiado devido à Guerra do Anel e aos distúrbios precedentes. Ademais, em 2951, quando Aragorn a encontrou pela primeira vez, ela tinha 2.710 anos, ou 27, enquanto ele tinha 20: ele ainda tinha de ultrapassá-la, o que neste caso era desejável, visto que ela haveria de se tornar mortal no grau dele. Em 2980, quando fizeram seus votos em Lórien, ela estava pouco mais velha, mas ele tinha 49.[9]

Ora, *Aragorn* nasceu em TE 2931, mas viveu até 4E 100, e estava então plenamente maduro, mas ainda não estava se tornando senil. Tinha então 190 anos.[10] Foi o "último dos Númenóreanos", e seu tempo de vida foi igual ao dos Reis dos Homens de outrora (como foi dito): o triplo dos Homens comuns. Na verdade sua taxa era provavelmente de 5 : 2, não de 3 : 1, de modo que, por ocasião de seu casamento em TE 3019, tinha 88 anos, 35 de idade; e ao morrer 190 anos, 75 de idade. (A taxa númenóreana plena lhe daria 29 anos no casamento e 63 ao morrer.)[11]

Parece que a "graça" concedida aos Númenóreanos era semelhante à de Aman: *não* alterava a taxa de crescimento humana até a maturidade, mas adiava a decadência da velhice, depois disso, por um bom tempo — até que soubessem internamente (por movimento do *fëa*) que chegara a hora de abandonar *voluntariamente*[12] a vida neste mundo. Se não o fizessem, mas se agarrassem à vida, a senilidade surgiria logo. Se Aragorn tivesse cedido aos rogos de Arwen, ter-se-ia tornado decrépito, pelo menos de corpo, muito em breve.

Galadriel. Nasceu em Aman. No exílio era jovem e ávida, no limiar da maturidade ou prestes a alcançá-la: provavelmente com idade aproximada de 20. Portanto, deve ter tido em anos cerca de 20 × 144 = 2.880. Travou conhecimento com Celeborn (príncipe Sindarin, e parente de Thingol) em Beleriand. Mas houve poucos casamentos ou nascimentos entre os Eldar durante a Guerra com Angband, que, apesar de ocupar 590 anos,[13] foi para os Eldar, em "tempo de envelhecimento", apenas questão de uns *seis* anos equivalentes. Provavelmente se casou com Celeborn logo após a derrocada de Morgoth, e quando ela (ao que parece por amor a Celeborn, que ainda não queria deixar a Terra-média) declinou retornar para o Oeste, a Eressëa,[a] eles atravessaram juntos as "Montanhas de Lûn" rumo a Eriador.[14] Ela tinha então 26 anos de idade, pois os anos em Beleriand haviam passado à taxa de envelhecimento de 100 : 1. Em SE 300, mais ou menos (3 anos [de vida] mais tarde), ela deu à luz Celebrían em Eriador. Tinha então cerca de 29 anos. Viveu por todo o restante da Segunda Era até SE 3441, e deixou a Terra-média em TE 3021. Assim, tinha nessa época, em anos [de vida], 20 + $\frac{3441+3021}{100}$ = 20 + 70,5, ou 90 anos e meio de idade;[15] portanto, em termos élficos, de acordo com o tempo em que se aproximava o "esvanecer" dos Quendi, passava então pelo apogeu de seu *hröa*.

Como se pode ver, esses cálculos mostram que os eventos e as datas (do SdA) se encaixam bem com a natureza élfica, e evidentemente são relatados de forma correta, em geral. Mas há *dois pontos* em que surgem *erros*: provavelmente originados pelos escribas.

Está afirmado no *Conto dos Anos* que Elrond se casou com Celebrían em TE 100, e que seus filhos gêmeos (Elladan e Elrohir) nasceram em TE 139, e Arwen em TE 241. Isso tem de ser errôneo: pois, em TE 139, apenas 39 anos, ou, em "termos de envelhecimento" dos Eldar e dos Meio-Elfos, 2/5 de um ano se passaram desde o casamento de Elrond. Isso era impossível.[16]

Além disso, em TE 241 só se haviam passado 102 anos desde o nascimento dos gêmeos, o que não é muito mais que um ano de tempo de envelhecimento e, apesar de não ser impossível, é inteiramente improvável conforme a natureza e o comportamento élficos. (Especialmente após o nascimento de gêmeos, e na geração e no nascimento de uma criança especial de alta excelência.)

Assim, é provável que 100 e 241 sejam erros para 10 e 341: pois, nessas circunstâncias, trata-se de erros fáceis de cometer; e observar-se-á que, se forem inseridos os números 10 e 341, os registros [isto é, no *Conto dos Anos* publicado no Apêndice B] não se deslocam de suas posições atuais.

Com essas emendas, podemos ver que Celebrían e Elrond eram, ao se casarem, 90 anos, ou menos que 1 [ano de vida], mais jovens

[a] Pode também ter havido um elemento de altivez em sua decisão; pois ela era princesa dos Ñoldor, que vivera na própria Aman. Eressëa parecia ocupar apenas um "segundo lugar".

do que foi afirmado. Isso não é muito importante. Mas o nascimento dos gêmeos ocorreu 129 anos depois, ou 1,29 [anos de vida], o que é cerca de um ano e quatro meses, o que é muito provável em termos élficos. O nascimento de Arwen foi, então, 202 anos depois disso, ou cerca de 2 anos [de vida]. Isso é possível, apesar de anterior ao que seria esperado.[b]

Não nasceram outros filhos de Elrond, apesar de Celebrían só deixar a Terra-média em 2509, quando tinha em anos cerca de 5.650, ou mais ou menos 56½ [anos de vida]. Sem dúvida isso se relaciona com o nascimento de gêmeos, e ainda mais com o fato de que Arwen era uma "criança especial" de grandes poderes e beleza.

Em notas marginais posteriores, a esferográfica azul, diante dos dois parágrafos iniciados por "Isso tem de ser errôneo", ele reconsiderou as mudanças ali propostas:

Não. Pois o crescimento infantil (incluindo o tempo no útero) até a maturidade era à taxa de 10 : 1. A gestação levava 8 anos (= 96 meses). [TE] 139, portanto, é bem possível. Mas o repouso em tempo de envelhecimento dos *pais* era [à taxa de] 100 : 1. Assim, 200 anos deviam intervir. Ou seja, a concepção de Elladan e Elrohir [deveria ser em] 131, nascidos em 139. Arwen [foi] gerada em 333 nascida em 341, após 194 ou quase 2 anos [de vida] de repouso.

Apesar de Tolkien mais tarde mudar o ano do nascimento de Elladan e Elrohir para 130, na segunda edição (1966) do *SdA* Apênd. B, ele acabou não alterando o de Arwen.

NOTAS

1 Em algum momento posterior, Tolkien escreveu na margem, diante deste parágrafo, a esferográfica vermelha: "*sem aceleração*"; e, aparentemente ao mesmo tempo, escreveu no espaço entre a tabela inicial e o primeiro parágrafo: "*Tudo isto precisa ser revisado para duodecimal*", também a esferográfica vermelha. Isso indica que Tolkien decidira que a taxa de crescimento quendiana de fato *não*

[b] Assim, é possível que 241 seja um erro, não para 341, e sim para 421: um erro ainda mais provável de ocorrer, exceto pelo fato de que o registro seguinte é para 420. Nesse caso cerca de 2,8 anos [de vida] teriam se passado entre os nascimentos, o que é ainda mais provável.

deveria, como aqui, aumentar em geral fora de Aman, de 144 (duodecimal) para 100 (decimal).

[2] Não há indicação no texto de quando exatamente seriam "estes dias recentes".

[3] Como se verá adiante, à época em que escrevia, Tolkien ainda considerava que Aragorn morrera aos 190 anos, não aos 210 como mais tarde.

[4] No "Conto dos Anos" de c. 1951–52, como corrigido, diz-se que Elrond e Elros nasceram em AdS 532 (XI:348), o que lhe dá 58 anos como aqui, quando terminou a Primeira Era em AdS 590 (XI:346).

[5] Este é o ano dado no Apênd. B da primeira edição (1955) de *O Retorno do Rei*. Isso foi alterado para 109 na segunda edição (1966).

[6] Cf. SdA:350

[7] As palavras "e ainda estava em pleno vigor" foram um acréscimo posterior a esferográfica vermelha.

[8] Tanto o Apênd. A como o B de *O Senhor dos Anéis* dizem que, tendo Celebrían sido atacada por orques e envenenada em TE 2509, ela partiu por sobre o Mar em 2510 (SdA:1482, 1546).

[9] Tolkien subsequentemente acrescentou a lápis — mas de fato não adotou aqui — alterações de várias datas e consequentes idades de Arwen (mudanças que em parte antecipam o esquema adotado no cap. 11, "Envelhecimento dos Elfos", adiante), sugerindo assim que Arwen nasceu em TE 341 e, portanto, tinha 2.678 anos solares = 27 anos de idade quando se casou com Aragorn em TE 3019; que tinha 2.610 ou 26 quando encontrou Aragorn em TE 2951.

[10] Na primeira edição (1955) do *RR* Apênd. B, está dito que Aragorn (nascido em 1º de março de 2931) morreu em 1º de março de 1521, portanto, com (exatamente) 190 anos, como aqui. Na segunda edição (1966) o ano foi alterado para 1541, e assim Aragorn partiu precisamente com 210 anos de idade (o que, note-se, é precisamente três vezes 70; ver Salmo 89 [90] versículo 10: "Os dias de nossa vida são setenta anos, ou talvez oitenta, se formos fortes").

[11] Assim como nas idades de Arwen, Tolkien mais tarde acrescentou a lápis — mas não adotou — mudanças sugeridas, neste caso para a taxa de crescimento de Aragorn e suas subsequentes idades equivalentes humanas "normais" (e também antecipando, em parte, o esquema adotado no cap. 11, "Envelhecimento dos Elfos", adiante). Na margem diante deste parágrafo, Tolkien escreveu:

> Aragorn cresceu [à] [idade] adulta [na] taxa normal, ficou adulto aos 20. Depois [?continuou] à taxa númenóreana de 3 : 1. Então com 49 anos [solares] tinha 20 + $\frac{29}{3}$ = cerca de 30 de [?fato].

Tolkien então calculou as idades de Aragorn nesta base de 3 : 1: de forma que tinha 20 + $\frac{68}{3}$ = 43 anos ao se casar em TE 3019, e 20 + $\frac{170}{3}$ = 77 quando morreu em 4E 100.

[12] Tolkien elabora essa questão nos caps. 11, "Vidas dos Númenóreanos", e 12, "O Envelhecimento dos Númenóreanos", na Parte Três deste livro.

[13] Nos "Anais cinzentos" de c. 1950–1 está dito que o Cerco de Angband começou em AdS 60 e foi rompido em AdS 455 (XI:39, 52).

[14] Para a questão problemática da história de Galadriel e Celeborn nos escritos de Tolkien, antes, durante e depois da publicação de *O Senhor dos Anéis*, ver o resumo de Christopher Tolkien em CI:309 e seguintes. A situação aqui

retratada concorda com o pouco que foi dito a esse respeito no Apênd. B (SdA:1539), apesar de o presente relato atribuir a Galadriel motivações que o Apêndice B não afirma explicitamente: tanto amor quanto altivez.

[15] Tolkien cometeu um erro matemático aqui: (3441 + 3021) = 6462 ÷ 100 = 64,62 + 20 = 84,62 anos de vida.

[16] Aqui, Tolkien aparentemente considera o período de gestação como sendo igual a um ano de vida na Terra-média, ou seja, 100 *löar*. Mas vide a nota marginal posterior apresentada perto do fim deste texto, onde ele corrige isso para 8 *löar*. Porém, permanece o fato de que, mesmo após as revisões do Apênd. B em 1966, onde Elrond e Celebrían se casam em TE 109 e os gêmeos nascem em 130, passam-se 21 *löar* entre os eventos.

10

Dificuldades na Cronologia

Este texto está escrito em caligrafia (geralmente) nítida, com caneta de bico preta, em seis páginas de três folhas de cópias impressas de um memorando, procedente de uma Reunião do College que ocorreu em 21 de junho de 1955, durante o período em que Tolkien ocupou o cargo de sub-reitor[a] do Merton College. No entanto, há diversas razões para datar este texto como de um pouco depois de 1955. Primeiro, ele usa *ab initio* a palavra quenya *hröa* para "corpo", mas não há evidência de que a palavra estivesse em uso antes de ser feita a versão datilografada B de "Leis e Costumes entre os Eldar" em c. 1958 (ver X:141–42, 304). Segundo, ele se refere a detalhes das diferentes taxas de envelhecimento élfico em Aman e em Beleriand como coisas já apresentadas e adotadas ("144 AS em Aman = 1 ano de vida élfica, mas 100 AS em Beleriand = 1 ano"), mas não há evidência de que essa diferença tenha sido introduzida antes de c. 1959, a saber, no texto apresentado aqui como cap. 4, "Escalas de Tempo"; além disso, é naquele texto que Tolkien parece ter pela primeira vez notado a dificuldade apresentada pelo nascimento de Maeglin em Beleriand que é central a este texto. Terceiro, próximo ao final do texto, a idade de Celebrían é especificamente citada em TE 10, um ano sem importância, a não ser pelo fato de que, no texto de c. 1959 apresentado no capítulo anterior, TE 10 foi sugerido como correção do ano em que Elrond e Celebrían se casaram. Portanto, creio que na verdade o texto data, como tantos outros do arquivo "Tempo e Envelhecimento", de c. 1959.

Para aplicações semelhantes da razão muito aumentada entre Anos Solares e Anos Valianos, de 144 : 1 a personagens específicos do legendário, vide os textos apresentados aqui como caps. 9,

[a] No original, *Sub-warden* [N. T.].

"Escalas de Tempo e Taxa de Crescimento"; 11, "Envelhecimento dos Elfos"; e 18, "Idades Élficas e Númenóreanas".

Uma grave dificuldade será encontrada na cronologia nas escalas 144 AS em Aman = 1 ano de vida élfica, mas 100 AS em Beleriand = 1 ano. Pois nenhum Elfo não nascido em Aman teria idade para se casar (apesar de talvez existirem numerosas crianças), visto que todo o tempo (aproximadamente 590 anos) da Guerra contra Morgoth só equivaleu a cerca de 6 anos de vida dos Eldar. Qualquer Elda casadouro, então, teria que ter pelo menos 20 [anos de vida], e, portanto, ter nascido 14 a 20 anos [valianos] antes de AV 1500, quando começa o cômputo beleriândico: isto é, 11 a 15 anos [valianos] antes do começo do Exílio.

Em geral, seria melhor *não* ter crianças exílicas (nascidas em Beleriand) que entrem no conto. Mas o caso de Maeglin não pode ser contornado. A narrativa torna inevitável que ele tenha nascido *após a ocupação de Gondolin* em Bel. 116. No período da chegada de Tuor a Gondolin (Bel. 495) ou de seu casamento com Idril (502), ele teria, caso tivesse nascido em (digamos) Bel. 120, c. 375 ou c. 382 anos de idade — mas isso somente = menos que 4 anos [de vida] de idade.[1]

(Isfin precisa extraviar-se — *recusando-se a se casar em Gondolin* — ou voltar a partir logo, digamos após 120/125. O melhor é que ela se recuse e seja obrigada, e *logo escape*. De modo que Maeglin nasceria em c. Bel. 120.)[2]

Solução 1) Os Elfos *casavam-se tarde* em Aman (normalmente). Atingiam a condição adulta aos 20 anos de idade de vida, mas isso = 20 AV = 2.880; mas permaneciam muito jovens e vigorosos (e juvenis de mente e interesses), de forma que muitas vezes não se casavam antes de terem 200 anos de vida, ou quase isso: a saber, com 28.800 anos solares de idade!

2) Mas *sob o Sol* (fora das Abóbadas de Varda) todos os Eldar haviam acelerado *seu crescimento*, apesar de não perderem (inicialmente) grande parte de sua firmeza em vigor e saúde nesse ponto. Portanto, alcançavam a maturidade 10 vezes mais depressa ou faziam 20 anos quando tinham apenas *200 anos* [*solares*] *de idade*; então mantinham esse vigor, envelhecendo somente à razão de 100 anos = 1 ano de vida.

(Note-se que, no "Conto dos Anos", 5 AV são considerados para as peregrinações dos Exilados, de 1495 a 1500,[3] mas isso foi calculado em uma escala de 1 AV = 10 AS e, portanto, foi *insuficiente*, perfazendo somente 50 anos solares. Agora é *muito excessivo*, pois são 720 anos! O adequado seria 1 Ano Valiano = 144 [AS]. Portanto, a Travessia do Gelo deveria ser em PE 1496.)

Para encontrar a equivalência aproximada de idades, portanto, em anos mortais: *Para os nascidos em Aman* calcular anos em Aman como se fossem mortais (ou dividir o número real de anos solares por 144) até PE 1496; depois dividir os Anos de Beleriand por 100. Assim, um Elda nascido em Aman em 1475 teria 20 anos no Exílio, 21 ao chegar na Terra-média, + $\frac{590}{100}$ [anos mais velho] na queda de Morgoth = cerca de 27.

Para os nascidos em Beleriand. Maeglin por exemplo, nascido em Bel. 120, tornou-se adulto em apenas 200 anos (= 20): ou seja, tinha 20 anos de vida em Bel. 320. Mas, em 495, quando Tuor veio a Gondolin, estava somente $\frac{495-320}{100}$ anos mais velho: ou seja, $\frac{175}{100}$ = menos de 2 anos ou cerca de 22. Quando Maeglin chegou em Gondolin em c. 400, tinha, portanto, 20 + $\frac{80}{100}$ anos de idade. Foi essa *discrepância de idades* (e experiências) que o tornou desagradável a Idril.

Tuor nasceu em 472. Veio a Gondolin em 495, com 23 anos de idade. Casou-se com *Idril* em 502, aos 30 anos de idade. Para olhá-lo com algum agrado, Idril devia ser jovem, mais ou menos o *equivalente* a 22/23 em 495. Para chegar aos 22 em 495, ela deve (se nasceu em Beleriand) ter levado 200 anos para fazer 20, e depois 400 anos para fazer 22: ou seja, 600 anos. *Não pode ter nascido em Beleriand* (de fato não nasceu, visto que sua mãe Anairë recusou o Exílio, mas Idril ficou junto do pai).[4] Se nasceu em Aman, seus 495 anos em Beleriand = cerca de 5 anos de sua vida. Portanto ela devia ter 17 anos ao entrar em Beleriand, e ter nascido em AV 1496 – 17 = 1479.

Se nasceu em Aman, é preciso recordar que, se ainda não eram adultos, a taxa de crescimento se tornaria 10 = 1 ao colocarem os pés na Terra-média (ou provavelmente assim que a Sentença de Mandos foi proferida em AV 1495).

Assim, Finduilas evidentemente é muito jovem em 490, quando Túrin chega a Nargothrond; mas ela já estava (virtualmente?) noiva de Gwindor antes da Nirnaeth em 472. (Túrin tivera uma vida dura e comandara homens, de forma que aos 26 (nascido em 464) ele lhe pareceria ser um guerreiro empedernido em plena maturidade.) Se dissermos que ela só tinha 20 anos em 490, ela podia ter alcançado essa idade em 200 anos e só precisaria ter nascido em Bel. 290. Em 472 ela teria 1–8 anos a menos: cerca de 18. Mas provavelmente era mais velha em 472, digamos então ao menos 20: nesse caso poderia ter nascido em Bel. 272, e não seria apreciavelmente mais velha em 490. Mas poderia ter nascido em Aman, digamos em 1486, tendo 9 anos no Exílio, 10 na chegada a Beleriand. Então precisaria de 100 anos para fazer 20 em Bel. 100. Em 490 teria quase 24.

Uma solução melhor é 3) A *Taxa de Crescimento* dos *nascidos em Beleriand* era 10 = 1. Mas a dos nascidos em Aman era 50 = 1 em Beleriand.[5] Mas ela *começou* a aumentar assim que deixaram Valinor,[6] digamos após a Sentença de Mandos. O Ano Valiano gasto no trajeto para Beleriand através do gelo *envelheceu todos os Exilados* em cerca de 2 anos (levou 144 anos solares) = 72[7] (mas Fëanor alcançou Beleriand na metade do tempo = Bel. 50, e assim só envelheceu 1 ano). Assim que chegaram a Beleriand, a taxa acelerou para 50 = 1. Assim, Finduilas, com 12 anos em 1495, tinha 13 em 1496 e precisou de 7 anos para fazer 20. Isso lhe tomou 7 × 50 = 350 anos. Portanto, ela tinha 20 anos em Bel. 350. Em Bel. 472, porém, ela tinha somente 122 anos solares a mais, acabara de passar os 21, e em 490 só tinha 140 anos solares a mais: quase 21½.[8] *Era a mais jovem Exilada.*

Galadriel, ao que se sabe, era "jovem e voluntariosa" no Exílio em 1495. Se tinha então 20 anos, teria 22 ao fim de 1496, mas em Bel. 590, na destruição de Beleriand, só teria cerca de 6 anos a mais, digamos 28. Casou-se com Celeborn por volta dessa época e foi a Eriador;[9] mas eles não geraram filhos antes de terem se estabelecido (inicialmente perto de Vesperturvo), isto é, por volta de SE 250. Ela tinha então 30½ anos. *Celebrían* nasceria por volta de SE 260. Portanto, ela teria 20 anos em SE 460 e, ao fim da Segunda Era, teria 20 + $\frac{3441-460}{100}$ (= $\frac{2981}{100}$) = 50.

Aqui o texto desanda em uma série de anotações e cálculos grosseiros, entre os quais:

Gestação dos Elfos 9 meses de tempo de vida = em Bel. 900 meses.[10]

Mas deveria sofrer a *lei do crescimento*. Todas as crianças juntas na Terra-média foram feitas com lei 10 = 1 [...] gestação levava 96 meses (mais longa que nos homens) = 8 anos.

Ao fim de SE 3441 ela [Galadriel] tinha 28 + 34,41 anos de idade = 62. No fim da Terceira Era tinha 30,21 anos mais = 92,62 e, portanto, aproximadamente o tempo do Apogeu do *hröa*.

Celebrían nasceu em SE 350. Galadriel só se casou com Celeborn depois que se estabeleceram. [Celebrían] tinha 20 anos em 550, em TE 10; 2.901 anos depois, tinha 49.

Eärendil obteve "longa juventude" para seus filhos e seus descendentes imediatos.[11] Elrond, um Elfo, tem juventude de 1.000 anos; assim, tinha 20 anos em SE 1000 – 58 = 942. No fim da TE tinha em anos 3.441 + 3.021 + 58 = 6.520 = 5.520 + 20 = 75. Em [SE] 1697 [fundação de Valfenda] ele tinha 27.

NOTAS

1 As datas aqui mostradas para a ocupação de Gondolin (Bel. 116) e da chegada de Tuor a Gondolin (495) concordam com as indicadas nos "Anais Cinzentos" de c. 1951 (XI:44, 89 respectivamente).

2 Com relação ao surgimento (relativamente tardio; após c. 1951) da forma do nome "Maeglin" (antes "Meglin" e "Glindûr"), e à substituição ainda mais tardia de "Aredhel" por "Isfin", ver XI:48, 122–23 §§119–20, e 316.

3 Nos "Anais de Aman" de c. 1951, 5 AV se passam entre a morte das Duas Árvores em AV 1495 (X:98) e o primeiro nascer da lua e do sol em AV 1500 (X:131), que coincidiu com a chegada à Terra-média dos Exilados que haviam atravessado o Helkaraxë (XI:29–30).

4 No cap. 4, "Escalas de Tempo" (c. 1959), está dito que Anairë era a esposa Vanya de Turgon que "não quis ir para o exílio com os Ñoldor". Em todas as demais fontes publicadas que a nomeiam, Anairë é esposa de Fingolfin e, portanto, avó de Idril, não mãe (ver XI:323, XII:363).

5 Da forma como foi escrito primeiro, o texto desde "em Aman era 50 = 1" continuava assim: "nos anos primitivos após deixarem Valinor: ou seja, 50 anos depois de 1495 = 1 ano de vida. Assim, Finduilas (juntando-se ao pai e ao irmão) foi a Exilada mais jovem, com apenas 12 anos em 1495. Precisou depois de 8 anos de vida para atingir os 20, isto é". Em seguida todas essas linhas foram riscadas no ato da escrita, e substituídas por "em Beleriand".

6 Do modo como foi escrito originalmente, a taxa começou a aumentar para os Exilados assim que deixaram "a luz das Árvores".

[7] Interpreto isto com o significado de que, durante a travessia do Gelo, a taxa élfica de envelhecimento aumentara de 144 = 1 em Aman para 72 = 1, acrescentando assim 2 anos de vida nos 144 anos solares que levou a travessia do gelo. Na chegada à Terra-média, essa taxa aumentou outra vez para 50 = 1.

[8] Se a taxa em Beleriand era de 50 = 1, então nos 122 anos em Beleriand, vividos após completar 20 em Bel. 350, ela deveria ter envelhecido em Bel. 472 quase 2½ anos de vida, tendo então 22½. De modo semelhante, em 490 deveria ter envelhecido mais ½ ano de vida, chegando aos 23. Não consigo explicar essa discrepância.

[9] Em *O Senhor dos Anéis* está dito que "antes da queda de Nargothrond ou Gondolin [Galadriel passou] por cima das montanhas" para Eriador (SdA:504). Para a história muito difícil de Galadriel e Celeborn, ver CI:309 e seguintes.

[10] Como foi escrito originalmente, o tempo de gestação era de 12 anos solares.

[11] Tolkien elabora essa questão no próximo capítulo.

11

Envelhecimento dos Elfos

Este é (na maior parte) um manuscrito nítido, escrito com caneta de bico preta, em oito páginas de quatro folhas sem pauta que Tolkien numerou, a lápis, 1–8. Algumas correções e notas marginais foram feitas por Tolkien a esferográfica vermelha. Data de c. 1959.

Para aplicações semelhantes da razão muito aumentada entre Anos Solares e Anos Valianos, de 144 : 1 a personagens específicos do legendário, vide os textos aqui apresentados como caps. 9, "Escalas de Tempo e Taxas de Crescimento"; 10, "Dificuldades na Cronologia"; e 18, "Anos Élficos e Númenóreanos".

Envelhecimento dos Elfos

É necessário um *ajuste* dessas taxas para se encaixarem na narrativa; pelo menos se a história da origem de Maeglin for mantida como nos "Anais". Pois Maeglin evidentemente tem idade para desejar se casar com Idril, *mas ele nasceu em Beleriand.* (A data nos Anais é impossível: AS 316. Maeglin teria então cerca de 179 anos quando Tuor chegou a Gondolin em AS 495; mas, na escala 100 : 1, teria menos que 2 anos em idade de vida!)[1] Gondolin foi ocupada em AS 116.[2] Portanto, Isfin não pode ter dado à luz Maeglin antes de, digamos, 120 — mesmo que ela se recusasse a entrar em Gondolin, não desejando ficar "murada", ou escapasse logo depois que Turgon a obrigou a entrar. Assim, no melhor caso, Maeglin teria apenas 375 anos de idade em AS 495.

Assim, *ou* (a) a história precisa ser alterada; *ou* (b) as escalas de crescimento precisam ser ajustadas.

(a) Maeglin deve ter nascido pelo menos 20 × 100 ou 25 × 100 anos solares antes de AS 495: isto é (na notação presente, com o cômputo de AV terminando em 1496 e então começando AM 1), cerca de 2.000 ou 2.500 anos antes de AM 495: ou seja, 1.500 a 2.000 anos antes da vinda dos Ñoldor em AM 1. Isto é, já que 1 AV = 144 AM, por volta de AV 1484 ou 1486. Isso é difícil ou impossível de trabalhar se Isfin = irmã de Turgon (como é essencial ao conto).

Se Isfin se rebelou à época da partida dos Eldar para além do Mar (AV 1132)[3] — como poderia ser dito de alguns dos Ñoldor também — então a questão poderia ser acertada assim:

Eöl não era um "Elfo-escuro", no sentido de ser um Avar (nenhum destes de fato existia em Beleriand, certamente não em época tão precoce); nem era um dos Teleri. Havia alguns dos Ñoldor que eram "Avari" de coração, mas marcharam porque todo o seu povo marchou.[4] Eöl foi um destes. Não desejava Aman. *Ou* ele já conhecia e desejava Isfin, e a persuadiu a ficar para trás, *ou* ela o encontrou em Beleriand quando também ela se recusara a partir no último minuto, e saiu vagando sozinha pelas terras. Nesse caso, o nascimento de Maeglin poderia ser em qualquer época entre AV 1232 e (digamos) 1400. Se nascesse em AV 1232, em AV 1496 Maeglin teria vivido 264 AV × 144 anos solares = 38.016 anos! Mas isso é obviamente impossível — além do fato de que tanto *Turgon como Isfin nasceram em Aman!*[a]

Então a história precisa ser inteiramente alterada, e Maeglin também deve ter nascido em Aman. Então seu caráter sinistro será explicado pelo fato de que ele (e sua mãe e seu pai) ficaram especialmente atraídos por Melkor, e passaram a desgostar de Aman e de seu clã. Juntaram-se à hoste de Fëanor (isso explicaria a habilidade de ferreiro de Eöl!) e se alienaram do seu clã imediato.

Ou (b) A escala de idade ou "crescimento" precisa ser alterada. Em Aman, nas eras primevas, era muito lenta. Os Eldar viviam então à taxa valiana de 144 : 1, mas também sua juventude *durava muito tempo*, e eles se empenhavam em muitas carreiras de interesse absorvente, de forma que não se tornavam "maduros" nem se casavam antes de terem mais de 100 [AV] ou até quase 200. Isso, é claro, não se aplica à primeira geração: por exemplo, Finwë nasceu na Terra-média algum tempo antes de AV 1085 (quando Oromë

[a] Isto, na taxa da Terra-média de 100 = 1, faz com que ele tenha 380 anos! Ou à taxa 144 = 1 [faz com que tenha] 264.

encontrou os Quendi), digamos por volta de 1050; em 1132, portanto, já tinha 82 anos [valianos] de idade e se casou com Míriel por volta de 1150, quando tinha 18 anos [valianos] a mais: ou seja, tinha cerca de 100 [AV].

Mas esse crescimento lento só se manteve em Aman "sob as abóbadas de Varda".[5] A taxa de crescimento "sob o Sol" logo se acelerou. Para todos os períodos relacionados com a narrativa ela pode ser tomada como 10 : 1. Isto é, desde a concepção até a maturidade, o *hröa* élfico na Terra-média só levava 10 vezes o período dos Homens. Mas, alcançando a maturidade aos 20, eles *então* permaneciam em vigor duradouro com poucas mudanças perceptíveis: isto é, a taxa de envelhecimento era de 144 : 1, ou na Terra-média de 100 : 1. Assim que os Exilados deixaram Valinor, sua taxa de envelhecimento e crescimento aumentou. Os que tiveram de seguir a pé e atravessar o Gelo gastaram um ano valiano (= 144 [anos solares]) na viagem após a sentença de Mandos. Essa viagem medonha envelheceu-os todos em cerca de 2 anos [valianos] (ou 72 : 1). Assim que puseram os pés na Terra-média, a taxa de crescimento saltou para 10 : 1. Assim, os que estavam "maduros" no Exílio tiveram de acrescentar 2 anos de vida à sua idade (ou 1, se acompanharam Fëanor) antes de alcançarem a Terra-média; e depois prosseguir à taxa da Terra-média, de 100 : 1. Os que eram imaturos (abaixo de 20 [AV]) tiveram de acrescentar 2 anos, e depois completar sua maturidade (caso necessário) em Beleriand à taxa de 10 : 1, antes de continuarem vivendo à taxa de 100 : 1. (Visto que essa taxa de crescimento afetava o *hröa* logo na concepção, o período de gestação era de cerca de 9 meses solares × 10 = 90 [meses].)[b]

Assim sendo, Maeglin, se nasceu em c. AM 120, teria 20 anos em AM 320, mas em AM 495 só teria envelhecido em $\frac{495-320}{100}$ = anos [de vida] = 1,75 ou menos que 2 anos [de vida]. (Tinha menos de 22 e era mais jovem que Idril: um dos motivos para ela não o aceitar.)

Isso se encaixará bastante bem na narrativa posterior, mas tornará personagens como Galadriel e Elrond um tanto mais velhos nas eras posteriores. Porém, traz dificuldades com Arwen e Aragorn.

---

[b] 12 × 9 = 108 meses, portanto 9 anos.

Assim, Galadriel tinha acabado de amadurecer, 20 [anos de vida], no Exílio em [AV] 1495. Portanto, tinha 22 anos ao entrar em Beleriand, e depois viveu à taxa de 100 : 1. Na ruína de Beleriand em AM 590 tinha, portanto, cerca de 28 anos.

Ora, se Celebrían nasceu não antes de SE 300, ela estava "madura" (20 [anos de vida]) em SE 500. Ao final de Segunda Era, em 3441, tinha então $\frac{2.941}{100}$ = 29 anos [de vida] a mais = 49. Em TE 100 (seu casamento com Elrond),[6] tinha, portanto, 50: não impossível, e explicável pelos tempos conturbados.[7] Se de fato nasceu muito mais tarde, digamos em 850 mais ou menos, tinha 20 anos em [SE] 1050 e $\frac{2.491}{100}$ = 45 anos a mais em TE 100.

Mas Galadriel em SE 300 teria cerca de 31 [anos de vida] (28 + 3) e em SE 850 cerca de 36½.

Se Arwen nasceu em TE 341 (como correção),[8] tinha 20 [anos de vida] em 541. Portanto, quando encontrou Aragorn (que tinha então 20 anos) em 2951, tinha 20 + $\frac{2.410}{100}$ = 44! Em seu noivado em 2980, tinha 20 + $\frac{2.439}{100}$, ainda cerca de 44. No casamento em 3019, tinha quase 45. Aragorn tinha 20 anos em 2951, 49 em 2980, e 88 quando se casaram. Mas parece provável que a vida de Aragorn estava arranjada de modo semelhante: assim, atingiu a maturidade à mesma velocidade que a taxa humana normal, e depois desacelerou para a taxa de envelhecimento númenóreana de 3 : 1. Assim, tinha 20 anos em 2951; mas em 2980 tinha 20 + $\frac{29}{3}$ = cerca de 30; no casamento, 20 + $\frac{68}{3}$ = quase 43 (e, portanto, estava próximo da idade de Arwen); ao morrer tinha 190 = 20 + $\frac{170}{3}$ = quase 77.[9] Ao conceber Eldarion, Arwen se juntou à taxa do marido e, assim, quando Aragorn morreu (100 anos depois), tinha [45 +] 34 = 79, uma mulher idosa.[10]

A única forma de tornar Arwen mais jovem quando se encontraram é esta: Os Meio-Elfos viviam à taxa humana.[11] Eärendil só tinha 39 anos quando chegou a Valinor. Não lhe foi permitido retornar à Terra-média, mas ele obteve a graça (de Eru através de Manwë) de que seus filhos, como Meio-Elfos de ambos os lados — descendentes de Idril e de Lúthien — (a) teriam a escolha da espécie a que pertenceriam e (b) teriam em cada espécie "longa e bela juventude" — ou seja, só chegariam lentamente à maturidade —, e de que isso se estenderia à segunda geração: assim, Elrond : Arwen e Elros : Vardamir.[12]

Assim, foi concedido a Elrond que retornaria à antiga taxa de crescimento: alcançou a maturidade com 20 [anos de vida] somente em 1.000 anos [solares] (taxa de 50 : 1). Assim tinha 20 anos em SE 1000 – 58 = [SE] 942. Quando foi enviado por Gil-galad à guerra em Eregion (SE 1695), tinha, portanto, 20 + $\frac{1695-942}{100}$ = 27½ [anos de vida], o que é adequado. Ao final da Segunda Era, tinha 20 + 25 = 45 [anos de vida], e ao se casar em TE 100 tinha 46, apenas um ano a mais que Celebrían (vide acima), o que se encaixa bem. Assim, no fim de TE 3021 Elrond tinha cerca de 75 [anos de vida], em pleno vigor élfico.

Se Arwen tinha a mesma taxa de crescimento, nasceu em TE 341, mas só alcançou a maturidade (20 [anos de vida]) em TE 1341. Portanto, em 2951 tinha 20 + $\frac{2951-1341}{100}$ = 20 + 16 = 36 [anos de vida]. Em 2980, ainda tinha aproximadamente a mesma idade: e Aragorn (pelo cálculo anterior) tinha 30. Em 3019, quando se casaram, ela tinha quase 37 [anos de vida] (mas Aragorn tinha 43). Ela *então* adquiriu a duração de vida do marido após o nascimento de Eldarion em 4E 1. Em 4E 100, ela tinha, portanto, 33 anos [de vida númenóreana] a mais, ou seja, 70.

Eldarion era mortal e não foi incluído por promessa na "graça de Eärendil", mas teve de fato uma longa juventude: que se manifestou por ele permanecer como homem jovem da maturidade, aos 20, até os 60 anos, sem mudança. Viveu depois mais 65 anos: fazendo com que tivesse 125 anos, mas em idade de vida 20 + 65 = 85. Seus descendentes tornaram-se normais, porém longevos (80–90).[13]

Elros teve a escala de vida númenóreana de 3 : 1. Mas a graça de "longa juventude" manifestou-se por dobrar essa razão. Assim, deveria ter-se tornado "maduro" aos 60, mas de fato tornou-se aos 120: depois disso viveu à taxa númenóreana e morreu aos 500 (*voluntariamente* e, portanto, não em idade muito avançada. Assim, de fato tinha em idade de vida 20 + $\frac{500-120}{3}$ = 20 + 127 = 147 anos). Vardamir viveu até os 391 e, portanto, alcançou pouco mais que a idade númenóreana normal (300).[14] Os reis seguintes viveram por cerca de 400 anos até a Rainha Vanimeldë (a 16ª monarca): principalmente porque após a maturidade permaneciam "jovens" por muito tempo.

Com respeito aos nascidos em Aman, poderia ser útil aumentar sua duração de crescimento. Assim, a taxa de amadurecimento dos nascidos em Aman deveria ser de 50 : 1, e isso deveria continuar na segunda geração (os gerados em Beleriand ou Eriador, com um ou dois pais nascidos em Aman). Assim, Galadriel não seria afetada; mas Celebrían, nascida em SE 850, só alcançaria 20 [idade de vida] depois de 50 × 20 = 1.000 anos [solares]: isto é, apenas em SE 1850. Seria então uma garota jovem na época da ruína de Eregion. Em TE 100, ela teria somente 20 + $\frac{3541-1850}{100}$ = 20 + 17 = 37 [anos de vida]. Caso nascesse em SE 350, teria 20 [anos de vida] em 1350 e em TE 100 teria 20 + $\frac{3541-1350}{100}$ = 20 + 22 = 42 [anos de vida].

Finduilas tinha cerca de 21 [anos de vida] quando Túrin chegou a Nargothrond em [PE] 490. Se tinha 12 anos em AV 1495 (a mais jovem Exilada), tinha 14 em AV 1496. Precisou então de 6 anos [de vida] para a maturidade, ou, tendo nascido em Aman, 6 × 50 = 300 anos [solares]. Portanto, tinha 20 anos em AM 300 e em 490 tinha 5 anos a mais = 25 [anos de vida]. Isso não funciona.[15]

Segue-se uma série de tentativas grosseiras, muito revisadas, aparentemente para encontrar uma cronologia que tornasse Finduilas mais jovem quando Túrin chega a Nargothrond em PE 490.[16] O que parece ser o esquema final de Tolkien consta na margem esquerda da última página do texto:

Mas note-se que as taxas [de crescimento] *dobraram* em 1496.[17] Finduilas (a mais jovem Exilada) tinha 12 anos em 1495. Durante 1496, ela "cresceu" à razão de 25 : 1. Portanto, em $^{144}/_{25}$ anos ela cresceu 6 anos. Aportou em Beleriand aos 16. Retomou então a taxa de crescimento de 50 : 1, e precisou de 4 × 50 – 4 = 196 [anos solares] para completar a maturidade. Portanto, tinha 20 anos em AM 196. Em AM 502, vivera mais 306 anos a 100 : 1 e, portanto, tinha 23.

Não está claro qual o significado de Primeira Era 502 na vida de Finduilas. Em nenhuma versão de "Os Anais de Aman" ou de "O Conto dos Anos" Finduilas sobreviveu até PE 502, mas morreu no máximo em PE 496 (ver XI:92). Uma possível explicação é fornecida por alguns materiais em rascunho, obviamente contemporâneos, onde se diz de *Idril* que:

Idril deveria ser um tanto mais velha [que Maeglin]. Quando Tuor chegou a Gondolin em Bel. 495, ele (nascido em 472) tinha 23 anos de idade;[18] mas quando se casou com Idril em Bel. 502 tinha 30.

Idril também deveria ter cerca de 30 anos em Bel. 500. Para ter 30 em Bel. 500 *eram necessários* 2 anos [de vida] em viagem [atravessando o Gelo de Aman para a Terra-média], 16 anos [de vida] à [taxa de crescimento] 12 : 1 = 192 [para alcançar a maturidade], e depois mais 12 [anos de vida] a 144 : 1.

A viagem para a Terra-média [levou] 144 anos [solares], mas contou como 2 anos [de vida]: 144 + 192. Ainda temos de alterar o arranjo durante a marcha a partir de Aman em AV 1496. Ela ocupou 144 anos solares; mas foi tão horrível que os maduros envelheceram à taxa dupla 2 anos [de vida] durante esse tempo. Os imaturos também deveriam ter envelhecido à taxa dupla, a 6 [anos solares] = 1 [ano de crescimento]. Assim, uma Elda que fosse para o exílio em AV 1495, aos 12 [anos de crescimento], ao fim da viagem, só necessitaria de mais 6 anos [de crescimento] até a maturidade = 36 [anos solares] e, portanto, faria 18 em AS 36 de AV 1496.[19] No final de AV 1496, chegando a Beleriand, teria vivido mais 108 anos à taxa de 72 : 1 = 1½ [anos de vida] e, portanto, teria 19½. Retomaria então a taxa de 144 : 1 e, em Bel. 502, só estaria $\frac{502}{144}$ anos mais velha, ou cerca de 3½ [anos de vida]. Teria 23 anos. Isso se ajusta bastante bem. *Se fizermos com que Idril* tenha 18 anos no Exílio em 1495, ela estaria então "madura" e viveria o resto de [sua] vida a 144 : 1, exceto pelo ano da viagem = 2 [anos de vida]. Portanto, ela tinha 20 anos quando chegou a Beleriand e, em 502, teria 23½. Se Idril tinha 20 no Exílio, terá 25½ em Bel. 502. Isso a torna um pouco *mais velha* que Maeglin (e ainda vastamente mais velha em experiência), *o que é melhor para a narrativa, se* o casamento de Turgon puder ser reajustado.

Assim, parece que Tolkien tomou a data do casamento de Idril com Tuor, aqui, como Bel. 502, e erroneamente a aplicou à cronologia de Finduilas.

Este é um lugar conveniente para incluir um detalhe adicional encontrado em ainda outro rascunho, muito grosseiro, mas aparentemente contemporâneo, a esferográfica vermelha e azul:

Gilgalad tornou-se rei em Lindon (sob [?Sus[erania] *ou* ? Domínio] de Galadriel) por volta de SE 10–20, após a partida de Galadriel e Celeborn. Deve ter tido, então, pelo menos 25 [anos de vida]. Isto é, 25 em, digamos, Bel. 610. Assim [nascido] 25 – 6,10 = 18,90 AV antes de AV 1500 = AV 1481,1.

NOTAS

[1] Nos "Anais Cinzentos" de c. 1951, Eöl "tomou [Isfin, mãe de Maeglin] por esposa" em Bel. 316, e Maeglin nasceu em Bel. 320 (XI:47–8); e (como emendado) Tuor chegou a Gondolin em Bel. 495, como aqui (XI:91). Isso daria a Maeglin a idade de 175 anos solares àquele tempo.

[2] Ver XI:44.

[3] Isto é, na partida dos Ñoldor de Beleriand para Aman em AV 1132, como no cap. 7 acima, "A Marcha dos Quendi".

[4] A esferográfica vermelha, Tolkien desenhou depois uma linha vertical diante destas duas sentenças, assim como um sinal de visto, e as palavras: "Manter isto".

[5] A respeito das "abóbadas de Varda" na versão do "Mundo Redondo" da mitologia, ver X:369–72, 375–78, 385–90.

[6] Na primeira edição (1955) de *RR*, o Apênd. B registra TE 100 como o ano em que Elrond se casou com Celebrían. Isso foi alterado para TE 109 na segunda edição (1966).

[7] Em materiais de rascunho contemporâneos está dito que Celebrían:

> deveria ser mais velha [ao se casar] que no começo da maturidade, por causa do atraso do casamento devido às atribulações do final da Segunda Era.

[8] Em *SdA* Apênd. B, o ano do nascimento de Arwen está registrado como TE 241.

[9] Na primeira edição (1955) de *RR,* Apênd. B, diz-se que Aragorn (nascido em 1º de março de 2931) morreu em 1º de março de 1521, portanto, com (exatamente) 190 anos, assim como aqui. Na segunda edição (1966), o ano foi alterado para 1541, e assim Aragorn partiu precisamente aos 210 anos de idade.

[10] Esta última sentença entrou como nota marginal a esferográfica vermelha.

[11] Da forma como foi escrito primeiro, este trecho dizia:

> Eärendil não teve permissão de retornar à Terra-média. Os Meio-Elfos / visto que suas mães assumiram a mortalidade no casamento (ou concepção) — isto é, envelheciam então à taxa humana / viviam à taxa humana.

Tomei as barras como indicação de que Tolkien considerou apagar o texto entre elas, e, visto que ademais esse trecho é um pensamento incompleto, eu o removi na edição para tornar o trecho gramaticalmente correto. Também acrescentei o trecho sobre Eärendil à discussão que se segue.

[12] Da forma como foi escrito primeiro, este trecho dizia:

> e que isso se estenderia à terceira geração: assim, Elrond : Arwen : Eldarion e Elros : Vardamir : Tar-Amandil.

Essa parece ser a única sugestão, nos escritos de Tolkien, de que Vardamir fosse, como Arwen, um dos Meio-Elfos, e assim tivesse também "escolha de clã".

[13] Da forma como foi escrito primeiro, este trecho começava:

Eldarion era mortal, de modo que sua "longa juventude" foi de escala modesta: Alcançou a "maturidade" aos 60 anos e depois viveu mais 65. [...]

[14] De acordo com "A Linhagem de Elros", Vardamir viveu até os 410 anos (CI:297).

[15] Uma nota grosseira a esferográfica vermelha, na margem superior da página, aparentemente se refere a este trecho:

Estes cálculos são defeituosos, pois não consideram que a taxa de crescimento era dobrada em 1496.

[16] Ver XI:83.

[17] Ver cap. 7, "A Marcha dos Quendi".

[18] Ver XI:79 §251.

[19] Este cálculo implica que a taxa de crescimento dobrada de 6 : 1 para os Exilados imaturos continuou por no mínimo seis anos após a chegada à Terra-média.

12

Acerca dos Quendi em seu Modo de Vida e Crescimento

Este é um manuscrito muito nítido, escrito a caneta de bico preta, em 16 páginas de oito folhas sem pauta que Tolkien numerou, a esferográfica vermelha, 1–14, com duas páginas de tabelas, sem numeração, no final. Essas folhas foram então unidas por clipe, com uma meia folha rasgada que serviu de capa/folha de rosto. Algumas correções e destaques foram feitos por Tolkien a esferográfica vermelha. Data de c. 1959.

O texto segue de perto o início do texto apresentado aqui como o cap. 5 acima, "Juventude e Crescimento Natural dos Quendi", até o ponto em que aquele texto chega à tabela de equivalências mortais das idades élficas.

Acerca dos Quendi
em seu modo de vida e crescimento
especialmente
Comparados aos Homens

I. Juventude e Envelhecimento dos Quendi

Quando os Quendi eram "jovens em Arda", durante suas primeiras gerações, antes da Grande Marcha e especialmente nas primeiras seis gerações após seu Despertar, eram muito mais semelhantes aos Homens. Seus *hröar*, "corpos", tinham grande vigor, e eram dominantes; e os deleites do corpo, de todos os tipos, eram sua principal ocupação.[a1] Seus *fëar*, "espíritos", apenas começavam a despertar

[a] Apesar de que, desde seu Despertar, também se ocupavam imediatamente da expressão linguística — de início, especialmente acerca do seu deleite e alegria em Arda, e de seu amor pelos cônjuges.

plenamente e a crescer no conhecimento de seus poderes latentes e de sua proeminência.

Assim, como inicialmente era deveras necessário e, portanto, ordenado a eles, em suas gerações precoces ocupavam-se muito mais com o amor e a geração de filhos do que mais tarde. Ademais, o engendrar de filhos era então menos custoso ao seu vigor ou "juventude".

Não é que fosse diferente sua duração natural de crescimento e vida; mas, em seus dias precoces, usavam-na de modo diferente. A vida natural dos Quendi era crescer rapidamente (de acordo com sua espécie) até a maturidade corporal, e depois permanecer com pleno vigor por muitos anos, até que os movimentos e os desejos de seus *fëar* se tornassem dominantes, e seus *hröar* minguassem.

O "crescimento" e "vida" quendianos podem ser comparados com os dos Homens, contanto que se lembre que (a) sua taxa de "consumo" era muito mais lenta que a humana, em especial após a chegada da maturidade, e (b) quando os Quendi diziam que seus corpos "minguavam", isso não significava que estes se tornassem decrépitos, ou que eles sentissem a aproximação da senilidade ou da morte.

Os Eldar faziam distinção entre *olmië* e *coivië*. O primeiro era o período ou processo de seu "crescimento" desde a concepção até a maturidade do corpo, e ocorria *doze vezes* mais rapidamente que o *coivië*. Este último era o processo de "viver" ou "persistir em Arda", e de adquirir habilidade, conhecimento e sabedoria.

O *olmië* se realizava a uma taxa que igualava 12 *löar* (ou anos solares) a 1 *löa* de vida humana. Um "ano de crescimento" élfico, ou *olmen*, era, portanto, de 12 anos solares. Assim, da concepção ao nascimento cresciam 9 *löar* no útero. Após nascerem eles continuavam a crescer a essa taxa até a maturidade do corpo.

O *coivië* prosseguia então a uma taxa 12 vezes mais lenta, de modo que 144 *löar* (ou anos solares) podem ser comparados mais ou menos, *na medida em que dizem respeito à mudança ou alteração*,[b][2] a 1 ano de vida humana adulta. Esse espaço de tempo era o *yén* ou ano élfico, ou *coimen* como medida de idade.

[b] Esta taxa de "mudança" de nenhum modo diz respeito à percepção do Tempo. Os Quendi não viviam, nem percebiam, nem agiam lentamente. Ao contrário, percebiam mais veloz e minuciosamente, e agiam mais depressa que os Homens.

Os Elfos homens alcançavam a maturidade com cerca de 24 anos: isto é, após 24 *olmendi* (ou 2 *yéni*): 288 *löar.* Elfas alcançavam a maturidade normalmente após 18 *olmendi* (ou 1½ *yéni*): 216 *löar.*[c][3]

Depois disso, sua "juventude" (*vinyarë*), ou o tempo de seu pleno vigor corporal, durava (para ambos os sexos) cerca de 72 *coimendi* ou *yéni* após a maturidade. Isto é: perdurava até que os Elfos homens chegassem à "maioridade" com 24 + 72 ou 96; e as Elfas chegassem à "maioridade" com 18 + 72 ou 90. Mas expresso em "anos" ou *löar* isso é 288 + 10.368, ou 10.656 anos para os homens; e 216 + 10.368, ou 10.584 para mulheres.

A chegada à maturidade era reconhecida de imediato pelos indivíduos, e ocorria com pouca variação. Era (em tempos de paz) reconhecida também pelas famílias e comunidades élficas, e honrada com cerimônias, das quais fazia parte o anúncio do *essekilmë* ou "escolha de nome" pessoal.[4]

Mas o começo do "minguar" ao final de juventude mal era observável, e era também mais variável. Na verdade, sua principal característica era o fim de qualquer desejo de gerar ou dar à luz filhos (mas não da potência física, até que se passassem muitos anos). Sua aproximação e seu processo eram variáveis por muitas razões. Diferia naturalmente conforme o vigor, a constituição e o caráter dos indivíduos. Entre os Quendi, também, era muito influenciado pela geração e pelo nascimento dos filhos.

Nisso, dizem os Eldar, consome-se maior parte de sua "juventude" que no caso dos Homens; e quanto aos Elfos, eles dizem que cada filho custa tanto quanto 1 *coimen* ou ano de vida; mas, para as Elfas, tanto quanto ou mais do que 2 *coimendi.* Assim, para os pais de seis filhos, o "minguar", ou passagem da juventude, poderia chegar 6 anos de vida antes para o pai, mas, para a mãe, 12 anos de vida antes, ou mais.

Outros "consumos" especiais, como pesar, viagem longa e árdua, grandes labutas de ofício, e especialmente a recuperação corporal de graves ferimentos e danos, também podiam apressar o minguar.

---

[c] Em alguns indivíduos, essa taxa era um tanto mais lenta, e podia ocupar até 21 *olmendi*, ou 252 *löar*. Os Eldar falam acerca dessa diferença entre os homens e as mulheres na lenda do Despertar, que chamam de *Cuivienyarna*, [vide cap. 8 "Tradições Eldarin Acerca do 'Despertar'"].

Diz-se que o "ano terrível" (1 *yén*) da viagem dos Exilados desde Valinor, atravessando o Gelo Pungente rumo a Beleriand, afetou os Ñoldor que o suportaram tanto quanto *três* anos de vida normais.

Mas esses "consumos" não são (como também não o são no cálculo das idades humanas) levados em conta no cômputo da "idade" de um dado Elfo. Assim como podemos dizer que dois homens têm "sessenta anos de idade" apesar de um poder ser mais fraco ou mais fatigado que o outro, assim também sobre os Quendi podemos dar suas idades em *olmendi* e *coimendi*, sem levar em conta os acasos de suas vidas.

Quanto à geração e nascimento de filhos: Isso podia começar naturalmente assim que se completasse a maturidade. Assim era no começo dos Quendi; mas logo os outros interesses dominantes de seu ser, à medida que despertavam seus *fëar*, começavam a ocupar seus pensamentos mesmo na primeira juventude. Após as duas primeiras gerações (isto é, *três* incluindo os Primeiros Elfos), a *geração de filhos pelos Elfos homens* foi adiada além dos 24 anos de idade, pouco a pouco; até que logo a idade de 48[d] se tornou a mais usual para o início da paternidade. Mais tarde, foi frequentemente adiada até os 60 anos. Podia naturalmente ocorrer a qualquer tempo até o fim da "juventude" (à idade aproximada de 96 anos), mas depois disso raramente ocorria uma *primeira* geração.

No caso das Elfas, o casamento e a gravidez sempre tendiam a ocorrer mais cedo que entre os Elfos. (Pois as Elfas eram em regra mais ávidas pela maternidade e, antes do "minguar" da juventude, distraiam-se menos ou ocupavam-se menos profundamente com outras inquirições da mente ou ofícios.) Nas primeiras gerações, seu primeiro filho frequentemente nascia antes de terem 20 anos. De fato, mais tarde, como no caso dos Elfos homens, a data do primeiro nascimento era muitas vezes adiada; e frequentemente o primeiro nascimento ocorria aos 36 anos.[e] Podia, é claro, ocorrer depois. Em dias de aflição ou peregrinação, ou de guerra, a geração de filhos era naturalmente evitada ou adiada. E, visto que esse adiamento (em especial do primeiro filho) prolongava a "juventude" dos Quendi, o nascimento em tais casos podia ocorrer até uma idade feminina de 72 (18 *olmendi* + 54 *coimendi*).

---

[d] Isto é, 24 *olmendi* + 24 *coimendi.*

[e] Isto é, 18 *olmendi* + 18 *coimendi.*

Essas datas — pelo menos nas primeiras Eras de que estas histórias antigas se ocupam — não eram tanto questão de vigor ou potência física, e mais de *vontade* ou *desejo*. Assim que atingiam a maioridade, e com rapidez crescente após os 60 anos[f] em ambos os sexos, o *fëa* e seus interesses começavam a dominar os do *hröa*. Um Elfo que ainda não se tivesse casado, ou pelo menos não tivesse encontrado um "cônjuge desejado" nessa idade (60) em circunstâncias normais provavelmente permaneceria solteiro.[g]

O *número de filhos* produzidos por um casal, por sua vez, era naturalmente afetado pelos caracteres (mentais e físicos) das pessoas envolvidas. Mas também por diversos acidentes da vida; e pela "idade" em que o casamento começava, especialmente pela idade da Elfa.

Mesmo nas primeiras gerações após o Despertar, ter mais de *seis* filhos era muito raro, e o número médio logo (à medida que o vigor de *hröar* e *fëar* cada vez mais começava a ser aplicado a outros "consumos") se reduziu a *quatro*. Seis filhos jamais foram atingidos pelos que se casavam após os 48 anos, para Elfos, ou 36 anos, para Elfas. Nas Eras posteriores (Segunda e Terceira), *dois* filhos eram usuais.

Nas gerações primevas, os Quendi parecem ter arranjado suas vidas normalmente de forma a terem um "Tempo das Crianças" (ou *Onnalúmë*) contínuo, até seus desejos se saciarem e (como diziam) a geração estar completa. Muitas vezes isso ainda ocorria com casais mais tarde, se viviam em tempos de paz e podiam controlar suas próprias vidas; mas nem sempre isso era feito e, nas Eras posteriores, os filhos podiam nascer após intervalos longos e irregulares.

Isso frequentemente dependia das circunstâncias dos pais. Pois em todas as épocas os Quendi desejavam habitar na companhia do marido ou da esposa durante a gestação, e durante o início da juventude da criança. (Pois esses anos eram uma de suas principais alegrias e a que mais longa e estimadamente se mantinha na lembrança.)[5] Portanto os Quendi não se casavam, ou, quando se

---

[f] Isto é, após 36 coimendi para Elfos, 42 para Elfas.

[g] Acontecia às vezes de um amante que não fosse correspondido pelo "cônjuge desejado" permanecer solteiro, e mais tarde, quem sabe muito tempo depois, apaixonar-se de novo e se casar muito mais tarde que o usual.

casavam, não geravam filhos em tempos atribulados ou perigosos (se fosse possível prevê-los).

Após o nascimento de uma criança, sempre se seguia um "tempo de repouso", e este também tendeu a se tornar mais longo.[h] Esse tempo (que dizia respeito mormente à recuperação do corpo) era calculado em anos de crescimento ou *olmendi*. Raramente durava mais que um *olmen* (ou 12 *löar*); mas podia durar muito mais. E normalmente (mas não necessariamente) tinha aumentos progressivos após cada nascimento de um *Onnalúmë* contínuo, em séries como: *löar* 12/18/24/30/36 ou frequentemente 12/24/36/48/60; ou, no caso de famílias menores: 12/30/48/66. Mas essas séries são apenas médias, ou exemplos formulados. Na prática, os intervalos eram mais variáveis. Normalmente ocupavam um número exato de *löar*, visto que a concepção (e, portanto, o nascimento, 9 *löar* depois) era quase sempre na primavera; mas não eram necessariamente em múltiplos exatos de doze ou seis, nem em progressão regular.

Portanto, uma "geração" completa, ou *Onnalúmë* de *seis* filhos, podia teoricamente ocupar no *mínimo* 114 *löar*. Isto é, 6 × 9 gestações + 5 × 12 intervalos. Isso naturalmente era raro. No *máximo* teórico, podia ocupar todo o tempo entre a maturidade da mãe (18) até o fim de sua "juventude" (90), ou 72 *yéni*: isto é, 10.368 *löar*. Mas isso jamais ocorreu. Um intervalo tão grande (como essa média de mais de 2.060 *löar*) jamais ocorreu e, em casos em que eram engendradas famílias grandes, os intervalos raramente passavam de 1 *coimen* ou ano de vida (144 *löar*). Seis *coimendi* era de fato o intervalo mais longo encontrado nas histórias antigas; exceto em Aman, onde o "minguar" era retardado, e um intervalo de 12 *coimendi* foi ocasionalmente registrado.

Nas Eras primitivas (antes da Grande Marcha), um *Onnalúmë* de vários filhos (6, 5, 4) parece ter normalmente ocupado cerca de 1 *coimen* (equivalente a 1 Ano Valiano ou 144 *löar*) do primeiro ao último nascimento: isto é, 144 + 9 *löar* do início da "geração", com a primeira concepção, até o último nascimento.

Os Quendi jamais "caíram" como raça — não no sentido em que eles e os próprios Homens criam que os Segundos Filhos haviam

[h] Durante esse tempo, as Elfas normalmente entravam em "retiro" e pouco saíam.

"caído".[6] Já que estavam "corrompidos" pela Maculação (que afetava toda a "carne de Arda" de onde derivavam e eram nutridos seus *hröar*),[7] e tendo também sido submetidos à Sombra de Melkor antes de seu Achamento e resgate, podiam fazer o mal *individualmente*. Mas *jamais* (nem mesmo os malfeitores) rejeitaram Eru, nem adoraram Melkor nem Sauron como deus — nem individualmente nem como um povo todo. Portanto, suas vidas não foram submetidas a uma maldição ou diminuição geral; e sua duração de vida primeva e natural, como raça, que pela "sina" era coextensiva com o restante da Vida de Arda, permaneceu inalterada em todas as suas variedades.

É claro que os Quendi podiam ser aterrorizados e intimidados. No passado remoto antes do Achamento, ou nos Anos Sombrios dos Avari após a partida dos Eldar, ou nas histórias de *O Silmarillion*, podiam ser iludidos; e podiam ser capturados, e atormentados, e escravizados. Então, sob força e temor, podiam fazer a vontade de Melkor ou Sauron, e mesmo cometer graves males. Mas o faziam como *escravos*, que ainda assim conheciam a verdade em seus corações e jamais a rejeitaram. (Não há registro de que algum Elfo jamais tenha feito mais do que executar as ordens de Melkor sob temor ou compulsão. Nenhum jamais o chamou de Mestre, nem Senhor, nem cometeu qualquer ato maligno sem comando para obter seu favor.) Assim, apesar de a execução de comandos malignos, totalmente à parte dos sofrimentos de escravidão e tormento, claramente exaurir a "juventude" e o vigor vital dos desafortunados Elfos que eram submetidos ao poder da Sombra, esse mal e essa diminuição *não* eram herdáveis.

Tampouco pode-se supor que as vidas dos Quendi tenham sido afetadas por viverem "sob o Sol", na Terra-média. *Como é agora sabido e reconhecido nas Histórias*, o Sol fazia parte da estrutura original de Arda, e não foi ideado apenas após a Morte das Árvores. Portanto, os Quendi foram destinados por sua natureza a habitarem na Terra-média "sob o Sol".

A situação em Aman requer alguma consideração. Parece que em Aman os Quendi foram pouco afetados em seus modos de crescimento (*olmië*) e vida (*coivië*). Como isso se deu? Em Aman, os Valar mantinham todas as coisas em bem-aventurança e sanidade, e os seres vivos corpóreos (como plantas e animais) não parecem ter "envelhecido" ou mudado mais depressa que a própria Arda. Para eles, um ano era um Ano Valiano, mas mesmo esse decurso não os levava para mais perto da morte — ou pelo menos não visível e apreciavelmente: só com o fim da própria Arda o definhar apareceria. Ou é assim que se diz. Mas parece que não havia "lei" geral do tempo que governava todas as coisas em Aman. Cada ser vivo individualmente, e não somente cada espécie ou variedade de seres vivos, estava sob os cuidados dos Valar e de seus Máyar auxiliares.[8] Cada um era mantido em alguma forma de beleza ou utilidade, para os Valar e uns aos outros. A esta planta podia ser permitido amadurecer e dar sementes, e aquela planta podia ser mantida a florir.[9] Este animal podia caminhar na força e liberdade de sua juventude, e outro podia encontrar companheiro e cuidar de suas crias.[i]

Ora, é possível (porém não certo)[j] que os Valar possam ter agraciado ou abençoado os Eldar, individualmente ou como um todo, de modo semelhante. Mas não o fizeram. Pois, apesar de os terem (sabiamente ou não) transportado para Aman, para salvá-los de Melkor, sabiam que não deviam "se imiscuir com os Filhos" nem tentar mudar suas naturezas, nem dominá-los de qualquer modo, nem forçar seu ser (em *hröa* ou *fëa*) a qualquer outro modo que não aquele ao qual Eru os designara.

O único efeito da residência em Aman sobre os Eldar parece ter sido este: na bem-aventurança e sanidade de Aman *seus corpos permaneceram vigorosos*, e foram capazes de sustentar o grande crescimento de saber e ardor dos espíritos sem minguarem de modo apreciável (exceto em casos muito especiais: como o de Míriel). Os que entraram em Aman, de fora ou pelo nascimento, dali saíam com a mesma saúde e vigor que tinham de início.

Essa taxa mais lenta de crescimento e envelhecimento natural dos Quendi, em comparação com os Homens, nada tem a ver com *percepção ou uso do Tempo*. Isso era primariamente do *fëa*, enquanto

[i] E é claro que, visto que Aman era limitada, algumas coisas precisavam fenecer enquanto se mantinha um perene equilíbrio do todo. Mas isso não se confundia com a "Morte".

[j] Isto é, não é certo que pudessem alterar a "constituição" de alguma criatura que abrigasse um fëa e tivesse seu próprio centro de essência independente, um que possuísse o mesmo status e a mesma relação com Eru que o ser deles próprios, mesmo que tivesse menor poder.

o crescimento e o envelhecimento eram do *hröa*. Os Eldar dizem sobre si mesmos (e em algum grau isto também pode ser verdade em relação aos Homens) que, quando "pessoas" — em ser pleno, *fëa* e *hröa*,[10] — estão totalmente ocupadas com coisas que preocupam profundamente suas verdadeiras naturezas, e que são, portanto, de grande interesse e deleite para elas, o Tempo parece passar depressa, e não o contrário. Isto é: o emprego pleno e diminutamente dividido do Tempo não o faz parecer *mais longo* que o mesmo período gasto com menos atividade ou ócio, e sim *mais curto*. Não ocorre com o Tempo o que poderia ocorrer com uma estrada ou uma senda. Se esta fosse inspecionada com detalhes e minúcias, levaria muito tempo para ser percorrida, e talvez pareceria ter maior comprimento; pois tal inspeção só poderia ser levada a efeito retardando a taxa do deslocamento normal. Mas o *fëa* pode acelerar sua velocidade de pensamento e ação, e realizar mais, ou dedicar-se mais minuciosamente aos eventos, em um espaço de tempo que em outro.

Assim, os Quendi não *viviam* (e não vivem) lentamente, movendo-se pesadamente como tartarugas enquanto o Tempo passa como um lampejo por eles e seus lerdos membros e pensamentos! Na verdade, movem-se e pensam mais depressa que os Homens, e realizam mais que qualquer Homem em dado espaço de tempo. Mas têm muito maior vitalidade e energia nativas ao seu dispor, de modo que leva e levará um enorme espaço de tempo para consumi-las.

No entanto, desde o princípio foram, e continuam sendo, parentes próximos dos Homens, os Segundos Filhos, e suas ações, seus desejos e seus talentos são aparentados, assim como seus modos de percepção e pensamento. Não pensam nem agem de maneiras inobserváveis ou mesmo incompreensíveis aos Homens. Para um Homem, os Elfos parecem falar depressa (mas com clareza e precisão), a não ser que retardem sua fala um pouco em prol dos Homens; mover-se rápida e habilmente, exceto na urgência, ou em grande emoção, ou em grande avidez pelo trabalho, quando por exemplo o movimento de suas mãos se torna demasiado veloz para os olhos humanos acompanharem de perto. Apenas sua percepção, e seu pensamento e raciocínio, normalmente parecem velozes além da rivalidade humana.

Aqui termina o texto principal, mas na folha seguinte (e última) Tolkien montou duas tabelas para auxílio numérico. Aqui mostro a primeira em sua totalidade:

Algumas tabelas para calcular equivalentes aproximados das "idades" élficas em termos humanos.

Olmendi "anos de crescimento"	1 *olmen*	= 12 *löar* (anos solares)
	12 *olmendi*	= 1 Ano Valiano
		= 1 *coimen*
		= 1 *yén*
		= 144 *löar*
Coimendi "anos de vida"	1 *coimen*	= 12 *olmendi*
		= 144 *löar*
Gestação (*colbamarië*)	¾ *olmen*	= 9 *löar*
Maturidade (*quantolië*) realizada:		
nos homens em	24 *olmendi*	= 288 *löar*
nas mulheres em	18 *olmendi*[k]	= 216 *löar*
Fim da "juventude" chega naturalmente, se não for apressado (ou, mais raramente, retardado) para ambos os sexos em	72 *coimendi* da maturidade	= 10.368 *löar*

Assim, o "fim da juventude" chegava para um Elfo após 74 *coimendi* = 10.656 *löar*; para uma Elfa, após 73½ *coimendi* — 10.584 löar.

A segunda tabela calcula o número total de *löar* para os *coimendi* de 1 a 80: ou seja, de 144 a 11.520 em incrementos de 144 anos. Ao final dessa tabela Tolkien anexou uma nota:

☞ Um Elfo envelhece de 22 a 24 "anos de vida" [isto é, de 3.168 a 3.456 *löar*] em cada Era de Arda.

[k] Às vezes retardada até 21 olmendi = 252 löar.

NOTAS

[1] Compare esta nota de rodapé com o cap. 8, "Tradições Eldarin Acerca do 'Despertar'", acima.

[2] Sobre a percepção do tempo, ver os caps. 4, "Escalas de Tempo", e 20, "Tempo e sua Percepção", mais adiante.

[3] Nesta nota de rodapé a frase "entre os homens e as mulheres" é uma inserção posterior a esferográfica vermelha.

[4] Para o *essekilmë*, ver X:214–15, 217, 229.

[5] Ver X:213.

[6] Quanto ao estado não caído dos Elfos, ver caps. 5, "Juventude e Crescimento Natural dos Quendi", e 6, "O Despertar dos Quendi", acima. Quanto à natureza caída dos Homens, no pensamento élfico e no humano, ver o "Athrabeth Finrod ah Andreth", em *Morgoth's Ring*, e o cap. 10, "Notas acerca de *Órë*", na Parte Dois deste livro. Ver também A QUEDA DO HOMEM, no Apênd. I.

[7] Quanto à Maculação de Arda e a consequente corrupção da "carne de Arda", ver X:399–401.

[8] Para "Máyar" como forma raramente usada do nome "Maiar", ver nota 11 do cap. 7, "A Marcha dos Quendi".

[9] Como foi mencionado antes, a capa/folha de rosto deste maço é uma folha rasgada pela metade. Parece que essa folha era originalmente do mesmo tamanho e natureza das demais folhas do maço, antes de ser rasgada aproximadamente no meio. O verso da folha demonstra que ela foi de fato extraída de uma versão anterior deste texto, pois nele estão escritos, com a mesma letra, tinta e instrumento do restante, trechos claramente relacionados com esta discussão da "situação em Aman":

> [A] taxa élfica de vida ou "envelhecimento" (*coivië*) era a mesma que a valiana, pois estava destinada a perdurar com Arda. Portanto, não havia diferença a ser descoberta no processo do *coivië* dos Quendi em Aman.
>
> Mas Aman tinha, inevitavelmente, um efeito em seu *olmië* ou processo de crescimento, que podia ser sentido por todos os que ainda não eram adultos ou estavam entrando na idade adulta, ou que mais tarde nasceram ali. Em Aman, pelo ato dos Valar, todos os seres vivos, como animais e plantas, com formas corpóreas ficavam inalterados nessas formas, mas usavam o Ano Valiano como equivalente a 1 ano em seu crescimento, natural a cada espécie. Assim, uma flor cuja natureza na Terra-média era crescer a partir de uma semente lançada no outono, surgir na primavera seguinte e alcançar seu pleno

O texto termina aqui, no meio da sentença, no fim da folha.

[10] Ver CORPO E ESPÍRITO no Apênd. I.

13

DATAS-CHAVE

Os textos apresentados aqui ocupam 16 páginas de nove folhas de natureza mista, presas com clipes por Tolkien, e escritas com uma grande variedade de letras e implementos, com legibilidade muito variável. As características de cada um deles estão descritas em cada texto individual a seguir. Quanto a uma data provável para o maço de folhas como um todo, pode-se levar em conta a reutilização de duas páginas de calendário de compromissos, correspondentes a 8–14 de fevereiro e 1–7 de março de 1959, no caso do Texto 3.

TEXTO 1

Esse texto ocupa as páginas 1–4 e 15–16 (folhas 1–2 e 9, todas de papel sem pauta) do maço preso com clipes, no qual os outros textos estão espalhados entre as folhas 2 e 9. Foi escrito com caneta de bico preta em uma letra geralmente legível, e com algumas alterações e rearranjos mais grosseiros feitos subsequentemente em caneta esferográfica verde.

Especialmente digno de nota nesse texto é o fato de que são introduzidos, ou ao menos sugeridos, eventos e motivos que não se encontram em outras obras, o que inclui: o envio de Melian e (de pelo menos três) dos que viriam a ser os Istari para Cuiviénen durante algum tempo como guardiões dos Elfos; a dúvida dos Elfos mais jovens em Cuiviénen quanto à existência dos Valar, e a atitude de soberba entre esses Elfos quanto à sua própria "missão" de derrotar Melkor e tomar posse de Arda; e a recusa dos 144 Primeiros Elfos, "os Anciões", de partir para a Grande Marcha.

Sugestões para datas-chave

"Dias de Ventura" começam em AV 1.

Primeiro *löa* do AV 850	Primeira Era, ano 1. Quendi despertam na Primavera (em número de 144). Melian, alertada em sonho, deixa Valinor e vai para Endor.
AV 854	576.[1] Por volta da época em que a 12ª geração dos Quendi apareceu, Melkor (ou seus agentes) obtém as primeiras notícias sobre eles.[2] Quendi [são] originalmente alertados por Eru ou emissários, e proibidos de (ou *aconselhados* a não) ir muito longe por ora. Elfos aventurosos fizeram isso mesmo assim, e alguns foram pegos?
AV 858	1152.[3] Sombras de medo começam a turvar a felicidade natural dos Quendi. Eles debatem, e parece que alguns corações já estão ensombrecidos. Elfos mais jovens (os quais nunca ouviram pessoalmente a Voz de Eru) duvidam da existência dos Valar (dos quais ouviram falar por meio de Melian?). Não vacilam em sua fidelidade, mas, por soberba, creem que *a missão deles* é lutar contra as Trevas e, por fim, tomar posse do mundo de Arda. Essa "heresia", embora tenha ficado oculta com o Achamento dos Elfos, é a semente da inquietação fëanoriana mais tarde.
Final do AV 864	2016. Oromë encontra os Quendi. Habita com eles durante 48 anos (até 2064).
AV 865/2	2018. Novas chegam a Valinor.
AV 865/44	2060. Melkor busca atacar Oromë. Este informa Manwë. Tulkas é enviado.
AV 865/48	2064. Deixando guardas na Terra-média, Oromë retorna a Valinor.
D[ias de] V[entura] AV 865/50	2066. Oromë apresenta seu relato. Concílio dos Valar. Eles resolvem, em favor dos Quendi, fazer Guerra a Melkor, e começam a se preparar para o grande combate. Debatem o que se deve fazer com os Quendi, já que temem que Endor vá sofrer grandes danos. A maioria dos Valar acha que deveriam levar os Quendi a um local seguro, ao menos temporariamente. Ulmo é o principal (também Yavanna?) a ser contra isso: Não é intenção de Eru que eles residam em tal lugar; e isso não poderia ser ou não seria temporário. Ele profetiza que, uma vez levados até lá, os Quendi ou teriam de ser mandados de volta a seus lares corretos *contra a vontade deles*; ou rebelar-se-iam e fariam isso contra a vontade dos Valar.

DV 865/56 2072. Nascimento de Ingwë, da Casa de Imin.[4]

DV 865/104 2120. Nascimento de Finwë

DV 865/110 2126. Nascimento de Elwë.

AV 866/1 2163.[5] Oromë volta a Cuiviénen, com mais *mayar*. (Melkor fica cheio de suspeitas, e imagina que se prepara guerra contra ele, por causa dos Quendi. Durante a ausência de Oromë, seus emissários se mantiveram operosos, e muitas mentiras circulam. A "heresia" desperta, com nova forma: os Valar claramente existem de fato; mas abandonaram Endor: de modo correto, já que ela é o reino designado para os Quendi. Agora, estão se tornando invejosos e desejam controlar os Quendi como vassalos e, assim, retomar a posse de Endor. Finwë, um jovem *quende* valente e aventuroso, descendente direto de Tata — portanto, da 25ª ger. —, tem grande interesse por essas ideias; não tanto no caso de seu amigo Elwë, descendente de Enel.)

DV 866/13 2175. Oromë permanece [na Terra-média] por 12 anos e depois é convocado a retornar para tomar parte nos concílios e preparativos de guerra. Manwë decidiu que os Quendi deveriam vir a Valinor, mas, com base num conselho urgente de Varda, deverão ser apenas convidados, e lhes será dada livre escolha.[6] Os Valar enviam cinco Guardiões (grandes espíritos dos Maiar) — com Melian (a única mulher, mas a principal), eles perfazem seis. Os outros são *Tarindor* (mais tarde, Saruman), *Olórin* (Gandalf), *Hrávandil* (Radagast), *Palacendo* e *Haimenar*.[7] Tulkas retorna. Oromë permanece em Cuiviénen por mais 3 anos: AV 866/13–16, PE 2175–8.

DV 866/14–24 2176–86. Os Valar continuam seus preparativos de guerra. (Melkor também. Angband é fortificada e Sauron, colocado no comando.)

DV 866/49 2211. Os preparativos e planos agora estão quase completos. Os Valar decidem que os Quendi devem ser "convidados" nesse momento. Mas Manwë decreta que primeiro os Elfos deveriam mandar representantes como embaixadores até Valinor (Ulmo insiste que isso fica perigosamente próximo de sobrepujar o livre-arbítrio deles.) Oromë é mandado de volta a Cuiviénen.

DV 866/50 2212. Oromë parte de Cuiviénen com os Três Embaixadores. Estes foram eleitos pelos Quendi, um para cada uma de suas gentes. Só os Elfos mais jovens estão dispostos a isso. Ingwë, Finwë e Elwë são

	escolhidos. (Ingwë pertencia à 24ª ger. e tinha então 140 anos; Finwë era da 25ª ger., com 92, e Elwë da mesma ger., com 86.)[8]
DV 866/51	2213. Ingwë, Finwë e Elwë chegam a Valinor. De fato, ficam pasmados e sobrepujados por seu assombro. Finwë (com inclinações "heréticas") é o que mais se converte à ideia, e deseja ardentemente que seja aceita. (Tem uma amada, Míriel, que é devotada às artes, e seu anseio é que ela tenha a oportunidade maravilhosa de aprender novas habilidades. Ingwë já está casado e age de modo mais calmo, mas deseja habitar na presença de Varda. Elwë preferiria a "luz menor e as sombras" de Endor, mas seguirá Finwë, seu amigo.)
DV 866/60	2222. Eles permanecem ali por 9 anos, pois Ingwë e Finwë relutam em partir com pressa.
DV 866/61	2223. Os "Embaixadores" retornam. Grande Debate dos Quendi. Alguns se recusam até mesmo a participar dele. Imin, Tata e Enel mostram desagrado e consideram a situação uma revolta por parte dos Quendi mais jovens, para escapar de sua autoridade. Nenhum dos Primeiros Elfos (144) aceita o convite. Por isso, os Avari chamavam e ainda chamam a si mesmos de "os Anciões".

Imin faz um discurso, afirmando que os "Três Pais" têm autoridade (dada por Eru, já que Ele os despertou primeiro) e deveriam decidir. Tata diz que cada um dos Pais deveria ter essa autoridade, mas apenas sobre os membros de sua própria Companhia. Enel concorda com isso, mas deixa claro que é contra a jornada. Imin afirma ser "Pai de Todos os Quendi", mas conclama-os a pelo menos, no fim das contas, fazerem *todos a mesma coisa*, e não dividir a Gente.

Os Embaixadores falam. Ingwë fala com grande deferência sobre os Três Pais, e especialmente sobre Imin. Diz que foi um erro Imin, Tata e Enel não terem feito a jornada por conta própria, pois poderiam ter exercido sua autoridade com discernimento. Mas, uma vez que *eles o enviaram* junto com seus companheiros *como seus representantes*, agora deveriam (apesar da juventude dos emissários) dar grande atenção a seus relatos e opiniões. Ingwë acha que eles não conseguem conceber as riquezas de beleza[9] em Valinor. Pergunta a Oromë se ainda é possível que Imin, Tata e Enel cheguem a Valinor. Oromë diz "sim, se partirem de imediato". Os Três Pais não estão dispostos a isso.

Finwë fala de modo semelhante, mas ressalta as riquezas de conhecimento e artes em Valinor. Também diz que os Quendi viram apenas "as bordas da Sombra" e não têm ideia de seu poder terrível, nem do poder dos Valar — e não se dão conta do que a Guerra (que os Valar estão prestes a travar em favor dos Quendi) significará para Endor. Seu discurso é muito eficaz, já que grandes números dos Quendi que não conseguem conceber a atração de Valinor mesmo assim ficam assustados com o que lhes pode acontecer se permanecerem ali.

Elwë diz: "Partirei com meu amigo, mas não faço a escolha por ninguém além de mim. Que todo o meu Povo faça o mesmo. Não vejo que mal fará dividir a Gente — e isso não se pode evitar, a menos que alguns sejam *forçados* a fazer o que não desejam fazer (permanecer aqui ou partir). Sem dúvida (de fato, isso também está garantido), nós — ou qualquer um que o desejar — seremos livres para retornarmos a nossos lares quando a Guerra terminar". Também diz: "Somo uma grande companhia — a que mais é dada a vagar ao longe. Que muitos de nós, ao menos, partamos com o salvo-conduto do Senhor Oromë e vejamos como é Endor, e o Mar! Não precisamos ir além das costas!" ([?profético]!). Seu grande argumento é a visão do Mar. Isso comove profundamente os Lindar.

> Nesse ponto, aparentemente insatisfeito com a ausência dos Três Pais na embaixada a Valinor, Tolkien propõe um novo esquema:

Alternativa. Fazer com que Imin, Tata e Enel sejam os Embaixadores e levem consigo, como "representantes" dos Elfos Mais Jovens, Ingwë, Finwë e Elwë.

Dos Três Pais, tanto Imin como Tata ficam impressionados com Valinor e desejam ao menos viver lá por algum tempo. (Imin ama a beleza, e Tata, a sabedoria dos Valar e suas obras.) Enel é menos afetado: há menos "espaço" em Valinor, e ele sentiu saudade dos grandes céus, e das terras inexploradas, e da liberdade de plantas e feras.

Imin afirma ser o "Pai de Todos os Quendi" (*Ilquendatar*) e ter o direito de decisão. Tata argumenta que cada um tem autoridade apenas sobre sua própria Companhia; Enel, que ninguém deveria ser obrigado a partir ou ficar contra sua vontade. Ele propõe que primeiro deveriam decidir, pelo voto de todos os adultos, qual é o desejo geral, ou qual é o da maioria. Imin diz que a medida inevitavelmente vai dividir o Povo. Tata diz que isso é inevitável, de qualquer modo, sem o uso da força. Imin diz "mas como esses podem decidir *por voto* sobre a escolha que não viram?". Precisam confiar em seus embaixadores. Há então um clamor para que os "jovens assistentes" falem.

Ingwë fala com deferência sobre os Três Pais. Seus sentimentos são muito parecidos com os de Imin. Está tomado pela memória da beleza de Varda. Faz um discurso comovente sobre a formosura dela e de todas as suas obras.

Finwë (mais rebelde e independente?) fala com menos deferência, dando a entender que nem Tata empregou seu tempo de modo tão completo quanto possível, e nem retratou corretamente a riqueza dos Valar em sabedoria e habilidades, da qual uma longa estadia permitiria dominar apenas uma pequena parte. (Não revela suas ideias sobre o aumento da habilidade de sua amada, Míriel.) Mas seu argumento mais eficaz é (ver acima) assustar os Quendi ao revelar o poder de Melkor e dos Valar e a provável ruína da Guerra em Endor.

Elwë tal como acima — Ele [?trata] Enel por uma votação livre e enfatiza a liberdade para retornar.

Imin, com relutância, concorda em votar. Nem todos estão presentes, mas cerca de 2/3 são favoráveis à aceitação, e os Quendi ficam longamente sentados em silêncio. As estrelas aparecem e eles relutam em partir. A aurora vem e muitos ficam ávidos para iniciar a jornada. Conforme o dia transcorre, eles votam: ¾ querem partir. As estrelas aparecem de novo e muitos mudam de ideia.[10]

Texto 2A

Esses rascunhos (2A e 2B), os quais, como se pode ver, precedem o Texto 1, ocupam quatro páginas de duas folhas de papel sem pauta. Foram escritos com tinta preta usando uma caneta de bico fino, com uma letra que difere da do texto precedente e da maioria dos outros textos dos maços "Tempo e Envelhecimento", lembrando mais a letra usada nos caps. 12, "Acerca dos Quendi em seu Modo de Vida e Crescimento", e 16, "Nota Sobre a Juventude e o Crescimento dos Quendi", adiante. Algumas alterações e notas posteriores foram feitas com caneta esferográfica verde e (em sua maioria) a lápis. As quatro folhas nas quais esses textos e o Texto 3 (mais adiante) estão escritos foram inseridas entre a terceira e a quarta folha do texto precedente.

Novo Esquema

Algumas datas hipotéticas

Dias de Ventura. Fim do Tempo da Espera. Primeira Era começa.

AV 865/1[11]	Despertar dos Quendi (Primavera). Melian, alertada em sonho, deixa Valinor e vai para Endor.	1
871/1	Oromë encontra os Quendi e habita com eles durante 48 anos.	864–912
871/48	Notícias sobre os Quendi levadas até Valinor. Melkor busca atacar Oromë. Ele manda notícias aos Valar e Tulkas chega.	912–960
871 final	Oromë retorna a Valinor e faz seu relato. Concílio dos Valar.	960–1007
872/1–10	Oromë retorna a Cuiviénen. Valar se preparam para Guerra contra Melkor. Manwë decide (embora ?Varda e Ulmo sejam contra) que os Quendi deveriam ser trazidos a Valinor antes da Guerra — que pode ser muito destrutiva. Mas, após conselho urgente de Varda, os Quendi são apenas *convidados* a vir.	1008–1018
872/48	Oromë e Tulkas são requisitados para a Guerra. Os Valar mandam os Cinco Guardiões (Olórin etc.) com poder especial.	1056
872/50	Oromë e Tulkas retornam a Valinor, trazendo embaixadores ou representantes das Três Companhias (jovens Quendi: Ingwë, Finwë, Elwë, netos de Imin, Tata e Enel).	1058

Esse esquema cronológico termina aqui, mas é acompanhado por duas notas marginais (à esquerda e embaixo, respectivamente), que dizem:

864 – 872/50 = AV 8/50 = 1.202 anos.[12] Ingwë, Finwë, Elwë têm só cerca de 36 anos e são *solteiros*, ou Ingwë tem 60 e é *casado*. Finwë tem 48 e *está noivo*. Elwë tem 36.

Ingwë com 60 em 1058, portanto, nascido em 998. No esquema “Rapidamente prolíficos” = um membro da 5ª ger. = trineto [de Imin]. Finwë com 48 nascido em 1010. Elwë com 36 [nascido em] 1022. *No esquema antigo*

A nota termina aqui, na margem inferior da página. No verso, há notas a caneta um tanto mais toscas, riscadas, cujo conteúdo claramente é preliminar ao próximo texto e foi incorporado a ele, e, portanto, não são apresentadas aqui.

Texto 2B

Novo Esquema

Esquema Antigo. "Dias de Ventura" duram [AV] 1–1050 antes do "Despertar" = 10.500 anos [solares].[13] Não é o suficiente. Fazer com que "DV" sejam mais longos, com os Eventos Élficos acumulados no fim. A intrusão, vinda de fora, no mundo "artificial" dos Valar logo o destrói!

Novo. As Árvores florescem durante 864 AV antes do Despertar = 124.416 anos [solares]. Os Quendi então despertam na Primavera de [AV] 865 (124.417 [AdS]).[14] "DV" ainda continuam, mas os Quendi começam contagem da *Primeira Era* com o Despertar.

Primeira Era precisa durar *um pouco mais* do que SE (= 3.441). Ainda assim, ser mais regularmente "duodecimal" (por ser mitológica) até a Morte das Árvores e depois! Digamos, 4.056 anos.

Morte das Árvores acontece em 24 AV (= 3.456 [AdS]) depois do Despertar = AV 888. Primeira Era deveria, portanto, ocupar 4.032 anos = 28 AV. Isto é, 3.456 (Morte das Árvores) + 576 anos [solares] (= 4 AV). Mas na verdade guerra dur[a até] 600? Assim, PE = 4.056 [AdS] = 28[AV+]/24[AdS].

Os Quendi, portanto, entram em Valinor algum tempo depois de AV 864. Depois de AV 864, todas as datas devem ser colocadas em anos [solares] (bem como em AV). Achados 864 anos [solares] depois de despertar = 6 AV. AV 870. (Cerca de 12 AV se passam antes que todos se estabeleçam em Valinor. AV 876.)

O texto termina aqui, preenchendo cerca de três quartos da página. Tolkien, mais tarde, fez algumas alterações nessas datas com caneta esferográfica verde, mudando o ano do Despertar de novo, para 850, e escrevendo em referência a essa mudança: "Quendi Achados em 864"; depois mudando a data relativa da Morte das Árvores para 24 AV após o "Achamento"; e finalmente mudando a data na qual os Quendi entram em Valinor para "depois de AV 850". Tolkien, entretanto, não fez os outros ajustes no resto do texto que seriam necessários para harmonizá-lo com essas mudanças (por exemplo, recalculando o número de anos solares que se passaram desde o Despertar em AV 850), de modo que deixei inalteradas as cifras e a formulação originais do texto acima. Mas, uma vez que a data do Despertar apresentada pelas alterações finais, AV 850, aparece *ab initio* no Texto 1 anterior, fica evidente que esses dois textos, 2A e 2B, são rascunhos preliminares sucessivos para a forma muito mais expandida do Texto 1.

No verso dessa última folha há, mais uma vez, algumas anotações e cálculos um pouco mais rudimentares, em geral a lápis. Dignas de nota são duas afirmações que Tolkien escreveu em tinta preta com uma caneta de bico fino, a primeira delas no alto da página:

Tempo em Valinor precisa ser marcado em Anos Solares (*löar*). No esquema antigo, Árvores duraram entre AV 1–1495 = quase 1495 × 10 anos [solares] = 14.950 *löar*. Esse período é curto demais.

A segunda está na margem superior (compare isso com o elemento no Texto 1, segundo o qual tanto Melian quanto os Istari foram enviados aos Elfos em Cuiviénen como Guardiões):

Elfos alertados por Eru ou guardas?

Texto 3

Este texto foi escrito usando caneta esferográfica vermelha (que vai ficando cada vez mais ilegível), no lado da frente de duas páginas de um calendário de compromissos, referente às semanas 8–14 de fevereiro e 1–7 de março de 1959, respectivamente. As datas em Anos Valianos aqui são consideravelmente posteriores àquelas dos textos precedentes, mas as do Despertar e do Achamento por Oromë concordam com as do texto apresentado aqui como cap. 14, "Cálculo da Multiplicação dos Quendi ", conforme revisado.

Conto dos Anos

AV 1728	Morte das Árvores.
AV 1386/1	Despertar dos Quendi. Melian recebe aviso sobre eles em sonho e deixa Valinor.
1392/1	São descobertos por Oromë. 6 AV = 864 anos [solares]
1392/3	Oromë retorna a Valinor com notícias. Concílio dos Valar.
1392/6	Oromë retorna a Cuiviénen.
1393	Valar se preparam para guerra. Oromë retorna com Ingwë, Finwë, Elwë. Valar partem de Valinor, assediam Angband. Ver [?dificuldades].[15]
1394	Oromë enviado com Ingwë, Finwë, Elwë para Cuiviénen. Debate dos Quendi. Grande demora, não desejam deixar Cuiviénen e [?não vão].
1395	Queda de Angband. Valar ansiosos já que a guerra vai ser deflagrada e será destrutiva. Demoram para colocar tropas [?em volta de] Utumno [?e Oromë segue para as costas.] [?Mas] Sauron escapa. [???].
1396	Grande Marcha começa. 2/3 seguem Jovens Senhores Ingwë, Finwë, Elwë. 1/3 Avari. [?A maioria procede por ??] [?marcha] dos primogênitos. [?] da Marcha. Oromë frequentemente tem de voltar à guerra. A Marcha [?ocupa] 3 AV?
1399	Elfos alcançam Beleriand.
1400	Elwë perdido. Vanyar e Ñoldor, levados em Ilha, alcançam Aman.
1402	Teleri partem deixando Sindar.
1402/92+	Eressëa é fixada.

NOTAS

1 Tolkien alterou esse ano em relação ao original "c. 600". O ano revisado reflete uma taxa de 1 Ano Valiano = 144 anos solares (*löar*), de modo que PE 576 = AV 854 – AV 850 = AV 4 × 144 AS = AS 576 desde PE 1.

2 O fato de a 12ª geração aparecer inicialmente em 576 implica uma média de 48 anos solares entre as gerações.

3 Tolkien alterou essa data em relação ao original "c. 1200". Isso reflete o cálculo PE 1152 = AV 858 – AV 850 = AV 8 × 144 AS = AS 1152 desde PE 1.

4 Essa data e as duas seguintes, indicando os anos de nascimento de Ingwë, Finwë e Elwë, são acréscimos posteriores com caneta esferográfica verde.

5 Tolkien subsequentemente mudou esse ano para 2161 com caneta esferográfica verde, mas não levou a efeito a mudança em anos subsequentes, de modo que deixei o ano conforme escrito inicialmente.

6 Uma passagem riscada depois com caneta esferográfica verde originalmente continuava dizendo:

[Ulmo >>] Manwë decreta que embaixadores deveriam ser trazidos para ver Valinor e os Valar — embora Ulmo ache que isso é perigosamente semelhante a sobrepujar as vontades deles pela visão do esplendor.

Ver a informação abaixo para DV 866/49 = PE 2211.

[7] Exceto o nome *Olórin* para Gandalf, esses nomes em quenya que (aparentemente) se referem aos Istari não estão registrados em nenhum outro lugar. Aparentemente, querem dizer: *Tarindor* *"O de mente elevada/sábia", *Hrávandil* *"Amigo-das-feras-selvagens", *Palacendo* *"O que enxerga longe", *Haimenar* *"O que viaja longe".

[8] A descrição da eleição dos Três Embaixadores originalmente estava no fim do registro DV 866/13 = PE 2175, em que era precedida por uma frase riscada com caneta esferográfica verde:

Oromë (e Tulkas?) retornam, trazendo Três Embaixadores.

Tolkien indicou com caneta esferográfica verde que o restante da descrição deveria ser transferido para essa data, cerca de 37 anos depois.

[9] Tolkien, aqui, primeiro escreveu "conhecimento" (aparentemente antecipando a resposta de Finwë), mas substituiu a palavra por "beleza" no ato da escrita.

[10] Um parágrafo final rejeitado diz:

Imin olha para as estrelas. Ele diz: "Permanecerei aqui se qualquer um do meu povo o fizer". Tata e Enel dizem o mesmo. No fim, 2/3 decidem partir. Os *Imillië* são cerca de 2.625 Elfos; os *Tatalië*, 10.500; os *Enellië*, 13.875. A maior população de "Eldar" vem dos *Tatalië*.

Tolkien primeiro riscou a frase final e depois colocou entre colchetes o parágrafo inteiro, riscando-o.

[11] Da maneira como foi escrita inicialmente, a data era "AV 888"; o ano então foi riscado e substituído por "864", o qual, depois, foi alterado para "865".

[12] Isto é, 1.202 anos desde o Despertar dos Quendi em AV 864 e, portanto, calculado antes da revisão do ano para 865.

[13] Isto é, segundo o esquema anterior, no qual 1 Ano Valiano = 10 Anos Solares (*löar*). Compare o Ano Valiano 1050 como o do Despertar dos Elfos segundo o "esquema antigo" com X:71.

[14] Tolkien escreveu inicialmente que os Quendi despertaram em 864/1, mas depois alterou isso, com caneta esferográfica azul, para 865.

[15] Inicialmente, o registro de 1393 começava assim:

Valar se preparam para Guerra. Desembarcam no NO. Assediam Angband. Angband é defendida por Sauron. Melkor recua para Utumno. Eles decidem que se deve oferecer aos Quendi uma chance de resgate, já que a Guerra será grande e destrutiva.

14

Cálculo da Multiplicação dos Quendi

Os dois textos apresentados aqui foram escritos com caligrafia geralmente clara, com caneta de bico preta, em nove páginas de dez folhas de papel sem pauta. Acréscimos e correções posteriores foram feitos com caneta esferográfica vermelha. Não há indicações claras de data, mas, considerando o caráter geral dos textos e o fato de que evidentemente precedem o apresentado aqui como cap. 16, "Nota sobre a Juventude e o Crescimento dos Quendi", adiante — já que, diferentemente daquele texto, os Elfos aqui ainda têm um período de gestação de 9 anos —, é possível datá-los seguramente de c. 1959.

Note que as datas do Achamento e do Despertar, conforme revisadas, concordam com as que aparecem *ab initio* no Texto 3 do cap. 13, "Datas-chave", acima.

Texto 1

Cálculo da Multiplicação dos Quendi do *Despertar* até o *Início da Grande Marcha*[1]

Primeiros Elfos. Despertam já na *maturidade*. População: 144. Começam de imediato a engendrar a segunda geração. Ela, portanto, junto com os primeiros nascimentos, começa a aparecer em AV 1000/9. Serão necessários 1 AV/90[a] anos para completar tudo (i.e. até a data dos últimos nascimentos). Todos os 72 pares de "cônjuges destinados" se casam, e a família média é de 6 por casal. Em AV 1001/90, portanto, a *multiplicação* será de 72 × 6 = 432. População: 576.

---

[a] Contados da primeira concepção até o último nascimento: isto é, 6 períodos de gestação (9 anos) + 5 intervalos com uma média de 36 anos cada (períodos aumentam: 12/24/36/48/60): 6 × 9 (= 54) + 5 × 36 (= 180) = 234 anos = 1 AV/90.

Depois disso, várias coisas que modificam o processo inicial precisam ser consideradas:

a. A idade na qual as novas gerações começam a produzir filhos vai aumentar lentamente ao longo de 6 *coimendi* (= 6 AV) *em média*, até que se chegue a 48 anos, que então continuará sendo a idade média por muitíssimo tempo: *Primeiros Elfos* na maturidade (24); *2ª ger.* com 30; *3ª ger.* com 36; *4ª ger.* com 42; *5ª ger.* (e muitas gerações posteriores) com 48.

b. A duração de tempo na qual uma geração é completada, ou seja, *os intervalos médios entre nascimentos*, também aumenta, e ao mesmo tempo se torna (em casos considerados individualmente) mais variável. Mas provavelmente *um tempo médio* para se completar uma geração (da *primeira concepção* ao *último nascimento*), no caso de todas as gerações depois da Primeira até a chegada dos Eldar a Valinor, pode ser estabelecido como 2 AV = 288 *löar*.[2] ☞Isso acontece independentemente do número médio real de filhos produzidos em cada família, já que, conforme esse número cai, os intervalos entre nascimentos também aumentam.[3] (Essa média de 2 AV = 288 *löar* é contada *da primeira concepção* até o *último nascimento*. O período provavelmente seria, para 6 filhos: 294 *löar*; para 5: 285; para 4: 288; para 3: 287; com uma média de 288,5.)[b]

c. *A produção média de filhos* por casal ou família também diminui, de 6 na 1ª, 2ª e 3ª gerações para 5 na 4ª ger., 4 na 5ª ger., 3 da 6ª ger. em diante (pelo menos até a chegada em Valinor).[4]

d. Depois que a 2ª geração foi engendrada pelos Primeiros Elfos, a proporção de membros do sexo masculino e feminino variou, não sendo igual (embora permanecendo sempre próxima de uma divisão igualitária). Assim, nem todos conseguiam achar cônjuges; alguns poucos já não desejavam se casar; e ocorriam vários acasos desfavoráveis e perdas (especialmente depois que

---

[b] Assim:

Gestações [de 9 *löar* cada]	Tempos de intervalo	Total [em *löar*]
6 = 54	+ 5 intervalos méd. de 48 =240	294
5 = 45	+ 4 intervalos méd. de 60 = 240	285
4 = 36	+ 3 intervalos méd. de 84 = 252	288
3 = 27	+ 2 intervalos méd. de 130 = 260	287
		1.154 = 288,5 [em média]

Sauron descobriu os Quendi). Os pares casados, portanto, não podem ser estabelecidos dividindo os números de cada geração por 2. Determinada proporção, começando com 1% da 2ª geração e aumentando (em 1%) a cada geração seguinte até chegar a 10%, deve ser deduzida das porcentagens totais antes da divisão por 2.

Se esses fatores forem levados em conta, é possível calcular, com razoável acurácia, o *aumento* dos Quendi desde a data de seu *Despertar* até o *Achamento* por Oromë 90 AV mais tarde, ou em qualquer outra data que se deseje.[5]

Ger.	**Nascimentos**	**[AVs do Despertar até] Primeiros nascimentos e últimos nascimentos**	**Aumento**	**Pop.[6] 144**
2	Primeiro: AV 0/9	AV 0/9		
	Último: AV 1/90	AV 1/90		
	Aumento: 72 × 6 =		432	576
3	Primeiro: AV 0/9 + 30 anos (= AV 8) + 9 =	AV 8/18		
	Último: AV 1/90 + AV 8/9 + AV 2 =	AV 11/99		
	Aumento: $\frac{432 - 1\%}{2}$ (= 214) × 6 =		1.284	1.860
4	Primeiro: AV 8/18 + 36 anos (= AV 14) + 9 =	AV 22/27		
	Último: AV 11/99 + AV 14/9 + AV 2 =	AV 27/108		
	Aumento: $\frac{1.284 - 2\%}{2}$ (= 630) × 6 =		3.780	5.640
5	Primeiro: AV 22/27 + 42 anos (= AV 20) + 9 =	AV 42/36		
	Último: AV 27/108 + AV 20/9 + AV 2 =	AV 49/117		
	Aumento: $\frac{3.780 - 3\%}{2}$ (= 1.834) × 5 =		9.170	14.810
6	Primeiro: AV 42/36 + 48 anos (= AV 26) + 9 =	AV 68/45		
	Último: AV 49/117 + AV 26/9 + AV 2 =	AV 77/126		
	Aumento: $\frac{9.170 - 4\%}{2}$ (= 4.401) × 4 =		17.604	32.414
7	Primeiro: AV 68/45 + 48 anos (= AV 26) + 9 =	AV 94/54		
	Último: AV 77/126 + AV 26/9 + AV 2 =	AV 105/135		
	Aumento: $\frac{17.604 - 5\%}{2}$ (= 8.362) × 3 =		25.086	57.500

O número dos Quendi, portanto, por volta de 106 anos valianos depois de seu Despertar, teria sido cerca de 57.500.

Mas, se Oromë chegou durante o AV 1090, isso seria *antes dos primeiros nascimentos* da 7ª ger.; e os *mais jovens* da 6ª ger. teriam AV 90 – AV 77/126, ou quase 12 AV "de idade" = Elfos homens AV 2 = 24 + AV 10 = 10 = 34; Elfas AV 1 ½ = 18 + AV 10 ½ = 10 ½ = 28 ½. Todos estariam totalmente maduros e em idade de se casar e, embora o começo da 7ª ger., em condições não perturbadas, provavelmente fosse demorar mais 4 AV (ou quase isso), a mudança nos hábitos de vida poderia alterar isso.

Note também que os *homens mais velhos* da 6ª ger. já teriam passado dos 43 anos, enquanto as mulheres *mais jovens* teriam mais de 28, passando assim da idade comum de se casar. Assim, pelo menos desde a 6ª ger. (ou mesmo da 5ª ger.), teríamos de levar em conta casamentos *dentro da mesma geração* e a perda de uma sequência não misturada.[7]

Sobre o cálculo anterior: se houvesse um total de 32.414 Quendi no fim da 6ª ger., essa seria a população total quando Oromë os encontrou em (digamos) AV 1090 (90 AV mais tarde): os mais jovens então teriam "30" anos de idade.

As "Companhias" ainda teriam as proporções aproximadas de 14/144, 56/144 e 74/144. Se considerarmos que o total verdadeiro é 32.400, essas proporções seriam exatamente 3.150, 12.600 e 16.650. Mas muitos dos Quendi se tornarão Avari. Digamos 1/3 do total = 10.800. Os *Marchadores* ou Eldar então somariam 21.600 Elfos. 1/72 disso dá 300. Portanto, os Vanyar serão 2.100; os Ñoldor, 8.400; e os Lindar, 11.100.

Isso é suficiente (por pouco?). Provavelmente haverá crescimento da população na Marcha, e uma multiplicação maior em Valinor (?). Mas *mais* seria melhor. **E o tempo necessário é demasiado grande*. 90 AV = 12.960 anos [solares]: isso é tempo demais para que os Quendi fiquem sem proteção e à mercê de Melkor e Sauron!! (No esquema original, apenas 85 × 10 = 850 anos são estipulados.)[8]

Mas, se esse tempo for reduzido, a taxa de multiplicação precisa ser muitíssimo aumentada. Os Quendi, em suas primeiras gerações antes da Marcha (ou de alcançar Valinor) precisam — como é bastante razoável — ser retratados como muito mais ávidos por amor e pela concepção e geração de filhos. **Precisam ter famílias maiores, com intervalos mais curtos entre nascimentos.*

Os *Anos Valianos das Árvores* deveriam ser duodecimais. Consideremos AV 1728 como o ano da *morte das Árvores*. No esquema mais antigo, cerca de 400 AV = 4.000 anos cobriam os eventos desde o *Achamento* até o *Obscurecer de Valinor*. Mas os Elfos agora vivem num ritmo no mínimo 14 vezes mais lento. Podemos considerar cerca de 48.000 anos, ou, no presente esquema, cerca de 333 1/3 AV. Digamos 336 (ou 12 × 28) = 48.384 *löar*. (Ou 324 = 12 × 27 = 46.656 *löar*).

Nesse caso, o Achamento deveria acontecer por volta de 1728 – 336 = 1392. O Despertar deveria acontecer não mais do que 6 AV (= 864 anos) antes, isto é, em AV 1386. (A entrada em Valinor poderia ser 12 AV mais tarde — o que permite uma longa permanência de Oromë e negociações, bem como atrasos na Marcha —, ou talvez, melhor dizendo, apenas 6 AV: isto é, começo de AV 1404 ou 1398.) Nesses 6 AV, os Quendi precisam se multiplicar de 144 até mais de 30.000.

Suponhamos que os *Primeiros Elfos despertem* em AV 1386 (com o Achamento em 1392).

Entre AV 1386 e 1388/94, todos os 72 pares se casam e (de imediato) produzem 12 filhos cada um = 72 × 12 = 864. População: 1.008.

Entre AV 1386/9 (primeiros nascimentos) + AV 2 (maturidade) = 1388/9 e 1388/84 + 2 AV + AV 2/84 = 1393/24, 430 (não 432) pares se casam e produzem 12 filhos cada um = 5.160.[9] População = 5.738.[10]

Entre AV 1388/9 + 2 AV = 1390/9 e AV 1393/24 + AV 2 + AV 2/84 = 1397/108, 2.500 pares (não 2.580), que produzem 12 filhos cada um = 30.000. População = 35.738.

Por volta dessa época começa a Grande Marcha.

Não é necessário chegar a essa quantidade de 35.738 Quendi, e a sua fertilidade não precisa ser assim tão prolífica e desenfreada![11]

Elfos despertam em AV 1386. População: 144.

Os Primeiros Elfos geram filhos de imediato e, em seu regozijo e vigor, começam de imediato e geram 12 em cada par, em média: 12 × 72 = 864. Esses, os primeiros nascimentos, acontecerão, portanto, em 1386/9, e o último depois de AV 1 /96 anos. 12 gestações de 9 anos (= 108) + 11 intervalos de 12 anos (= 132) = 240 = AV 1 /96. 1387/96. População = 1.008.

2ª ger. Primogênitos [nascidos] em 1386/9. Ultimogênitos [nascidos] em 1387/96. Primeiros nascimentos 1386/9 + AV 2 (maturidade) + 9 = 1388/18. Últimos nascimentos 1387/96 + AV 2 + AV 2/18 = 1391/114. (AV 2/18 representa aumento do intervalo para 18 anos.)[12] 430 pares × 11 = 4.730. População = 5.738.

3ª ger. Primogênitos [nascidos] em 1388/18 + AV 2 + 9 = 1390/27. Ultimogênitos [nascidos] em 1391/114 + AV 2 + AV 2/84 = 1395/198 (AV 2/84 representa o aumento do intervalo para 24 anos.)[13] 2.350 pares × 10 = 23.500. População = 29.238.

4ª ger. Primogênitos [nascidos] em 1390/27 + AV 3 + 9 = 1393/36. Ultimogênitos em 1396/54 + AV 3 + AV 2/84 = 1401/138. 11.500 pares × 9 = 103.500. População 132.738.[14]

Texto 2

Resta ainda um esquema final curioso — final no sentido de que está agora na página da frente da última folha nesse pequeno maço de textos —, mas que não é, em sentido algum, uma continuidade ou um desenvolvimento do segundo dos dois esquemas apresentados anteriormente. De fato, ele compartilha o ponto de início cronológico com o primeiro deles, no qual os Quendi despertam em AV 1000 e a 2ª geração começa a aparecer em AV 1000/9, e assim, conceitualmente, precede o segundo esquema, no qual os Quendi despertam em AV 1386.

Conforme mencionado nas notas editoriais, o verso dessa última folha parece ser um rascunho do primeiro esquema apresentado anteriormente; além disso, a primeira linha desse primeiro esquema ecoa a última linha do rascunho. Pode-se pensar, então, que este esquema continua esse rascunho: isto é, que se trata do primeiro e mais antigo dos esquemas neste conjunto. Mas, se for o caso, ele segue menos estritamente os conteúdos do esboço do que o primeiro esquema apresentado anteriormente, pelo fato de que os intervalos entre nascimentos e as gestações seguintes não começam a aumentar até a 5ª ger., e também não há uma porcentagem de redução nos pares casados até a 5ª ger. (na qual é de 5%, tal como na 6ª ger.).

Portanto, não consigo encaixar cronologicamente esse esquema com segurança em relação aos esquemas precedentes. Mesmo assim, já que Tolkien guardou a folha e não riscou a página da frente, apresento-a aqui segundo a ordem do maço.

Assim: os Quendi despertam em AV 1000. Número: 144. A 2ª ger. aparece em AV 1000/9.

Ger.[15]		**Aumento**	**População**[16]
2	Em AV 1001, o aumento é 72 × 6 =	432	576
3	Em AV 1000/9 + AV 14/9 = 1014/18 a 3ª ger. começará a aparecer. Estará completa em AV 1015/18. O aumento é de $\frac{432}{2}$ (= 216) × 6 =	1.296	1.872
4	Em 1014/18 + AV 14/9 = 1028/27 a 4ª ger. começará a aparecer. Estará completa em 1029/27. O aumento é de $\frac{1.296}{2}$ (= 648) × 6 =	3.888	5.760
5	Em 1028/27 + AV 14/9 = 1042/36 a 5ª ger. começará a aparecer. Estará completa em 1043/36. O aumento é de $\frac{3.888}{2}$ (= 1944) × 6 =	11.664	17.424
6	Em 1042/36 + AV 26/9 = 1068/45 a 6ª ger. começará a aparecer. Estará completa em 1070/45. O aumento é de $\frac{11.664 - 580\ (5\%)}{2}$ (= $\frac{11.084}{2}$) × 5 =	27.710	45.134
7	Em 1068/45 + AV 26/9 = 1094/54 a 7ª ger. começará a aparecer. Estará completa em 1096/54. O aumento é de $\frac{27.710 - 1.385\ (5\%)}{2}$ (= $\frac{26.325}{2}$), digamos 13.100 × 5 =	65.500	110.634[17]

Antes de a 7ª ger. surgir, Oromë chega em AV 1085.

NOTAS

1 Anotações e cálculos que vão ficando cada vez mais difíceis de ler, encontrados no verso do que agora é a última desse pequeno maço de folhas, depois riscados com caneta esferográfica vermelha, parecem ser rascunhos do que se tornou o primeiro esquema apresentado aqui.

Um cálculo melhor. Primeiros Elfos produzem a 2ª ger. de imediato. Portanto, ela começa a aparecer em AV 1000/9, e só demora cerca de 1/9 AV para se completar. Todos os 72 pares originais se casam e produzem uma média de *6* filhos cada.

O tempo no qual a ger. seguinte começa a produzir a próxima ger. *aumenta constantemente*: 1ª ger. de imediato (24), 2ª ger. + 6 (30), 3ª ger. + 6 (36), 4ª ger. + 6 (42), 5ª ger. + 6 (48), 6ª ger. + 6 (54). Prole média cai de 6 nas primeiras 3 ger. para 5 na ger. 4, para 4 na ger. 5 e para 3 daí em diante (6 –). Além disso, a proporção de pares disponíveis que acabam se casando se reduz: 1) a exatidão de proporções entre os sexos masculino e feminino não é mantida, 2) nem todos conseguem achar parceiros, 3) vários acidentes. De modo que, depois da 1ª ger., os pares serão superestimados se a geração anterior for dividida por dois. Uma proporção, que vai aumentando de 1% até 10%, precisa ser deduzida a cada geração.

Assim: Primeiros Elfos. 2ª ger. aparece em 1000/9.

[2] Na versão inicial, a média era "V2/6 = 294 *löar*".

[3] O texto originalmente continuava da seguinte maneira, no verso da folha, antes que toda essa página fosse riscada com tinta preta:

Essa média V2/6 representa 294 *löar*, compostos por 6 gestações = 54 *löar* + 240 *löar* representando cinco intervalos de 48 *löar* para 5 nascimentos (60 para 4 nascimentos, 80 para 3 nascimentos e 120 para 2 nascimentos).

1. A produção média de filhos por casal também diminui, de 6 nas gerações 1, 2, 3 > 5 na ger. 4 > 4 na ger. 5 > 3 dali em diante, na ger. 6 e ger. seguintes (pelo menos até a chegada em Valinor).
2. Depois que os Primeiros Elfos e suas "esposas destinadas" dão origem à 2 geração, as proporções dos sexos masculino e feminino variaram (embora nunca ficassem m. distantes da igualdade). Nem todos, entretanto, conseguiam achar cônjuges; uns poucos já não desejavam isso; e havia vários acidentes e perdas — que aumentaram quando Sauron descobriu suas moradas. De modo que os pares casados não podem ser contados dividindo os números de cada geração por 2. Certa proporção, começando com 1% da 2 ger. e aumentando em 1% a cada geração sucessiva, até se chegar a 10%, precisa ser deduzida do total de cada geração antes da divisão por 2.

Se esses fatores forem levados em conta, seremos capazes de calcular com razoável acurácia a multiplicação dos Quendi de AV 1000 até o Achamento por Oromë em V [aqui, Tolkien deixa a data em branco, provavelmente porque eram necessários mais cálculos].

A Primeira Geração ou Primeiros Elfos somava 144 membros. Em V1001/90, tinham completado a 2 ger. que somava 72 × 6 = 432. Pop. 576.

A Segunda Geração começou a aparecer em V1000/9. Começou a produzir a 3 ger. 30 anos depois dessa data. Com mais V2/6, tinha completado a 3 ger. de 6 filhos por casal em V1000/39 +

O texto rejeitado termina aqui, no pé da página e no meio da frase. Há, entretanto, duas notas marginais acrescentadas com caneta esferográfica vermelha que dizem o seguinte:

Tempo entre primeiro e último nascimentos de cada geração portanto AV 2/6 – 9 = 285 *löar* ou AV 1/141.

Se AV 2/6 é [?necessário] para primeiro nascimento até último nascimento de [uma] geração, isso permite que haja uma pequena margem para [*ilegível*].

[4] No fim das contas, como se verá, a primeira tabela de gerações que Tolkien produziu seguindo essa afirmação mostra, na verdade, 6 filhos por casal nas gerações de 1 a 4, 5 na 5ª ger., 4 na 6ª ger. e 3 na 7ª ger.

[5] A frase "ou em qualquer outra data que se deseje" é um acréscimo com caneta esferográfica vermelha, assim como a nota de rodapé tabulando os intervalos.

[6] A coluna da população foi um acréscimo a lápis. Ao lado dos registros da 2ª, 3ª e 4ª ger., na margem esquerda, Tolkien escreveu mais tarde com caneta esferográfica vermelha: "865/9 866/90", "873/18 876/99" e "887/27 892/108", respectivamente, o que parecem ser as datas do primeiro e do último nascimento dessas gerações numa cronologia revisada na qual os Elfos despertam em PE 865.

[7] Esse parágrafo foi inserido como nota marginal escrita com caneta esferográfica vermelha.

[8] Não está claro de onde vem o número de 850 anos proposto por Tolkien. Em "Os Anais de The Annals of Aman", do começo dos anos 1950, os Elfos despertam em Kuiviénen em AV 1050, e Oromë os encontrou lá em AV 1085 (X:71–2), o que significa que ficaram desprotegidos por 35 AV, o que, nesse esquema, na verdade, correspondia a 350 anos solares. Tolkien pode ter esquecido que, nessa época, os Elfos não despertavam em AV 1000.

[9] Tolkien aqui na verdade escreveu "1388/84 + 2 AV + AV 2/84 = 1392/24", mas isso é um erro. O total correto é 1392/168 = 1393/24, o qual forneci. De modo similar, corrigi o cálculo subsequente do original "AV 1392/24 + AV 2 + AV 2/84 = 1396/108".

[10] Esse número é derivado do número original de filhos que Tolkien atribuiu a cada casal, 11, multiplicado pelo número de casais, 430, e o aumento correspondente de 4.730. Tolkien, mais tarde, alterou o número de filhos para 12 (em concordância com o número nascido da união de cada casal na 1ª e 3ª gerações) e revisou o aumento para 5.160, mas não revisou o número para o total da população. Entretanto, mesmo assim, ele usou o novo aumento populacional de 5.160 para chegar ao número de casais na 3ª ger., ou seja, 2.580. Portanto, deixei como está o erro matemático, para mostrar qual era o esquema pretendido, embora os números não correspondam à soma correta.

[11] Não consigo explicar o fato de que, imediatamente depois dessa afirmação (que inicia uma nova página, mas não aparenta ser uma nota marginal), Tolkien apresenta um novo esquema no qual os Quendi são, na verdade, muito mais "prolíficos e desenfreados" ao gerar seus rebentos.

[12] O tempo total de gestações + intervalos de AV 2/18 (= 306 anos) aqui é inconsistente com uma redução do número de filhos gerados por cada par casado, mesmo com o aumento do intervalo individual do nascimento até a próxima concepção para 18 anos. Já que há uma média de 11 filhos, na 3ª ger., para cada par casado da 2ª ger., o tempo total das gestações deveria ser 11 × 9 = 99 anos, e o tempo total de intervalos deveria ser 10 × 18 = 180 anos, para um tempo total da primeira concepção ao último nascimento de 279 anos = AV 1/135. Parece que Tolkien, em vez disso, calculou os períodos como 12 gestações × 9 (= 108) + 11 intervalos × 18 (= 198) = 306. Pode ser que Tolkien ainda não tivesse se decidido sobre o número reduzido de filhos por par nas gerações 2–4 quando fez esses cálculos; mas não há indicação de que os cálculos de multiplicação tenham sido inseridos mais tarde.

[13] Da mesma forma, o número de AV 2/84 (= 372 anos) aqui e na 4ª ger. parece ser um cálculo baseado em 12 gestações × 9 (= 108) + 11 intervalos × 24 (= 264) = 372.

[14] Em ambos os casos, "AV 3" como tempo transcorrido até a maturidade foi alterado por Tolkien — antes era "AV 2" —, e, no primeiro caso, a correção foi sublinhada com caneta esferográfica vermelha.

[15] Aqui, Tolkien, na verdade, começou as gerações com o número 1, não 2; mas, ao fazer isso, provavelmente quis dizer gerações depois dos Primeiros Elfos (os quais, estritamente falando, não foram "gerados" no útero). Alterei a numeração das gerações de acordo com o que Tolkien usou em todos os outros lugares, para evitar confusão.

[16] Aqui, Tolkien calculou errado a população total da 2ª ger. como se fosse 572 (deveria ser 144 + 432 = 576), e levou adiante esse erro ao resto das somas populacionais. Corrigi esse erro em todas as contas.

[17] Tolkien aqui calculou errado 13.100 x 5 como 75.500 e, assim, o total como 120.634. Corrigi o erro.

15

Um Esquema de Gerações

Este texto foi escrito em tinta preta com caneta de bico fino nos versos de páginas de um calendário de compromissos das datas de 22–28 de março, 29 de março–4 de abril, 19–25 de abril, 26 de abril–2 de maio, 3–9 de maio e 17–23 de maio de 1959, as quais Tolkien prendeu com clipes.

Primeiros Elfos. Começam com 144. Primeiros nascimentos: PE 10, 31, 52, 73, 94, 115, 136, 157, 178, 199, 220, 241; cada um produz 72. 2ª ger. 72 × 12 = 864. 240 anos da primeira concepção no ano 1 ao último nascimento em 241.

Segundos Elfos: nascidos em 12 grupos de 72 cada um entre PE 10 e 241. Desses 36 pares em cada grupo, só uma média de 35 pares se casam = 420 casais: cada um produz 11 = 4.620. O primeiro grupo, nascido no ano 10, gerará filhos na maturidade, 288 = PE 298, e seus primeiros nascimentos se seguem em 307; o segundo grupo, nascido em 31, conceberá em 319 (nascimentos em 328).

Os Terceiros Elfos, portanto, começarão a aparecer em 307. Uma vez que os Segundos Elfos só produzirão 11 filhos, cada par terá um *Onnalúmë* de 219 anos (11 × 9 = 99 + 10 × 12 = 120). Os *últimos nascimentos*, portanto, serão os daqueles nascidos em 241 e que chegarão à maturidade em 529, isto é, em 529 + 219 = PE 748.

Assim, os Segundos Elfos:

Grupo	**Nascido em**	**Concepção [ano]**	**[Anos do] Primeiro nascimento–último nascimento**
1	10	298	307–517
2	31	319	328–538
3	52	340	349–559

4	73	361	370–580
5	94	382	391–601
6	115	403	412–622
7	136	424	433–643
8	157	445	454–664
9	178	466	475–685
10	199	487	496–706
11	220	508	517–727
12	241	529	538–748

Nascimentos por ano

307	35	538	385
328	70	559	350
349	105	580	315
370	140	601	280
391	175	622	245
412	210	643	210
433	245	664	175
454	280	685	140
475	315	706	105
496	350	727	70
517	385	748	35

Assim, teremos 4.620 pessoas nascidas entre 307 e 748.

Terceiros Elfos: nascidos em 22 grupos de composição variada, dois grupos (nascidos em 307 e 748) de 35 cada, dois (328 e 727) de 70 cada, e assim por diante. Obviamente já existirão casamentos fora dos grupos e assim por diante. Mas a média provavelmente poderá ser encontrada de forma bastante exata se 35 for substituído por 34, criando dois grupos de 34, dois de 68 etc. Total de pares casados = 4.488. Eles produzem 10 filhos cada. A 4ª ger., portanto = 44.880.

Grupo	Nascido em	Concepção [ano]	[Anos do] Primeiro nascimento–último nascimento	Prole
1	307	595	604–793	340
2	328	616	625–814	680
3	349	637	646–835	1.020
4	370	658	667–856	1.360
5	391	679	688–877	1.700
6	412	700	709–898	2.040
7	433	721	730–919	2.380
8	454	742	751–940	2.720
9	475	763	772–961	3.060
10	496	784	793–982	3.400
11	517	805	814–1003	3.740
12	538	826	835–1024	3.740
13	559	847	856–1045	3.400
14	580	868	877–1066	3.060
15	601	889	898–1087	2.720
16	622	910	919–1108	2.380
17	643	931	940–1129	2.040
18	664	952	961–1150	1.700
19	685	973	982–1171	1.360
20	706	994	1003–1192	1.020
21	727	1015	1024–1213	680
22	748	1036	1045–1234	340
			[Total]	44.880

Onnalúmë = 198 [anos solares]. Concepção e nascimento da 4ª ger. de PE 595 a 1234.

Na época do Achamento, em PE 864, as primeiras 3 Ger. estavam completas = 144 + 864 + 4.620 = 5.628. Mas a 4ª ger. começou a vir ao mundo em 604. Seus primeiros quatro grupos = 3.400 tinham aparecido. Dos grupos posteriores a 864:

Grupo	[Anos de nascimentos]	Nascimentos
5	688–856	9 × 170 = 1.530
6	709–856	8 × 204 = 1.632
7	730–856	7 × 238 = 1.666
8	751–856	6 × 272 = 1.632

9	772–856	5 × 306 = 1.530
10	793–856	4 × 340 = 1.360
11	814–856	3 × 374 = 1.122
12	835–856	2 × 374 = 748
13	856	1 × 340
		[Total] 14.960

A população no momento da chegada de Oromë era, portanto, de 5.628 Elfos mais velhos (os mais jovens com 116 anos = idade de $9\frac{8}{12}$) + 14.960 Elfos jovens (os mais velhos com 260 = idade de $21\frac{5}{12}$, os mais jovens = 8 anos = $\frac{8}{12}$ ou 8 meses) = 20.588. (O número aumentará muito nos anos imediatamente posteriores.)

Geração	**Idade**	**Nº de Filhos**	**Intervalo médio**	**Onnalúmë**
1	—	12	12	240
2	24 = 288	11	12	219
3	24 = 288	10	12	198
4	27 = 720	9	18	225
5	27 = 720	9	18	225
6	27 = 720	9	18	225
7	30 = 1.152	8	24	240
8	30 = 1.152	8	24	240
9	30 = 1.152	8	24	240
10	36 = 2.016	7	30	243
11	42 = 2.880	6	39	249
12	48 = 3.744	5	48	237
13	48 = 3.744	4	60	216
14	48 = 3.744	3	72	243

Depois disso, o número médio de filhos varia. 3 continua a ser um número frequente (mas 2 também), embora o intervalo varie de 84 a 144.

Nota: Objeções a casamentos fora das "gerações" *nunca* existiram, em momento algum: de fato, isso logo se tornou inevitável e necessário (embora os Quendi sempre *conheçam* sua ascendência e seu lugar na descendência a partir dos Três Primeiros Elfos). *Além disso,* os Quendi eram todos um só povo e, embora "as Companhias" logo começassem a viver e construir suas casas separadamente (e por isso eram chamadas de *olië*, "povo junto", e *ombari* "os que habitam juntos"), nunca houve qualquer objeção a casamentos entre membros de companhias diferentes. Ainda que, naturalmente, eles não fossem frequentes (mais comuns entre os líderes e as famílias principais). Esses casos não afetam os cálculos "médios". A *Companhia de Imin* (*Imillië*) sempre foi mais separada (bastante orgulhosa de ser a Mais Antiga), e as relações entre os *Tatalië* e *Enellië* eram mais próximas. Ficou acertado — pois Imin, Tata e Enel diziam que os homens [isto é, Elfos do sexo masculino] despertaram primeiro e iniciaram as famílias — que, quando uma mulher se casava com alguém de outra Companhia, considerava-se que ela tinha se unido à Companhia de seu marido. A troca era mais ou menos igual e não afeta substancialmente os cálculos. Pela mesma razão, a *descendência de autoridade* era estabelecida a partir do pai na geração imediatamente anterior; mas as mulheres não eram consideradas menores ou não iguais de modo algum, e a genealogia quendiana traçava ambas as linhagens com cuidado.

16

Nota Sobre a Juventude e o Crescimento dos Quendi

Este texto ocupa dois lados de uma folha sem pauta e foi escrito em tinta preta com caneta de bico fino. Data de c. 1959.

Sua aparência e conteúdo mostram relação próxima com os esquemas iniciais apresentados no próximo capítulo, e o texto provavelmente os precede, já que todos incluem, de maneira uniforme, um período gestacional de um ano solar para os Elfos, enquanto antes deste texto o período era de 9 anos solares.

Todos os cálculos complexos baseados nas proporções de *olmië* 12 : 1 e *coivië* 144 : 1 são tanto desajeitados quanto, nas *narrativas primitivas* (Despertar e Achamento, Marcha etc.), bastante difíceis de manejar. Também *improváveis*. A diferença entre Elfos e Homens está principalmente na *longevidade* depois que se tornam totalmente crescidos: isso depende principalmente, de novo, da diferença de poderes entre os *fëar* élficos e humanos. No que diz respeito aos *hröar*, os Elfos são "da carne de Arda", e é muito improvável que cresçam a uma taxa totalmente fora de comparação com o resto das criaturas corpóreas ou encarnadas.

A natureza élfica, portanto, deveria aparecer apenas quando os seus *hröar* atingem o *apogeu* (adulto) e depois não mostram, *por um tempo muito longo*, qualquer diminuição da juventude e do vigor físicos. (Isso ajudará no caso de Maeglin!)[1]

Os Elfos deveriam crescer, *desde a concepção*, num ritmo comparável ao humano; mas, da maturidade em diante, deveriam desacelerar até um ritmo de 144 : 1, com a diminuição aparecendo (de modo quase imperceptível, no começo) por volta da idade de 96 anos.

Digamos que os Elfos *permaneçam no ventre materno* por 1 *löa*, de Primavera a Primavera. *Ambos os sexos* alcançam a maturidade aos 24 *löar* e, depois disso, desaceleram. Mas a *puberdade* é diferente: no sexo masculino, é alcançada aos 21 anos, no feminino, aos 18. *Hoje em dia antes* [?*dessas eras*].[2] Os Primeiros Elfos despertaram com 21/18. Casamentos foram imediatos. Casamentos posteriores em "Anos Iniciais" (antes da Marcha) normalmente com 24/21–24.

Olmendi ["anos de crescimento"]: 1 *olmen* = 1 *löa*.
Coimendi ["anos de vida"]: 1 *coimen* = 144 *löar*
Colbanavië ["gestação"] = 1 *olmen*

Ontavalië, "puberdade": para o sexo masculino, 21 *olmendi*, para o feminino, 18 *olmendi*.
Quantolië "maturidade": 24 *olmendi*
Vinimetta: "fim da juventude": 96 = 24 *löar* + 72 *coimendi* = 24 + 10.368 = 10.392.

NOTAS

1 Para a questão do envelhecimento no que diz respeito a Maeglin, ver caps. 10, "Dificuldades na Cronologia", e 11, "Envelhecimento dos Elfos".

2 Em nenhum lugar existe qualquer indicação sobre quando exatamente deveria ser esse "hoje em dia".

17

Esquemas Geracionais

Este complexo de textos, que Tolkien prendeu com um alfinete, data de c. 1959, como a maior parte do arquivo "Tempo e Envelhecimento", conforme indicado pelas páginas do calendário de compromissos referentes a maio, junho e agosto usadas para registrar alguns deles. Caracterizo os textos individuais a seguir.

Note que, em todos eles, o período de gestação é de 1 *löa*, assim como a duração de um ano de crescimento.

Texto 1

O primeiro texto está escrito com uma letra (geralmente) legível, com caneta preta de bico fino, na parte de trás de duas páginas de calendário de compromissos de 24–30 de maio e 31 de maio–6 de junho de 1959, respectivamente; com algumas mudanças e acréscimos posteriores a lápis.

Primeiros Elfos. Despertaram na *ontavalië* ["puberdade"] ([homens] 21/[mulheres] 18).[1] Mas não passaram a se casar até a maturidade do Elfo (24), enquanto a Elfa tinha, então, 21. Essas idades, a partir daí, sempre foram consideradas as mais precoces já *apropriadas* para o casamento, embora as Elfas às vezes se casassem mais cedo. (Assim que faziam 18, eram procuradas para o noivado — um período que, quando quer que começasse, normalmente durava 3 anos.)[2] Mas o *casamento* podia acontecer em qualquer época antes do "desvanescimento do *hröa*" — a cessação do desejo [?sexual] era uma marca de sua chegada.[3] Entretanto, raramente se entrava nesse estado depois do "Fim da Juventude" — c. idade de 60 (= 24 ano[s] [de crescimento] + 36 *coimendi* = 24 + 5.184 = c. 5.208);[a][4] e nasci-

[a] Mas frequentemente podia ser adiado até cerca de 96 anos.

mentos depois dessa idade raramente são registrados. Quanto *mais tarde* o casamento, *menos* filhos.

Nos "Anos Iniciais", especialmente antes da Marcha, os Quendi tendiam a se concentrar no *Onnalúmë* e gerar seus filhos numa série rápida (para eles), e depois, satisfeitos, voltavam-se para outras coisas. Mas isso só acontecia nos dias de paz e serenidade.

Está registrado que as primeiras duas gerações de Elfos, em seu vigor, produziram 6 filhos para cada par casado.[5] Em todas as gerações sucessivas dos "Anos Iniciais", a *média* caiu para 4 na 3ª ger., 2 ¾ na 4ª ger., 1 5/6 na 5ª.[6]

Os intervalos entre nascimentos eram, em todas as épocas, muito variáveis; mas, naturalmente, mais regulares nas épocas mais antigas e em quaisquer épocas de paz (como em Valinor). Mesmo quando os filhos eram gerados muito depois da *maturidade* (*quantolië*), o intervalo era governado pelos anos de crescimento, ou *löar*, já que era influenciado pela *recuperação física* ([?*aumentando*]).

Os Quendi asseveram que despendem mais vigor (ou, como dizem, "de sua juventude") na geração de uma criança do que ocorre entre os Homens; ao mesmo tempo, são muito mais vigorosos na "juventude", especialmente antes da idade de 48 anos (3.480 anos),[7] e seus corpos se recuperam muito mais rápido e mais completamente de esforços ou ferimento. O "descanso" mínimo era de 3 *löar* (ou 3 vezes o tempo da gestação),[8] dependendo principalmente da mulher: raramente era reduzido, e com frequência era muito aumentado. Em gerações posteriores, frequentemente era muito ampliado — naturalmente, nos dias de guerra, exílio e preocupações. Poderia ser estendido até 2 *coimendi*, ou, em alguns casos, 3 ou mesmo 4.[9]

Em famílias maiores, o "intervalo" tendia a aumentar depois de cada nascimento. Esse intervalo era contado do nascimento até a concepção do filho seguinte.[10] Nos anos iniciais, o *Onnalúmë*, contado da [primeira] concepção até o último nascimento, durava em média cerca de 108 anos [solares]: 8 intervalos de 3, 6, 9, 12, 15, 18, 21, 24 = 108; + 9 [para] gestação[ões] = 117 [anos solares].[11]

Texto 2

Na parte da frente da folha seguinte (de papel não pautado) do primeiro maço, começa um novo texto, escrito em tinta preta com uma caneta de bico mais largo, e um acréscimo feito com caneta esferográfica verde.

Todo esse negócio torna a lenda "remota" das origens recente demais. Apesar de todas as dificuldades, acho que os Elfos têm de despertar *muito antes* do Achamento e, *portanto*, a *propagação* deles deveria ser *mais lenta*, e seus *casamentos*, *mais tardios*.

Se as Árvores forem destruídas em AV 888, isso faz com que a "Ventura de Valinor" dure 127.872 *löar*! Se o Despertar acontecer em c. 800, digamos AV 792 (12 × 66), então 96 AV transcorreriam até a Morte das Árvores = 13.824. Mas o Achamento só ocorreria em AV 864 = 72 AV [mais tarde] = 10.368 *löar*, sobrando 24 AV para a Marcha e Estadia dos Ñoldor [em Valinor] = 3.456 [anos solares].[12]

Quanto tempo antes os Quendi deveriam "despertar"? Quendi *despertam* em AV 850 (*löar* 122.400); são *achados* em AV 864 (*löar* 124.416). 2.016 [anos solares] transcorrem = 14 AV. Só 216 anos [solares] (12 × 18) ou 1 ½ AV transcorrem antes da Marcha.

A Primeira Era começa com o Despertar e termina com a Queda de Angband. No Esquema Mais Antigo, a Marcha começava por volta de PE 1080.[13] Aqui, seria por volta de 2016 + 216 = PE 2232 (ou 15 ½ AV depois do Despertar). A Embaixada parte 20 anos antes da Grande Marcha = 2212.[14]

Texto 3

Esse texto é uma série conjunta de sete esquemas geracionais, todos, com exceção do primeiro, marcados e numerados como tal. Os primeiros dois esquemas estão escritos com caligrafia clara, tinta preta e caneta de bico fino (a mesma caneta e caligrafia empregadas no Texto 1 anteriormente) e acréscimos posteriores a lápis, na parte de trás das páginas do calendário de compromissos referentes a 2–8 e 9–15 de agosto de 1959, respectivamente. Os cinco esquemas remanescentes foram escritos em tinta preta com caneta de bico mais largo, com acréscimos e correções feitos a lápis e caneta esferográfica verde ou vermelha.

Enquanto todos mostram, na data dos primeiros nascimentos depois de cada onda de uniões, um período gestacional de 1 *löa*, e compartilham AV 864 como data do Despertar, esses esquemas sucessivos mostram considerável variação na data do início da Grande Marcha, indo de AV 878 (PE 2016) a AV 1070. Essa variabilidade, é claro, dá a Tolkien a flexibilidade necessária para equilibrar as taxas de crescimento populacional élfico com o tamanho desejado da população na Marcha.

Cálculo dos Quendi: Multiplicação e População na Época do Achamento e da Marcha

[*Esquema 1*]

Nº na geração	**Pares**	**Filhos por casal**	**Casamento (idade) & data**	**Data dos 1os nascimentos**
1) 144	72 (todos)	6	3	4
2) 432	216 menos 1% = 214	6	(24) 28	29
3) 1.284	642 menos 2% = 630	4	(96) 125	126
4) 2.520	1.260 menos 3% = 1.220	4	(168) 294	295
5) 4.880	2.440 menos 4% = 2.340	3	(240) 535	536
6) 7.020	3.510 menos 5% = 3.330	3	(312) 848	849

No ano do Achamento (PE 864), a população total dos Quendi, portanto, era de 16.280 (ou menos, levando em conta perdas) das primeiras 5 gerações. Mas a 6ª ger. estava aparecendo: primeiros nascimentos em PE 849 (segundos nascimentos PE 934, terceiros PE 1043). Portanto, precisamos acrescentar 3.330, perfazendo um total de 19.610, ou mais de 19.000.

À época da Marcha, a totalidade da 6ª ger. tinha aparecido: acrescente-se de novo 2 × 3.330 = 6.660, total 26.270. A 7ª ger. não apareceria até PE 1234 (= PE 849 + idade de casamento 384 + 1). A 6ª ger. foi o *fim* dos "Anos Iniciais". A Idade de Casamento tendeu, dali em diante, a aumentar e ficar perto dos "48 Anos" = 24 anos [solares] + 24 *coimendi* = 24 + 3.456 = 3.480 [anos solares], e muitas vezes chegava a "60 [Anos]" = 24 [anos solares] + 36 [*coimendi*] = 5.208 [anos solares].

A Média de Filhos passou a ser 2. A porcentagem de solteiros subiu para 10% de forma gradual. Mas, em Valinor, os solteiros caíram para 1%, a idade média de casamento era de 36 anos, e o número médio de filhos, 6. Os Noldor, assim, multiplicaram-se muito. Mas, uma vez que os Quendi não tinham filhos, se possível, durante guerra e exílio, houve poucos nascimentos em Beleriand, de modo que o número médio de filhos foi de ½ por casal, e os solteiros chegaram a 30%; portanto, os Eldar mal chegaram a repor suas perdas.

Intervalo médio & "*Onnalúmë*" (desde o casamento)	**Últimos nascimentos**	**Aumento**	**Pop. 144**
36 (186)	189	6 × 72	432
48 (246)	274	6 × 214	1.284
60 (184)	309	4 × 360	2.520
72 (220)	514	4 × 1.220	4.880
84 (171)	706	3 × 2.340	7.020
96 (195)	1043	3 × 3.330	9.990
		[Total]	26.270

A lápis, Tolkien depois detalhou em cada linha os anos solares ocupados pelos intervalos no *onnalúmë* a partir do casamento em cada geração:

0–12–24–36–48–60 [= 180]
0–24–36–48–60–72 [= 240]
0–48–60–72 [= 180]
0–60–72–84 [= 216]
0–72–96 [= 168]
0–84–108 [= 192]

No ano do Achamento (PE 864), a população continha todos os membros da 5ª ger. = 27.322. Os quatro [intervalos de] nascimentos da 6ª ger. ocorreram em PE 849, 934, 1031 e 1140. Portanto, no momento do Achamento, acrescentam-se os primeiros nascimentos da 6ª ger. = 6.970. A população total no Achamento (excluindo perdas) é de 27.322 + 6.970 = 34.292. Na Marcha, os terceiros nascimentos da 6ª ger. (PE 1031) também terão ocorrido, acrescentando, portanto, 2 × 6.970 = 13.940. Total 48.232.

Esquema 2

Nº na geração	**Pares**	**Filhos por casal**	**Casamento (idade) & data**	**Data dos 1os nascimentos**
1) 144	72 (todos)	6	3	4
2) 432	216 menos 1% = 214	6	(24) 28	29
3) 1.284	642 menos 2% = 630	5	(96) 125	126
4) 3.150	1.575 menos 3% = 1.528	5	(168) 294	295
5) 7.640	3.820 menos 4% = 3.668	4	(240) 535	536
6) 14.672	7.336 menos 5% = 6.970	4	(312) 848	849

Posteriormente, a lápis, Tolkien mais uma vez detalhou em cada linha os anos solares ocupados pelos intervalos no *onnalúmë* a partir do casamento para cada geração:

1) 0–12–24–36–48–60 [= 180]
2) 0–24–36–48–60–72 [= 240]
3) 0–42–54–66–78 [= 240]
4) 0–54–66–78–90 [= 288]
5) 0–72–84–96 [= 252]
6) 0–84–96–108 [= 288]

Também a lápis, ele acrescentou depois uma linha parcial para a 7ª geração, na qual os filhos por casal são 3, a idade de casamento e data é (384) 1233, a data dos primeiros nascimentos é PE 1234, o intervalo médio & a duração do *onnalúmë* é 108 (219), e o ano dos últimos nascimentos é PE 1452.

No que agora é o verso da folha na qual o Esquema 3 foi escrito, há um texto que, apesar de ter sido escrito com a mesma caneta de ponta mais larga do Esquema 3, está de acordo com o Esquema 2 no que diz respeito aos detalhes e, além do mais, faz referência específica ao "Esquema 2" numa nota marginal; portanto, apresento-o aqui:

Intervalo médio & "*Onnalúmë*"	**Últimos nascimentos**	**Aumento**	**Pop. 144**
36 (180)	189	6 × 72 = 432	576
48 (246)	274	6 × 214 = 1.284	1.860
60 (245)	370	5 × 630 = 3.150	5.010
72 (293)	587	5 × 1.528 = 7.640	12.650
84 (256)	791	4 × 3.668 = 14.672	27.322
96 (292)	1140	4 × 6.970 = 27.880	55.202

Vamos propor que Ingwë, Finwë e Elwë sejam todos Elfos jovens de 6ª ger., mas cada um deles seria um descendente direto (a partir do filho mais velho) de Imin, Tata e Enel [respectivamente]. (A divergência nas datas de nascimento se deve à intrusão de filhas que nasceram antes.)

Ingwë estava entre os primeiros nascimentos da 6ª ger. Os nascimentos mais antigos dessa geração aconteceram em PE 536. Suponhamos que Ingwë tenha nascido em 536: 328 [anos solares de idade] no Achamento em PE 864, 534 no início da Marcha em PE 1070. A 6ª ger. se casou com 312 [anos solares de idade]. Portanto, Ingwë se casou em PE 848 (pouco antes do Achamento). Na época da Marcha, tinha três filhos, nascidos em PE 849, 934 e 1031. O mais jovem tinha 39 à época da Marcha.

Finwë deve ter nascido mais tarde na 6ª geração. Suponhamos que tenha nascido em PE 772: 92 no Achamento, 298 na época da Marcha. Teria se casado por volta de PE 1084. Ele já amava Míriel e adiou o casamento até o fim da Marcha.

Elwë nasceu em PE 792: 72 no Achamento, 278 à época da Marcha. Teria se casado por volta de PE 1108, mas ainda não havia decidido seu coração em favor de esposa alguma.

Quando Oromë requisitou Embaixadores, Imin, Tata e Enel eram contra toda essa história, e se recusaram a ir. Ingwë era o filho mais velho de Ilion, que vinha da linhagem direta de Iminyë na 4ª geração (sendo todos primeiros rebentos e filhos); isto é, trineto: ele era alto, belo, amado pelos *Imillië*, mais dado ao pensamento que às artes. Sua esposa era Ilwen (nascida em PE 539). Seu primeiro rebento foi um filho, Ingwil, e o segundo, uma filha, Indis (nascida em PE 934).[15]

Além disso, um pequeno maço de folhas colocado depois dos sete esquemas apresentados aqui, mas obviamente anterior ao esquema 3, traz notas fazendo referências a, e comparações com, os dois esquemas precedentes, escritas, na maior parte, com a mesma caneta e caligrafia desses esquemas, e que motivam certas características vistas nos esquemas subsequentes; por isso, apresento-as aqui também:

Com o Esquema 1: População total na época da Marcha seria de 26.270. Se for, digamos, 26.244, levando em conta perdas e/ou erro de cálculo, então: Avari foram registrados como sendo $\frac{1}{3}$ do total. Avari, portanto, 8.748, Eldar 17.496. Ora, a divisão original era $\frac{14}{144}$, $\frac{56}{144}$ e $\frac{74}{144}$.

Imillië (Vanyar) deveriam ser $\frac{7}{72}$, Tatalië (Ñoldor) deveriam ser $^{28}/_{72}$, Enellië (Lindar) deveriam ser $\frac{37}{72}$. $\frac{17.496}{72}$ = 243, portanto, Vanyar = 1.701, Ñoldor = 6.804, Lindar = 8.991; digamos Vanyar = 1.700, Ñoldor = 6.800, Lindar = 8.900; total 17.400.

Isso permite que se considere a perda dos outros 96, ou divisão imprecisa. É o mínimo suficiente.

Com o Esquema 2: população total na época da Marcha seria de 48.232 (excluindo perdas). Avari 1/3 = 16.077, Eldar = 32.154. Se dissermos que o total é 48.168 (abrindo espaço para 64 perdas futuras), então Avari = 16.056, Eldar 32.112.

$\frac{32.112}{72}$ = 446, portanto, Vanyar = 3.122, Ñoldor = 12.488, Lindar = 16.502; digamos Vanyar = 3.100, Ñoldor = 12.400, Lindar = 16.500; total = 32.000.

Isso abre espaço para uma perda futura de 122. Perdas antes da Marcha serão 64 + 56 + 112 = 232.

Considerando que a Grande Marcha começou em c. 1070, os Quendi mais velhos então teriam 1.070 anos = 24 + $\frac{1.046}{144}$ (= 7 AV/38), ou 31 mais 38 *löar*. Os mais jovens, 1070 – 1031 (terceiros nascimentos da 6ª ger.) = 39 anos: isto é, 24 mais 15 *löar*. Nenhum seria realmente idoso; e a divergência entre os Eldar e Avari não poderia depender muito da *idade* por si só. Mas os mais velhos das duas gerações mais velhas (1, 2) teriam vivido perto de Cuiviénen por 1.070 a 1.041 *anos*; assim, todos os nascidos até PE 300 teriam vivido então 770 anos ou mais (ou seja, todos das ger. 1, 2; primeiros 4 nascimentos da ger. 3).

Aqueles que tinham vivido mais de 600 anos em Cuiviénen (isto é, nasceram em ou antes de 470) eram:

Ger.	**Esquema 1 [aumento]**	**por [ano]**	**Esquema 2 [aumento]**	**por [ano]**
1)	144	1	144	1
2)	432	189	432	189
3)	1.284	274	1.284	274
4)	2.520	309	3.150	370
5)	3.660 (primeiros 3 nascimentos)	430	4.584 (primeiros 3)	419
	8.040		9.594	

Se acrescentarmos os nascimentos até o ano 570:

Esquema 1	**[aumento]**	**Esquema 2**	**[aumento]**
Últimos nascimentos da ger. 5	1.220	Últimos nascimentos da ger. 5	1.528
Primeiros nascimentos da ger. 6	2.340	Primeiros nascimentos da ger. 6	3.668
	3.560		5.196
[+ 8.040 =]	[11.600]	+ 9.594 =	14.790

No Esquema 1, portanto, apenas alguns, 660, nascidos após 470 precisam ser removidos.

No Esquema 2, 1.210 excedentes dos primeiros nascimentos da ger. 6 devem ser removidos.

Mas esse é um cálculo puramente abstrato. Todos os membros da 1ª ger. se casaram ao mesmo tempo. Portanto, em PE 189, toda a 2ª ger. — 432 — estava completa. Mas eles nasceram em *momentos diferentes*; ou seja, por volta de:

4 17 42 79 128 189

(Os últimos, muito depois que seus irmãos mais velhos tinham se casado.) Casamentos em:

28	41	66	103	152	213

Gerando filhos nas séries:

29	42	67	104	153	214
54	67	95	129	178	239
91	104	132	166	215	276
140	153	181	215	264	325
201	212	242	276	325	386
274	285	315	349	398	459

De modo que, quando o último da 3ª ger. nasceu, a 4ª ger. já estava bem adiantada.

Esses grupos de 36 nascimentos se casariam 96 anos mais tarde e começariam a 4ª ger. 97 anos depois, isto é, entre PE 126 e 556.

Esquema 3

Nº na geração	**Pares**	**Filhos por casal**	**Casamento (idade) & data**
1) 144	72 (todos)	4	(4) 4
2) 288	144 (todos)	4	(168) 173 198 223 248
3) 576	(288) 280	3	(312) 486–572
4) 840	(420) 400	3	(456) 942–1027
5) 1.200	(600) 550	2	(600) 1543–1750
6) 1.100	(550) 500	2	(744)

Gerando 5 filhos em cada um, correspondem a 180 grupos!

1) 26 a 370; 2) 139 a 383; 3) 164 a 408; e assim por diante até o último grupo, 586 a 800.

O último da 3ª ger. nasce em 800, enquanto a 5ª ger. está em curso, de modo que [?] gerações não ficariam intactas. Claramente, uma criança poderia nascer em praticamente *qualquer ano* entre 4 e 864 ou 1070.

Esquema 3

Quendi despertam em DV 850, primavera = PE 1, primavera. Elfos despertam na *Ontavalië*, 21/18 e, portanto, tornam-se adultos em PE 4, primavera. Eles se casam e os primeiros nascimentos da 2ª ger. são em PE 5, primavera. Oromë os descobre em DV 864 = PE 2016. A Marcha começa na primavera, 216 anos [solares] mais tarde = PE 2232. Há, portanto, 2.016 anos para reprodução.

Consideremos que os Primeiros Elfos, 144, todos se casam com 24 anos (homens) e geram 4 filhos em um *onnalúmë* com intervalos de 24 anos = 4 + 3 × 24 = 76 anos.

Nascimentos [datas]				**Aumento**	**Pop.**
[1	**2**	**3**	**4]**		**144**
5	30	55	80	4 × 72 = 288	432
174	211	248	285	4 × 144 = 576	1.008
199	236	273	310		
224	261	298	335		
249	286	323	360		
487	536	585		3 × 280 = 840	1.848
573	622	671			
943	1004	1065		3 × 400 = 1.200	3.048
1028	1089	1150			
1544	1617			2 × 550 = 1.100	4.148
1751	1824				

A tabela termina aqui, incompleta; mas, seguindo-se o esquema, haveria um total de apenas 5.148 Quendi no fim da 6ª geração: bem menos do que os 26.270 do Esquema 1 e os 55.202 do Esquema 2.

Esquema 4

Nº na ger.	Casados (pares)	Casamento (idade) & datas	Filhos por casal	Intervalo (*Onna.*)
1) 144	72 (todos)	(4) 4	6	24 (126)
2) 432	(216) 210	(168) 173–298	4	36 (112)
3) 840	(420) 410	(312) 486–722	4	48 (148)
4) 1.640	(820) 800	(456) 942–1027	4	60 (184)
5) 3.200	(1.600) 1.560	(600) 1543–1750	4	72 (220)
6) 6.240	(3.120) 3.050	(744) 2289–2525	4	84 (256)

Esquema 5

Nº na ger.	Casados (pares)	Casamento (idade) & datas	Filhos por casal	Intervalo (Onna.)
1) 144	72 (todos)	(4) 4	6	24 (126)
2) 432	(216) 210	(96) 101–226	4	36 (112)
3) 840	(420) 410	(168) 270–506	4	48 (148)
4) 1.640	(820) 800	(240) 511–858	4	60 (184)
5) 3.200	(1.600) 1.560	(312) 824–1354	4	72 (220)
6) 6.240	(3.120) 3.050	(360) 1185–1935	4	96 (292)

6ª ger. primogênitos: PE 1186 / 1283 / 1380 / 1477; ultimogênitos: PE 1936 / 2033 / 2130 / 2227.

Em PE 2016, portanto, a 6ª ger. estaria completa, com exceção dos últimos 3 [intervalos de] nascimentos. A 5ª ger. tinha 1.536 grupos, portanto, os últimos três nascimentos = $\frac{3}{1536}$ do total de 12.200, ou cerca de 24 crianças.

Nascimentos [datas]						**Aumento**	**Pop.**
[1	**2**	**3**	**4**	**5**	**6]**		**144**
5	30	55	80	105	130	6 × 72 = 432	576
174	199	224	249	274	299	4 × 210 = 840	1.416
211	236	261	286	311	336		
248	273	298	323	348	373		
285	310	335	360	385	410		
487–723						4 × 410 = 1.640	3.056
943–1180						4 × 800 = 3.200	6.256
1545–1781						4 × 1.560 = 6.240	12.496
2290–2526						4 × 3.050 = 12.200	24.696

Nascimentos [datas]						**Aumento**	**Pop.**
[1	**2**	**3**	**4**	**5**	**6]**		**144**
5	30	55	80	105	130	6 × 72 = 432	576
102	127	152	177	202	227	4 × 210 = 840	1.416
213	238	263	288	313	338		
Primeiro nascimento 271 Último nascimento 506 + 112 = 618						4 × 410 = 1.640	3.056
Primeiro nascimento 512 Último nascimento 858 + 184 - 1042						4 × 800 = 3.200	6.256
Primeiro nascimento 825 Último nascimento 1354 + 220 = 1574						4 × 1.560 = 6.240	12.496
Primeiro nascimento 1186 Último nascimento 1935 + 292 = 2227						4 × 3.050 = 12.200	24.696

Mais tarde, Tolkien acrescentou algumas notas com caneta esferográfica vermelha:

Ainda assim, só 6 gerações! Gerações iniciais precisam se casar mais cedo. 1ª ger. 4 [filhos] cada, 6 ger. seguintes 3, as 6 [gerações] seguintes 2.

Tolkien leva em conta todas essas preocupações no esquema seguinte:

Esquema 6

Nº na ger.	Casados (pares)	Casamento (idade) & datas	Filhos por casal
1) 144	72 (todos)	(4) 4	4
2) 288	(144) 140	(24) 29 42 55 68	3
3) 420	(210) 200	(24) 54 67 80 93 73 86 99 112 92 105 118 131	3
4) 600	(300) 285	(72) 127–254 (182 + 72)	3
5) 855	(427) 404	(72) 200–389 (317 + 72)	3
6) 1.212	(606) 576	(72) 273–536 (464 + 72)	3
7) 1.728	(864) 820	(120) 394–763 (643 + 120)	3
8) 2.460	(1.230) 1.170	(120) 515–982 (862 + 120)	2
9) 2.340	(1.170) 1.148	(120) 636–1164 (1044 + 120)	2
10) 2.296	(1.148) 1.122	(168) 805–1402 (1234 + 168)	2
11) 2.244	(1.122) 1.100	(168) 974–1629 (1461 + 168)	2
12) 2.200	(1.100) 1.078	(168) 1143–1877 (1.709 + 168)	2
13) 2.156	(1.078) 1.056	(216) 1360–2181 (1965 + 216)	2

Intervalo (*Onna.*)[b]	**Datas de nascimento**	**Aumento**	**Pop.**
	[1 2 3 4]		**144**
12 (39)	5 18 31 44	288	432
18 (39)	30 43 56 69 49 62 75 88 68 81 94 107	420	852
24 (50)	Primeiro nascimento 55 Último nascimento 132 + 50 = 182	600	1.452
30 (62)	Primeiro nascimento 128 Último nascimento 255 + 62 = 317	855	2.307
36 (74)	Primeiro nascimento 201 Último nascimento 390 + 74 = 464	1.212	3.519
42 (86)	Primeiro nascimento 274 Último nascimento 537 + 86 = 623	1.728	5.247
48 (98)	Primeiro nascimento 395 Último nascimento 764 + 98 = 862	2.460	7.707
60 (61)	Primeiro nascimento 516 Último nascimento 983 + 61 = 1044	2.340	10.047
72 (73)	Primeiro nascimento 637 Último nascimento 1161 + 73 = 1234	2.296	12.343
72 (73)	Primeiro nascimento 806 Último nascimento 1388 + 73 = 1461	2.244	14.587
78 (79)	Primeiro nascimento 975 Último nascimento 1629 + 79 = 1708	2.200	16.787
84 (85)	Primeiro nascimento 1144 Último nascimento 1878 + 85 = 1963	2.156	18.943
90 (91)	Primeiro nascimento 1361 Último nascimento 2182 + 91 = 2273	2.112	21.055

[b] Do primeiro nascimento ao último.

Depois, Tolkien acrescentou algumas notas apressadas a lápis:

Consideremos que os "Elfos Mais Antigos" (antes do Achamento) se casam logo depois da maturidade:

1) 4 2) 24 3) 24 4) 36 5) 36 6) 36 7) 48
8) 48 9) 48 10) 60 11) 60 12) 60 13) 72 14) 72 15) 72

(Com a incerteza depois do Achamento, eles adiaram os casamentos. Foram poucos na Marcha. Em Valinor, tiveram mais filhos, mas adotaram intervalos maiores e se casavam mais tarde.)

Esquema 7

Nº na ger.	**Casados (pares)**	**Casamento (idade) & datas**	**Filhos por casal**
1) 144	72 (todos)	(4) 4	4
2) 288	(144) 142	(24) 29 36 43 50	4
3) 568	(284) 282	(24) Primeiro c. 54 Último c. 96	3
4) 846	(433)[16] 428	(36) Primeiro c. 91 Último c. 147	3
5) 1.284	(642) 636	(36) Primeiro c. 128 Último c. 210	2
6) 1.272	(636) 630	(36) Primeiro c. 165 Último c. 260	2
7) 1.260	(630) 624	(48) Primeiro c. 214 Último c. 322	2
8) 1.248	(624) 618	(48) Primeiro c. 263 Último c. 390	2

Intervalos médios aumentam ao longo do casamento.

Essas sugestões foram adotadas no próximo esquema, o último. Tolkien fez emendas posteriores a esse esquema com caneta esferográfica verde e vermelha, aumentando o número de pares em cada geração e sua taxa de casamentos (de cerca de 98% para cerca de 99%), resultando assim numa taxa mais alta de aumento populacional (e num total, na 29ª geração, de 30.522 indivíduos, versus o total original de 23.640). Apresento aqui a versão final com todas as emendas adotadas.

Intervalo (*Onna.*)[c][17]	**Datas de nascimento**				**Aumento**	**Pop.**
	[1	**2**	**3**	**4]**		
6	5	12	19	26	4 × 72 = 288	432
(22)						
6	30	37	44	51	4 × 142 = 568	990[18]
(22)	37	44	51	58		
	44	51	58	65		
	51	58	65	72		
6	Primeiro nascimento 55				3 × 282 = 846	1.836
(15)	Último nascimento 111					
12	Primeiro nascimento 92				3 × 428 = 1.284	3.120
(27)	Último nascimento 174					
12	Primeiro nascimento 129				2 × 636 = 1.272	4.392
(14)	Último nascimento 224					
12	Primeiro nascimento 166				1.260	5.652
(14)	Último nascimento 264					
18	Primeiro nascimento 215				1.248	6.900
(20)	Último nascimento 342					
18	Primeiro nascimento 264				1.236	7.136[19]
(20)	Último nascimento 410					

[c] Do primeiro ao último nascimento.

Esquema 7 (cont.)

Nº na ger.	Casados (pares)	Casamento (idade) & datas	Filhos por casal
9) 1.236	(618) 612	(48) Primeiro c. 312 Último c. 458	2
10) 1.224	(612) 606	(60) Primeiro c. 373 Último c. 538	2
11) 1.212	(606) 600	(60) Primeiro c. 434 Último c. 624	2
12) 1.200	(600) 594	(60) Primeiro c. 495 Último c. 710	2
13) 1.188	(594) 588	(72) Primeiro c. 568 Último c. 808	2
14) 1.176	(588) 582	(72) Primeiro c. 641 Último c. 912	2
15) 1.164	(582) 576	(72) Primeiro c. 714 Último c. 1016	2
16) 1.152	(576) 570	(84) Primeiro c. 799 Último c. 1132	2
17) 1.140	(570) 564	(84) Primeiro c. 884 Último c. 1254	2
18) 1.128	(564) 558	(84) Primeiro c. 969 Último c. 1376	2
19) 1.116	(558) 552	(96) Primeiro c. 1066 Último c. 1510	2
20) 1.104	(552) 546	(96) Primeiro c. 1163 Último c. 1650	2
21) 1.092	(546) 540	(96) Primeiro c. 1160[20] Último c. 1790	2

Intervalo (*Onna.*)	Datas de nascimento	Aumento	Pop.
18 (20)	Primeiro nascimento 313 Último nascimento 478	1.224	8.360
24 (26)	Primeiro nascimento 374 Último nascimento 564	1.212	9.572
24 (26)	Primeiro nascimento 435 Último nascimento 650	1.200	10.772
24 (26)	Primeiro nascimento 496 Último nascimento 736	1.188	12.160[21]
30 (32)	Primeiro nascimento 569 Último nascimento 840	1.176	13.336
30 (32)	Primeiro nascimento 642 Último nascimento 944	1.164	14.500
30 (32)	Primeiro nascimento 715 Último nascimento 1048	1.152	15.652
36 (38)	Primeiro nascimento 800 Último nascimento 1170	1.140	16.792
36 (38)	Primeiro nascimento 885 Último nascimento 1292	1.128	17.920
36 (38)	Primeiro nascimento 970 Último nascimento 1414	1.116	19.036
42 (44)	Primeiro nascimento 1067 Último nascimento 1554	1.104	20.140
42 (44)	Primeiro nascimento 1164 Último nascimento 1694	1.092	21.232
42 (44)	Primeiro nascimento 1161 Último nascimento 1834	1.080	22.312

Esquema 7 (cont.)

Nº na ger.	Casados (pares)	Casamento (idade) & datas	Filhos por casal
22) 1.080	(540) 534	(108) Primeiro c. 1269 Último c. 1942	2
23) 1.068	(534) 528	(108) Primeiro c. 1378 Último c. 2100	2
24) 1.056	(528) 522	(108) Primeiro c. 1487 Último c. 2258	2
25) 1.044	(522) 516	(120) Primeiro c. 1608 Último c. 2428	2
26) 1.032	(516) 510	(120) Primeiro c. 1729 Último c. 2604	2
27) 1.020	(510) 504	(120) Primeiro c. 1850 Último c. 2780	2
28) 1.008	(504) 498	(132) Primeiro c. 1983 Último c. 2968	2
29) 996	(498) 493	(132) Primeiro c. 2116 Último c. 3162	2

No verso da primeira folha do Esquema 7, Tolkien escreveu (com caneta de bico preta):

Se esse Esquema for aceito: Na Grande Marcha, em PE 2232, alguns Elfos das Gerações 25–30 ainda não teriam nascido. Da ger. 25, provavelmente 16 nascimentos teriam ocorrido de 1488 a c. 2223 (intervalos 49);[22] da ger. 26, algo como 12 nascimentos de 1609 a c. 2214 (intervalos 55); da ger. 27, uns 10 nascimentos de 1730 a c. 2225 (int. 55); da ger. 28, cerca de 7 nascimentos de 1851 a c. 2181 (int. 55); da ger. 29, uns 5 nascimentos de 1984 a 2228 (int. 61); da ger. 30, uns 2 nascimentos de 2117 a 2278 (int. 61). Não é possível dizer quantos "grupos de nascimento" existiam, ou quantos, em média, em cada um deles; mas, tomando

Intervalo (*Onna.*)	**Datas de nascimento**	**Aumento**	**Pop.**
48 (50)	Primeiro nascimento 1270 Último nascimento 1992	1.068	23.380
48 (50)	Primeiro nascimento 1379 Último nascimento 2150	1.056	24.436
48 (50)	Primeiro nascimento 1488 Último nascimento 2308	1.044	25.480
54 (56)	Primeiro nascimento 1609 Último nascimento 2484	1.032	26.512
54 (56)	Primeiro nascimento 1730 Último nascimento 2660	1.020	27.532
54 (56)	Primeiro nascimento 1851 Último nascimento 2836	1.008	28.540
60 (62)	Primeiro nascimento 1984 Último nascimento 3030	996	29.536
60 (62)	Primeiro nascimento 2117 Último nascimento 3224	986	30.522

18 como o número médio: então, da ger. 25, $\frac{16}{18}$ tinham nascido; da ger. 26, $\frac{12}{18}$; da ger. 27, $\frac{10}{18}$; da ger. 28, $\frac{7}{18}$; da ger. 29, $\frac{5}{18}$; da ger. 30, $\frac{2}{18}$. Essas proporções de nascimentos em cada geração, somadas à população da ger. 24 (24.436), perfazem uma população entre 27.000 e 28.000 [Elfos]. Descontando *perdas* (por perigos anteriores ao Achamento), 27.000 seria uma estimativa segura. Com isso, temos: Avari = 9.000, Eldar = 18.000. Portanto, já que $\frac{1}{72}$ de 18.000 é 250, na época da Marcha os Vanyar eram $\frac{7}{72}$ = 1.750; Ñoldor 7.000; e Lindar, 9.250. Esses são números bastante adequados.

Quando Ingwë, Finwë e Elwë aparecem? Se tiverem nascido antes do Achamento em PE 2016, seriam adultos então, e com pelo menos 24 anos: isto é, nascidos não depois de 1992. Ora, essa é a data do último nascimento da ger. 23; mas só a ger. 30 fica excluída (1992 poderia estar entre os primeiros nascimentos da ger. 29). Mas um Elfo nascido em 1992 teria 240 anos [solares] na Marcha, época em que a idade de casamento seria 120; porém, é importante que nem Finwë nem Elwë estejam casados. Por enquanto, nos esquemas provisórios, a Embaixada aconteceu menos de 100 anos depois do Achamento (ou seja, antes de 2116, c. 2110). Os três embaixadores deveriam ser *jovens, aventurosos*, mas descendentes diretos ou "herdeiros" de Imin, Tata e Enel; mas precisam ter pelo menos 24 anos (ou mais!) na época de sua partida para Valinor. Se tivessem nascido em (digamos) 2086, teriam 146 anos no começo da Marcha — ainda seriam velhos demais. A Embaixada precisa acontecer mais tarde, não mais do que 20 anos antes da Marcha, com espaço para 10 anos de ausência e 10 anos de preparação: em 2212, digamos. Vamos supor que Ingwë tenha nascido em 2072; Finwë em 2120 (48 anos depois); e Elwë em 2126. Assim, na Embaixada, Ingwë teria 140, Finwë, 92, e Elwë, 86. No começo da Marcha, Ingwë teria 160, Finwë, 112, e Elwë, 106. Ingwë se casou por volta de 2072 + 108 = PE 2180; sua primeira filha (Indis) nasceu em 2181 (assim, teria 51 na Marcha), seu segundo filho em 2230, imediatamente antes da Marcha. Míriel, também na 25ª ger., nasceu por volta de 2130?

Uma nota marginal, escrita em parte com caneta de bico largo e em parte com caneta esferográfica verde, diz:

Finwë e Elwë eram amigos, muitos aventurosos. Olwë, nascido em 2185, tinha 27 anos na época da Embaixada, 47 durante a Marcha (Elmo nasceu durante a jornada). Todos os três eram descendentes diretos ou herdeiros dos Três Primeiros Elfos, sendo considerados chefes.

Ingwë era da 24ª ger., e seus filhos, portanto, eram da 25ª. Finwë era da ger. 25, Elwë ger. 25.

Finalmente, uma nota feita com caneta esferográfica verde no verso de uma das folhas do Esquema 7 diz:

No Achamento em 2016 (primavera), os Elfos mais velhos teriam 2.015 anos. Mas tinham 21 no Despertar e 24 em PE 4. Portanto, na época do Achamento, tinham 24 + 2011 em *anos*, mas 24 + 14 (menos 5 anos), ou praticamente 38 em idade (= vigor e experiência!).[23]

NOTAS

1 Ver capítulo anterior.

2 Uma nota marginal aqui, depois riscada com lápis, diz: "Casamentos logo passaram a ser adiados por 3 *löar*, acontecendo normalmente aos 24 ou depois".

3 Da maneira como foi escrita inicialmente, essa frase concluía dizendo: "antes que o 'desvanescimento do *hröa*' estivesse muito avançado". As últimas três palavras foram riscadas a tinta. As palavras que as substituíram depois foram acrescentadas a lápis.

4 A nota de rodapé aqui foi inserida como acréscimo marginal a lápis ao lado deste parágrafo. O texto principal em si originalmente dizia: "por volta da idade de 96 (= 24 anos + 72 *coimendi* = 24 + 5.184 = c. 10.392)", com os vários números alterados depois a lápis.

5 Nesta frase, "duas gerações" foi alterado a lápis em relação ao original "três gerações", e "6 filhos" foi alterado a lápis em relação ao original "9 filhos".

6 A frase foi alterada a lápis e antes dizia: "a *média* era de 6 filhos". Na 5ª geração, Tolkien na verdade escreveu "5/6 @ 5[ª ger.]", mas interpreto isso como um erro do que seria 1 5/6, já que a tendência parece ser que o número médio cai cerca de um terço nas gerações que sucedem as duas primeiras.

7 Isto é, com 24 anos de crescimento (*löar*) + 24 AV = 24 + 24 × 144 *löar* = 24 + 3.456 = 3.480 *löar*.

8 A implicação aqui é que os Elfos ficam no útero durante um ano solar, como no capítulo anterior.

9 Da maneira como foi escrita inicialmente, antes das alterações a lápis, essa frase dizia: "Poderia ser estendida até 1 *coimen* ou, em alguns casos, até mais". Aqui, um *coimen* equivale a 144 anos solares (novamente, ver o capítulo anterior).

10 A frase "do nascimento até a concepção" substituiu o original "de concepção a concepção" no ato da escrita.

11 Da maneira como foi escrita inicialmente, a frase final dizia: "+ 1 ano no final para cada gestação = 110". Além disso, antes de ser riscado com caneta e lápis, o texto originalmente dizia:

> Mas o *Onnalúmë* dos Primeiros Elfos era de apenas 54 [anos solares]: intervalos 3, 4, 5, 6, 7, 8, 9, 10 = 52 + 2 = 54. Esse era o *Onnalúmë* dos Primeiros Elfos com 9 filhos, 2os Elfos, Terceiros. A 4ª geração produziu apenas 6 filhos, e isso se manteve como média normal por três gerações, antes de cair sucessivamente para 5, 4, nível em que se manteve por muito tempo. *Onnalúmë* da 6ª ger. tinha intervalos de 6, 12, 18, 24, 30 = 90 + 6 = 96. *Onnalúmë* da 5ª ger.: 12, 21, 30, 39 = 102 + 5 = 107. *Onnalúmë* da 4ª ger.: 24, 36, 48 = 108 [+ 4 =] 112.

[12] Tolkien na verdade começou esta frase com: "Mas o Achamento só deveria acontecer (conforme acima) em AV 864", porém, já que os únicos outros textos do conjunto "Tempo e Envelhecimento" que colocam o Achamento em AV 864 são as tabelas geracionais que se *seguem* imediatamente a esse texto, eu removi essa indicação provavelmente confusa.

[13] Não está claro a qual "Esquema Mais Antigo" Tolkien está se referindo aqui. Nos "Anais de Aman", os Eldar não iniciam a Grande Marcha antes de AV 1105 (X:81–2). Podemos notar, entretanto, que no Texto A do cap. 6, "O Despertar dos Quendi", afirma-se que Melkor teria descoberto os Homens em AV 1080, o que seria 10 AV antes que os Valar iniciassem seu ataque contra ele.

[14] Essa frase foi um acréscimo posterior com caneta esferográfica verde.

[15] O pai de Ingwë não é nomeado em nenhum outro lugar (e, claro, não aparece em *O Silmarillion* porque no livro ele era um dos Primeiros Elfos e, portanto, não tinha pais), e o mesmo vale para sua esposa; e em nenhum lugar, exceto nesse conjunto de textos, ele é identificado como o pai de Indis. Em outras fontes mais ou menos contemporâneas, afirma-se que Indis ora é irmã de Ingwë (X:261–2), ora sua sobrinha (XII:343; e ver XII:365). Além disso, em outras fontes mais antigas, o filho de Ingwë recebe o nome de *Ingwiel* (ver V:144, 326).

[16] 433 é um erro, o correto é 423 (846 ÷ 2), e assim o número de pares casados, 428, é maior do que deveria ser (cerca de 419), mas Tolkien não percebeu o erro. Assim, todos os números populacionais seguintes são mais altos do que deveriam ser (cerca de 1.350 a mais na 29ª geração).

[17] Essa nota é um acréscimo a lápis.

[18] 990 aqui é um erro, o correto é 1.000. Contudo, não o corrigi, devido ao erro adicional introduzido na 4ª geração.

[19] Esse é outro erro de cálculo: 6.900 + 1.236 são 8.136, não 7.136; porém, Tolkien levou esse erro a efeito no resto das gerações.

[20] Aqui, Tolkien errou o cálculo do ano do primeiro casamento ao colocar 1160 (e, portanto, o ano do primeiro nascimento como 1161). O número correto (o ano do primeiro nascimento da geração precedente, mais a idade no momento do casamento) é 1164 + 96 = 1260. Tolkien incorporou esse erro em todas as gerações seguintes, errando, dessa forma, todos os anos seguintes de primeiros casamentos e primeiros nascimentos. Como Tolkien, mais tarde, faz referência a e realiza cálculos com esses números errados, deixei-os como estavam. Os anos corretos de primeiros casamentos e primeiros nascimentos para as gerações 21–29 deveriam ser:

21) Primeiro c. 1260	Primeiro nascimento 1261
22) Primeiro c. 1369	Primeiro nascimento 1370
23) Primeiro c. 1478	Primeiro nascimento 1479
24) Primeiro c. 1587	Primeiro nascimento 1588
25) Primeiro c. 1708	Primeiro nascimento 1709
26) Primeiro c. 1829	Primeiro nascimento 1830
27) Primeiro c. 1950	Primeiro nascimento 1951
28) Primeiro c. 2083	Primeiro nascimento 2084
29) Primeiro c. 2216	Primeiro nascimento 2217

[21] Esse é mais um erro de cálculo: 10.772 + 1.188 são 11.960, não 12.160. Contudo, esse resultado compensa o erro de cálculo anterior.

[22] Ver a nota editorial anterior. A estimativa de Tolkien sobre os nascimento pré-Marcha é elevada demais, caso tenha sido determinada rigorosamente pela divisão das faixas de datas pelo intervalo estipulado: por 2 ou talvez até por 3 na geração 25 (intervalos de 49), e por 1 ou 2 nas gerações seguintes (intervalos de 51 e 61).

[23] Aqui, Tolkien na verdade escreveu que "na época do Achamento, eles tinham 24 + 2011 de *idade*", mas alterei isso para evitar a confusão entre as duas idades diferentes citadas nessa frase, na qual a primeira se refere à idade em anos solares, mas a segunda diz respeito à idade em anos de vida élficos.

18

Idades Élficas e Númenóreanas

Este texto foi escrito, na maior parte, com caneta de bico preta, em dez páginas de um calendário de compromissos correspondente a várias semanas que vão de maio a setembro de 1965, as quais Tolkien prendeu com um clipe. O lado da frente (apenas) de cada folha foi numerado por Tolkien de 1 a 8 com caneta esferográfica verde. O texto em si foi datado pelo autor com caneta esferográfica vermelha na margem superior da primeira página: "15/ago./1965"; e também, com caneta de bico preta, no corpo do texto. Todas as notas de rodapé foram feitas com caneta esferográfica vermelha. Na margem esquerda superior da primeira página, Tolkien escreveu com essa mesma caneta: "Este é o esquema seguido no SdA e no Conto dos Anos".

Para aplicações similares da taxa muito aumentada entre Anos Solares e Anos Valianos, de 144 : 1, a personagens específicos do legendário, ver os textos apresentados aqui como caps. 9, "Escalas de Tempo e Taxas de Crescimento"; 10, "Dificuldades na Cronologia"; e 11, "Envelhecimento dos Elfos".

Idades Élficas & Númenóreanas[1]

As idades dos Elfos devem ser contadas em dois estágios diferentes: anos de crescimento (AC) e anos de vida (AdV). Os AC passavam relativamente rápido e, na Terra-média = 3 *löar*. Os AdV passavam muito devagar e, na Terra-média = 144 *löar.*

Elfos ficavam *no útero* durante 1 AC. Atingiam a "fala plena" e a inteligência madura em 2 AC. Alcançavam o "crescimento pleno" do corpo em 24 AC.[a]

[a] A puberdade e o crescimento pleno (normalmente) coincidiam. Era algo que não acontecia antes disso, mas podia ser atrasado até 36 AC.

Tinham então 48 AdV de juventude e, depois, 48 AdV de "idade plena" ou "corpo estável",[2] momento no qual seu conhecimento deixava de aumentar. Depois disso, o "tempo do esvanecer" começava — de duração desconhecida (muito lenta) no qual (conforme diziam) o *fëa* lentamente consumia o *hröa* até que ele se tornava simplesmente uma "memória".

Se deixarmos de lado a diferença de velocidade e chamarmos cada uma das unidades de "ano", então veremos que um elfo[b] alcançava a maturidade aos 24, o fim da "juventude" aos 72 e a "velhice" aos 120.

Em equivalentes mortais, a *idade* das características físicas e das outras características indicadas pode ser achada de modo aproximado multiplicando por ¾: "fala plena" aos 18 meses, crescimento pleno aos 18 anos, fim da juventude aproximadamente aos 54 e velhice aproximadamente aos 90.

Assim, os Elfos (em sua própria escala) cresciam rapidamente. Atingiam a "fala plena" em 18 meses e a maturidade física em 18 anos. Em *tempo real*, no entanto, contado em *löar* (anos solares), os números são estes:

No útero: 3 anos.
"Fala plena" aos 6 anos.
Crescimento pleno aos 72 anos
Anos de juventude duravam 48 × 144 *löar* = 6.912 anos
"Maturidade" ou estabilidade, portanto, não era alcançada até eles completarem 6.984 anos.[3]
"Esvanecer" começava aos 13.896 anos.

Assim, depois de 72 anos, um Elfo podia ser considerado igual a um Mortal de 18 anos. Mas não completava 19 anos até que tivesse vivido 216 anos. No "decorrer" da Segunda Era, os Elfos (se fossem completamente crescidos quando ela começou) envelheceram apenas o equivalente a pouco menos de 23 anos (ou, em equivalentes mortais, menos de 18). No decorrer da Terceira Era, envelheceram menos de 21 anos (ou, em equivalentes mortais, cerca de 15).

[b] Não havia diferença apreciável entre os sexos, exceto a de que a puberdade masculina poderia se dar mais tarde.

O "tempo de repouso" para as mulheres[c] depois do parto, no entanto, era contado em unidades de AC: raramente era menos do que 1 (= 3 anos solares), normalmente 2 (= 6 anos solares). Um período indefinido podia, entretanto, transcorrer entre os nascimentos, dependendo apenas da duração da "juventude". Em tempos de paz, os Elfos normalmente se dedicavam especificamente a um *tempo de geração* e depois não tinham mais filhos.

Pode-se notar que as Elfas, na verdade, normalmente não tinham filhos (e nunca tinham o primeiro filho) aos 72, "o fim da juventude" (equivalente mortal: 54). A data mais tardia para o nascimento de um primeiro (e normalmente último) filho era o equivalente mortal de 48 anos = 64 anos de vida élficos.[d]

Exemplos de aplicação à Narrativa

Galadriel nasceu em Aman: "jovem e voluntariosa" no começo do Exílio; ainda não totalmente crescida: 20 anos, digamos. A Marcha [de volta à Terra-média] levou um ano de vida inteiro dos sobreviventes, independentemente do ritmo em que estavam vivendo, isto é, para os jovens [mas] "crescidos", a jornada acrescentou 1 ano de crescimento (3 *löar*); para os mais velhos e totalmente crescidos, 1 ano de vida (144 *löar*). Portanto, Galadriel tinha 21 quando chegou à Terra-média. Tornou-se completamente crescida, portanto (24), 9 *löar* depois da chegada. No fim da Primeira Era — a derrocada das Thangorodrim e a ruína de Beleriand — ela envelheceu $\frac{600-9}{144}$ AdV = aproximadamente 4 AdV. Assim, tinha cerca de 28 (ou, num equivalente mortal, 21). No começo da Segunda Era, casou-se com Celeborn e habitou de início em Lindon. Em TE 1, ela tinha envelhecido 23 anos e chegara aos 51 (num equivalente mortal, 38). Em TE 3021, quando navegou para o Oeste, ela tinha cerca de 51 + 21 = 72

[c] E os homens; os Elfos afirmavam que ambos os pais despendiam ou usavam mais "vigor" na geração e concepção do que os mortais. Para cada nascimento, estimava-se que um homem empregava 1 ano de vida, e as mulheres, 2 ou mais.

[d] Todos esses períodos correspondem a mudanças na vida física e sua eficiência. Não têm nada a ver com a rapidez de eventos. Assim, o "tempo de descanso" de 6 anos equivale a apenas $\frac{1}{24}$ de um ano de vida élfico, ou cerca de quinze dias!! Mas é tão eficaz quanto um descanso de 6 anos. Um Elfo não precisava esperar 144 anos (digamos) antes de gerar um segundo filho. Os Elfos preenchiam sua vida com mais feitos e pensamentos do que os homens, não menos.

(em idade mortal, 54), tinha acabado de atravessar sua "juventude" e entrado na "maturidade". *Isso se encaixa bem.*

Celeborn era mais velho do que Galadriel. É difícil ter certeza a respeito de qualquer pessoa cuja origem remonta aos momentos mais antigos da Primeira Era. Celeborn pertencia à 2ª geração dos três Reis-élficos que lideraram a Marcha: segundo a tradição, era o filho de um irmão mais novo (2º) de Elwë (Thingol), chamado Elmo.[4] Mas as idades relativas dos Reis Ingwë, Finwë e Elwë não são conhecidas. Elmo *provavelmente* era muito mais novo do que Finwë. Galadriel era da 3ª geração, sendo filha de Finarphin (4º filho), filho de Finwë (5º filho). Entretanto, Galadriel era jovem na época do Exílio (o que, seja lá qual escala de envelhecimento estipulemos para os Elfos enquanto habitavam em Aman, significa algo relativamente próximo do fim dos Dias de Ventura, e do Exílio). De acordo com cálculos élficos, o período entre a chegada dos Eldar a Aman e o fim da Primeira Era com a Derrocada de Morgoth foi de 3.100 *löar*. Se isso estiver correto,[e] então Celeborn era de idade desconhecida quando entrou em Beleriand, mas certamente já tinha 24 anos e estava totalmente crescido, ganhando, após 3.100 *löar*, quase 21 anos de vida e chegando aos 45[f] no fim da Primeira Era. Ele se casou com Galadriel pouco depois, quando ela tinha 28 (21 [em anos mortais equivalentes]). Em TE 3021, quando foi privado de Galadriel, ele tinha 68 + 21 = 89 (66+ [em anos mortais equivalentes]) e já estava avançado em sua "maturidade".

Celebrían nasceu em Lindon pelo menos 1 AC (3 *löar*) depois do começo da Segunda Era; mas provavelmente (de acordo com os costumes élficos) 3 AC ou 9 *löar*: em SE 9, digamos. Celebrían, portanto, já estaria totalmente crescida (24 = 18) em SE 81 (9 + 72). Quando se casa com Elrond (se a data estiver correta), ela terá acrescentado os seguintes anos de vida: $\frac{3.441 - 81 + 100}{144} = \frac{3.460}{144} = 24$ e terá 48. Seu casamento foi adiado pelas guerras contra Sauron.

[e] Provavelmente não está; muito provavelmente, esse período foi mais longo. Nesse caso, Celeborn deve ter sido um descendente (e não filho) de Elmo, nascido em Beleriand.

[f] Pelo menos (assim = 33–34 [anos de vida]).

Mas (conforme parece provável) se Amroth era o filho de Celeborn:[5] o seguinte cálculo é possível.[6] Celeborn e Galadriel ainda não tinham se casado (embora fossem noivos) durante os anos terríveis da "Batalha da Ira", nem durante algum tempo depois, nas confusões da Segunda Era (isto é, não até SE 24).[7] Amroth, seu primeiro filho, nasceu em SE 33: estava totalmente crescido em SE 105 e, na época da fundação de Eregion (SE 750), já era quase 4 ½ anos mais velho: 29. No momento do saque de Eregion (1697), tinha 35. No fim da Segunda Era, tinha 47+ (47 1/6). Na época do desastre em Moria e da perda de Nimrodel, TE 1981, tinha 60–61: aproximando-se do fim da juventude, mas (em anos mortais) com cerca de 45. Isso é possível. A história provavelmente foi que Nimrodel não desejava dar seu amor aos Elfos não Silvestres recém-chegados e se escondeu nas montanhas, não querendo "ir para o Oeste".

Nesse caso, Celebrían poderia ser mais jovem? Ela nasceu em Lindon (digamos) em SE 45, e estava totalmente crescida em SE 117. Então, em seu casamento, teria $\frac{3.441 - 117 + 100}{144}$ (= exatamente 24) + 24 = 48.[8] Evidentemente, essa alteração de 37 anos é quase insignificante. Em TE 2510 [ano da partida dela da Terra-média], ela teria 48 + $\frac{2.510}{144}$ (= 17 ½) = 65 (o equivalente mortal seria 49).

O casamento, entretanto, seria apropriado, já que Celebrían teria 48 (equivalente mortal = 36) e Elrond (ver a seguir), quase 57 (equivalente mortal = quase 43). O equivalente mortal de 36 era uma idade frequente, naqueles tempos turbulentos, para que uma Elfa tivesse um filho.[g]

Elrond. Os "Meio-Elfos" deveriam envelhecer mais devagar do que os Homens comuns antes que a "sentença" dos Valar fosse pronunciada.[9] Provavelmente numa taxa de 1 para 5 no caso de Elros, o único a viver a vida toda como Meio-Elfo. (Crescimento pleno sendo atingido a uma taxa élfica de 24, mas contado em *löar* normais.)

Elrond estava presente (ver SdA, SA, p. 350)[10] na queda das Thangorodrim. Eärendil, seu pai, casou-se com Elwing em

[g] O único jeito de fazer com que Celebrían seja efetivamente mais jovem (por exemplo, 40 = equivalente mortal 30) é alterar a data do casamento de Celeborn e Galadriel ou fazer com que o nascimento de Celebrían aconteça depois, mas reduzir a idade dela para 40 significaria adiar o nascimento em 8 × 144 = 1.152 anos.

PE 525,[11] tendo então 23 anos. Elrond[h] pode ter nascido por volta de 527–530. Assim, tinha pelo menos 70 na queda das Thangorodrim em c. PE 600.[12] Mas isso faria com que ele tivesse o equivalente [mortal] de 24 + $\frac{46}{5}$ = aproximadamente 33.

Tornou-se um Elfo logo depois, e a partir daí seu envelhecimento desacelerou à taxa élfica de 144 AS = 1 ano de vida. Em SE 3441, teria 56. Em TE 100, teria quase 57, mas ainda estaria na juventude (= equivalente mortal de quase 43).

As datas do casamento de Elrond (tal como em SdA, RR, p. 1543) e dos nascimentos de seus filhos são perfeitamente possíveis, mas não prováveis.[13] Neste momento (15 de agosto de 1965), elas continuam inalteradas, já que não se pode fixá-las até que se tome uma decisão sobre a história de Celeborn e Galadriel e a conexão deles com Lórien.[14]

A melhor história parece ser a que está resumida no item "Galadriel",[15] na qual eles tomam parte na criação de Eregion e, depois, de sua defesa contra Sauron. Mas outra possibilidade é a indicada pelas correções propostas ao "Conto dos Anos" (SdA, RR, p. 1538), segundo as quais eles não chegaram a Lórien até TE 1060.[16] ☞ NB: alterações nas datas dos Elfos (incluindo Elrond) só afetam as vidas deles numa taxa de cerca de 8 meses = 100 anos!

O caso de Arwen. Considerando que o nascimento dela foi em TE 241, então ela estará "completamente crescida" em TE 313 (241 + 72). Em 2951, quando encontra Aragorn pela primeira vez, terá (em anos de crescimento e de vida élficos) 24 + 18⅓ (quase); $\frac{2.951 - 313}{144}$ = 42⅓ = em equivalentes mortais, 31¾. Aragorn tinha apenas 20.

Em 3019, quando se casaram, ela teria envelhecido muito pouco e teria quase a idade élfica de 43 (24 + $\frac{3.019 - 313}{144}$) = em equivalentes mortais, 32–3. Mas Aragorn teria vivido 88 anos e 4 meses. Sua "idade", entretanto, seria cerca de "45". (Ver a nota adiante sobre a escala da vida númenóreana.)

Na época de seu casamento, Arwen se tornou "mortal": assim, deveria se unir à escala de "expectativa de vida" de seu marido. ☞ Isso não alteraria sua "idade" de 43 anos = aproximadamente

[h] Mas as datas, nesse ponto, são confusas.

equivalente a 32–3 em termos mortais. Mas, para o propósito de contagem de sua expectativa de vida (como mortal), é como se ela tivesse vivido 81 anos (24 + (19 × 3)), e o restante de sua "vida permitida" seria de cerca de 153 anos (até um total de 234). Poderia ter continuado a viver até o ano 151 da Quarta Era. Aragorn, com 88 quando se casou, teria uma "vida permitida" de mais 146 anos e poderia ter vivido até 4E 144. Quando Aragorn "renunciou à vida" em 4E 120, abriu mão de 24 anos. Vivera 210 anos e já tinha entrado em seu "declínio".[17] Arwen tinha o equivalente a 203 anos naquele momento e também já estava no começo de seu declínio. Aragorn renunciou no dia de seu aniversário, 1º de março, 4E 120. Arwen aparentemente "renunciou" à vida e morreu em Cerin Amroth em 1º de março do ano seguinte, na idade númenóreana de 204 anos (equivalente mortal = 84). *Era a idade que tinha então, e assim se sentia.* (Se tivesse continuado uma Elfa, teria apenas 3.020 – 241 + 1 + 120 = 2.800 anos solares de idade, perfazendo uma idade élfica de $24 + \frac{2.800 - 72}{144}$ = quase exatamente 43 anos (o equivalente mortal seria cerca de 33).

A escala númenóreana fixada pelos Valar (sem levar em conta Elros) era de uma vida completa (se não "renunciassem" a ela antes) de três vezes a dos homens comuns. Isso era contado da seguinte maneira: um "Númenóreano" alcançava o "crescimento pleno" aos 24 (tal como os Elfos; mas isso, no caso deles, era contado em anos solares); depois disso, 70 × 3 = 210 anos lhes eram "permitidos" = total 234. Mas o declínio começava (de início, devagar) no 210º ano (a partir do nascimento), de modo que um Númenóreano tinha uma expectativa de 186 anos plenamente ativos depois de alcançar a maturidade física.

> Para mais acerca da escala de vida númenóreana, ver os caps. 11, "Vidas dos Númenóreanos", e 12, "O Envelhecimento dos Númenóreanos", na Parte Três deste livro.

NOTAS

1 O título, conforme originalmente escrito, foi acrescentado na margem superior com caneta esferográfica vermelha. As palavras "e Númenóreanas" foram acrescentadas ao título com caneta esferográfica verde, assim como a numeração das páginas.

2 A frase "'idade plena' ou 'corpo estável'" é uma substituição, com caneta esferográfica vermelha, do termo original "maturidade".

[3] "'Maturidade' ou estabilidade" é uma substituição, com caneta esferográfica vermelha, do original "idade avançada" e do intermediário "idade plena" (o qual também foi uma substituição com a mesma caneta).

[4] Em escritos posteriores, Elmo é o avô de Celeborn (não seu pai, como aqui): ver CI:316–18; ver também XI:350.

[5] Mais tarde, Tolkien rejeitaria esse parentesco para Amroth: ver CI:327, 331.

[6] Conforme foi escrita inicialmente, antes que a maior parte dela fosse riscada, essa frase de conclusão (após os dois-pontos) dizia: "O seguinte cálculo é provável. A esposa de Celeborn [o deixou?] sozinho com um filho, Amroth". Em relação a isso, parece que a seguinte nota de rodapé foi escrita:

> Os Elfos normalmente *não* se casavam de novo, mas, depois do julgamento de Míriel, foi considerado lícito que eles fizessem [isso] se um parceiro abandonava o outro. Isso ocorria muito raramente; mas, em épocas de sentimentos divididos como [o] fim da Primeira Era, isso podia ocorrer.

[7] A frase entre parênteses — "isto é, não até SE 24" — foi uma inserção posterior com caneta esferográfica vermelha.

[8] Na primeira edição (1955) e na edição da editora Ballantine (1965) de *O Retorno do Rei*, "O Conto dos Anos" (Apênd. B) ainda colocava TE 100 como o ano de casamento de Celebrían e Elrond. Isso foi alterado, na segunda edição revisada (1966), para TE 109.

[9] Conforme foi escrito inicialmente, o texto aqui continuava:

> De fato, provavelmente à taxa númenóreana de 1 ano para 3 anos solares depois do "crescimento pleno", que era, no ritmo élfico, de 24 anos. Um dos Meio-Elfos, portanto

A continuação do texto termina aqui, no meio da frase. Entretanto, na primeira sentença, Tolkien acrescentou esta nota em caneta esferográfica vermelha:

> O qual era apenas a fixação ou a transformação dessa taxa ("natural" [?nesses casos]), já operativa, em algo mais permanente.

Tudo isso depois foi riscado com caneta de bico preta.

[10] Essa é a numeração da edição brasileira em três volumes. [N. T.]

[11] Essa data está de acordo com a do Texto D de "O Contos dos Anos" (XI:352). No texto precedente, C, a data é 527, corrigida para 530 (XI:348). Nos "Anais de Beleriand", anteriores ao *SdA,* consta a data de 324, corrigida para 524 (ver V:142–3).

[12] Na versão corrigida dos "Anais de Beleriand", anteriores ao SdA, a data do início da Grande Batalha ou Batalha Terrível, que culminou com a queda das Thangorodrim, é PE 550 (ver V: 144), e afirma-se que a guerra durou cinquenta anos a partir do desembarque de Fionwë[i] em 547 (V:143). Nesse texto, diz-se que Fionwë partiu da Terra-média em 597.

---

[i] Conhecido como Eönwë nos textos de *O Silmarillion.* [N. T.]

[13] Na publicação original (1955) e ainda na segunda edição (1965), o Apênd. B coloca TE 100 como a data de casamento de Elrond e Celebrían, e TE 139 como a do nascimento de Elladan e Elrohir, seus filhos gêmeos. Na segunda edição revisada (1966), essas datas foram alteradas para TE 109 e TE 130, respectivamente.

[14] Para mais acerca dessa questão, ver o cap. 16, "Galadriel e Celeborn", na Parte Três deste livro.

[15] Esse é o texto intitulado *Acerca de Galadriel e Celeborn*, que Christopher Tolkien descreve e reconta em CI:317–27.

[16] Nenhuma mudança desse tipo acabou sendo feita no Apênd. B.

[17] Antes da segunda edição do *SdA* (1965), o Apênd. B registrava o ano da morte de Aragorn (no Registro do Condado) como 1521, momento no qual ele tinha 190 anos.

19

Ciclos de Vida Élficos

Esses dois textos, embora escritos com implementos distintos e em diferentes tipos de papel, foram presos com clipe por Tolkien e têm ligação conceitual estreita entre si. Ao segundo texto, conforme demonstrado adiante, pode ser atribuída com confiança a data de c. 1969, e não há razão para achar que o primeiro texto não date dessa época também. Sobre os ciclos de vida élficos, ver o texto de c. 1968, tirado de "*The Shibboleth of Fëanor*" ["O Xibolete de Fëanor"] (VT41:9): "Uma nota em outro lugar dos papéis associados a este ensaio diz: 'Os Elfos não tinham barba até entrarem em seu terceiro ciclo de vida. O pai de Nerdanel [XII:365–6 n.61] era um caso excepcional, já que estava apenas no começo do segundo ciclo.'" Quanto à questão das barbas élficas, ver o cap. 5, "Barbas", na Parte Dois deste livro.

Texto 1

Este texto breve foi escrito com certa pressa usando caneta de bico preta, num dos lados de uma folha de papel pautado.

As vidas élficas deveriam ter *ciclos*. Eles alcançavam a longevidade por meio de uma série de *renovações*. Depois do nascimento e da chegada à *maturidade* e do início de *sinais de idade*, começavam um período de *quietude* no qual, quando possível, eles "se retiravam" por algum tempo, saindo desse retiro renovados, em sua saúde física, num nível que se aproximava do vigor do começo da maturidade. (Seu conhecimento e sua sabedoria, entretanto, eram progressivamente *cumulativos*.)

Isso não havia aparecido nos períodos abordados (ou tinha começado apenas por volta do fim da Terceira Era).

O "Esvanecer" se tornava visível da seguinte maneira:

1) Os períodos de atividade e vigor completo se tornavam progressivamente mais curtos, e
2) A *renovação* não era tão completa: eles se tornavam um pouco mais velhos do que eram na renovação anterior a cada repetição do processo.

Texto 2

Este texto foi escrito com letra que vai se tornando cada vez mais apressada, usando lápis macio, nos versos de duas folhas de calendários de publicações Allen & Unwin, correspondentes a fevereiro e março de 1970.

Os Elfos viviam conforme ciclos de vida? isto é, nascimento, da infância à maturidade corporal e mental (em ritmo tão rápido quanto o dos Homens) e enfim um período de *paternidade* (casamento etc.), o qual poderia ser adiado por muito tempo após a maturidade.[1] Esse "ciclo" continuava até que *todos* os filhos do "primeiro período de paternidade" tivessem crescido. Então havia uma renovação da juventude.

Os Elfos se casavam *perpetuamente* e, enquanto seu primeiro parceiro estivesse vivo e encarnado, não pensavam em outro casamento. Em Aman, o único caso que abriu uma brecha nisso foi o de Míriel/Finwë. Na Terra-média, especialmente nos Dias Antigos, a morte violenta era frequente; mas os mortos ([?etc.]) podiam ser restaurados à vida pelos Valar.[a][2] Por sua *própria* escolha. Os Valar foram se tornando mais [?gentis] nessa matéria — e os pesares dos Eldar amiúde eram tão grandes antes da morte que não ter vontade de retornar era considerado algo perdoável — especialmente para aqueles que não tinham esposa ou filhos não crescidos. (Foi só num único caso conhecido, o de Beren, que os Valar — por permissão especial de Eru — restauraram um corpo humano e o trouxeram de volta à vida, permitindo que seu *fëa* retornasse.) Se uma esposa enviuvasse (ou vice-versa) para sempre, um novo casamento era permissível, mas raramente ocorria.

[a] Por meio da cura do corpo ou da reconstrução completa dele. Que os Eldar chegavam a "renascer" era uma fantasia dos Homens. A relação entre *fëa* e *hröa* fazia com que isso fosse impossível. O *fëa* era uma dádiva de Eru, ajustado desde o princípio e para sempre ao seu corpo específico.

Nas vidas não desfiguradas pela morte ou que entram [nela], a "renovação da juventude" fazia com que o par ficasse jovem e vigoroso, mas, por algum tempo, *embora habitassem juntos*, cada um cuidava de seus assuntos e [?se recuperava] em [?] antes que um segundo período de paternidade começasse. (Alguns nunca entravam nesse novo período.) Mas, embora isso demorasse a ser notado, a cada novo "ciclo", o vigor dos Eldar minguava um pouco. Antes do fim da Segunda Era, renovações da juventude e a re-Geração de filhos estavam se tornando raras.[b] Os Eldar estavam "desvanecendo": se isso era por conta do desígnio original de Eru, ou uma "punição" pelos pecados dos Eldar, não se tem certeza. Mas a "imortalidade" deles dentro da Vida do Mundo estava garantida, e podiam partir para o Reino Abençoado se desejassem.

NOTAS

[1] Quanto à permanência do casamento, ver a discussão em CASAMENTO, no Apênd. I.

[2] Tolkien colocou um ponto de interrogação ao lado desta nota.

[b] Eles não eram "imortais" por toda a eternidade.

20

O Tempo e sua Percepção

Este texto ocupa seis páginas de três folhas de papel sem pauta, as quais Tolkien prendeu com um alfinete. Está escrito com uma letra que vai ficando cada vez mais apressada, com caneta de bico preta, e acréscimos e algumas revisões feitas com caneta esferográfica vermelha. Data de c. 1959.

Os Valar contavam o tempo em *dozenas*. Durante os Dias das Árvores:

12 horas das Árvores	= 1 Dia Valiano	DV[a]
144 DV	= 1 Ano Valiano	AV
144 AV	= 1 Era Valiana	EV

Mas:

1 AV	= 144 Anos dos Homens	AM
1 DV	= 1 AM	
1 HV	= 1/12 AM ou um mês, cerca de 30 ½ dias	

Qualquer criatura (mortal) (isto é, coisas que aparecem dentro de Eä) em Valinor, durante o tempo das Árvores, teria envelhecido apenas à taxa de 1/144 de sua velocidade *natural* na Terra-média (com exceção apenas dos Quendi, que eram imortais). No despertar dos Quendi, essa proporção de 1/144 (no que diz respeito especialmente aos Homens) era natural, e aqueles que foram rapidamente para Aman mantiveram isso. Mas, apesar da "imortalidade" (dentro de Arda), o envelhecimento de Arda logo afetou

[a] Excepcionalmente nesta e nas duas ocorrências seguintes, a abreviatura DV significa "Dia Valiano", e não "Dias de Ventura". Além disso, a abreviatura HV está sendo usada para "Hora Valiana". Ver também o cap. 1, "O Ano Valiano". [N.E.]

aqueles que permaneceram na Terra-média: mais rapidamente no caso dos que recusaram a Convocação. Mas os Eldar que permaneceram (ou os Sindar) logo foram reduzidos a uma taxa de 1/100, mais ou menos, e a proporção pode ser usada para calcular a "idade relativa" dos Elfos no Silmarillion. Para os Altos Elfos, ela provavelmente continuou mais ou menos nesse nível até o fim da Terceira Era e, depois, para os que permaneceram na Terra-média, acelerou-se rapidamente.

Deve-se considerar (deixando de lado a duração real da escala de tempo) que os Quendi eram similares aos Homens nestes pontos: embora *começassem* a se desenvolver de forma mais rápida, logo passavam a um ritmo mais lento e alcançavam a maturidade por volta dos 20 anos. Seu tempo normal de casamento era, portanto, entre os 20 e os 60. Mas, em épocas mais antigas, antes do fim da Terceira Era, enquanto ainda eram *fisicamente* vigorosos, ao contrário dos Homens, ainda *conseguiam* adiar o estado casadouro. Normalmente, tinham apenas *um* período de geração e gestação de filhos, durando 20–40 anos ou mais depois do casamento. Mas, se não *usavam* esse poder no tempo normal, podiam adiar até que tivessem 100 anos ou um pouco mais.

Mas é preciso considerar, então, que nas épocas mais antigas e em Aman (sempre), isso significava que um "ano" era, na verdade, o *yên*, ou 144 anos (e mesmo mais tarde, depois da Morte das Árvores, correspondia a 100 anos). Desse modo, um Elfo, em épocas anteriores ou em Aman, amadurecia, em termos mortais, quando tinha cerca de 2.880 anos, e podia gerar filhos até a idade de 8.660 ou, em casos excepcionais, 14.400. Em épocas posteriores, essas idades foram reduzidas para 2.000, 6.000 e 10.000.

Em algum momento, Tolkien riscou todo o texto acima, mas reteve especificamente o seguinte:

Elfos deveriam despertar por volta de AV 1050 e alcançar Beleriand c. 1450 = 400 AV = depois de 57.600 anos. Sua marcha para o Oeste começou por volta de 1445 e levou 144 × 5 AM = 720 anos.[1]

Homens despertam em AV 1500 e alcançam Beleriand em 1531 = 31 AV × 144 = 4.464 anos. (Muito pouco tempo!)

Homens precisam despertar *antes* de Melkor ser levado a Valinor, ou *depois* de sua fuga. No primeiro caso, é preciso que seja por volta de AV 1050; no segundo, muito mais tempo precisa ser estabelecido entre o Retorno de Melkor e a chegada dos Homens a Beleriand.[2] Fugir de Aman, cruzar o Gelo, permanência em Arvalin poderiam levar [?muito tempo].[3]

Se os Homens despertarem em 1050, os Elfos precisam despertar mais cedo.[4]

Tempo em Lórien? Ver explicação em SdA, SA, mas ajustada, exceto para os Elfos. Provavelmente os mortais que entravam sofriam alterações em [?sua] taxa de crescimento e envelhecimento, não chegando ao nível élfico, mas com muita desaceleração, alcançando, digamos, 1 : 7, de modo que os 30/28 dias reais pareceram cerca de 4. Depois o efeito continuava rio abaixo por um tempo curto.[5]

Essas taxas e esses cálculos têm a ver apenas com o crescimento e o envelhecimento, e *não* com a percepção ou *apreciação* do tempo como algo subjetivamente longo ou curto (exceto na medida em que tal percepção pode ser afetada pelo envelhecimento etc.)

A questão da "percepção do Tempo" é mais difícil de examinar, já que varia de acordo com pessoas, circunstâncias e tipos de pessoas, e é também difícil de expressar ou comunicar, de modo que, quando os Eldar debatiam tais assuntos com os Atani, nenhum dos lados tinha certeza de que entendia o outro com clareza. E, mais uma vez, os *fëar* de Elfos e Homens não são corpóreos nem estão [?de fato] sujeitos ao Tempo, e [são] capazes de se movimentar nele em pensamento e retrospecção, e, portanto, podem ter visões divergentes sobre a duração subjetiva do mesmo tempo ou da mesma experiência. Podem falar de [?tal tempo] que passou rápido e ainda assim parecia durar por eras.

Estas coisas, entretanto, no que diz respeito aos Eldar, parecem influenciar especialmente a percepção do tempo e/ou sua recordação. De um lado, a juventude (inexperiência, vigor) e a avidez; do outro, a idade (experiência, vigor fraquejante), o embotamento. E, em segundo lugar, a *ocupação completa* no deleite, na afeição ou no interesse mútuo; e, por outro lado, a *falta de ocupação*, ou interesse mútuo, e a ausência de deleite ou a presença de desgosto ou dor.

A "duração de tempo" que é atribuída à *Juventude*, por oposição à Idade, provavelmente se deve, em especial, à *esperança* e *expectativa*, [?que se permite] à inexperiência. A tarde de uma criança parece um panorama sem limites — mas essa impressão está principalmente no [?pensamento], ou antes que ela transcorra. Se estiver cheia de "ocupação", vai [?passar correndo] como um raio, e a hora do chá vai chegar antes que qualquer coisa além do começo do [?plano] seja realizada.

Os mais velhos olham para o futuro levando em conta a dura experiência — uma tarde que eles sabem que não será suficiente para se realizar muita coisa. Ela parece breve de antemão (o que se confirma), mas é de se duvidar muito se *realmente, quando experimentada*, ela parece mais breve, de alguma maneira, do que o mesmo período real na infância (passado com mais ou menos a mesma intensidade de ocupação).

Com a Velhice, os anos, para os Homens (e Elfos), parecem passar rapidamente, segundo dizem, mas isso ocorre por várias razões, algumas das quais na verdade têm mais a ver com "raciocínio" do que com sensação. Eles passam "rapidamente" por causa da experiência: (1) como poucas coisas novas são encontradas, ou nenhuma, há pouco a [?guardar] numa memória já [?abarrotada]. (A mente também está menos afiada e mal nota o presente.) (2) de todo modo, não há *nenhum desejo de se chegar ao fim* ou, antes, há *desejo de não se chegar a ele*; o tempo, portanto, parece parar, embora [?as mãos] não sejam capazes de detê-lo. Como se dois viajantes caminhassem pela mesma estrada: um nunca viajou por ali antes, e é jovem e está cheio de esperança, talvez ávido para chegar ao fim e adentrar outras estradas; o outro já viajou pelo mesmo caminho muitas e muitas vezes, e mal nota as coisas vistas ou pelas quais passa, e talvez esteja cansado, e, contudo, teme chegar ao fim, tendo pouca esperança de continuar para mais jornadas. Para qual deles aquela estrada parecerá mais curta? Para o jovem [?parando (pelo menos à luz e ??)] mal chegando a [?] e, ainda assim, não [?entesourando] os [?momentos], aquilo pode parecer uma jornada comprida e memorável durante a experiência e em retrospecto. Para o mais velho, a viagem produzirá poucas memórias capazes de distingui-la de outras jornadas semelhantes e, contudo, seu fim chegará cedo demais. Parecerá rápida, pelo menos em retrospecto.

O mais velho, *em retrospecto*, também vai reter a sensação de [?experiência aqui ???]. Tal como um homem idoso que se espanta com o tempo curto no qual um bebê nasce, cresce e começa a correr. Pois isso ocorre agora enquanto [?sua mente] está [?] e os dias passam rapidamente, mas tais coisas ele recorda acontecendo anteriormente em sua vida (ou em sua própria infância), e *pareciam demorar mais*. Mas ele sabe que não demoravam.[6] Portanto, ele diz *agora* que o tempo no qual elas ocorrem parece curto!

NOTAS

[1] Na versão original do texto, a Marcha começava em 1400 e levava 7.200 anos. Tolkien alterou os números com caneta esferográfica vermelha e colocou um grande asterisco ao lado deles usando a mesma caneta.

[2] Tolkien colocou um grande asterisco ao lado desse parágrafo com caneta de bico preta.

[3] Essa frase foi escrita na margem direita com caneta esferográfica vermelha.

[4] Essa frase, do mesmo modo, foi escrita com caneta esferográfica vermelha, na margem inferior.

[5] Na versão original, a taxa mais lenta era de 1 : 15. De acordo com *SdA*, Apênd. B, a Sociedade entrou em Lothlórien em 17 de janeiro e partiu em 16 de fevereiro, lá ficando por um total de 29 noites. Tolkien, mais tarde, circulou este parágrafo e os precedentes, até o que começa com "Elfos deveriam despertar por volta de AV 1050", com linhas feitas com caneta esferográfica vermelha, provavelmente indicando seu desejo de mantê-los.

[6] Sobre a percepção do tempo em termos de ocupação e inspeção, ver caps. 4, "Escalas de Tempo", e 12, "Acerca dos Quendi em seu Modo de Vida e Crescimento", acima.

21

Notas sobre as Referências Élficas ao Tempo

Os seguintes textos derivam todos não do arquivo "Tempo e Envelhecimento", mas dos escritos tardios de Tolkien (c. 1968) sobre suas línguas inventadas. Este me parece um lugar conveniente para compartilhar outras das ideias de Tolkien sobre a perspectiva élfica acerca do tempo.

Texto 1

Tempo élfico.

Nossa linguagem é confusa ao usar tanto *depois* ou *antes* (em certas circunstâncias) para falar do futuro. Às vezes pensamos no futuro e dele falamos como se fosse o que está por vir, olhamos *adiante*, somos *pré-videntes*, estamos voltados para a frente, mas nossos ancestrais nos *precederam* e são nossos *ante*-cessores; e qualquer evento no tempo está *antes* do que veio mais tarde. Falamos como se os eventos e a sucessão das vidas humanas fossem uma coluna sem fim que se move para frente rumo ao desconhecido, e aqueles que nasceram mais tarde estão atrás de nós, vão nos *seguir*; porém, também falamos como se, ao encarar o futuro, estivéssemos andando para trás ou sendo empurrados para trás, e nossos filhos e herdeiros (*pos*teridade!) estivessem na nossa frente e, a cada geração, avançassem mais rumo ao futuro do que nós. Uma viúva é um *relicto*, algo deixado para trás, por um marido que continua a seguir em frente.[1]

No que diz respeito a uma única mente que experimenta as coisas, parece ser uma transferência muitíssimo natural da linguagem espacial ou linear dizer que o passado está *atrás* dela, e que ela *avança* para a frente rumo ao futuro; que os eventos posteriores estão *diante* ou na *frente* dos anteriores. No ponto em que o indivíduo cessa de existir, os sobreviventes seguem em frente diante dele. Todas as criaturas vivas pertencem a uma massa ou coluna que segue marchando, e que cai individualmente enquanto outros prosseguem. Aqueles que o fazem são os que *ficam para trás*. Nossos ancestrais, que tombaram anteriormente, estão mais para trás, atrás de nós para sempre.

Na percepção élfica, o *futuro* não era algo ligado à esperança ou ao desejo, mas uma decadência e regressão quanto à antiga ventura e potência. Embora inevitavelmente esteja *adiante*, como para alguém durante uma jornada, o "esperar" não implicava uma antecipação do deleite. "Espero ver você de novo" não significava ou implicava "Desejo vê-lo de novo e, já que isso está combinado e/ou é muito provável, é algo que me agrada". Significava simplesmente "Minha expectativa é vê-lo de novo com a certeza da previsão (em algumas circunstâncias), ou considero isso muito provável" — pode ser algo que envolva medo ou desgosto, "presságio". A posição deles, assim como seu sentimento nos dias mais tardios, era como a de exilados empurrados para a frente (contra sua vontade), os quais estavam, em sua mente ou postura real, sempre olhando para trás.

Mas, na linguagem real, tempo e lugar tinham expressões distintas.

Texto 2

Os Eldar consideravam tudo que era *passado* como algo atrás deles, tendo seus rostos virados *na direção* do futuro. Com referência ao tempo, portanto, palavras com um sentido básico de "atrás, nas costas" = "antes"; e aquelas com o significado original de "na frente, adiante" = "depois".

Mesmo assim, ao pensar em pessoas e gerações, falavam como se os mais velhos fossem líderes marchando à frente de uma fila de *seguidores*. Assim, tornava-se difícil falar "daqueles atrás" = "pessoas de épocas anteriores" sendo seguidos por gerações posteriores. *Mas* termos como *liderar* e *seguir* eram, para eles, analogias *pictóricas*, usadas apenas com uma transferência definida de sentido: como se fôssemos falar de *olhar para trás*, para as névoas escuras dos dias *antes* do nosso tempo.

Para propósitos mais comuns, por exemplo, sobre o que aconteceu antes do meu tempo, "*atrás*" era um termo usado, ao menos originalmente. Na prática, o eldarin comum tinha desenvolvido quatro bases preposicionais ou adverbiais distintas:

A. (1) antes no tempo (2) atrás do lugar
B. (1) depois no tempo (2) na frente do, adiante do lugar

TEXTO 3

Referência de Tempo

Os Eldar falavam de pessoas e gerações como se a imagem diante de suas mentes fosse a de uma fila em marcha, com os mais velhos *liderando* na frente e os nascidos depois *seguindo*. É algo que se devia, sem dúvida, ao fato de que os nascidos antes muito frequentemente permaneciam entre eles. Isso coloria tudo o que falavam sobre o tempo. Normalmente, imaginavam-se *olhando* [?*internamente*] para o que aconteceu, ou seja, eles *encontravam* o passado (e não chamavam isso de "olhar para trás"), ficavam de costas para o futuro e não davam à antecipação dele o nome de "olhar adiante", mas "olhar para trás", como quem olha por cima do ombro.

Tolkien riscou esse texto e começou de novo:

Os Eldar *não* usavam a imagem de um espaço linear para falar das relações de tempo, a menos que estivessem construindo deliberadamente uma *imagem* analógica. Isto é, concebiam a relação de precedência ou consequência no *tempo* como algo diferente do preceder ou seguir no espaço.

É claro que conseguiam falar de uma experiência longa, como uma jornada, como se passar de um ano para outro fosse como ir de um lugar a outro (embora a velocidade muito diminuída de apreensão do tempo ??? era imaginada tornasse isso muito menos usual do que conosco). Ou podiam falar de pessoas mais velhas como se elas estivessem *na frente* da marcha, e os nascidos depois como se as estivessem *seguindo*: isso era uma "figura de linguagem" razoavelmente comum, mas era muito mais uma *figura* do que entre nós. Eles não chamavam os mais velhos de *ancestrais* = predecessores.

Por um lado (como eles diziam), no espaço é possível se virar e olhar para muitas direções; no *tempo*, a posição é fixa. Portanto, os dois grupos que se confundem na nossa linguagem eram *distintos*:

A. (1) antes, anterior no tempo (2) diante, na frente do lugar
B. (1) depois, posterior no tempo (2) depois, detrás do lugar

NOTAS

[1] A palavra *relict* [*relicto*], com o significado de "viúva" (hoje considerada arcaica) é, em inglês, um empréstimo do francês antigo *relicte*, "(mulher) deixada para trás", a qual, por sua vez, deriva em última análise do verbo latino *relinquere* "deixar para trás" (do qual também vem a palavra inglesa *relinquish* [abandonar, renunciar]).

22

Um Fragmento de "Os Anais de Aman"

Este breve texto datilografado parece ser uma reelaboração tardia de parte da cronologia de "Os Anais de Aman" (ver X:47 e, especialmente, X:92–5) e, portanto, provavelmente data de c. 1958.

1260. Os últimos Vanyar deixam Tirion e vão habitar nas encostas ocidentais de Taniquetil. Fingon, filho de Fingolfin, desperta.[1]

1300. Thingol (nome pelo qual Elwë Singollo ficou conhecido mais tarde em Beleriand) e Melian, sua Rainha, começam a construção de Menegroth em Doriath, com a ajuda dos Naugrim.
Daeron, menestrel e mestre-do-saber de Thingol, inventa as suas Runas (*i Cirdh Daeron*).
Turgon, filho de Fingolfin, e Inglor, filho de Finrod, despertam em Eldamar.[2]

1320. Os Orques aparecem pela primeira vez em Beleriand.[3]

1350. Os Nandor, liderados por Denethor, cruzam as Montanhas de Lindon e chegam a Ossiriand. Passam a ser chamados de Elfos-verdes.[4]

1362. Isfin, a Dama Branca dos Ñoldor, nasce em Tirion.[5]

1400. Aqui terminou o Cativeiro de Melkor. Melkor é libertado de Mandos, e implora perdão aos pés de Manwë diante dos Valar reunidos.

1410. Melkor recebe permissão para andar livre em Valinor. Busca a amizade dos Ñoldor.

1450. Fëanor cria as SILMARILLI.

NOTAS

[1] Em "Os Anais de Aman" (*AAm*), o ano que consta para a partida dos Vanyar de Tirion é 1165 (X:87) e, para o ano do nascimento de Fingon, 1190 (X:92).

[2] Nos *AAm* há as seguintes datas: estabelecimento de Menegroth em 1250 (X:93), a invenção das Runas de Daeron e o nascimento de Turgon em 1300 (X:106). Os eventos desse ano foram um acréscimo posterior aos *AAm*.

[3] Os *AAm* também trazem um acréscimo no ano 1320, dizendo que foi nele que os Orques apareceram pela primeira vez em Beleriand (X:106). Todas as datas seguintes estão de acordo com os *AAm* apresentados em *Morgoth's Ring* (X:93–4).

[4] O texto dos *AAm* tem um adendo no ano 1350, definindo-o como o da entrada dos Nandor em Ossiriand (X:93, 102 n.8).

[5] O ano de 1362, nos *AAm*, traz um acréscimo que o estabelece como o do nascimento de Isfin (X:102 n.8).

23

Um Fragmento de "Os Anais Cinzentos"

Por razões que escaparam até a Christopher Tolkien, um fragmento do que parece ser um rascunho de "Os Anais Cinzentos" (mais tarde, riscado) acabou sendo colocado dentro do pacote "Tempo e Envelhecimento". De modo geral, o texto é similar ao relato apresentado em XI:55 (e mais ainda depois de numerosas correções a lápis), mas há muitas diferenças de detalhe, e ele inclui uma versão inédita em poesia do desafio de Fingolfin a Morgoth diante dos portões de Angband (claramente derivada de "A Balada de Leithian", em III:285, versos 3552–57);[a] portanto, apresento aqui o fragmento em sua totalidade.

[...] [todos os que contemplavam] seu avanço fugiram em assombro, julgando que o próprio Oromë era chegado, pois uma grande loucura de ira estava sobre ele. Assim, chegou sozinho até o portão mesmo de Angband, e golpeou-o de novo, e fez soar um desafio em sua trompa prateada, conclamando Morgoth a sair para o combate, gritando:

"Mostra-te, ó senhor poltrão,
De própria espada, própria mão!
Senhor de teus servos e hostes,
Tremes detrás de muros fortes.
De deuses e de elfos imigo,
Mostra-te e vem lutar comigo!

---

[a] O fragmento do poema em questão também pode ser encontrado em Beren e Lúthien, p. 238, versos 1315–20. Ver também *Beren e Lúthien*, pp. 20–1. [N. T.]

"Aparece, rei covarde, e luta com tua própria mão! Tu, habitante de covil, controlador de servos, mentiroso e espreitador. Vem, inimigo dos Deuses e dos Elfos, pois quero ver teu rosto covarde!"[1]

Então Morgoth veio. Pois não podia recusar tal desafio diante de todo o seu povo e seus capitães. Mas Fingolfin não se intimidou com ele,[2] ainda que se erguesse acima do Rei-élfico feito sombra de trovão ou tempestade acima de árvore solitária, e seu vasto escudo, negro e sem brasão, era como uma nuvem de tormenta que afoga as estrelas.[3] Longamente lutaram, e Ringil perfurou Morgoth com sete feridas, e seus gritos foram ouvidos em todas as terras do norte.[4] Mas, enfim cansado, Fingolfin foi abatido ao chão pelo grande martelo que Morgoth empunhava como maça,[5] e Morgoth pôs seu pé sobre o pescoço do rei e o esmagou.[6] Em seu último movimento, Fingolfin prendeu o pé de seu Inimigo ao solo com Ringil, e o sangue negro escapou em jorros.[7]

NOTAS

1 Depois de correções a lápis, o desafio de Fingolfin em prosa termina assim:

> "Habitante de covil, controlador de servos, mentiroso e espreitador, inimigo dos deuses e dos Elfos, vem, pois quero ver teu rosto covarde!"

2 Essa frase posteriormente foi alterada a lápis para: "Fingolfin se opôs a ele".

3 As palavras "que afoga as estrelas" depois foram riscadas com lápis.

4 Essa frase posteriormente foi riscada com lápis e substituída da forma descrita adiante.

5 As palavras "que Morgoth empunhava como maça" mais tarde foram riscadas com lápis, por se tornarem redundantes levando em conta a substituição descrita adiante.

6 A frase foi alterada a lápis para começar com "Fingolfin tombou", e as palavras "que Morgoth usava como maça" foram riscadas (ver mais adiante).

7 Debaixo desse trecho, e também nas margens superior e esquerda da página, Tolkien acrescentou alguns elementos textuais a tinta e a lápis, com linhas a lápis indicando (grosso modo) onde cada elemento deveria ser inserido no texto; assim, junto com as outras mudanças apontadas anteriormente, o texto fica muito mais próximo do apresentado em XI:55:

> de modo que seus olhos brilhavam como os olhos dos Valar [*a ser inserido depois de* "uma grande loucura de ira estava sobre ele"]
>
> lançava uma sombra sobre a estrela de Fingolfin [*a ser inserido depois de* "seu vasto escudo, negro e sem brasão"]

diante do rosto de seus Capitães [*substituindo* "diante de todo o seu povo e seus capitães"]

Morgoth lutou com um grande martelo, Grond, que empunhava como maça, e Fingolfin, com Ringil. Célere era Fingolfin e, evitando os golpes de Grond, de modo que Morgoth atingia não mais que o solo (e [a] cada golpe, um grande fosso se abria), infligiu a Morgoth sete feridas com sua espada, e os gritos de Morgoth ecoaram nas Terras do Norte. [*a ser inserido depois de* "como uma nuvem de tormenta"]

e enchia os fossos de Grond. Então Morgoth ergueu o corpo e estava a ponto de jogá-lo aos lobos [*a ser inserido no fim do texto*]

Há ainda uma nota feita a lápis, de modo muito apressado, sem indicação de que deveria ser inserida ali (mas ver XI:56):

Grandes lobos [?assediaram] Rochallor e ele escapou apenas por causa de sua velocidade, e correu até Hithlum e lá morreu.

Parte Dois

CORPO, MENTE E ESPÍRITO

Introdução

Como visto na Parte Um, e também em vários textos publicados em *Morgoth's Ring* (ver especialmente X:217–25), ao final da década de 1950, Tolkien ficara muito interessado na natureza e na relação entre espíritos (em quenya *fëar*) e corpos (quen. *hröar*) nos encarnados — isto é, seres como os Homens e os Elfos, que são, por natureza, uma união de um corpo material com uma alma criada imaterial. Como se verá aqui, a reflexão sobre corpos e espíritos, e o tópico de estreita relação acerca das mentes, continuou durante os últimos anos da vida de Tolkien, e seguiu por direções tanto metafísicas como mundanas: desde a natureza do ser e da identidade, a relação do livre-arbítrio com a presciência divina, a comunicação de pensamento e a maneira e o modo da reencarnação élfica, até os jogos de dedos das crianças élficas e a questão sobre quais raças e personagens tinham barbas ou não.

Ver-se-á ainda que a metafísica da Terra-média refletida aqui é firmemente católica: isto é, ela é claramente inspirada pela metafísica esposada por São Tomás de Aquino (esta mesma profundamente influenciada pela metafísica de Aristóteles), que desfrutou de uma dramática reafirmação pela Igreja Católica durante a juventude de Tolkien, com o Papa Leão XIII (cujo papado foi de 1878 a 1903). Conforme notoriamente dito por Tolkien, "*O Senhor dos Anéis* obviamente é uma obra fundamentalmente religiosa e católica" (C:172) [carta 142], uma afirmação que tem intrigado muitos críticos, pois tanto *O Senhor dos Anéis* como o legendário mais amplo de Tolkien são praticamente destituídos de referências a qualquer *cultus* religioso (que dirá a um sistema católico de ritos e adoração). Como espero que os textos apresentados aqui demonstrem, a palavra-chave na afirmação de Tolkien, com frequência ignorada como simplesmente enfática, é *fundamentalmente*: ou seja, em suas fundações, em sua natureza essencial. Nestes textos em particular, isso se vê mais claramente no comprometimento subentendido de Tolkien com o *hilomorfismo*: isto é, o ensinamento aristotélico-tomístico de que todos os seres materiais são, em última análise, uma união de uma *matéria primordial* criada, mas indiferenciada (em quenya, *erma*) com uma *forma* concedida por Deus (em termos tolkienianos aqui, um *padrão*, que dá a cada porção de *erma* a natureza e o molde da coisa que é). Esse caráter fundamentalmente católico também está refletido no comprometimento com a crença de que tudo, mesmo o próprio Morgoth, foi criado como *bom*, mas que, devido ao livre-arbítrio possuído por cada criatura dotada de uma mente racional, podia cair: como um Vala e vários Maiar, e os Homens como um todo, caíram; e que mesmo Manwë, tivesse ele forçado a sua própria vontade e julgamento acima dos de Eru, da mesma forma teria caído. Maiores discussões acerca dessas e de outras questões similares são fornecidas para o leitor interessado no Apênd. I.[a*]

[a] A natureza tomística da metafísica de Tolkien foi delineada detalhadamente — embora sem referência aos materiais presentes neste livro — por Jonathan S. McIntosh em sua importante monografia, *The Flame Imperishable: Tolkien, St. Thomas, and the Metaphysics of Faërie* [A Imperecível Chama: Tolkien, São Tomás e a Metafísica de Feéria] (Angelico Press, 2018).

1

Beleza e Bondade

Este texto contém uma seleção de notas etimológicas de Tolkien feitas provavelmente c. 1959–60.

Essas notas foram publicadas anteriormente em uma forma levemente distinta em *Parma Eldalamberon* 17 (2007), pp. 150, 162.

√*ban.* (relacionada a √*man*?) Esse radical parece originalmente ter se referido simplesmente à "beleza" — mas com a implicação de que se devia à *falta de defeito* ou *imperfeição*. Assim, quen. *Arda Vanya* "Arda Imaculada", *Arda Úvana* = Arda Maculada. *ilvanya, ilvana* "perfeito".

[Derivados:] quen. *Vána*, nome de uma Valië, a mais perfeitamente "bela" em forma e feições (também "sagrada", mas não augusta ou sublime), representando a perfeição imaculada natural de forma em seres vivos. *vanya*, belo, imaculado, de linda e inconspurcada forma etc. *vanima* (somente para seres vivos, especialmente Elfos e Homens) "belo". úvano, úvanimo, um monstro, criatura corrompida ou maligna. Sind. *bân* ou *bain*, formoso, bom, benéfico, favorável, *não* perigoso, maligno ou hostil.

√*man* "bom". Esse significado implica que uma pessoa/coisa é (relativa ou absolutamente) "imaculada": isto é, no pensamento élfico, não afetada pelas desordens introduzidas em Arda por Morgoth: e, portanto, de acordo com sua natureza e função.[1] Se aplicado à mente/espírito, é mais ou menos equivalente a moralmente bom; porém, aplicado a *corpos*, naturalmente se refere à *saúde* e à ausência de *distorções, danos, imperfeições* etc.

Derivados: ⋆Ámān: quen. *Aman* (*aman-*), sind. *Avon* "Estado Imaculado", especialmente aplicado às regiões ocidentais "imaculadas", das quais *Valinor* (morada dos Valar) fazia parte. *Manwë*,

nome em quenya do "Rei Antigo", Senhor dos Valar de *Aman*.
māna, qualquer coisa boa ou venturosa; um obséquio ou "bênção", uma *graça* (sendo especialmente usada para algo/pessoa/evento que auxilia ou corrige um mal ou dificuldade). (Ver. uma exclamação frequente ao se receber auxílio numa adversidade: *yé mána (ma)* = "que bênção, que coisa boa!") *manya-* "abençoar" (isto é, tanto para conceder uma graça ou ajuda como para desejá-la).

NOTAS

1 Ver O Mal (como Falta de Perfeição) no Apênd. I.

2

Gênero e Sexo

Este texto, encontrado entre os documentos linguísticos de Tolkien, dentro de um grupo grande de notas impressas da Allen & Unwin datadas do final de 1968, foi escrito numa letra legível com uma caneta de bico preta.

Gênero e Sexo

As línguas élficas não faziam distinção gramatical entre masculino e feminino. Assim, o pronome *se* significava "ele" ou "ela". Mas havia uma distinção entre *animado* e *inanimado*. *Animados* incluíam não apenas criaturas racionais ("pessoas falantes"), mas todos os seres que viviam e reproduziam suas espécies. A esses eram aplicados pronomes como *se* "ele/ela". *Inanimados* incluíam não apenas todos os objetos físicos reconhecidos ou considerados como coisas distintas, como "rio, montanha", ou substâncias como metal, pedra, ouro, mas também partes de corpos, sejam de formas vivas, mortas, ou mesmo consideradas como partes ou órgãos analisáveis de um todo vivo: como *perna*, *olho*, *orelha*, *mão*, *braço*, *cabeça*, *chifre*, *carne*, *sangue*, *flor*, *semente*, *raiz*, *talo*, *tentáculo*, *pele*, *couro*, *cabelo* etc. Também incluíam todas as abstrações gramaticais, como *pensamento*, *ato*, *feito*, *cor*, *forma*, *sentimento*, *visão*, *humor*, *tempo*, *lugar*, *força*, *vigor* etc.

NB: Nisso não estavam inclusos *mente* ou *espírito* quando considerados ou mencionados como algo integral e atribuídos a uma criatura racional. Havia várias palavras em quenya que possuíam esses sentidos, mas aquelas consideradas apenas como funções ou operações da "alma-mente" individual eram agrupadas com todas as outras "abstrações" na classe dos inanimados. Os órgãos do corpo, tais como "coração", nunca eram usados para ou como a "sede" do pensamento, da sabedoria, de sentimentos ou emoções;

mas isso pode ter se dado devido a reflexões e análises posteriores. O órgão físico "coração" possuía a base **khom* (quen. *hón*, *hom*), que, nos registros em quenya, não era usada para sentimentos; mas um derivado antigo **khomdō* (quen. *hondo*) era usado com frequência como (a sede dos) sentimentos mais profundos, tais como piedade ou ódio, em paralelo a **ōre* "mente mais interior" e a região de pensamento profundo, onde também a inspiração ou "orientação" era recebida.[1] Em *O Senhor dos Anéis*, esse termo foi traduzido como "coração", como em "meu coração me diz" etc. Ver o adjetivo de Barbárvore aplicado aos Orques, *sincahonda* "empedernidos".[a2] *hondo* provavelmente foi influenciada em formação por **indō* (provavelmente < **im-dō* "o eu, ser mais íntimo" (considerado como referência ao centro da "razão"), muito similar a **ōre*. (**ōre não tinha relação com* √OR/RO "subir, erguer(-se)", mas vinha de √GOR "profundo", vista no quen. *orda* "profundo"; ver sind. *gorð* "pensamento profundo", *gœria* "ponderar".)

Em frases como: "A mente de A era sábia/boa, ela raramente errava", *ela* seria *se* (animado), e não faria diferença para o sentido caso essa palavra fosse traduzida como "ele" e considerada como uma referência a A.

NOTAS

1 Para mais informações sobre o quen. órë, ver o cap. 10, "Notas acerca de *Órë*", adiante.

2 Uma nota datilografada aparentemente contemporânea entre os escritos linguísticos de Tolkien diz o seguinte:

> Eld. com. **khōn-*, *khond-* era usado somente para o coração físico, e este não era considerado, nem se supunha que fosse, um centro das emoções ou dos pensamentos. Assim, quando Barbárvore usa os adjetivos *morimaitë*, *sincahonda* "[de] mão negra, empedernidos" para os Orques, os dois tinham referências físicas — como de fato tinham todos os outros adjetivos, o que quer que pudessem sugerir com relação às mentes e caracteres órquicos. *Sincahonda* fazia referência à sua imensa resistência ao fazer esforços físicos, marchar, correr ou escalar, o que deu origem à afirmação trocista de que seus corações deviam ser feitos de alguma substância extremamente dura; não significava

a Em inglês, *flint-hearted*, que poderia ser traduzido literalmente como "de coração duro como pedra". [N. T.]

impiedoso. O último adjetivo, "sanguinários"[b] (*serkilixa*), também era literal: os Orques realmente bebiam o sangue de suas vítimas. Uma palavra composta de um tipo similar com o significado de "cruel, impiedoso" teria sido *ondórëa* em quenya.

[b] Em inglês, *blood-thirsty*, que poderia ser traduzido literalmente como "sedentos de sangue". [N. T.]

3

Mãos, Dedos e Numerais Eldarin

Os três textos apresentados aqui foram retirados do material publicado (em forma editada levemente distinta) como *Eldarin Hands, Fingers and Numerals* [Mãos, Dedos e Numerais Eldarin] em *Vinyar Tengwar* 47–8 (2005).[1]

Nesta apresentação, o espaço entre parágrafos indica onde um texto intermediário de natureza mais linguística ou técnica de modo geral não foi incluído.

Texto 1

O primeiro texto foi composto em uma máquina de escrever nos lados em branco de folhas impressas da Allen & Unwin, uma das quais é uma nota de publicação datada de jan.–fev. de 1968, o que fornece uma data de composição aproximada. O texto datilografado consiste em nove páginas, numeradas por Tolkien à tinta como 1–5, 6A, 6B, 7A e 7B (as páginas 6B e 7B são versões revisadas de 6A e 7A). O texto datilografado em si possui apenas o título "Mãos E." escrito à tinta no alto da primeira página. O título por extenso, "Mãos, Dedos e Numerais Eldarin", aparece em um pedaço de cartolina colocado antes da primeira página do texto datilografado, e foi adotado aqui como um título apropriado para esse conjunto de textos.

As Palavras para *Mão*

Os Eldar consideravam a mão como sendo de grande importância pessoal, atrás apenas da cabeça e do rosto. O eldarin comum possuía diversas palavras para essa parte do corpo. A mais antiga (provavelmente) e a que detinha um sentido geral e não especializado — referindo-se à mão inteira (incluindo o pulso) em qualquer atitude ou função, provavelmente tinha a forma eldarin comum primitiva **maʒa*, um radical propriamente dito para o sentido de "mão" e que não possuía outro significado. Ele podia estar relacionado (embora isso, naturalmente, seja apenas uma conjectura) ao eld. com. MAGA, um radical com o significado de "bom" — mas sem referências morais, exceto por implicação: isto é, não era o oposto de "maligno, perverso", mas de "ruim (danificado, imperfeito, inadequado, inútil)", e o radical adjetival derivado, **magrā*, significava "bom para um propósito ou função, conforme necessário ou desejado, útil, apropriado, adequado".

O eldarin comum possuía uma base KWAR "pressionar um contra o outro, apertar, torcer". Um derivado era **kwārā*: quen. *quár*, tele. *pār*, sind. *paur*. Pode ser traduzido como "punho", embora o seu principal uso fosse em referência à mão cerrada como na utilização de um utensílio ou ferramenta em vez de ao "punho" usado para desferir um soco. Ver o nome *Celebrin-baur* > *Celebrimbor* ["Punho-de-prata"]. Essa era uma forma sindarinizada do tele. *Telperimpar* (quen. *Tyelpinquar*). Era um nome frequente entre os Teleri que, além da navegação e da construção de navios, também eram renomados como artífices de prata. O famoso *Celebrimbor*, defensor heroico de Eregion na guerra da Segunda Era contra Sauron, era um Teler, um dos três Teleri que acompanharam Celeborn no Exílio.[2] Ele era um grande artífice de prata, e foi para Eregion atraído pelos rumores do maravilhoso metal encontrado em Moria, a prata-de-Moria, à qual deu o nome de *mithril*. No trabalho desse metal, tornou-se um rival dos Anãos, ou antes um igual, pois havia grande amizade entre os Anãos de Moria e Celebrimbor, e eles compartilhavam suas habilidades e segredos de ofício. Da mesma maneira, *Tegilbor* era usado para alguém habilidoso com caligrafia (*tegil* era uma forma sindarinizada da palavra em quen. *tekil* "pena", desconhecida dos Sindar até a chegada dos Noldor). No eldarin comum e em idiomas derivados, o **kwāra* também era usado como um símbolo de poder e autoridade.

O eldarin comum também possuía uma palavra **palatā*, um derivado do radical eldarin comum PAL, "estendido": *palat*, *palan-* "amplo, estendido" (originalmente também com a implicação de que a área era mais ou menos plana e nivelada, sem empecilhos ao movimento ou à visão). Ver quen. *palan*, adv. "em toda parte"; *palda* "vasto, largo" (< **palnā*). **palátā*, quen. *palta*, tele. *plata*, sind. *plad* significava "a palma da mão, a mão erguida para o alto ou para frente, estendida e esticada (com os dedos e o polegar fechados ou abertos)". Essa atitude possuía vários significados importantes como gestos nos costumes eldarin (quen. *Mátengwië*, "linguagem das mãos"). Uma mão com a palma voltada para cima era um gesto de um receptor, ou de alguém pedindo uma dádiva; as duas mãos estendidas dessa forma indicavam que o indivíduo estava a serviço ou ao comando de outra pessoa. Uma mão com uma palma voltada para frente[a] na direção de outra pessoa era um gesto de proibição, exigência de silêncio ou o interrompimento ou cessação de qualquer ação; proibição de avanço, ordem de retirada ou de partida; rejeição de uma súplica.[b] O gesto do Dúnadan, Halbarad LR, III, 47),[3] portanto, não era um sinal élfico, e teria sido mal recebido por eles. Nessa situação, o gesto deles era abrir os braços amplamente, um pouco abaixo do nível dos ombros, com as palmas para fora: nesse caso, como no gesto dos Homens, a palma aberta significava "sem armas", mas o gesto élfico acrescentava "em nenhuma das mãos".[c] A abertura dos dedos modificava o significado. O gesto de um receptor ou de um questionador, caso os dedos e o polegar estivessem abertos, indicava aflição e urgência de necessidade ou pobreza. O gesto de proibição da mesma maneira tornava-se mais hostil e ameaçador, indicando que, se a ordem não fosse imediatamente obedecida, força ou armas seriam usadas.

Esquerda e Direita

Nenhuma distinção era percebida entre a direita e a esquerda pelos Eldar. Não havia nada de estranho, agourento (sinistro), fraco

[a] Na altura do ombro ou mais alta. O levantamento acrescentava ênfase.

[b] De maneira que uma mão nunca era erguida desse modo como saudação ou boas-vindas. Em tal caso, a mão era erguida com a palma para trás e, para ênfase, com movimento dos dedos na direção de quem estava fazendo o sinal. Numa saudação casual, de passagem, quando não se desejava falar, a mão era erguida com a lateral para frente, com ou sem movimento dos dedos.

[c] Necessariamente do ponto de vista deles, visto que os Eldar não faziam distinção entre as mãos e suas operações: ver adiante em Esquerda e Direita. O gesto de Halbarad foi feito com a mão direita.

ou inferior com relação à "esquerda". Nem algo era mais correto ou apropriado (direito), de bom presságio ou honroso com relação à "direita".[d] Os Eldar eram "ambidestros", e a alocação de diferentes serviços ou deveres habituais à direita ou à esquerda era uma questão puramente individual e pessoal, e não era guiada por qualquer hábito racial geral herdado.[4] Um Elda geralmente podia escrever com qualquer uma das mãos; se escrevia com a esquerda, ele começava pelo lado direito, se com a direita, pelo lado esquerdo — porque os Eldar achavam mais conveniente a mão que escrevia não estar propensa a cobrir o que fora escrito imediatamente antes da letra com a qual estava ocupada.[e][5]

Ao se fazer os gestos descritos anteriormente, qualquer uma das mãos era usada sem mudança de significado. Fazê-los com ambas era mais enfático, indicando que o gesto expressava uma ordem de uma comunidade ou grupo inteiro, ou de um rei ou autoridade por meio de um arauto ou subordinado. Cada uma das imagens de pedra das Argonath tinha uma mão erguida, com a palma para frente, mas era a mão esquerda (SdA, SA, 409).[6] Era um gesto dos Homens: a mão esquerda era mais hostil; e seu uso permitia exibir, na mão direita, uma arma: um machado.

---

[d] Uma substituição instrutiva ou "fomentada" para a palavra mais antiga, germ. tehs-, tehswa- (i.-e. [indo-europeu] deks- como no latim dexter), que foi preservada apenas no gótico e no a.-al. ant. [alto-alemão antigo], exceto precariamente em topônimos como a ilha Texel: no qual o significado pode ser sido o de "sul". Esse uso de "direita" como sul é encontrado no sânscrito, e é usual no celta; mas é secundário e devido à consideração dos pontos cardeais a partir de uma posição voltada para o Leste (o sol nascente). O radical i.-e. deks- provavelmente de fato tinha ligação com o radical dek- "direito, apropriado, bom, adequado", familiar em empréstimos ingleses do latim: decent [decente], decorous [decoroso] etc.

[e] Mas a escrita era um caso especial. Por questões de economia e clareza, era desejável que cada letra tivesse uma forma padrão. Fëanor elaborara as suas tengwar com formas mais convenientes para a mão direita, e eram consideradas como as formas "corretas"; consequentemente, as tengwar normalmente eram escritas a partir da esquerda com a mão direita, especialmente em livros e documentos públicos. Caso fossem escritas com a esquerda (como era costumeiro em cartas ou registros particulares), as tengwar eram invertidas, e ficavam corretas em um espelho. Nas "runas", de formas e arranjos posteriores e mais elaborados, a inversão tornou-se significativa, e não havia diferença em conveniência para nenhuma das mãos. Eram escritas (ou entalhadas) em qualquer uma das duas direções, ou de modo alternado.

Em outro lugar entre os papéis de Tolkien encontra-se esta frase (que ele escreveu tanto em quenya como em inglês), que detalha esse conceito da ambidestria élfica:

Os Elfos eram ambidestros; consequentemente, a mão esquerda não lhes era maligna em suas imaginações. Pelo contrário. Pois ao se virar o rosto para o Oeste, como era costumeiro, a mão esquerda apontava para longe de Melkor (no Norte) e, ao se virar para o Norte, ela apontava na direção de Aman (a Terra Abençoada).[7]

Os dedos

Em quenya, os dedos eram chamados, a partir do polegar: *nápo* "polegar"; *lepetas* "primeiro dedo ou indicador"; *lepenel* ou *lepende* "dedo médio"; *lepekan* "quarto dedo"; *lepinka* "dedo mínimo".

Em brincadeiras de criança, os nomes dados (aos quais várias histórias estavam ligadas) eram: *atto*/*atya*; *emme*/*emya*; *tolyo* ou *yonyo*; *nette* ou *selye*; *wine* ou *winimo*: isto é, "papai", "mamãe", "saliente" ou "meninão", "menina" ("filha"), "bebê". Os dedos das mãos e dos pés eram chamados *tille* (pl. *tilli*) "pontas"; ou eram diferenciados como *ortil(li)* "ponta(s) de cima" e *nútil(li)* "ponta(s) de baixo". Os mesmos nomes lúdicos *ataryo*/*taryo* etc. podiam ser dados aos dedos dos pés.

Em linguagem comum, "dedo do pé" era *taltil* (pl. *taltilli*); o dedão era *taltol* ou *tolbo*, e os outros dedos não possuíam nomes especiais, mas eram contados a partir do dedão.

Nos dias primitivos, antes da Grande Jornada, enquanto a formação do eldarin comum estava ocorrendo, brincadeiras com as mãos e a nomeação dos dedos acompanharam a nomeação dos numerais (aqueles acima de 2). A mão era o instrumento de contagem primitivo.[f] No primeiro estágio, uma mão era usada como uma unidade de grupo, e nomes foram elaborados para suas proeminências individuais. Posteriormente, ambas as mãos eram dispostas com as pontas dos polegares se tocando.

[f] Muito mais tarde, mas antes do término do período do eldarin comum, os Eldar, deixando para trás os primórdios com relação à mão, elaboraram uma contagem em seis e dúzias, que usavam em todos os cômputos mais elaborados; mas, no uso coloquial e diário, muitos dos termos decimais permaneceram em uso.

Texto 2

O segundo texto foi retirado de um grupo de páginas manuscritas feitas em uma letra bastante legível com uma caneta de bico preta, e colocado logo após o texto 3, adiante. Contudo, evidências linguísticas internas (não detalhadas aqui) demonstram que foi escrito antes do texto 3.

O radical do numeral eldarin comum para 9 era *neter*, que se assemelha ao nome lúdico em quenya para o 4º dedo (na contagem eldarin): *nette,* o qual, quando se exibe as 2 mãos com os polegares para dentro, o 9º da E ou da D. O nome era antigo o bastante para aparecer em formas relacionadas no tele. *nette*, *nettica*, e no sind. *netheg*. A semelhança foi notada pelos antigos mestres-do-saber (que citam as formas telerin não registradas de outra maneira); mas foi rejeitada como fortuita, pois *nette* possuía um sentido adequado apenas às brincadeiras de mãos infantis nas quais os dedos eram representados como uma família ou duas famílias de vizinhos: significava "menina", mas era um diminutivo "familiar" coloquial de uma base eldarin comum NETH (*não* NET) "mulher".[g][8]

O tratamento primitivo dos dedos numericamente era mais antigo do que os nomes lúdicos personalizados, embora estivessem interligados. No tratamento numérico, conforme a lista numérica era preenchida, *nete* vinha antes de 5, ou 10: um além do dedo médio proeminente. Na série primitiva de nomes lúdicos, "pai" (polegar) e "mãe" (indicador) eram certamente os mais velhos, os outros sendo apenas "crianças", embora o notável dedo mínimo tivesse recebido possivelmente cedo um nome = "bebê". Foi aqui que a semelhança entre *net(e)* e *nette* tornou-se efetiva: *nete* "um além do médio" e antes do final da contagem tornou-se *nette* "menina/filha", e, assim, fez com que **tolya* "proeminente" se tornasse masculino e gerasse para si a variante definida *selye* "filha", e, para *tolyo*, a variante *yonyo* "filho": e a família ficou completa.

---

[g] *nette* significava "menina aproximando-se da fase adulta" (na sua "adolescência": o crescimento das crianças élficas após o nascimento era um pouco mais lento, se o era de todo, do que o das crianças dos Homens). O radical eldarin comum (*wen-ed*) *wendē* "donzela" aplicava-se a todos os estágios até a adultícia (até o casamento).

TEXTO 3

Este texto encontra-se em três lados manuscritos, colocado imediatamente após o texto 1, ao qual é estreitamente contemporâneo. Foi escrito numa letra legível com caneta de bico preta, e numerado de (i)–(iii) por Tolkien. Como o texto 1, o manuscrito encontra-se nos lados em branco de folhas impressas da Allen & Unwin, uma das quais é uma nota de publicação datada de jan.–fev. de 1968.

Os dedos. Os 5 "dedos" incluíam o *polegar*. Sua nomeação é de considerável interesse, uma vez que está ligada ao desenvolvimento dos *numerais* 1–10, a base do sistema decimal eldarin, e, além disso, nos "nomes lúdicos" ela fornece um vislumbre das crianças eldarin que as lendas e histórias não propiciam.

Os números 1 e 2: *um* (sozinho, ou primeiro) e *dois* (outro, ou o próximo) eram provavelmente os mais antigos e não necessariamente em origem ligados aos dedos: embora o *polegar*, maior, diferente em forma e função dos outros, e capaz de ser estendido de lado, de modo que fica sozinho e distinto, ao mesmo tempo em que também pode ser colocado ao lado dos dedos mais delgados e ser o primeiro de uma série, seja eminentemente adequado para o desenvolvimento de dois radicais de palavras distintos: (a) um, só, sozinho e (b) um, primeiro.[h]

Quando as mãos eram usadas para auxiliar na contagem (e para ensinar como contar), elas eram estendidas com os polegares se tocando. A contagem, e a nomeação, prosseguia então do polegar ao dedo mínimo (em qualquer direção) e, retornando ao meio, continuava a partir do segundo polegar. Dessa forma, cada nome ocorria duas vezes; e no cômputo de duas mãos possuía dois lugares numéricos, o segundo sendo + 5. Portanto, uma ligação entre numerais distantes entre si por cinco unidades, como 3 e 8, não seria surpreendente — na medida em que possa ser demonstrado que os numerais possuem relações etimológicas com os nomes dos dedos que ocorrem nos lugares apropriados.[i]

---

[h] No entanto, os nomes registrados de fato do polegar e do dedo indicador não possuem relação com os numerais para um e dois.

[i] Tal ligação é vista no caso de 3 e 8; enquanto 5 está certamente relacionado com as palavras para "dedo".

O seguinte relato é um resumo de um documento curioso, preservado nos arquivos de Gondor por estranho acaso (ou por muitos acasos similares) desde os Dias Antigos, mas em uma cópia aparentemente feita em Númenor não muito antes da queda: provavelmente pelo próprio Elendil, ou por ordens dele, ao selecionar os registros que esperava armazenar para a jornada à Terra-média. Esse relato sem dúvida deve a sua seleção e cópia primeiro ao próprio amor de Elendil pelas línguas eldarin e pelas obras dos mestres-do-saber que escreviam sobre sua história; mas também ao conteúdo incomum deste tratado em quenya: *Eldarinwe Leperi are Notessi*: Os Dedos e Numerais Élficos. É atribuído, pelo copista, a *Pengoloð* (ou *Quendingoldo*) de Gondolin,[j] e ele descreve os nomes lúdicos élficos dos dedos conforme usados pelas crianças e ensinados a elas.

Os dedos. Os 5 "dedos" incluíam o *polegar*. A palavra eldarin comum para "dedo" era *leper*, pl. *leperī*: quen. tele. *leper*, pl. ī; sind. *leber*, *lebir*.

Estes eram nomeados a partir do polegar (1) ao dedo mínimo (5): (a) em quenya 1. *nápo*, 2. *tassa*, *lepetas*, 3. *lepenel*, 4. *lepente* ou *lepekan*, 5. *níke* ou *lepinke*; (b) em telerin 1. *nāpa*, 2. *tassa*, 3. *i nellepe*, 4. *nente*, 5. *nīke*; (c) em sindarin 1. *nawb*, 2. *tas* ou *lebdas*, 3. *lebeneð*, 4. *lebent*, 5. *niged* ou *lebig*. Além disso, havia uma formação dual que nomeava o polegar e o indicador como um par: quen. *nápat*, tele. *nāpat*, sind. *nobad*.

Na brincadeira de mãos das crianças, cada mão era considerada uma "família" de 5: pai, mãe, irmão, irmã e pequeno, ou bebê. Sobre essa família e suas relações familiares — e também, quando as duas mãos eram justapostas, sobre suas relações com a família vizinha — histórias eram inventadas, algumas transmitidas tradicionalmente e outras, com frequência, improvisadas. Havia mais

[j] Considerado o maior dos Lambeñgolmor (mestres-do-saber linguísticos) antes do fim dos Dias Antigos, tanto por talento como por oportunidade, uma vez que ele próprio sabia quenya (vanyarin e noldorin) e telerin e preservava em uma memória notável até mesmo entre os Eldar as obras (especialmente sobre etimologia) dos antigos mestres-do-saber (incluindo Fëanor); mas também, como Exilado, fora capaz de aprender sindarin em suas variedades, e nandorin, e tinha algum conhecimento de khuzdûl em sua forma arcaica conforme usado nas habitações dos Anãos nas Ered Lindon.

variações nesses do que nos nomes adultos, mas os seguintes nomes eram os mais conhecidos:

1. (polegar) quen. *atto*, *atya*; 2. *emme*, *emya*; 3. *tollo* ou *hanno*; 4. *nette*; 5. *wine* ou *winimo*, *win(i)ke*.
2. tele. *atta(ke)*; 2. *emme(ke)*; 3. *tolle* ou *hanna(ke)*; 4. *nette* ou *nettike*; 5. *winike* (*winke*, *pinke*).
3. sind. *atheg*; 2. *emig*; 3. *tolch*, *toleg*, *honeg*; 4. (*neth*), *nethig*; 5. *niben*, *gwinig*.

NOTAS

[1] Ver também IV:187, onde a explicação do nome de Mablung com o significado de "com mão pesada" é citada a partir deste material.

[2] Quanto à implicação aqui de que Celeborn era ele próprio um Teler exilado, ver CI:315–16.

[3] Isto é, RR:1125.

[4] Tolkien originalmente não concebeu os Elfos como ambidestros. Os *Léxicos Qenya* e *Gnômico* mais antigos explicitamente retratam a mão esquerda como canhestra, a direita como hábil: quen. *lenka* "lento, moroso, rígido; esquerda (mão)" e *malenka* "canhoto", gnôm. *gôg* "canhestro; esquerda (mão)". A predominância da mão direita ainda é evidente no *Etimologias* tardio, que inclui o quen. *formaite* "destro, hábil". Também está implícita na história de Maedhros, que, após perder a mão direita ao ser resgatado por Fingon das Thangorodrim, "viveu para empunhar sua espada com a mão esquerda de modo mais mortal que com a direita" (V:252). Mesmo na versão mais tardia dessa história nos "Anais Cinzentos" (escrita no início da década de 1950), que simplesmente observa que "Dali em diante, Maidros empunhou sua espada na mão esquerda" (XI:32), o simples fato de isso ser mencionado sugere que o feito era de alguma forma notável ou incomum.

[5] O próprio Tolkien tentou algumas vezes essa prática de escrever da direita para a esquerda em *tengwar* espelhadas. Dois exemplos estão reproduzidos aqui:

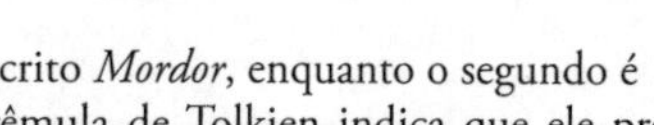

No primeiro está escrito *Mordor*, enquanto o segundo é *Tindómrl* (isto é, *Tindómerel*). A letra trêmula de Tolkien indica que ele provavelmente escreveu essas inscrições em *tengwar* com a mão esquerda.

[6] Isto é, SA:552.

[7] Ver a afirmação no Apênd. E de *O Senhor dos Anéis* de que as tengwar 17 *númen* "oeste", 33 *hyarmen* "sul", 25 *rómen* "leste" e 10 *formen* "norte" "comumente indicavam os pontos O, S, L, N, mesmo em línguas que usavam termos bem diferentes. Nas Terras Ocidentais, eram mencionados nesta ordem, começando pelo oeste e de frente para ele: *hyarmen* e *formen*, na verdade, significavam

região da esquerda e região da direita (o contrário do arranjo de muitas línguas humanas)" (RR:1600).

8 Essa nota é interessante por mostrar que o esquema ao qual Tolkien chegou por fim nos textos de "Tempo e Envelhecimento", em que os Elfos amadureciam de forma apenas um pouco mais lenta do que os Homens, persistiu pelo menos até os últimos anos da década de 1960. Ver o cap. 16, "Nota sobre a Juventude e o Crescimento dos Quendi", de c. 1959, na Parte Um deste livro, em que a gestação élfica se dá em um ano solar e o crescimento prossegue na mesma velocidade que o dos Homens até se chegar à maturidade com 24 anos solares; mas ver também o cap. 18, "Idades Élficas e Númenóreanas", de 1965, também na Parte Um, em que a gestação é de 3 anos solares e o crescimento até a maturidade ocorre numa proporção de 3 : 1 anos solares em comparação aos Homens.

4

Cabelos

Este texto encontra-se em meio a notas "que explicam nomes revisados na genealogia", e foi datado "dez. de 1959" por Tolkien (ver XII:359, n.26). Foi escrito numa letra legível com caneta de bico preta. Essas notas são, em sua maioria, linguísticas e etimológicas, mas uma passagem que diz respeito a palavras relacionadas a "cabelos" fornece certos detalhes que são relevantes aqui.

Ingwë tinha cabelos dourados ondulados. Finwë (e Míriel) tinham cabelos escuros longos, assim como Fëanor e todos os Noldor, salvo por casamentos mistos que não ocorriam com frequência entre clãs, exceto entre os chefes, e mesmo assim somente após se assentarem em Aman. Apenas o segundo filho de Finwë com Indis tinha cabelos claros,[a] e isso de modo geral permaneceu característico de seus descendentes, notadamente Finrod. Elwë e Olwë tinham cabelos muito claros, quase brancos. Melian tinha cabelos escuros, assim como Lúthien.

Este é um lugar conveniente para apresentar uma nota datilografada tardia (1969) encontrada em outro lugar entre os papéis linguísticos de Tolkien:

Base √ÑAL "brilhar, cintilar", sempre com referência a uma radiância refletida em uma superfície brilhante. Como no nome *Gil-galad* "estrela de radiância" dado a Finwain, último Alto Rei dos Eldar, por causa da radiância de seus cabelos, armadura e escudo prateados que, diz-se, podiam mesmo ao luar ser vistos a muitas léguas de distância. A mesma palavra ocorre no nome *Galadriel* (parenta de Finwain), "senhora da coroa radiante", com referência ao brilho de seus cabelos dourados.

[a] Isto é, Finarfin, pai de Finrod Felagund.

5

Barbas

Este texto encontra-se entre os "Últimos Escritos", os quais Christopher Tolkien datou como sendo do último ano de vida de seu pai (ver XII:377), logo, 1972–73. Ele ocupa duas páginas e meia e foi escrito numa letra levemente apressada com caneta de bico preta. Christopher fez referência ao texto em *Contos Inacabados*, com uma breve citação, pp. 336–37.

Barbas

Um relato destas e do fato de que a raça élfica era imberbe, de modo que isso também se tornou uma marca de uma linhagem élfica em certas famílias reais de ascendência númenóreana.

Uma carta foi enviada a Patricia Finney (9 de dez./72), em resposta a uma pergunta sobre *barbas*, que mencionava alguns dos personagens masculinos que ela e uma amiga não imaginavam como barbados.[a][1] Respondi que eu mesmo imaginava Aragorn, Denethor, Imrahil, Boromir e Faramir como imberbes. Isso, falei, eu supunha que se devesse *não* a qualquer costume de *se fazer a barba*, mas a uma característica racial. Nenhum dos Eldar tinha qualquer barba, e essa era uma característica racial de todos os Elfos no meu "mundo".[2] Qualquer elemento de uma linhagem élfica em ascendências humanas era muito dominante e duradouro (desaparecendo

[a] Quando pensei bem a respeito, na minha própria imaginação não se encontravam barbas entre os Hobbits (como afirmado no texto); nem entre os Eldar (não afirmado). Todos os Anãos homens as tinham. Os magos as tinham, embora Radagast (não afirmado) tivesse apenas fios curtos encaracolados castanho-claros no queixo. Os Homens normalmente tinham barbas quando atingiam a idade adulta, logo, Eomer, Theoden e todos os outros nomeados. Mas não Denethor, Boromir, Faramir, Aragorn, Isildur, ou outros chefes númenóreanos.

apenas lentamente — como pode ser visto nos Númenóreanos de ascendência real, também na questão da longevidade).[3] As tribos de Homens das quais os Númenóreanos descendiam eram normais e, por isso, a maioria deles teria barbas. Mas a casa real era *meio-élfica*, pois possuía duas linhagens da raça élfica em sua ascendência através de Lúthien de Doriath (sindarin real) e Idril de Gondolin (noldorin real). Os efeitos eram de longa duração: por exemplo, em uma tendência a ter uma estatura um pouco acima da média, a uma maior (embora constantemente decrescente) longevidade, e provavelmente mais duradouros na ausência de barba. Assim, nenhum dos chefes númenóreanos que descendiam de Elros (quer reis ou não) seria barbado. Afirma-se que Elendil descendia de Silmariën, uma princesa real.[b][4] Dessa forma, Aragorn e todos os seus ancestrais eram imberbes.

A questão de Denethor e seus filhos não é tão clara. Mas expliquei isso ao me referir às observações de Gandalf acerca de Denethor: de que, "por algum acaso", o sangue númenóreano era quase "puro" nele[5] — o que significava que, devido a algum evento na linhagem de Denethor que Gandalf não investigara,[6] ele possuía essa marca de ascendência essencialmente "real". Esse "acaso", eu disse, seria visto no fato de que Húrin, o Primeiro Regente (de quem Denethor descendia diretamente), deve ter sido um *parente* do Rei Minardil (ver *The Return of the King*, 319, 332, 333),[7] isto é, de ascendência real, em última análise, embora não próximo o bastante em parentesco para que ele ou seus descendentes reivindicassem o trono. Não fiz, mas poderia ter feito, as seguintes observações. Os Reis de Gondor sem dúvida tiveram "regentes" desde tempos remotos, mas estes eram apenas oficiais menores, encarregados da supervisão dos salões, casas e terras do Rei. Porém, a designação de Húrin de Emyn Arnen, um homem de alta raça númenóreana, foi diferente. Ele era evidentemente o principal oficial a serviço da coroa, primeiro-conselheiro do Rei e, com a sua nomeação, detentor do direito de assumir uma posição vice-régia e de auxiliar na determinação da escolha do herdeiro do trono, caso este ficasse vago durante o seu mandato. Essas funções todos os seus descendentes herdaram.

---

[b] Que, caso a lei tivesse sido mudada na sua época, teria se tornado rainha, e Elendil provavelmente teria sido Rei de Númenor.

Também se pode notar que eles possuíam nomes em *quenya*,[c][8] o que há muito havia sido um privilégio apenas daqueles de ascendência real comprovada.

No caso de Faramir e Boromir, outra "linhagem" aparece. A mãe deles era Finduilas (outro nome do "Silmarillion"), filha de Adrahil de Dol Amroth e irmã do Príncipe Imrahil. Mas essa linhagem também tinha um traço élfico especial de acordo com suas próprias lendas, como claramente mencionado no texto (*The Retun of the King*,148).[9]

O povo de Belfalas (Dol Amroth) era principalmente númenóreano em origem, descendentes de colonizadores antes da divisão do povo ou da armada de Ar-Pharazôn. Consequentemente, usavam com frequência nomes adûnaicos númenóreanos, uma vez que o uso desses nomes na época ainda não estava ligado à rebelião contra Eru. Mas, como mostra a menção a Nimrodel feita por Legolas, havia um antigo porto élfico perto de Dol Amroth, e lá existia uma pequena povoação de Elfos Silvestres de Lórien.[10] A lenda da linhagem do príncipe era que um de seus ancestrais mais remotos se casara com uma donzela-élfica: em algumas lendas fora de fato (evidentemente com pouca probabilidade) a própria Nimrodel; com maior probabilidade, em outros contos, era uma das companheiras de Nimrodel que se perdeu nas ravinas no alto das montanhas.[11]

De qualquer forma, não imagino Imrahil como barbado.

---

[c] Notavelmente, Húrin não é um desses nomes, mas, por ser originalmente o nome do mais renomado em lendas da Casa de Hador (da qual, pelo lado masculino, os Reis descendiam), era considerado de igual valor. Não está claro por que após Mardil Voronwë os nomes em quenya foram abandonados; mas é provável que tenha sido simplesmente uma parte do ritual de "humildade" dos Regentes Governantes, como jamais se sentarem no trono, não usarem coroa ou cetro, e terem um estandarte sem emblema, e exercerem o cargo somente "em nome do Rei, até que este retorne". Digo "ritual" porque era impossível que algum Rei retornasse, a não ser que fosse um descendente de Elendil a partir de Isildur, e não de Anárion. Contudo, de Pelendur em diante, os Regentes Governantes estavam determinados a não receber qualquer pretendente do tipo, permanecendo governantes supremos de Gondor. Seja como for, é possível observar que, embora nomes em quenya não fossem usados, os que eram usados eram provavelmente todos os nomes de heróis renomados nas linhagens reais de antigamente conforme registradas nas lendas. Alguns podem vir de histórias agora perdidas; mas Húrin, Túrin, Hador, Barahir, Dior, Denethor, Orodreth, Ecthelion, Egalmoth e Beren são de lendas registradas.

NOTAS

[1] É dito que os Hobbits são imberbes no Prólogo de *O Senhor dos Anéis* (SA:40).

[2] No entanto, alguns anos antes Tolkien escrevera (VT41:9) que: "Os Elfos não possuíam barbas até entrarem no seu terceiro ciclo de vida. O pai de Nerdanel [ver XII:365–66, n. 61] era excepcional, por estar apenas no início do seu segundo." E, em todo caso, em *O Senhor dos Anéis* é dito que Círdan, o Armador, "Era muito alto, e sua barba era longa" (RR:1463).

[3] Quanto à longevidade dos Númenóreanos, ver o cap. 18, "Idades Élficas e Númenóreanas", na Parte Um deste livro, assim como os caps. 11, "Vidas dos Númenóreanos", e 12, "O Envelhecimento dos Númenóreanos", na Parte Três.

[4] Tar-Aldarion, que teve apenas uma filha, Ancalimë, em algum momento antes do final do reinado em SE 1075, mudou a lei númenóreana de sucessão "de modo que a filha (mais velha) do Rei haveria de lhe suceder caso ele não tivesse filhos homens" (CI:299). Isso se deu muito tempo depois do nascimento de Silmariën em SE 521 (CI:299, 306 n. 4).

[5] Ver RR:1105.

[6] Tolkien aqui substituiu "descobrira" por "investigara".

[7] Isto é, RR:1475, 1495–96.

[8] Sobre "*em nome do Rei*, até que este retorne", ver RR:1495.

[9] Isto é, RR:1255–56.

[10] Ver SA:481–84.

[11] Christopher Tolkien citou essa passagem (em uma forma editada um pouco diferente) em CI:337.

6

Descrições de Personagens

Em 1970, a Allen & Unwin publicou um *Map of Middle-earth* [Mapa da Terra-média] em tamanho de pôster, feito pela artista Pauline Baynes e baseado naquele incluído em *O Senhor dos Anéis*. No mapa em si, há uma série de vinhetas que retratam vários locais importantes para a história, como as Colinas-dos-túmulos e Minas Tirith; e, acima e abaixo do mapa propriamente dito, Baynes retratou os membros da Sociedade do Anel, os Cavaleiros Negros, Gollum, Laracna e outros inimigos do Oeste. Ao ver a arte concluída, Tolkien escreveu uma série de comentários sobre essas representações de lugares e personagens. Alguns desses comentários são apreciativos: por exemplo, Tolkien achou quatro das vinhetas — a saber, aquelas retratando os Dentes de Mordor, as Argonath, Barad-dûr e Minas Morgul — particularmente bem executadas, e as descreveu como de acordo "notavelmente com a minha própria visão [...] *Minas Morgul* é quase exata"; e ele achou a representação de Aragorn boa, as de Sam e Gimli "boas o suficiente" e a de Boromir "a melhor figura, e a de relação mais estreita com o texto". Outros comentários foram menos positivos: por exemplo, dentre as vinhetas, ele escolheu as de Minas Tirith e da Vila-dos-Hobbits como alvo de particular desagrado; e, dentre as representações de personagens, não gostou principalmente das de Gandalf, Legolas, Gollum, dos Cavaleiros Negros (embora os tenha achado "impressionantes como cavaleiros sinistros", ele criticou o acréscimo de "*chapéus* e *plumas*" e o "contraste" do "seu preto infernal com um *verde* élfico") e de Laracna (salientando em particular o posicionamento de suas pernas, "todas aparentemente saindo da cabeça dela") — e também a de Bill, o Pônei: "Na escala dos homens e dos hobbits, Bill não é um pônei de modo algum. Além disso, ele foi representado como tendo se tornado amigo e ficado aos cuidados especiais de Sam, que o deveria estar conduzindo". No decorrer desses comentários, ele fornece detalhes de como alguns desses personagens apareciam em sua própria visão (alguns dos quais foram apresentados em outros lugares),[1] assim como a respeito das personalidades e papéis de alguns, e esses detalhes foram selecionados e organizados para apresentação aqui.[2]

O mapa em questão está reproduzido na p. 385 do catálogo da recente exposição na Biblioteca Bodleiana, *Tolkien: Maker of Middle-earth* [Tolkien: Criador da Terra-média] (Catherine McIlwaine, 2018), q.v.

Gandalf

Na história, ele era um dos Imortais, um emissário dos Valar. Sua forma visível, portanto, era um aspecto com o qual ele andava entre os povos da Terra-média, um disfarce para o seu poder, sabedoria e compaixão. Mas o seu corpo não era um fantasma: era tangível e podia sofrer e ser ferido, e, embora mais lentamente do que homens mortais, ele envelhecia e tinha, na época da história, cabelos brancos e era curvado pela consideração e pelo labor. (Ele estivera vagando — o Peregrino Cinzento — principalmente a pé por todas as Terras do Oeste por cerca de dois mil anos.) Sua aparência, e seus modos, tinham toques cômicos ou grotescos (especialmente aos olhos dos Hobbits), refletindo o senso de humor de um espírito fundamentalmente humilde. Até mesmo os raros vislumbres que ele dava àqueles que especialmente amava das fontes de esperança e júbilo que jaziam sob a superfície tinham resquícios desses toques; uma figura de compleição forte com ombros largos, embora mais baixo do que a média dos homens e agora curvado pela idade, apoiando-se em um cajado grosseiro e grosso enquanto andava com esforço — ao lado de Aragorn.[a] O chapéu de Gandalf era de abas largas (um grande chapéu, *O Hobbit*, p. 30) com uma copa cônica pontuda, e era *azul*; ele usava um longo manto *cinzento*, mas este não passaria muito de seus joelhos. Era de um tom cinza-prateado élfico, embora estivesse manchado pelo uso — como é evidente pelo uso geral de cinza no livro.

[a] A propósito: Aragorn foi retratado com um cajado muito mais apropriado a Gandalf, embora Aragorn jamais tenha sido descrito usando um.

Se soubesse que Pauline Baynes iria fazer um desenho de Gandalf, eu poderia ter mostrado a ela um esboço que fiz há muito tempo, que o mostra subindo o caminho até a toca de Bilbo com o seu chapéu azul ("bem surrado") mais ou menos assim.[3] Ou melhor: a gravura da qual em grande parte se derivou a minha visão pessoal dele. É um cartão-postal ilustrado que obtive anos atrás — provavelmente na Suíça.[4] Faz parte de uma série de seis retirada da obra de um artista alemão, J. Madlener, chamada *Gestalten aus Märchen und Sage* ["Personagens de Histórias e Lendas"]. Infelizmente, só consegui um, chamado *Der Berggeist* ["O Feiticeiro", lit. "O Espírito-da-montanha"]. Sobre uma pedra debaixo de um pinheiro, há um velho baixo, mas de ombros largos, sentado com um chapéu redondo de abas largas e um manto longo conversando com uma corça branca, que está tocando com o focinho suas mãos viradas para cima. Ele tem uma expressão engraçada, mas também compassiva — sua boca está visível e sorrindo porque ele possui uma barba branca, mas nenhum fio no lábio superior. O cenário é uma clareira na mata (pinheiros, abetos e bétulas) às margens de um riacho com um vislumbre de elevações rochosas ao longe. Uma coruja e quatro outros pássaros menores observam dos galhos das árvores. O Berggeist possui um chapéu verde e um manto escarlate, meias azuis e sapatos leves. Alterei as cores do chapéu e do manto para se adequarem a Gandalf, um errante dos ermos, mas não tenho dúvidas de que, quando à vontade em uma casa, ele usava meias azuis e sapatos leves.

Ele era o amigo e confidente de todas as criaturas vivas de boa vontade (SA, p. 375).[5] Diferia de Radagast e Saruman por jamais ter se desviado da missão que lhe fora designada ("Eu fui o inimigo de Sauron", RR, p. 294)[6] e era severo consigo mesmo. Radagast gostava de feras e aves, e achava mais fácil lidar com elas; ele não se tornou orgulhoso e tirânico, mas sim negligente e despreocupado, e tinha muito pouco a tratar com Elfos ou Homens, embora obviamente a resistência a Sauron tivesse de ser buscada principalmente na cooperação deles. No entanto, visto que ele permaneceu de boa vontade (embora não tivesse muita coragem), o seu trabalho na verdade ajudou Gandalf em momentos cruciais. Apesar de estar claro que Gandalf (com maior discernimento e compaixão) possuía de fato mais conhecimento acerca de aves e feras do que Radagast, e era tido em consideração por elas com mais respeito e afeição. (Esse contraste já é visto em *O Hobbit*, p. 144. Beorn, um amante dos animais, mas também de jardins e flores, achava Radagast um bom sujeito, mas evidentemente não muito eficaz.)

Legolas

O Legolas da história era um príncipe élfico da raça sindarin (RR, p. 363), trajado do *verde e do marrom* dos Elfos Silvestres, a quem seu pai governava (SA, p. 253): alto como uma jovem árvore (DT, p. 28), ágil, imensamente forte, capaz de envergar ligeiro um grande arco de guerra e abater um Nazgul,[b][7] dotado com a ainda tremenda vitalidade dos corpos élficos, tão robusto e resistente a ferimentos que andava somente com sapatos leves por sobre rochas ou através da neve (SA, p. 306), o mais incansável de todos da Sociedade.[8]

Hobbits

A palavra *Pequenos* foi derivada do nome númenóreano para eles (em sindarin, *Periannath*). Foi dado primeiro aos Pés-Peludos, que se tornaram conhecidos dos governantes de Arnor no décimo primeiro século da Terceira Era; posteriormente, também foi aplicado aos Cascalvas e aos Grados. Assim, o nome evidentemente fazia referência à altura deles em comparação com os homens númenóreanos, e era aproximadamente preciso quando foi empregado pela primeira vez. Os Númenóreanos eram um povo de grande estatura. Seus homens adultos com frequência tinham sete pés de altura [c. 2,13 m].

As descrições e suposições do texto na verdade não são casuais, e foram baseadas em um padrão: a altura padrão de um hobbit homem adulto na época da história. Para os Pés-Peludos, considerava-se 3 pés e 6 polegadas [c. 106,6 cm]; os Cascalvas eram mais esbeltos e um pouco mais altos; e os Grados eram mais espadaúdos, robustos e um pouco mais baixos. As observações no *Prólogo* [acerca da altura dos hobbits] são desnecessariamente vagas e complicadas, em virtude da inclusão de referências a supostos

[b] Ele não fala com muito apreço pelos arqueiros de Rohan (DT, p. 137) na batalha do Forte-da-Trombeta, na qual foi companheiro de Aragorn e Eomer no momento mais intenso do combate. Ele estava na vanguarda do Exército do Oeste.

sobreviventes modernos da raça em tempos posteriores; mas no que concerne ao SdA, elas se resumem ao seguinte: os Hobbits do Condado tinham uma altura entre 3 e 4 pés [c. 90 a 120 cm], nunca menos e raramente mais. *É claro que não se chamavam de Pequenos.*

Alturas

Os *Quendi* originalmente eram um povo alto. Os Eldar eram aqueles que aceitaram o convite dos Valar para deixar a Terra-média e partiram na Grande Marcha às Praias do Oeste da Terra-média. Eram em geral os membros mais fortes e mais altos da gente élfica naquele tempo. Na tradição eldarin, diz-se que mesmo suas mulheres raramente tinham menos de 6 pés [c. 1,82 m] de altura; seus Elfos homens adultos, não menos de 6 pés e 6 polegadas [c. 1,98 m], enquanto alguns dos grandes reis e líderes eram mais altos.

Os Númenóreanos antes da Queda eram um povo de grande estatura e força, os Reis de Homens; seus homens adultos geralmente tinham 7 pés de altura, especialmente nas casas reais e nobres. No Norte, onde homens de outras estirpes eram menos numerosos e sua raça permaneceu mais pura, essa estatura permaneceu mais frequente. Dizia-se que Elendil, o Alto, líder dos Fiéis que sobreviveram à Queda, passava de 7 pés de altura, embora seus filhos não fossem tão altos. Aragorn, seu descendente direto, apesar das muitas gerações intermediárias, ainda deve ter sido um homem muito alto e forte com um passo largo; ele provavelmente tinha pelo menos 6 pés e 6 polegadas de altura. Boromir, de alta linhagem númenóreana, não seria muito mais baixo: digamos, 6 pés e 4 polegadas [c. 1,93 m].

Logo, essas figuras [da Sociedade] são todas baixas demais. Mesmo curvado, Gandalf devia ter pelo menos 5 pés e 6 polegadas [c. 1,67 m] de altura; Legolas, pelo menos 6 pés [c. 1,83 m] (provavelmente mais); Gimli tem por volta da altura que os hobbits deveriam ter tido, mas era provavelmente um pouco mais alto; os hobbits deveriam ter entre 3 pés e 4 polegadas [c. 101 cm] e 3 pés e 6 polegadas [c. 106 cm] de altura. (Pessoalmente, sempre pensei em Sam como o mais baixo, mas de compleição mais robusta, dos quatro).

Os Anãos tinham cerca de 4 pés [c. 1,22 m] de altura, pelo menos. Os Hobbits eram de compleição mais leve, mas não muito mais baixos; seus homens mais altos tinham 4 pés de altura, mas raramente eram mais altos. Embora hoje em dia os seus remanescentes raramente tenham 3 pés de altura [c. 91 cm], nos dias da história eles eram mais altos, o que significa que geralmente passavam de 3 pés e se qualificavam para o nome de *Pequeno*. Mas o nome "pequeno" deve ter se originado por volta do ano 1150 da Terceira Era, continuando por 2.000 anos (1868) antes da Guerra do Anel, durante os quais o declínio dos Númenóreanos ficara visível na estatura assim como na duração de suas vidas; de modo que o nome se referia a uma altura de homens adultos de uma média de, digamos, 3 pés e 5 polegadas [c. 104 cm.]

O decréscimo na estatura dos Dúnedain não era uma tendência normal, compartilhada por povos cujo lar normal era a Terra-média; mas era decorrente da perda de sua antiga terra, no longínquo Oeste, de todas as terras mortais a mais próxima do "Reino Imortal". Tanto em Arnor como em Gondor, fora a mistura de raças, os Númenóreanos apresentavam uma diminuição de altura e longevidade na Terra-média que se tornou mais evidente conforme a Terceira Era passava. O decréscimo na estatura dos Hobbits, muito mais tarde, deve ser devido a uma mudança em seu estado e modo de vida; tornaram-se um povo fugidio e secreto, impelido (à medida que os Homens, o Povo Grande, se tornavam cada vez mais numerosos, usurpando as terras mais férteis e habitáveis) ao refúgio na floresta ou nos ermos: um povo errante e pobre, esquecido de suas artes, vivendo uma vida precária, dedicado à busca por alimento e temeroso de ser visto; pois homens cruéis os caçavam por esporte como se fossem animais. De fato, eles recaíram a um estado de "pigmeus". A outra raça mirrada, os Drúedain, jamais se ergueu muito acima desse estado.

Gollum

Gollum, de acordo com Gandalf, era membro de um povo hobbit ribeirinho — e, portanto, originalmente membro de uma pequena variedade da raça humana, embora tivesse se tornado deformado durante sua longa moradia no lago sombrio. Assim, suas mãos longas estão mais ou menos corretas. Não os seus pés. Eles estão exagerados. São descritos como "palmados" (Hobbit, p. 88), "quase como um cisne" (FR, p. 398), mas tinha dedos dos pés preênseis

(TT, p. 219). Mas ele era muito magro — no SdA, macilento, não rechonchudo e borrachento; ele tinha uma *cabeça grande* e um *longo pescoço fino* para o seu tamanho, olhos muito grandes (protuberantes) e cabelos ralos e escorridos. É dito com frequência que ele é escuro ou preto. Em sua primeira menção (Hob. p. 83), era "tão escuro quanto a escuridão": isso, é claro, significa apenas que ele não podia ser visto com olhos comuns na caverna negra — exceto por seus grandes olhos luminosos; de modo similar, "o vulto escuro" à noite (FR, p. 399, 400). Mas isso não se aplica ao (rastejante) "vulto negro" (TT, p. 219, 220), onde estava ao luar.[9]

Gollum nunca esteve *nu*. Ele tinha um bolso onde mantinha o Anel (Hob. p. 92). Evidentemente possuía trajes escuros (TT, p. 219), e na passagem da "águia" (TT, p. 253),[10] onde é dito que, do alto, enquanto estava deitado no chão, ele se pareceria como "o esqueleto faminto de algum filho dos Homens, com a veste esfarrapada ainda aderindo a ele, com os longos braços e pernas quase brancos como osso e finos como osso". Sua pele era branca, sem dúvida com uma palidez acentuada por viver muito tempo na escuridão, e posteriormente pela fome. Ele permaneceu um ser humano, não um animal ou um simples monstro, ainda que deformado de mente e corpo: um objeto de aversão, mas também de pena — para os de visão penetrante, tal como Frodo se tornara. Não há necessidade de imaginar como ele conseguiu roupas ou as substituiu: qualquer exame da história mostrará que ele teve muitas oportunidades por meio do roubo, ou da caridade (como aquela dos Elfos-da-floresta), ao longo da vida.

Cavaleiros Negros

São claramente descritos como sendo eles próprios *invisíveis* e trajando longos mantos negros com grandes *capuzes* que lhes cobriam os rostos, de modo que as pessoas que os encontrassem não perceberiam que eles não tinham rostos visíveis (FR, p. 84).[11] Tampouco suas mãos podiam ser vistas. Seja como for, cavaleiros assim trajados teriam usado manoplas. Nem seus membros seriam tão magros e emaciados se visíveis, é claro.

Laracna

Laracna não é descrita em termos aracnídeos precisos; mas ela era "bem semelhante a uma aranha" (TT, p. 334).[12] Como tal, ela foi enormemente aumentada; e possuía dois chifres e dois grandes conjuntos de olhos. Mas ela possuía a constrição estreita característica das aranhas entre a seção frontal (cabeça e tórax) e a posterior (ventre) — que é chamada (TT, p. 334) de seu "pescoço", pois a parte traseira é inchada e intumescida de maneira desproporcional. Ela era *preta*, exceto pela parte de baixo do ventre, o qual era "pálido e luminoso" de decomposição. Ela teria oito patas, propriamente dispostas, quatro de cada lado, onde podiam funcionar como órgãos de movimento e captura.

NOTAS

[1] Nem sempre identificados. Ver em particular CI:384 (começando por "As observações [sobre a estatura dos Hobbits]"); LRRC:4, 107, 229, 447, 493.

[2] Ao retirar e organizar esses elementos dos manuscritos, fui bastante seletivo e tomei liberdades em seu ordenamento. Assim, não tentei indicar passagens excluídas ou resumidas, ou onde inseri letras maiúsculas e pontuação para transformar um excerto em sua própria frase.

[3] Esse esboço, intitulado *One Morning Early in the Quiet of the World* [Certa Manhã Cedo, na Quietude do Mundo], foi reproduzido como fig. 1 em *The Art of the Hobbit* [A Arte de O Hobbit], (Hammond e Scull, 2012), p. 20.

[4] Tem-se questionado exatamente onde e quando Tolkien obteve o cartão-postal *Berggeist*; ver TCG:761–62 para detalhes.

[5] Isto é, SA:508.

[6] Isto é, RR:1387.

[7] "(DT, p. 137)": isto é, DT:779.

[8] As citações de página nesse parágrafo referem-se a RR:1539, SA:346, DT:640 e SA:414, respectivamente.

[9] As citações de página de SdA neste parágrafo referem-se a SA:539, DT:884, SA:540 e DT:884–5, respectivamente. As duas menções a *O Hobbit* referem-se às páginas 102 e 97 respectivamente.

[10] Isto é, DT:884 e DT:926–7, respectivamente. A citação a *O Hobbit* refere-se à página 104.

[11] Isto é, SA:134.

[12] Isto é, DT:1033.

7

Retratos-Mentais

Este texto surgiu como uma longa digressão no texto apresentado adiante como o cap. 14, "As Formas Visíveis dos Valar e Maiar". Ele foi publicado anteriormente em uma forma levemente diferente em *Parma Eldalamberon* 17, (2007), p. 179.

Para uma discussão adicional acerca da comunicação entre mentes, ver o cap. 9, "*Ósanwe-kenta*", adiante.

Os Altos Elfos distinguiam claramente entre *fanar*, a vestimenta "física" adotada pelos Espíritos em autoencarnação, como um modo de comunicação com os Encarnados,[a] e outros modos de comunicação entre mentes, que podiam assumir formas "visuais".

Eles sustentavam que uma "mente" superior por natureza, ou uma empenhada de modo pleno em algum extremo de necessidade, podia comunicar uma "visão" desejada diretamente a outra mente. A mente receptora traduzia esse impulso nos termos que lhe eram familiares pelo seu uso dos órgãos físicos de visão (e audição) e o projetava, vendo-o como algo externo. Nisso a visão muito se assemelhava a um *fana*, exceto que, na maioria dos casos, especialmente naqueles que diziam respeito a mentes de menor poder (seja como comunicadoras ou receptoras), com frequência era menos vívida, nítida ou detalhada, e podia até mesmo ser vaga ou turva ou aparecer semitransparente. Essas "visões" eram em quenya chamadas *indemmar*, "retratos-mentais".[b] Os Homens eram receptíveis a eles; de acordo com os registros da época, a maioria foi apresentada

[a] No SdA, um exemplo notável é fornecido pelos Istari, que apareceram entre os Elfos e os Homens à semelhança de Homens velhos.

[b] Ver quen. *indo*, "mente", e √*em*, "representar, retratar". Um *quanta emma*, ou *quantemma*, era um "*fac-símile*", uma reprodução visual detalhada completa (por quaisquer meios) de algo visível.

a eles pelos Elfos. Recebê-los de outro ser humano exigia uma urgência especial de ocasião, e uma ligação íntima de parentesco, preocupações ou amor entre as duas mentes.

Seja como for, *indemmar* eram recebidos pelos Homens principalmente durante o sono (sonho). Se recebidos quando fisicamente despertos, geralmente eram vagos e espectrais (e com frequência causavam medo); mas, se eram nítidos e vívidos, como os *indemmar* induzidos por Elfos podiam ser, eles eram capazes de enganar os Homens, fazendo com que estes os considerassem como coisas "reais" observadas pela visão normal. Embora esse engodo jamais fosse intencional da parte dos Elfos,[c] frequentemente eles [isto é, os Homens] acreditavam que fosse.

[c] De antigamente. A questão de seres élficos corrompidos ou maliciosos é abordada em outro lugar. De acordo com os Elfos, esses eram principalmente Elfos descorporificados, que se depararam com algum dano mortal, mas que se rebelaram contra a convocação de seus espíritos para irem ao seu local de Espera. Aqueles que se rebelavam dessa maneira eram, em sua maioria, os que haviam sido mortos no decorrer de alguma malfeitoria. Assim, eles vagavam como almas-élficas "desabrigadas", invisíveis, exceto na forma de indemmar que podiam induzir em outros, e com frequência tomados de malícia e inveja dos "vivos", quer élficos, quer humanos.

8

Conhecimento e Memória

Entre as "várias páginas de anotações rabiscadas" ao final da versão manuscrita ("A") de "Leis e Costumes entre os Eldar"(ver X:250) de c. 1957 há duas notas extensas, escritas, ao contrário, com uma letra legível, mas igualmente com caneta de bico preta, tratando (de modo geral) da natureza do conhecimento e da memória entre os Eldar. A primeira dessas notas surgiu como uma longa digressão acerca da abertura da nota a respeito do conhecimento élfico da "Sina dos Homens" que Christopher Tolkien marcou como "(ii)" (X:251), com base nas palavras "'supunham' ou 'conjecturavam'" lá escritas.

Texto 1

Os Eldar têm algumas coisas "por certo": portanto, *sabem* ou *afirmam* coisas, quando as evidências ou a autoridade são suficientes para a certeza. Eles *julgam* e têm uma *opinião*, quando as evidências são suficientes para se considerar com razão (ou a autoridade é digna de atenção), mas incompletas (ou não compulsivas). Quando as evidências são muito incompletas (e não há autoridade), eles *supõem* ou *inferem*. Quando as evidências são incompletas demais para uma inferência razoável, ou são desconhecidas, eles *conjecturam*. Esse último processo eles geralmente não distinguem de *fingir* ou *dissimular* [exceto] apenas nisto: que *conjecturar* implica um desejo de saber (e faz uso de mais evidências, caso estejam disponíveis); pretende-se que corresponda o máximo possível aos fatos, independente da mente conjecturadora; enquanto *fingir* refere-se, em primeiro lugar, à própria mente, e é antes um exercício, ou entretenimento, da mente, independente dos fatos.[1]

Eles distinguem tudo isso de *adivinhar*, que não é *conjecturar* nem *fingir*; pois consideram que o *fëa* pode chegar diretamente ao conhecimento, ou perto dele, sem ponderar as evidências ou aprender de uma autoridade viva. Embora *adivinhar*, dizem eles, seja em verdade somente um modo rápido de se aprender por meio de uma autoridade: visto que o *fëa só aprende (afora ponderação) por contato direto com outras mentes, ou, no grau mais elevado, por "inspiração" de Eru. (Isso é de fato chamado "adivinhar".) Esse contato pode por vezes ocorrer entre mentes corporificadas da mesma ordem sem contato ou proximidade corporal. Mentes de uma Ordem mais elevada, como as dos Valar (inclusive Melkor) podem mais facilmente influenciar aquelas de uma ordem menor (como as dos Eldar) à distância. Desse modo, elas não podem coagir ou ditar, apesar de poderem informar e aconselhar.*[a] Isso também fazem somente (exceto por grande necessidade) quando a mente está, por seu próprio consentimento ou desejo, aberta a eles: em particular, como quando um dos Eldar apela a um dos Valar por nome em alguma necessidade ou dúvida; em geral, como quando um dos Eldar se coloca sob a proteção e orientação de Manwë ou Varda (ou de outros Vala).[2]

As ocupações da mente corporificada quando está desperta são um obstáculo a tais contatos, menos ou mais elevados. Ocorrem, portanto, dizem os Eldar, com maior frequência no "sono" — não em "sonhos". Mas "sonhar" e "dormir" são para os Elfos diferentes do que são para os Homens. Durante o sono, o *corpo* pode, como nos Homens, cessar todas as atividades (salvo aquelas essenciais à vida, como respirar); ou pode descansar desta ou daquela atividade ou função[b] conforme direcionado pelo *fëa*. Enquanto isso ocorre, a mente também pode buscar repouso, e ficar completamente quieta, mas pode ficar absorta em sua própria atividade: "pensando" — isto é, ponderando ou lembrando-se, ou planejando e delineando; mas essas coisas são feitas por vontade e volição próprias. O estado dos Elfos que mais se assemelha ao "sonhar" humano se dá quando a mente está "fingindo" ou planejando.[c] É quando a mente está

[a] Apenas Melkor busca dominar ou coagir mentes e, para isso, usa do medo: este é um dos maiores males que comete.

[b] Assim, um Elfo pode permanecer de pé "adormecido" com os olhos abertos e, ainda assim, mal respirar, e com os ouvidos fechados a todo som.

[c] Embora esse estado seja mais consciente e controlado do que nos Homens, e geralmente seja lembrado completamente (se o fëa assim desejar).

quieta e inativa que ela mais prontamente recebe e percebe contatos de fora.[3]

Texto 2

Nota acerca da Memória élfica, especialmente dos *Renascidos*, e sua relação com a Linguagem[4]

Ver-se-á que, ao *renascimento*, a memória de coisas e acontecimentos do passado pode ser para os Eldar longa, abundante e nítida. (Nítida, uma vez que a "Espera"[5] em sua memória não ocupa tempo: a um Elfo que esperara mil anos, os eventos de mil anos antes pareceriam por esse espaço de tempo mais próximos do que a um que não tivesse passado pela espera.) Mas essa informação não está *completa*. Aqueles que haviam passado por uma Espera com frequência desejavam esquecer parte ou todo o seu passado, e eram livrados da memória de tais coisas. Outros, ao se lembrarem, não comunicavam suas recordações.[6]

Havia uma questão na qual o *renascimento* não auxiliava o "saber" deles — embora se pudesse esperar o contrário. Essa era a história e o saber das *línguas* e da fala de dias de outrora. Em questões desse tipo, os Eldar dependiam principalmente, como nós, de registros visíveis, ou do "saber" armazenado de modo consciente nas mentes daqueles ocupados com o ramo da história. Isto é, "do saber", não da memória — a memória instintiva para a língua de qualquer Elfo é aquela da época na qual ele fala; as línguas de outras *épocas* (como as de outros povos e lugares) ele precisa aprender conscientemente, ou armazenar de forma deliberada na mente como algo separado da fala não premeditada, a vestimenta imediata e "natural" de seus pensamentos. Nem todos os Eldar conseguem fazer isso, ou fazê-lo prontamente e de maneira precisa; somente "mestres-do-saber" particularmente preocupados com o "saber das línguas" registram tais coisas (por exemplo, a língua do período em que se encontram naquele momento) de forma visível, ou no depósito do saber mental.

Assim, ver-se-á que um Elfo, ao se lembrar do passado, deve, caso queira comunicá-lo, revesti-lo em linguagem. Mas, para eles, a "linguagem" é essencialmente uma arte de coesão do *fëa* e do *hrondo*,[7] e o principal produto de sua cooperação. O Elfo renascido precisa reaprender a linguagem e, portanto, revestirá toda a sua memória na língua da época posterior (assim como o seu *fëa* é revestido por um corpo pertencente àquela época).

Mas é possível perguntar: "Ele não se lembrará de *sons*? E não se lembrará de coisas ditas a ele e por ele?" A resposta é *sim* e *não*. Na Espera descorporificada, ele *não* possuía linguagem (pois isso requer um corpo e não é necessária sem um), mas apenas "pensamento". Por meio desse intervalo, toda a memória de sua antiga vida foi deixada para trás; e, por conseguinte, precisa ser revestida. Ele vai, é claro, lembrar-se de *sons*, e encontrar palavras para descrever aquelas ouvidas há muito tempo, assim como pode descrever a luz, ou cores, ou emoções. Porém, dizem os Eldar, a "linguagem" não é *sons*. Coisas ditas ou ouvidas em "linguagem" são lembradas como pensamentos ou significados, e devem ser recorporificadas naqueles modos de expressão que uma "criatura falante" usa sem reflexão a qualquer momento.

Assim, aqueles especialmente dotados para observar e para se recordar de variações de *som* (como outros podem ser dotados para observar e se recordar de *cores*) podem ser capazes de recordar e repetir uma sequência de sons falados que foram ouvidos muito tempo antes. Mas essa sequência seria dissociada de significado, assim como seria se um Elfo a encontrasse escrita em um livro antigo; e teria de ser traduzida ou decifrada por referência ao contexto de cenas recordadas nas quais ocorreu (auxiliada por semelhanças que ainda poderia possuir com outras línguas ou períodos de línguas conhecidos). Assim veio a se dar que os Eldar possuem um saber muito preciso acerca dos sons de fala usados em dias há muito idos, mas as memórias linguísticas dos Renascidos são, em outros aspectos, apenas como fragmentos partidos de livros antigos que devem ser reinterpretados e decifrados por meio de saber e raciocínio.

O texto termina aqui, próximo ao pé de uma página; ou, melhor dizendo, o texto *neste modo de relato* termina aqui. Pois nas margens da página o tópico da memória e do "revestimento" da fala é retomado em um novo modo, com um narrador em primeira pessoa, isto é, Ælfwine — o marinheiro anglo-saxão de c. 900 d.C. que serve como um interlocutor com os Elfos, e especialmente com o mestre-do-saber Pengoloð, em numerosos textos desse período[8] — conforme indicado pelas palavras: "Disse Ælfwine", escritas de forma leve, mas ornamentada, a lápis na margem esquerda.

A mim os Eldar disseram: "Podes compreender isso ao considerar o caso dos Homens. Supõe agora que um Homem escutou um colóquio em sua própria língua e o compreendeu plenamente tal como foi falado. Se então por algum acaso, estranho, mas não impossível, por uma mudança de vida, por exílio, ou por alguma enfermidade, sua língua materna fosse mudada e completamente esquecida, como ele haveria de relatar o colóquio? Ele revestiria o significado do colóquio na língua que então usasse como a expressão natural de significados. Para os Eldar, línguas contemporâneas (de origem comum), que chamaremos de línguas-irmãs, ou dialetos, de acordo com o grau de divergência, e a mesma língua considerada de forma linear a períodos vastamente separados, apresentam problemas quase idênticos. Em seus primórdios, a língua deles (assim como outras características) mudava com não muito menos rapidez do que as dos Homens."

NOTAS

1 O sentido que Tolkien dá aqui a *feign* [fingir] remete (de acordo com o *OED*) a um sentido anterior primário e material (agora obsoleto) de "dar feitio, formar, moldar". Esse sentido deriva do inglês médio, do francês antigo e, em última análise, do latim *fingere* "formar, moldar, dissimular", de onde vêm tanto *fiction* [ficção] como *figment* [fingimento].

2 Ver as invocações a Varda (usando o seu nome sindarin, Elbereth) por Frodo no Topo-do-Vento (SA:291) e Sam em Cirith Ungol (DT:1038). Para mais acerca da natureza e restrições do contato entre mentes, ver o próximo capítulo.

3 Ver DT:662: "Legolas já jazia imóvel, com as mãos claras postas sobre o peito, sem fechar os olhos, combinando a noite viva com o sonho profundo, como costumam fazer os Elfos."

4 Quanto à questão do "renascimento" élfico, após a morte de seus corpos, ver o cap. 15, "Reencarnação Élfica", adiante.

5 Isto é, do *fëa* descorporificado de um Elfo nos Salões de Mandos.

6 Posteriormente, Tolkien colocou um "X" ao lado da passagem (e a colocou entre colchetes) que começa com "Mas essa informação não está *completa*", com uma caneta esferográfica vermelha, e escreveu: "Não! Se retomam a *vida*, eles *devem* retomar a *memória*".

7 Posteriormente, mais uma vez com uma esferográfica vermelha, Tolkien alterou "*hrondo*" aqui para "*hröa*". Não há evidência independente de que a palavra *hröa* para "corpo" estivesse em uso antes que o texto B datilografado de "Leis e Costumes entre os Eldar"fosse composto por volta de 1958 (ver X:141–3, 209, 304).

8 Ver, por exemplo, os numerosos casos em *Morgoth's Ring*, e em particular o texto provavelmente bastante contemporâneo *Dangweth Pengoloð*, que trata de forma mais breve de algumas das mesmas questões acerca da fala e da memória como as apresentadas aqui, em *The Peoples of Middle-earth* (pp. 396–402).

9

ÓSANWE-KENTA

O ensaio abrangente intitulado por Tolkien em quenya "*Ósanwe-kenta*", "Investigação acerca da Comunicação de Pensamento", ocupa oito páginas datilografadas, numeradas de 1 a 8 por Tolkien. O texto é apresentado e (auto)descrito como um "sumário" (ver adiante) ou "abreviação" (X:415) por um redator não nomeado[1] de outra obra de mesmo título que o Mestre-do-saber élfico Pengolodh "apresentou ao final de seu *Lammas*, ou 'Relato de Línguas'" (*ibid.*).[2] Embora seja um documento separado, ele ainda assim é de estreita associação e sem dúvida bastante contemporâneo ao ensaio mais longo que Tolkien intitulou *Quendi and Eldar* (cuja maior parte foi publicada em *The War of Jewels*), com o qual está localizado entre os papéis de Tolkien.[3]

De acordo com Christopher Tolkien, uma das cópias de *Quendi and Eldar* está "preservada em um jornal dobrado de março de 1960", e notas escritas por seu pai nesse jornal e na capa de outra cópia incluem o "*Ósanwe-kenta*" entre os Apêndices de *Quendi and Eldar* (X:415). Christopher conclui que esse conjunto de materiais, incluindo o "*Ósanwe-kenta*", "dessa forma, já existia quando o jornal foi usado para esse propósito, e apesar de, como em outros casos similares, isso não fornecer um *terminus ad quem* de absoluta certeza, parece não haver razão para duvidar de que ele pertença aos anos 1959–60" (*ibid.*).

As oito páginas datilografadas apresentadas aqui parecem conter o único texto remanescente do "*Ósanwe-kenta*"; se ele foi precedido por quaisquer versões datilografadas ou manuscritas, elas aparentemente não foram preservadas. Tolkien escreveu na margem superior da primeira dessas páginas as três linhas do seu presente título à tinta. Ele também numerou as sete primeiras páginas no canto superior direito à mão, e escreveu a notação "*Ósanwe*" à esquerda do numeral em cada uma dessas páginas, também à tinta; mas o número da página e a notação foram datilografadas nas mesmas posições na oitava página. Isso sugere que Tolkien pode ter feito uma pausa, ou talvez originalmente concluído o ensaio, em algum ponto da sétima página, e escrito o título curto e a numeração nas páginas que havia datilografado até então, antes de iniciar a oitava página. Nesse caso, ele deve ter feito isso na interrupção na sétima página, indicada por um espaço em branco antes do parágrafo que começa com "Se falarmos por último da 'tolice' de Manwë". O texto datilografado também foi emendado em determinados pontos por Tolkien à tinta, principalmente para a correção de erros tipográficos, embora em algumas ocasiões seja feita uma mudança de fraseado. Exceto em pouquíssimos casos, essas mudanças foram incorporadas sem comentários a esta edição.

Para discussões adicionais acerca do fenômeno da comunicação de pensamento, ver cap. 7, "Retratos-mentais", acima, e o Texto 2, "Acerca de 'Espírito'", do cap. 13 adiante, "Espírito".

Este texto foi publicado anteriormente, em uma forma levemente diferente, em *Vinyar Tengwar* 39 (1998).

Ósanwe-kenta

"Investigação acerca da Comunicação de Pensamento" (sumário da discussão de Pengolodh)

No final do *Lammas*, Pengolodh discute brevemente a transmissão direta de pensamento (*sanwe-latya*, "abertura de pensamento"), fazendo diversas afirmações a respeito dela que evidentemente dependem de teorias e observações dos Eldar tratadas detalhadamente em outros lugares pelos mestres-do-saber élficos. Elas dizem respeito primeiramente aos Eldar e aos Valar (incluindo os Maiar menores da mesma ordem). Os Homens não são especialmente contemplados, exceto na medida em que são incluídos em afirmações gerais acerca dos Encarnados (*Mirröanwi*). Deles, Pengolodh diz apenas: "Os Homens possuem a mesma faculdade dos Quendi, mas ela por si só é mais fraca, e é mais fraca em operação devido à força do *hröa*, sobre o qual a maioria dos Homens possui pouco controle pela vontade".

Pengolodh inclui essa questão primeiramente devido à sua ligação com a *tengwesta* ["linguagem"]. Mas ele também está preocupado como historiador em examinar as relações de Melkor e seus agentes com os Valar e os Eruhíni,[4] embora isso também possua uma ligação com a "linguagem", uma vez que, como ele observa, esta, o maior dos talentos dos *Mirröanwi*, foi usada por Melkor para a sua própria e maior vantagem.

Pengolodh diz que todas as mentes (*sáma*, pl. *sámar*) são iguais em posição, embora difiram em capacidade e força. Uma mente por sua natureza percebe outra mente de forma direta. Mas ela não consegue perceber mais do que a existência de outra mente (como algo diferente de si mesma, ainda que da mesma ordem), exceto pela *vontade* de ambas as partes.[a] No entanto, o grau de *vontade não precisa ser o mesmo em ambas as partes. Se chamarmos uma mente de C (para convidada ou forânea) e a outra de A (para anfitriã ou recebedora), então C deve ter plena intenção de inspecionar A ou informá-la. Mas o conhecimento pode ser obtido ou comunicado por C, mesmo quando A não estiver buscando ou pretendendo*[5] comunicar ou aprender: o ato de C será eficaz, caso A esteja simplesmente "aberta" (*láta*; *látië* "abertura"). Essa distinção, diz ele, é de suma importância.

A "abertura" é o estado (*indo*) natural ou simples de uma mente que não se encontra ocupada.[b] Em "Arda Imaculada" (isto é, em condições ideais livres do mal),[6] a abertura seria o estado normal. Não obstante, qualquer mente pode ser *fechada* (*pahta*). Isso requer um ato de vontade consciente: *Desvontade* (*avanir*). Pode ser feito contra C, contra C e algumas outras, ou ser um refúgio total na "privacidade" (*aquapahtië*).

Embora em "Arda Imaculada" a abertura seja o estado normal, cada mente possui, desde a sua primeira percepção como um indivíduo, o direito de se fechar; e ela possui poder absoluto para

[a] Aqui, *níra* ("vontade" como um potencial ou faculdade), uma vez que o requisito mínimo é o de que essa faculdade não será exercida em negação; ação ou um ato de vontade é *nirme*; assim como *sanwe*, "pensamento" ou "um pensamento", é a ação ou ato da *sáma*.

[b] Ela pode estar ocupada pensando ou desatenta a outras coisas; pode estar "voltada na direção de Eru"; pode estar envolvida em uma "conversa de pensamentos" com uma terceira mente. Pengolodh diz: "Somente grandes mentes conseguem conversar com mais de uma outra ao mesmo tempo; várias podem deliberar, mas, nesse caso, apenas uma comunica, enquanto as outras recebem".

tornar isso efetivo pela vontade. *Nada consegue penetrar a barreira da Desvontade.*[c]

Todas essas coisas, diz Pengolodh, são verdadeiras a todas as mentes, dos Ainur na presença de Eru, ou os grandes Valar, como Manwë e Melkor, aos Maiar em Eä, e até aos menores dos *Mirröanwi*. Porém, diferentes estados trazem *limitações*, que não são completamente controladas pela vontade.

Os Valar entraram em Eä e no Tempo de livre vontade, e agora se encontram no Tempo, enquanto este durar. Eles não conseguem perceber nada fora do Tempo, salvo pela memória de suas existências antes de ele começar: eles conseguem se recordar da Canção e da Visão. Estão, é claro, abertos a Eru, mas não conseguem de própria vontade "ver" qualquer parte de Sua mente. Eles podem se abrir a Eru em súplica, e Ele pode então lhes revelar Seu pensamento.[d]

Os Encarnados possuem por natureza da *sáma* as mesmas faculdades; mas sua percepção é obscurecida pelo *hröa*, pois seu *fëa* está unido ao seu *hröa*, e seu procedimento normal é através do *hröa*, que é em si parte de Eä, sem pensamento. O obscurecimento é, na verdade, duplo; pois o pensamento tem de passar do manto de um *hröa* e penetrar em outro. Por essa razão, em Encarnados a transmissão de pensamento requer *fortalecimento* para ser eficaz. O fortalecimento pode ser por *afinidade*, por *urgência* ou por *autoridade*.

A *afinidade* pode ser devida ao parentesco; pois isso pode aumentar a semelhança de *hröa* para *hröa* e, assim, das preocupações e modos de pensamento dos *fëar* residentes; o parentesco também é geralmente acompanhado de amor e empatia. A afinidade pode vir simplesmente do amor e da amizade, que é a semelhança ou afinidade de *fëa* para *fëa*.

---

[c] Entretanto, nenhuma mente pode se fechar contra Eru, seja contra Sua inspeção ou contra Sua mensagem. A esta pode-se não dar ouvidos, mas não se pode dizer que a mente não a recebeu.

[d] Pengolodh acrescenta: "Alguns dizem que Manwë, por uma graça especial ao Rei, ainda conseguia em certa medida perceber Eru; outros dizem que, mais provavelmente, ele permaneceu o mais próximo de Eru, e que Eru era mais propenso a ouvi-lo e responder-lhe".

A *urgência* é comunicada por uma grande necessidade do "remetente" (como em júbilo, pesar ou medo); e se essas coisas forem em qualquer medida partilhadas pelo "receptor", o pensamento é recebido mais claramente. A *autoridade* também pode conferir força ao pensamento de alguém que possua um dever para com outro, ou de qualquer governante que detenha o direito de dar ordens ou de buscar a verdade pelo bem de outros.

Essas causas podem fortalecer o pensamento para passar os véus e alcançar uma mente receptora. Mas essa mente deve permanecer aberta e, ao menos, passiva. Se, ao tomar ciência de que estão se dirigindo a ela, a mente então se fechar, nenhuma urgência ou afinidade possibilitará a entrada do pensamento do remente.

Por fim, a *tengwesta* ["linguagem"] também se tornou um impedimento.[7] Ela é, nos Encarnados, mais clara e mais precisa do que sua recepção direta de pensamento. Por meio dela eles também podem se comunicar facilmente com outros, quando nenhuma força é acrescentada ao seu pensamento: como, por exemplo, quando estranhos encontram-se pela primeira vez. E, como vimos, o uso de "linguagem" logo se torna habitual, de maneira que a prática da *ósanwe* (troca de pensamento) é negligenciada e torna-se mais difícil. Assim, vemos que os Encarnados tendem cada vez mais a usar ou empenhar-se em usar a *ósanwe* somente em grande necessidade ou urgência, e especialmente quando é infrutífero fazer uso da *lambë* ["fala"]; como quando a voz não pode ser ouvida, o que ocorre mais amiúde em decorrência da distância. Pois a distância em si não oferece qualquer impedimento à *ósanwe*. Porém, aqueles que por afinidade poderiam usar a *ósanwe* fazem uso da *lambë* quando em proximidade, por hábito ou preferência. No entanto, também podemos notar como os "afinados" podem mais rapidamente compreender a *lambë* que usam entre si e, de fato, tudo o que gostariam de dizer não é colocado em palavras. Com menos palavras, chegam mais rapidamente a um melhor entendimento. Não há dúvida de que aqui a *ósanwe* também ocorre com frequência; pois a vontade de conversar em *lambë* é uma vontade de comunicar pensamentos, e abre as mentes. É possível, claro, que os dois indivíduos que conversem já tenham conhecimento de parte do assunto e do que o outro pensa a respeito, de maneira que apenas alusões ignoradas pelo estranho precisam ser feitas; mas não é sempre assim. Os afinados chegarão a um entendimento mais rapidamente do que estranhos acerca de questões que nenhum dos dois tenha discutido antes, e mais depressa perceberão a importância de palavras que, por mais numerosas, bem escolhidas e precisas que sejam, permanecem inadequadas.

O *hröa* e a *tengwesta* têm inevitavelmente um efeito semelhante sobre os Valar, caso assumam vestimentas corpóreas. O *hröa* em certa medida diminuirá em força e precisão o envio do pensamento e, se o outro também estiver corporificado, a sua recepção. Se tiverem adquirido o hábito da *tengwesta*, como podem alguns que adquiriram o costume de trajar vestimentas, então isso reduzirá a prática da *ósanwe*. Mas esses efeitos são muito menores do que no caso dos Encarnados.

Pois o *hröa* de um Vala, mesmo ao ter se tornado costumeiro, encontra-se muito mais sob o controle da vontade. O pensamento dos Valar é muito mais forte e penetrante. E, no que tange aos seus tratos uns com os outros, a afinidade entre os Valar é maior do que a afinidade entre quaisquer outros seres; de modo que o uso de *tengwesta* ou *lambë* jamais se tornou imperativo, e somente com alguns se tornou um costume e uma preferência. E quanto aos seus tratos com todas as outras mentes em Eä, o pensamento deles amiúde tinha a mais alta autoridade, e a maior urgência.

Aqui Pengolodh acrescenta uma longa nota acerca do uso de *hröar* pelos Valar. Em resumo, ele diz que, embora em origem um "vestir-se", é possível que se aproxime do estado de "encarnação", especialmente com os membros menores daquela ordem (os Maiar). "Dizem que quanto mais tempo o mesmo *hröa* é usado, maior é o elo do hábito, e menos o 'vestido' deseja abandoná-lo. Pois a vestimenta pode logo deixar de ser adorno, e torna-se (como é dito nas línguas de Elfos e Homens) um 'hábito', um traje costumeiro. Ou se entre Elfos e Homens for usada para mitigar o calor ou o frio, ela logo torna o corpo vestido menos capaz de suportar essas coisas quando despido". Pengolodh também cita a opinião de que, se um "espírito" (isto é, um daqueles não corporificados pela criação) usa um *hröa* para o fomento de seus propósitos pessoais, ou (ainda mais) para a fruição de faculdades corporais, ele julga cada vez mais difícil operar sem o *hröa*. As coisas que são mais vinculatórias são aquelas que, nos Encarnados, têm a ver com a vida do próprio *hröa*, seu sustento e sua propagação. Assim, comer e beber são vinculatórios, mas não o deleite pela beleza de som ou forma. O mais vinculatório é o ato de gerar ou conceber.[8]

"Não conhecemos as *axani* (leis, regras, como provenientes primeiramente de Eru) que foram aplicadas sobre os Valar com particular referência ao seu estado, mas parece claro que não havia *axan* contra essas coisas. Entretanto, parece ser uma *axan*, ou talvez uma consequência necessária, o fato de que, se tais coisas forem realizadas, então o espírito deve habitar no corpo que usou, e ficar sujeito às mesmas necessidades dos Encarnados. O único caso que é conhecido nas histórias dos Eldar é o de Melian, que se tornou esposa do Rei Elu-thingol. Esse ato certamente não foi maligno ou contra a vontade de Eru e, embora tenha levado ao pesar, tanto Elfos como Homens foram enriquecidos.

"Os grandes Valar não realizam tais coisas: eles não geram, nem comem ou bebem, exceto nos altos *asari* ["festivais"], em sinal de sua governança e habitação em Arda, e para a bênção do sustento dos Filhos. Apenas Melkor dentre os Grandes tornou-se por fim vinculado a uma forma corpórea; mas isso se deu em função do uso que fez dela no seu intento de tornar-se Senhor dos Encarnados, e dos grandes males que cometeu no corpo visível. Ele também dissipara os seus poderes nativos no controle de seus agentes e serviçais, de modo que se tornou, no final, em si mesmo e sem o apoio deles, um ser enfraquecido, consumido pelo ódio e incapaz de restaurar-se do estado ao qual havia caído. Mesmo a sua forma visível ele não mais podia dominar, de maneira que sua hediondez não podia mais ser mascarada, e isso revelou o mal de sua mente. Assim também se deu com alguns de seus maiores serviçais, como nestes dias atuais vemos: tornaram-se unidos às formas de seus atos malignos e, se esses corpos lhes eram tomados ou destruídos, eles eram anulados, até que tivessem reconstruído uma imagem de suas habitações anteriores, com as quais podiam dar prosseguimento aos cursos malignos aos quais haviam se fixado."[e][9]

---

[e] Pengolodh aqui evidentemente se refere a Sauron em particular, de cuja ascensão ele por fim partiu da Terra-média. Mas a primeira destruição da forma corpórea de Sauron foi registrada nas histórias dos Dias Antigos, na Balada de Leithian.

Pengolodh então procede para os abusos do *sanwe*. "Pois", diz ele, "alguns que leram até aqui podem já ter questionado o meu saber, dizendo: 'Isso não parece estar de acordo com as histórias. Se a *sáma* era inviolável pela força, como Melkor poderia ter enganado tantas mentes e escravizado tantos? Ou não é antes verdade que a *sáma* pode ser protegida por uma força maior, mas também capturada por uma força maior? Donde Melkor, o maior, e mesmo até o fim possuidor da mais fixa, determinada e implacável vontade, podia penetrar as mentes dos Valar, mas se continha, de modo que mesmo Manwë, ao lidar com ele, pode parecer-nos por vezes fraco, descuidado e ludibriado. Não é assim?'

"Digo que não é assim. Coisas podem parecer-se, mas, se forem em tipo completamente diferentes, precisam ser distinguidas. A *previsão*, que é presciência,[10] e o *prognóstico*,[11] que é uma opinião tomada ao se ponderar as presentes evidências, podem ser idênticos em sua predição, mas são totalmente diferentes em modo, e devem ser distinguidos pelos mestres-do-saber, mesmo que a língua cotidiana de Elfos e Homens lhes dê o mesmo nome como departamentos da sabedoria."[f]

---

[f] Pengolodh elabora aqui (embora não seja necessário ao seu argumento) essa questão da "previsão". Mente alguma, afirma ele, sabe o que não se encontra nela. Tudo o que ela experimentou encontra-se nela, apesar de que, no caso dos Encarnados, dependentes dos instrumentos do *hröa,* algumas coisas podem ser "esquecidas", não ficando imediatamente disponíveis para recordação. Mas nenhuma parte do "futuro" lá se encontra, pois a mente não pode vê-lo, nem tê-lo visto: isto é, uma mente situada no tempo. Uma mente dessa natureza pode tomar conhecimento do futuro somente por meio de outra mente que o tenha visto. Mas isso significa apenas por meio de Eru, em última análise, ou por intermédio de alguma mente que viu em Eru alguma parte de Seu propósito (como os Ainur, que agora são os Valar em Eä). Um Encarnado, assim, pode apenas saber algo acerca do futuro por instrução provinda dos Valar, ou por uma revelação que venha diretamente de Eru. Porém, qualquer mente, seja dos Valar ou dos Encarnados, pode deduzir pela razão o que há de ou o que pode vir a ocorrer. Isso não é previsão, ainda que possa parecer mais claro nesses termos e de fato mais preciso do que vislumbres de previsão. Nem mesmo se isso for formado em visões em sonho, que é um meio pelo qual a "previsão" também é frequentemente apresentada à mente.

Mentes que possuem um grande conhecimento do passado, do presente e da natureza de Eä podem predizer com grande exatidão e, quanto mais próximo o futuro, mais claro ele é (resguardada, sempre, a liberdade de Eru). Portanto, muito do que é chamado de "previsão" em falas descuidadas é somente a dedução do sábio; e se isso for recebido, como advertência ou instrução, dos Valar, pode ser somente a dedução dos mais sábios, embora possa por vezes ser "previsão" de segunda mão.

De modo semelhante, a extorsão dos segredos de uma mente pode parecer vir da leitura dela à força, a despeito de sua desvontade, pois o conhecimento adquirido pode por vezes parecer ser tão completo quanto qualquer um que pudesse ser obtido de livre vontade. Entretanto, ele não vem da penetração da barreira da desvontade.

De fato, não há *axan* de que a barreira não deve ser forçada, pois é *únat,* algo impossível de ser ou de ser feito e, quanto maior a força exercida, maior a resistência da desvontade.[12] Mas é uma *axan* universal de que ninguém há de, diretamente pela força ou indiretamente pelo logro, tomar doutro o que este tem direito de possuir e manter como seu.

Melkor repudiava todas as *axani*. Ele também aboliria (para si próprio) todas as *únati*, se pudesse. De fato, em seus primórdios e nos dias de seu grande poderio, as mais ruinosas de suas violências surgiram de seu empenho para ordenar Eä de modo a não haver limites ou obstáculos à sua vontade. Mas isso ele não conseguiu levar a cabo. As *únati* permaneceram, uma lembrança perpétua da existência de Eru e de Sua invencibilidade, uma lembrança também da coexistência de si mesmo com outros seres (iguais em origem, se não em poder) inexpugnáveis pela força. Disso provém sua incessante e implacável fúria.

Ele percebeu que a aproximação direta de uma *sáma* de poder e grande força de vontade era sentida por uma *sáma* menor como uma imensa pressão, acompanhada por medo. Dominar por influência de poder e medo era o seu deleite; mas, nesse caso, descobriu que eram em vão: o medo fechava a porta mais rapidamente. Portanto, ele tentava o engodo e a dissimulação.

Aqui ele foi auxiliado pela simplicidade daqueles alheios do mal, ou ainda não acostumados a acautelarem-se contra ele. E por essa razão foi dito acima que a distinção entre a abertura e a vontade ativa de acolhimento era de grande importância. Pois ele chegava por dissimulação a uma mente aberta e incauta, na esperança de tomar conhecimento de alguma parte do pensamento desta antes que se fechasse, e ainda mais para inculcar nela o seu próprio pensamento, para enganá-la e convencê-la de sua amizade. Seu pensamento era sempre o mesmo, embora variasse para se adequar a cada caso (até onde o compreendia): ele era, acima de tudo, benevolente; era rico e podia dar a seus amigos quaisquer presentes que desejassem; e tinha um amor especial por aquele a quem se dirigia; mas nele deviam confiar.

Com isso ele conseguiu entrar em muitas mentes, removendo suas desvontades e destrancando a porta com a única chave, embora essa chave fosse falsa. No entanto, isso não era o que ele mais desejava: a conquista dos obstinados, a escravização de seus inimigos. Aqueles que escutavam e não fechavam a porta já eram com muita frequência inclinados à sua amizade; alguns (de acordo com as próprias medidas) já haviam ingressado em caminhos semelhantes ao dele, e davam ouvidos porque esperavam aprender e receber dele coisas que serviriam aos seus próprios propósitos. (Assim se deu com aqueles dos Maiar que primeiro e mais precocemente caíram sob a sua dominação. Já eram rebeldes, mas, desprovidos do poder e da vontade implacável de Melkor, admiravam-no, e viram em sua liderança a esperança de uma rebelião efetiva.) Mas aqueles que ainda eram inocentes e incorruptos de "coração"[g] tomavam de imediato ciência de sua entrada, e, caso dessem atenção ao aviso de seus corações, deixavam de escutar, expulsavam-no e fechavam a porta. Eram esses que Melkor mais desejava subjugar: seus inimigos, pois para ele eram inimigos todos os que lhe resistiam na menor das coisas ou reivindicavam o que quer que fosse como pertencente a si próprios, e não a ele.[13]

Portanto, ele procurou meios de contornar a *únat* e a desvontade. E essa arma ele encontrou na "linguagem". Pois agora falamos dos Encarnados, os Eruhíni, a quem ele mais desejava subjugar a despeito de Eru. Seus corpos, por serem de Eä, estão sujeitos à força; e seus espíritos, por serem unidos aos seus corpos em amor e solicitude, estão sujeitos ao medo por eles. E sua linguagem, embora venha do espírito ou da mente, opera por meio do corpo e com ele: não é a *sáma* nem seu *sanwe*, mas pode expressar o *sanwe* em seu modo e de acordo com a sua capacidade. Sobre o corpo e o residente, portanto, podem ser exercidos tamanhos medo e pressão que a pessoa encarnada pode ser forçada a falar.

---

[g] *enda*. Essa palavra traduzimos como "coração", embora não possua referência física a qualquer órgão do *hröa*. Ela significa "centro", e refere-se (embora por uma alegoria física inevitável) ao *fëa* ou à própria sáma, distinto da periferia (por assim dizer) de seus contatos com o *hröa*; autoconsciente; dotado da sabedoria primeva de sua criação que o tornou sensível a qualquer coisa hostil em seu menor grau.

Assim Melkor ponderou na treva de sua previdência muito antes de despertarmos. Pois nos dias de outrora, quando os Valar instruíram os Eldar recém-chegados a Aman acerca do princípio das coisas e da inimizade de Melkor, o próprio Manwë disse àqueles que escutassem: "Dos Filhos de Eru Melkor sabia menos do que seus pares, e prestou menos atenção ao que poderia ter aprendido, como aprendemos, na Visão da Chegada daqueles. Todavia, como agora tememos, visto que vos conhecemos em vosso verdadeiro ser, a tudo que pudesse auxiliar nos desígnios dele pela maestria sua mente ansiava dedicar-se, e o seu propósito avançou mais depressa do que os nossos, por não estar limitado a qualquer *axan*. Desde o início teve ele muito interesse na 'linguagem', aquele talento que os Eruhíni têm por natureza; mas não percebemos de imediato a malícia de seu interesse, pois muitos de nós partilhavam dele, e sobretudo Aulë. Mas, com o tempo, descobrimos que ele criara uma linguagem para aqueles que o serviam; e ele aprendeu a nossa língua com facilidade. Ele possui grande engenho nessa matéria. Sem dúvida ele dominará todas as línguas, até mesmo a bela fala dos Eldar. Portanto, se vierdes a falar com ele, cuidado!"

"Infelizmente", diz Pengolodh, "em Valinor Melkor usava o quenya com tamanha maestria que todos os Eldar ficavam maravilhados, pois seu uso não podia ser aprimorado, raramente sequer igualado, pelos poetas e mestres-do-saber".

Desse modo, por engodo, por mentiras, pelo tormento do corpo e do espírito, pela ameaça de tormento a outros bem-amados, ou pelo absoluto terror de sua presença, Melkor sempre procurava forçar o Encarnado que caísse em seu poder, ou ficasse ao seu alcance, a falar e contar-lhe tudo o que soubesse. Mas sua própria Mentira gerou uma prole infindável de mentiras.

Por esse meio ele destruiu muitos, causou traições incontáveis, e obteve conhecimento de segredos para sua grande vantagem e para a ruína de seus inimigos. Mas isso não se dá ao entrar na mente, ou ao lê-la como tal, a despeito dela. Não, pois embora fosse grande o conhecimento que ele obtivera, por trás das palavras (mesmo daquelas em medo e tormento) reside sempre a *sáma* inviolável: as palavras não se encontram nela, apesar de poderem provir dela (tal gritos por trás de uma porta trancada); elas precisam ser julgadas e avaliadas pela verdade que possa nelas existir. Portanto, o Mentiroso diz que todas as palavras são mentiras: todas as coisas que ele ouve são entremeadas de engodo, com subterfúgios, significados ocultos, e ódio. Nessa vasta malha, ele mesmo, enredado, debate-se encolerizado, consumido pela desconfiança, dúvida e medo. Não teria sido assim, se ele pudesse ter rompido a barreira e visto o coração como este é em sua verdade desvelada.

Se falarmos por último da "tolice" de Manwë e da fraqueza e imprudência dos Valar, tomemos cuidado ao julgar. Nas histórias, de fato, podemos nos espantar e angustiar ao lermos como (aparentemente) Melkor enganou e seduziu outros, e como mesmo Manwë parece, por vezes, quase ingênuo comparado a ele: como se um pai gentil, mas insensato, estivesse lidando com um filho genioso que, ao seu devido tempo, seguramente perceberia o quão mal se comportara. Enquanto nós, observadores e cientes das consequências, vemos agora que Melkor sabia muito bem o quão mal se comportava, mas estava fixado nesse comportamento por um ódio e um orgulho sem volta. Ele podia ler a mente de Manwë, pois a porta estava aberta; mas a sua própria mente era falsa e, mesmo que a porta parecesse estar aberta, havia portas de ferro do lado de dentro, fechadas para sempre.

De que outra forma isso poderia se dar? Deveriam Manwë e os Valar enfrentar segredos com subterfúgio, traição com falsidade, mentiras com mais mentiras? Se Melkor lhes usurpasse os direitos, deveriam negar os dele? Pode o ódio sobrepujar o ódio? Não, Manwë era mais sábio; ou, por estar sempre aberto a Eru, fazia a Sua vontade, que é mais do que sabedoria. Ele estava sempre aberto porque não tinha nada a esconder, nenhum pensamento que fosse prejudicial a qualquer um saber, caso pudessem compreendê-lo. De fato, Melkor conhecia sua vontade sem questioná-la; e ele sabia que Manwë era limitado pelos comandos e injunções de Eru, e fazia isso ou abstinha-se daquilo de acordo com eles, sempre, mesmo sabendo que Melkor os quebrava conforme seu propósito. Assim, o impiedoso sempre há de contar com a piedade, e os mentirosos hão de fazer uso da verdade; pois se a piedade e a verdade forem negadas ao cruel e ao mentiroso, elas deixarão de ser respeitadas.[14]

Manwë não poderia por coerção tentar compelir Melkor a revelar o seu pensamento e os seus propósitos, ou (caso usasse palavras) a falar a verdade. Se falasse e dissesse: *isto é verdade*, deveriam acreditar nele até que se provasse falso; se dissesse: *isto eu farei, como dizeis*, deveriam lhe proporcionar a oportunidade de cumprir a sua promessa.[h]

A força e a restrição que foram usadas contra Melkor pelo poder unido de todos os Valar não foram usadas para extorquir uma confissão (que era desnecessária); nem para compeli-lo a revelar o seu pensamento (o que era ilícito, mesmo que não fosse infrutífero). Ele foi feito prisioneiro como punição por seus atos malignos, pela autoridade do Rei. Assim podemos dizer; mas seria melhor dizer que ele foi privado por um período, estabelecido por promessa, de seu poder de agir, a fim de que pudesse parar e repensar sobre si mesmo, e ter, dessa maneira, a única chance que a misericórdia poderia conseguir de arrependimento e correção. Para a cura de Arda, de fato, mas também para a cura dele próprio. Melkor tinha o direito a existir, e o direito a agir e usar seus poderes. Manwë tinha a autoridade para governar e ordenar o mundo, até onde lhe era possível, para o bem-estar dos Eruhíni; mas, se Melkor se arrependesse e retornasse à lealdade a Eru, sua liberdade deveria lhe ser dada novamente. Ele não podia ser escravizado, ou ter seu quinhão negado. O ofício do Rei Antigo era preservar todos os seus súditos na lealdade a Eru, ou trazê-los de volta a ela, e nessa lealdade deixá-los livres.

Portanto, somente no final, e somente pela ordem expressa de Eru e por Seu poder, foi Melkor subjugado por completo e privado para sempre de todo o poder para fazer ou desfazer.

Quem entre os Eldar considera que o cativeiro de Melkor em Mandos (que foi alcançado à força) foi insensato ou ilícito? No entanto, a decisão de atacar Melkor, e não apenas para se opor a ele, a fim de enfrentar violência com ira causando perigo a Arda, foi tomada por Manwë somente com relutância. E considere: que bem, neste caso, mesmo o uso legítimo de força realizou? Removeu-o por um tempo e poupou a Terra-média da pressão de sua malícia, mas não erradicou o seu mal, pois não podia fazê-lo. A não ser, talvez, que Melkor tivesse de fato se arrependido.[i] Mas ele não

[h] Razão pela qual Melkor amiúde falava a verdade, e de fato raramente mentia sem um traço de verdade qualquer. A não ser que fosse em suas mentiras contra Eru; e foi, talvez, por proferir tais coisas que lhe foi negado qualquer retorno.

[i] Alguns afirmam que, embora o mal possa então ter sido mitigado, ele não poderia ter sido desfeito mesmo por Melkor arrependido; pois o poder lhe deixara e

se arrependeu, e, na humilhação, tornou-se mais obstinado: mais sutil em seus engodos, mais ardiloso em suas mentiras, mais cruel e mais pusilânime em sua vingança. A mais débil e mais imprudente de todas as ações de Manwë, como parece a muitos, foi a libertação de Melkor do cativeiro. Desse ato proveio a maior perda e o maior dos males: a morte das Árvores, e o exílio e a agonia dos Noldor. Contudo, através desse sofrimento também se alcançou, como talvez de nenhum outro modo pudesse ter sido alcançada, a vitória dos Dias Antigos: a queda de Angband e a derrocada derradeira de Melkor.

Quem então pode dizer com segurança que, se Melkor tivesse sido mantido acorrentado, menos mal teria se seguido? Mesmo diminuído, o poder de Melkor está além da nossa suposição. Porém, algumas irrupções ruinosas de seu desespero não são o que de pior poderia ter ocorrido. A libertação deu-se de acordo com a promessa de Manwë. Se Manwë tivesse quebrado essa promessa para os seus próprios propósitos, mesmo que ainda pretendesse fazer o "bem", ele teria dado um passo em direção aos caminhos de Melkor. Esse é um passo perigoso. Nessa hora e nesse ato, ele teria deixado de ser o vice-governante do Uno, e se tornaria apenas um rei que se aproveita de um rival que conquistou pela força. Ficaríamos então com os pesares que de fato se sucederam? Ou preferiríamos que o Rei Antigo perdesse a sua honra, e assim passássemos, talvez, a um mundo dividido entre dois senhores soberbos lutando pelo trono? Disto podemos estar certos, nós, filhos de menor força: qualquer um dos Valar poderia ter seguido os caminhos de Melkor e se tornado como ele: um foi o suficiente.

NOTAS

[1] É naturalmente tentador identificar esse redator, e o de *Quendi and Eldar*, como Ælfwine, o marinheiro anglo-saxão que foi o tradutor/transmissor e comentarista de outras obras de Pengolodh, como o *Quenta Silmarillion* (V:201, 203–04, 275, nr.) e, notavelmente, o *Lhammas B* (ver V:167).

[2] Embora o *Lammas* "Relato de Línguas" de Pengolodh aqui seja, dentro da subcriação, a mesma obra que o seu *Lhammas* (o texto publicado em *The Lost Road and Other Writings*), ele parece se referir a uma versão não escrita (ou uma

não estava mais sob o controle de sua vontade. Arda estava maculada em sua própria essência. As sementes que a mão semeia crescerão e multiplicar-se-ão ainda que a mão seja removida.

que não foi preservada, de qualquer forma) daquela obra, que é diferente em certos aspectos. O *Lhammas* publicado, por exemplo, não termina com uma discussão acerca da "transmissão direta de pensamento", ao contrário do que afirma o presente texto a respeito do *Lammas*; e a "Nota acerca da 'Língua dos Valar'" que conclui *Quendi and Eldar*, dita ser "resumida" dos comentários de Pengolodh no início de seu *Lammas* (XI:397), é muito mais longa e mais detalhada do que a brevíssima afirmação geral que abre o *Lhammas* (V:168). (Contudo, pelo menos uma referência contemporânea ao *Lammas* pode ter sido ao *Lhammas*: ver XI:208–9, n. §6.)

[3] Uma anotação em uma das páginas de *Quendi and Eldar* indica que o "*Ósanwe-kenta*" foi pretendido por Tolkien como um adjunto ao ensaio mais longo: "Ao qual é acrescentada uma abreviação do "*Ósanwe-kenta*" ou 'Comunicação de Pensamento'" (X:415). Além disso, Christopher Tolkien comenta que seu pai usou o título *Quendi and Eldar não só para o ensaio mais longo, mas também para incluir o* "*Ósanwe-kenta*" e outro ensaio breve acerca da origem dos Orques (este publicado em *Morgoth's Ring*, ver pp. 415 ss.). Todos os três ensaios foram preservados em versões datilografadas que são "idênticas em aparência geral" (X:415).

A associação do "*Ósanwe-kenta*" com *Quendi and Eldar* também se estende à terminologia e ao assunto. Por exemplo, o "*Ósanwe-kenta*" faz uso de certos termos linguísticos definidos e discutidos um tanto detalhadamente em *Quendi and Eldar* (p. ex., *tengwesta*, *lambë*) de uma maneira que se pressupõe que as definições e distinções lá apresentadas já são conhecidas. Ademais, o "*Ósanwe-kenta*" amplifica certas afirmações da "Nota acerca da 'Língua dos Valar'" que conclui *Quendi and Eldar*: p. ex. que "Era o talento especial dos Encarnados, que viviam pela união *necessária* de *hröa* e *fëa*, criar idiomas" (XI:405); e, mais surpreendente, que "os Valar e os Maiar podiam transmitir e receber pensamentos diretamente (pela vontade de ambas as partes) em conformidade com sua verdadeira natureza", embora o seu "uso de formas corpóreas [...] tornasse esse modo de comunicação menos veloz e preciso" (XI:406). Também discorre mais sobre "a velocidade com a qual [...] uma *tengwesta* pode ser aprendida por uma ordem mais elevada", pelo auxílio da "transmissão e recepção de pensamento" diretas em conjunto com a "ternura de coração" e o "desejo de compreender outros", conforme exemplificado pela rapidez com que Finrod aprendeu o idioma bëoriano (*ibid.*).

Em sua notável abrangência filosófica natural e moral, o "*Ósanwe-kenta*" também possui fortes afinidades com outros escritos similarmente filosóficos e bastante contemporâneos publicados em *Morgoth's Ring*: p. ex., "Leis e Costumes entre os Eldar", o "*Athrabeth Finrod ah Andreth*" e muitos dos escritos mais breves reunidos na Parte V, "Mitos Transformados". Destes, de particular interesse com relação ao presente ensaio são os textos II (X:375 ss.), VI, "Melkor Morgoth" (X:390 ss.) e VII, "Notas acerca de motivos no *Silmarillion*" (X:394 ss.), todos os quais de algum modo tratam dos motivos e métodos de Melkor e de seus tratos com Manwë e os outros Valar e os Encarnados. O início da parte (ii) desse último texto (X:398 ss.) é particularmente digno de nota; embora muito mais breve e menos detalhado do que o "*Ósanwe-kenta*" ele também trata da "transferência de pensamento" e de muitas das mesmas questões filosóficas em torno dela, tal como são discutidas no presente texto.

[4] Nessa e em cada ocorrência subsequente, "Eruhíni" foi alterado por Tolkien a partir do termo "Eruhin" datilografado (ver X:320).

[5] Tolkien substituiu "disposto a" por "pretendendo" enquanto datilografava.

[6] O conceito da Maculação de Arda foi muito elaborado por Tolkien entre os escritos bastante contemporâneos publicados em *Morgoth's Ring* (quanto às muitas referências, ver X:455). Ver também XI:401.

[7] Tolkien escreveu "um impedimento" acima de "uma barreira", que foi apagado.

[8] Quanto à natureza "vinculatória" do uso de um corpo para prazeres corpóreos por aqueles não naturalmente encarnados, ver Corpo e Espírito, no Apênd. I.

[9] Essa é talvez uma referência à "Balada de Leithian" de c. 1925–31 (ver III:252–54, versos 2740–282),[i] onde é dito que Sauron (então chamado Thû) escapou de Huan como "Atroz vampiro, vasto e aflito", embora deixando para trás um "de Lobo [...] inerte corpo". Contudo, em *O Silmarillion* publicado (p. 240) está claro que Sauron se entrega a Lúthien e é solto por Huan *para evitar* a destruição de seu corpo.

[10] Ver a discussão de *essi apacenyë* "nomes de presciência", dados por uma mãe aos filhos na hora de seus nascimentos em indicação de "alguma presciência do destino especial da criança" (X:216).

[11] Tolkien escreveu "prognóstico" na margem como uma substituta para a palavra apagada "predição".

[12] Compare essa afirmação acerca da *impossibilidade* de penetração forçada da mente com o primeiro parágrafo da parte (ii) das "Notas acerca de motivos no *Silmarillion*" (X:398–99), que parece dizer que um ato desse tipo é possível, apesar de proibido e, ainda que feito para propósitos "bons", criminoso.

[13] É interessante comparar essa discussão acerca dos métodos enganosos de Melkor para conseguir entrar pela porta da *sáma* com a descrição contemporânea de sua tentativa fracassada de seduzir, adular e induzir Fëanor a deixá-lo atravessar a porta (física) de Formenos, na expansão do capítulo "Das Silmarils e da Inquietação dos Noldor" da segunda fase do "*Quenta Silmarillion*" (X:280 §54, também S:109).

[14] Essa frase originalmente terminava da seguinte forma: "eles deixarão de ser [?– e] tornar-se-ão mera prudência".

---

[i] Ver, também, *Beren e Lúthien*, p. 194, versos 579—84. [N. T.]

10

Notas acerca de Órë

Entre os papéis associados ao "Xibolete de Fëanor" (publicado parcialmente em *The Peoples of Middle-earth*), de c. 1968, localizada agora entre a última página datilografada do ensaio propriamente dito e a primeira das páginas manuscritas a respeito dos nomes dos filhos de Fëanor e da lenda da morte de seu filho mais novo (ver XII:352 ss.), há uma única folha datilografada, aparentemente não relacionada, mas bastante contemporânea. *É o início do que em algum momento pode ter sido (ou seria) um ensaio substancial acerca do radical* GOR- eldarin comum e suas descendentes, que Tolkien intitulou à tinta com o seu derivado em quenya: "óre"; e numerou como "1".

Este texto foi publicado anteriormente, em uma forma um tanto diferente, em *Vinyar Tengwar* 41 (2000).

Órë

Eldarin comum GOR: quenya *or*, telerin *or*, sindarin *gor*; associada com √OR eldarin comum em quenya e telerin,[1] mas provavelmente não relacionada semanticamente em eldarin comum. O mais próximo do sentido original é "advertir", mas (a) não se refere apenas a perigos, males ou dificuldades pela frente; e (b) embora pudesse ser usada para a influência de uma pessoa sobre outra por meios visíveis ou audíveis (palavras ou sinais) — caso no qual "conselho" era mais próximo do sentido —, esse não era o seu principal uso. Isso pode ser mais bem explicado ao se considerar o seu principal derivado. Este era em eldarin comum **gōrē*: quenya *órë*, telerin *ōrë*, sindarin *gûr*.

A palavra em quenya órë é glosada em *O Senhor dos Anéis* (RR, p. 401)[2] como "coração (mente interior)". Mas, embora ela seja usada com frequência no *SdA* na expressão "meu coração me diz",[3] como tradução do quenya *órenya quete nin*, do telerin *ōre nia pete nin*, e do sindarin *guren bêd enni*, "coração" não é apropriado, exceto por concisão, uma vez que *órë não corresponde em sentido a nenhum dos usos confusos em inglês de "coração": memória, reflexão; coragem, boa disposição; emoção, sentimentos, impulsos ternos, gentis ou generosos (não controlados pela razão, ou opostos aos julgamentos desta).*

O que órë era para o pensamento e fala élficos, e a natureza de seus conselhos — ele diz, e assim aconselha, mas nunca é representado como imperioso — exige para a sua compreensão um breve relato do pensamento eldarin sobre esse assunto. Para esse propósito, a questão de se esse pensamento possui alguma validade conforme julgado pela filosofia ou psicologia humanas, atuais ou passadas, não tem importância; tampouco precisamos levar em consideração se as mentes élficas diferiam em suas faculdades e sua relação com seus corpos.

Os Elfos consideravam que não havia diferenças fundamentais nas determinadas faculdades; mas que, por razões da história separada de Elfos e Homens, eram usadas de maneira diferente. Acima de tudo, a diferença de seus corpos, que não obstante eram da mesma estrutura, tinha um efeito marcante: o corpo humano era (ou se tornara) mais facilmente ferido ou destruído, e estava, de qualquer forma, fadado a deteriorar-se com a idade e a morrer, com ou sem a vontade para tal, após um breve período. Isso incutiu no pensamento e nos sentimentos humanos a "pressa": todos os desejos da mente e do corpo eram muito mais imperiosos nos Homens do que nos Elfos: paz, paciência, e mesmo a satisfação plena com o presente bem eram por demais diminuídos nos Homens. Por uma ironia de seu destino, embora suas expectativas pessoais acerca deste fossem breves, os Homens estavam sempre pensando no futuro, mais frequentemente com esperança do que com temor, apesar de suas experiências reais lhes darem pouca razão para a esperança. Por uma ironia similar, os Elfos, cujas expectativas para o futuro eram indefinidas — embora diante deles, por mais distante que estivesse, pairasse a sombra de um Fim —, ficavam cada vez mais envolvidos com o passado, e com o arrependimento — apesar de suas lembranças estarem de fato carregadas de pesares. Os Homens, diziam eles, certamente possuíam (ou haviam possuído) óre; mas, devido à "pressa" mencionada acima, davam-lhe pouca atenção.

E havia outra razão mais sombria (relacionada, pensavam os Elfos, à "morte" humana): a *órë* dos Homens estava aberta a conselhos malignos, e não era seguro confiar nela.[a][4]

> O texto datilografado termina ao pé da página. Se alguma continuação desse texto datilografado existiu em algum momento, ela aparentemente não foi preservada. Contudo, há páginas manuscritas entre os documentos linguísticos de Tolkien contendo o que aparentemente são materiais rascunhados não muito anteriores a esse texto datilografado que fornecem alguns indícios de como aquele texto mais acabado poderia ter continuado. Esse conjunto de anotações manuscritas foi escrito em ambos os lados de três folhas de boletins de publicação da Allen & Unwin, com datações variadas de 12 de janeiro ou 9 de fevereiro de 1968 (o que fornece um *terminus a quo* para essas anotações). Foram escritas muito rapidamente, e a letra em alguns lugares é extremamente difícil de ser interpretada, mesmo por Tolkien, que, em um ponto ou outro, e de forma mais ou menos hesitante, fez notas à própria letra.

órë em linguagem não técnica, glosada "coração, mente interior", equivalente mais próximo de "coração" em nossa aplicação a *sentimentos*, ou *emoções* (coragem, medo, esperança, pena etc.), inclusive nocivas. Mas a palavra também é usada de modo mais vago para coisas que surgem na mente ou que entram na mente (*sanar*), que os Eldar por vezes consideravam como o resultado de profunda reflexão (com frequência tendo prosseguimento durante o sono) e por vezes de mensagens ou influências reais sobre a mente — de outras mentes, incluindo as mentes superiores dos Valar e, dessa maneira, *indiretamente* de Eru.[5] (Assim, supunha-se nesse período que Eru até mesmo "falava" diretamente com seus Filhos.)[6] Daí a expressão frequente *órenya quete nin* = "meu coração me diz", usada para alguns sentimentos profundos (a serem confiados) de que algum

[a] Ver "ou se tornara" acima. Os Eldar supunham que algum desastre havia se abatido sobre os Homens antes de travarem conhecimento com eles, suficiente para danificar ou alterar as condições sob as quais viviam, especialmente no tocante à sua "morte" e sua atitude para com ela. Mas sobre isso os Homens, mesmo os Atani com os quais vieram a ter estreita associação, jamais falavam com clareza. "Há uma sombra atrás de nós", diziam, mas não explicavam o que isso significava.

curso de ação etc. deve ser [?aprovado] ou [?] que virá a acontecer [? ?]. Isso em quenya era com frequência associado a √*or*- "subir/erguer(-se)", como se estivessem "surgindo" = coisas que surgem e crescem na *sanar*, perturbando ou influenciando ou advertindo-a, e frequentemente determinando de modo ativo o seu julgamento, *nāmie* "um julgamento ou desejo único" (*sanwe* "pensamento" > *nāma* "um julgamento ou desejo" > *indo* "determinação" ou "vontade" > ação), mas é provavelmente outro caso de *h* perdido.

"Mente" é *sanar* (de "pensador"): da qual *indo* "vontade" era considerada como uma parte ou uma função da *sanar*.

O radical eldarin comum √HOR = "urgir, impelir, induzir", mas somente para impulso "mental"; ela difere de √NID por não possuir referência à ação ou força físicas.[7]

> *(h)ore nin karitas* = "sinto uma ânsia/desejo de fazê-lo".
> *ore nin karitas nō* (mas) *namin alasaila* = "gostaria /sinto-me instigado a fazer, mas julgo não ser sensato".
> *ōrenya quēta nin* = "meu coração está me dizendo".

Mente, "refletidor, pensador" = quen. *sanar*; "vontade" = *indo*; "premonição" = óre.[8]

Emoções são divididas em duas coisas "entrelaçadas":

1) impulsos físicos produzidos pelo *corpo*, para a sua preservação, prazer, propagação, medo físico, desejo, fome, sede, desejo sexual, o lado físico do amor quando o "casamento" de *hröa* e *fëa* estava muito íntimo etc.

2) impulsos que surgem no *fëa*, seja por sua própria natureza, seja por ser afetado pelo horror, amor/piedade/[? ?], raiva, ódio; sendo o ódio um caso crucial. Este era, na história eldarin posterior, um produto do orgulho/amor-próprio e da emoção da rejeição (ou, de forma mais corrompida, da vingança) naqueles que se opunham à vontade ou desejo de alguém; mas havia um "ódio" real muito mais impessoal, que afetava o *fëa* somente como um de animosidade, de coisas que eram malignas, "contra Eru", destrutivo para com outras coisas, especialmente seres vivos.[9]

Os Eldar achavam[10] que algum desastre, talvez chegando mesmo a ser uma "mudança do mundo" (isto é, algo que afetou toda a história posterior deste), abatera-se sobre os Homens e alterou a sua natureza, especialmente com relação à "morte". Mas sobre isso os Homens, nem mesmo os Atani com os quais vieram a ter estreita associação, jamais conseguiam falar com mais clareza do que se referir à "sombra atrás de nós" ou à "treva da qual fugimos". Entretanto, existe um documento curioso chamado o "Diálogo de Finrod e Andreth".[11] Finrod era um dos Reis noldorin conhecido como *Firindil* ou *Atandil*, "amigo dos Homens", o mais interessado neles ou que lhes era solidário. Andreth era uma mulher, uma "sábia" dos Atani, que aparentemente amara e fora amada pelo irmão dele, Eignor ("chama aguçada") [Aegnor no *Athrabeth*], mas que a tinha (conforme pensava Andreth) rejeitado, por fim, como pertencente a uma raça inferior. Por esse diálogo, dá-se a entender que Andreth acreditava que a morte (e especialmente o medo dela) sobreviera aos Homens como punição ou resultado de algum desastre — uma rebelião contra Eru, supunham os Eldar; e que não havia qualquer intenção original de que os Homens fossem breves ou transitórios. Esse documento na verdade parece ter tido origem entre os Homens, provavelmente provindo da própria Andreth.

Pois (até onde podemos julgar agora) [por] lendas (em sua maior parte de origem élfica, provavelmente, embora chegassem até nós pelos Homens) parece claro que não havia intenção de os Homens possuírem a longevidade élfica, limitada apenas pela vida da Terra ou sua duração como um local habitável para os encarnados. Eles eram *privilegiados*, teriam dito os Elfos, por saírem de livre vontade do mundo físico e do tempo (os círculos do mundo), mas após uma duração de vida muito maior do que a maioria agora possuía de fato. A vida dos Númenóreanos antes de sua queda (a 2ª queda do Homem?) era, dessa maneira, não tanto uma dádiva especial, mas mais uma restauração do que deveria ter sido a herança comum dos Homens, [viver] por 200–300 anos. Aragorn afirmava ser o último dos Númenóreanos.[12] O "desastre", suspeitavam assim os Elfos, foi alguma rebelião contra Eru que tomou [a] forma da aceitação de Melkor como Deus.[13] Uma consequência desse ato foi de que o *fëa* foi [?debilitado] e Melkor ganhou o direito sobre aqueles que se rebelaram contra ele e buscaram a proteção de Eru, e acesso à [? ?] *óre* que [?espantavam ?? ?], mas eram [?inúteis] e somente os mais sábios dos Homens conseguiam distinguir entre as sugestões malignas [?dele] e o verdadeiro *óre*.

> Apesar da dificuldade do final dessa passagem, ela é legível o suficiente para que o seu significado pareça claro: por meio de sua aceitação pelos Homens como Deus, Melkor teve acesso ao órë dos Homens, de maneira que apenas os mais sábios dos Homens conseguiam distinguir entre o conselho incorrupto do órë e as sugestões malignas de Melkor. Ver a afirmação no texto datilografado de que "o *órë* dos Homens estava aberto a conselhos malignos, e não era seguro confiar nele".

Os Elfos distinguiam entre o *fëa* (< **phayā*) como "espírito/alma" e *hröa* (< **srawā*) "corpo". Ao *fëa* [?primariamente] atribuíam a *sanar*, "a mente", que funciona em parte com a vontade, *indo*, provinda dos julgamentos da *sanar* baseados em evidências que lhe eram trazidas pelos sentidos ou por experiências, mas também pela *órë*. Esse era considerado um poder ou função da "mente interior" [...].[14]

> Outra anotação manuscrita difícil, localizada no mesmo grupo que (mas não junto com) as anotações manuscritas precedentes, e da mesma forma escrita em um boletim de publicação da Allen & Unwin datado de 9 de fev. de 1968, diz o seguinte:

hor- a ser glosada "advertir", embora não se refira somente a males ou perigos. Pode ser usada para uma pessoa que fala com outra, mas é usada principalmente de modo impessoal como em *ora nin* "adverte-me" ou na expressão *órenya quete nin* "meu coração me diz", e considera-se que "surge" de alguma fonte interior de sabedoria ou conhecimento independente do conhecimento ou experiência acumulados pelos sentidos, sabedoria essa que [?era devida por vezes] à influência de mentes superiores e mais sábias, como as dos Valar.

NOTAS

1. *As Etimologias* fornece a base ORO- "subir; elevar; alto; etc.", donde quen. óre "subida, elevação" (V:379).
2. Isto é, RR:1599.

[3] Ver SA:115, 381; RR:1156, 1162.

[4] Essa nota de rodapé continua com uma frase incompleta: "Mas durante a".

[5] A palavra "indiretamente" substituiu a original "mediatamente".

[6] Uma nota marginal extremamente difícil junto a esse parágrafo diz o seguinte, até onde posso determinar: "[? coração] o que se chamaria [? ? ? ?] sentimentos, um pressentimento [? ? acredita-se, embora não] surja das evidências [?acumuladas] pela mente consciente [?de alguém]".

[7] Em escritos aparentemente bastante contemporâneos (isto é, c. jan. de 1968), localizados em outra parte dos documentos de Tolkien, a base verbal √NID é glosada "forçar, pressionar, empurrar". Entre os derivados em quenya apresentados, há o substantivo *indo* "a mente em sua faculdade proposital, a vontade" e o verbo *nirin* "pressiono, empurro, forço (em determinada direção)", que, "embora aplicável à pressão de uma pessoa sobre outras, pela mente e 'vontade', assim como pela força física, também podia ser usada para pressões físicas exercidas por inanimados".

[8] Na margem superior da página, acima dessas glosas, há uma anotação extremamente difícil, que até onde consigo decifrar diz o seguinte: "*hóre* também a consciência. O conhecimento interno ou inerente do que era bom para a saúde da [?mente e alma ? o bem ? ?] além da sabedoria da experiência [? ? piedade ? ? ?].

[9] Tolkien escreveu aqui: "quen. *felme* | *feafelme* | *hroafelme*", presumivelmente para serem traduzidos como "impulso, emoção", "impulso espiritual" e "impulso corporal", respectivamente.

[10] A palavra "achavam" aqui substituiu "acreditavam" enquanto o texto estava sendo escrito.

[11] Esse é o texto de c. 1959 publicado como *Athrabeth Finrod ah Andreth* em *Morgoth's Ring* (X:303 ss.).

[12] Ver RR:1510. Aragorn também afirma lá que lhe fora dada "uma duração tripla da dos Homens da Terra-média". Ver cap. 18, "Idades Élficas e Númenóreanas", na Parte Um deste livro, e caps. 11, "Vidas dos Númenóreanos", e 12, " O Envelhecimento dos Númenóreanos", na Parte Três.

[13] Ver *O Conto de Adanel*, X:345–49; também X:351 e 354–56. Conforme escrito inicialmente, o manuscrito dizia "um deus"; "deus" foi então alterado para "Deus". O artigo indefinido não foi apagado, mas presumivelmente deveria ter sido, de modo que foi removido aqui editorialmente. Sobre a natureza caída de Homens, no pensamento élfico e humano, ver cap. 12, "Acerca dos Quendi em seu Modo de Vida e Crescimento", na Parte Um deste livro. Ver também A QUEDA DO HOMEM, no Apênd. I.

[14] A letra de Tolkien torna-se extremamente difícil nesse ponto; até onde posso determinar, a anotação continua da seguinte forma: "pois apesar de não serem físicos [?] eram [?] estava [? ?] do *fëa* [?quando] era [? coração] da [?] pelo [?impacto] da experiência de seu *hroa* / corpo [?] o óre [? ?]".

11

Destino e Livre-Arbítrio

Em algum momento por volta de 1968 (boa parte do texto apresentado aqui foi escrita no verso de avisos de reimpressão, produzidos pela editora Allen & Unwin com data de 12 de janeiro de 1968), Tolkien dedicou-se a fazer considerações sobre duas palavras em quenya que aparecem e foram traduzidas em *O Senhor dos Anéis*: *ambar*, "mundo", e *umbar*, "destino", analisando seus sentidos precisos e as relações etimológicas e semânticas entre elas. Em meio a uma discussão linguística sobre certos detalhes da fonologia élfica, Tolkien citou a base eldarin MBAR que subjaz a ambas essas palavras em quenya, bem como as formas aparentadas em sindarin, *amar*, "mundo", e *amarth*, "destino":

MBAR: basicamente "assentar-se, estabelecer", mas com um desenvolvimento semântico considerável, sendo especialmente aplicado a "assentamento", isto é, o assentamento de um lugar, a ocupação (permanente) e a ordenação de uma região como um "lar" (de uma família ou povo) > erigir construções (permanentes), habitações?[1]

Tolkien continua e cita vários termos derivados dessa base, incluindo:

Quenya e telerin *ambar*, sindarin *amar*, "mundo", "a grande habitação".

Abaixo dessas glosas, ele acrescentou uma nota de esclarecimento:

As implicações completas dessa palavra não podem ser compreendidas sem fazer referência às visões eldarin acerca do "destino" e do "livre-arbítrio". (Ver nota sobre esses pontos.) O sentido de "mundo" — aplicado normalmente a esta Terra — deriva principalmente do sentido de "assentamento": "a grande habitação" (οἰκουμένη)[2] enquanto "lar das criaturas que falam", esp. Elfos e Homens (*ambar*, "mundo", diferia de *Arda* quanto a seu referente. *Arda* significava "reino" e correspondia a esta terra como o *reino* governado por Manwë (o Rei Antigo), vice-regente de Eru, para benefício dos Filhos de Eru.) Mas, embora *-mbar* naturalmente fosse usada mormente a respeito das atividades e propósitos das criaturas racionais, não estava limitada a eles. Assim, podia se referir às condições e aos processos (físicos) estabelecidos da Terra (conforme estabelecidos em sua Criação, diretamente ou de maneira mediada, por Eru), a qual era parte de Eä, o Universo; e, assim, aproximava-se, em certos usos, do sentido de "Destino", de acordo com o pensamento eldarin sobre esse assunto. Assim, tem-se o termo quen. *ambarmenië*, "a maneira do mundo" ("mundo", aliás, nunca significava "pessoas"), as condições fixas e (por parte das "criaturas") inalteráveis nas quais viviam.

Depois, um pouco mais à frente na discussão das palavras derivadas de MBAR, Tolkien escreve:

Sindarin *amarth*, "Destino". Esse sentido é uma aplicação do sentido básico de *mbar*, ampliado por sua formação: "estabelecimento/ ordem permanente"; "Destino", em sentido especial (quando aplicado ao futuro): isto é, a ordem e as condições do mundo *físico* (ou de Eä em geral) enquanto estabelecidas e pré-ordenadas no momento da Criação, e aquela parte dessa ordem determinada que afeta um indivíduo dotado de uma *vontade*, como algo imutável diante de sua vontade pessoal.

A "nota sobre esses pontos" à qual Tolkien se refere aqui, em conexão com os temas do destino e do livre-arbítrio, apareceu numa versão anterior dessa mesma discussão de certos pontos estritamente linguísticos, começando numa folha à qual Tolkien deu, mais tarde, o título de "Destino" (depois de colocar entre colchetes a discussão sobre MBAR e riscar a análise mais estritamente linguística que a precedeu) e continuando por mais quatro páginas, a primeira das quais recebendo o título "Destino e Livre-Arbítrio". O texto começa com caligrafia clara, feita com caneta de bico preta, e várias notas e alterações feitas com caneta esferográfica azul, mas isso termina na parte inferior da segunda página, onde Tolkien passou a usar lápis e começou a escrever de modo muito apressado até a terceira página. Por sorte, na quarta página, Tolkien recapitulou, com caneta esferográfica azul e uma caligrafia muito mais cuidadosa, (quase) tudo que tinha escrito com tanta pressa antes. Acrescentou ainda algumas notas de rodapé com caneta esferográfica vermelha. Um parágrafo final muito difícil de ler foi acrescentado a lápis, de leve.

Apresento aqui a transcrição da segunda versão, a qual, em sua maior parte, acompanha a primeira versão muito de perto, mas interpola um parágrafo significativo (destacado aqui com colchetes) da primeira versão, que está faltando na segunda, no corpo do texto.

Esse ensaio foi publicado antes em forma editorial ligeiramente diferente no periódico *Tolkien Studies*, vol. VI (2009). As reticências indicam a omissão de passagens mais estritamente linguísticas ou técnicas.

MBAR, "assentar, estabelecer" (também, portanto, criar um assentamento num lugar, assentar-se nesse lugar, estabelecer o lar de alguém), também erigir (construções permanentes, habitações etc.); forma estendida *m̩barat* com maior intensidade. Daí deriva o sind. *barad*, "torre" (não se refere a um edifício alto e delgado, mas no sentido da Torre de Londres), grande construção permanente com força defensiva, como em *Barad-dûr*.[a] A forma em quenya seria **marto* [...] mas essa palavra se perdeu e geralmente era substituída por **ostō* > *osto*, sind. *ost* (como se vê em *os(t)giliath*).[b] A forma em eldarin comum **mbar'tă*, "estabelecimento permanente" > *destino* do mundo em geral, tal como, ou até onde, foi estabelecido e pré-ordenado desde a criação; bem como aquela parte desse "destino" que afetava uma pessoa individual e não estava aberta à modificação por meio de seu livre-arbítrio.[c]

---

[a] Minas Ithil e especialmente Minas Anor (Tirith), porém, eram "torres" no sentido de barad, mas seus nomes eram derivados de sua alta torre central, nos dias em que a principal cidade habitada de Gondor era a de Osgiliath.

[b] Originalmente "fortificação", defesa, não necessariamente muito grande ou permanente; um campo defensivo com muros de terra batida e uma vala era um osto.

[c] P. ex., um dos Eldar diria que, para todos os Elfos e Homens, a forma, condição e, portanto, o desenvolvimento físico passado e futuro e o destino desta "Terra" estavam determinados e além do poder deles de alterar, e, de fato, além até mesmo do poder dos Valar de alterá-los de qualquer forma ampla e permanente. (Eles faziam

Em quen. **m̥bar'tă* > *umbart-* > *umbar* (no genitivo, *umbarto*), "Destino" [...] em sind. *amarth*. [...] A palavra derivada do radical simples *mbar-* [...] era **ambara*, "estabelecimento", quen. *ambar*, "o mundo", tele. *ambar*, sind. **amar* (não registrado). Esses termos tinham, para os Eldar, uma relação mais óbvia com **m̥bar'ta* do que poderíamos intuir, já que o "destino", até onde eles o reconheciam, era concebido como um obstáculo muito mais físico à vontade.

Eles não teriam negado que (digamos) um homem estivesse (ou poderia ter estado) "destinado" a encontrar um inimigo seu em certo tempo e lugar, mas negariam que ele então estava "destinado" a falar-lhe com expressões de ódio, ou a matá-lo. A "vontade", em certo grau, precisa ser parte das muitas ações complexas que levam ao encontro de pessoas; mas os Eldar sustentavam que eram "livres" apenas aqueles esforços da "vontade" que se direcionavam para um *propósito totalmente consciente*. Numa jornada, um homem pode mudar de rumo, escolhendo este ou aquele caminho — p. ex., para evitar um pântano, ou um morro íngreme —, mas essa decisão é, em sua maior parte, intuitiva ou semiconsciente (como a de um animal irracional) e tem apenas o objetivo imediato de facilitar sua jornada. A partida dele pode ter sido uma decisão livre, para atingir algum objetivo,[d] mas o curso real que segue estava sendo diri-

---

uma distinção entre "transformação" e redirecionamento. Assim, qualquer "ser racional [?dotado de livre-arbítrio]" poderia, em pequena escala, movimentar, re-direcionar, deter ou destruir objetos no mundo; mas ele não poderia "transformar" [tais objetos] em alguma outra coisa. Eles não confundiam análise com transformação, p. ex. água/vapor, oxigênio, hidrogênio.) A Queda de Númenor foi um "milagre", como diríamos, ou, segundo eles, uma ação direta de Eru dentro do tempo, que alterou o esquema anterior por todo o tempo que viria depois. Eles provavelmente também diriam que Bilbo estava "destinado" a achar o Anel, mas não necessariamente a entregá-lo; e, portanto, se Bilbo o entregou, Frodo estava destinado a partir em sua missão, mas não necessariamente a destruir o Anel — o que, de fato, ele não fez. Teriam acrescentado que, se a queda de Sauron e a destruição do Anel era parte do Destino (ou do Plano de Eru), então, se Bilbo tivesse retido o Anel e se recusado a entregá-lo, algum outro meio teria surgido pelo qual os propósitos de Sauron seriam frustrados: tal como quando a vontade de Frodo, por fim, mostrou-se inadequada, um meio para a destruição do Anel imediatamente apareceu — deixada em reserva por Eru, por assim dizer.

[d] Assim, se um homem parte para uma jornada com o propósito de achar seu inimigo, e depois o propósito de fazer isto ou aquilo (perdoá-lo/pedir o seu perdão/amaldiçoá-lo/tentar matá-lo): Aquele propósito governa todo o processo. Pode ser frustrado pelo "acaso" (— na verdade, nunca o achou —), ou pode ser ajudado

gido, em grande parte, por fatores *físicos* — e *poderia ter* levado a/ ou evitado um encontro importante. Era esse aspecto de "acaso" que estava incluído em *umbar*. Ver *The Return of the King*, p. 360 [edição original em inglês]: "Um encontro casual, como dizemos na Terra-média".[3] Essa frase foi dita por Gandalf sobre seu encontro com Thorin em Bri, o qual levou à visita a Bilbo. Pois esse "acaso", não planejado ou nem mesmo pensado por Thorin ou Gandalf, fez contato com a grande "vontade" de Gandalf, e seu propósito e desígnios fixos para a proteção das fronteiras do NO[e] contra o poder de Sauron. Se Gandalf fosse diferente em caráter, ou se não tivesse agarrado essa oportunidade, o "acaso", por assim dizer, teria deixado de ser "deflagrado" (não teria disparado). Gandalf não estava "destinado" a agir como agiu então. (De fato, suas ações foram muito estranhas, idiossincráticas e inesperadas: Gandalf era como um poderoso "livre-arbítrio" à solta, de certo modo, entre os "acasos" físicos do mundo.)[4]

Umbar, assim, é um termo relacionado à rede de "acasos" (em grande medida físicos) que é ou não é usada por pessoas racionais dotadas de "livre-arbítrio". Aquele aspecto das coisas que *nós* poderíamos incluir no Destino — a "determinação" que cada um de nós carrega consigo em nosso caráter criado (a qual atos e experiência posteriores podem modificar, mas não alterar fundamentalmente) *não* era incluído em *Umbar* pelos Eldar; eles diziam que, se as duas coisas eram parecidas de alguma maneira, isso se dava num "plano" diferente. Mas o problema último do Livre-Arbítrio quanto à sua relação com a *Presciência* de um Planejador (tanto no plano de *Umbar* e da *Mente* quanto na junção de ambos na Mente Encarnada), Eru, "o Autor da Grande História", não tinha sido resolvido pelos Eldar, é claro.

[Mas eles diriam que é o confronto contínuo entre *umbar*, os "acasos" de *ambar* como um arranjo fixo que continua a funcionar de maneira inevitável (exceto apenas por um "milagre", uma intervenção direta ou mediada de Eru, de *fora de umbar* e *ambar*), e a *vontade* proposital que faz [?ramificar] uma história ou um conto (como um trecho do drama completo do qual Eru é o Autor, ou

---

pelo acaso (— na verdade, contrariando as probabilidades, ele o achou), mas, no segundo caso, se fez o mal, não poderá [?jogar] a culpa no "acaso".

[e]Abreviatura de "noroeste". [N. T.]

como aquele Drama em si mesmo). Até o aparecimento da *Vontade*, tudo é mera preparação, interessante apenas num plano bem diferente & inferior: como a matemática, ou a observação dos eventos físicos do mundo, ou, de modo similar, o funcionamento de uma máquina. A *Vontade* apareceu pela primeira vez com os Ainur/ Valar, mas, *com exceção de Melkor* e aqueles que dominou, as vontades deles, estando acordes com a de Eru, efetuaram poucas mudanças em *Ambar* e não alteraram o curso de *Umbar*.][5]

Eles diziam que, embora essa semelhança seja só uma "semelhança", não uma equivalência, a experiência dos Encarnados que está mais próxima desse problema é a que envolve o autor de uma história. O autor não está dentro da história, em certo sentido, mas toda ela procede dele (e do que estava nele), de modo que ele está presente todo o tempo.[f] Ora, enquanto está compondo a *história*, ele pode ter certos desígnios gerais (a trama, por exemplo), e pode ter uma concepção clara sobre o caráter (independentemente da narrativa em particular) de cada ator imaginado. Mas esses são os limites de sua "presciência". Muitos autores registraram a sensação de que um de seus atores "se torna vivo", por assim dizer, e faz coisas que não tinham sido previstas de modo algum no começo, e podem modificar, de maneira pequena ou mesmo grande, o processo da história dali em diante. Todas essas ações ou esses eventos imprevistos são, entretanto, incorporados e se tornam partes integrais da história quando ela finalmente é concluída. Ora, quando isso acontece, então a "presciência" do autor está completa, e nada pode acontecer, ser dito ou feito que ele não conheça e deseje ou permita que aconteça. Do mesmo modo, arriscaram-se a dizer alguns dos filósofos eldarin, deu-se com Eru.

A nota originalmente terminava aqui, ocupando cerca de um terço de página; porém, num momento posterior (a julgar pela troca do implemento utilizado), Tolkien acrescentou mais um parágrafo escrito de modo muito rápido e pouco legível (as transcrições marcadas aqui como incertas são, na maior parte, realmente muito

[f] Se um "personagem" da história é o autor, então ele se torna, por assim dizer, apenas uma imagem menor e parcial do autor em circunstâncias imaginadas.

incertas), aparentemente aplicando o símile do "autor de uma história" ao seu mito cosmogônico:[6]

Vamos considerar que a Música dos Ainur [seja uma] lenda antiga dos dias valinóreanos. Primeiro estágio: a música ou "concerto" de vozes e instrumentos — Eru incorpora as alterações feitas pelas vontades criadas ("boas" ou más) e acrescenta as Suas próprias. Segundo estágio: o tema, agora transformado, torna-se uma História e é apresentado como drama visível aos Ainur, que são finitos, mas grandiosos. Eru não tinha presciência [?completa], mas [?depois disso, Sua] presciência estava completa até o menor dos detalhes — mas Ele não revelou tudo. Lançou um véu sobre a parte posterior diante dos olhos dos Valar, que estavam destinados a ser atores.

NOTAS

1 A interrogação é do próprio Tolkien. O símbolo ">" normalmente é usado na linguística com o significado de "deu origem a", seja na forma (por meio de desenvolvimento fonológico), seja no sentido (por variação semântica). Aqui, o significado é que, a partir do sentido básico "assentar-se, estabelecer", surgiu o sentido "erigir construções ou habitações permanentes".

2 Em grego, οἰκουμένη significa "região habitada; o mundo habitado".

3 Isto é, RR:1536.

4 Ver também a afirmação de Gandalf, "Nada mais fiz do que seguir a deixa da 'sorte'" em *A Demanda de Erebor* (CI:427).

5 Este parágrafo, interpolado a partir da primeira versão da nota, continua com uma sentença parcial: "Ambar é complexo o suficiente, mas apenas Eru, que fez e projetou tanto Ambar (os processos de Eä)". Tolkien interrompeu a sentença nesse ponto para inserir uma nota etimológica sobre Eä, que diz: "*Eä* 'é' apenas = a totalidade de Ambar: o material presente e seus processos de mudança. Fora de Eä está o mundo/a esfera de propósito e vontade conscientes." A isso se segue, no fim da página, uma nota etimológica sobre a palavra para "vontade" em quenya:

?DEL: quen. *lēle*, v[erbo] *lelya* (*lelinye*): *Desejar* com *vontade* e propósito conscientes, imediatos ou mais remotos. Estar disposto, assentir, consentir, concordar — o que é bem diferente, pois é algo que toma parte na *vontade* mas é um [?acidente] adicional. Um homem pode dizer "Eu [?desejo], concordo, quero" a alguma proposição feita por outrem sem um propósito especial próprio (mas também pode ter refletido que ela se encaixa em algum desígnio seu e, assim, concordar com ela, bem como poderia não tê-lo feito).

[6] Aqui, a aparente atribuição a Eru de uma presciência menos do que completa acerca da Música e da História que resulta dela, em aparente contradição com a onisciência absoluta atribuída a Deus tanto no pensamento católico como no teísta clássico, pode ajudar a explicar a natureza aparentemente hesitante desse acréscimo, escrito rapidamente e de leve. De todo modo, como Tolkien escreveu antes de aplicar o símile do autor de uma história a Eru, é "só uma semelhança [...] a experiência dos Encarnados que está mais próxima desse problema".

12

O CONHECIMENTO DOS VALAR

Este texto surgiu como uma longa digressão em "As Formas Visíveis dos Valar e Maiar", apresentado aqui como o cap. 14, adiante. Tal como aquele texto, foi publicado antes, numa forma ligeiramente diferente, em *Parma Eldalamberon* 17 (2007), p. 177–79.

O Conhecimento dos Valar;
ou ideias e teorias élficas acerca deles

[Os Valar] permaneciam em contato direto com Eru, embora, até onde afirmam as lendas, normalmente "se dirigissem" a Ele através de Manwë, o Rei Antigo. Essas lendas, sem dúvida, eram somatomórficas[1] (isto é, quase tão antropomórficas quanto as nossas próprias lendas ou imaginação), e a maioria dos Elfos, quando falava de Manwë apelando a Eru ou tendo colóquio com Ele, imaginava-o como uma figura ainda mais majestosa que um de seus próprios reis antigos, de pé, em atitude de prece ou súplica em nome dos Valar.[a] Por *natureza*, um dos Valar, ou daqueles da ordem primordial de espíritos criados à qual eles pertenciam, *ficaria* na presença de Eru somente quando apresentava a si mesmo em pensamento. Os Eldar, e menos ainda os Elfos da Terra-média (e, de novo, ainda menos os Homens, especialmente aqueles que não tinham contato nenhum com os Elfos ou os evitavam), pouco sabiam de tais coisas; mas acreditavam que o recurso "direto" a Eru não lhes era permitido, ou pelo menos não era esperado deles, exceto na mais

[a] Nessa época, não existia via alguma, para os Encarnados, que fosse diretamente a Eru e, embora os Eldar bem soubessem que o poder dos Valar para aconselhá-los ou assisti-los era apenas delegado, era através deles que buscavam iluminação ou auxílio de Eru.

grave emergência. Os Valar estavam, eles próprios, "sob teste" — um aspecto do mistério do "livre-arbítrio" em inteligências criadas. Tinham um conhecimento suficiente da vontade de Eru e de seu "desígnio" para assumir a responsabilidade de guiar o desenvolvimento desse desígnio por meio da grande capacidade que lhes foi dada e de acordo com sua própria razão e inteligência.

Havia, entretanto, um elemento no Desígnio de Eru que continuava a ser um mistério: os Filhos de Eru, Elfos e Homens, os Encarnados. Desses dizia-se que tinham sido um *acréscimo* feito pelo próprio Eru *depois* da Revelação do Grande Desígnio para os espíritos primordiais. Eles *não* estavam sujeitos às atividades subcriativas dos Valar, e um dos propósitos desse acréscimo foi oferecer aos Poderes objetos de amor, que não estavam, de modo algum, sujeitos a eles próprios, mas tinham uma relação direta com o próprio Eru, semelhante à deles, mas diferente dela. Eram, assim, ou deviam ser, coisas "outras" que os Valar, criações independentes do amor Dele e, assim, objeto da reverência e do amor verdadeiro (inteiramente não absorto em si) dos Valar. Outro propósito que tinham, o qual continuava a ser um mistério para os Valar, era o de completar o Desígnio "curando" as feridas que ele sofrera e, assim, em última instância, recuperar não "Arda Imaculada" (isto é, o mundo como teria sido se o Mal nunca tivesse aparecido), mas uma coisa muito maior, "Arda Curada".[b]

No que diz respeito aos Elfos e aos Homens, Eru tinha estabelecido uma única proibição absoluta: os Valar *não podiam tentar* dominar os Filhos (mesmo em nome daquilo que, para os Valar, poderia parecer o bem deles), nem por força, nem por medo, nem por dor, nem mesmo pelo assombro e reverência que a sabedoria e a majestade avassaladora deles poderiam inspirar se fossem plenamente reveladas. As mentes dos Filhos não estavam abertas para os Valar (exceto pela livre vontade dos Filhos), e não podiam ser invadidas ou violadas pelos Poderes, exceto com consequências

[b] O "Mal", na arrogância e no egoísmo de Melkor, já tinha aparecido nas primeiras tentativas dos Espíritos de expressar o Desígnio de Eru comunicado a eles somente em "pensamento" puro e direto. Representava-se isso como algo que tomou a forma de música: a Música dos Ainur (os Sacros). Nela, Melkor e aqueles influenciados por ele tinham introduzido coisas vindas do próprio pensamento e desígnio de Melkor, causando grandes desacordos e confusão.

desastrosas: destruindo-as e escravizando-as, com a substituição, nelas, do lugar de Eru como um Deus pelo Vala dominador.[2]

Foi por essa razão que os Valar adotaram os *fanar*;[3] mas fizeram isso também por causa do amor e da reverência pelos Filhos que tinham concebido quando Eru lhes revelou de início a Sua ideia de criá-los. Daquele tempo em diante, eles sempre tinham esperado e ansiado pela vinda de Elfos e Homens ao mundo.

Os Valar — todos menos um, Melkor — obedeceram a essa proibição de Eru, de acordo com sua sabedoria.[c] Mas foi assim introduzido um elemento de incerteza em todas as operações deles depois da Vinda de Elfos e Homens. As vontades e os desejos e os feitos resultantes dos Elfos continuaram sendo sempre, em alguma medida, imprevisíveis, e suas mentes nem sempre estavam abertas a admoestações e instruções que não fossem feitas (como era proibido) na forma de ordens apoiadas por poder latente. Isso era ainda mais evidente no caso dos Homens, seja pela natureza deles, seja pela sua sujeição inicial às mentiras de Melkor, ou por ambos os fatores. Alguns também sustentavam que os Valar tinham falhado ainda antes em seus "testes", quando, cansando-se de sua guerra destrutiva com Melkor, retiraram-se para o Oeste, região que, a princípio, devia ser uma fortaleza a partir da qual poderiam vir para renovar a Guerra, mas a qual se tornou um Paraíso de paz, enquanto a Terra-média era corrompida e ensombrecida por Melkor, que ficou longamente sem opositores. A obstinação dos Homens e os grandes males e feridas que eles infligiram a si mesmos, e também, conforme seu poder crescia, a outras criaturas

[c] Afirma-se isso porque o convite feito aos Eldar para que se mudassem para Valinor e vivessem sem correr perigo por causa de Melkor não acontecera, na verdade, de acordo com o desígnio de Eru. Ele surgiu da ansiedade e, pode-se dizer, do fracasso da confiança em Eru, da ansiedade e do medo de Melkor, e a decisão dos Eldar de aceitar o convite se deveu ao efeito avassalador do contato que tiveram, enquanto ainda estavam em sua juventude inexperiente, com a ventura de Aman e a beleza e majestade dos Valar. Isso teve consequências desastrosas por diminuir o número dos Elfos da Terra-média e, assim, privar os Homens de uma larga medida da ajuda e do ensinamento que deviam ser dados por seus "irmãos mais velhos", e expô-los mais perigosamente ao poder e aos engodos de Melkor. Ademais, uma vez que, na verdade, era estranho à natureza dos Elfos viver sob proteção em Aman, e não (conforme o pretendido) na Terra-média, uma das consequências foi a revolta dos Noldor.

e mesmo sobre o próprio mundo, podiam assim, em parte, ser atribuídos aos Valar. — não à sua revolta e soberba deliberadas, mas a *erros*, os quais não tinham a intenção, por desígnio, de se opor à vontade de Eru, embora revelassem uma falha na compreensão de Seus propósitos e de confiança Nele.

NOTAS

1 Isto é, imaginando uma forma corpórea ou projetando-a em (neste caso) seres espirituais.

2 Sobre a abertura das mentes, ver o cap. 9, "*Ósanwe-kenta*"; sobre a substituição do lugar de Eru por um Vala como Deus, ver o cap. 10, "Notas acerca de *Órë*".

3 Ver o cap. 14, "As Formas Visíveis dos Valar e Maiar", adiante.

13

Espírito

Texto 1

Este texto se encontra entre os papéis linguísticos de Tolkien, com um grupo de anotações etimológicas que ele datou de setembro de 1957. Outro argumento em favor de tal data para esse texto é o uso da palavra *hrondo*, "corpo", pois essa forma foi abandonada em 1959 e trocada por *hröa* (ver X:141–3, 209, 304). O texto foi escrito com uma letra que vai ficando cada vez mais apressada, usando caneta de bico preta.

Já foi publicado, numa forma ligeiramente diferente, no periódico *Parma Eldalamberon* 17 (2007), pp. 124–25.

Os Eldar não confundiam a "respiração" ordinária dos pulmões com o "espírito". Ao espírito individual que habitava um corpo eles chamavam de *fëa* [< **fáyā*]; ao espírito em geral, como um tipo de ser, eles chamavam de *fairë*. Esses termos eram aplicados principalmente aos espíritos ou "almas" de Elfos (e Homens); já que, embora esses fossem considerados de tipo *similar* àqueles dos *máyar* (e Valar), não eram idênticos em natureza: era parte da natureza de um *fëa* desejar habitar um corpo (*hrondo*) e, por meio dessa mediação ou desse instrumento, operar no mundo físico; e o *fëa* não fazia e não podia fazer seu próprio corpo, de acordo com seu desejo ou sua concepção de si mesmo, mas podia apenas modificar seu *hrondo* recebido ou determinado ao nele habitar (como uma pessoa vivente pode modificar uma casa, enchendo-a com uma sensação de sua própria personalidade, mesmo que nenhuma alteração física seja feita em sua forma).

Mas os Eldar sustentavam que os "espíritos", principalmente quando tinham mais poder nato e inerente, podiam *emitir* sua influência para fazer contato com ou agir sobre coisas exteriores a si próprios: principalmente sobre outros espíritos, ou outras pessoas encarnadas (através de seus *fëar*), mas também, no caso de grandes espíritos (como os Valar ou grandes *máyar*), diretamente sobre coisas físicas, sem a mediação de corpos normalmente necessária no caso dos "*fairondi*", ou encarnados. Para descrever isso, eles usavam (mas como simbolismo deliberado — tirado, p. ex., de casos tais como o seu respirar sobre uma superfície fria ou congelada, a qual então se derretia) a √*thū-* (ou √*sū*). Além disso, Manwë, o mais poderoso espírito de Arda, nesse aspecto era Senhor do Ar e dos Ventos, e os ventos eram considerados, no pensamento eldarin primitivo, como emissões especiais de seu poder para si mesmo. Por isso, **thūlē*, "soprar para fora", era usado = "espírito" nesse sentido especial: a emissão de poder (de vontade ou desejo) a partir de um espírito. [?Formuladas] a partir de **sū* eram principalmente as palavras quen. *sūre* (*ĭ*), sind. *sūl*. Ver *Manwë Sūlimo* ou *Thūrimo*, *thūle*, sind. *Thū*.

Os Eldar sustentavam ainda que os *ventos* podem ser [?desse tipo] e nem todos são [?criados] naturalmente, isto é, que o ar é [?facilmente] perturbado por vontade direta ou [?alternativamente] que [?os ?] de tal poder podem parecer, para os encarnados, semelhantes a um vento.

Texto 2

Esse texto foi escrito com caligrafia clara, usando caneta de bico preta, em três páginas de duas folhas usadas em provas de Oxford. Tolkien o colocou junto com "O Impulso Primordial" (cap. 2 da Parte Três deste livro), mas está sendo apresentado separadamente aqui. Dois tipos de evidências internas influenciam sua datação. O primeiro é o uso do termo *hrondo*, "corpo", uma vez que essa forma foi trocada por *hröa* em 1958 (ver X, pp. 141–3, 209, 304). O segundo é a referência aparentemente não intencional à língua "nold." (ou seja, noldorin) quando ele cita a forma *gwae*; isso sugere que a mudança na qual o sindarin passou a ser o nome da língua élfica semelhante ao galês que foi chamada de noldorin durante muito tempo ainda era relativamente recente. Portanto, eu dataria esse texto como não posterior a 1957.

Acerca de "Espírito"

Os Eldar mantiveram, mesmo depois de habitarem em Aman e de receberem a instrução dos Valar, muitos traços, em sua língua, de pensamento e teoria mais primitivos.

Em nenhum momento eles confundiram, ou identificaram, a "respiração" comum dos pulmões com o "espírito". (De fato, demoraram a chegar à concepção de uma diferença entre "espírito" e "corpo" no caso deles mesmos.) Mas ficavam muito impressionados com o vento e todos os movimentos do ar, especialmente quando acompanhavam a passagem de coisas que se movimentam com velocidade, e (conforme declaravam) as idas e vindas de seres outros que eles mesmos. As palavras para vento e movimentos do ar também eram, portanto, usadas para, ou modificadas e aplicadas ao uso sobre, manifestações do "espírito", ou presenças e operações incorpóreas.

Os principais radicais antigos relevantes aqui eram: √*thū/thus-*, "soprar, causar um movimento de ar": √*sū/sur*, "soprar, mover-se com som audível (de ar)"; a segunda forma sendo raramente aplicada, a não ser quanto ao vento propriamente dito. Os dois radicais, devido à tendência do quenya de produzir a coalescência de *s/r* e de *s/th*, passaram a ser confundidos com frequência. Quen. *thussë*, *sussë*, "sopro (de ar)" (sind. *thus*, *thos*); *súrë* (⋆*sūri*), "vento" &c. são usados apenas para se referir ao vento. Mas o quen. *thúlë* normalmente equivale a "(movimento do) espírito", daí o sind. *súl* = vento; e *thû* = "movimento do espírito" (*thus-* ?).[1] No título *Manwë Thúlimo/Súrimo*, forma posterior *Súlimo*, vemos a mistura.

Mais tarde, os Eldar passaram a usar a palavra quen. *fëa* (⋆*phā̆yā*, de radical √*phay*) para designar o espírito específico que habitava um determinado corpo ou *hrondo*. Em sindarin, temos *fân* (⋆*phănā*) e *rhond*, *rhonn*. O "espírito" desse tipo,[2] como uma variedade ou modo de ser, era chamado em quen. de *fairë* (⋆*phai-rī̆*), em sind. *faen* (⋆*phainī̆*) = "vapor".

Também temos ⋆*wā*, ⋆*swā*, ⋆*wa-wa*, ⋆*swa-swa*, ⋆*swar* etc. como representações "ecoicas" do som do vento. Em quen. *hwá; hwarwa*, "vento violento". O termo nold. *gwae* aparentemente é < ⋆*wā-yo* > *gwoe* > *gwae*. Mas *gwaew* < ⋆*wagmē*, quen. *vangwë*, "tempestade".

Essas formas parecem estar baseadas em analogias bastantes diferentes. √*pha/phay/phan* parece ter se referido, em sua origem, a *exalações*, como névoas sobre a água ou vapores e coisas semelhantes. Ver quen. *fanya*, "nuvem" (sind. *fein, fain* "pálido, branco", diáfano), *fanwë*, "vapor, fumaça".[a][3]

Em quenya, esses termos (*fëa, fairë*) eram aplicados principalmente aos espíritos ou "almas" dos Encarnados (Elfos e Homens), uma vez que, embora se considerasse que esses tinham um modo de ser similar ao dos Ainur, Valar e Máyar,[4] *não* eram idênticos a eles em natureza. Não tinham poder nenhum, ou muito pouco poder, para agir diretamente sobre outras coisas ou outros seres, e era um aspecto importante da natureza de um *fëa* o desejo de habitar um corpo (*hrondo*) e, por meio dessa mediação ou desse instrumento, operar no mundo *físico*. Além disso, uma vez que ao *fëa* era dado um corpo de imediato, quando de sua entrada em Eä, ele não tinha nenhuma experiência ou memória de uma existência separada. A morte (isto é, a separação de seu corpo), portanto, era para ele uma condição antinatural e infeliz.[5] O *fëa* também não criava e não conseguia criar qualquer corpo para si mesmo, seja de acordo com sua natureza ou por sua concepção de si próprio, embora conseguisse e de fato modificasse e inspirasse seu *hrondo* por nele habitar — de certo modo, tal como uma pessoa vivente pode modificar e encher com um senso de sua personalidade uma casa na qual vive por muito tempo, mesmo que não faça nenhuma alteração visível na forma de sua habitação. Por outro lado, a experiência normal de um Máya era "desincorporada": sua experiência começou antes de Eä, ele tinha muito mais poder sobre coisas físicas, uma concepção muito mais clara e acurada de si mesmo — podia, portanto, "ataviar-se" em formas que ele próprio escolhia. Tais formas podiam ser apenas "espectros", tais como eram as aparições de *fëar* sem

[a] Não que, no pensamento élfico, os "espíritos" fossem concebidos como fracos, tênues ou só parcialmente reais: pelo contrário, desnudados e impassíveis eram os dois adjetivos aplicados com mais frequência aos *fëar*. Mas os Eldar afirmam que "espectros", os quais lembram exalações meio luminosas, podem ser vistos. Dizem que o *fëa*, ou espírito, "recorda" o seu corpo (que habitava por igual em todas as partes) e consegue apresentar essa imagem mental a outros *fëar* num vapor ou forma mais ou menos oscilante, de acordo com a clareza da visão e a sensibilidade de ambos; esse "espectro" frequentemente é visto (por aqueles com tal dom até mesmo entre os Homens, mas mais facilmente pelos Elfos) no momento ou logo depois da partida de um fëa de seu corpo.

corpo; mas não necessariamente. Com "espectro" (em quen. *níma* ou *nimulë*; sind. *nîf, nivol* = lit. uma "parecença") queriam dizer uma aparição que não tinha existência no mundo *físico*, existindo apenas como uma concepção/memória/imagem em certa mente, e transferida de maneira mais ou menos acurada diretamente para outra. Considerava-se que os Valar e os grandes Máyar tinham feito para si mesmos corpos reais — cuja existência os Encarnados podiam verificar com todos os seus sentidos, e que ocupavam espaço; embora, já que eram mantidos por seus verdadeiros seres, fossem indestrutíveis — no sentido de que vestimentas podem ser retiradas ou consertadas.

Os Eldar acreditavam que os "espíritos", e ainda mais os que tinham maiores poderes inerentes, podiam "emitir" sua influência para fazer contato com ou atuar sobre coisas externas a si próprios: principal e mais facilmente sobre outros espíritos, ou sobre os *fëar* dos Encarnados; mas também, no caso dos grandes Máyar (dos quais os Valar eram os superiores), diretamente sobre coisas físicas sem a mediação de instrumentos corpóreos.[b][6]

Essa ação direta sobre *coisas* era considerada algo bem diferente de chamar diretamente a atenção de outros espíritos. O segundo caso era uma *operação natural* dentro de um modo do ser, sendo da natureza dos espíritos estarem cônscios uns dos outros. Já o primeiro era uma exalação de *dominância* de um modo sobre o outro; e, de acordo com os Eldar, todos os exercícios de dominância exigem algo daqueles que exercem o poder — algo do "espírito" deles é expelido e transferido para a coisa dominada num modo inferior. Por isso, todos os tiranos lentamente consomem a si mesmos, ou transferem seu poder a coisas, e só conseguem controlá-lo enquanto conseguem [?possuir ou controlar as coisas com seu ?] mas o poder acaba sendo dissipado. Assim, Morgoth se tornara, na verdade, *menos* poderoso que os outros Valar, e muito de seu poder

[b] O emprego usual de instrumentos corporais normalmente era necessário para um Encarnado (mírondina); embora aqueles em quem o *fëa* era dominante (normalmente uma questão de idade; pois, ainda que alguns *fëar* fossem dotados desde o começo de maior poder que outros, considerava-se que todos os *fëar* se tornavam mais dominantes em relação ao seu hrondo conforme sua vida prosseguia) conseguissem fazer isso em pequeno grau e, num grau maior, afetar outros *fëar* – por meio daquilo que chamaríamos de "telepatia", q. *palantímië* ou *palanyantië*.

nativo tinha sido transferido para coisas [?? diminuídas ?] Por isso, sua maldade podia sobreviver depois de sua extrusão.

As palavras usadas para descrever essa ação ou emissão de "poder" derivavam (aparentemente), por analogia, da emissão da respiração, e fenômenos físicos tais como bafejar a geada (a qual derrete). Além disso, Manwë, que era considerado o Senhor do Ar e dos Ventos, era o mais poderoso dos Valar nesse aspecto, e o espírito mais poderoso de Arda.

Depois desse texto, Tolkien montou duas frases em quenya que ilustram o "espírito em ação" de Manwë (quen. *thúlë/súlë*) atuando a distância. As traduções literais que se seguem a cada frase em quenya são minhas:

"E o espírito de Manwë se propagou,[c] e os serviçais de Melkor foram detidos"; ou "e os corações dos Eldar ouviram ao longe [?fora] e foram confortados / ou obedeceram."

Ar thúlë Manwëo etsurinye ar Eldaron indor turyaner.[7]
["E o espírito de Manwë soprou e os corações dos Eldar obedeceram."]

Sustane Manwëo súle ten i indo Sindicollo ar he lastane ar carnes.[8]
["O espírito de Manwë soprou sobre o coração de Thingol e ele escutou e o fez."]

Entre essas duas frases em quenya, Tolkien dispôs as seguintes glosas e derivações:[9]

**thusya* "ir para fora" (como uma emissão) [>] quen. *thuzya* [>] *surya* "soprar" intr., [t. pr.] *surinyë*
**thusta, thūta* "mandar adiante" [>] quen. *susta* "soprar" tr., [t. pr.] *sustanë*; *súta*, [t. pr.] *sútanë*.

NOTAS

1 A interrogação aqui é do próprio Tolkien, para expressar que o sind. *thû* talvez seja derivado da forma anterior *thus*.

[c] Aqui, thúlë/súlë, "espírito ([?em ação])".

[2] Isto é, "espírito" como uma "manifestação" ou "presença incorpórea" (ver o final do segundo parágrafo).

[3] Sobre "imagem mental" nessa nota de rodapé, ver "Retratos-mentais" acima.

[4] Para "Máyar" como uma forma raramente usada do nome "Maiar", ver o cap. 7 da Parte Um, "A Marcha dos Quendi", n. 11, acima.

[5] Quanto à união natural de corpo e espírito nos Encarnados, ver Corpo e Espírito no Apênd. I.

[6] Quen. *palanyantië* é uma alteração de "*palannexe*" conforme o texto estava sendo escrito. Para mais informações acerca da telepatia entre espíritos, ver caps. 7, "Retratos-mentais", e 9, "*Ósanwe-kenta*", acima.

[7] Conforme escrita originalmente, essa frase dizia: "*Ar thúle Manwëo etturinye etsurinye ar[?a] Melkoro*", antes que "*Melkoro*" (gen. "de Melkor") fosse riscado; o conjunto aparentemente era uma tradução interrompida de "E o espírito de Manwë se propagou e os serviçais de Melkor foram detidos". Embora *etturinye* não tenha sido riscado do mesmo modo, imagino que a intenção era que fosse substituído por *etsurinye*, levando em conta a presença de *surinye* nas anotações seguintes. Do mesmo modo, "*Eldaron indor*" substituiu os começos hesitantes que foram suprimidos — "*in indor Eld in Eldar*" — conforme o texto estava sendo escrito. Tanto nessa frase em quenya quanto na seguinte, as três ocorrências da conjunção "*ar*" foram alteradas em relação a um original que aparentemente era "*ara*".

[8] A versão original dessa frase começava com o trecho rejeitado "*Sustane i sul*". A forma genitiva "*Sindicollo*", "de Thingol", é uma alteração do original "*Sindicolluo*" durante a escrita do trecho.

[9] Inseri a marca "*" (que indica uma forma primitiva) como parte do processo editorial, regularizei o quen. *sũta(ne)* com a forma *súta(në)* e reorganizei alguns itens para indicar os desenvolvimentos "históricos" e fonológicos sugeridos por essas formas.

14

As Formas Visíveis dos Valar e Maiar

Este texto ocupa cinco páginas de seis folhas de papel sem pauta, rotulados (a)–(e) por Tolkien. Ele foi escrito numa letra legível com uma caneta de bico preta. Está localizado em um maço de folhas entre os documentos linguísticos de Tolkien que datam de c. 1967, estando próximo e associado com o texto apresentado no cap. 6, "Habitações na Terra-média", na Parte Três deste livro.

Este texto foi publicado anteriormente em uma forma levemente diferente em *Parma Eldalamberon* 17 (2007), pp. 174–7.

√*phan-*. O sentido básico era o de "cobrir, tapar, colocar um véu sobre", mas o radical teve um desenvolvimento especial nas línguas eldarin. Isso se deveu principalmente ao que parece ter sido sua aplicação muito antiga às *nuvens*, especialmente a nuvens separadas, flutuando como véus (parciais) sobre o céu azul, ou sobre o sol, a lua ou as estrelas. Essa aplicação do derivativo muitíssimo primitivo **phanā* (quen. *fana*, sind. *fân*) era tão antiga que, quando **phanā* (ou outros derivativos) eram aplicados a coisas inferiores, feitas à mão, sentia-se que isso era uma transferência do sentido de "nuvem", e palavras desse grupo eram aplicadas principalmente a coisas de textura suave, véus, mantos, cortinas e outras, de tons brancos ou pálidos.

Em sindarin, *fân* continuou sendo a palavra comum para "nuvem", nuvens flutuando, ou aquelas que, por algum tempo, repousavam sobre ou envolviam colinas e topos de montanhas. O derivativo (cuja forma apropriada era adjetival) **phanyā* se transformou em *fain*, usado como um adjetivo com o significado de "tênue, enfraquecido" (aplicado a luzes atenuadas ou evanescentes, ou às coisas vistas sob esse tipo de luz) ou "diáfano, de tecido fino etc." (aplicado a coisas que barravam a luz só parcialmente, tal como um dossel de folhas jovens e ainda semitransparentes, ou texturas que cobriam uma forma, mas só a ocultavam em parte). Como substantivo, era usado para designar formas vagas ou vislumbres passageiros, em especial de "aparições" ou figuras vistas em sonhos.

Em quenya, devido às relações próximas dos Eldar em Valinor com os Valar e outros espíritos menores da ordem deles, *fana* desenvolveu um sentido especial. Era aplicado às formas corpóreas visíveis adotadas por esses espíritos, quando fizeram sua morada na Terra, como a "vestimenta" normal de seu ser que de outro modo era invisível. Nesses *fanar*, eram vistos e conhecidos pelos Eldar, a quem vislumbres de outras manifestações, mais capazes de inspirar assombro, raramente eram dadas. Mas os Elfos de Valinor afirmavam que, despidos e sem véus, os Valar eram percebidos por alguns entre eles como luzes (de diferentes tons), as quais seus olhos não podiam tolerar; enquanto os Maiar normalmente eram invisíveis se despidos, mas sua presença era revelada por sua fragrância.[a][1]

A antiga palavra *fana*, assim, passou a ser usada em quenya apenas nesse sentido especial e excelso: a forma visível ou "vestimenta" (a qual incluía tanto a forma corpórea assumida quanto sua roupagem) na qual um Vala ou um dos espíritos angélicos menores, por natureza não encarnados, apresentavam-se a si mesmos diante de olhos corpóreos. Uma vez que esses *fanar* normalmente pareciam "radiantes" (em algum grau), como se iluminados por dentro por uma luz, a palavra *fana* adquiriu, em quenya, um sentido adicional de "forma brilhante", e esse acréscimo de radiância afetou outros derivativos da mesma "base".

Valar ar Maiar fantaner nassentar fanainen ve quenderinwe koar al larmar: (*Nasser ar Kenime Kantar Valaron ar Maiaron*: um fragmento preservado do saber em quenya): "Os Valar e Maiar

[a] Isso se aplicava apenas àqueles não corrompidos. Melkor, diziam, era invisível, e sua presença era revelada apenas por um grande terror e por uma escuridão que atenuava ou apagava a luz e as cores de todas as coisas perto dele. Os Maiar corrompidos por Melkor fediam. Por essa razão, nem ele nem nenhum dos Maiar malignos jamais se aproximaram de um dos Eldar que desejavam persuadir ou enganar se não estivessem trajados com seus fanar. A esses eles conseguiam dar aparência bela aos olhos élficos, se desejassem – até a grande traição de Melkor e a destruição das Árvores. Depois disso, Melkor (Morgoth) e seus serviçais eram percebidos como formas malévolas e inimigos sem disfarce.

lançavam um véu sobre seu verdadeiro-ser com *fanar*, semelhantes aos corpos e vestimentas élficas", de "As Naturezas e Formas Visíveis dos V. e M."

Assim, a palavra para "nuvem" em quenya corresponde ao derivativo *fanya* (ver SA, p. 394),[2] o qual não era mais usado como adjetivo. Mas o termo era usado apenas para designar nuvens brancas, iluminadas pelo Sol ou pela Lua, ou nuvens refletindo a luz do Sol, como no ocaso ou na aurora, ou douradas e prateadas nas bordas pela ação da Lua ou do Sol detrás delas. As mãos de Varda eram (tal como todo o seu *fana*) de um branco luzente. Depois do Obscurecer de Valinor, ela as levantou, com as palmas voltadas para o leste, num gesto de rejeição,[3] conforme convocava, em obediência ao decreto de Manwë, seu esposo, o "Rei Antigo", as vastas névoas e sombras que fizeram com que fosse impossível para qualquer coisa viva achar novamente o caminho para oeste até as costas de Valinor. As mãos dela, assim, são comparadas poeticamente a nuvens no "Lamento de Galadriel" — brancas e luzentes, ainda acima da escuridão ascendente que logo engolfou as costas e as montanhas e, por fim, até a sua própria figura majestosa[b] sobre o cume de Oiolossë.[4]

Esse significado de *fana* em quenya, depois da vinda dos Exilados para a Terra-média, também foi assumido pelo sindarin *fân*, primeiro na forma do sindarin usada pelos Noldor exilados e, por fim, também entre os próprios Sindar, especialmente aqueles em contato próximo com os Noldor ou que chegavam a viver junto com eles. Sem dúvida esse uso provocava, nas mentes dos Sindar que não tinham visto os Valar em sua própria terra sagrada de Aman, uma imagem mental de uma figura majestosa, como que num manto de nuvem brilhante, vista ao longe.[5] *Fanuilos*, assim, era um título ou segundo nome de Elbereth, cunhado depois da vinda dos Exilados, e transmitia de modo completo significados tais como "figura angélica luzente ao longe sobre *Uilos* (= Oiolossë)", ou "– figura angélica sempre-branca-de-neve (luzindo ao longe)".[6]

[b] Os fanar dos grandes Valar, diziam os Eldar que haviam habitado em Valinor, normalmente tinham uma estatura muito maior que a dos mais altos dos Elfos, e, quando realizavam algum grande feito ou rito, ou proclamavam ordens, assumiam uma altura capaz de inspirar assombro.

Embora os Sindar não tivessem conseguido chegar a Valinor (e alguns estivessem amargurados pelo que consideravam seu abandono nas Praias do Oeste da Terra-média), seus corações ainda estavam "voltados para oeste", e entesouravam o que conheciam ou conseguiam aprender sobre os Valar. Nos dias distantes de seu "Despertar", tinham sido visitados e protegidos por Oromë em seu *fana* de grande cavaleiro montado em Nahar e portando sua poderosa trompa, a *Valaróma*. O rei dos Sindar, Elwë, mais tarde conhecido como *Elwë Sindikollo*, ou na forma sindarin (*Elu*) *Thingol*, tinha sido um dos três emissários levados por Oromë a Valinor para o concílio dos Valar, no qual ficou resolvido convidar todos os Elfos que desejassem viajar e habitar no Extremo Oeste sob a proteção dos Valar e fora do alcance de Morgoth. Assim, vira os Valar e tivera colóquio com eles em seus *fanar* mais majestosos. Sua esposa, Melian, era um dos espíritos menores da mesma ordem, uma Maia de grande beleza e sabedoria, de modo que, ao menos entre os "sábios" de Doriath, conhecia-se muito sobre os Valar. Varda, a quem nenhum dos Sindar vira (salvo Elwë), era chamada ali de *El-bereth* (um nome com o mesmo significado do quenya *Elentári*) ["Rainha-das-Estrelas"] [...].

Os *fanar* dos *Valar* não eram "espectros", mas "físicos": isto é, não eram "visões" que surgiam na mente, ou nela eram implantadas pela vontade de uma mente ou de um espírito superior e depois eram projetadas,[c][7] mas recebidas através dos olhos corpóreos.[d]

Os Valar tinham um controle, que era grande individualmente e *quase* completo quando agiam como concílio unido, sobre o material físico de Eä (o universo material). Seus *fanar*, os quais originalmente foram projetados por amor aos "Filhos de Eru", os Encarnados, a quem deviam proteger e aconselhar, tinham as propriedades do material com o qual os *köar* (ou corpos) dos Elfos (e também os dos Homens) foram formados: ou seja, não eram transparentes, projetavam sombras (se sua luminosidade interna estivesse enfraquecida); podiam movimentar objetos materiais e sofriam resistência por parte deles, e a eles resistiam. Esses *fanar*,

[c] Essas eram chamadas, em quenya, de indemmar, "retratos-mentais".

[d] Ou ao menos principalmente: o poder da presença de um desses espíritos sem dúvida afetava a recepção e era responsável, por exemplo, pelas impressões de "radiância" das quais a "visão" era dotada.

entretanto, também eram expressões pessoais (em termos adequados à apreensão dos Encarnados) de suas "naturezas" e funções individuais, e normalmente também eram trajados com vestes cujo propósito era similar.

Mas as lendas amiúde mencionam que certos dos Valar, e ocasionalmente dos Maiar, "passavam sobre o Mar" e apareciam na Terra-média. (Notadamente Oromë, Ulmo e Yavanna.) Os Valar e Maiar eram essencialmente "espíritos", de acordo com a tradição élfica, que receberam um ser antes da feitura de Eä. Podiam ir aonde desejassem, isto é, podiam estar presentes de imediato em qualquer ponto de Eä onde desejassem.[e]

Uma nota mais breve, mas relacionada e aparentemente contemporânea, em outro lugar nos papéis linguísticos de Tolkien fornece estes detalhes adicionais:

[A palavra em quen. *fana*] era usada para a "vestimenta" ou "véus" nos quais os Valar se apresentavam. Essas eram as *formas corpóreas* (como aquelas de Elfos e Homens), assim como quaisquer outras vestes, nas quais os Valar se autoencarnavam. Esses *fanar* eles assumiram quando, após suas atividades demiúrgicas, chegaram e habitaram em *Arda* ("o Reino"), isto é, a Terra; e assim fizeram por causa de seu amor e anseio pelos "Filhos de Eru", para quem eles haveriam de preparar o mundo, e por um tempo governá-lo. As futuras formas dos corpos dos Elfos e dos Homens eles conheciam, embora não tivessem tomado parte em sua feitura. Nessas formas eles se apresentavam aos Elfos (embora pudessem assumir outras aparências completamente diferentes), aparecendo em geral como pessoas de estatura majestosa (mas não gigantesca).

NOTAS

1 Na nota de rodapé, as palavras "formas malévolas e inimigos sem disfarce" substituíram a formulação original "como inimigos de forma horrenda". Mas

---

[e] Isso estava sujeito apenas a limitações especiais que eles adotavam voluntariamente ou eram decretadas por Eru. Assim, depois do estabelecimento final de Arda, quando os Valar, os espíritos destinados a se preocupar mais com esse palco escolhido para o combate com Melkor, fizeram morada na Terra-média, eles não mais passaram além de seus confins. Isto é, de acordo com a tradição élfica, eles permaneceram, normalmente trajados com seus fanar, em residência física na Terra, como seus guardiões.

compare isso com a afirmação em CI:344 n.7 de que, na Segunda Era em Eregion, muito depois de Melkor destruir as Duas Árvores, quando Sauron "vinha ter com os Noldor, adotava uma forma enganosa e bela". Sobre a fragrância dos espíritos incorruptos, ver Odor de Santidade no Apênd. I.

[2] Isto é, SA:532.

[3] Sobre esse gesto de rejeição, ver o cap. 3, "Mãos, Dedos e Numerais Eldarin".

[4] Ver SA:531–2.

[5] Uma nota de rodapé rejeitada nesse ponto diz:

> Os *fanar* eram físicos ou tinham as propriedades de substâncias materiais, isto é, não eram transparentes, podiam movimentar outros objetos, lançar sombras (se eles próprios não estivessem brilhando) e eram resistidos por ou ofereciam resistência a outras coisas físicas. Mas o Vala (ou Maia) podia se movimentar ou passar sobre o Mar. Pois seus corpos faziam a si próprios. Quando sem habitação, como espíritos, podiam ir aonde desejassem (tanto devagar quanto imediatamente) e, depois, podiam revestir-se a si mesmos. Na Terra-média, normalmente ocultavam sua radiância.

[6] Ver *The Road Goes Ever On* [A Estrada Segue Sempre Avante] (1968), p. 66.

[7] Para *indemmar*, ver o cap. 7, "Retratos-mentais", acima.

15

Reencarnação Élfica

O complexo de textos apresentado aqui corresponde ao período que vai de 1959 a 1972. A primeira parte do Texto 1A foi publicada em X (p. 361–2), mas apresento-a aqui novamente para facilitar a comparação com o comentário e com a versão parcial revisada (1B) que a segue. Para as discussões e citações desses textos feitas por Christopher Tolkien, ver X:265–8, 362–6, XII:382, 390–1 n.17.

Os textos a seguir foram publicados (com a ajuda de Christopher Tolkien e a minha), numa forma um pouco diferente, por Michaël Devaux em *La Feuille de la Compagnie*, vol. 3, *J.R.R. Tolkien, l'effigie des Elfes* [J.R.R. Tolkien, a efígie dos Elfos] (2014).

Texto 1A

Este texto datilografado de nove páginas, as quais Tolkien marcou com letras de A a I (com duas páginas adicionais e rejeitadas, que receberam as letras Cx e Dx), foi descrito e apresentado parcialmente por Christopher Tolkien em X:361–2. Segundo ele, a data é de c. 1959.

O Colóquio de Manwë com Eru
acerca da morte dos Elfos e de como ela poderia
ser remediada; com o acréscimo dos comentários dos Eldar

Manwë falou a Eru, dizendo: "Eis que aparece em Arda um mal que não esperávamos: Teus Filhos Primogênitos, a quem fizeste imortais, sofrem agora a separação de espírito e corpo. Muitos dos *fëar* dos Elfos na Terra-média agora estão sem morada; e mesmo em Aman há um desses. Os sem-morada convocamos a Aman, para guardá-los da Escuridão, e todos os que ouvem nossa voz aqui ficam à espera.

"O que mais se há de fazer? Não há meio pelo qual as vidas deles possam ser renovadas, para seguir os cursos que Tu designaste? E quanto aos abandonados que pranteiam aqueles que se foram?"

Eru respondeu: "Que os sem-morada voltem a ter morada!"

Manwë perguntou: "Como se há de fazer isso?"

Eru respondeu: "Que o corpo que foi destruído seja refeito. Ou que o *fëa* desnudo renasça como criança."

Manwë disse: "É da Tua vontade que tentemos essas coisas? Pois tememos intervir em Teus Filhos."

Eru respondeu: "Não dei aos Valar o governo de Arda, e poder sobre toda substância nela, para moldá-la pela vontade deles e sob Minha vontade? Não hesitastes em fazer essas coisas. Quanto a Meus Primogênitos, não retirastes da Terra-média, onde os coloquei, grandes números deles, e os trouxestes para Aman?"

Manwë respondeu: "Isso fizemos por medo de Melcor,[1] e com boa intenção, ainda que não sem desassossego. Mas usar nosso poder sobre a carne que Tu destinaste a ser morada dos espíritos de Teus Filhos — isso parece ser matéria além de nossa autoridade, mesmo se não fosse além de nosso engenho."

Eru disse: "Eu vos outorgo essa autoridade. O engenho já o tendes, se prestardes atenção. Procurai e vereis que cada espírito de Meus Filhos retém em si a marca e memória completas de sua morada anterior; e, em sua nudez, está aberto a vós, de modo que podeis perceber tudo o que há nele. Seguindo essa marca, podeis fazer para ele de novo tal morada, em todos os particulares, como a que ele tinha antes que o mal lhe sobreviesse. Assim, podeis mandá-lo de volta às terras dos Viventes."

Então perguntou ainda Manwë: "Ó Ilúvatar, não falaste também de renascimento? Isso também está dentro de nosso poder e nossa autoridade?"

Eru respondeu: "Há de estar dentro de vossa autoridade, mas não está em vosso poder. Aqueles a quem julgardes aptos ao renascimento, se o desejarem e entenderem claramente no que isso implica, haveis de entregar a Mim; e Eu considerarei o caso deles."[2]

Comentários

1. Os Valar estavam preocupados, não apenas pelo caso de Finwë e Míriel, mas também pelos Avari e os Sindar; pois a Terra-média

era perigosa para os seus corpos, e muitos tinham morrido, antes mesmo de os Eldar chegarem a Aman. E descobriram que, embora aqueles *fëar* que obedeciam à sua convocação estivessem a salvo da Escuridão, ficar desnudos era contra a natureza deles.[3] Portanto, os Mortos estavam infelizes, não apenas porque tinham sido privados de seus amigos, mas porque não podiam realizar nenhum feito e nem qualquer novo desígnio sem o corpo.[4] Muitos, portanto, voltavam-se para dentro, fixados nos males que tinham sofrido, e eram difíceis de curar.

2. Os Valar temiam intervir nos Filhos, já que esses não estavam no desígnio de Eä no qual tinham participado. Ademais, Eru lhes tinha proibido coagir as vontades dos Filhos, subjugando as mentes deles pelo terror do poder dos Valar, ou mesmo assombrando-os com a maravilha de sua beleza e majestade. Mas julgavam que, como o governo de Arda lhes fora entregue, estava dentro de sua autoridade impedir que qualquer criatura cometesse atos malignos, ou detê-la se fosse fazer o que se mostraria danoso para si ou para outros. Por "coagir a vontade" eles entendiam a dominação ou escravização da mente de uma criatura menor, de modo que ela pudesse dizer "é da minha vontade", assentindo a isto ou aquilo contra sua verdadeira natureza e inclinação, até que ela perdesse, talvez, o poder de escolha. Mas sustentavam estar dentro de sua autoridade — a qual, de outra maneira, tornar-se-ia nula em todas as suas lides com aqueles que tinham mentes e vontades — negar, se pudessem, os meios para que alguém atingisse seus propósitos e desejos, se esses fossem malignos ou danosos. Pois, pelo dom da vontade, Eru não garantira a ninguém menor que a Si Mesmo que essa vontade se tornasse sempre eficaz, fosse ela boa ou má.[5] E até as criaturas menores tinham o poder de impedir os atos de outros, e o direito de fazê-lo, se julgassem errados esses atos, ainda que seu julgamento sobre o que era maligno ou danoso fosse muito menos seguro que o julgamento dos Valar, que conheciam claramente (de acordo com sua capacidade) a vontade de Eru. Mesmo assim, a remoção dos Eldar da Terra-média chegou aos limites da autoridade deles, como eles bem entendiam; e nem todos os Valar tinham acreditado que isso fora sábio.

3. Está claro que os Valar tinham poder e habilidade, quando juntos, para formar, a partir da substância de Arda, qualquer coisa, por mais que fosse intrincada em estrutura, que eles conhecessem

e cujo padrão percebessem plenamente. Mas, como foi visto no caso de Aulë e dos Anãos, não tinham poder de dar mente e vontade livres a qualquer coisa que fizessem. Com respeito aos Mortos, entretanto, a mente viva do *fëa* já existia, e os Valar tinham apenas de fazer para ele uma morada que fosse, em todas as coisas, a mesma que ele tinha perdido. Isso eles podiam agora fazer, com a autoridade de Eru.

4. Alguns então perguntaram se o *fëa* com nova morada era a mesma pessoa que antes da morte do corpo. Concordou-se que era a mesma pessoa, por estas razões. "O que significa esta palavra *mesma*?", disseram os mestres-do-saber. "Significa duas coisas: *em todos os aspectos, equivalente*; mas também *idêntica em história*."

"Com relação aos espíritos: nenhum *fëa* pode ser repetido; cada um procede separada e unicamente de Eru, e assim permanece para sempre separado e único. Pode, de fato, assemelhar-se a algum outro *fëa* tão proximamente que os observadores podem ser enganados; mas, então, pode-se dizer apenas que é *semelhante* ao outro. Caso se diga que ele é o *mesmo* que o outro (embora isso não seja dito pelos sábios), isso só pode significar que se assemelha ao outro em todos os detalhes de seu caráter tão proximamente que os dois, a menos que estejam presentes juntos, não podem ser distinguidos, salvo por conhecimento íntimo de ambos. Dizemos *por conhecimento íntimo*, querendo dizer conhecimento não apenas das histórias diferentes desses dois, mas porque sustentamos, e toda observação nos confirma, que nenhuma dupla de *fëar* é, na verdade, exatamente semelhante ou equivalente.

"No que concerne às coisas sem vida, ou às coisas com vida corpórea apenas, pode parecer que todas também são únicas em história, isto é, no Desenrolar de Eä e no Conto de Arda. Mas aqui duas coisas requerem reflexão. Primeira: 'Em que grau coisas sem nem mesmo vida corpórea podem ser distinguidas como as *mesmas* (ou idênticas) de um lado, e como *equivalentes* do outro.' Segunda: 'O que significa para uma coisa com vida corpórea (e ainda mais para uma pessoa com vida espiritual também), se o material no qual está incorporada é modificado, com o padrão da corporificação sendo mantido ou restaurado?'

"Para falar das coisas sem vida. Na história, talvez, uma quantidade de ferro (por exemplo) não é a *mesma* que qualquer outra quantidade igual de ferro; pois ambas coexistem no tempo, ocupando diferentes lugares, e assim será enquanto Eä durar, embora cada quantidade ou agregação de ferro possa ser dispersada em quantidades menores. Mas essa diferença diz respeito ao FERRO apenas, isto é, ao total desse *nassë* (ou material) que existe em Arda (ou em Eä, talvez). Para formas feitas mais tarde e mais elevadas, seja as que têm vida (dada por Eru e seus vice-governantes) ou as formadas por arte (por mentes encarnadas), essa diferença não tem importância ou significado, e todas as frações de FERRO (ou de outro *nassë*) são, em valor ou virtude, a *mesma*.[a][6]

Assim, para todos os propósitos de constituir uma forma que usa (digamos) FERRO em sua incorporação, substituir uma fração de FERRO por outra fração igual não terá efeito sobre a vida ou a identidade. Diz-se comumente, por exemplo, que dois anéis (moldados de maneira diferente por arte) são feitos "da mesma matéria", se ambos forem feitos (digamos) de OURO. E "mesma" está

[a] Ou quase. Podem, de fato, ser "virtualmente", isto é, em todas as operações ou efeitos a serviço de formas mais elevadas, idênticas. Mas os mestres-do-saber nos dizem que elas podem não ser, em si mesmas, total e exatamente equivalentes. Alguns dos mestres-do-saber afirmam que a substância de Arda (ou, de fato, de toda *Eä*) era, no princípio, uma só coisa, a *erma*; mas nunca, desde o princípio, permaneceu ela a mesma e igual, semelhante e equivalente, em todos os tempos e lugares. No princípio da criação, essa substância primordial, ou *erma*, se tornou variada e dividida em muitos materiais secundários, ou *nassi*, os quais têm dentro de si mesmos vários padrões, pelos quais diferem um do outro internamente, e externamente têm diferentes virtudes e efeitos. Até onde, portanto, os *nassi* separados mantêm seus padrões característicos por dentro, todas as frações do mesmo nassë são equivalentes e indistinguíveis e, com relação a formas mais elevadas, pode-se dizer que são "as mesmas". Mas os Valar, através de quem ou por quem essas variações foram efetuadas como o primeiro passo da produção das riquezas de *Eä*, e que, portanto, têm pleno conhecimento dos *nassi* e de suas combinações, relatam que há minúsculas variações de padrão dentro de cada nassë. Elas são muito raras (e suas origens ou propósitos os Valar não revelaram); porém, pode acontecer assim que, ao comparar a quantidade de um nassë com outra quantidade igual do mesmo nassë, os que são sutis em engenho podem descobrir que uma das quantidades contém *únehtar* (as menores quantidades possíveis nas quais o padrão interior que o distingue de outros *nassi* é exibido) que variam um pouco em relação à norma. Ou ambas as quantidades podem conter as *únehtar* variantes, mas em proporções diferentes. Em tais casos, as duas quantidades não serão precisamente equivalentes; embora se possa considerar que a diferença entre elas é tão incalculavelmente pequena que suas virtudes enquanto materiais para a criação de incorporações de padrões viventes são indistinguíveis.

sendo usado corretamente, quando a coisa superior que usa materiais inferiores para lhes dar um corpo é considerada.

Ainda mais verdadeiramente se usa a palavra "mesma" se consideramos coisas com vida corpórea. Pois a vida corpórea consiste num padrão, existindo em si mesmo (vindo da mente de Eru, de modo direto ou mediado), não derivado dos *nassi* usados em sua corporificação, nem imposto por outras coisas vivas (como pela arte dos Encarnados). Embora possa ser, de fato, parte da natureza da coisa viva usar certos materiais e não usar outros no desenvolvimento de seu padrão.

Isso porque os padrões viventes, embora concebidos como que fora de Eä, estavam destinados a se tornar reais dentro de Eä (no que diz respeito às qualidades da *erma* e dos *nassi* de Eä) e, portanto, a "escolher" — não por vontade ou consciência de seu próprio bem, mas pela natureza do padrão que se desenrola, a qual é buscar se tornar real da maneira mais próxima de sua forma primordial e não condicionada quanto possível — aqueles materiais pelos quais podem se tornar reais da "melhor" maneira. "Melhor", mas não perfeita: isto é, não, de qualquer modo, exatamente de acordo com o padrão concebido e não concretizado. Mas tal "imperfeição" não é um mal, necessariamente.[7] Pois não parece que Eru tenha planejado Eä de modo que as coisas vivas, cada uma de acordo com seu tipo, exibissem o padrão vital primordial desse tipo,[8] e que todos os membros de um tipo (como, digamos, faias) se parecessem de modo exato. Antes, o desígnio Dele é mais próximo da Arte dos Encarnados, na qual o padrão concebido pode ser infinitamente variado nos exemplos individuais, e de acordo com os acasos dos materiais e das condições em Arda. Perceber os padrões e seu parentesco, através da variação vivente, é um dos deleites principais daqueles que examinam a riqueza das coisas vivas de Arda. Nem há uma distinção clara entre "tipos" e as variações de indivíduos. Pois alguns tipos são mais aparentados a outros em seu padrão, e podem parecer apenas variações de algum padrão mais antigo e comum. Assim, dizem os Valar, é como a variedade de Arda, de fato, foi atingida: começando com [uns] padrões e variando nesses, ou mesclando padrão com padrão.[9]

Assim, pode ocorrer que, para uma coisa viva, seus materiais "apropriados", ou seja, os melhores, são escassos, de modo que ela pode ser obrigada a usá-los em diferentes proporções do que aquelas que são "apropriadas", ou mesmo usar outros materiais. Se essas mudanças não atrapalharem de fato seu desenvolvimento, de modo que ela pereça, ainda assim sua forma pode ser modificada: e pode-se achar que as modificações são "devidas" aos *nassi*. Mas, vistas corretamente, não o são. Os *nassi* são passivos, o padrão vivo é ativo; e, embora a concretização do padrão possa ser diversa do que seria com materiais "melhores", a forma modificada é devida à operação do vivente sobre o não vivente.

Outra coisa que distingue os viventes dos não viventes é que os primeiros empregam Tempo em sua concretização. Em outras palavras, é parte da natureza deles "crescer", usando tanto material quanto for necessário ou estiver disponível para eles para sua corporificação. De maneira que um padrão vivente não existe de modo pleno em qualquer momento do tempo (como se dá com padrões não viventes); mas está completo apenas quando se completa sua vida. Não se pode, portanto, vê-lo corretamente num só instante, e ele é visualizado apenas de modo imperfeito mesmo com a ajuda da memória. Apenas aqueles que conceberam seu padrão e cuja vista não se limita à sucessão do tempo podem, por exemplo, ver a forma verdadeira de uma árvore.

Dizemos que coisas ou padrões não viventes de fato "existem plenamente num dado instante do tempo", querendo dizer, por exemplo, que o FERRO é sempre FERRO, daquele modo exato, nem mais, nem menos, quando quer que seja observado ou considerado. Isto é, contanto que seu padrão interno característico seja mantido. Se isso fosse ou pudesse ser mudado, ele não seria FERRO, ou uma porção de FERRO, "crescendo" e desenvolvendo o padrão pleno do FERRO de acordo com a natureza férrea. Antes, ocorreria que o ferro foi transformado em algo diferente, e se tornou outro *nassë*, seja por força externa que lhe foi aplicada ou por sua própria instabilidade. Embora, no caso de certos *nassi* que parecem, "por sua natureza", ser assim "instáveis", decompondo-se ou mudando seus padrões internos normalmente sob tais condições, seja possível imaginar que temos um vislumbre, numa ordem inferior, da natureza normal de uma ordem superior.[10] Pois tais vislumbres podem ser vistos em todas as ordens. Mesmo assim, são apenas "vislumbres", e não os mesmos processos. Assim como o crescimento aparente dos cristais prenuncia, mas não antecipa, o crescimento das plantas.

Alguns podem dizer: "Mas muitas coisas não viventes não estão sujeitas à mudança sem perda de identidade?" Respondemos: "Não. Essas coisas são coisas em nome apenas: isto é, são distinguidas daquilo que as cerca por mentes, e não por sua própria natureza interior. Ou têm formas e individualidade derivadas também de mentes, e impostas sobre o material não vivente pela arte."

Assim, os Encarnados podem distinguir, digamos, uma montanha da terra à volta dela, dando-lhe um nome, tal como *Dolmed* [uma das Montanhas Azuis]. Mas quais são os limites de Dolmed? Alguns podem dizer "aqui começa" ou "aqui termina"; mas outros podem dizer outra coisa; e, se os limites são acordados, será por costume ou convenção de um povo, não pela natureza da terra. Nem seriam claros seus limites no Tempo, de modo que um dos Encarnados que viva muitas eras poderia dizer "agora Dolmed começou a existir" ou "agora cessou de existir". Pois essa agregação de materiais sobre a superfície de Arda não tem nenhuma individualidade interna que a distinga do material adjacente. A distinção é aplicada por mentes que recebem a impressão de uma forma que pode ser mantida na memória; e é pela memória delas apenas que ela é digna de um nome.

Um rosto percebido pelos olhos nas marcas de uma parede, ou nos desgastes de uma rocha, ou nas descolorações da Lua, não é um rosto por si mesmo, mas apenas para quem vê (e talvez não para todos os que o veem). Tais percepções têm relação com a Arte, e não com as formas que as coisas viventes exibem por sua própria natureza, sem depender de quem as vê.

Quanto a obras de arte ou engenho, essas coisas se assemelham a coisas viventes corpóreas por ter uma forma que não pertence ao material usado em sua corporificação. Mas essa forma vive (por assim dizer) apenas na mente de quem a faz. Não é parte de Arda (ou Eä) de modo separado daquela mente; e pode, de fato, ser reconhecida como uma "forma" apenas por aquela mente, ou por outras de semelhante tipo. Aqueles que nunca precisaram de ou pensaram num cajado, se virem um, poderiam não distingui-lo de qualquer pedaço casual de madeira. Em geral, os Encarnados reconhecem, ou acham que reconhecem (pois podem ser enganados pelos acasos de Arda), os toques propositais das mãos que os moldam em objetos de arte ou engenho, mesmo quando o propósito não é conhecido. Mas isso é porque têm mentes semelhantes e recordam a própria experiência com esse modo de moldar coisas. Ademais, formas desse modo só são dignas de nome quando completas, seja completamente terminadas ou moldadas o suficiente para que sua forma última possa ser prevista ou adivinhada com precisão.

Dessa maneira, portanto, formas viventes (não impostas) podem ser distinguidas daquelas dadas por um artífice. As formas viventes crescem; mas possuem, em todos os estágios, uma forma verdadeira que é digna de nome. Sendo parte de uma forma total, estendendo-se através do tempo, cada instante de sua existência partilha daquela realidade (ou realização). Podemos falar de uma árvore "jovem" (ou "muda"), e de um homem "jovem" (ou "criança"), julgando que a forma é a de árvore ou homem, mas, por causa da memória e da experiência, considerando (nem sempre corretamente) que essa árvore ou esse homem está num estágio inicial de seu desenvolvimento. Mas, ao contemplar um artífice fazendo uma cadeira, não deveríamos chamar o primeiro estágio dela de cadeira "jovem". Diríamos, em diferentes momentos, que ele está fazendo algo de (digamos) madeira; que está fazendo uma peça de mobília; e que ia fazer uma cadeira (quando a forma estivesse tão avançada que conseguiríamos imaginar isso). Mas não deveríamos chamar sua obra de "uma cadeira" até que estivesse terminada.

Assim, quando falamos de coisas nomeadas, devemos distinguir três tipos. Algumas têm uma forma e um ser próprios, os quais não foram dados por nós, e que existiriam mesmo se não existíssemos: essas são as coisas viventes, as quais, embora possamos usá-las, têm como propósito primário ser elas mesmas. Algumas têm sua individualidade apenas nos nomes dados a elas pelos que dão nomes, e têm apenas os limites que os que dão nomes lhes atribuem. Esse ato de dar nomes está relacionado às artes dos Encarnados. Pois ou a mente do que atribui o nome, ainda que nenhum trabalho de suas mãos esteja envolvido, escolhe, a partir de Arda, uma forma memorável que ele poderia ter feito ou poderia fazer se tivesse a habilidade e o poder para tal; ou atribui aquilo que vê, como uma montanha ou um lago, ao trabalho de uma mente que tinha propósito (tal como um dos Valar). Algumas, o terceiro tipo, têm formas dadas a elas por mentes encarnadas com propósitos pertencentes a essas mentes, e não aos materiais. Mas, já que todas as coisas em

Arda são aparentadas, a forma da Arte respeita a natureza do material, e assim deveria agir.

Tudo o que foi dito acerca das coisas com vida corpórea se aplica plenamente aos Encarnados também. Pois eles usam um corpo desse tipo. Mas, em relação aos Encarnados, isto precisa ser acrescentado: seus corpos são governados, de fato, assim como os corpos sem *fëar*, por padrões viventes e de crescimento; mas acima disso há ainda, agora, o espírito que neles habita, que exerce poder sobre a vida corpórea e, assim, sobre o material também. Quando o *fëa* é forte, e quando não está enfraquecido pela Sombra de modo a dar as costas para o seu bem, ele sustenta a vida corpórea (tal como um mestre pode dar apoio e socorro a um serviçal), de maneira que ela também se torna forte, para completar a si mesma e resistir a afrontas de fora, ou curar e restaurar quaisquer feridas à sua corporificação.

Muito mais, então, do que mesmo numa coisa viva saudável sem *fëa*, seu ser precisa ser buscado em seu padrão de vida, e não no material de seu corpo; de modo que a mudança nesse material, ou a substituição por materiais equivalentes, contanto que esses sejam adequados para a continuação da vida e a coerência do corpo que serve de morada, não afetará sua identidade e individualidade.

Pois a individualidade de uma pessoa reside no *fëa*. Um *fëa* sozinho pode ser uma pessoa. No caso dos Encarnados, embora eles sejam corporificados por natureza, sua identidade não reside mais, como a de coisas que são unicamente de vida corpórea, naquela corporificação, mas na identidade do *fëa* e em sua memória. Um *fëa* desse tipo requer uma "morada" por meio da qual possa habitar Arda e operar nela. Mas uma morada exatamente equivalente é o bastante para ele — pois corresponderá *exatamente* à memória de sua casa anterior, e essa memória, estando na mente apenas, e sendo incorpórea, não estará preocupada com a história do material usado para sua construção (contanto que ele seja adequado para esse propósito), mas com a forma apenas. Portanto, ao retornar, o *fëa* habitará a morada reconstruída de bom grado.

Mesmo assim, alguém poderia partir numa jornada e, enquanto está longe, o relâmpago poderia cair e destruir sua morada. Mas, se tivesse amigos de engenho sutil, os quais, enquanto ele estava longe, reconstruíssem-na e a todos os seus apetrechos que tinham sido arruinados com exatamente as mesmas formas, ele voltaria para a sua morada, e chamá-la-ia de sua, e continuaria sua vida ali como antes. E, mesmo se seus amigos relatassem a ele o que tinham feito, será que não ficaria contente, dando à morada reconstruída o mesmo nome que a antiga tinha, e julgando que o acaso maligno tinha sido sanado?

Ficaria contente ou, pelo menos, aceitaria com gratidão o trabalho de seus amigos, e acharia nele meio suficiente para continuar sua vida do mesmo modo que era seu costume. Ai de nós, poderia muito bem acontecer que a morada, ou algo dentro dela, tivesse para ele um valor que não residia nela mesma ou em sua feição, mas que lhe era atribuído por ele, o dono: o de ser, por exemplo, presente de alguém a quem ele amava. Com o simulacro (isto é, a cópia exata) ele poderia, então, não ficar de todo contente, dizendo "esta não é a mesma coisa que aquela que foi perdida". Mas isso seria porque ele amava a *história da coisa*, e não qualquer outra qualidade que ela possuíra; e, porque essa história estava ligada a uma pessoa amada, ele atribuía a ela parte daquele amor. Isso é parte do mistério do amor, e do individuar, por amor, uma só coisa, em sua unicidade e história únicas, o qual é da natureza dos Encarnados. Tais perdas nem mesmo uma nova morada para os Mortos, sob a autoridade do Uno, pode evitar, pois ela lida com o futuro, e não com o passado. A morte é a morte; e pode ser curada ou receber emenda, mas não se pode fazer com que não tivesse havido.

Mesmo assim, um dos Mortos com nova morada, qualquer que seja o remorso que a morte pode trazer, permanecerá sendo a mesma pessoa; e habitará aquele corpo que é sua morada e continuará sua vida, como se nenhum mal tivesse vindo sobre ele. Duvidar disso é como se alguém duvidasse de que um artífice continuava a ser a mesma pessoa quando, depois que uma obra na qual ele labutou foi destruída, ele labutasse de novo, com novos materiais, para criar aquela obra de novo, ou para completá-la.

É então, conforme vemos, a relação do *fëa* com sua morada que torna possível a reconstrução dessa morada sem mudança de identidade da pessoa como um todo. Se voltarmos a considerar as coisas vivas sem *fëar*, isso ficará claro. Dessas é verdadeiro dizer que são todas únicas em história e de acordo com o Conto de Arda. Para falar das árvores, por exemplo. Cada árvore é única;

pois nenhuma outra árvore pode ocupar a mesma situação (abrangendo tanto o tempo quanto o lugar de seu crescimento). Se ela chega ao fim ou é destruída, então não é capaz de aparecer de novo no Conto de Arda.

Alguns podem dizer, mesmo assim: "Contudo, seu ser reside principalmente em seu padrão, como único exemplar do padrão de seu tipo. O que ocorreria se, depois que aquela incorporação do padrão fosse destruída, o padrão fosse reconstituído a partir dos *mesmos materiais* (isto é, idênticos) com os quais ele tinha sido corporificado antes? Então a 'nova' árvore será diversa da árvore 'antiga', mesmo em sua história? Todos aqueles que conheciam a árvore e prantearam sua perda regozijar-se-ão; e Arda não sofrerá nenhuma perda ou mudança, pois tanto o padrão quanto os materiais serão como eram antes do dano, e com as mesmas relações. Não seria mais verdadeiro dizer então, mesmo em termos de história: 'Esta árvore, nessa data, sofreu a desfiguração (ou a destruição) de seu corpo; mas, logo depois, *ela* (isto é, a árvore) foi refeita e assim continuou sua vida'? E se o refazer fosse realizado não com materiais idênticos, mas com equivalentes? A diferença entre 'equivalentes' da ordem dos *nassi* não tem, como vimos, nenhuma importância para formas de uma ordem mais elevada."

A isso se pode responder: "Essa é uma proposição de pensamento apenas. De qualquer modo, temos aqui que considerar não os materiais (sejam eles idênticos ou equivalentes), mas a natureza do padrão corpóreo. Esse não é 'de Eä', mas sua corporificação pertence a uma data ou a um período particulares dentro de Arda. Quando essa corporificação é destruída, a cooperação de padrão e material e Tempo (a qual é o ser da árvore) termina. Não pode começar de novo (mesmo se materiais idênticos forem usados); pode apenas ser reproduzida em simulacro. Pois o padrão é um 'desígnio' que se estende através de um período de tempo, o qual, portanto, em qualquer momento antes de ser completado, visualiza o futuro e tem uma energia, por assim dizer, impelindo o crescimento a continuar o desenvolvimento até o fim. No momento da dissolução de sua obra, por qualquer causa, o impulso cessa. Podemos dizer, se nos limitarmos à coisa particular considerada, sem nos envolvermos com matérias mais amplas ou mais profundas, que era o 'destino' dessa árvore, em Arda, não alcançar a realização plena. Isso pode se tornar mais claro se refletirmos não sobre a morte prematura, mas sobre a morte natural das coisas vivas de curta duração. Se a árvore morre, tendo cumprido seu tempo de vida, quem pode refazê-la? Era tanto seu 'destino' como sua natureza, por desígnio, viver por tal duração e não mais; seu padrão está completo e terminado; é toda 'passado' e não tem mais 'futuro'."

Por essa razão, os próprios Valar jamais afirmam *refazer a mesma árvore*, seja a perda dela panteada ou não, mas apenas (se desejarem) restituir à riqueza de Arda uma coisa equivalente. Eles não desfazem a história. Isso, de fato, não pode ser feito sem desfazer Eä. Portanto, é só aos Elfos que os Valar podem, sob a autoridade de Eru, "dar nova morada". Pois é da natureza deles *não* chegar ao fim dentro de Arda. Àqueles cuja natureza é chegar ao fim dentro de Arda, isto é, morrer naturalmente, eles não podem dar nova morada e não o fazem, como se vê no caso dos Homens. Mesmo assim, o corpo restaurado de um dos Elfos é apenas um "equivalente", e é o *fëa* que traz continuidade, já que ele ainda tem um "futuro" em Arda.

Em tudo isso não consideramos o Grande Padrão, ou os Padrões Maiores: aos quais nos referimos quando falamos de *tipos*, ou *famílias*, ou *ascendência*. Os Homens amiúde comparam essas coisas a Árvores com galhos; os Eldar as comparam antes a Rios, que procedem de uma fonte até desaguarem no Mar.

Ora, alguns sustentam que, como as matérias de Eä procedem de uma única *erma* (se isso de fato for verdade), assim também a vida das coisas viventes vem de um só princípio ou *Ermenië*

> O texto termina aqui, preenchendo cerca de ¾ da página. Para a continuação dessa última linha de raciocínio, ver o cap. 2 da Parte Três deste livro, "O Impulso Primordial".

Texto 1B

> Este texto datilografado em duas páginas é mencionado brevemente por Christopher Tolkien em X:361 como uma "segunda versão, mais ampla, do 'Colóquio'", que foi abandonada. Sem dúvida é contemporânea próxima do texto 1A.

Princípio de uma versão revisada & expandida do "Colóquio"

Manwë falou a Eru, dizendo: "Eis que aparece em Arda um mal que não esperávamos: teus filhos primogênitos, a quem fizeste imortais, sofrem agora a separação de espírito e corpo, e muitos dos *fëar* dos Elfos estão sem morada. Esses nós convocamos a Aman, para guardá-los da Escuridão, e aqui ficam à espera todos os que obedecem a nossa voz. O que mais se há de fazer? Não há meio pelo qual a vida deles possa ser renovada e seguir os cursos que tu designaste? Pois o *fëa* que está desnudo torna-se aleijado e não pode realizar nenhuma coisa nova e de acordo com o desejo de sua natureza. E quanto aos abandonados que vivem ainda, mas pranteiam aqueles que se foram?"

Eru respondeu: "Que os sem-morada voltem a ter morada!"

E Manwë perguntou: "É da tua vontade que tentemos isso? Pois tememos intervir em teus filhos".

E Eru disse: "Em verdade, não deveis coagir as vontades deles, nem subjugar as suas mentes com assombro ou com terror. Mas podeis instruí-los na verdade de acordo com vosso conhecimento; e, em Arda Maculada, podeis evitar que façam o mal, e impedir que causem o que é danoso para eles.

"E não dei aos Valar o governo de Arda, e poder sobre toda substância nela, para moldá-la pela vontade deles, sob a minha vontade?

"Isto, então, podeis fazer. Os Mortos que ouvirem vosso chamado e vierem até vós haveis de julgar. Aos inocentes há de ser dada a escolha de retornar às terras dos Viventes. Se escolherem isso livremente, haveis de mandá-los de volta. De duas maneiras isso pode ser feito. O corpo anterior, como era antes da ferida que causou a morte, pode ser restaurado. Ou o *fëa* pode nascer de novo, de acordo com sua estirpe.

"Não vistes que cada *fëa* retém em si a impressão e a memória de sua morada anterior (mesmo se ele próprio não estiver de todo ciente disso)? Eis que o *fëa*, em sua nudez, pode ser percebido totalmente por vós. Portanto, segundo essa impressão, haveis de fazer de novo para ele uma morada tal, em todos os seus particulares, como a que tinha antes que o mal lhe sobreviesse. Assim podeis mandá-lo de volta às terras dos Viventes.

"Que isso seja feito logo, para os inocentes que o desejarem; e mais rápido para aqueles que sofrem a morte quando crianças; pois terão necessidade de seus pais, e seus pais deles. Contudo, quanto ao momento, a escolha cabe aos Valar, de acordo com as necessidades de cada um e os acasos de Arda. Grandes males e pesares virão a acontecer lá; e pode não ser sempre aconselhável mandar aqueles que foram mortos, por ferimentos ou por tristeza, voltarem demasiado rápido aos perigos que os sobrepujaram.

"Quanto aos malfeitores, que aumentarão na Terra-média, haveis de ser os juízes deles, sejam os seus malfeitos grandes ou pequenos. Decerto o vosso julgamento do *fëa* desnudo não há de se enganar. Aqueles que se submeterem a vós haveis de corrigir e instruir, se ouvirem vossas palavras; e, quando julgardes que foram curados e trazidos de volta à boa vontade, eles também podem retornar de maneira semelhante, se desejarem. Mas os obstinados haveis de reter até o Fim. O tempo e o lugar de cada retorno vós haveis de escolher.

"Quanto ao renascimento de acordo com cada estirpe: aqueles que escolherem isso deverão ter plena ciência do que significa; e o tempo do retorno há de ser conforme minha vontade, a qual eles devem aguardar. Pois entendei que, como foi dito, cada *fëa* retém a impressão de seu corpo anterior, e de tudo o que ele experimentou por meio dele. Essa impressão não pode ser apagada, mas pode ser velada, ainda que não para sempre. Tal como cada *fëa* deve, por natureza, recordar-se de Mim (de quem ele veio), ainda assim, essa memória é velada, sendo recoberta pela impressão de coisas novas e estranhas que ele percebe através do corpo. Assim dar-se-á que, para um *fëa* renascido, todo o seu passado, tanto na vida quanto na espera, será velado e recoberto pela estranheza da nova morada na qual despertará de novo. Pois os renascidos serão crianças verdadeiras, despertando de novo para a maravilha de Arda.

"Nisso os Mortos que renascem hão de achar recompensa por suas feridas. Mas que aqueles que desejam o renascimento estejam certos disto: a memória do passado retornará. Lentamente, talvez, e de modo desigual, como que por estranhos sinais e intuições ou por conhecer as coisas sem aprender, os renascidos tornar-se-ão cônscios de seu estado, até que, assim que alcançarem o crescimento pleno e o *fëa* atingir o domínio, recordarão sua vida anterior.

"Isso pode lhes trazer pesar, pois não serão capazes de retomar sua vida anterior, mas deverão continuar no estado e com o nome que então carregarem. Contudo, esse pesar pode ser remediado, por meio de uma sabedoria maior (pois o *fëa* dos renascidos será nutrido duas vezes pelos pais); e esse *fëa* será forte em resistência, e paciente e prudente.

"Mesmo assim, por causa desse perigo no retornar da memória, aconselho-vos que a nem todos os sem-morada ofereçais essa escolha de renascimento. Em primeiro lugar, aqueles que forem renascer deveis julgar sábios. Ademais, seria melhor que eles fossem os que morrem jovens, os quais ainda não tiveram vida longa nem formaram laços estreitos de amor ou dever com outros. Em nenhum caso devem eles ser aqueles que eram casados.

"Pois os renascidos não poderiam retornar a seus cônjuges anteriores; nem poderiam se unir a outros. O casamento é tanto do corpo quanto do espírito. Portanto, aqueles que têm um corpo diferente não podem retomar uma união feita em outro corpo. Mas, uma vez que são a mesma pessoa que antes, a qual era casada, não podem se unir a novos cônjuges: pois a identidade da pessoa reside no *fëa*, e em sua memória. Esse estado antinatural não há de ser permitido.

"Se houver aqueles que, tendo ouvido essas coisas, ainda desejem o renascimento, dizei-lhes: 'Isso cabe a Ilúvatar. Apresentaremos vossas preces a Ele. Se Ele negar, sabereis rapidamente e devereis vos contentar com outra escolha. Se Ele assentir, chamar-vos-á no tempo devido, mas, por ora, deveis aguardar com paciência'."

É legítimo que um dos Mortos convoque outrem dentre os Viventes (tal como um cônjuge bem-amado) para Mandos? Ilegítimo, fosse isso possível. Pois os Mortos, se inocentes, podem retornar para aqueles a quem amam. Se culpados, não podem intervir de novo nos Viventes — não, pelo menos, até estarem purificados. Mas não podem convocar quaisquer dos Viventes, a não ser através dos Valar; e isso os Valar devem se recusar a fazer.

É legítimo que pessoas casadas (ou outras que estão unidas por amor) permaneçam ambas (ou todas elas) em Mandos juntas, se a morte houver de trazê-las para lá juntas? É legítimo. Não podem ser forçadas a retornar. Mas, se tiverem deveres para com os Viventes (como pais em relação a filhos, talvez), então podeis dissuadi-los de lá ficar com argumentos justos.

Texto 2

Esse texto, que Christopher Tolkien parafraseou e do qual apresentou excertos em X:363–4, datando-o de c. 1959 (cf. X:304), foi escrito com letra que vai ficando cada vez mais apressada conforme o texto progride, usando caneta de bico preta em cinco lados de seis folhas rasgadas ao meio, em três dos quatro lados de uma folha dobrada (mas não rasgada) e em um lado de mais uma metade rasgada de uma folha. Algo que complica a datação desse texto é a nota na meia-folha rasgada, que contém a data "junho de 1966" (apresentada aqui como uma nota de rodapé extensa da frase: "Seria possível que o *fëa* 'sem morada', num caso apropriado, recebesse permissão para/fosse instruído a reconstruir sua própria 'morada' a partir da memória?"). Entretanto, por ser um comentário ao texto principal, tal nota pode muito bem ter sido escrita algum tempo depois.

Reencarnação dos Elfos

Dilema: parece ser um elemento *essencial* dos contos. Mas:

Como realizá-la? 1) *Renascimento*? 2) Ou recriação de um *corpo equivalente em simulacro* (quando o original era destruído)? Ou *ambos*?

1) Mais difícil nos resultados; muito mais fácil de realizar.

A objeção mais *fatal* é que isso contradiz a noção fundamental de que *fëa* e *hröa* eram *ajustados* um ao outro. Já que os *hröar* possuem uma ascendência física, o corpo do renascimento, tendo pais diferentes, tem de ser diferente, e *deveria* causar desconforto ou dor agudos ao *fëa* renascido.

Há *muitas outras* objeções: como

(a) injustiça em relação aos segundos pais, ao forçá-los a ter um filho cujo *fëa* já tinha experiências e um caráter — a menos que fossem consultados. Como isso seria possível?

(b) Problema de *memória*. A menos que a identidade da *personalidade* e a continuidade consciente da experiência fossem preservadas, o renascimento não ofereceria *nenhuma* consolação diante da morte e da separação. Se a memória fosse preservada e (em algum momento) recuperada pelo renascido, isso traria dificuldades. Não tanto psicológicas quanto práticas. (A ideia, presente nas considerações anteriores, de uma dupla alegria e memória de duas juventudes ou primaveras como uma recompensa pela "morte", é boa o bastante psicologicamente.)

(c) Mas se a memória e a continuidade da personalidade ficam preservadas (como deve ser), então precisamos supor (como se supôs em abordagens anteriores) que o *fëa* renascido assimilaria seu novo corpo à memória do anterior e, quando "totalmente crescido", tornar-se-ia, tanto visivelmente quanto interiormente, a mesma pessoa de novo.

O que dizer então de suas relações com antigos parentes e amigos, e especialmente com um *antigo cônjuge*? Só poderia voltar a se casar com o cônjuge anterior: de fato, deve fazê-lo — mas então haveria uma discrepância de idade, e o renascimento precisa ser, no mínimo, célere. Sem tempo para que Mandos considere por quanto tempo deveria manter os *fëar* "sem-morada"!

(d) Como o re-casamento poderia ser organizado, bem como oportunidades para o reencontro?

2) Aqui, as dificuldades são "mecânicas". Como os Valar poderiam recriar um corpo exatamente equivalente — qual deles faria isso (ou todos)? Isso só poderia ser feito em *Aman* (certamente sob condições tais como as que eram prevalentes durante o Exílio dos Ñoldor). Como o *fëa* com nova morada poderia então ser mandado de volta? *A única solução* parece ser esta:

Não havia nenhuma preparação para a reencarnação na Música que fosse conhecida dos Valar. Não se esperava que os Elfos morressem. Os Valar logo descobriram muitos espíritos sem-morada reunidos em Mandos. P. ex. algumas "mortes" provavelmente até na Grande Marcha. (Só precisam ocorrer algumas.)[11]

Eles não fizeram nada até que o caso de Míriel[b] trouxesse importância imediata à matéria. Porque eles não "entendiam" os Filhos, e não eram competentes ou não tinham permissão para intervir neles. Manwë então apelou diretamente para Eru, pedindo conselho.

Eru aceita e ratifica a posição — embora claramente ache que os Valar deveriam ter desafiado o domínio de Melkor sobre a Terra-média antes, e torná-la "segura para os Elfos" — eles não tinham *estel* ["confiança"] suficiente de que, numa *guerra legítima*, Eru não teria permitido que Melkor danificasse Arda de tal maneira que

[b] Míriel, assim, é o primeiro caso — não havia nenhum morto em Aman antes disso. Daí a acomodação na Casa de Vairë.

os Filhos não poderiam chegar, ou viver nela. Os *fëar* dos Mortos vão todos para Mandos em Aman: ou, antes, agora são convocados para lá pela autoridade dada por Eru. Faz-se um lugar para eles. (Podem recusar a convocação, porque devem continuar tendo livre-arbítrio.)

Os Valar, em Aman, têm poder para reconstruir corpos *para os Elfos*. O *fëa* desnudo está aberto à inspeção deles — ou, pelo menos, *se desejar a reencarnação, vai cooperar* e revelar sua memória. Tal memória é tão detalhada que um *fëa* sem-morada é capaz de induzir em outro *fëa* uma imagem de si mesmo (se tentar: daí a ideia de "espectros" — que são, de fato, aparições mentais).[12] O novo corpo será feito de materiais idênticos, seguindo um padrão preciso. Aqui virá a discussão sobre a natureza da "identidade-equivalência" em construções materiais.

O *fëa* com nova morada *normalmente* permanecerá em Aman. Só em casos muito excepcionais, como o de Beren e Lúthien, ele será transportado de volta à Terra-média. (O *como* talvez não precise ficar mais claro do que o modo pelo qual os Valar, em sua forma física, conseguiam ir de Aman para a Terra-média.) Portanto, a *morte* na Terra-média trazia mais ou menos o mesmo tipo de pesar e separação para Elfos e Homens. Mas, como Andreth[c] percebeu, a *certeza* de viver de novo e de *fazer* coisas na forma encarnada — se isso fosse desejado — fazia uma vasta diferença para a morte enquanto um terror pessoal. Depois da remoção de/? destruição de Aman como parte física de Arda — não poderia haver retorno. Único meio de reunir-se aos abandonados era pela morte de ambas as partes — embora, depois do fim de Beleriand e da Batalha que destruiu Morgoth, os abandonados podiam *viajar* para Aman. Geralmente o faziam! Depois da destruição de Númenor, *apenas* os Elfos normalmente podiam fazer isso.

Seria possível que o *fëa* "sem morada", num caso apropriado, recebesse permissão para/fosse instruído a reconstruir sua própria "morada" a partir da memória?[d][13]

---

[c] Sobre Andreth, ver cap. 10, "Notas acerca de Órë", anteriormente apresentado. [N. T.]

[d] O *fëa* sem-morada reconstruía ele mesmo o seu *hröa* sob medida. Essa é, de longe, a melhor solução. Esse poder talvez fosse limitado, p. ex. necessitando que se pedisse uma permissão; ou sendo possível apenas em Aman etc. O transporte do

Essa solução parece se adequar aos contos com precisão suficiente. De fato, muito bem. Mas é claro que a natureza exata da existência em Aman ou Eressëa depois de sua "remoção" deve ser dúbia e não explicada. E também como "mortais" conseguiriam ir até lá, para começo de conversa!

O segundo ponto não é muito difícil. Eru delegou também os Falecidos entre os mortais a Mandos. (Isso fora feito muito antes: Manwë sabia que eles seriam mortais.) Eles aguardavam, então, por algum tempo, em recordação, antes de irem até Eru. O tempo passado por, digamos, Frodo em Eressëa — e depois em Mandos? — foi apenas uma forma ampliada disso. Frodo *em algum momento* deixaria o mundo (desejando fazê-lo). Assim, a viagem de navio era um equivalente da morte.

A *memória* que um *fëa* tinha de suas experiências evidentemente é algo poderoso, vívido e completo. Assim, a sugestão subjacente é que a "matéria" será incorporada pelo "espírito" ao se tornar parte do conhecimento deste — e, assim, torna-se atemporal e fica sob controle do espírito. Como os Elfos que permaneciam na Terra-média lentamente "consumiam" seus corpos — ou os transformavam em vestimentas de memória? A ressurreição do corpo, portanto (ao menos no que dizia respeito aos Elfos) era, em certo sentido,

---

fëa com nova morada de volta ao seu "lar" (ou lugar onde morreu) poderia ser mais frequente, mas sempre de acordo com o julgamento de Mandos. Essa permissão dependeria principalmente da causa da morte e/ou do valor do Elfo em questão. Um Elfo que Mandos julgasse ter de ficar muito tempo "desnudo" normalmente não receberia permissão de retornar à Terra-média — coisas e relacionamentos teriam se modificado lá. Um Elfo que recebesse rapidamente a permissão de criar para si uma nova morada poderia "retornar" logo depois da morte.

Esse poder do *fëa* de reconstruir a sua "morada" é uma solução muito melhor, pois só o *fëa* consegue, de modo inerente e por experiência, conhecer a sua própria morada. Sua memória é tão forte que consegue induzir, em outro *fëa* (encarnado), uma imagem de si, de modo que aparenta ser uma forma espectral. Um "espectro" é o contrário da visão = ato de ver. A visão, alcançando a mente/fëa por meio dos sentidos corporais, é transformada numa "imagem" (a qual pode então ser preservada na memória). Mas, se uma mente recebe uma impressão pictórica direta, ela pode (se estiver suficientemente interessada ou impressionada) traduzir isso em "vista", e os órgãos físicos, sendo estimulados, verão — um espectro, o qual, não sendo produzido por uma [?apresentação] física, não pode ser tocado, mas pode ser atravessado. Já que os "olhos" projetarão uma visão adiante e essa recuará (mantendo a mesma distância aparente) ou desaparecerá assim que o "vidente" alcançar o ponto no qual ela foi externalizada.

incorpórea. Mas, enquanto ela conseguia atravessar barreiras físicas *à vontade*, também podia, *por sua vontade*, opor uma barreira à matéria. Se você tocasse um corpo ressuscitado, poderia *senti-lo*. Ou, *se fosse da vontade dele*, poderia simplesmente escapar de você — desaparecer. Sua *posição no espaço* dependia *de sua vontade*.

Texto 3

Este texto, encontrado em meio ao pequeno grupo de obras muito tardias que Christopher Tolkien chama de "Últimos Escritos" (mencionado em XII: 377), datando assim de 1972–73, está escrito em caligrafia clara, com caneta de bico preta, em dois lados de uma única folha. Christopher Tolkien refere-se a este texto em XII:382 e 390 n. 17.

Sobre o "renascimento", a reencarnação por restauração, entre os Elfos. Com uma nota sobre os Anãos.[14]

Restauração dos corpos élficos. Toda a matéria das crenças e teorias élficas acerca de seus "corpos" e das relações desses com seus "espíritos" — as quais, para os propósitos desta mitologia, são tratadas como "verdadeiras" e derivadas, por meio dos mestres-do-saber élficos, dos Valar — está exposta em vários outros lugares. Mas pode-se ressaltar aqui que os Eldar sustentavam que o espírito de um Elfo (*fëa*) tinha um conhecimento completo de cada detalhe de seu corpo em geral e em particulares típicos dele como uma coisa única. Esse conhecimento ele mantinha quando espírito e corpo sofriam a separação: de fato, ele ficava mais claro nesse momento, pois Elfos saudáveis pouco pensavam *conscientemente* em seus corpos, a menos que tivessem um interesse especial em tal "saber"; enquanto um espírito desencarnado ansiava por seu corpo como sua morada natural e única, e, nos Salões da Espera, detinha-se muito na memória de seu companheiro perdido. Ora, os Valar, subcriadores sob Eru, podiam fazer uso dessa memória; sem qualquer interrogatório, pois a mente de um espírito desencarnado era completamente aberta para eles, e tinham percepção e conhecimento muito mais agudos do que qualquer faculdade que o próprio espírito tivesse. A partir dessa "inspeção", por terem entre si, em conjunto, poder completo sobre as substâncias físicas da Terra-média, podiam reconstituir um corpo totalmente adequado para o espírito que o perdera.[e][15]

A ideia que aparece em alguns trechos do *Silmarillion*, ainda não revisado, de que a reencarnação élfica podia ser realizada, ou era às vezes realizada, pelo renascimento na forma de criança entre sua própria gente, deve ser abandonada — ou, pelo menos, deve-se esclarecer que é uma ideia falsa.[f] Pois os Elfos acreditavam e afirmavam que tinham aprendido isto com os Valar: que apenas Eru podia criar "espíritos" com ser *independente*, ainda que secundário; e que cada um desses espíritos era individual e único. Contudo, Ele fizera os "espíritos" de Seus Filhos (Elfos e Homens) de uma natureza tal que eles precisavam de corpos físicos e os amavam, e amariam e teriam necessidade das belezas e maravilhas do mundo físico à volta deles. Mas Ele delegou a procriação dos corpos aos Filhos: isto é, para que a realizassem de acordo com suas vontades, e pela escolha de parceiros e de momentos e lugares, embora em outros aspectos o processo estivesse além de seus poderes e sua habilidade. Ele, diziam os Elfos, assim planejou produzir aquela combinação estranha e maravilhosa de ser único com uma "morada" que tinha ascendência e parentesco dentro da ordem física, a qual era o caráter peculiar de Seus Filhos. Portanto, uma vez que o poder criativo de Eru era infinito (tanto fora quanto dentro dos limites de Seu grande Desígnio no qual tomamos parte), seria absurdo, e na verdade impensável, imaginá-lo mostrando, por assim dizer, certa sovinice ao usar de novo um espírito sem-morada desafortunado para habitar um novo corpo. Pois, mesmo se ele fosse produzido por pais de parentesco próximo, *não* seria o corpo dele, nem totalmente aceitável para tal espírito. Ademais, fazer isso seria errado; uma vez que um espírito que já tivesse nascido preservava uma memória completa de sua vida encarnada anterior, e, se ela ficava velada de alguma forma, de modo que não fosse imediatamente acessível à sua consciência, não poderia ser obliterada, e isso contri-

[e] E, portanto, "idêntico", embora não haja espaço aqui para discutir o sentido preciso disso.

[f] P. ex. possivelmente de origem "humana", já que quase toda a matéria do Silmarillion está contida em mitos e lendas que foram passados através das mãos e mentes dos homens, e foram (em muitos pontos) claramente influenciadas pelo contato e pela confusão com os mitos, teorias e lendas dos Homens.

buiria para a sua inquietação: o espírito ficaria "desajustado",[g] uma criatura defeituosa. Ao passo que, se preservasse conscientemente sua memória, como certamente faziam aqueles *fëar* que os Valar restauravam, não seria uma criança verdadeira, e teria uma falsa relação com seus segundos pais (que reconheceria como tais), para tristeza deles, privando-os do grande regozijo que os Elfos tinham nos primeiros anos de seus filhos.

A matéria dos Anãos, cujas tradições (até onde se tornaram conhecidas de Elfos ou Homens) continham crenças que pareciam permitir o renascimento, podem ter contribuído para os conceitos falsos abordados anteriormente. Mas essa é outra matéria, que já foi citada no *Silmarillion*. Aqui pode-se dizer, entretanto, que a reaparição, após longos intervalos, da pessoa de um dos Pais dos Anãos nas linhagens de seus Reis — p. ex. especialmente Durin — provavelmente não é, quando examinada, um caso de renascimento, mas de preservação do *corpo* de um antigo Rei Durin (digamos), ao qual, após certos intervalos, seu espírito retornava. Mas as relações dos Anãos com os Valar, e especialmente com o Vala Aulë, são (ao que parece) bem diferentes daquelas de Elfos e Homens.

NOTAS

1 Para as implicações da forma de *Melcor* na datação deste e de outros textos, ver a minha introdução editorial do cap. 17, "Morte", abaixo.

2 Conforme datilografado originalmente, esse parágrafo dizia:

> Eru respondeu: "Há de estar dentro de vossa autoridade, mas não está dentro de vosso poder. Aqueles [para quem julgardes que o renascimento >>] a quem julgardes aptos ao renascimento, se o desejarem, haveis de [?indicar] para Mim, e eles devem, então, aguardar Minha vontade. Hei de considerá-los e entender claramente o que lhes cabe.

Tolkien então datilografou uma versão alternativa desse parágrafo, mais tarde riscada:

> Eru respondeu: "Está em vosso poder; mas haveis de ter autoridade para escolher, entre aqueles que o desejarem, os *fëar* para quem o renascimento é adequado, mas, se achardes os que

[g] Não da maneira como dizemos agora com referência a uma pessoa humana que não se ajusta ao seu ambiente (social ou físico), mas no próprio centro de seu ser desde a hora de seu "renascimento".

desejam renascimento, haveis de instruí-los e se, quando descobrirem tudo o que isso significa, ainda o desejarem, eles hão de ser reservados a Mim, para aguardar minha vontade.

[3] Quanto à união natural de *hröa* ("corpo") e *fëa* ("espírito") nos Encarnados, ver CORPO E ESPÍRITO no Apênd. I.

[4] Originalmente, essa frase terminava desta forma:

não podiam fazer nada nem realizar nenhum novo desígnio, já que, por natureza, tinham sido feitos para operar por meio do corpo.

[5] Sobre o "dom da vontade" e seus limites, ver cap. 11, "Destino e Livre-Arbítrio", acima.

[6] Sobre o conceito da *erma* como uma primeira coisa ou matéria única e indiferenciada, ver MATÉRIA PRIMORDIAL no Apênd. I. Sobre o conceito de um "padrão" que define o tipo e a identidade de um material e suas "virtudes e efeitos", ver "O Impulso Primordial" (adiante) e ver HILOMORFISMO no Apênd. I. Ao notar que as *únehtar* são, ao que parece, literalmente "átomos" (isto é, "coisas indivisíveis"), a discussão sobre variações minúsculas e raras das *únehtar* de um *nassë* (material) lembra muito o fenômeno dos isótopos dos elementos, por exemplo, o deutério (^{2}H) no caso do hidrogênio. A forma "*únehtar*" substitui a anterior "*únexi*" (aparentemente com o mesmo significado literal, mas com derivação nominal, e não deverbal).

[7] Sobre o mal como uma falta no padrão concebido e não concretizado, ver O MAL (COMO FALTA DE PERFEIÇÃO) no Apênd. I.

[8] Para mais informações sobre o "padrão vital primordial", ver o cap. 2, "O Impulso Primordial", na Parte Três deste livro.

[9] Sobre a mistura e a variação dos padrões das coisas viventes, ver novamente "O Impulso Primordial"; e ver EVOLUÇÃO (TEÍSTICA) no Apênd. I.

[10] Tolkien tinha conhecimento da natureza "instável" de certos elementos que decaem e se tornam outros elementos ao longo do tempo, por exemplo, quando o urânio (^{238}Ur), por meio de uma cadeia de alterações, transforma-se em vários outros elementos antes de se estabilizar na forma de chumbo (^{206}Pb).

[11] Tolkien, mais tarde, traçou uma linha vertical e escreveu a palavra "não" com caneta esferográfica vermelha ao lado das três últimas sentenças desse parágrafo. Aparentemente ao mesmo tempo, acrescentou a nota de rodapé segundo a qual Míriel é o "primeiro caso", também usando essa caneta. Para as ramificações da morte de Míriel como a primeira em Aman, ver X:269–71.

[12] Ver o cap. 7, "Retratos-mentais", anteriormente.

[13] Essa nota de rodapé foi inserida por Tolkien como um longo comentário, com a data "junho de 1966", na página final desse pequeno maço de papéis. Sobre a definição aparentemente clara de que o *fëa* sem-morada "*reconstruía ele mesmo* o seu *hröa* sob medida. Essa é, de longe, a melhor solução", ver o Texto 3 neste capítulo, e XII:391 n.17.

[14] Quando escrito originalmente, esse texto tinha o título "Algumas notas sobre 'Glorfindel'".

[15] A questão da "identidade" dos materiais e corpos é discutida de forma ampla no Texto 1A, "O Colóquio de Manwë com Eru", neste capítulo.

16

De "o Estatuto de Finwë e Míriel"

Christopher Tolkien observa (em X:253 n.15) que há uma mudança no texto de "O Estatuto de Finwë e Míriel", no qual uma interrupção — após a frase "'Assim seja!', disse Manwë" (X: 247), não no fim de uma página — precede uma continuação no alto da página seguinte — com "Portanto, o Estatuto foi proclamado..." — escrita com letra mais tosca do que a anterior (normalmente um sinal de que Tolkien retomou e continuou um texto em data posterior). Acontece, porém, que um texto aparentemente suplantado, que corresponde à página *original* da continuação, mudou esse cenário. Embora não tenha sido riscado, boa parte dele foi colocada entre colchetes, o que muitas vezes indica que Tolkien estava considerando eliminá-lo, ou removê-lo para outro lugar. Apresento esse texto não usado/suplantado aqui, na íntegra.

Perguntou-se também: E se o cônjuge que enviuvou, por algum acaso maligno, também for morto ou morrer mais tarde; ou se seu segundo cônjuge também morrer. Quem então será cônjuge de quem?

Respondeu-se: Se o cônjuge que enviuvou morrer, enquanto permanecer sem-morada claramente ele (ou ela) será o cônjuge, "em sua vontade", daquele que foi deixado entre os Viventes. Pois a união anterior foi dissolvida e não existe mais; e, ademais, o segundo a morrer ainda pode renascer e retornar para o que foi deixado, enquanto o primeiro a morrer está destinado a permanecer em Mandos. Não é diversa a situação se todos os três morrerem. Ainda assim a união do primeiro e do segundo não existe mais, enquanto o segundo e o terceiro podem retornar e retomar seu casamento. Mas, uma vez que o casamento é do corpo, sendo irrealizado ou apenas "na vontade" para os sem-morada, o primeiro e o segundo e o terceiro podem se encontrar em Mandos (se o desejarem), em amizade. Mesmo assim, essa é uma das maneiras pelas quais o Estatuto pode gerar tristeza, e não cura. Pois o encontro, em Mandos, daqueles que estavam dispostos a dissolver sua união, ou daquele que veio primeiro no amor e o outro que o sucedeu nisso, não pode ser como o encontro daqueles entre os quais nenhuma sombra de inconstância caiu.

> Todo o texto precedente foi colocado entre colchetes, mas não chegou a ser riscado. Debaixo dele, na margem esquerda da página, está escrito:

Perguntou-se: O que aqueles na Espera fazem, e será que se importam com aqueles que vivem, ou têm conhecimento dos eventos em Arda. Respondeu-se: Não *fazem* nada; pois *fazer*, em uma criatura de natureza dual, requer o corpo, o qual é instrumento do *fëa* em todas as suas ações. Se desejam *fazer*, desejam retornar. Eles pensam, usando suas mentes (por assim dizer, já que eles são suas mentes) conforme são capazes, meditando sobre os conteúdos delas. Tais conteúdos são as memórias da vida deles;[1] mas também podem aprender em Mandos, se *buscarem* conhecimento. Quanto àqueles a quem deixaram em vida, ou os eventos de Arda, também podem aprender muito a respeito, se desejarem fazê-lo. Diz-se que conseguem ver algumas coisas ao longe através dos olhos de outros a quem eram caros, mas de modo algum que possa perturbar ou influenciar as mentes dos vivos, para o bem ou para o mal. Se tentassem fazer isso, sua visão seria velada. Mas, em Mandos, todos os eventos do Conto de Arda (que sejam passíveis de conhecimento por outros que não Eru; pois os segredos das mentes não são legíveis nem mesmo para os Valar)[2] são registrados, e a esse conhecimento e a essa história eles têm acesso, de acordo com sua [?medida] e vontade.

NOTAS

1. O que transcrevo aqui como "vida" na verdade se parece mais com "viver", mas também poderia ser "amor".[a]
2. Para a inexpugnabilidade das mentes mesmo para os Valar, ver o cap. 9, "*Ósanwe-kenta*", anteriormente.

---

[a] Em inglês, "life", "live" e "love", respectivamente. [N. T.]

17

Morte

Este texto datilografado ocupa cinco páginas de quatro folhas de prova do University College Cork, na Irlanda, onde Tolkien atuou como corretor externo em várias épocas ao longo dos anos 1950 (ver TCG II:578). Ele acrescentou o título do conjunto e o da parte I na margem superior com caneta esferográfica vermelha.

Há dois elementos de evidência interna que têm impacto sobre a questão da data deste texto. O primeiro é o uso da forma *Melcor*. Em textos publicados anteriormente, *Melcor* só aparece também (quando não se incluem as traduções de Tolkien para o anglo-saxão) no texto aparentemente contemporâneo "O Colóquio de Manwë com Eru" (apresentando no capítulo 15), cuja composição seguiu a de "Leis e Costumes" (X:209 e seguintes) no fim dos anos 1950 (ver X:300), mas precedeu a do Comentário ao *Athrabeth*, de c. 1959 (para essa data, ver X:304). O segundo é que Tolkien inicialmente datilografou a forma *hrondor* ("corpos") antes de alterá-la para *hröar*; mas não há evidências independentes de que a segunda forma da palavra estivesse sendo usada antes que o texto datilografado "B" de "Leis e Costumes entre os Eldar" fosse escrito em c. 1958 (ver X:141–43, 209, 304). Somando tudo, esse indício sugere que o texto teria sido composto em c. 1957–58.

I. Morte de Animais e Plantas

Os corpos animais "morrem" quando sua coerência é destruída. O material deles então se torna solto e disperso. Isso é doloroso de contemplar (especialmente para qualquer um que tenha amado alguma de tais criaturas viventes, vegetais ou com forma de fera), e se torna ainda mais doloroso enquanto os restos ainda guardam certa semelhança com sua forma vivente. Sustentam os Eldar que, em Arda Imaculada, teriam morrido as coisas que eram limitadas a um período de tempo (isto é, aquelas cuja forma total fosse pequena); e que muitas coisas eram, por natureza, dessa duração mais curta. Mas o fim não seria abominável de observar.[1] (Sem dúvida, ainda manteria, para os Encarnados, a dor da perda e do adeus. Mas isso é devido, em parte, ao mistério do amor dentro do Tempo;[2] e, em parte, devido ao fato de que os Encarnados só adentraram o desígnio de Eä depois da rebelião de Melcor; de modo que o ser inteiro deles está atado à Maculação. Isso, sustentam alguns, é da vontade de Eru que eles possam remediar ou purgar, pelo sofrimento do amor.) O fim das coisas de curta duração não teria sido, sustentam os Eldar, abominável; pois, vivendo suas vidas completamente e de forma imaculada, teriam consumido completamente e descartado o material de suas corporificações,[3] minguando lentamente (tal como tinham começado a maturar lentamente) através de mudanças regressivas e, contudo, não menos belas do que as mudanças progressivas na outra ponta de suas vidas, até que desaparecessem. Mas aqui os Eldar, talvez, estejam importando para seu pensamento sobre Arda Imaculada os pensamentos de corações destinados a viver apenas em Arda Maculada e dentro do Tempo. Não é a perda da coisa que foi, e o amor por sua forma anterior, agora se dissolvendo, que torna o processo dessa dissolução doloroso, ou às vezes horrível? (Nem todas as coisas que *parecem* malignas ou antinaturais aos olhos dos Encarnados são fruto das obras de Melcor.) Se o processo de dissolução for a maneira correta ou natural do retorno do material ao uso comum de Arda, não seria doloroso ou horrível para aqueles não atados ao Tempo, que ainda veriam a coisa vivente em toda a sua duração, como um padrão completo.[4] No momento em que aquele padrão estivesse completo (que é o momento preciso da morte), o material remanescente não teria importância para aqueles que amaram a coisa vivente. Caso se tornasse limo, isso não traria uma sensação pior do que o limo no qual seu crescimento começou. Não teria parte alguma nas coisas viventes amadas.[5]

Mas a isso os Eldar respondem: Verdade: remorso e pesar vêm aos Encarnados do amor que está (pela duração de Arda) atado dentro do Tempo. Mas a decomposição e a dissolução não são abomináveis somente por causa disso. Para falar dos *olvar* (isto é, as plantas): O solo no qual elas brotam não tem parte nelas (até que seja incorporado como alimento pela vida da coisa que cresce, e aparecer transformado em forma vivente e admirável). A semente e o solo são claramente diferentes. Mas, na morte, não é a terra circundante nem o chão sobre o qual a coisa morta cai que parece horrível; é o material da coisa mesma que, desintegrando-se, parece horrível. E, em Arda Maculada, esse processo pode ser longo. De fato, a morte pode ser lenta e, mesmo antes que toda a vida tenha partido, a coisa vivente pode se tornar doentia, ou deformada. Não pensamos que esse adoecimento e, depois dele, a decomposição e putrescência possam ser belos (como, decerto, todas as coisas em Arda Imaculada deveriam ser) ou, pelo menos, não lamentáveis, para quaisquer mentes que amem Arda, sejam as livres do Tempo ou atadas dentro dele.

Portanto, sustentamos que a morte e a decomposição, nos tipos que agora vemos, não podem ser parte de Arda Imaculada, na qual consideramos apenas a morte "natural" e o fim da vida completada, e não as mortes de violência. Também se pode pensar que mesmo aquelas coisas que têm por natureza uma duração curta teriam vivido, na saúde de Arda Imaculada, por mais tempo e mais completamente.

Para falar dos *kelvar* (isto é, "animais" ou coisas viventes de tipos diversos dos das plantas).[6] Eles não crescem no solo; mas seus corpos se decompõem em limos e formas asquerosas antes que se dispersem. Seu fim não pode, portanto, ser comparado ao seu princípio.

Pareceria sábio concluir que a morte, ou o término das coisas viventes de curta duração, é agora diversa, em Arda Maculada, do que poderia ter sido; e foi maculada, em especial, por Melkor. Pois ele deseja sempre coisas novas, e não ama nada que tenha sido ou que já seja; e, no começo, não cuidava de saber como certas coisas eram retiradas para abrir espaço para outras, mas veio, por fim, em seu ódio e desprezo por todas as coisas (mesmo aquelas que ele próprio planejara), a se regozijar ao vê-las conspurcadas.[7] Por outro lado, os Encarnados não podem conceber corretamente Arda Imaculada, nessa matéria da morte, pois eles, ao serem gerados por Eru, pertencem a Arda Maculada.[8] E isso se pode ver mais claramente neste ponto: eles são, por assim dizer, os herdeiros e participantes da morte por violência. Não conseguem viver sem causar a morte ou o término, antes do tempo, de coisas viventes que possuem vida corpórea. Alguns dos Eldar (e alguns Homens) se esquivam de matar *kelvar* para usar seus corpos como carne, sentindo que esses corpos, assemelhando-se, em diferentes graus, aos seus próprios, são, de alguma forma, aparentados demais a eles. (Contudo, nenhum dos Eldar sustenta que o comer carne, não sendo o corpo dos Encarnados, que é consagrado pela habitação do *fëa*, seja pecaminoso ou contra a vontade de Eru.) Mas, ainda assim, eles precisam matar e comer *olvar* ou morrer; pois é da natureza deles serem alimentados, quanto a seus *hröar*, por coisas viventes corpóreas, e as coisas têm o direito de viver de acordo com sua natureza. Contudo, faz-se violência aos *olvar* (os quais têm um parentesco com os corpos dos Encarnados, ainda que remota), e a esses é negada a plenitude de suas próprias vidas e formas finais. Portanto, devemos sustentar que os Encarnados pertencem por natureza a Arda Maculada e a um mundo no qual a morte, e a morte pela violência de outros, é aceita.[9] Nem Elfos nem Homens comem por vontade própria coisas que não morreram por violência.

II. Morte de Corpos Encarnados

Os corpos encarnados morrem também, quando sua coerência corpórea é destruída. Mas não necessariamente quando ou porque o *fëa* parte. Normalmente, o *fëa* parte apenas porque o corpo está ferido além de qualquer recuperação, de modo que sua coerência já foi rompida. Mas e se o *fëa* abandonar um corpo que não está grandemente ferido, ou que está íntegro? Nesse caso, pode-se pensar, ele continua a ser um corpo vivente, mas sem mente ou razão; torna-se um animal (ou *kelva*), buscando nada mais que comida, pela qual sua vida corpórea pode continuar, e buscando-a apenas segundo a maneira das feras, do modo que conseguir achá-la por meio dos membros e sentidos. Esse é um pensamento horrível. Talvez tais coisas tenham de fato vindo a se passar em Arda, onde parece que nenhum mal ou perversão das coisas e de sua natureza é impossível. Mas só pode ter acontecido raramente.

Pois a função do corpo de um dos Encarnados é ser morada de um *fëa*, cuja ausência não lhe é natural; de modo que tal corpo nunca equivale precisamente a um corpo que nunca possuiu um *fëa*: ele sofreu uma perda. Ademais, enquanto o *fëa* estava com ele, habitava-o em cada parte ou porção, menor ou maior, superior ou inferior.[10] A partida do *fëa* é, portanto, um choque para o corpo; e exceto, talvez, em casos raros, esse choque será suficiente para desamarrar sua coerência, de modo que ele cairá em decomposição.

Nem em caso algum seria fácil para o corpo abandonado alimentar a si mesmo segundo a maneira das feras; pois a questão do alimento (tal como todas as questões de governo de si) tinha sido dirigida, havia muito, pelo *fëa*, e continuada por meios além do alcance do corpo em si mesmo; de modo que os meros sentidos de fera estariam enfraquecidos, e o corpo, sem ser dirigido, teria menos capacidades que as de uma fera comum. A menos que, por acaso, muito alimento do tipo de que ele necessitava estivesse à mão, o corpo, portanto, muito provavelmente logo pereceria por inanição, mesmo que sobrevivesse ao choque da separação.

(Os casos raros são aqueles nos quais a separação aconteceu em Aman, onde não há decomposição. Também houve outros, mais horríveis. Pois está registrado nas histórias que Morgoth, e Sauron depois dele, podia afugentar o *fëa* por meio do terror, e depois alimentar o corpo e fazer dele uma fera. Ou pior: subjugava o *fëa* dentro do corpo e o reduzia à impotência;[11] e depois nutria o corpo de modo imundo, de maneira que ele se tornava bestial, para horror e tormento do *fëa*.)

Para falar dos corpos-élficos. Um corpo-élfico é feito, por natureza e função, para ser a morada de um habitante permanente, um *fëa* que não pode deixar o Tempo, nem ir aonde seu retorno para o corpo é impossível. Tal corpo, portanto, *esperará* por muito mais tempo, mantendo coerência e resistindo à decomposição, mas, nesse caso, normalmente parecerá dormir, jazendo passivo e sem nada tentar, nem mesmo a busca por comida, sem a ordem de seu mestre. (Não se pode alimentá-lo sem despertá-lo e, assim, matá-lo com o choque, ou torná-lo semelhante ao de uma fera.) Mas corpos-humanos abandonados pelo *fëa* perecem rapidamente. Foram feitos para serem as moradas de *fëar* que, uma vez separados do corpo, *nunca retornam*. O corpo, então, não tem função (e o choque da separação é maior); e, na maior parte dos casos, logo se decompõe e se esvai em Arda.[a][12] É sabido pelos Eldar que os *fëar* dos Homens (muitos

[a] Nem sempre. Os Homens relatam que os corpos de alguns de seus Mortos mantêm por muito tempo a sua coerência, e mesmo, por vezes, persistem em forma bela, como se apenas dormissem. De que isso é verdadeiro os Elfos têm prova; mas o propósito ou a razão não lhes parece clara. Os Homens dizem que são os corpos dos sagrados que por vezes permanecem incorruptos por muito tempo: querendo dizer aqueles cujos *fëar* eram fortes e, contudo, estavam sempre voltados para Eru

ou todos, isso eles não sabem) vão também para os Salões da Espera aos cuidados de Námo Mandos; mas qual é lá o fado deles, e para onde vão quando Námo os libera, os Eldar não sabem de seguro, e os Homens, sabendo pouco, dizem muitas coisas diferentes, algumas das quais são fantasias de seu próprio imaginar e estão obscurecidas pela Sombra. Os mais sábios dos Homens, e aqueles que estão menos debaixo da Sombra, acreditam que são entregues a Eru e passam-se para fora de Eä. Por essa razão, muitos dos Elfos em dias posteriores, sob o fardo de seus anos, invejavam a Morte dos Homens, e a chamavam de Dádiva de Ilúvatar.

NOTAS

[1] Aqui e nas duas outras ocorrências a seguir, a palavra "abominável" é uma substituição, feita a lápis, do termo riscado "asqueroso".

[2] Sobreo "mistério do amor dentro do Tempo", ver a seção "Comentários" do Texto 1A, "O Colóquio de Manwë com Eru", do cap. 15, "Reencarnação Élfica", acima.

[3] A palavra "descartado" aqui é uma substituição datilografada do termo original "absorvido".

[4] Ver o mesmo conceito do padrão completo das coisas viventes através do tempo no texto do cap. 15, "Reencarnação Élfica", recém-mencionado.

[5] Essa última frase é um acréscimo ao texto datilografado, feito a lápis.

[6] Aqui e em todas as ocorrências seguintes, *kelvar* está escrito em cima de e (aparentemente) foi colocado como substituição do original *cuivar*. Uma nota tênue no fim do ensaio explica a mudança: "*kelvar* = *cuivar*. *cuy* = 'despertar', não 'viver'".

[7] Na forma original, a afirmação parentética nessa frase diz: "(mas, acima de tudo, por aquelas que ele mesmo não imaginara)". Sobre a afirmação aqui de que Melkor "deseja sempre coisas novas e não ama nada que tenha sido ou que já seja", ver o aparentemente bastante contemporâneo cap. 3, "Poderes dos Valar", na Parte Três deste livro.

[8] As palavras "por Eru" foram inseridas depois no texto datilografado.

[9] Na forma original, essa frase terminava assim: "e a um mundo do qual a morte, e a morte pela violência de outrem, é uma parte aceita".

[10] Sobre a unidade de corpo e espírito nos encarnados, ver Corpo e Espírito no Apênd. I.

[11] A versão original desse trecho diz: "e o reduzia a um estupor de horror, de modo que se tornava impotente".

[12] Ver Incorruptibilidade dos Santos no Apênd. I.

---

em amor e esperança. Essa permanência do corpo eles acreditam ser, portanto, um sinal de Eru para que cresça a esperança. Pois os Homens, ainda mais que os Elfos, abominam ver a decomposição.

Parte Três

O MUNDO, SUAS TERRAS E SEUS HABITANTES

Introdução

Em 1957 (ver a introdução da Parte Um deste livro), Tolkien decidira que, por motivos de verossimilhança astronômica, o Sol e a Lua, em vez de serem formados a partir das últimas flores das Duas Árvores, muito depois da criação de Arda e da chegada dos Eldar a Valinor, deveriam, na verdade, ser (no mínimo) coetâneos de Arda, e que os Elfos deveriam conhecer esse fato astronômico. Tolkien, entretanto, acabou tendo de lidar com um dilema que ele nunca resolveu completamente, a saber, como incorporar essa verdade científica em sua mitologia sem esvaziá-la de suas características próprias. (Há tempos tenho pensado que, se Tolkien também tivesse decidido que, quando o mundo se tornou redondo com a Queda de Númenor e as Terras Imortais foram removidas, Ilúvatar teria "desmitologizado" Arda e Eä ainda mais — transformando a Lua num simples globo rochoso, e o Sol e as estrelas em globos gasosos, e fazendo parecer que eles sempre tinham sido assim, e que o mundo sempre fora redondo —, ele poderia ter preservado tanto sua mitologia quanto uma conformidade com o conhecimento científico moderno, evitando muita perda de tempo, reflexões e dúvidas.)

Antes mesmo dessa decisão, a partir de meados dos anos 1940, Tolkien estava muito preocupado em atingir a verossimilhança astronômica e cronológica em *O Senhor dos Anéis*. Despendeu grandes esforços, por exemplo, para fazer com que os movimentos dos vários membros separados da Sociedade do Anel parecessem realistas, em termos da distância coberta a pé ou a cavalo por dia (matérias sobre as quais, como um ex-membro do Exército britânico com treinamento em equitação, ele tinha muita experiência); e, além disso, tentou ser acurado e preciso no que diz respeito às fases e posições da Lua (ver *Cartas de J.R.R. Tolkien* [cartas n. 63 e 69]; também VII:179–80, 367–9).

Não é de surpreender que, quando Tolkien retomou o trabalho em seu legendário depois de completar *O Senhor dos Anéis*, ele tenha adotado essa mesma preocupação com a verossimilhança. Como se viu na Parte Um deste livro, "Tempo e Envelhecimento", Tolkien despendeu esforço considerável (tanto de reflexão como matemático) para trazer um realismo natural aos temas da população e migração élficas. Esta terceira e última parte compreende textos de abrangência muito maior, mostrando as considerações tardias de Tolkien, à luz dessa preocupação, sobre aspectos mais amplos de seu mundo criado, de suas terras e seus habitantes.

1

Trevas e Luz

Este texto, escrito numa letra que, em certos lugares, vira um rabisco extremamente difícil de entender, usando caneta esferográfica preta, encontra-se em meio a um maço de documentos tardios, (quase) todos feitos em papel de rascunho da editora Allen & Unwin datando do fim dos anos 1960, os quais contêm escritos que reconsideram várias questões de nomenclatura e vocabulário élficos.[1] Um dos temas tratados neste conjunto é o de certas bases vocabulares e conceitos élficos relacionados à luz e às trevas. O primeiro texto do conjunto, que tem três versões sucessivas (aqui rotuladas A–C), mostra o desenvolvimento do que Tolkien descreve como a imagem "mito-astronômica" traçada pelos Elfos sobre o mundo e os fenômenos das trevas e luz.

Texto 1A

√PHUY: quen. noldorin *fuinë*, quen. vanyarin *huinë*, sind. *fuin*.[2] Em sindarin, *fuin* era a palavra mais comum para "noite", sem ter (originalmente) nenhum tom sinistro. Parece que o termo foi imaginado no passado remoto da história quendiana, quando os Elfos pensavam que havia um "sopro" que vinha do Leste conforme o Sol descia no Oeste, o qual trazia uma sombra fresca que se tornava cada vez mais escura, começando com o **dōmē*, "crepúsculo", até chegar à meia-noite, **mori*; o processo de **mori* > **dōmē* era revertido quando o "sopro de luz" do Leste empurrava o escuro para o Oeste, onde era absorvido por Aman.[3] **phuinē* era essa "escuridão semelhante a um vapor" (mas o sind. *môr* era † [ou seja, poético], *fuin* passou a ser "noite").[4]

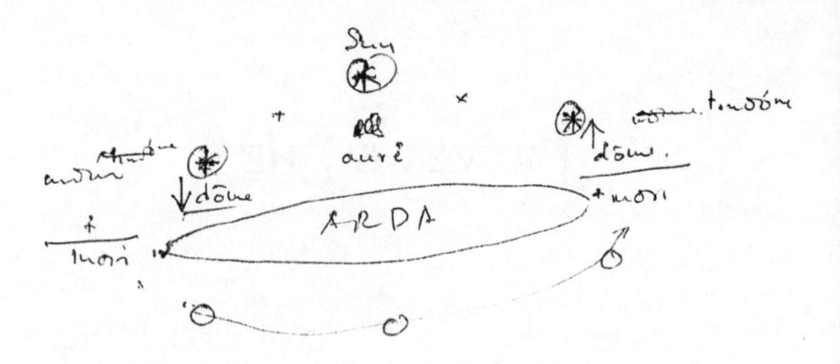

Tindómë vinha depois da escuridão e começava ainda iluminado pelas estrelas, até que se transformava na luz do dia; *undómë* seguia-se à luz e se tornava escuro, e era o "crepúsculo triste", uma imagem ou um sinal do término das coisas belas.

O texto termina exatamente na borda inferior da página. Na folha seguinte, Tolkien iniciou um relato novo, um tanto diferente e, em certos pontos, mais "científico", sobre as concepções élficas acerca da luz e das trevas:

Texto 1B

As palavras para NOITE, CREPÚSCULO, DIA originalmente eram influenciadas pela imaginação primitiva quendiana sobre a passagem do Sol; e também pela imaginação dos Elfos sobre a *luz*. Pensavam nela como uma "substância", sempre a mais tênue e etérea de todas, uma emanação das coisas *autoluminosas*, que dão luz (tal como o fogo na Terra e o Sol no firmamento, em especial), a qual continuava ou podia continuar existindo depois de deixar sua fonte, a menos que fosse apagada, "engolida" ou extinta pelo ESCURO. (O *Escuro* também era uma substância, só que menos tênue que a Luz, mas era incalculavelmente mais abundante e prevalente do que ela.) A "substância-da-luz" era chamada de **linkwē* (quen. *linque*), a "substância-do-escuro" recebia o nome de **phuine*.[5]

Entre as coisas que dão luz eram incluídas todas as estrelas e todos os luzeiros celestiais, exceto a Lua. Os Quendi, entretanto, parecem ter especulado (e depois recebido a confirmação disso) de que *Anar*, o Sol, principal provedor da luz (*Kalantar*) a Arda, tinha relação especial com Arda e era muito maior do que quaisquer outros luzeiros porque estava muito *mais perto*, embora ainda estivesse muito distante. Além disso, parecem ter sabido ou adivinhado que a Lua (*Ithil*) não era um emissor de luz, mas um refletor. KAL = luminosidade vinda de um produtor de luz (em Arda, primariamente do Sol): ŃAL = luz refletida. Desde cedo, eles observaram que certas estrelas (sem dúvida aquelas que chamamos de planetas), e entre elas especialmente Vênus, à qual chamavam de *Elmō* (e, mais tarde, mitologicamente, de *Eärendil*), eram "inconstantes" e alteravam suas posições em relação às "estrelas-distantes" (estrelas fixas). A essas eles chamavam de companheiras do Sol e achavam que eram corpos celestes bastante pequenos — derivados do Sol.

Em sua mitologia primitiva, achavam que, no começo do tempo de Arda (muito antes que ela se tornasse habitável), os Valar, durante seu conflito com Melkor pelo governo de Arda, descobrindo o perigo da escuridão, a qual favorecia as maquinações e obras secretas de Melkor, tinham feito a Lua (para alguns, usando parte de "Arda Ínfera"; para outros, trazendo-a de fora do reino de Anar) para refletir a luz de Anar e reduzir a escuridão da NOITE.

> Essa recapitulação e expansão também termina no pé da página; e, mais uma vez, Tolkien recomeça, na folha seguinte, com outra explicação ainda mais "científica":

Texto 1C

As palavras para NOITE, CREPÚSCULO, DIA ou suas formas e aplicações nas línguas élficas exigem, para serem compreendidas, dados sobre a imaginação primitiva quendiana a respeito da "forma" de *Arda* (nossa Terra) e a passagem do Sol (*Anar*); e também, quanto às mudanças delas nas línguas eldarin divergentes, algum conhecimento do idioma élfico.

A imaginação quendiana a respeito da forma de Arda e do Firmamento visível (Menel) acima dela se devia às mentes vivazes de um povo dotado de visão muito mais aguçada do que a norma entre seres humanos. Era uma imaginação parcialmente astronômica e "científica", mas se misturava a um talento mitológico ou poético. Mesmo antes de seu primeiro contato com os Valar, os

Elfos evidentemente tinham construído uma imagem mito-astronômica do mundo, a qual era, em alguns aspectos, muito mais próxima do nosso conhecimento e das nossas teorias recentes do que seria esperado. Essa "imagem" persistiu nas mentes deles e coloriu seus mitos, mesmo depois que os mais eruditos e científicos dos Altos-Elfos que habitavam com os Valar aprenderam — ou, talvez, é o que se pode presumir — muito mais sobre a verdade científica (ou o que nós, hoje, consideramos ser a verdade).

A "imaginação" deles, assim, não era propriamente uma cosmologia da Terra plana; e era *geocêntrica* apenas no que diz respeito ao Sol, à Lua e a certas estrelas ("companheiras do Sol" ou estrelas inconstantes = nossos planetas). O "Sistema Solar" — Sol, Lua e estrelas inconstantes — era mais propriamente chamado de *Arda*, "o Reino",[6] mas o termo *Arda* era comumente usado para se referir à Terra como a habitação de Elfos e Homens, da qual o Sol etc. eram tributários. A Terra ou "Região-média" (quen. *en(en)dor*) aparentemente era concebida como um *esferoide* (eixo maior 3, menor 2), com o eixo maior na orientação Oeste > Leste. Não havia nenhum mito infantil pictórico sobre seus apoios: ela tinha sido disposta ali pelo Criador (ou seus agentes, e ali permanecia pela vontade deles). Não era possível que animais terrestres, ou Elfos e Homens, sem asas, alcançassem os Polos Oeste e Leste ou os extremos Norte ou Sul, porque eles eram cortados por um profundo e circular can[al]

> Tolkien interrompe o texto aqui, no meio de uma palavra, acima da seguinte representação do esferoide elíptico recém-descrito, com seus Polos Oeste [W, à esquerda na representação original] e Leste [E, à direita], um pontinho indicando seu centro e talvez uma indicação tosca do "profundo e circular canal" em suas bordas:

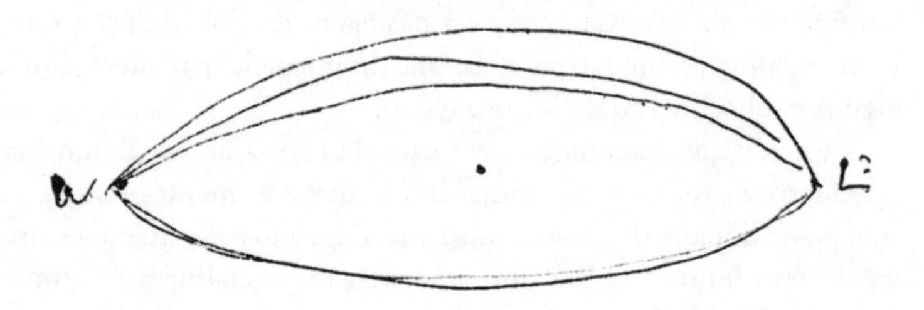

Tolkien, entretanto, ainda não tinha encerrado totalmente suas elaborações, escrevendo "PTO"[a] depois da palavra interrompida e iniciando mais uma reconsideração no verso:

era concebida como uma superfície elíptica, mais longa (3) do que larga (2), com o eixo mais longo disposto no sentido O–L [W–E na ilustração]. Não era plana, mas elevava-se gradualmente até seu ponto central. Parece que era imaginada como se tivesse uma porção inferior com a mesma forma (Arda ínfera), a qual não podia ser habitada, uma vez que, como eles não conheciam a gravitação, supunham que ela fosse desnuda, sólida e [?sem caminhos], e todas as coisas que não estavam presas cairiam (salvo apenas a névoa). Mais tarde, foi representada como um esferoide elíptico de [?alguma natureza]. Mas

Aqui as tentativas de Tolkien de apresentar um relato "mito-astronômico" sobre as concepções élficas primitivas acerca de Arda foram interrompidas, no começo de uma frase, pela última vez (ao que parece), salvo por uma última figura que acompanha o texto:

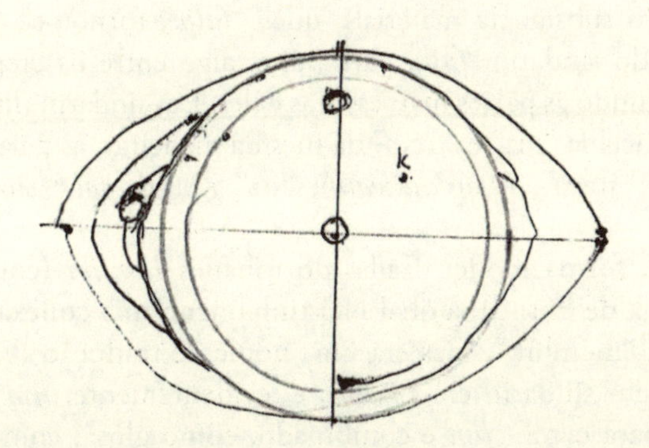

Novamente, ela mostra uma Terra elíptica, com um eixo principal Leste-Oeste, e indica seu ponto alto central. Não há indicação, nesses papéis, sobre o que os círculos ocidental e setentrional indicam, e o mesmo vale para o ponto "k"; mas pode-se conjecturar que o círculo no extremo oeste indica a morada dos Valar em Aman, e

[a] Abreviação de *please turn over*, "por favor vire a página". [N. T.]

que talvez "k" queira dizer *Kuiviénen*, a "Água do Despertar", lago do qual se diz, nos "Anais de Aman", que estaria "muito ao longe na Terra-média, a leste de Endon (que é o ponto no centro) e ao norte" (X:72). Nesse caso, o círculo ao norte pode indicar a antiga morada setentrional de Melkor, chamada Utumno.

Texto 2

Tal como o texto precedente, esta discussão está associada com uma nota etimológica adjacente sobre uma base eldarin, cuja terminologia, por sua vez, lembra a dos desenvolvimentos dos textos 1A e 1B anteriores.

√LIK: "escorrer, deslizar, escorregar, pingar", aplicada a orvalho, água, líquido [?aquoso] ou substância semilíquida (como seiva etc.). Desse radical foi derivada a palavra **linkwe* (quen. *linque*), "luz", quando concebida como uma substância etérea independente (depois de emitida) do produtor de luz da qual emana. O termo também foi preservado no tele. *limpi*, mas não no sindarin, em que era usado apenas para "orvalho". **phuinē*, seu oposto (enquanto substância material), quen. *fuine*, tornou-se a palavra comum do sindarin, *fuin*, para noite, algo entre os crepúsculos, mas incluindo as partes mais escuras deles. Em sindarin (língua que ainda concebia "luz" e "treva" da mesma maneira), as palavras usadas eram: "treva", *dû* ou *dú*(*wath*); "luz", *glae*/*glaegal* (√sind. *glay-*).

Limclaro, forma modernizada[b] do rohanês *Limliht* (como se vê na Estória de Eärnil), a qual não tinha nenhuma conexão com o roh. *lim*, "membro", mas era um "nome de tradução".[7] O nome original em sindarin era *Limhír*; e, evidentemente, *lim-* era traduzido para o roh. *līht* e combinado, como glosa, com a forma mais antiga *lim-*, chegando ao roh. *Limliht(ēa)*.[8] Mas em qual sentido (*līht* "o que não é pesado" ou *līht* "brilhante") não está claro agora; e também não há certeza sobre o sentido original do termo em sindarin.

---

[b] E adaptada para o português (no original, *Limlight*) conforme as diretrizes do próprio Tolkien, segundo o qual "light" deve ser traduzido como "brilhante, claro" (ver LRRC:773) [N. T.].

Algumas formas ortográficas mais antigas, p. ex. *Limphîr*, sugerem que o primeiro elemento originalmente era o sind. *limp* (substantivo) < **limpi* < eld. com. *liŋkwi* (s.), quen. *linque* (s., adj.), "líquido (brilhante/claro/luzente)". Esse termo era aplicado (em quenya) ao orvalho (ou à chuva fina quando havia sol); em sindarin, a poças ou regatos de água clara e limpa. Provavelmente, em sua origem, era uma palavra "mitológica" — referindo-se à concepção élfica primitiva da "luz" como uma substância propriamente dita (emitida pelos produtores de luz, mas, depois disso, independente), ainda que etereamente diáfana e delicada. (Seu oposto era **fuinē*, eld. com. **phu̯inē* = a nuvem fina e sombria do crepúsculo e da escuridão que apagava **linkwi*.) Os Rohirrim, ao perguntarem o significado de *Limhir*, podem muito bem [ter] ouvido que queria dizer "claro, brilhante"; mas o fato de que havia alguma incerteza é sugerido pela preservação incomum, em Rohan, do nome antigo + uma glosa.

Outra possibilidade é que o nome na verdade contenha o termo eld. com. **slimbi*, sind. *lhim*, quen. *hlimbë* "deslizante, corrente, escorregadio, lustroso" — frequentemente usado com o significado de algo lustroso, uma superfície brilhante ou luzente, ou movimento rápido de coisas que se movem ou escorrem velozmente.[9]

NOTAS

[1] A exceção é uma carta datilografada, sem data, enviada por um certo Andrew Cruickshank, fazendo propaganda e levantando fundos para o Wordsworth Ryland Mount Trust Ltda. Essa entidade, registrada no Reino Unido em 6 de fevereiro de 1970 (hoje fechada), tinha como objetivo: "Promover, encorajar, manter, melhorar e fazer progredir a educação pública e, especialmente, a educação do público sobre a vida e a obra de William Wordsworth, e estabelecer e manter um museu para abrigar e preservar todos os objetos e legados de natureza literária ou outra que tenham conexão com William Wordsworth ou sua família."

[2] Na margem, ao lado deste trecho, Tolkien escreveu a palavra "fwyn", o que pode ter a intenção de representar a pronúncia da palavra sindarin *fuin* de acordo com as convenções da ortografia galesa (ainda que, se a intenção era essa, a palavra deveria ser soletrada como "ffwyn"). Originalmente, √PHUY vinha com o início de uma glosa: "prov. 'neblina, brumas', produzida", trecho riscado assim que foi escrito.

[3] Um trecho que aparentemente é um candidato a substituir a concepção da noite como um "sopro" segue-se ao diagrama de Tolkien com letra muito apressada:

como um vento que seguia o Sol vindo do Leste e empurrava sua luz para longe, no Oeste (o qual [?do mesmo modo] eles concebiam como uma substância semelhante a um líquido etéreo que, de outro modo, [?fluiria para baixo] feito uma chuva tênue sobre a superfície de Arda e em poças, como a imaginavam fazer em Aman) onde o Sol a carrega de volta outra vez, deixando a Terra [? ? ? ?] do Sol [?fluía] ou espalhava a luz dela sobre Arda até que, mais uma vez [?a empurra para fora] de Arda.

[4] Na margem, ao lado da figura que acompanha o texto, Tolkien escreveu depois, a lápis: "*linque* = luz líquida".

[5] Uma nota escrita na margem superior dessa página acrescenta: "a 'escuridão', concebida como uma substância muito fina e enevoada, tinha o antigo nome de *phuinē (√PHUY, 'soprar para fora'); a 'luz', concebida também como uma substância muito etérea, mas brilhante, tinha o antigo nome de *linkwē (√LIK, 'deslizar, escorregar')".

[6] Para a extensão tardia (c. 1959) mas obviamente duradoura do termo *Arda* até abranger o Sistema Solar inteiro (não apenas a Terra, como anteriormente), ver *Morgoth's Ring* (pp. 337, 349, 358 n.11 e, especialmente, 375).

[7] Tolkien "traduziu" o idioma dos Rohirrim para o inglês antigo, então aqui o "rohanês" (roh.), na verdade, corresponde a essa língua (inglês antigo). A "Estória de Eärnil" aparentemente é uma referência a Eärnil II, o 32º Rei de Gondor, e ao que se diz sobre ele em várias partes do Apênd. A de *SdA*, embora, na verdade, o nome *Limclaro* não tenha relação com essas passagens. Pode ser que "Eärnil" tenha sido um deslize, e esteja no lugar de *Eorl*; nesse caso, ver RR:1512.

[8] Em inglês antigo, a palavra *ēa*, "rio", é um elemento comum nos nomes de cursos d'água da Inglaterra, frequentemente como terminação, com a forma *-ey*. Na forma original do texto, o nome em sindarin era "*Lim(p)-hir*".

[9] Uma nota marginal neste ponto diz: "Nesse caso, é possível (embora improvável?) que *līht* em roh. tinha o sentido de *levis*" (isto é, tal como o adj. latino *levis* "leve"). No fim do texto, Tolkien nota ainda que "o rohanês [?mais antigo] tinha um *lh* surdo inicial, mas tanto em sindarin como em roh. ele pode ter sido sonoro, ou uma forma dissimilativa para *mh*".

Uma versão anterior para essa possível derivação está descrita assim: "sind. *limb* > *lim(m)* veio do eld. com. *limbi* 'liso, lustroso, deslizante, que escorrega (escorregadio)', aplicado, entre outras coisas, a peixes, cobras, barcos leves [?mas] [de] calado raso, águas ou líquidos fluindo (abaixo) ou deslizando [? ou ?]. Mas isso não seria interpretado como o termo roh. *līht* "claro" (luzente), e não está próximo do termo roh. *līht 'levis'*. Parece provável que o nome antigo na verdade era < sind. *limp*".

2

O Impulso Primordial

O título vem da página de capa feita por Tolkien para um maço de dois textos (com esboços), a qual diz:

Impulso Primordial

"Espírito"

Fragmentos incompletos acerca de "O Impulso Primordial" e das concepções sobre o "Espírito", bem como origens dos termos para esses conceitos nas línguas élficas.

O primeiro texto, acerca de "O Impulso Primordial", será apresentado neste capítulo; o segundo, acerca do "Espírito", aparece como o texto 2 do cap. 13, "Espírito", na Parte Dois deste livro.

As primeiras cinco páginas depois da capa correspondem a folhas de prova do University College Cork, na Irlanda, cortadas pela metade — Tolkien foi corretor externo lá em vários momentos ao longo dos anos 1950 (ver TCG II:578). A sexta folha é de papel sem pauta. O texto em todas as páginas foi escrito com caneta de bico preta, com uma letra que às vezes é caligráfica e, em outras, muito apressada. A comparação do texto com "O Colóquio de Manwë com Eru", apresentado como texto 1 do cap. 15, "Reencarnação Élfica", na Parte Dois deste livro, particularmente em detalhes de terminologia como "padrão" e as palavras quen. *erma*, "substância primordial", e *nassi*, "materiais", indica que há uma relação próxima entre eles e que o presente ensaio também data de c. 1959.

O texto existe em duas versões, chamadas aqui de A (a mais antiga) e B (a mais recente). O texto A é precedido por uma única página de esboços que vão ficando progressivamente mais descuidados. O texto B é um belo manuscrito que segue de perto a versão corrigida de A, mas termina antes do ponto em que A se encerra. Portanto, apresento aqui primeiro o texto B, citando nas notas todas as diferenças significativas em relação ao texto A conforme foi escrito inicialmente e corrigido, e ao esboço. Depois, incluo o texto anterior A na íntegra, a partir do ponto em que o texto B é interrompido, novamente citando nas notas todas as diferenças significativas em relação ao esboço.

Texto B

O "impulso primordial", do qual o desdobramento total é o Grande Padrão (*Erkantië*),[1] tendo vida contínua. Essa vida não terá a mesma extensão que o Conto de Arda;[2] pois, tal como Arda começou com a *Erma* ["substância primordial"] e depois com os *nassi* ["materiais"],[3] antes da entrada das coisas viventes,[4] assim também, sem dúvida, o Grande Padrão terminará antes, deixando os *nassi*, e eles serão reduzidos à *Erma*, até que o Conto termine tal como começou.[5] Porém, enquanto continua, o *Erkantië* é inquebrantável e incessante. Muitos pontos de seu crescimento podem cessar e não proceder adiante: isso se dá quando uma coisa vivente perece antes de ter produzido algum rebento ou sucessor.[6] Mas o todo não cessará até que chegue o tempo no qual todas as coisas viventes que então ainda sobrevivem não venham mais a produzir rebentos viventes.[7]

Isso poderia acontecer por uma catástrofe, na qual todas as coisas viventes perecessem;[8] ou pela cessação do impulso de gerar, conforme o Grande Padrão se encaminhasse enfim para a sua completude. Mas, uma vez que se considera que o padrão de qualquer coisa vivente não está terminado até que sua incorporação seja destruída ou dissolvida, não seria possível dizer com exatidão que o Grande Padrão teria terminado enquanto qualquer coisa vivente ainda vivesse e persistisse, mesmo se ela nada gerasse. Por outro lado, diz-se dos Elfos que eles são "imortais dentro de Arda", o que deveria significar, como se acredita, que eles persistirão até o fim último de Arda. Assim, pode ser que os Homens e todas as outras raças de seres viventes pereçam e deixem de gerar prole, enquanto (como parece provável, uma vez que o processo pode ser observado em operação) os Elfos, muito antes do fim, deixarão de gerar prole, e seus *corpos* terão sido consumidos por seus *fëar*.

Mas outros sustentam — e a visão deles parece observar mais claramente o que é conhecido por meio do saber e da experiência da história — que esse não é um relato veraz do princípio ou do fim da vida em Arda. Eles afirmam que o *Ermenië* não pertence a Eä (e, portanto, também não a Arda). Ele deve remontar ao princípio mais profundo: o "Tema de Eru", conforme Ele o propôs pela primeira vez, antes do *Ainulindalë*, no qual os Espíritos que Ele fizera e instruíra cooperaram na elaboração e no desenvolvimento do Tema. Assim, o *Ermenië* (que é um "Desígnio de Eru"),[9] existindo antes do *Ainulindalë*, existe também antes de *Eä* (a Realização).[10]

Pois está claro, naquele saber que recebemos dos Valar, que eles puseram em marcha o desenrolar de diversos padrões viventes em muitos pontos diferentes do *Ainulindalë* e, portanto, isso se repetiu em Eä. Dentro de Eä, temos, então, não um único *Ermenië* ou Grande Padrão, mas certo número de Padrões Maiores ou mais antigos (*Arkantiër*).

O texto termina aqui, ocupando o primeiro terço de uma página que, depois disso, está vazia. O Texto A, entretanto, prossegue:

Texto A

Pois parece claro, naquele saber que recebemos dos Valar, que eles iniciaram o desenrolar dos padrões viventes em muitos pontos distintos da Música, e assim também em Eä — só assim podemos entender o poder que os Valar certamente têm e certamente exercitavam nos dias de antanho, o de *criar coisas* com vida corpórea[11] —, como se alguém pusesse a fluir muitas nascentes em diferentes lugares.[12] Essas não estariam relacionadas por sua história, nem procederiam de uma única fonte; seriam aparentadas ou semelhantes apenas por meio da natureza da *água*, e porque cada corrente forçosamente obedeceria às leis da coerência de Eä, que são semelhantes para todas as coisas, ainda que direcionando-as de modo vário de acordo com a situação de cada uma. (Como, por exemplo, o fato de que todas as correntes fluiriam para baixo, a não ser que impedidas, e o vento ficaria mais veloz ou mais lento de acordo com o desenho da terra.)

Assim podemos observar a grande complexidade da vida corpórea em Arda. Derivados, em última análise, do *Ermenië* de Eru, temos os "artifícios (ou desígnios) dos Valar", cada um deles separado em momento de concepção e primeira efetuação, sejam os vindos de modo sucessivo de um dos Valar, ou vindos de mais de um. Esses são os "padrões maiores" de que falamos.

O seu número ninguém além dos Valar é capaz de saber. Esses não podem ser corretamente chamados de "aparentados" (a menos que por mesclagem posterior), pois estão relacionados entre si apenas por procederem da mesma mente (como a de um Vala) ou de mentes semelhantes (como de mais de um deles), e as diferenças entre os padrões são dadas, não desenvolvidas dentro e pela operação de Arda. Mas esses "padrões maiores" (*arkantiër*), desenvolvendo-se em Arda, divergirão, seja pelo desígnio dos que os principiaram, seja pelas variedades causadas pela matéria de Arda, a qual precisam usar, em grupos diferentes, mas similares, de descendentes. Esses são verdadeiramente *aparentados* e membros de raças, ou tribos, ou famílias, ou casas. Por fim, e no nosso tempo, está além da habilidade de qualquer um a não ser os Valar distinguir as semelhanças, devido à semelhança das mentes dos Valar entre aqueles que deviam descer a Arda.[13]

E para além disso temos sempre, acima de Tudo, Eru. Que ele introduziu coisas novas na Música (não no Tema), foi-nos contado; pois assim começou a concepção de Elfos e Homens. (Os Anãos são, antes, um dos casos de princípios separados por parte dos Valar, embora [? a menos] Eru o tolerou e abençoou.)

Que ele nunca tenha feito isso em outros casos (de vida corpórea ou encarnada), ou que nunca o fará de novo, ninguém pode dizer. Os Valar não relatam outras coisas [? intrusivas] na Música além da chegada dos Filhos. Mas, uma vez que Eru não estava atado ao Tema, nem ao *Ainulindalë* (tal como foi feito pelos Ainur), seria temerário afirmar que Ele está ou ficará atado por Eä conforme realizada; já que Ele está fora de Eä, mas sustenta o todo de Eä em pensamento (e com isso ela tem coerência).[14] Algumas dessas coisas que aparecem repentinamente na História e [?continuam] então em obediência a Eä (ou logo deixam de ser [?vistas]) podem, de fato, dever-se diretamente a Eru. (Essas coisas são chamadas de sinais do Dedo de Eru.)[15]

Ora, na maioria das coisas vivas (não todas), a sucessão é por [?reprodução], e pelo cruzamento ou união de dois. Assim, aqueles que cruzam, ou [?geram] precisam ser aparentados. É possível, portanto, que aqueles que podem cruzar e produzir prole sejam *aparentados por ascendência*. Aqueles que não podem fazê-lo ou não o fazem não são aparentados, por mais que possam se assemelhar a outros por causa do parentesco dos que os principiaram. Contudo, mesmo entre os "parentes", o cruzamento parece exigir uma separação não muito grande de ramos. Assim [?o que parece apenas ? ? ? ser aparentado] por ascendência [?embora] remotamente. Pouco se conhece sobre isso. Mas de fato sabemos de algumas coisas as quais, mesmo assim, não são fáceis de entender. Por exemplo, sabemos que os Primogênitos e os Segundos Filhos podem cruzar entre si, embora isso raramente tenha ocorrido e, quanto aos Altos-Elfos, os Eldar, apenas duas vezes. Na Terra-média, a não ser que os contos agora sejam [?], três vezes: Beren/Lúthien, Idril/Tuor, Ancestrais de Imrahil. Devemos dizer que era a vontade do Principiador dessas duas correntes de vida (Elfos e Homens), isto é, Eru, que fosse parte da natureza corpórea a capacidade de casamento e geração — para certos propósitos do Conto e, sem dúvida, apenas entre os maiores dos Eldar.[16]

Portanto (embora o poder de Eru seja inestimavelmente maior, e sua vontade, livre),[17] pode muito bem ser que outros principiadores tenham tornado o intercruzamento parte das capacidades de suas respectivas correntes ou ascendências. O estudo há de mostrar, talvez, que, ao entrelaçar seu padrão com um anterior, o anterior pode ganhar frescor, e nova variedade pode chegar a existir.[18]

Mas, mesmo na intrusão de Eru, os Filhos tomaram como sua uma forma [?que], embora alterada e refinada, assemelha-se em pequeno ou mesmo em grande grau às formas de animais. Os Filhos não são "aparentados" com os animais por ascendência, portanto, mas têm relação próxima com eles no pensamento de Eru, e com os animais os Filhos sempre sentiram ter parentesco, e mesmo ser seus parentes.

Os *fëar* dos Elfos e Homens (e Anãos, via Aulë, Ents, via Yavanna) são *intrusões* em Eä a partir de fora. Tal como os Valar foram enviados para dentro de Eä.[19]

NOTAS

1 O texto A originalmente apresenta o nome em quenya do "Grande Padrão" como *Arkantië*, depois corrigido para *Erkantië*. Em B, foi escrito primeiro como *erkantië* e depois a letra inicial se tornou maiúscula. Na segunda ocorrência, foi escrito como *Erkantië*.

[2] O esboço, na sua forma inicial, dizia o seguinte: "do qual o desdobramento total é o Grande Padrão. A vida completa dele pode não ter, de fato, a mesma extensão que a vida de Arda". O trecho foi alterado para substituir "pode não ter" por "não terá" e "vida de Arda" por "Conto de Arda".

[3] Para os significados e a distinção entre *erma*, "substância primordial", e *nassi*, "materiais", ver MATÉRIA PRIMORDIAL no Apênd. I e os verbetes relativos a esses termos no Apênd. II.

[4] Aqui, o texto A diz "antes da entrada, no Conto, das coisas viventes"; essa frase não chega a aparecer no "esboço".

[5] O esboço, neste ponto, continua com um parêntese: "(Como um grande monumento sobre o qual a História foi escrita em Vida por mãos vindas de fora.)" Nenhuma afirmação correspondente a esta se encontra em qualquer uma das versões posteriores.

[6] Aqui, o texto A diz: "que é quando uma criatura vivente perece antes de ter gerado ou dado à luz qualquer semente, ou rebento, ou herdeiro".

[7] O texto A, neste ponto, diz: "Mas o todo não cessará até aquele tempo em que nenhuma criatura vivente produza rebento vivente". Também no texto A, a passagem que corresponde a esta, de "Porém, enquanto continua" até este ponto, originalmente vinha depois da passagem correspondente ao que agora é o terceiro parágrafo do texto B, começando com "Mas outros sustentam". Em A, essa passagem foi acrescentada como uma interpolação, com uma flecha indicando que ela devia ser inserida antes da passagem correspondente ao terceiro parágrafo no texto B.

A passagem equivalente no esboço, a qual, assim como no texto A, segue-se à que corresponde ao terceiro parágrafo no texto B, é breve e suficientemente distinta (principalmente na metáfora usada) para que seja apresentada aqui de forma completa:

> Isso [o *Ermenië*] continua através das eras em sequência. Pois embora alguns ramos ocasionalmente possam secar e terminar tal como riachos que se deparam com areia e argila e não chegam ao Mar. E isso é quando criaturas viventes perecem antes de gerarem ou darem à luz ou produzirem semente ou rebento ou herdeiro.

[8] A passagem correspondente no texto A é uma afirmação parentética, dizendo: "(Isso pode vir a acontecer em turbulências criadas por Melcor em sua última tentativa de alcançar o domínio ou vingança de destruição)". Para a importância da forma "Melcor", ver minha introdução editorial ao texto apresentado como o cap. 17, "Morte", na Parte Dois deste livro.

[9] Conforme sugerido pela base eldarin √MEN- "ter como objetivo, (pre)tender, proceder, encaminhar-se, ir na direção" (PE17:93) e seu derivado **mēnie* "determinação" (PE17:94), Tolkien aparentemente está usando "device" [em "Device of Eru", Desígnio de Eru] não apenas no sentido moderno do *Oxford English Dictionary*, "6 Algo criado ou inventado para alguma finalidade ou resultado", mas também em um, ou ambos, dos sentidos (tidos agora como obsoletos) marcados no *OED* como: "†2 Propósito, intenção" e "3 †b. Vontade

ou desejo conforme expresso ou comunicado a outrem; comando, ordem, direção, indicação".

[10] Na sua forma original, essa frase terminava: "*antes* e *sem fazer parte* de Eä (a Realização)". Tanto o texto A como o esboço (até onde prosseguiu) correspondem de forma muito próxima ao texto B nesse ponto.

[11] Mas compare com a abertura do texto seguinte.

[12] O aparte que começa com "só assim podemos entender" foi colocado como uma nota (aparentemente) simultânea na margem superior da página, com marcações indicando que deveria ser inserida aqui.

[13] Sobre a mistura e a variação dos padrões de coisas viventes, ver novamente "O Colóquio de Manwë com Eru", texto 1 do cap. 15 da Parte Dois deste livro, bem como Evolução (Teísta) no Apênd. I.

[14] Ver Existência, Contingência da no Apênd. I.

[15] Ver X:244: "'coisas novas', manifestando o dedo de Ilúvatar, como dizemos". Ver Êxodo 8,19, em referência à praga milagrosa dos mosquitos: "Então os magos disseram a Faraó: 'Isto é o dedo de Deus'."

[16] Tolkien, aqui, substituiu "uniã[o] matrimonial" por "casamento" enquanto escrevia. Antes de iniciar o parágrafo seguinte, Tolkien fez um esquema simples acerca da união dos Meio-Elfos e de parte de sua prole: "*Meio-Elfos:* Arwen Aragorn. |Dior - || |Earendil. Elrond/Celebrian".

[17] Aqui, Tolkien começou e depois rejeitou, conforme escrevia, uma passagem dizendo: "contudo, operará um".

[18] Neste ponto, Tolkien substituiu "outro" por "anterior" (na primeira ocorrência) e "coisas" por "variedade", conforme escrevia.

[19] O quarto (e último) parágrafo do esboço breve tem, neste ponto:

Os *fëar* de Elfos e Homens, e de coisas que surgiram depois (Ents? Anãos) foram *intrusões* da parte de Eru, assim como dos Valar — *Aule* e os Anãos. *Yavanna* e os Ents. *Maiar* poderiam tomar formas de Águias etc. — [? estes] foram *enviados a* Eä. Não são *de* Eä, mas agentes de Eru *em* Eä.

3

Poderes dos Valar

Este texto datilografado ocupa frente e verso de uma única folha daqueles mesmos papéis de prova do University College Cork, na Irlanda, usados em "O Impulso Primordial", obra com a qual tem relação próxima, e provavelmente também data de c. 1959.

Poderes dos Valar[1]

Os Valar tinham poder para dotar as coisas que projetavam com vida corpórea; mas não podiam criar coisas com mentes ou espíritos independentes: isto é, não podiam criar coisas de igual ordem, mas apenas as de ordem inferior. A verdade definitiva é que eles não chegavam a "criar" de fato nem mesmo a vida corpórea, a qual procedia de Eru. Mas tinham dado assistência ao desígnio geral de Eä e, separadamente, em diferentes graus e modos, à produção, a partir da *erma* (ou substância primordial), de coisas de muitos tipos.[2] A ideia da vida e do crescimento veio de Eru, mas os Valar, sob a autoridade Dele, imaginaram as formas e feições das coisas viventes. Quando Eru deu ser a esse desígnio, de modo geral e particular, e ele se tornou Eä, desenrolando-se no Tempo, Ele pôs em marcha a vida e o crescimento, ou aqueles processos que, no devido tempo, levariam a isso. Mas, quando permitiu aos Valar que descessem e adentrassem o Tempo, para dar sequência, em Eä (ou na realidade), às coisas que haviam projetado em pensamento, então, quando vistos no Tempo, pareciam criar coisas as quais estavam vivas. De fato, considera-se que, estando eles próprios dentro do Tempo, experimentaram a criação como uma coisa nova, diferindo pouco, nessa experiência, salvo no grau de poder e arte, dos criadores ou artistas entre os Encarnados. Nem eles nem os Encarnados poderiam fazer coisas intrinsecamente novas; não poderiam "criar" à maneira de Eru, mas apenas fazer coisas a partir do que já existia, a *erma*, ou suas variações e combinações posteriores.

Os Valar, entretanto, tinham, é claro, poder muito maior sobre o material que usavam. Não apenas tinham força de vontade, escopo mental e sutileza de engenho enormemente maiores, como também tinham entendimento completo da *erma* e da estrutura de suas variações, já que eles próprios (sob a autoridade de Eru) tinham designado e produzido essas variações, e suas combinações. Ou melhor, entre eles todo o conhecimento dessa sorte podia ser encontrado; pois, individualmente, eles tinham possuído desde sua própria criação, e tinham mostrado, na assistência que deram ao projeto de Eä, diferentes talentos, e cada um deles possuía alguma habilidade ou algum conhecimento só seu.

Os Filhos, os Encarnados, foram introduzidos no projeto de Eä por Eru, e os Ainur não tomaram parte nem mesmo na criação de suas formas corpóreas. Tinham, é claro, uma visão deles em seu pensamento, recebida da mente de Eru; mas os Filhos não estavam "no" pensamento de qualquer um dos Valar (da maneira como estavam as formas de coisas cuja criação tinha sido delegada a eles). Não foram visualizados completamente até aparecerem na história. Era por essa razão que os Valar temiam interferir até mesmo na matéria dos corpos dos Filhos, antes que Eru lhes desse autoridade especial para isso. Pois reverenciavam os Filhos como seres que, para eles, eram sagrados (pelo fato de terem vindo de Eru diretamente, e não de modo mediado). De fato, a visão dos Filhos que viriam a ser teve grande efeito sobre as mentes dos Valar; como se viu no caso de Aulë e da criação dos Anãos ou, acima de tudo, no deleite que os Valar tinham em fazer para si formas semelhantes àquelas de Homens e Elfos (de acordo com sua previsão, ou conforme sua visão real mais tarde). Essas formas eram para eles, por assim dizer, sua vestimenta mais querida, com a qual mais amiúde (mas não sempre) estavam trajados.[3]

Diz-se que, dos Valar, Manwë tinha o maior conhecimento, de modo que nenhum saber nem arte de qualquer um dos outros eram, para ele, um mistério; mas que ele tinha menos desejo de fazer coisas só suas, grandes ou pequenas; e, sob o peso das preocupações do Reinado de Arda, o desejo cessou, pois sua mente e seu coração se dedicavam antes à cura e à restauração. As feridas e os males de Melcor[4] eram, para ele, fonte do maior pesar, e ele buscava sempre curá-los ou voltá-los para o bem.

Melcor, por outro lado, desejava com paixão criar coisas só suas, sendo inquieto e insatisfeito com tudo o que fazia, fosse legítimo ou ilegítimo. Dentro de Eä, ele tinha pouco amor por qualquer coisa que já tivesse existido, desejando sempre novas e estranhas coisas. Alterava sempre o que tinha feito e interferia nas obras dos outros Valar, mudando-as, se pudesse, e destruindo-as em sua ira, se não pudesse. Embora sua mente fosse célere e penetrante, de modo que, se quisesse, poderia ter ultrapassado todos os seus irmãos em conhecimento e compreensão de Eä e de tudo o que há nela, era impaciente e presunçoso (acreditando que os poderes de sua mente fossem maiores do que de fato eram).[5] Com excessiva rapidez supunha ter captado toda a natureza de uma coisa, ou todas as causas de um evento; e seus planos e suas obras amiúde perdiam o prumo por essa razão. Mas ele não aprendeu sabedoria alguma com isso, e atribuía suas falhas sempre à malícia dos Valar, ou ao ciúme de Eru.

Já que não tinha amor nenhum nem mesmo pelas coisas que ele próprio fizera, veio, por fim, a não atentar de modo algum para como as coisas haviam chegado a ser, não considerando nem suas naturezas nem seus propósitos. Assim, desejava apenas possuir coisas, dominá-las, negando a todas as mentes qualquer liberdade fora de sua própria vontade, e a outras criaturas qualquer valor, salvo quando servissem a seus próprios planos. Assim, viu-se em Arda que as coisas feitas ou projetadas por Melcor nunca eram "novas" (embora no começo ele se esforçasse para que o fossem), mas eram imitações ou zombarias das obras de outros.

NOTAS

1 Tolkien inseriu o título a lápis na margem superior da página.
2 Sobre *erma*, "substância primordial", ver Matéria Primordial no Apênd. I.
3 Ver cap. 14, "As Formas Visíveis dos Valar e Maiar", na Parte Dois deste livro.
4 Para as implicações da forma *Melcor* quanto à data deste e outros textos, ver minha introdução editorial ao cap. 17, "Morte", na Parte Dois deste livro.
5 Conforme escrita originalmente, essa frase começava com: "Embora sua mente fosse célere, a mais célere, talvez, de todos os Valar, e penetrante...".

4

A Feitura do *Lembas*

Esses dois textos breves foram colocados perto um do outro num maço de páginas em meio aos documentos linguísticos de Tolkien. Ambos foram escritos nos versos de avisos de reimpressão da editora Allen & Unwin, datados de 12 de janeiro de 1968. O texto 1 foi retirado de um texto datilografado mais amplo, enquanto o texto 2 é uma anotação escrita com pressa em tinta preta. Para mais informações sobre a constituição e natureza do *lembas*, ver XII:403–5; ver também o próximo capítulo deste livro.

Texto 1

Segundo a lenda élfica, o segredo da feitura [do] "pão-de--viagem" — um preparativo essencial para a Grande Jornada até a Praia do Oeste — foi ensinado por Oromë. Ele trouxe, como dádiva de Manwë e Varda, a semente do trigo, e instruiu os Quendi na maneira de cultivá-la, colhê-la e armazená-la; mas o moer da farinha, a arte de sová-la e assá-la na forma de "pão" (ázimo), eram encargo das "mulheres-do-pão".[a][1]

Texto 2

"Pão-de-viagem": arte ensinada por Oromë às Três Anciãs dos Elfos.[2] Era feito com farinha [?moída] de grãos de trigo (trazido especialmente para eles por Oromë). Conta-se que esse "Trigo do Oeste" foi lentamente perdendo sua virtude durante a Grande

[a] Em eldarin comum, **khābā*, termo originalmente aplicado à maior parte dos alimentos vegetais, mas, depois da chegada dos cereais, passou a ser restrito àqueles feitos a partir de grãos. As palavras em quenya eram *háva* (coletivo) e *havar* (< **khabar*), "pão ou bolo". As "mulheres-do-pão" eram chamadas de *hávanissi*.

Jornada, devido à luz do sol fraca,[3] e não havia mais semente de Trigo do Oeste quando eles chegaram a Beleriand. Mas, quando os Noldor voltaram, trouxeram com eles grão novo — e [esse], por mercê especial da piedade de Manwë e Varda, não fraquejou e continuava vigoroso até o final da Primeira Era. Galadriel era uma das principais herdeiras do trigo e dessa arte. Mas, na época do SdA, apenas em Lórien o Trigo do Oeste sobrevivia, e a arte era conhecida apenas dela e de sua filha Celebrían (esposa de Elrond), e da filha desta, Arwen. Com a partida de Galadriel e a morte de Arwen, o Trigo do Oeste e o Pão-de-viagem se perderam para sempre na Terra-média.

NOTAS

[1] Uma passagem inacabada e depois rejeitada neste ponto dizia:

> No princípio, o grão era usado unicamente para a feitura do "pão-de-viagem" especial, necessário para longas jornadas nos ermos, tal como era o propósito original da dádiva dos Valar. Mas, depois que a Grande Jornada terminou

Sobre as "mulheres-do-pão", ver X:214.

[2] "Três Anciãs" — isto é, aparentemente, as três mulheres entre os primeiros seis Elfos que despertaram, as quais receberam os nomes de Iminyë, Tatië e Enelyë no "*Cuivienyarna*" (XI:421); e ver cap. 8, "Tradições Eldarin Acerca do 'Despertar'", na Parte Um deste livro.

[3] A palavra "fraca" aqui substituiu a expressão original "falta de"; isto é, "devido à falta de luz do sol". Para a ideia de que o Sol existia desde o Despertar, mas que sua luz estava enfraquecida, ver texto II da seção "Mitos Transformados" do livro *Morgoth's Ring* (em especial X:377–8).

5

Nota sobre a Economia Élfica

Este texto, encontrado entre os documentos linguísticos de Tolkien, foi escrito no verso de uma nota impressa da editora Allen & Unwin datada de 9 de fevereiro de 1968. O texto inicialmente foi escrito de modo apressado com caneta esferográfica vermelha e, mais tarde, Tolkien escreveu por cima dele e expandiu seu conteúdo com caneta de bico preta. Até onde se pode determinar agora, a camada escrita em tinta preta acompanha de perto o original em esferográfica vermelha, exceto pelo parágrafo final, que foi escrito originalmente com tinta preta.

Nota sobre a Economia Élfica

Arável. Os Sindar não praticaram a agricultura até bem depois da partida dos outros Eldar.[1] Da "economia" de Valinor não sabemos nada, exceto o fato de que [?inicialmente] a comida era dada aos Eldar — *não* sem toda a labuta, na qual eles tinham deleite e da qual faziam ocasião de canção e festivais.[2] Mas os grãos (de algum tipo que não era nativo da Terra-média)[a] eram *autossemeados* e só exigiam a *colheita* e o *espalhamento* de 1/10 (o dízimo de Yavanna) da semente no campo.

Os Anãos tinham uma forma de agricultura — a qual, em épocas antigas, eles praticavam quando estavam isolados e não eram capazes de comprar grãos etc. por meio do escambo. Tinham inventado um "arado" de algum tipo — o qual *puxavam*, além de conduzir: eram resistentes e fortes — mas não se deleitavam com tal labor feito por necessidade.[3]

O Reino de Doriath era um domínio florestal e tinha pouco terreno aberto, exceto em suas fronteiras do leste, onde eram criados

[a] Dele descendiam os grãos usados para fazer *lembas.*

bois e ovelhas de pequeno porte. Para além do Cinturão de Melian (a leste), havia bastante terra aberta (pradaria) de ampla extensão. Os Sindar (Sindar do Leste) que não estavam sob o governo de Thingol habitavam ali e praticavam não apenas a criação de bois e ovelhas como também o cultivo de grãos e outras lavouras para alimento; com o que prosperaram, porque tanto Doriath, a oeste, como os Anãos, a leste, estavam dispostos a comprar o que pudessem. O *linho* era cultivado em Doriath; e os Sindar ali eram especialistas na arte de fiá-lo e tecê-lo. Conheciam alguma metalurgia e tinham boas armas durante a Grande Jornada, devido aos ensinamentos de Oromë. Pois durante muito tempo, na Grande Jornada, tinham dependido das armas e espadas, lanças, arcos etc. feitos em seu primeiro lar; ou durante suas paradas — se conseguissem achar metais. Em Beleriand, acabaram sendo auxiliados pelos Anãos, que lhes davam assistência (de muito bom grado!) na busca por metais. O ferro foi achado nas Gorgoroth![4] E, mais tarde, também nas partes a oeste das Ered Wethrin. Lá também havia prata. Mas *ouro* eles tinham muito pouco, exceto o que era carreado pelo Sirion perto das fronteiras de Doriath ou em seu Delta. Mas os Exilados tinham pesados ornamentos de ouro, dos quais o total que trouxeram deve ter chegado a um grande peso. Antes de sua morte, Fëanor tinha explorado (tanto quanto possível) o solo à procura de metais. Foi a descoberta de *prata, cobre e estanho* ao redor de Mithrim que contribuiu muito para seu desatino ao tentar conquistar e dominar inteiramente e cedo demais essa região do Norte. Mas sabia-se que o melhor e mais abundante *minério de ferro* ficava nas Thangorodrim.

Os Eldar, durante o período do eldarin comum, não eram ignorantes quanto à horticultura e agricultura. Essas coisas eles tinham começado a desenvolver, por meio de sua própria habilidade e inventividade, numa data muito anterior à Grande Jornada; mas, com os ensinamentos de Oromë, a prática deles melhorou muitíssimo. Os Eldar acumularam uma grande quantidade de comida antes de partir; mas levaram consigo não apenas armas (de caça e defesa) como também instrumentos leves de cultivo.[5] Suas paradas durante essa jornada que durou eras frequentemente eram prolongadas — tão prolongadas que, em cada estágio, alguns se sentiam contentes e ficavam para trás.

NOTAS

[1] Na sua forma original, essa frase começava com: "Os Eldar não tinham cultivos aráveis".

[2] A palavra transcrita aqui, de forma hipotética, como "inicialmente" é uma inserção interlinear acima de "comida".

[3] Coloquei editorialmente essa passagem acerca dos Anãos num parágrafo separado (no original, ela começa no alto de um canto da página, e não há quebra, no texto, entre ela e o que é apresentado aqui como o parágrafo seguinte) para deixar claro que (da maneira como interpreto o texto) são os Anãos, "resistentes e fortes", que tinham inventado um arado que eles mesmos puxavam e conduziam.

[4] Isto é, nas Ered Gorgoroth, ao norte de Doriath e ao sul de Taur-na-Fuin.

[5] As palavras "de cultivo" substituíram o termo "agrícola".

6

Habitações na Terra-média

Este texto, escrito em sua maior parte com caligrafia clara e caneta de bico preta, foi desenvolvido junto com uma consideração linguística detalhada das palavras em quen. *ambar*, "mundo", e *umbar*, "destino", e da relação próxima entre elas em sua origem. Ele vem de um maço de folhas entre os documentos linguísticos de Tolkien que datam de c. 1967, estando próximo e associado aos textos apresentados nos caps. 11, "Destino e Livre-Arbítrio", e 14, "As Formas Visíveis dos Valar e Maiar", na Parte Dois deste livro.

Esse texto foi publicado, numa forma um pouco diferente, no *Parma Eldalamberon,* 17 (2007), pp. 104–9. Omiti aqui, sem fazer indicações, muitas passagens que tratam de assuntos primariamente linguísticos e etimológicos.

O termo eldarin **ambar(a)*, "o Assentamento",[a] quen. *ambar*, sind. *amar* tinha o sentido de assentamento, lugar designado, conforme aplicado ao maior Assentamento de todos: a Terra enquanto lugar designado de habitação ou lar de Elfos (e Homens). A decisão e escolha eram, nesse caso, atribuídas a Eru.

Sem dúvida foi a coalescência das formas *m̩bar* e *ambar* em sindarin que causou a assimilação de **amar*, no sentido de "destino",

[a] O termo inglês *settle* [assentar], em seus vários ramos de sentido, lembra de modo próximo o desenvolvimento dos sentidos de √*mbar*: assim, *settlement* [assentamento] pode significar o ato de colonizar ou iniciar a habitação de uma morada, ou a área ou o lugar ocupado desse modo (por uma família ou comunidade); ou (os termos de) um acordo fixado depois de debates. O desenvolvimento, no entanto, não foi o mesmo: os sentidos de *settle* vêm de "colocar-se ou assumir" uma posição firme, especialmente num lugar que parece adequado; de onde surgiu o sentido de "assentar" [*settle*] assuntos que estavam confusos ou duvidosos. √*mbar* basicamente significava tomar uma decisão, e os significados relacionados a habitar ou ocupar a terra vieram disso.

pelo verbo *amartha-,* o qual não faz referência a habitações. Em sindarin, o termo *amar*, "assentamento", continuou a ser usado no sentido de "este mundo, a Terra", ainda que, com o aumento do conhecimento, ele muitas vezes excluísse *Aman*, mesmo antes da remoção dessa região dos "círculos do mundo" depois da Queda. Em quenya, *ambar*, embora muitas vezes aparentemente usado como um equivalente do "Reino de Arda" (*Ardaranyë*), na verdade significava "esta Terra", o planeta como um todo, incluindo *Aman* até sua remoção, mas excluindo outras partes do "Reino de Arda" sob a guarda e governo de Manwë (Sol, lua etc.). *Tenna Ambar-metta*, "Até o Fim-do-mundo", assim, significava "até o término do tempo finito durante o qual a Terra está designada (por seu *umbar*: ver adiante) a durar, pelo menos enquanto uma região habitada pelos Filhos (Elfos e Homens)".

Em quenya, o outro derivativo de √*mar*, *umbar*, tinha o significado de uma decisão, proclamada numa ordenança ou num decreto por alguma autoridade; portanto, também podia significar os arranjos, as condições e as circunstâncias que derivavam de tal decreto. Era uma palavra com associações altaneiras, usada principalmente no caso das disposições e da vontade de *Eru* no que diz respeito à Criação inteira (em forma completa, *Eämbar*), a "este Mundo" em particular ou a pessoas de grande importância em certos eventos.[b]

A forma mais simples dessa base **mbără* se tornou uma palavra ou elemento muito usado no eldarin primitivo, o qual pode ser traduzido como "habitação". Esse uso provavelmente se desenvolveu durante o período da Grande Jornada para as Costas do Oeste, durante a qual muitos salões de duração variada foram feitos pelos Eldar segundo a escolha de seus líderes, como um todo ou para grupos separados. Esse elemento sobreviveu em várias formas no quenya e no sindarin, com mudanças de sentido devidas à história divergente dos Eldar que atravessaram o Mar e daqueles que permaneceram em Beleriand.

---

[b] *Umbar*, assim, poderia corresponder a *História*, a parte conhecida ou pelo menos que já se desenrolou, junto com o *Futuro*, que se realiza de modo progressivo. A referência mais frequente era em relação ao segundo conceito, e a tradução é *Destino* ou *Sina*. Mas trata-se de uma tradução imprecisa no que diz respeito ao élfico genuíno, especialmente ao alto-élfico, já que esse uso não valia apenas para eventos negativos.

As formas principais eram a forma primitiva simples do eld. prim. **mbăr(a)* > a não flexionada *mbār*, flexionada *mbăr*; e a derivativa **mbardā*. A primeira sobreviveu em quenya na palavra arcaica *már*, que era usada com um genitivo definidor ou, mais frequentemente, num composto com sentido de genitivo, tal como *Ingwemar*, *Valimar*, *Eldamar* (entre os Eldar que normalmente viviam e habitavam a área). O significado do termo, quando acrescentado a um nome pessoal, era o da "residência" do chefe (nomeado) de uma família, e incluía as terras adjacentes ligadas às construções permanentes ou habitações construídas pelos Eldar em Aman. Quando acrescentado ao nome de uma "gente", referia-se a toda a área ocupada ou possuída por eles, nas quais estavam assentados e onde estavam "em casa" enquanto continuassem a ser um povo unido. (*Eldamar*, assim, é traduzido como *Casadelfos*.) Portanto, em muitos casos, a palavra se tornou sinônimo do quen. *nórë* (em compostos, muitas vezes reduzido a *-nor*), embora o segundo termo só fosse aplicado a grandes regiões ou países e não fosse acrescentado aos nomes de indivíduos.

A forma derivativa **mbardā* tornou-se, em quenya, *marda*, "uma habitação". Ela normalmente se referia ao lugar de moradia propriamente dito, mas não se limitava às construções e podia ser aplicada igualmente bem a habitações de origem natural (tais como cavernas ou bosques). Mesmo assim, era o equivalente mais próximo de "casa" na maioria de seus sentidos.[c] As palavras para edifícios eram derivadas das bases √*tam*, "construir", e √*kaw*, "abrigo". A primeira pode ser vista na forma muito primitiva e simples **tamō*, traduzida como "ferreiro", mas cujo significado era o de um artesão que trabalha com madeira, pedra ou metal: carpinteiro (entalhador), pedreiro (escultor) ou ferreiro. A palavra derivada mais antiga era **taman-* (quen. *taman*, sind. *tavn*), "uma coisa feita por trabalho manual". A "casa onde se mora", assim, é representada de forma mais próxima em quenya pelo termo *martan* (*martam-*), ou pela forma mais longa *martaman* (pl. *martamni*).

---

[c] Não no sentido de "casa" como o nome de um (pequeno) edifício separado com uma função específica, tal como *casa de máquinas* ou *casa de banhos*; nem no de "casa" no sentido de uma família, especialmente as que são dotadas de poder ou autoridade. O primeiro sentido, em quenya, normalmente correspondia a *köa* (ver adiante). O segundo era representado por palavras para "família".

A partir de √*kaw* foi criada a forma primitiva simples _*kawā_ > quen. *köa*, aplicada a qualquer "abrigo" (construído, e não natural), temporário ou, em Aman, mais frequentemente permanente, e aplicada ao que poderíamos chamar de "anexos", cabanas, armazéns, oficinas. A forma *kauma*, mais tardia e mais precisa, usando o antigo sufixo instrumental *-mā*, continuou a ser usada para designar qualquer proteção ou abrigo natural ou não, p. ex. contra o sol, a chuva ou o vento — ou contra dardos. Muitas vezes era usado = escudo.

Em sindarin, devido às circunstâncias e à história muito diversas dos Eldar que ficaram para trás em Beleriand, o desenvolvimento desses termos foi diferente. Antes da chegada dos Exilados de Eldamar, grande parte dos Sindar vivia em condições primitivas, principalmente em bosques ou terra florestada; construções permanentes de moradias eram raras, especialmente aquelas de tipo menor, mais ou menos correspondentes a "uma casa" das nossas. Os talentos naturais dos Quendi já tinham permitido o desenvolvimento de muitas artes antes do princípio da jornada dos Eldar para o oeste. Mas, embora a jornada tivesse um objetivo, nesse período os Eldar se acostumaram a uma vida móvel e nômade e, depois de alcançarem Beleriand, continuaram com ela durante muito tempo, mesmo depois que aqueles entre os Sindar que ainda desejavam cruzar o Mar tinham perdido a esperança de fazê-lo. Assim, as primeiras tentativas dos Sindar na arte da construção aconteceram nas Costas do Oeste, no domínio de Círdan, o Armador: obras portuárias, cais e torres. Depois do retorno de Morgoth às Thangorodrim, as construções feitas por eles continuaram sendo pouco domésticas, dedicadas principalmente a obras defensivas. A habilidade dos Sindar se desenvolveu rapidamente durante sua associação com os Anãos das Ered Luin e, mais tarde, tornou-se ainda mais elevada pelas grandes artes dos Noldor exilados. Os segundos tiveram grande efeito naquelas regiões onde os Exilados e os Sindar haviam se misturado; mas as artes e hábitos dos Noldor tiveram pouca ou nenhuma influência em Doriath, o reino de Thingol, devido ao ódio dele em relação aos Filhos de Fëanor. Em Doriath, a única grande habitação permanente era Menegroth, que tinha sido feita com o auxílio e o conselho dos Anãos: escavada e não "construída", e subterrânea, à maneira dos Anãos — sombria, forte, secreta, ainda que bela no interior por meio das artes valianas de Melian. Do lado de fora, as construções desse período, o Cerco de Angband, eram de caráter principalmente defensivo ou bélico: muralhas, amuradas e fortes. Até a grande "casa" de Finrod, *Minas Tirith*, conforme indica o nome "Torre de Guarda", numa ilha do Sirion, era principalmente um forte cujo objetivo era dominar os acessos a Beleriand a partir do Norte. Apenas em Gondolin, uma cidade secreta, foi que a arte dos Exilados chegou a ser empregada plenamente na construção de casas belas para habitação. Mas os Noldor geralmente construíam casas de família em seus territórios, e muitas vezes estabeleciam comunidades dentro de muros que as circundavam, à maneira de "cidades". Os Homens que mais tarde entraram em Beleriand e se tornaram seus aliados adotaram os mesmos costumes.

7

A Fundação de Nargothrond

Este texto foi extraído de um datilografado, parte dos documentos linguísticos de Tolkien, que ele intitulou "REVISÃO do q[uenya] e do s[indarin]" e datou de 1969. Omiti aqui, sem fazer indicações, muitas passagens que envolvem assuntos primariamente linguísticos e etimológicos.

[O radical sindarin] *philig-* em geral é aplicado apenas a lugares específicos nos antigos contos de Beleriand. Seu principal ponto de interesse vem do uso no "título" ou alcunha do Rei Finrod *Felagund* (que se dizia tradicionalmente ter o significado de "habitante de covil" ou, mais especificamente, "texugo").[a] A palavra confundia os antigos mestres-do-saber, já que a terminação *-gund* não era passível de interpretação a partir do eldarin. A palavra sindarin *fela* podia ser derivada de um radical com a forma *phelga* ou *philga*. Era usada para designar escavações modestas feitas por animais selvagens para servirem de covis ou furnas, e também como habitações temporárias de gente vagante, anânica ou élfica; geralmente havia uma distinção entre elas e as cavernas maiores de origem geológica usadas e ampliadas por quem trabalhava a pedra. Assim, o termo era naturalmente usado para se referir às "madrigueiras" dos texugos (as quais parecem ter existido em grande número em certas partes de Beleriand). Havia certa quantidade de tais *fili* (pl. de *fela*,

---

[a] Na verdade, esse apelido provavelmente foi dado a Finrod não pelos Anãos, mas pelos Filhos de Fëanor, ao menos em parte com intenção depreciativa. Não havia grande amor entre os Filhos de Fëanor e os rebentos de Finarphin, embora eles escondessem sua inimizade quando necessário. (Como quando Curufin e Caranthir habitaram no abrigo de Nargothrond depois da derrota dos Elfos por Morgoth no Norte). Ademais, os Filhos de Fëanor tinham muito contato com os Anãos de Nogrod e Belegost.

< *_felʒi_ < *_phelgai_) na margem oeste do curso inferior do rio Narog, onde ele corria ao longo dos sopés das grandes colinas, "o Descampado dos Caçadores". Mas eles foram feitos, ou pelo menos ocupados por muito tempo, por Anãos, do tipo estranho e sinistro conhecido como os Anãos Miúdos: na origem, como se soube mais tarde, descendentes de Anãos banidos, por causa de feitos malignos, das grandes mansões de sua gente.

Durante o Cerco de Angband, enquanto Morgoth estava (ou parecia estar) contido em sua fortaleza pelos exércitos élficos e a maior parte de Beleriand tinha paz, Finrod recebeu agouros sombrios — ele era o mais sábio e o de visão mais presciente entre os chefes dos Noldor — de que Morgoth estava apenas aguardando o tempo propício, e que ele romperia e sobrepujaria o círculo dos que o sitiavam. Portanto, empreendeu grandes jornadas, explorando as terras, especialmente no sul e no oeste de Beleriand. Conta-se que, quando topou com o Narog, descendo seu curso íngreme sob a sombra das colinas, resolveu fazer ali uma fortaleza secreta e locais de provisão para se preparar para os dias malignos, se pudesse; mas o rio não podia ser cruzado naquele lugar e, na margem oposta, ele viu as aberturas de muitas cavernas. A história de seus tratos com os Anãos Miúdos que ainda se demoravam ali, remanescentes de um povo antes mais numeroso, está contada em outro lugar. Mas, durante os anos de paz que ainda restavam, Finrod colocou em prática seu desígnio e estabeleceu as grandes mansões que, mais tarde, foram chamadas de Nargothrond (< _Narog_ + _ost-rond_), os salões cavernosos à beira do Narog. Nesse labor ele teve, no começo, ajuda dos Anãos Miúdos, e eles lhe fingiam ter amizade; por essa ajuda Finrod os recompensou generosamente, até que Mîm, o chefe deles, tentou assassiná-lo enquanto dormia e foi expulso para os ermos.

8

A Interdição de Manwë

Este texto faz parte dos "Últimos Escritos", os quais Christopher Tolkien datou do último ano da vida de seu pai (ver XII:377). Foi escrito com caligrafia clara, usando caneta de bico preta, nos versos de duas folhas de uma "Nota Sobre Publicações" da editora Allen & Unwin datada de fevereiro de 1970. Surgiu em conexão com, e originalmente era parte de, um texto chamado *Glorfindel II*, publicado em XII:378–82. Acrescentei o começo do primeiro parágrafo do texto a partir desse livro.

Os Elfos estavam destinados a ser "imortais", isto é, a não morrer dentro dos limites desconhecidos decretados pelo Uno, os quais, no máximo, poderiam ir até o fim da vida da Terra como um reino habitável. A morte deles — por qualquer ferida em seus corpos que fosse tão severa a ponto de não poder ser curada — e a desincorporação de seus espíritos era uma situação "antinatural" e cheia de pesar. Era, portanto, dever dos Valar, por ordem do Uno, restaurar a vida deles, se os Elfos o desejassem. Mas essa restauração podia ser detida ou postergada por Manwë por alguma razão grave: tal como feitos muito malignos, ou quaisquer obras de maldade das quais um espírito desincorporado não tivesse se arrependido.[1] Ora, Glorfindel de Gondolin era um dos Ñoldor exilados, rebeldes contra a autoridade de Manwë, e estavam sob uma interdição que ele impusera: não podiam retornar ao Reino Abençoado em forma corpórea de maneira alguma.[a] Não enquanto a Interdição vigorasse.

---

[a] Por meios físicos, como um navio, isso se tornou impossível depois do roubo dos navios telerianos em Alqualondë, nem quaisquer criaturas vivas da Terra-média, tais como aves, por mais fortes que fossem, podiam cruzar o Grande Mar. E todos os Valar e Maiar foram proibidos, por Manwë, de pisar na terra onde os Ñoldor habitavam. Alguns dizem que isso valia para qualquer solo da Terra-média.

Essa interdição, conforme contado no "Silmarillion", nunca foi totalmente revogada. Ainda que, depois da derrota e queda de Melkor[2] e suas criaturas na Terra-média, um perdão geral tenha sido concedido a todos os Exilados que quisessem aceitá-lo, aqueles que então deixaram a Terra-média não habitaram propriamente em Valinor, mas numa região especial da grande Ilha de Eressëa reservada a eles. Dali, podiam ir visitar Valinor de quando em quando, mas não podiam permanecer lá muito tempo.

Deve-se supor que Manwë pretendia manter a Interdição — a menos que recebesse do Uno a ordem de suspendê-la em algum caso particular, ou no geral — até que ocorresse alguma mudança não prevista por ele no desenrolar da história da Terra-média.

Alguns dos Mestres-do-saber, mais tarde,[b] considerando os eventos que levaram à suspensão da Interdição (no que dizia respeito aos Elfos), debateram essa matéria. O Uno, a tudo vendo, sabia da imposição da Interdição e a permitiu; também permitiu sua manutenção por longos anos, nos termos estipulados por Manwë, embora esses pudessem parecer severos demais até mesmo para os Ñoldor, e causassem grande perda para os outros Elfos, e também para outras gentes e criaturas. Em particular, fazer com que qualquer comunicação entre os Ñoldor e os Valar fosse impossível impedia que os Ñoldor, de modo particular ou como povo, expressassem arrependimento ou implorassem perdão e ajuda. Alguns desses mestres-do-saber, portanto, concluíram que Manwë, e o Concílio dos Valar, tinham se equivocado: por causa de sua raiva; e também porque, embora possuíssem presciência da história (desde a feitura da Música, e da visão que Eru, dali em diante, apresentou a eles sobre o desenrolar da história que ela tinha gerado), certas matérias importantes tinham ficado obscuras para eles. Não tinham tomado parte na criação dos Filhos de Eru, Elfos e Homens, e nunca podiam, com absoluta segurança, prever as ações derivadas das vontades independentes deles.

Mas os mais sábios entre eles os repreenderam, afirmando: Não podeis dizer que os Valar *se equivocaram* em tão grave matéria, visto que Eru conhecia e permitiu as ações e as ordens de Manwë, pois

[b] Isto é, em Númenor. E aqui se pode ver (embora esse debate tenha começado cedo na história daquela terra) os princípios daquela arrogância que, por fim, destruiu aquele reino.

isso é atribuir equívoco a Ele.[3] Ademais, retratais de modo errado e exagerais o funcionamento da Interdição e, assim, colocais em questão sua justiça. Até onde a decisão diz respeito aos Ñoldor, eles obtiveram precisamente o que exigiam: liberdade da soberania de Manwë e, portanto, de qualquer proteção ou assistência por parte dos Valar ou, de fato, de qualquer interferência em seus assuntos. Tinham sido aconselhados e solenemente instruídos por Manwë acerca de quais apuros e pesares sofreriam, dependendo somente de sua própria sabedoria e de seu próprio poder. Rejeitaram-no; e, mesmo antes de terem deixado de vez as Terras do Oeste e alcançarem a Terra-média, cometeram atos horrendos de roubo e derramamento de sangue e traição.[4] Então uma grande quantidade dos Ñoldor, a qual não tomara parte alguma nisso, voltou a Valinor e buscou perdão, o que lhe foi concedido. Aqueles que não o fizeram, mesmo que não fossem eles mesmos assassinos, tiveram de partilhar a culpa de sangue, já que aceitaram a liberdade ganha por meio dela. Que a nenhum dos Ñoldor fosse permitido habitar de novo em Valinor em forma corpórea foi consequência inevitável disso. Que nenhum dos Valar ou Maiar aparecesse em suas terras para auxiliá-los também foi inevitável. Mas não se diz que Manwë os tenha abandonado, povos dos quais ele fora designado a ser vice-regente.[5] Seus mensageiros podiam vir de Valinor e o faziam, e, embora em forma disfarçada e sem emitir quaisquer ordens, intervinham em certos eventos desesperados.[c][6]

Ademais, os Valar tinham grande conhecimento acerca da guerra dos Ñoldor e dos Sindar contra Melkor em Thangorodrim; pois grandes hostes de Elfos foram mortas naquela guerra, e alguns vinham em espírito a Mandos,[d] onde todos os seus feitos na Terra-

[c] Os mais notáveis eram aqueles Maiar que tomaram a forma das magnas águias falantes das quais ouvimos falar nas lendas da guerra dos Ñoldor contra Melkor, e que permaneceram no Oeste da Terra-média até a queda de Sauron e o Domínio dos Homens, depois dos quais não se ouve mais falar delas. As intervenções das Águias na história de Maelor, no duelo de Fingolfin e Melkor, no resgate de Beren e Lúthien são bem conhecidas. (Além do conhecimento deles estavam os feitos das Águias na guerra contra Sauron: no resgate do Descobridor do Anel e seus companheiros, na Batalha dos Cinco Exércitos, e no resgate do Portador-do-Anel dos fogos do Monte da Perdição.)

[d] Os Homens também, e deles, sem dúvida, muita coisa também passou a ser conhecida. Mas não surgiu nenhum debate sobre a "restauração" dos Homens. Pois

-média eram postos a nu. E ainda assim: por mais que fosse grande e triste a revolta dos Ñoldor, ela era somente uma parte dos pesares e inquietações de Manwë, somente um aspecto de sua pesada realeza — a guerra contra o próprio Melkor, que agora tinha rebentado em nova malignidade. De fato, era Melkor o principal malfeitor, autor e instigador da revolta dos Ñoldor, embora essa fosse, de novo, somente uma parte pequena de seu ataque aos Valar e à terra deles, a qual ele ensombrecera e privara de seu regozijo e sua beleza primevos. Disso ele tinha escapado.

NOTAS

1 Ver cap. 15, "Reencarnação Élfica", na Parte Dois deste livro.

2 Tolkien riscou as palavras "e extrusão" entre "queda" e "de Melkor".

3 Tolkien hesitou ao compor o texto dessa advertência, escrevendo primeiro "em tão grave matéria, ao emitir [?coman]" (talvez o início de "comando"?); depois riscando essas últimas três palavras e substituindo-as com "ao fazer coisas as quais Eru permitia, sem atribuir equívoco a Ele". Depois, riscou tudo entre "matéria" e "Ele" antes de continuar a tentativa na página seguinte com "matéria...". Posteriormente, na margem esquerda, ao lado desse parágrafo longo, rabiscou rápido: "Debate acerca da Interdição de Manwë; foi justo? não fez bem para Elfos e Homens".
As palavras "conhecia e permitiu" na continuação substituíram "estava em comunh[ão] direta" no momento em que o texto foi escrito.

4 Na versão original do texto, os feitos dos Ñoldor são chamados de "perversos" (em vez de "horrendos").

5 Tolkien escreveu inicialmente "vice-gov" (isto é, "vice-governante") antes de alterar a palavra para "vice-regente" conforme compunha o texto. Tolkien descreve Manwë como um "vice-governante" no cap. 9, "*Ósanwe-kenta*", na Parte Dois deste livro.

6 Para *Maelor* como uma variante pós-*SdA* do nome de Maglor, ver III:353 e nr., X:182 §41 e XII:318 n. 7.

---

isso não cabia aos Valar. Diz-se que também eles habitavam nos Salões de Espera dedicados à sua gente, mas não eram julgados, e moravam ali apenas até serem convocados por Eru, e partiam para um lugar que nem os Valar nem os Elfos conheciam.

9

Viagens Élficas a Cavalo

Este texto encontra-se em um grupo de materiais manuscritos associados com o texto B datilografado tardio de *De Maeglin*, que Christopher Tolkien descreve em XI:316, 330 e data de 1970. Partes deste texto são rascunhos de outros já apresentados em XI:332–3, 335–6 . Reproduzo aqui alguns detalhes desse material que não foram publicados nem citados anteriormente.

Viagens élficas a cavalo

Não estamos lidando com os movimentos da cavalaria humana, com o seu ritmo lento (exceto em ação): p. ex., "passo" 3½ mi/h [5,6 km/h]; "passo-trote" 5 [8 km/h]; "trote" 7 [11,2 km/h] etc.![1] Os Elfos (e os seus cavalos) eram mais velozes em movimento, mais fortes e de maior resistência. Quando necessário, um cavaleiro eldarin podia permanecer na sela por longas horas com breves paradas e provisões leves, enquanto seu cavalo mantinha uma alta velocidade, e podiam percorrer grandes distâncias em um dia, com apenas um breve descanso ou sono de poucas horas antes de continuarem em frente. Contudo, no caso da viagem de ida e volta de Eöl a *Nogrod* não estamos tratando ainda da sua perseguição desesperada dos fugitivos [Aredhel e Maeglin]. Eöl estava "a passeio", cavalgando pelas terras agrestes que amava, à vontade, e calculara ter tempo de sobra para chegar a *Nogrod* antes da Festa.

Cavalgando sem pressa, ele viajaria por cerca de 9 horas, e no que era para ele e o seu cavalo a velocidade moderada de umas 9 milhas [14,4 km] por hora. Dessas 9 horas, ele passaria cerca de 1 hora e meia (mais ou menos) em paradas. Assim, percorreria somente cerca de 70 milhas [112,6 km] ou menos em um dia.

Eöl por opção cavalgava à noite, por ser de visão noturna, e treinava os seus cavalos de montaria para lhe convirem. (Mas ele naturalmente não temia sair durante o dia, ou a necessidade de cavalgar à luz do sol.) No Meio-do-Verão,[a] quando o pôr do sol era em torno das 8 horas da noite e o nascer do sol por volta das 4 horas da manhã, ele partiria próximo das 19h30 ao final do entardecer e continuaria até por volta das 4h30 da madrugada (9 horas).

Ele poderia, sem se cansar ou o seu cavalo, viajar por mais horas, e a uma velocidade maior. Por exemplo, poderia viajar por 10 horas a uma velocidade média de 10 mi/h [16 km/h], gastando não mais do que 1 hora e meia em paradas e, assim, percorrer facilmente 85 milhas [136,8 km] em um dia.[b] No entanto, a velocidade naturalmente dependia muito do terreno. De Elmoth ao Gelion,[c] a terra, ao norte de Andram, e das Quedas abaixo do último Vau[d] sobre o Gelion (logo acima da confluência do Rio Ascar vindo das Montanhas), era na maior parte planícies ondulantes, com extensas regiões de árvores grandes sem touceiras. Havia várias trilhas muito usadas feitas originalmente pelos Anãos de Belegost e Nogrod, e a melhor (mais usada e mais larga) ia do Pequeno Vau e passava ao norte de Elmoth até o Vau do Aros, onde cruzava a Ponte do Esgalduin, mas não seguia adiante, pois, se os Anãos desejassem visitar Menegroth e Thingol [?desejassem vê-los, eles eram][2]

> Aqui o texto, que passou a ser escrito de forma muito apressada a lápis, agora borrado, torna-se em grande parte ilegível. Após o final totalmente ilegível dessa última frase, algumas partes podem ser interpretadas, incluindo os nomes *Thargelion*, *Asgar* e talvez *Belegost*.

[a] Supondo uma latitude de cerca de 50º N, e uma situação astronômica não muito diferente da nossa.

[b] Em necessidade ele poderia, por pelo menos 2 dias seguidos, percorrer 100 milhas [160,9 km] por dia — e, naturalmente, em uma fuga ou perseguição desesperada, ir ainda mais rápido, embora isso viesse a ser cansativo, e exaustivo para o seu cavalo, mesmo que fosse possível dar-lhe de beber.

[c] Escrito agora *Gevolon* < nome anânico *Gabilān* ("grande rio").

[d] No Mapa [ver XI:331] *Sarn Athrad*, mas este precisa ser mudado para *Harathrad*, "Vau do Sul" (ou *Athrad Daer*), em contraste com o muito usado Vau setentrional onde o Rio ainda não era muito veloz ou fundo, quase que diretamente a leste da casa de Eöl (distante 72 milhas [115,8 km]).

NOTAS

[1] Em materiais rascunhados relacionados, Tolkien atribuiu esses números ao "FSP" — isto é, o Field Service Pocket Book [Livro de Bolso do Serviço de Campo], que lhe teria sido entregue durante o seu treinamento militar antes de ser enviado para a França em 1916. As edições de 1914 e 1916 citam precisamente esses andamentos e velocidades na p. 37. (Agradeço a John Garth por identificar a referência e fornecer a página relevante.)

[2] A segunda parte desse parágrafo, desde "De Elmoth ao Gelion" até "visitar Menegroth", foi publicada em XI:335, mas, visto que consegui desvendar um pouco mais do texto ilegível no final, repito-o aqui.

10

Adendo a "O Cavaleiro Branco"

Embora não se encontre de fato entre os escritos tardios de Tolkien, este parece ser um local oportuno para chamar a atenção para um texto relacionado à história da composição de *O Senhor dos Anéis*, assim como uma cena encantadora, ainda que rejeitada, que envolve Legolas e cavalos. Este texto foi escrito na metade rasgada de uma folha, e pretendia-se originalmente que fosse uma inserção ao rascunho do que se tornou o capítulo "O Cavaleiro Branco" (capítulo 5 do Livro III de *O Senhor dos Anéis*). No alto da folha, Tolkien fez a seguinte anotação: "Se o novo final do cap. 23 for usado, não será preciso este." À direita dessa anotação, Tolkien escreveu o número "26", e na extrema direita as palavras "3 cavaleiros". (Conforme Christopher Tolkien ressaltou, o capítulo "O Cavaleiro Branco" "foi numerado '26' desde um estágio inicial"; VII:425). A página inteira no fim acabou sendo riscada (a razão para essa rejeição é discutida no comentário após o texto). No prefácio da segunda edição do *SdA*, Tolkien diz (p. 32) o seguinte: "prossegui e, assim, cheguei a Lothlórien e ao Grande Rio no final de 1941. No ano seguinte, escrevi os primeiros esboços do material que agora permanece como o Livro III, e os começos dos capítulos 1 e 3 do Livro V." Isso sugere fortemente que Tolkien rascunhou este adendo no início de 1942.

Este texto e o comentário que o acompanha, escrito por Patrick Wynne e Christopher Gilson, foram publicados anteriormente em *Vinyar Tengwar* 27 (1993).

"E quanto aos nossos cavalos?", perguntou Legolas.

"Eu estava me esquecendo deles", disse Aragorn. "Não podemos levá-los para a Floresta; não haverá comida para eles lá. Precisam ser soltos, para que possam retornar conforme quiserem ao seu próprio senhor. Não sabemos quanto tempo levará a nossa busca, nem para onde nos conduzirá."

"Mas ainda não sabemos que nos levará para dentro da Floresta", disse Gimli. "Pelo menos deixa-nos levar os cavalos até a beira da mata! É uma longa caminhada daqui até os salões de Theoden, e tu prometeste cavalgar de volta com as nossas montarias emprestadas."

"Quando nossa demanda estivesse terminada ou se mostrasse vã", disse Aragorn.

"Deixa os cavalos julgarem!", disse Legolas. "Falarei com eles." Correndo veloz sobre a relva, ele voltou à árvore sob a qual haviam acampado, e foi até os cavalos e os desamarrou, afagando suas cabeças e sussurrando em seus ouvidos. "Ide livres agora, Hasofel e Arod!", disse ele em voz alta. "Esperai por nós por algum tempo, mas não mais do que pareça bom para vós!"

Os cavalos olharam-no solenemente por um momento, e então seguiram por trás do Elfo na direção da beira do rio. Lá permaneceram em silêncio como pessoas na soleira de uma porta quando amigos estão se despedindo. Quando os companheiros rumaram encosta acima, os cavalos ergueram as cabeças e relincharam, e então, curvando-se sobre a relva, afastaram-se juntos, pastando em paz como se estivessem nos pastos de seu lar.

O texto aparentemente descreve Aragorn, Gimli e Legolas *na manhã seguinte* ao seu encontro com o velho junto à fogueira (ver "[Legolas] voltou à árvore sob a qual *haviam acampado*"), quando estavam prestes a entrar na Floresta de Fangorn propriamente dita. Em *O Senhor dos Anéis* tal como publicado, isso ocorre em "O Cavaleiro Branco", não em "Os Cavaleiros de Rohan"; este capítulo termina na noite anterior, com os três companheiros ainda acampados nos limites da Floresta. Na numeração de Tolkien à época da composição, "Os Cavaleiros de Rohan" foi numerado "23", e o significado da anotação "Se o novo final do cap. 23 for usado, não será preciso este" parece ser o seguinte:

Em "Os Cavaleiros de Rohan" tal como publicado, no final do capítulo os cavalos fogem após a aparição do velho misterioso: "Os cavalos tinham ido embora. Haviam arrancado as estacas e desaparecido." (DT:662) Mas esse capítulo, conforme escrito originalmente, terminava de forma diferente; na versão original, os cavalos ficaram alarmados, mas não fugiram: "Os cavalos estavam inquietos, puxando suas cordas, mostrando os brancos dos olhos. Levou algum tempo até que Legolas conseguisse acalmá-los." (VII:403) A inserção deve ter sido escrita para ficar de acordo com essa versão anterior da história. Visto que os cavalos não fugiram no cap. 23, foi necessário esclarecer o que havia sido feito deles posteriormente no cap. 26, quando Aragorn, Legolas e Gimli enfim entraram em Fangorn. Contudo, Christopher Tolkien afirma que, na época da conclusão do manuscrito passado a limpo de "O Cavaleiro Branco", seu pai havia mudado o final de "Os Cavaleiros de Rohan" para a forma publicada deste (VII:432). Esse é naturalmente o "novo final do cap. 23" mencionado por Tolkien na anotação no alto do manuscrito e, com essa mudança, a inserção no cap. 26 tornou-se desnecessária.

11

Vidas dos Númenóreanos

Este texto datilografado existe em três versões: o texto datilografado (A) de Tolkien; sua cópia em papel-carbono (B) sem valor textual, exceto por uma breve nota marginal acerca da mudança posterior da lei de sucessão de Aldarion; e uma cópia passada a limpo por um amanuense (C), igualmente sem valor textual. Portanto, o texto apresentado aqui é o A, que ocupa quatro páginas e meia. Christopher Tolkien reuniu porções deste texto — e do cap. 13, mais adiante — no capítulo "Uma Descrição da Ilha de Númenor" em CI:229–38. Ele datou ambos os textos de c. 1965 (CI:21).

No material datilografado, o texto propriamente dito é seguido por uma série de notas do autor (por vezes bastante extensas). Para a conveniência do leitor, coloquei todas essas como notas de rodapé, com exceção das mais longas; as duas restantes seguem-se ao texto e são citadas com "[*Nota do Autor*]". A discussão da duração das vidas númenóreanas que abre este texto foi mencionada e parafraseada por Christopher Tolkien em CI:305–6, n. 1. Essa discussão ecoa ainda mais de perto as questões e esquemas que Tolkien desenvolveu detalhadamente para os Elfos na Parte Um deste livro, "Tempo e Envelhecimento" (e ver esp. o cap. 18, "Idades Élficas e Númenóreanas", que também data de 1965, na Parte Um).

Vidas dos Númenóreanos

Vida longa e *Paz* foram as duas coisas que os Edain pediram quando os Valar lhes ofereceram recompensa com a queda das Thangorodrim. Paz foi concedida de imediato; vida longa não tão prontamente, e somente após Manwë ter consultado Eru.

Elros foi tratado de forma especial. Ele e seu irmão Elrond não eram de fato dotados de maneira diferente, no que tangia à potencialidade de vida puramente física; mas, visto que Elros escolheu permanecer entre a gente dos Homens, ele reteve a principal característica humana em oposição aos Quendi: a "busca alhures", como os Eldar a chamavam, a "exaustão" ou o desejo de partir do Mundo. Ele morreu, ou renunciou à vida, quando tinha por volta de 500 anos.

Ao restante do povo foi concedida uma duração de vida cerca de cinco vezes mais longa do que a dos Homens comuns: isto é, eles morreriam, quer por livre renúncia, quer não, em algum ponto dentro dos limites de 350 a 420 anos.[1] Dentro desses limites, indivíduos, e também famílias, [*Nota do Autor 1*] diferiam na duração natural da vida, como diferiam antes de a Graça ser concedida. A família real, ou "Linhagem de Elros", era em geral longeva, e vivia com frequência por 400 anos ou um pouco mais. Em outras famílias, chegava-se com menos frequência aos 400 anos; porém, em famílias que haviam se aliado à Linhagem de Elros por casamento (nas primeiras gerações), indivíduos longevos apareciam com frequência.

Quer-se dizer com isso que a "exaustão" não era sentida pelos longevos até por volta do 400º ano; por quanto tempo poderiam ter vivido até a decrepitude, caso tivessem se "agarrado à vida", não é sabido, pois nas primeiras gerações eles não agiam dessa maneira. "Agarrar-se à vida", e dessa forma no fim morrer forçosa e involuntariamente, foi uma das mudanças produzidas pela Sombra e pela rebelião dos Númenóreanos. Ela também foi acompanhada de uma redução de sua longevidade natural. Essas coisas apareceram na 14ª geração, isto é, após a morte de Tar-Atanamir em SE 2251.[2]

O aumento na duração de vida númenóreana foi ocasionado pela assimilação de seu modo de vida ao dos Eldar, até certo ponto. Contudo, eles foram expressamente alertados de que não se haviam tornado Eldar, mas continuavam "Homens mortais", e que lhes tinha sido concedida apenas uma extensão do período de vigor da mente e do corpo. Assim (como os Eldar), eles "cresciam" aproximadamente à mesma velocidade que os Homens comuns:[3] gestação, primeira infância, segunda infância e adolescência (incluindo a puberdade) até o "crescimento pleno" prosseguiam mais ou menos como antes; mas, quando haviam atingido o crescimento pleno, envelheciam ou "desgastavam-se" muito mais devagar, de modo que para eles cinco anos tinham mais ou menos o mesmo efeito que um ano para mortais comuns.

A primeira chegada do "tédio do mundo" era para eles, de fato, um sinal de que chegava ao fim seu período de vigor. Quando ele terminava, caso persistissem vivendo, então a decadência, assim como prosseguira o crescimento, logo prosseguia mais ou menos no mesmo ritmo que para outros Homens. Assim, se um Númenóreano chegasse ao final do vigor por volta dos 400 anos, ele então passava rapidamente, em cerca de dez anos, da saúde e do vigor mental à decrepitude e senilidade.

Logo, caso se queira descobrir que "idade" um Númenóreano tinha em termos humanos normais de vigor e aptidão, isso pode ser feito da seguinte maneira: (1) Subtraia 20: uma vez que aos 20 anos um Númenóreano estaria mais ou menos no mesmo estágio de desenvolvimento de uma pessoa comum. (2) Some a esses 20 o restante dividido por 5. Assim, uma mulher ou um homem númenóreano com estes anos:

25 50 75 100 125 150 175 200 225 250 275 300 325 350 375 400 425

teria aproximadamente a "idade" de:

21 26 31 36 41 46 51 56 61 66 71 76 81 86 91 96 101

Mas esse cálculo numérico omite certos fatores. O desenvolvimento mental númenóreano também se assemelhava em certo grau ao modo eldarin. Sua capacidade mental era maior e desenvolvida mais rapidamente do que a de Homens comuns, e era dominante. Após cerca de sete anos, eles cresciam mentalmente com rapidez, e aos 20 anos sabiam e compreendiam muito mais do que um humano normal dessa idade. Uma consequência disso, reforçada por sua expectativa de vigor duradouro que os deixava com pouco senso de urgência na primeira metade de suas vidas, era que eles muito frequentemente ficavam absortos em saberes, e ofícios, e várias atividades intelectuais ou artísticas, em um grau muito maior do que o normal. Esse era particularmente o caso com os homens.

O desejo pelo casamento, a concepção, o nascimento e a criação de filhos ocupava, assim, um lugar menor nas vidas dos Númenóreanos, mesmo as mulheres, do que entre os Homens comuns. O casamento era considerado natural por todos e, uma vez contraído, era permanente;[a][4] mas, como os Eldar, eles tendiam a tornar o período de paternidade e maternidade (ou, como os Eldar o chamavam, os "Dias das Crianças")[5] um período único interligado e limitado de suas vidas. Essa limitação era considerada natural. A ligação, o tratamento do período de gravidez como uma série ordenada e ininterrupta, era considerada apropriada e desejável, se pudesse ser realizada. Que o casal devia morar junto, com tão poucos e curtos períodos de separação quanto possíveis, entre, digamos, da concepção de seu primeiro filho até pelo menos o sétimo aniversário do último, era considerado como sendo o arranjo ideal. Isso era desejado particularmente pelas mulheres, que eram naturalmente (em regra) menos absortas em saberes ou ofícios; e que tinham muito menos desejo de ficar em constante movimento. [*Nota do Autor 2*]

Assim, os Númenóreanos, que raramente tinham mais de quatro filhos em cada casamento, com frequência os tinham dentro de um período de cerca de 50 a 75 anos (entre a primeira concepção e o último nascimento). Os intervalos entre os filhos eram longos em regra, em termos comuns: com frequência dez anos, por vezes 15 ou mesmo até 20 anos; nunca menos do que cerca de cinco anos.[b]

[a] Os Númenóreanos eram monogâmicos, como é dito posteriormente. Ninguém, independentemente de posição, podia se divorciar de um esposo ou esposa, nem desposar outro durante a vida do primeiro cônjuge. O casamento não era contraído por todos. Havia (afigura-se por ocasionais afirmações nos poucos contos ou anais que foram preservados) um número ligeiramente menor de mulheres do que de homens, ao menos nos primeiros séculos. Porém, afora essa limitação numérica, havia sempre uma pequena minoria que recusava o casamento, fosse porque estava absorta em saberes ou outras atividades, fosse porque não conseguira conquistar o cônjuge que desejava, e não se dispunha a procurar outro.

[b] Uma vez que, no tocante ao crescimento, que incluía a concepção e a gestação de filhos, o desenvolvimento númenóreano diferia pouco em velocidade daquele dos Homens comuns, esses intervalos parecem longos. Porém, como foi dito, os seus interesses mentais eram dominantes; e eles davam uma grande e concentrada atenção a qualquer assunto pelo qual se interessavam. A questão dos filhos, portanto, sendo da maior importância, era uma que ocupava a maior parte da atenção da mãe durante a gravidez e a primeira infância, e, exceto em grandes casas, impunha uma grande quantidade de labores diários ao pai. Ambos ficavam felizes durante um tempo por retornar a outras atividades negligenciadas. Mas também (diziam os próprios Númenóreanos) eram neste aspecto mais similares aos Eldar do que a outras estirpes de Homens: na concepção e ainda mais no nascimento de um filho, muito mais de seu vigor, tanto de corpo como de mente, era despendido (pois a

Mas se faz mister lembrar que, em proporção à sua duração de vida total, esse período era equivalente a apenas cerca de 10 a 15 anos de uma vida humana normal. Os intervalos, se considerados também de acordo com o seu grau de proximidade do término do vigor e da fertilidade, eram assim equivalentes a um (raro) mínimo de um ano, com uma margem mais frequente de dois, três ou por vezes quatro anos.

O "vigor", isto é, primariamente saúde e atividade corporais, e o período de fertilidade e gravidez nas mulheres naturalmente não eram de igual duração. O período em que as mulheres podiam engravidar era similar ao das mulheres comuns, embora calculado em termos númenóreanos. Isto é, ia da puberdade (à qual as mulheres númenóreanas chegavam não muito antes do crescimento pleno) a uma "idade" equivalente a 45 anos humanos normais (com uma extensão ocasional até os 50). Em anos, isso significava de por volta dos 18 até cerca dos 125 ou um pouco mais. Porém, os primeiros filhos raramente eram (se é que alguma vez foram) concebidos ao final desse período.

Assim, uma mulher númenóreana poderia se casar aos 20 anos (o casamento antes do crescimento pleno não era permitido); mas o mais comum era ela se casar por volta dos 40 ou 45 anos ("idade" de 24 a 25). O casamento era considerado indevidamente adiado

longevidade das gerações posteriores, ainda que uma graça ou dádiva, era transmitida por meio dos pais). Portanto, era necessário um descanso tanto de corpo como de vontade, especialmente para as mulheres. De fato, após a concepção de um filho, o desejo de união tornava-se dormente por um tempo, tanto em homens como em mulheres, embora o período fosse mais longo entre as mães.

Essa predominância era vista em outras questões. Ainda que os Númenóreanos não fossem luxuriosos, eles não consideravam o amor de homens e mulheres menos importante ou um deleite menor do que outros Homens. Pelo contrário, eram amantes resolutos; e quaisquer rompimentos dos laços e da afeição entre pais, ou entre eles e seus filhos, eram vistos como grandes males e pesares. O mesmo se dava com os prazeres da comida e da bebida. Até a chegada da Sombra, havia em Númenor poucos glutões ou beberrões. Ninguém comia ou bebia em excesso, ou mesmo muito em qualquer momento. Estimavam a boa comida, que era abundante, e empregavam cuidado e arte no seu preparo e no modo como a serviam. Mas a distinção entre um "Banquete" e uma refeição comum consistia, antes, nisto: nos enfeites da mesa, na música e na alegria de muitos comendo juntos, mais do que na comida; embora, naturalmente, em tais banquetes comidas e vinhos de tipos mais raros e selecionados por vezes aparecessem.

no caso dela se fosse postergado para muito além de seu 95º ano ("idade" de cerca de 35).[c][6]

Os homens raramente se casavam antes de seu 45º ano (idade de 25). Do ano 15 ao 45, seu tempo geralmente era passado absorto no saber, no aprendizado de um ou mais ofícios, e (cada vez mais, conforme o tempo passava) na navegação. O adiamento do casamento até por volta do 95º ano (idade de 35) era muito comum; e, especialmente no caso de homens de posição, altos deveres ou grandes talentos, não era raro que o contraíssem mesmo no 120º ano (idade de 40). Na Linhagem de Elros (especialmente entre os filhos de reis propriamente ditos), que era um tanto mais longeva do que a média e que também proporcionava muitos deveres e oportunidades (tanto para homens como para mulheres), o casamento muitas vezes ocorria mais tarde do que o normal: para as mulheres, 95 (idade de 35) era frequente; e, para os homens, podia ser até mesmo no 150º ano (idade de 46) ou até mais tarde. Isso possuía uma vantagem: de que o "Herdeiro do Cetro", mesmo que fosse o filho mais velho do rei, seria capaz de ascender ao trono enquanto ainda estivesse em pleno vigor, embora fosse provável que já tivesse

[c] Assim, convém mencionar o caso de Erendis, esposa de Tar-Aldarion, acerca da qual várias histórias foram escritas (uma das quais foi preservada), uma vez que os eventos foram considerados importantes: tanto como um caso raro de desavença entre os casados como por terem causado uma alteração nas leis de sucessão. Ela não era da Linhagem de Elros, mas vinha de uma família bëoriana do Oeste que, embora descendesse de uma parenta de Beren, estava entre os de vida relativamente curta. O seu casamento com Aldarion (então Herdeiro do Cetro) foi postergado por causa das viagens dele até SE 870. Visto que Erendis nasceu em 771, ela tinha na época 99 anos: isto é, quase 36, ou na verdade, levando em consideração a duração de vida mais curta de seu povo, 38. Após o nascimento de sua filha, Ankalimë, Aldarion voltou ao mar; e quando retornou, no final de 882, os anos dela já iam a 111; isto é, pouco mais de 38 (ou, na família dela, quase 41), e a expectativa de Erendis por filhos, e seu desejo por eles, já minguava depressa. Em sua raiva (pois ela achava as partidas do esposo voluntariosas e egoístas, embora isso na maior parte não fosse verdade), ela rejeitou Aldarion, e não tornaram a viver juntos nem tiveram outros filhos. Foi por essa razão, e para obter o controle da filha Ankalimë, a quem Erendis agarrava-se, que Tar-Aldarion, logo após se tornar rei, alterou a Lei de Sucessão, de modo que a filha de um rei, caso ele não tivesse um herdeiro varão (e, posteriormente, caso ela fosse a mais velha de seus filhos e todos os seus irmãos homens fossem mais novos), poderia, se desejasse, suceder ao Cetro.

passado pelos "Dias das Crianças" e estivesse mais livre para dedicar-se a assuntos públicos.[d]

Os Númenóreanos eram estritamente monogâmicos: por lei, e por sua "tradição": isto é, pela tradição dos Edain originais acerca da conduta, posteriormente reforçada pelo exemplo e ensinamentos eldarin. Nos primeiros séculos, houve poucos casos de violação da lei, ou mesmo de desejo de violá-la. Os Númenóreanos, ou Dúnedain, ainda eram, em nossos termos, "Homens caídos";[7] mas eram descendentes de ancestrais que em geral arrependeram-se por completo e que detestavam todas as corrupções da "Sombra"; e foram especialmente agraciados. Em geral, tinham pouca inclinação e uma abominação consciente à luxúria, cobiça, ódio e crueldade, e tirania. Nem todos eram tão nobres, naturalmente. Havia coisas como perversidade entre eles, a princípio algo muito raro de ser visto. Pois eles não foram selecionados por nenhum teste a não ser o de pertencerem às Três Casas dos Edain. Entre eles sem dúvida havia alguns dos homens selvagens e renegados de outrora, e possivelmente (embora isso não possa ser asseverado) serviçais conscientes do Inimigo.

Um segundo casamento era permitido, pela lei tradicional, se um dos cônjuges morresse jovem, deixando o outro no vigor e ainda com uma necessidade ou desejo de filhos; mas os casos eram naturalmente muito raros. A morte prematura, por doença ou infortúnio, raramente ocorria nos primeiros séculos. Isso os Númenóreanos reconheciam que se devia à "graça dos Valar" (que podia ser negada em geral ou em casos particulares, caso deixasse de

[d] Ankalimë, filha de Tar-Aldarion, que se tornou a primeira Rainha Governante de Númenor, foi excepcional de muitas maneiras. Ela teve uma vida extremamente longa (413 anos); teve o reinado mais longo (205 anos) de qualquer Governante de Númenor depois de Elros; e casou-se muito tarde: no seu 127º ano (idade de cerca de 41), e teve um filho, Anárion, em seu 130º ano. No que tange a sucessões mais normais, pode-se notar que Tar-Meneldur, nascido em SE 543, ascendeu ao trono em 740, em seu 197º ano. No curso usual dos eventos, ele provavelmente teria renunciado por volta de 925 (quando tivesse 382 anos, e após um reinado de 185 anos); seu herdeiro, Aldarion, estaria então com 225 anos. Na realidade, por razões domésticas e políticas, ele abdicou em 883, e viveu em retiro (ocupado com sua atividade favorita, a astronomia) até 942. Assim, Aldarion o sucedeu aos 183 anos (idade de cerca de 52) e teve um longo reinado de 192 anos, abdicando em 1075 e morrendo em 1098.

ser merecida): a terra era abençoada, e todas as coisas, incluindo o Mar, eram-lhes amigáveis. Além disso, o povo, alto e forte, era ágil, e extremamente "ciente": isto é, tinham o controle de suas ações corporais, e de qualquer ferramenta ou material que manejassem, e raramente faziam movimentos distraídos ou desajeitados; e era muito difícil serem pegos "desprevenidos". Dessa forma, era improvável que lhes ocorressem acidentes. Caso acontecesse algum, eles possuíam um poder de recuperação e de cura própria que, embora inferior ao dos Eldar, era muito maior do que o dos Homens da Terra-média.[e] Além disso, entre os assuntos de saber que eles particularmente estudavam estava o *hröangolmë*, ou o saber do corpo e das artes de cura.[8] A soberba era sem dúvida a sua principal fraqueza, aumentada posteriormente pelo contato com Homens de estirpes menores — ainda que não de início: seus primeiros sentimentos e motivos foram de piedade e benevolência. Também tinham orgulho de sua linhagem, em geral e em particular, como um povo e como indivíduos; e todos os homens de todas as posições mantinham rolos de sua ascendência. Da estirpe "de Eärendil"

[e] Doenças ou outras enfermidades físicas eram muito raras em Númenor até os anos posteriores. Isso devia-se à graça especial de saúde e força concedida à raça como um todo, mas especialmente à bênção da própria terra; e também, em alguma medida, sem dúvida à sua situação no meio do Grande Mar: os animais, em sua maioria, também eram livres de doenças. Mas os poucos casos de doença proporcionavam uma função prática, na medida em que se necessitava alguma, para o estudo contínuo do *hröangolmë* (ou fisiologia e medicina), no qual os praticantes de tratamentos simples entre os Edain haviam recebido muita instrução dos Eldar, e acerca do qual ainda eram capazes de aprender com os Eresséanos, caso desejassem. Nos primeiros dias da chegada dos navios númenóreanos às praias da Terra-média, foi de fato a sua habilidade de cura, e sua disposição a darem instrução a todos que quisessem recebê-la, que fez com que os Númenóreanos fossem bem recepcionados e estimados.

Uma vez que algumas das tripulações númenóreanas que partiram nas primeiras longas viagens de exploração (longe ao sul e leste de Lindon) adoeciam ou contraíam doenças predominantes nas terras que visitavam, muitos em Númenor temiam que os Aventureiros ou exploradores pudessem trazer de volta doenças para a terra. Foi esse medo em especial que fez com que Tar-Meneldur se opusesse às longas viagens do filho Tar-Aldarion, e causou um esfriamento nas relações entre pai e filho por um longo tempo. Porém, descobriu-se que aqueles dos doentes que eram levados de volta vivos (na verdade, poucos morriam no exterior antes do povoamento de fato dos Númenóreanos na Terra-média) logo se recuperavam plenamente em sua própria terra, e suas doenças não se propagavam.

ou "de Beren e Lúthien" eram os seus principais títulos de pretensão à nobreza.

A lei posterior, ou, antes, o costume, pela qual aqueles da casa real (especialmente o Herdeiro) desposavam somente membros da Linhagem de Elros, não era possível nas primeiras gerações. Mas, nos dias de Tar-Aldarion, ou por volta do ano 1000, havia numerosos descendentes de Elros divergentes o suficiente em parentesco. (O casamento com parentes de grau mais próximo do que primo em segundo grau era proibido em todas as épocas, até os últimos dias da Sombra, mesmo na casa real.) Essa regra do casamento real nunca foi tema de lei, mas tornou-se um costume de orgulho: um sintoma do crescimento da Sombra, pois só se tornou rígida quando de fato a distinção entre a Linhagem de Elros e outras famílias, em duração de vida, vigor ou habilidade, diminuíra ou desaparecera por completo.

Notas do Autor

[*Nota 1*] Os Númenóreanos não eram de ascendência racial uniforme. Sua principal divisão era entre os descendentes da "Casa de Hador" e da "Casa de Bëor". Esses dois grupos originalmente possuíam idiomas distintos; e em geral exibiam características físicas diferentes. Além disso, cada Casa possuía numerosos seguidores de origem mista. O povo de Bëor de modo geral tinha cabelos escuros (embora fossem de pele clara), era menos alto e de compleição menos robusta; também era menos longevo. Seus descendentes númenóreanos tendiam a ter uma duração de vida menor: cerca de 350 anos ou menos. O povo de Hador era forte, alto e, em sua maior parte, louro. Mas os chefes de ambas as Casas já haviam, em Beleriand, casado entre si. A Linhagem de Elros era considerada como pertencente à Casa de Hador através de Eärendil (filho de Tuor, o trineto de Hador); mas também descendia, pelo lado feminino, da Casa de Bëor através de Elwing, esposa de Eärendil, filha de Dior, filho de Beren (último chefe da Casa de Bëor, e sétimo em descendência direta de Bëor).

O idioma númenóreano era na maior parte derivado da fala do povo de Hador (muito ampliado por acréscimos das línguas-élficas em diferentes períodos). O povo de Bëor em algumas gerações abandonou a própria fala (exceto na retenção de muitos nomes pessoais de origem nativa) e adotou a língua-élfica de Beleriand, o sindarin. Essa distinção ainda era observável em Númenor. Quase todos os Númenóreanos eram bilíngues. Mas, nos lugares em que a maioria dos colonizadores vinha do povo de Bëor, como era o caso especialmente no Noroeste, o sindarin era a língua diária de todas as classes e o númenóreano (ou *adûnayân*), um segundo idioma. Na maioria das partes do país, o adûnayân era o idioma nativo do povo, apesar de o sindarin ser conhecido até certo grau por todos, com exceção daqueles caseiros e pouco viajados da gente lavradora. Contudo, na Casa Real, e na maioria das casas dos nobres ou eruditos, o sindarin era usualmente a língua nativa, até depois dos dias de Tar-Atanamir.

O sindarin usado por um longo período por Homens mortais naturalmente tendia a tornar-se divergente e dialetal; mas esse processo foi em grande parte contido, pelo menos no tocante aos nobres e eruditos, pelo contato constante que era mantido com os Eldar em Eressëa, e posteriormente com aqueles que permaneceram em Lindon na Terra-média. Os Eldar iam principalmente às regiões do Oeste do país. O quenya não era uma língua falada. Era conhecido apenas dos eruditos e das famílias de alta linhagem (a quem se ensinava no início da adolescência). Era usado em documentos oficiais destinados a serem preservados, tais como as Leis, e no Pergaminho e nos Anais dos Reis, e frequentemente em obras de saber mais recônditas. Também se usava largamente na nomenclatura. Os nomes oficiais de todos os lugares, regiões e acidentes geográficos da terra tinham forma quenya (se bem que tinham também nomes locais, geralmente com o mesmo significado, em sindarin ou adûnayân). Os nomes pessoais e especialmente os nomes oficiais e públicos de todos os membros da Casa Real, e da Linhagem de Elros em geral, eram dados em forma quenya. O mesmo valia para algumas outras famílias, como a Casa dos Senhores de Andúniё.

[*Nota 2*][9] Númenor era uma terra de paz; dentro dela não havia guerra ou conflitos, até os últimos anos. Mas o povo descendia de ancestrais de uma estirpe audaciosa e belicosa. A energia dos homens era transferida principalmente para a prática de ofícios; mas eles também se ocupavam muito com jogos e esportes físicos. Meninos e rapazes adoravam em especial viver, quando podiam, livremente em espaços abertos e viajar a pé até as partes mais agrestes da terra. Muitos se exercitavam em escaladas. Não havia grandes montanhas em Númenor. A Montanha sacra do Menel-tarma ficava quase no centro da terra; mas tinha apenas cerca de 3.000 pés [914 m] de altura, e subia-se nela por uma estrada em espiral que ia de seu sopé meridional (próximo de onde ficava o Vale dos Túmulos, no qual os reis eram enterrados) até o pico. Mas havia regiões rochosas e montanhosas nos promontórios do Norte e do Noroeste e do Sudoeste, onde algumas alturas chegavam a cerca de 2.000 pés [609 m]. Contudo, os penhascos eram os principais locais de escalada para os ousados. Os penhascos de Númenor ficavam em lugares de grande altura, especialmente ao longo das costas voltadas para o Oeste, locais de inumeráveis aves.

No Mar os homens fortes tinham o seu maior deleite: nadando ou mergulhando; ou em pequenas embarcações para competições de velocidade a remo e a vela. Os mais intrépidos entre o povo ocupavam-se com a pesca: havia peixes em abundância e, em todas as épocas, o pescado foi uma das principais fontes de alimento para Númenor. As cidades ou povoados que congregavam muita gente ficavam todos situados no litoral. Era dos pescadores que provinha em sua maioria a classe especial dos marinheiros, que constantemente cresciam em importância e estima. A princípio, as embarcações númenóreanas, em grande parte ainda dependentes dos modelos eldarin, ocupavam-se apenas com a pesca, ou com viagens ao longo das costas de porto a porto. Porém, não demorou muito tempo para que os Númenóreanos, por seu próprio estudo e expedientes, aprimorassem a arte da construção de navios, até poderem se aventurar para longe no Grande Mar. Foi em SE 600 que Vëantur, Capitão dos Navios do Rei no reinado de Tar-Elendil, realizou a primeira viagem de ida e volta à Terra-média. Levou seu navio *Entulessë* ("Retorno") a Mithlond com os ventos de Primavera (que com frequência sopravam fortes e constantes do Oeste) e voltou no Outono do ano seguinte. Depois disso a navegação tornou-se o principal meio de expressão para audácia e intrepidez entre os homens de Númenor. Foi Aldarion, filho de Tar-Meneldur, que formou a Guilda dos Aventureiros à qual todos os marinheiros experientes pertenciam, e muitos jovens, mesmo das regiões interiores, buscavam admissão.

As mulheres pouco participavam dessas atividades, embora estivessem em geral mais próximas dos homens do que é o caso com a maioria das raças em estatura e força, e eram ágeis e ligeiras de pés na juventude. Seu grande deleite estava na dança (na qual muitos homens também tomavam parte) em banquetes ou nas horas de lazer. Muitas mulheres conquistaram grande fama como dançarinas e pessoas faziam longas viagens para assistir a apresentações de sua arte. Contudo, elas não tinham um grande amor pelo Mar. Viajavam quando necessário nas embarcações costeiras de porto a porto; mas não gostavam de ficar muito tempo a bordo ou de passar sequer uma noite em um navio. Mesmo entre os pescadores, as mulheres raramente tomavam parte nas navegações. Porém, quase todas as mulheres sabiam cavalgar, e tratavam os cavalos com honra, abrigando-os de maneira mais nobre do que qualquer outro de seus animais domésticos. Os estábulos de um grande homem costumavam ser tão grandes e tão belos de serem admirados quanto a sua própria casa. Tanto homens como mulheres cavalgavam por prazer. A cavalgada também era o principal meio de viagem rápida de um lugar a outro; e em cerimônias de estado, homens e mulheres de posição, e mesmo rainhas, andavam a cavalo em meio às suas escoltas ou séquitos.

As estradas do interior de Númenor eram em sua maior parte "estradas de cavalos", sem pavimentação, e feitas e mantidas com a finalidade de serem usadas para cavalgadas. Coches e carruagens para viagem eram pouco usados nos primeiros séculos; pois os transportes mais pesados eram feitos principalmente pelo mar. A estrada principal e mais antiga, adequada às rodas, ia desde o maior porto, Rómenna, no Leste, para o noroeste até a cidade real de Armenelos (cerca de 40 milhas [64 km]), e de lá até o Vale dos Túmulos e o Menel-tarma. Mas essa estrada foi cedo estendida até Ondosto, dentro dos limites das Forostar (ou Terras-do-Norte), e de lá diretamente a oeste até Andúnië, nas Andustar (ou Terras-do-Oeste); no entanto, ela era pouco usada por veículos de roda para viagem, sendo principalmente feita e usada para o transporte por carroças carregadas de madeira, na qual as Terras-do-Oeste eram ricas, ou de pedras das Terras-do-Norte, que eram mais apreciadas para a construção.

Embora os Númenóreanos usassem cavalos para viagens e para o deleite de cavalgarem, tinham pouco interesse em correr com eles como um teste de velocidade. Em esportes no interior, viam-se demonstrações de agilidade, tanto de cavalo como de cavaleiro;

mas mais estimadas eram as exibições de compreensão entre mestre e animal. Os Númenóreanos treinavam os seus cavalos para ouvirem e compreenderem chamados (de voz ou assobiados) de grandes distâncias; e, nos casos em que havia grande amor entre homens ou mulheres e suas montarias favoritas, eles podiam (ou assim se contava em histórias antigas) chamá-las pelo simples pensamento, caso necessário.[10]

Assim também se dava com os seus cães. Pois os Númenóreanos tinham cães, especialmente no interior, em parte por uma tradição ancestral, visto que não mais serviam a muitos propósitos úteis. Os Númenóreanos não caçavam por esporte ou alimentação; e apenas em alguns lugares nas fronteiras de terras agrestes eles tinham alguma necessidade de cães de guarda. Nas regiões de criação de ovelhas, como a de Emerië, eles possuíam cães especialmente treinados para ajudar os pastores. Nos primeiros séculos, os homens do interior também tinham cães treinados para afugentar ou rastrear animais predatórios e aves (que para os Númenóreanos era somente um labor necessário ocasional, e não um divertimento). Cães raramente eram vistos nas vilas. Nas fazendas, eles nunca ficavam acorrentados ou amarrados; mas tampouco podiam habitar nas casas dos homens; embora fossem com frequência bem-vindos no *solma* ou salão central, onde o fogo principal ardia; em especial os velhos cães fiéis de longo serviço, ou por vezes os filhotes. Eram os homens, e não as mulheres, que gostavam de ter cães como "amigos". As mulheres amavam mais as aves e animais selvagens (ou "sem dono"), e gostavam em particular de esquilos, que existiam em grandes números nas regiões de mata.

Dessas questões mais é dito em outro lugar, acerca dos animais domesticados (ou "com dono") de Númenor, os animais e aves nativos, e os importados.

Esse último tópico é retomado no cap. 13, "Da Terra e dos Animais de Númenor", adiante.

NOTAS

1 Ver a referência de Christopher Tolkien a essa afirmação e seu comentário a respeito em CI:305, n.1.

2 Tolkien aqui está seguindo "O Conto dos Anos", em RR:1540. Por outro lado, em *A Linhagem de Elros*, diz-se que Tar-Atanamir morreu em 2221 (CI:301 e ver CI:306–7 n. 10)

[3] Com respeito à comparabilidade do ritmo de crescimento dos Eldar, da gestação à maturidade, ao dos Homens, ver a hesitação e elaborações consideráveis de Tolkien acerca dessa questão no decorrer da Parte Um deste livro, "Tempo e Envelhecimento".

[4] Uma anotação apagada e muito mais breve neste ponto diz o seguinte:

> Isto é, nenhuma outra união era possível enquanto ambos os cônjuges estivessem vivos. Não por qualquer razão ou necessidade, p. ex., não para dar um herdeiro a um rei.

Sobre a permanência do casamento, ver a discussão CASAMENTO no Apênd. I.

[5] Ver a discussão recorrente acerca dos "Dias das Crianças" entre os Eldar na Parte Um deste livro.

[6] Ver "Aldarion e Erendis" em CI:239–96.

[7] Sobre "Homens caídos", ver o "*Athrabeth Finrod ah Andreth*", em *Morgoth's Ring*, o cap. 12, "Acerca dos Quendi em seu Modo de Vida e Crescimento", na Parte Um deste livro, e o cap. 10, "Notas acerca de *Órë*", na Parte Dois. Ver também A QUEDA DO HOMEM no Apênd. I.

[8] Conforme escrito inicialmente, o termo em quenya para "saber do corpo" foi dado como *hröanissë*.

[9] Partes dessa longa digressão foram retomadas, em uma forma levemente diferente, por Christopher Tolkien em "Uma Descrição da Ilha de Númenor" (ver CI:235–7).

[10] "Pelo simples pensamento": ver o cap. 9, "*Ósanwe-kenta*", na Parte Dois deste livro.

12

O Envelhecimento dos Númenóreanos

Aparentemente em conjunto com a composição do texto precedente e, assim, provavelmente também por volta de 1965, Tolkien escreveu dois textos breves, ambos escritos com caneta de bico preta, nos quais fornece tabulações mais precisas das diferenças na idade de maturidade e os ritmos subsequentes de envelhecimento entre a Linhagem de Elros e outros Númenóreanos. Apresento os textos no que parece ser a sua ordem cronológica.

Texto 1[1]

	Númenóreanos	**Linhagem de Elros**
Idade adulta	20	20
Crescimento pleno	25	25–30
Juventude	25–125 (ou mais tarde)	25–200 (ou mais tarde)
Vigor	25–175 (ou mais tarde)	25–300 (ou mais tarde)
Advento da exaustão	200–225 (ou mais tarde)	350–400 (ou um pouco mais tarde)

A melhor época para o casamento era considerada como sendo na "juventude", embora pudesse ser postergado durante os anos de vigor. Na Linhagem de Elros, ele raramente era contraído nos primeiros anos de juventude; e raramente após os últimos anos.

Assim, o casamento podia ocorrer por natureza entre a idade adulta e o fim dos anos de vigor; mas raramente era contraído nos primeiros anos de juventude ou postergado até (ou além) o final deles. Na Linhagem de Elros, considerava-se que por volta do ano 100 era a principal ou melhor época para o casamento; para outros, por volta do ano 50. Mas muitas mulheres casavam-se mais cedo do que isso; para elas (na linhagem Real), 50 era a principal época, e 30 para outras, e raramente tinham filhos após os 150.

Texto 2

	Númenóreanos	**Linhagem de Elros**
Idade adulta	20	252
Crescimento pleno	25	25–30
Maturidade[3]	c. 50	c. 100–150
Juventude	25 a 125 (ou mais tarde)	25 a 200 (ou mais tarde)
Vigor	25 a 175 (ou mais tarde)	25 a 300 (ou mais tarde)
Advento da exaustão	200 (ou mais tarde: raramente após 250)	c. 400 (ou um pouco mais tarde)

A época da "maturidade" (que implicava o crescimento pleno da mente assim como do corpo) era considerada a melhor época para o casamento; normalmente por volta da idade de 50, ou, para a Linhagem de Elros, 100. Mas o casamento com frequência era postergado por homens de mente aguçada, ávidos por várias atividades, e especialmente por aqueles que se voltavam para o Mar. Ele podia ser postergado até quase o final dos anos de "vigor"; mas isso raramente era feito.

As mulheres chegavam à idade adulta e ao crescimento pleno na mesma época que os homens, mas a sua "juventude" (além da qual elas raramente tinham filhos) durava menos. Casavam-se mais jovens (em regra) e, assim, em sua maioria, tomavam por esposos homens mais velhos do que elas. Contudo, suas vidas costumavam ser mais longas do que as dos homens, pois eram mais tenazes para com o mundo e suas atividades nele, tardando a se cansarem e menos dispostas a partir.

Anos de casamento:

	Normais	**Régios**
Homens	50–100	100–150
Mulheres	30–75	50–100

Extremos:

	Normais	**Régios**
Homens	20–175	25–250
Mulheres	20–125	25–200

Apresento aqui uma nota do mesmo conjunto de documentos, separada do texto anterior, mas consoante com ele:

A vida longa dos Númenóreanos deu-se em resposta às preces reais dos Edain (e Elros). Manwë advertiu-os de seus perigos. Eles pediram para ter mais ou menos a "duração de vida de outrora", porque queriam aprender mais.

Como Erendis disse posteriormente, eles se tornaram uma espécie de imitação dos Elfos; e seus Homens tinham tanto em suas cabeças, e desejo de muito fazer, que sentiam sempre a pressão do tempo, e dessa maneira era raro descansarem ou regozijarem-se no presente. Felizmente, suas esposas eram ponderadas e atarefadas — mas Númenor não era um lugar de grande amor.

NOTAS

[1] Os dois textos trazem em suas margens superiores a parte final similar de um texto precedente, que diz o seguinte (no texto 1):

> [...] ser uma grande perda, se o pai ou a mãe ficavam por um longo tempo ausentes durante os anos de infância de suas filhas e seus filhos.

[2] Conforme escrita inicialmente, a idade adulta na Linhagem de Elros começava aos 20 anos; esse número foi mudado com uma esferográfica vermelha para 25.

[3] Essa fileira para a maturidade foi inserida algum tempo após as fileiras do crescimento pleno e da juventude terem sido escritas.

13

DA TERRA E DOS ANIMAIS DE NÚMENOR

Este texto datilografado vem logo após o texto apresentado anteriormente no cap. 11, "Vidas dos Númenóreanos", e ocupa a maior parte de dez páginas; foi preservado precisamente nas mesmas três versões, A–C, e mais uma vez o texto apresentado aqui é o A. Partes significativas desse texto foram incorporadas, com algumas modificações, em "Uma Descrição da Ilha de Númenor" (CI:229–38) — daqui em diante, DN. Entretanto, há trechos consideráveis que não foram publicados antes. Christopher Tolkien datou este texto também de c. 1965 (CI:21)

Da terra e dos animais de Númenor

O parágrafo inicial do texto é ecoado no de DN (CI:229), mas lá é muito resumido:

Mapas precisos de Númenor foram feitos em vários períodos antes de sua queda; mas nenhum desses sobreviveu ao desastre. Eles foram depositados na Casa-Sede da Guilda dos Aventureiros, e esta foi confiscada pelos reis e transferida para o porto de Andúnie no oeste; todos os seus registros foram perdidos. Mapas de Númenor foram durante muito tempo preservados nos arquivos dos Reis de Gondor, na Terra-média; mas esses parecem ser derivados em parte de desenhos antigos feitos de memória pelos primeiros colonizadores; e (os melhores) a partir de um único mapa, com poucos detalhes além das profundidades do mar ao longo da costa e de descrições dos portos e seus acessos, que estava originalmente no navio de Elendil, líder dos que escaparam da queda. Descrições da terra, e de sua flora e fauna, também foram preservadas em Gondor; mas não eram precisas ou detalhadas, nem distinguiam claramente entre o estado da terra em diferentes períodos, sendo vagas acerca de sua condição na época dos primeiros povoados. Visto que todos esses assuntos eram estudados pelos homens de saber em Númenor, e muitas histórias naturais e geografias precisas devem ter sido compostas, aparentemente elas, como quase tudo o mais das artes e ciências de Númenor em seu apogeu, desapareceram na queda.

O DN segue então o presente texto de perto, embora a descrição da forma geral de Númenor forneça alguns detalhes adicionais:

Os promontórios, embora não fossem todos precisamente da mesma forma ou tamanho, tinham cerca de 100 milhas [160 km] de largura e mais de 200 milhas [321 km] de comprimento. Uma linha traçada da ponta mais setentrional das Forostar à mais meridional das Hyarnustar situava-se mais ou menos diretamente de norte a sul (no período dos mapas); essa linha tinha mais de 700 milhas [1.000 km] de comprimento, e cada linha traçada da extremidade de um promontório à extremidade de outro e que passasse através da terra (ao longo das fronteiras das Mittalmar) tinha mais ou menos o mesmo comprimento.

As Mittalmar ficavam acima do nível geral dos promontórios, sem considerar a altura de quaisquer montanhas ou colinas nelas; e na época da colonização parecem ter tido poucas árvores e consistido principalmente em prados e planaltos. Quase em seu centro, ainda que um pouco mais perto da borda oriental, erguia-se a grande montanha, chamada Menel-tarma, Pilar do Céu. Ela ficava a cerca de 3.000 pés [914 m] acima da planície.[a]

O texto mais uma vez continua como em DN com poucas diferenças significativas, exceto pelos seguintes detalhes: de que a posição do Meneltarma nas Mittalmar era "quase em seu centro, ainda que um pouco mais perto da borda oriental", de que "ficava a cerca de 3.000 pés acima da planície", e de que "em determinados pontos" não podia ser escalada nos "últimos 500 pés" antes do pico; "Em direção ao grande Cabo Norte o terreno erguia-se em elevações rochosas de

[a] As encostas inferiores do Menel-tarma eram suaves e parcialmente cobertas de relva, mas a montanha se tornava cada vez mais íngreme, e os últimos 500 pés [152 m] em determinados pontos não podiam ser escalados, exceto pela estrada ascendente.

uns 2.000 pés, cuja maior (*Sorontil*) erguia-se direto do mar em tremendos penhascos"; de que a torre de Tar-Meneldur foi "o primeiro e o maior dos observatórios dos Númenóreanos"; de que o "grande recuo curvado" da Baía de Eldanna era "quente, quase tão quente quanto as terras do extremo Sul"; de que Eldalondë ficava "quase no centro [da Baía], não longe das fronteiras das Hyarnustar"; de que a *yavanna-mírë* tinha "flores semelhantes a rosas e redondos frutos escarlates"; de que em Númenor o *mallorn* chegava "em sua altura mais elevada a quase 600 pés [183 m]", de que seu fruto "era uma pequena fruta semelhante a uma noz, com uma casca de prata, pontuda na extremidade", e alguns foram "dados de presente por Tar-Aldarion ao Rei Finellach Gil-galad de Lindon [*apagado*: e lá os *malinorni* cresceram durante a Segunda Era da Terra-média]"; de que o rio Siril "tornava-se nas últimas 50 milhas [80 km] de seu curso um rio lento e sinuoso; pois a terra ali era quase plana e não muito acima do nível do mar"; de que a aldeia Nindamos ficava "na margem leste do Siril, próximo ao mar" e de que "Grandes mares e ventos fortes raramente afligiam essa região. Em épocas posteriores, boa parte dessa terra foi cultivada, e transformou-se em uma região de grandes lagoas, onde abundavam peixes, com saídas para o mar, em volta das quais havia terras ricas e férteis".

No entanto, onde DN passa a descrever as Hyarrostar e as Orrostar (CI:234), o presente texto apresenta diferenças significativas, incluindo uma longa discussão da fauna e da flora de Númenor não encontrada no texto posterior, assim como detalhes consideráveis de distâncias e populações na ilha. Portanto, incluo aqui esta seção central na íntegra.

As partes voltadas para o sul e para o sudoeste das Hyarrostar em muito se assemelhavam às partes correspondentes das Hyarnustar; mas as restantes, ainda que muito acima do mar, eram mais planas e mais férteis. Aqui crescia uma grande variedade de árvores; e após os dias de Tar-Aldarion, que deu início ao trato regular das matas, algumas das principais plantações situavam-se nesta região: dedicadas em grande parte à produção de materiais para estaleiros.

As Orrostar eram mais frias, porém eram protegidas do nordeste (de onde vinham os ventos mais gélidos) por planaltos que se erguiam a uma altura de 2.100 pés [640 m] próximos da extremidade nordeste do promontório. Nas regiões do interior, especialmente naquelas adjacentes à Terra-do-Rei, cultivava-se muito cereal.

A principal característica de Númenor eram os penhascos, já bastante mencionados. Toda a terra de Númenor estava disposta como se tivesse emergido do Mar, mas ao mesmo tempo levemente inclinada para o sul. Exceto na extremidade meridional, já descrita, em quase todos os lugares a terra descia abruptamente para o mar em penhascos, em sua maior parte íngremes, ou escarpados. Estes eram mais elevados no norte e no noroeste, onde com maior frequência chegavam a 2.000 pés, e menos elevados no leste e no sudeste. Mas esses penhascos, exceto em certas regiões como o Cabo Norte, raramente se erguiam diretamente da água. A seus pés encontravam-se costas de terra plana ou inclinada, com frequência habitáveis, que variavam em largura (a partir da água) de cerca de um quarto de milha a várias milhas. As orlas dos terrenos mais vastos geralmente ficavam sob água rasa mesmo em marés baixas; mas, nas bordas marinhas, todas essas praias tornavam a cair de forma abrupta na água profunda. As grandes praias e planícies de maré do sul também terminavam em uma queda escarpada a profundezas oceânicas ao longo de uma linha que mais ou menos unia as extremidades meridionais dos promontórios a sudoeste e sudeste.

Aparentemente nem Elfos nem Homens habitaram nessa terra antes da chegada dos Edain. Animais e aves não tinham medo dos Homens; e as relações entre Homens e animais permaneceram mais amigáveis em Númenor do que em qualquer outro lugar do mundo. Diz-se que mesmo aqueles que os Númenóreanos classificavam como "predatórios" (queriam dizer com isso aqueles que, quando necessário, atacavam suas plantações e rebanhos domesticados) mantiveram uma "relação honorável" com os recém-chegados, procurando alimento até onde podiam nos ermos, e não demonstrando hostilidade aos Homens, exceto em épocas de guerra declarada, quando, após os devidos avisos, os criadores, por necessidade, caçavam as aves e animais predatórios para reduzir os seus números com moderação.

Como foi dito, não é fácil descobrir quais eram os animais, aves e peixes que já habitavam a ilha antes da chegada dos Edain, e quais foram trazidos por eles. O mesmo vale para as plantas. Tampouco os nomes que os Númenóreanos davam aos animais e às plantas são sempre fáceis de equiparar ou relacionar aos nomes daqueles encontrados na Terra-média. Muitos, embora atribuídos em formas aparentemente em quenya ou sindarin, não são encontrados nas línguas élficas ou humanas da Terra-média. Isso sem dúvida deve-se em parte ao fato de que os animais e as plantas de Númenor, embora similares e aparentados aos do continente, eram diferentes em variedade e pareciam necessitar de novos nomes.

Quanto aos principais animais, está claro que não havia nenhum das espécies caninas ou aparentadas. Certamente não havia mastins ou cães (todos os quais foram importados). Não havia lobos. Havia gatos selvagens, os mais hostis e indomáveis dos animais; mas não grandes felinos. Contudo, havia um grande número de raposas ou animais similares. Seu principal alimento parece ter sido animais que os Númenóreanos chamavam de *lopoldi*. Estes existiam em grandes números e se multiplicavam rapidamente, e eram herbívoros vorazes; de maneira que as raposas eram estimadas como o melhor e mais natural meio de mantê-los em ordem, e as raposas raramente eram caçadas ou incomodadas. Em troca disso, ou pelo fato de seu suprimento de alimento ser abundante, as raposas parecem jamais ter adquirido o hábito de atacar as aves domésticas dos Númenóreanos. Os *lopoldi* parecem ter sido coelhos, animais desconhecidos por completo anteriormente nas regiões do noroeste da Terra-média.[1] Os Númenóreanos não os apreciavam como alimento e os deixavam de bom grado para as raposas.

Havia ursos em números consideráveis, nas partes montanhosas ou rochosas; tanto de uma variedade negra como de uma parda. Os grandes ursos negros eram encontrados principalmente nas Forostar. As relações entre os ursos e os Homens eram estranhas. Desde o início, os ursos demonstraram amizade e curiosidade para com os recém-chegados; e esses sentimentos eram mútuos. Em momento algum houve qualquer hostilidade entre Homens e ursos; apesar de que, nas épocas de acasalamento, e durante a primeira juventude de seus filhotes, eles pudessem ficar irritados e perigosos se fossem perturbados. Os Númenóreanos não os perturbavam, exceto por algum incidente infeliz. Pouquíssimos Númenóreanos foram mortos por ursos; e esses infortúnios não eram considerados como razões para combater a raça inteira. Muitos dos ursos eram bastante dóceis. Jamais habitavam nos lares dos Homens ou próximos deles, mas os visitavam com frequência, da maneira casual de um chefe de família em visita a outro. Nessas ocasiões, costumavam lhes oferecer mel, para seu deleite. Somente um "urso mau" ocasional atacava as colmeias domesticadas. O mais estranho eram as danças-dos-ursos. Os ursos, especialmente os negros, possuíam curiosas danças próprias; mas essas parecem ser sido refinadas e elaboradas pela instrução dos Homens. Por vezes, os ursos realizavam danças para o entretenimento de seus amigos humanos. A mais famosa era a Grande Dança-dos-ursos (*ruxöalë*)[2] de Tompollë, nas Forostar, à qual todos os anos, no outono, muitos compareciam vindos de todas as partes da ilha, uma vez que ela ocorria não muito depois do Eruhantalë, quando uma grande multidão se reunia. Àqueles não acostumados aos ursos, os movimentos lentos (mas respeitáveis) dos ursos, por vezes 50 ou mais reunidos, pareciam espantosos e cômicos. Mas ficava subentendido a todos que compareciam ao espetáculo que não devia haver riso aberto. O riso dos Homens era um som que os ursos não conseguiam compreender: alarmava-os e os enfurecia.[3]

As matas de Númenor abundavam em esquilos, na maior parte vermelhos, mas havia alguns castanho-escuros ou pretos. Eles não tinham medo, e eram facilmente domesticados. As mulheres de Númenor gostavam deles em particular. Frequentemente viviam nas árvores próximas a uma morada, e entravam, quando convidados, na casa. Nos rios curtos e riachos havia lontras. Texugos eram numerosos. Havia porcos selvagens pretos nas matas; e, no oeste das Mittalmar, à chegada dos Edain, havia manadas de bovinos selvagens, alguns brancos, alguns pretos. Cervos eram abundantes nos prados, dentro e próximo das fronteiras das florestas, vermelhos e fulvos; e nas colinas havia corços. Mas todos pareciam ser um tanto menores em estatura do que seus parentes na Terra-média. Na região meridional havia castores. Em volta das costas as focas eram abundantes, especialmente no norte e no oeste. E havia também muitos animais menores que não eram mencionados com frequência: como camundongos e ratos-silvestres, ou pequenos predadores como doninhas. Lebres são mencionadas por nome; e outros animais de espécies incertas: alguns que não eram esquilos, mas que viviam em árvores, e eram tímidos, não só com os homens; outros que corriam pelo solo e se entocavam, pequenos e gordos, mas que não eram ratos nem coelhos. No sul havia alguns jabutis, de tamanho não muito grande; e também algumas pequenas criaturas de água doce semelhantes a tartarugas. Os animais chamados de *ekelli* parecem ter sido ouriços ou porcos-espinhos de grande tamanho, com longos espinhos pretos. Eram numerosos em algumas partes, e tratados com amizade, pois viviam principalmente de minhocas e insetos.

Parece ter havido cabras selvagens na ilha, mas não se sabe se os pequenos carneiros chifrudos (que eram uma das variedades de ovinos que os Númenóreanos criavam) eram nativos ou importados. Diz-se que uma pequena espécie de cavalo, menor do que um asno, preta ou castanha-escura, com crina e cauda esvoaçantes, mais robusta do que veloz, fora encontrada nas Mittalmar pelos colonizadores. Logo foram domados, mas se proliferavam e eram bem cuidados e amados. Eram muito usados nas fazendas; e as crianças os usavam para cavalgar.

Muitos outros animais havia, sem dúvida, que raras vezes são nomeados, visto que geralmente não eram do interesse dos Homens. Todos devem ter sido nomeados e descritos nos livros de saber que se perderam.

Peixes marinhos eram abundantes em todas as costas da ilha, e aqueles que eram bons de comer eram muito usados. Outros animais do mar também havia, longe das costas: baleias e narvais, golfinhos e toninhas, que os Númenóreanos não confundiam com peixes (*lingwi*), mas classificavam com os peixes como *nendili* todos aqueles que viviam somente na água e procriavam no mar. Tubarões os Númenóreanos viam somente em suas viagens, pois, quer pela "graça dos Valar", como os Númenóreanos diziam, quer por outra causa, eles não se aproximavam das costas da ilha. De peixes do interior ouvimos pouco. Daqueles que vivem em parte no mar, mas adentram os rios por vezes, havia salmão no Siril, e também no Nunduinë, o rio que corria para o mar em Eldalondë, e em seu curso formava o pequeno lago de Nísinen (um dos poucos em Númenor) cerca de três milhas terra adentro: era assim chamada por causa da abundância de arbustos e flores de doce fragrância que cresciam em suas margens. Enguias eram abundantes nos alagados e charcos em torno do curso inferior do Siril.

Eram incontáveis as aves de Númenor, desde as grandes águias até os diminutos *kirinki*, que não eram maiores que carriças, porém escarlates e com piados agudos cujos sons encontravam-se no limite da audição humana. As águias eram de vários tipos; mas todas eram consideradas sagradas a Manwë, e jamais eram molestadas ou flechadas, não até que começassem os dias do mal e do ódio aos Valar. Antes disso, elas de sua parte não molestavam os homens, nem atacavam os seus animais. Dos dias de Elros até a época de Tar-Ankalimon, filho de Tar-Atanamir, cerca de dois mil anos, houve um ninho de águias douradas no alto da torre do palácio do rei em Armenelos. Ali um casal sempre morou e viveu da liberalidade do rei.

As aves que moram perto do mar, e nele nadam ou mergulham, e vivem de peixes, habitavam em Númenor em multidões além da conta. Jamais eram mortas ou molestadas propositalmente pelos Númenóreanos, e lhes eram totalmente amigáveis. Marinheiros diziam que, mesmo que fossem cegos, ainda assim saberiam que seu navio se aproximava do lar pelo grande clamor das aves costeiras. Quando qualquer navio chegava à terra erguiam-se aves marinhas em grandes revoadas, voando sobre ele com o único intento de boas-vindas e alegria. Algumas acompanhavam os navios em suas viagens, até mesmo os que iam à Terra-média.

Nos interiores, as aves não eram tão numerosas, mas ainda assim eram abundantes. Algumas além das águias eram aves de rapina, como os gaviões e falcões de muitos tipos. Havia corvos, especialmente no norte, e, pela terra, outras aves de sua família que viviam em bandos, pegas e gralhas e, em volta dos penhascos à beira-mar, muitas chucas. Pássaros canoros menores com vozes maviosas abundavam nos campos, nos alagados juncosos e nas matas. Muitas pouco diferiam daquelas das terras de onde os Edain vieram; mas os pássaros da família dos tentilhões eram mais variados e numerosos e de vozes mais agradáveis. Havia alguns de menor tamanho todos brancos, alguns todos cinzentos; e outros todos dourados, que cantavam com grande alegria em longas cadências trinadas durante a primavera e o início do verão. Tinham pouco medo dos Edain, que os amavam. O engaiolamento de aves canoras era considerado um ato cruel. Tampouco era necessário, isto é, para aquelas que eram "domesticadas": aquelas que se juntavam de livre vontade a uma morada, que por gerações viviam perto da mesma casa, cantando no telhado ou nos peitoris, ou mesmo nos *solmar* ou aposentos daqueles que os recebiam de bom grado. Os pássaros que viviam em gaiolas eram em sua maioria criados desde filhotes após os pais terem morrido devido a algum infortúnio ou terem sido mortos por aves de rapina; mas mesmo eles eram em grande parte livres para ir e vir como bem quisessem. Rouxinóis eram encontrados, embora em lugar algum muito abundantes, na maioria das regiões de Númenor, exceto no norte. Nas partes setentrionais, havia grandes corujas brancas, mas nenhum outro pássaro dessa raça.

Das árvores e plantas nativas pouco está registrado. Embora algumas árvores tivessem sido levadas em sementes ou mudas da Terra-média, e outras (como foi dito) viessem de Eressëa, parece ter havido uma abundância de árvores quando os Edain desembarcaram. Das árvores que já lhes eram conhecidas, diz-se que sentiram falta do carpino, do pequeno bordo, e das castanheiras-floridas; mas encontraram outras que lhes eram novas: o olmo, a azinheira, bordos altos, e a castanheira-doce. Nas Hyarrostar eles também encontraram nogueiras; e o *laurinquë*, que admiravam por suas flores, pois não tinha outra serventia. Davam-lhe esse nome ("chuva dourada") por causa de seus longos cachos pendentes de flores amarelas; e alguns, que dos Eldar haviam ouvido falar de Laurelin, a Árvore Dourada de Valinor, acreditavam que ele provinha daquela grande Árvore, tendo sido trazido até ali pelos Eldar em forma de semente; mas não era assim. Macieiras-bravas, cerejeiras e pereiras também cresciam em Númenor; mas aquelas que cultivavam em seus pomares vinham da Terra-média, presentes dos Eldar. Nas Hyarnustar as vinhas cresciam selvagens; mas os vinhedos dos Númenóreanos parecem também ter vindo dos Eldar. Das muitas plantas e flores de campo e florestas pouco agora está registrado ou é lembrado; mas canções antigas falam com frequência dos lírios, cujos muitos tipos, alguns pequenos, outros altos e belos, alguns de flor única, outros carregados de muitos sinos e trompetes, e todos fragrantes, eram o deleite dos Edain.

Àquela terra os Edain levaram muitas coisas da Terra-média: ovelhas, e vacas, e cavalos, e cães; árvores frutíferas; e cereais. Aves aquáticas como as da família dos patos ou gansos eles encontraram ao chegar; mas outras eles levaram e misturaram com as raças nativas. Gansos e patos eram aves domésticas em suas fazendas; e lá eles também criavam inúmeros pombos ou rolas em grandes casas ou pombais, principalmente por seus ovos. Galináceos eles não conheciam e não encontraram nenhum na ilha; entretanto, logo após as grandes viagens começarem, os marinheiros trouxeram galos e galinhas das terras meridionais e orientais,[4] e eles proliferaram em

Númenor, onde muitos escapavam e viviam nos ermos, embora caçados pelas raposas.

As lendas da fundação de Númenor falam com frequência como se todos os Edain que aceitaram a Dádiva tivessem zarpado de uma única vez e em uma única frota. Mas isso deve-se somente à brevidade da narrativa. Em tratados históricos mais detalhados está relatado (como é possível deduzir pelos eventos e os números envolvidos) que, após a primeira expedição, liderada por Elros, muitos outros navios, sozinhos ou em pequenas frotas, foram para o oeste levando outros dos Edain, fossem aqueles que a princípio estavam relutantes em desbravar o Grande Mar, mas que não suportaram se separar daqueles que haviam partido, fossem alguns que estavam muito dispersados e não puderam ser reunidos para partirem com a primeira frota.

Uma vez que os barcos usados eram modelos élficos, velozes, mas pequenos, e cada um guiado e capitaneado por um dos Eldar delegados por Círdan,[b] teria sido necessária uma grande frota para transportar todas as pessoas e bens que vieram a ser levados da Terra-média a Númenor. As lendas não fazem suposições quanto aos números, e os tratados históricos dizem pouco. Diz-se que a frota de Elros era composta de muitos navios (de acordo com alguns, 150 embarcações, com outros, duzentas ou trezentas) e que transportou "milhares" dos homens, mulheres e crianças dos Edain: provavelmente por volta de 5.000 ou no máximo 10.000. Porém, todo o processo de migração parece na verdade ter levado pelo menos 50 anos, possivelmente mais, e encerrou-se por fim somente quando Círdan (sem dúvida instruído pelos Valar) deixou de fornecer mais navios ou guias. Naquela época, o número dos Edain que atravessaram o Mar deve ter sido muito grande, embora pequeno em proporção à extensão da ilha (provavelmente cerca de 180.000 milhas

[b] Parece que um longo tempo se passou até os próprios Númenóreanos aventurarem-se para longe no mar em navios, depois que os timoneiros élficos retornaram, levando consigo a maioria das embarcações originais da migração. Mas eles tinham armadores que haviam sido instruídos pelos Eldar; e desses primórdios eles logo criaram embarcações mais adequadas aos seus próprios usos. Os primeiros navios de calado mais pesado foram construídos para o comércio costeiro entre portos.

quadradas [c. 290.000 km²]). Estimativas variam entre 200.000 e 350.000 pessoas.[5] Após mil anos, a população parece não ter passado muito de 2 milhões. Esse número foi aumentado de forma considerável posteriormente; mas um modo de dispersão foi encontrado nas povoações númenóreanas na Terra-média. Antes da Queda, a população de Númenor em si pode ter chegado a 15 milhões.[c]

Os Edain trouxeram consigo muito saber e o conhecimento de muitos ofícios, bem como numerosos artesãos que haviam aprendido com os Eldar, diretamente ou através de seus pais, além de preservarem seu próprio saber e tradições.

> Como mencionado anteriormente no cap. 11, "Vidas dos Númenóreanos", o último parágrafo em CI:235 foi retomado de uma longa e digressiva nota do autor naquele texto; ela não se encontra no presente texto, que por sua vez continua, sem variações significativas, com o que foi apresentado em CI:235 ("Mas puderam trazer poucos materiais [...]"), exceto por alguns detalhes adicionais acerca de metais encontrados em Númenor:

Chumbo eles também possuíam. Ferro e aço eram o que mais precisavam para as ferramentas dos artesãos e para os machados dos lenhadores.

> Além disso, a respeito das armas de Númenor, este texto diz o seguinte:

Mas homem algum portava espada em Númenor, nem mesmo nos dias das guerras na Terra-média, a não ser que estivesse armado para batalha. Assim, por muito tempo praticamente não foram feitas armas de intenção belicosa em Númenor. Muitas coisas feitas podiam, naturalmente, ser usadas dessa maneira: machados, e lanças, e arcos. Os fabricantes de arcos eram grandes artesãos. Faziam

[c] O aumento foi lento, apesar da ausência de doenças e a raridade das mortes por infortúnios, devido às longas vidas dos Númenóreanos, nas quais tinham poucos filhos: a média em cada "geração" era um pouco mais do que três vezes a metade do número total da geração, menos de quatro para cada possível casal núbil. Pelo menos um terço dos imigrantes originais não tiveram filhos em Númenor.

arcos de muitos tipos: arcos longos, e arcos mais curtos, especialmente aqueles usados para disparos a cavalo; e também inventaram bestas, usadas a princípio sobretudo contra aves predatórias. Atirar com arcos era um dos grandes esportes e passatempos dos homens; e uma atividade na qual as jovens mulheres também tomavam parte. Os homens númenóreanos, por serem altos e vigorosos, conseguiam disparar com velocidade e precisão a pé com grandes arcos longos, cujas flechas percorriam grandes distâncias (cerca de 600 jardas [548 m] ou mais), e, quando mais próximo, eram de grande penetração. Nos dias que vieram depois, nas guerras na Terra-média, os arcos dos Númenóreanos eram os mais temidos.

> Por fim, o longo parágrafo de encerramento do DN acerca das atividades dos homens (CI:236–37), que Christopher Tolkien também retirou de "Vidas dos Númenóreanos", está ausente aqui; em seu lugar, o texto conclui com o seguinte:

Tais coisas se diz em geral dos dias de ventura de Númenor, que duraram quase dois mil anos; embora os primeiros indícios das sombras posteriores tivessem aparecido antes disso. De fato, foi o seu próprio armamento para tomar parte na defesa dos Eldar e Homens do Oeste da Terra-média contra o controlador da Sombra (enfim revelado como Sauron, o Grande) que ocasionou o fim de sua paz e contentamento. A vitória foi o arauto de sua Queda.

NOTAS

1 Na verdade, o coelho-europeu (em oposição às lebres) chegou relativamente tarde no noroeste da Europa.

2 Conforme datilografado inicialmente, o termo em quenya para (aparentemente) "dança-dos-ursos" era *ruxopandalë*.

3 Conforme datilografado inicialmente, dizia-se que o riso dos Homens era "um som do qual os ursos se ressentiam".

4 De acordo com relatos atuais, o ancestral da galinha moderna originou-se na Ásia, e só chegou à Europa por volta de 3000 a.C.

5 Conforme datilografado inicialmente, a estimativa era entre "300.000 e 500.000".

14

Nota acerca do Consumo de Cogumelos[a]

Este texto datilografado é uma passagem curta rejeitada por Tolkien do ensaio publicado como "Os Drúedain" em CI:499–512; começo a passagem no ponto (CI:501) que imediatamente precede esta anotação.

O conhecimento [dos Drúedain] de todas as coisas que crescem era quase igual ao dos Elfos (porém não ensinado por estes), distinguindo as que eram venenosas, ou úteis como medicamentos, ou boas para a alimentação. Para assombro dos Elfos e outros Homens, eles comiam fungos com prazer, muitos dos quais pareciam a outros (Homens e Hobbits) perigosos; alguns tipos que especialmente apreciavam eles cultivavam perto de suas moradas. Os Eldar não comiam essas coisas. O Povo de Haleth, ensinado pelos Drúedain, fazia uso deles quando necessário; e se eram convidados, eles comiam o que era servido por cortesia, e sem medo. Os outros Atani os evitavam, exceto em grande fome quando perdidos nos ermos, pois poucos entres eles possuíam o conhecimento para distinguir os benéficos dos ruins, e os menos sábios os chamavam de plantas-órquicas e acreditavam que haviam sido amaldiçoadas e conspurcadas por Morgoth.

Uma anotação rabiscada a lápis na margem diz o seguinte: "Apagar tudo isso sobre fungos, hobbitesco demais".

[a] Ver também XII:326–27 [N. T.].

15

A Catástrofe Númenóreana e o Fim de Aman "Física"

Este texto, escrito numa letra um tanto apressada com caneta de bico preta, ocupa três metades da frente e do verso de uma folha dobrada. Ele se segue imediatamente àquele apresentado como texto 2 no cap. 15, "Reencarnação Élfica", na Parte Dois deste livro, e parece ser contemporâneo a ele, datando, assim, de c. 1959.

A Catástrofe Númenóreana e o Fim de Aman "Física"[1]

Aman foi "removida" ou destruída na Catástrofe?

Ela *era* física. Portanto, não podia ser removida, sem permanecer visível como parte de Arda ou como um novo satélite! Ela deve permanecer como um continente sem os seus antigos habitantes ou ser destruída.

Acho agora que é melhor que ela *permaneça* como um *continente* físico (América!). Mas como Manwë já havia dito aos Númenóreanos: "Não é a *terra* que é consagrada (e livre da morte), mas é consagrada pelos que lá habitam" — os Valar.

Ela se tornaria apenas *uma terra comum*, um acréscimo à Terra-média, o continente contíguo europeu-africano-asiático. *A flora e a fauna* (ainda que diferentes em alguns [?itens] daquelas da Terra-média) se tornariam animais e plantas comuns com as condições usuais de mortalidade.

Aman e Eressëa seriam a memória *dos Valar e dos Elfos* da antiga terra.

A Catástrofe sem dúvida causaria grandes estragos e mudaria a configuração de Aman. Parcialmente, em particular no lado Oeste [*sic*; leia-se "Leste"?], afundada no Mar.

Mas como então a união corpórea de *fëar* e *hröar* seria mantida em uma Aman apenas de memória?

A resposta, creio, é a seguinte.

A *Catástrofe* representa uma *intervenção* definitiva de *Eru* e, portanto, de certa forma uma mudança do plano primordial. É uma amostra do Fim de Arda. A situação é muito posterior à "conversa de Finrod e Andreth"[2] e não poderia então ter sido prevista por ninguém, *nem mesmo Manwë*. De certa maneira, Eru adiantou o *Fim de Arda* no que dizia respeito aos Elfos. Eles haviam cumprido a sua função — e nos aproximamos do "Domínio dos Homens". Daí a imensa importância dos *casamentos* de Beren e Tuor — *que promovem uma continuidade do elemento élfico*! As histórias do *Silmarillion* e especialmente de *Númenor* e dos *Anéis* estão em um *crepúsculo*. Não *vemos*, por assim dizer, um fim catastrófico, mas, visto em comparação com a enorme extensão das eras, o *período de crepúsculo* das 2ª/3ª Eras certamente é bastante curto e abrupto!

Os Elfos estão *morrendo*. Quer em Aman, quer no exterior, eles vão se tornar *fëar* abrigados apenas na *memória* até o verdadeiro Fim de Arda. Precisam aguardar o desencadeamento da Guerra [?e] só então; e a sua *redenção* vislumbrada por Finrod:[3] para o seu retorno verdadeiro (corpóreo ou no equivalente de Eru!) em Arda Refeita.

NB Melkor (*dentro* de Eä) realmente só se torna maligno após a realização de Eä, na qual desempenhou um grande e poderoso papel (e em seus estágios iniciais de acordo com o Desígnio de Eru). Foi a inveja que sentia por Manwë e o desejo de dominar os Eruhíni que o levaram à loucura. Foi a matéria de Arda (como um todo, mas particularmente de *Imbar*)[4] que ele corrompeu. As Estrelas não foram afetadas (ou a maioria delas não foi).

Ele se tornou cada vez mais incapaz (como Ungoliantë!) de se desprender e encontrar refúgio na vastidão de Eä e tornou-se cada vez mais fisicamente envolvido nela.

É evidente pela pressa de sua escrita e pela fluidez de suas concepções que Tolkien aqui está pensando no papel (como fazia frequentemente). Partes desse pensamento não só aparentemente contradizem "fatos" existentes há muito tempo da mitologia então inédita (p. ex., a discórdia, a inveja e o desejo de dominância de Melkor — em suma, rebelião contra Eru e Seu desígnio — *durante* a Música e *antes* de entrar em Eä) como também eventos retratados no já publicado *O Senhor dos Anéis* (p. ex., a viagem corpórea de Frodo a uma Tol Eressëa aparentemente muito física).

NOTAS

[1] Esse título foi fornecido por Tolkien com uma esferográfica vermelha.
[2] Isto é, o "*Athrabeth Finrod ah Andreth*", apresentado em X:303–60.
[3] Ver X:319.
[4] Ver X:337: "Certamente é o caso nas tradições élficas de que a principal parte de Arda era a Terra (*Imbar*, "a Habitação") [...]."

16

Galadriel e Celeborn

Os dois textos apresentados aqui fazem parte de um maço de documentos que compreende 1) esboços em manuscrito e textos escritos com caneta de bico preta em documentos universitários de Oxford datados de 1955, aos quais Tolkien mais tarde deu o título de "Acerca de Galadriel e Celeborn", e 2) um texto datilografado tardio em folhas impressas que contêm o roteiro de rádio de *O Hobbit* de 1968 (ver TCG I:760). Partes desse texto datilografado foram citados (pp. 346–48, 362) ou parafraseados (pp. 343–44, 360–62) em *Contos Inacabados*. Confira esse livro também a respeito da natureza complexa dos relatos variados e, por vezes, contraditórios da história de Galadriel e Celeborn, dos quais os presentes textos são apenas uma parte.

Texto 1

Acerca de Galadriel e Celeborn

Galadriel: filha de Finarphin e irmã de Finrod (Felagund). Nome em quenya *Alatáriel* "rainha abençoada", sindarinizado com a forma *Galadriel (galad* = "benção"). Desposou Celeborn (neto de Elmo, irmão de Thingol)[1] em torno do fim da Primeira Era. Por amor a Celeborn (que não desejava deixar a Terra-média), com a queda de Angband e a ruína de Beleriand, ela cruzou as Eryd Lindon e entrou em Eriador. Celebrían nasceu em c. SE 300; Amroth, em c. 350.[2]

Em dado momento, Galadriel e Celeborn, com um séquito formado principalmente por Noldor (mas, claro, também por Sindar e talvez? por alguns Nandor) estabeleceu (em c. SE 750) o reino de Eregion, a oeste das Montanhas Nevoentas, e manteve amizade com os Anãos de Moria. Eles tinham acesso ao grande reino nandorin do outro lado das Montanhas (onde, mais tarde, ficava

Lórien: como um remanescente de matas muito maiores ligadas a Trevamata dos dois lados do Anduin). Esse reino, na época, era chamado de *Lōrinand* por causa de suas árvores douradas: "Vale Dourado" (nand[orin] *lōri*, "dourado" = quen. *laurë*); e também *Norlindon* — porque seu povo ainda chamava a si mesmo de *Lindē* (*Lindar*) — "terra dos Lindar".[3] O principal artífice de Eregion era Celebrimbor.

Galadriel e Celeborn eram considerados Senhor e Senhora Supremos de todos os Eldar do Oeste.

Sauron passou a visitar os Elfos; mas foi rejeitado por Gil-galad em SE 1200. Visita Eregion e é rejeitado por Galadriel e Celeborn. Percebe que encontrou um rival à altura (ou, no mínimo, um adversário muito sério) em Galadriel; dissimula sua ira e ilude Celebrimbor. Os artífices noldorin sob as ordens de Celebrimbor permitem sua presença e começam a aprender com ele (assim, em certo sentido, a história de Fëanor se repete). Galadriel e Celeborn deixam Eregion em c. SE 1300 e recuam (através de Moria) para Lórinand (com boa parte de seus seguidores que *não* são noldorin): são bem recebidos e ensinam aos Lindar muitas coisas, especialmente advertindo-os contra Sauron.

1697: com a queda de Eregion, muitos Elfos fugitivos atravessam (via Moria) e engrossam as fileiras dos falantes de sindarin. Os Lindar se tornam mais e mais sindarinizados.

> O texto termina aqui, no pé da página;[4] mas, na página seguinte, Tolkien inicia um relato expandido dos contatos entre Celebrimbor e Sauron:

Mas Sauron teve mais sucesso com os Ñoldor de Eregion, especialmente com Celebrimbor (secretamente ansioso para se equiparar à habilidade e à fama de Fëanor). Quando Sauron visita Eregion, logo percebe que encontrou alguém à altura em Galadriel — ou, pelo menos, que ela seria o principal obstáculo. Assim, ele se concentrou em Celebrimbor, e logo tinha colocado todos os Artífices de Eregion sob sua influência. Por fim, faz com que eles se revoltem contra Celeborn e Galadriel. Os dois atravessam Moria e se refugiam em Lórinand (c. SE 1350).

Quando Celebrimbor descobre os desígnios de Sauron e se arrepende — e esconde os Três Anéis —, Sauron invade Eriador vindo do sul e coloca Eregion sob cerco. Celeborn e Amroth, com os Nandor e Anãos, atravessam Moria na direção oeste. Gilgalad envia ajuda sob comando de Elrond, vindo de Lindon. Mas ele não chega a tempo de auxiliar muito. Sauron irrompe em Eregion e devasta o reino. Celebrimbor é morto por Sauron em pessoa, mas Sauron não obtém os Três Anéis. Sua ira se inflama. Elrond, com todos os (poucos) refugiados de Eregion que consegue reunir, combate na vanguarda e se retira para o NO.[a] Ele funda uma fortaleza em Imladris.

Quando Celeborn ouviu falar do ataque de Sauron (temendo guardar sozinho os Três Anéis), enviou um para Galadriel em Lórinand, por meio de Amroth. Celeborn organiza uma surtida e abre caminho, juntando-se a Elrond, mas não consegue voltar.

Na margem superior dessa página, Tolkien fez vários cálculos com base nas datas citadas neste texto e nos intervalos de tempo correspondentes em *yéni* (os "anos longos" dos Elfos, equivalendo a 144 anos solares). Essas contas acompanhavam a seguinte afirmação:

Amroth já era príncipe em SE 850, apenas 32 *yên* [quando ele] faleceu em TE 1981.[5]

Nos cálculos adjacentes, é possível perceber que Tolkien estipulou o nascimento de Amroth em SE 750, e que ele, portanto, tinha 32 *yéni* mais 64 anos solares = 4.672 anos solares de idade quando faleceu. Uma cronologia diferente, na qual Amroth seria um pouco mais velho no momento de sua morte, foi calculada na margem esquerda:

Amroth nasce em SE 300. 2 em SE 588. Em SE 1350 ele tinha 29. Em SE 1697 ele tinha 31. Em SE 3441 quase 44 (43/117). Em TE 1693 [ele estava] 11/109 mais velho = 55/82.

Essas idades, entretanto (com exceção da primeira, correspondendo a precisamente 2 *yéni* depois de SE 300), não podem ser reconciliadas com um *yên* de 144 anos solares. O cálculo das idades

[a] Noroeste. [N. T.]

de Amroth até o fim da Segunda Era em 3441 deve se referir, na verdade, a uma idade aparente, em termos de amadurecimento humano, não à idade real em *yéni* (p. ex., em SE 1350, Amroth teria apenas um pouco mais de 7 *yéni* de idade, não 29; e, em SE 3441, ele teria apenas um pouco menos de 22 *yéni*, não 44).[6] Conforme foi mostrado na Parte Um deste livro, os temas interrelacionados da idade e do amadurecimento dos Elfos, bem como suas implicações para a cronologia, ocuparam Tolkien intensamente nos anos finais de sua vida.

Na margem superior da folha de capa (aparentemente feita muito depois), acima do título em destaque, Tolkien escreveu de modo muito rápido (e depois riscou) o seguinte:

Galadriel é registrada como *irmã* de Finrod. Na juventude, apreciava vagar ao longe. Frequentemente visitava os Teleri de Alqualondë (sua mãe era irmã de Olwë e Elwë). Ali, com frequência estava em companhia de Teleporno ("alto de prata"). Celeborn é aparentado com um irmão mais jovem de Olwë e Elwë: Nelwë.

Relato da querela de Galadriel com os filhos de Fëanor no saque de Alqualondë. Como ela lutou junto com Celeborn. Mesmo assim, foi para o Exílio porque, embora não amasse os filhos de Fëanor, pessoalmente era orgulhosa e rebelde e desejava liberdade.

Texto 2

Os Nomes *Galadriel, Celeborn* & *Lórien*[7]

O nome *Alatáriel* é de forma telerin; seu sentido original era "donzela do diadema faiscante". Era um composto formado por três elementos, na forma eldarin comum (eld. com.), sendo (1) **ñalatā*, "um brilho faiscante" (de luz refletida); (2) a base RI3, "fazer uma grinalda"; (3) o sufixo feminino **-el, -elle*. A partir de **rīʒā* e do sufixo foi formada a palavra **rīʒelle*, "uma mulher portando uma grinalda", aplicada especialmente a donzelas usando grinaldas em festivais. No telerin, o *ñ* inicial foi perdido; e, com a perda do ʒ medial e o encurtamento da palavra no fim de nomes longos, produziu-se *-riel*; o nome inteiro, assim, passou a ser Alatáriel.[8]

O nome *Telepornë* também tem forma telerin. Significava "árvore de prata". Era um composto formado pelos termos eld. com. **kyelep-*, "prata", e **ornē*, "árvore" (originalmente e normalmente aplicado a árvores mais altas, mais retas e delgadas, tal como as bétulas),[b] uma forma substantivada relacionada ao adj. **ornā*, "ascendente, alto" (e reto). A forma eld. com. **kyelep-* passou a ser *telep-* em telerin. Em sindarin, era *celeb*. A forma verdadeira em quenya era *tyelpë*, *tyelep-* (tal como na alcunha de Írildë, sind. *Idril*: *tyeleptalëa*, "a de pés de prata"). Essa ainda era a forma em quenya antigo, e sobreviveu em muitos nomes arcaicos; mas, mais tarde, a variante *telpë* se tornou comum. Isso se deve à influência do telerin. Os Teleri prezavam a prata mais que o ouro; e sua habilidade como artífices de prata era apreciada até mesmo pelos Noldor. Por uma razão similar, a versão *Telperion* era usada de maneira mais geral que *Tyelperion* como nome da Árvore Branca de Valinor. Ela recebia grandes honras dos Teleri (os quais, pelo que se diz, cunharam seu nome), embora os Vanyar e os Noldor tivessem mais amor por Laurelin, a Dourada.

A base **ñal-* caiu em desuso no quenya, sobrevivendo apenas nos derivativos *ñalda*, "brilhante, polido", e *angal*, "um espelho", derivado de **aññala* (ver *Angal-limpe*, "Espelhágua").[9] Não havia forma em quenya equivalente ao eld. com. **ñalatā* (seria **ñalta*).

Esses nomes, mais tarde, receberam uma forma sindarin na Terra-média. Isso não trouxe dificuldade alguma, e os nomes se tornaram naturalmente *Galadriel* e *Celeborn*. Mas, quando mais tarde Celeborn e Galadriel se tornaram os governantes dos Elfos de Lórien (que na origem eram principalmente Elfos Silvestres e se chamavam de Galaðrim), o nome de Galadriel ficou associado às árvores, uma associação que foi auxiliada pelo nome de seu marido, Celeborn, que também parecia conter uma palavra arbórea (seu nome, entretanto, na verdade era derivado de **ornā*, "ereto,

[b] As árvores mais robustas e largas, tais como carvalhos e faias, eram chamadas de *galadā*, "grande crescimento", em eld. com., embora essa distinção não fosse sempre observada em quenya e desaparecesse no sindarin. Em sind., o termo *orn* < **ornē* saiu do uso comum e era usado apenas em versos e canções, embora sobrevivesse em muitos nomes de árvores e pessoas. Todas as árvores eram chamadas de *galað* < **galadā*.

elevado, alto", de estatura),[10] de modo que, fora de Lórien, entre aqueles cujas lembranças dos dias antigos e da história de Galadriel se haviam embaçado, o nome dela costumava ser alterado para *Galaðriel*. Não na própria Lórien.[11]

Depois disso vêm as passagens apresentadas em *Contos Inacabados*; uma delas foi parafraseada por Christopher Tolkien (CI:347) e diz o seguinte:

e, depois da primeira construção de Barad-dûr e das longas guerras contra Sauron na Segunda Era, eles perderam muito de sua força e se esconderam nas fortalezas de Verdemata, a Grande (como ainda era chamada): povos diminutos e esparsos, mal distinguíveis dos Avari.

Depois desse excerto, o texto continua com passagens que também foram parafraseadas por Christopher em CI:343 n.5, 362. Apresento-as aqui em sua forma completa.

Lórien provavelmente é uma alteração de um nome mais antigo, hoje perdido. Na verdade, é o nome em quenya de uma região de Valinor, frequentemente também usado como nome do Vala a quem pertencia: era um lugar de repouso e árvores de sombra e nascentes, um refúgio das preocupações e dos pesares. A semelhança não pode ser acidental. A alteração do nome mais antigo pode muito bem ser devida à própria Galadriel. Como se pode perceber de maneira geral, e especialmente na canção dela (*Fellowship of the Ring*, p. 389),[12] Galadriel se empenhara em fazer de Lórien um refúgio e uma ilha de paz e beleza, um memorial dos dias antigos, mas estava agora plena de remorso e apreensão, sabendo que o sonho dourado corria em direção a um despertar cinzento. Pode-se observar que Barbárvore (*Two Towers*, p. 70)[13] interpreta *Loth-lórien* como "Flor-do-Sonho".

Um comentador gondoriano afirma que o nome mais antigo era *Lawarind*. Não cita nenhuma autoridade, mas faz sentido. A palavra provavelmente contém o radical eld. com. **(g)lawar-*, "luz dourada", e é um derivativo que em forma quenya seria **lawarende* > *laurende* (com o sufixo frequente em topônimos): ver quen. *laure*, sind. *glawar*, tele. *glavare*. Era uma referência aos mallorns.

Barbárvore também diz que o nome anterior usado pelos Elfos era *Laurelindórenan*. Essa muito provavelmente é uma composição, à maneira de Barbárvore, de *Laurelinde-nan(do)* e *Laure-ndóre*, ambos nomes em quenya e provavelmente também se devem a Galadriel. O segundo contém *-ndor*, "terra"; o primeiro foi assimilado a *Laure-linde* (com mais ou menos o significado de "ouro cantante"), o nome da Árvore Dourada de Valinor. É fácil considerar que ambos se basearam em **lawarind* e em alterações dessa palavra feitas de modo a se assemelharem aos nomes de Valinor, lugar pelo qual o anseio de Galadriel tinha aumentado conforme os anos passavam, até se tornar um remorso avassalador. *Lórien* era o nome mais usado, já que, na forma, poderia ser sindarin.[14]

O elemento *-nan*, "vale", era derivado da base eld. com. NAD, "oco", seja de estruturas ou de relevos naturais mais ou menos côncavos com lados que se elevavam.[c] Em sindarin, isso originou *nand* que, assim como outras palavras terminadas em *nd*, permaneceu em monossílabos tônicos, mas > *nann* > *nan* em compostos.[15]

Galadhon, forma presente apenas em *Caras Galadhon*, que evidentemente significava "Fortaleza das Árvores"; mas a palavra *caras* não é um termo sindarin: pode derivar do mesmo dialeto silvestre de onde veio o nome hipotético *Lawarind* e ter relação com o termo quen. *caraxë*, aplicado a um muro defensivo de terra encimado por estacas afiadas ou pedras eretas; ainda que, em Caras Galadhon, a paliçada tivesse desaparecido e só o fosso profundo permanecesse fora da grande muralha reforçada com pedra. O sufixo adjetival/genitivo *-on* não é do sindarin[16] e provavelmente foi incorporado a partir do nome élfico silvestre mais antigo de

---

[c] Algumas palavras derivadas eram **nadmā* > quen. *nanwa*, "uma cuia (grande)" ou outro artefato parecido; **nandā*, "oco" (usado não para coisas que são vazias do lado de dentro, mas para aquelas que são abertas na parte de cima); **nandē*, "um vale, parte funda", originalmente usado apenas para designar áreas não muito grandes cujas encostas eram parte de sua própria configuração. Vales de grande extensão, planícies no sopé de montanhas etc. tinham outros nomes. O mesmo valia para vales de encostas muito íngremes em montanhas, como Valfenda. Aqueles que, como o vale de Gondolin, eram mais ou menos circulares, mas profundamente côncavos, e tinham montanhas altas em suas beiras, eram chamados de **tumbu*. O vale de Gondolin, na verdade, era chamado de *i Tumbo* (na forma completa, *i Tumbo Tarmacorto*, "o vale do círculo de montanhas altas", em sindarin *Tum Orchorod*) e, normalmente, em sind., *Tumlaðen*, "Vasto Vale".

algo que, sem dúvida, originalmente era uma estrutura muito mais primitiva, embora o primeiro elemento tenha sido sindarinizado — a palavra para "árvore" provavelmente ainda era reconhecível como um descendente do termo eld. com. **galada* (quen. *alda*, tele. *galada*, sind. *galað*).

NOTAS

1 Ver CI:318.

2 Os anos de nascimento de Celebrían e Amroth — e mesmo se Amroth era filho de Galadriel e Celeborn — são pontos a respeito dos quais Tolkien tinha dúvidas consideráveis. Ver as várias referências a ambos na Parte Um deste livro e em *Contos Inacabados*.

3 "Norlindon" substitui a forma riscada "Lindoriand", e "terra dos Lindar" foi escrita originalmente como "terra dos Lendar".

4 Uma anotação quase ilegível na margem inferior começa dizendo: "Galadriel tem desejo pelo Mar [?] e habita em [?] ou em Dol Amroth".

5 Tolkien corrigiu a data original "750" para "850". O texto aqui, na forma original, parece dizer: "Se Amroth já era príncipe em SE [750 >>] 850 [*apagado*: ?tinha] apenas 32 *yên* [?e tinha] falecido em TE 1981" (a palavra "Se" parece ter sido acrescentada mais tarde); mas trata-se, obviamente, de uma ideia em estado fluido e bagunçado, e por isso extraí e apresentei apenas os dados básicos no texto editado.

6 Isso pode explicar por que Tolkien marcou as idades de 2, 29 e 31 anos com um sinal de "+"; mas nenhuma marca desse tipo foi feita no caso das idades subsequentes. No entanto, TE 1693 de fato corresponde a 11 *yéni* + 109 anos solares depois de SE 3441; portanto, alguma coisa nesses cálculos deu errado, ou pelo menos é inconsistente.

7 Esse título foi acrescentado por Tolkien na margem superior, usando caneta esferográfica.

8 Numa folha adjacente — com o mesmo título e também datilografada —, existe uma versão diferente desse parágrafo de abertura e da discussão etimológica:

O nome *Galadriel*, nessa forma, é sindarin. Seu sentido original era "donzela do diadema faiscante", uma referência aos reflexos brilhantes do cabelo dourado dela, o qual, na juventude, Galadriel usava preso em três grandes tranças, com a do meio em volta da cabeça. *Celeborn* também é sindarin nessa forma, mas originalmente significava "alto de prata". Ambos os nomes, entretanto, originalmente eram em telerin: *Alatáriel* e *Teleporno*. Isso pode parecer estranho, uma vez que Galadriel era dos Noldor, irmã de Finrod, filho de Finarphin, filho de Finwë, e uma das maiores personagens daquela Casa; mas é algo que pode ser compreendido levando em consideração o *Conto de Celeborn e Galadriel*.

O nome *Galadriel* foi formado a partir da base ÑAL, "brilhar, faiscar", aplicada à luz refletida por água, metal, vidro, pedras preciosas etc. A partir dela foi derivada uma forma triconsonantal **ñalata*, "radiância (refletida)". A base *RIȜ* significava "enrolar, enroscar"; uma forma derivada era **riȝ*, "um diadema, grinalda" (quen. *ría* e também *ríma*, "faixa de cabelo, rede de cabelo"). O sufixo *-el, -elle* (que se desenvolveu no eld. com.) era uma terminação feminina, paralela ao masculino *-on*, *ondo*; uma **riȝel(le)* era uma mulher portando uma grinalda na cabeça, termo normalmente aplicado a donzelas usando grinaldas de flores em festivais. **ñalata-riȝelle*, assim, significaria "donzela coroada com uma grinalda radiante". Esse nome foi dado a ela por Teleporno, e Galadriel o aceitou.

Galadriel era filha de Finarphin, filho de Finwë, primeiro rei dos Noldor. Era chamada de *Nerwen*, "donzela-homem", por causa de sua força e estatura, e de sua coragem. Adorava vagar longe do lar de sua gente.

Depois disso há algumas anotações etimológicas rápidas, feitas a caneta:

Em quen. *ñal* está obsoleto, exceto no caso de *ñalda*, "brilhante, polido" (no caso de metal). *angal* ([?] **aŋŋala*), "um espelho" ou *angalailin*, "espelhágua". **ŋalatā-rīȝel(le) = Alatáriel*. Quenyarizado como *Altáriel*? RGEO *Altariello* no gen.

A sigla "RGEO" se refere ao livro de canções *The Road Goes Ever On*, de 1968, no qual o poema *Namárië* é descrito por Tolkien em quenya como "*Altariello nainië Lóriendessë*", isto é, "o lamento de Galadriel em Lórien".

Finalmente, algumas notas rascunhadas dizem:

Galadriel era um nome em sindarin dado a ela (e aceito) depois de sua vinda a Beleriand, com o significado de "dama da coroa dourada" ou "diadema", como referência às tranças de seu cabelo dourado (com as tranças colocadas no alto).

[9] Tolkien corrigiu a forma original *Angal-mille* para *Angal-limpe* a tinta. A respeito das palavras eldarin para "espelho", este é um lugar adequado para citar uma passagem de escritos separados, mas contemporâneos, que fazem parte dos documentos linguísticos de Tolkien, acerca de um objeto da tecnologia élfica:

[Quen.] *ñaltalma*, nome de um aparato eldarin usado para enviar sinais de longe (semelhante a um heliógrafo, embora se diga que também era possível usá-lo numa noite de luar claro). Sua forma e a maneira de manipulá-lo não foram registradas, mas ele deve ter incluído uma superfície polida. Era, entretanto, evidentemente pequeno, podia ser colocado numa sacola pequena ou no bolso, e os lampejos que emitia não seriam visíveis aos olhos humanos, pelo menos não a distância. De que maneira os lampejos, recebidos por um observador quando direcionados apropriadamente, transmitiam uma mensagem também não se sabe agora. O *ñaltalma*, tal como a maioria das coisas desse tipo, foi atribuído a Fëanor em épocas posteriores; mas provavelmente era bem mais antigo. (Aparatos similares eram usados pelos Sindar, e não há menção de que estivessem entre as muitas coisas que eles aprenderam com os Exilados). O nome em sindarin era *glathralvas*, "vidro/cristal lampejante".

O heliógrafo, um aparato de sinalização com espelhos (que normalmente empregava o código Morse), era um aparelho padrão do Exército britânico desde o século XIX até 1960. Tolkien, que recebeu treinamento em sinalização militar em 1914–15 e se tornou Oficial de Sinalização do Batalhão em 1916 (ver TCG I:62, 92), deve ter tido bastante familiaridade com o objeto. O manual que recebeu durante seu treinamento, chamado *Signalling: Morse, Semaphore, Station Work, Despatch Riding, Telephone Cables, Map Reading* [Sinalização: Morse, Semáforo, Sinais de Estação, Envio Motorizado, Cabos Telefônicos, Leitura de Mapas] (ed. E.J. Solano, 1915; ver TCG I:79), afirma, a respeito do heliógrafo (p. 6), que: "No caso de sinais com bandeira ou lâmpada, a distância normalmente é menor em terreno acidentado ou montanhoso e atmosfera enevoada, e maior em terreno plano e atmosfera límpida. Na Índia, na África do Sul e no Egito, por exemplo, em terrenos montanhosos, as estações para sinalização com heliógrafo podem ficar separadas por setenta milhas [c. 113 km] ou mais. Por outro lado, na Grã-Bretanha e em outros países europeus, pode não ser possível usar o heliógrafo de forma alguma, devido à falta de luz solar, e seu alcance normalmente se limita a 25 milhas [c. 40 km] em condições ensolaradas, devido à prevalência da névoa e da bruma na atmosfera."

[10] Conforme datilografada, essa frase terminava assim: "[...] Celeborn, nome que, na verdade, continha uma palavra arbórea"; o trecho foi alterado para a forma apresentada aqui por meio de uma nota marginal feita com caneta esferográfica.

[11] O texto datilografado originalmente continuava assim: "Sem dúvida, a mesma associação era feita pelo povo da região, mas *galad* era a forma que davam à palavra sind. *galað*, 'árvore'. Eles falavam sindarin, e alguns entre eles de fato eram Sindar; mas seu idioma do cotidiano era modificado por sua língua original. Ela não tinha preservado os sons *ð* e *þ*, os quais se transformaram em *d* e *s*." Essa passagem, mais tarde, foi riscada a caneta.

[12] Ou seja, SA:525.

[13] Ou seja, DT:694.

[14] A continuação "e em alterações dessa palavra [...]" depois de "basearam em *lawarind*" foi feita com uma letra muito descuidada na página, usando caneta, na mesma linha do texto e entrando no meio da parte datilografada seguinte. A primeira versão dessa passagem diz:

e em alterações dessa palavra feitas de modo a se assemelhar a nomes de Valinor, lugar pelo qual, como está claro, o anseio de Galadriel aumentava ano a ano, até se tornar enfim um remorso avassalador. *Lórien* era o nome mais usado na Terceira Era, já que formalmente também poderia ser um vocábulo sindarin [*excluído*: embora, em sindarin, a grafia correta fosse *Lorien*, já que nessa língua o [?quantidade aumentada? apenas] um]

O argumento principal da passagem excluída parece ser que a vogal *o* da forma sindarin de **lawarind* não seria marcada como longa, já que (seguindo o desenvolvimento normal do idioma) ela surgiu da forma mais antiga **aw(a)* por meio de um processo de formação de monotongo e encurtamento (nessa posição).

15 A nota de rodapé sobre **tumbu* nesta passagem foi objeto de muitas emendas e reconsiderações. Na versão inicial, a forma parece ter sido **tumbā*, e as formas em quen. *iTumbo* (e *i Tumbo*) foram correções, com tinta, em relação aos originais *iTumba* (e *i Tumba*); e *Tum Orchorod* substitui o original *Tum Orodgerth*. Uma nota rápida feita a caneta acima dessa nota original, aparentemente se referindo a Valfenda (em sind., *Imladris*), diz: "Ver **imbē*, uma variante de **imbi*, 'entre', hoje usada para se referir a uma fenda de grande extensão nas montanhas, entre paredes de pedra muito altas; quen. *imbilat* = sind. *imlad*)". Outra nota rápida a tinta embaixo da primeira diz: "Noldorin *tumbŭ* = parte funda de vale, v[ale?], em referência ao grande *mare* vulcânico no meio da depressão-cratera". (É possível que "*mare*" na verdade seja "*mere*", ou seja, "lagoa", mas o uso do termo *mare* para se referir a pseudo-oceanos escuros e planos, formados por antigos derrames de lava endurecida,[d] parece fazer mais sentido.) Essas considerações sobre o Vale de Gondolin, por sua vez, deram origem a mais uma nota rápida a caneta, preenchendo a metade inferior da página, sobre o nome, a história e a natureza de Gondolin:

Gondolin. Em quen. Ondolinde, "Pedra Cantante" [??]

Que o local tinha sido ocupado por Anãos significava [?primeiro] quem tinha feito boa parte do trabalho — trazendo as pedras e nivelando a terra e construindo as muralhas da fortaleza central — [?a qual por ? ? só se che? por ?]. Foram os Noldor que [???] construíram uma ponte [?de aço] que ia da margem externa do lago e atravessava a [??] do lago até o [??]. [?????] do retorno de Morgoth a Thangorodrim e Turgon achara o Tumbo abandonado. O nome *Gondolin*, em sindarin [?] Gondolin(d), provavelmente é [???] quenya [?????] antes [?] fundação. Embora em certos lugares houvesse a suposição [??]

[d] É o caso, por exemplo, dos chamados "mares" da Lua, assim batizados na época em que se sabia pouco sobre a geologia do satélite da Terra. [N. T.]

de que foi eldarizado a partir de algum [?nome] anânico mais antigo [mas ???] contato!

[16] Uma nota marginal rápida feita posteriormente a caneta diz: "Um genitivo de relacionamento com a forma *-a*, plural *-on*, existia no sind. ant., mas tinha sido preservado apenas em nomes dos [? ou ?]. *Dagnir Laurunga*." No caso desse epíteto, ver o epitáfio *Dagnir Glaurunga*, ★"Matador de Glaurung", na lápide de Túrin (S:304, CI:203). Uma análise etimológica feita a caneta na página seguinte mostra o desenvolvimento dessa terminação do genitivo em sindarin antigo, explicando a manutenção do *-a* no fim das palavras onde a perda esperada de todas as sílabas finais fizera com que as vogais nessa posição se tornassem incomuns no sindarin:

★*-āga*, [pl.] *āgam > ā̃, ā̃m/ā̃n.* Final *ā* > *a* (não *o*!), mas *ā̃n* > *on*.

17

Elfos Silvestres e o Élfico Silvestre

Os dois textos apresentados aqui são ensaios datilografados tardios, ocupando o verso (de seis páginas, em ambos os casos) de avisos impressos da editora Allen & Unwin, datados de 1968. O primeiro texto evidentemente tem associação próxima com alguns dos publicados em *Contos Inacabados*, como "O Desastre dos Campos de Lis", "Cirion e Eorl" e "A História de Galadriel e Celeborn", bem como com os textos apresentados anteriormente no cap. 16, "Galadriel e Celeborn". O próprio texto 1 faz referência explícita ao primeiro e segundo desses capítulos de *CI*, e Christopher Tolkien cita partes dele no terceiro (CI:346–48). O texto 2 foi composto em conjunto com o que foi apresentado como "O Problema de Ros" em *The Peoples of Middle-earth*, e é um excerto de uma discussão mais longa sobre o élfico silvestre, com foco particular na etimologia do nome *Amroth*; a discussão sobre a palavra sind. *rath*, "escalar", e sobre sua conexão com *Amroth*, foi citada em CI:345 n. 16.

Texto 1

Nomenclatura

Élfico silvestre (ES) e nomes registrados como sendo derivados dos dialetos dessa língua.

Essa língua evidentemente tinha relação com o sindarin; mas suas características não foram definidas. Pois (como se pode supor) há pouca informação disponível além de alguns nomes pessoais e de lugares. Os Elfos-da-floresta desempenharam um papel valente na Guerra do Anel, mas parecem não ter dado auxílio nenhum na antiga Guerra das Três Joias.[1]

Nos fragmentos sobreviventes das lendas da Grande Jornada existem menções a várias dissidências da marcha, seja por acidente (alguns grupos pequenos se perderam no caminho) ou por abandono deliberado da jornada devido ao cansaço e à perda de esperança. Em sua maior parte, essas dissidências eram de grupos dos Lindar, os mais numerosos dos Eldar, que tinham sido os mais relutantes a deixar seu antigo lar e marchavam mais lentamente para o oeste, sempre ficando para trás.[a][2] Os Eldar de Ossiriand, os Elfos Verdes, embora fossem habitantes da mata, eram de origem bem diferente, a qual não abordaremos aqui; provavelmente eram, em sua origem, aparentados aos Noldor.[3] Os Elfos-da-floresta da época da Guerra do Anel parecem ter sido aqueles Teleri, e os descendentes deles, que ficaram consternados com as Hithaeglir ou Montanhas Nevoentas[b] e, abandonando a marcha, fixaram-se nas florestas, então maiores e mais densas, entre o Anduin e as montanhas, na região limitada ao norte e ao sul, em dias posteriores, pelos rios de Lis e Limclaro.[4] Como os Eldar tinham cruzado o Anduin é algo que não foi contado,[5] mas as lendas parecem descrever aquele rio como algo muito diferente de sua forma posterior naquela região: mais largo e lento, formando grandes lagos em intervalos no que mais tarde seriam as terras relvadas dos Vales do Anduin. Tal terra seria atraente para os Lindar, os quais, desde seus primeiros dias, tinham mais amor pela água do que as outras gentes élficas, e já tinham inventado pequenos barcos para remar ou velejar nos lagos de sua própria terra antes dos dias da Grande Jornada. Sem dúvida, foi por meio da habilidade deles que, por fim, todas as três hostes alcançaram os sopés das montanhas e passaram a enfrentar o labor e os perigos de achar caminhos para atravessá-las. As lendas falam de uma estadia de muitos anos e longos debates antes que os Vanyar e Noldor, depois de longas explorações, começassem a travessia "pelo passo sob a Montanha Vermelha".[c] Foram seguidos por cerca de

[a] É por isso que eram chamados, pelos Vanyar e Noldor, os *Teleri*, os de trás; mas aqueles que por fim chegaram a Valinor mantiveram seu próprio nome (Lindar, ou, na língua deles, *Lindai*). O termo lindarin (lind.), assim, é usado para designar a língua dos Teleri de Valinor, em muitos aspectos a mais arcaica e menos alterada das línguas eldarin.

[b] Essas, naquela época remota, parecem ter formado uma cadeia contínua com as Montanhas Brancas.

[c] Provavelmente aquela montanha mais tarde conhecida como *Caraðras*; ainda que, a menos que seu pico capaz de inspirar assombro tenha sido exagerado nas lendas, ela fosse então mais altaneira do que nas eras posteriores. "Sob" claramente

dois terços dos Teleri. Um terço deles, pertencendo principalmente ao povo de Olwë, ficara bastante contente durante o atraso e permaneceu para trás. Não houve contato entre esses Elfos Silvestres e os Elfos Cinzentos, os Sindar, os quais, por fim, também permaneceram na Terra-média e nunca cruzaram o Grande Mar, até a Segunda Era e a ruína de Beleriand. Em termos dos Homens, passou-se então um tempo, talvez, tão longo quanto todos os anos que agora jazem entre nós e a Guerra do Anel.[6] Quaisquer línguas de Homens, por mais próximo que fosse o parentesco, teriam, durante tal tempo, divergido entre si até se tornarem irreconhecíveis. Não era assim com as línguas élficas. Elas mudavam, de fato, ao menos na Terra-média, de maneiras muito parecidas com as de nossas línguas, mas muito mais lentamente. Pois, assim como a visão e a audição élficas eram limitadas em alcance, como são as nossas e, no entanto, mais aguçadas e de maior alcance, assim também eram as memórias deles quanto a coisas vistas e ouvidas. Na Primeira Era, depois do fim da Grande Jornada, em mil anos a mudança despercebida na fala dos Elfos que permaneciam "nas costas de cá", isto é, na Terra-média, não era mais do que a de duas gerações de Homens.[d] Assim, quando os Elfos Silvestres voltaram a se encontrar com seus parentes de quem havia muito estavam afastados, embora seus dialetos divergissem tanto do sindarin ao ponto de serem quase ininteligíveis, pouco estudo foi necessário para revelar seu parentesco como línguas eldarin.[e] Se bem que a comparação dos dialetos silvestres com sua própria fala despertasse enorme interesse nos mestres-do-saber, especialmente naqueles de origem

---

significa "sob a sombra de"; pois ainda não havia Anãos naquelas montanhas, e as minas de Moria ainda não tinham começado. Nem, felizmente para os Eldar, tinham os Orkes de Morgoth ainda alcançado aquelas regiões.

[d] Em Valinor, as condições eram diferentes. A mudança, embora fosse imperceptivelmente lenta, prosseguia até mesmo no Reino Abençoado; mas a mudança despercebida na fala era controlada pela memória e pelo desígnio, e as mudanças principais, as quais eram consideráveis, deviam-se a mudanças de "gosto" e à inventividade, tanto no vocabulário como nas estruturas da língua.

[e] A divergência entre elas pode ser comparada à dos dialetos escandinavos em relação ao inglês na época dos assentamentos nórdicos na Inglaterra, embora fosse, em alguns aspectos, algo maior, e em algumas regiões (notadamente Lórien) uma linguagem híbrida se desenvolveu, na qual o sindarin era dominante, mas tinha sido infectado por muitas palavras e nomes de origem silvestre.

noldorin, pouco se sabe agora do élfico silvestre. Os Elfos Silvestres não haviam inventado formas de escrita, e aqueles que aprenderam essa arte com os Sindar escreviam em sindarin na medida do possível. No fim da Terceira Era, as línguas silvestres provavelmente já não eram mais faladas nas duas regiões que tinham importância ao tempo da Guerra do Anel: Lórien e o reino de Thranduil em Trevamata setentrional. Tudo que deles sobrevivia nos registros eram algumas palavras e diversos nomes de pessoas e lugares.[7]

Naturalmente, pode-se supor que os nomes que são élficos (pelo menos na forma) no Nordeste tenham sido cunhados originalmente na língua silvestre do reino de Thranduil, o qual tinha se estendido pelas matas que cercavam a Montanha Solitária antes da chegada dos Anãos exilados de Moria e das invasões dos Dragões do Norte distante. O povo élfico desse reino migrara a partir do sul, sendo parente e vizinho dos Elfos de Lórien, mas tinha habitado a leste do Anduin. O movimento deles fora lento, a princípio, e por muito tempo eles permaneceram em contato com sua gente a oeste do rio. A inquietação desse povo só começou na Terceira Era. Tinham se preocupado pouco com as guerras da Segunda Era; mas, naquele período, multiplicaram-se até se tornarem um grande povo, e seu rei, Oropher,[f] liderou uma grande hoste que se juntou a Gilgalad na Última Aliança; mas foi morto, tanto ele como muitos de seu séquito, no primeiro assalto a Mordor.[8] Depois disso eles viveram em paz, até que mil anos da Terceira Era tinham se passado. Então, como diziam, uma Sombra caiu sobre Verdemata, a Grande, e recuaram diante dela à medida que se alastrava cada vez mais para o norte, até que por fim Thranduil estabeleceu seu reino no nordeste da floresta e lá escavou uma fortaleza e grandes salões subterrâneos.[g][9] Talvez então tivessem se passado mais de 500 anos

[f] Ele era o pai de Thranduil, pai de Legolas.

[g] Oropher era de origem sindarin (ver SdA, RR, 363), e sem dúvida seu filho estava seguindo o exemplo do Rei Thingol de outrora, em Doriath; apesar de seus salões não se compararem com Menegroth. Thranduil não tinha as artes, nem a riqueza nem o auxílio dos Anãos; e em comparação com os Elfos de Doriath sua gente silvestre era rude e rústica. Viera ter com eles apenas com um punhado de Sindar, que logo se misturaram aos Elfos Silvestres, adotando sua língua e assumindo nomes de forma e estilo silvestres. Fizeram isso deliberadamente, pois eles (e outros aventureiros semelhantes esquecidos nas lendas ou mencionados apenas brevemente) vinham de Doriath após sua ruína e não tinham o desejo de

entre a perda de toda comunicação entre o povo de Thranduil e sua parentela do sul antes que o desastre sobreviesse a Lórien e seu último rei, Amroth, fosse perdido. Naquele tempo, a língua silvestre deles não teria sofrido nenhuma mudança perceptível.

O texto termina ou, de qualquer modo, foi interrompido aqui, perto do alto da página e acima de um grande espaço vazio.[10] Entretanto, começando no alto da página seguinte, a qual Tolkien numerou de forma contínua com essa, há um texto datilografado que, mesmo não sendo exatamente uma continuação do anterior — não se encaixa com a passagem precedente e repete parcialmente o texto, como por exemplo no motivo registrado para o recuo de Oropher no rumo norte —, claramente é contemporâneo dele, e pode representar uma reconsideração e redirecionamento parciais de seu curso.[11] Longos excertos de seu início foram citados em *Contos Inacabados* (pp. 349–51), conforme indicado.

Nos registros da Terceira Era, tudo o que resta da língua silvestre são algumas poucas palavras locais e diversos nomes de pessoas

---

abandonar a Terra-média, nem de se misturarem aos demais Sindar de Beleriand, dominados pelos Exilados noldorin pelos quais a gente de Doriath não sentia grande apreço. Desejavam, na verdade, tornar-se gente silvestre e voltar, conforme diziam, à vida simples, natural aos Elfos antes que o convite dos Valar a tivesse perturbado. Assim, já na Segunda Era Oropher retirara-se para o norte, além da confluência do rio de Lis e do Anduin: para se livrar do poder e das transgressões dos Anãos de Moria, e ainda mais, depois da queda de Eregion, da "dominação" de Celeborn e Galadriel. Os dois tinham atravessado Moria com um séquito considerável de Exilados noldorin e habitaram por muitos anos em Lórien. Para lá retornaram duas vezes antes da Última Aliança e do fim da Segunda Era; e, na Terceira Era, quando a Sombra da recuperação de Sauron surgiu, habitaram ali de novo por longo tempo. Em sua sabedoria, Galadriel previu que Lórien seria uma praça-forte e um núcleo de poder para impedir que a Sombra cruzasse o Anduin na guerra que deveria inevitavelmente acontecer antes que fosse derrotada de novo (se isso fosse possível); mas que o reino necessitava de um governo de maior sabedoria e força do que o povo silvestre possuía. Mesmo assim, foi só depois do desastre em Moria — quando, por meios além da previsão de Galadriel, o poder de Sauron de fato cruzou o Anduin e Lórien correu grande perigo, com seu rei perdido, seu povo em fuga e passível de deixá-la deserta para ser ocupada por Orkes — que Celeborn e Galadriel fizeram sua morada permanente em Lórien, e assumiram o governo do reino. Mas não tomaram título algum de Rei ou Rainha, e foram os guardiões que, por fim, mantiveram Lórien inviolada durante a Guerra do Anel.

e lugares. Esses são derivados principalmente de Lórien; mas os nomes encontrados no Nordeste que são de forma élfica devem ter sido cunhados originalmente na língua silvestre do domínio do Rei Thranduil, o qual tinha se estendido às florestas que circundavam a Montanha Solitária e cresciam ao longo das costas ocidentais do Lago Longo, antes da chegada dos Anãos exilados de Moria e da invasão do dragão.

A segunda metade dessa frase e vários parágrafos subsequentes estão publicados em CI:349–51. Depois desse longo excerto, o texto continua:

[Thranduil] tinha retornado não fazia muito tempo quando o desastre dos Campos de Lis ocorreu. Quando recuou da Guerra no primeiro ano da Terceira Era, ouviu más notícias: os Orkes das regiões a norte das Montanhas Nevoentas também tinham se multiplicado e se espalhado para o sul, e muitos tinham cruzado o Anduin e estavam infestando as fímbrias de Verdemata.

A história dos Orkes é naturalmente obscura, e de onde esses tinham vindo não se sabe. Na destruição final das Thangorodrim e com a derrocada de Morgoth, que os gerara, aqueles que estavam diretamente a serviço dele foram destruídos, embora sem dúvida alguns tenham escapado e fugido para o leste, escondendo-se. Mas, na Segunda Era, Sauron, quando se voltou de novo para o mal, tinha reunido a seu serviço todos os Orkes que estavam espalhados por toda parte no mundo setentrional, acovardados e sem mestre, ocultos e furtivos em lugares escuros. Reacendeu os desejos de seus corações sombrios; e a alguns deu seus favores e os alimentou fartamente, multiplicando-os e treinando-os em tribos de guerreiros fortes e cruéis.

Na Segunda Era, a presença dos Orkes menores e mais furtivos nas montanhas entre Carn Dûm e a Charneca Etten havia muito era conhecida dos Elfos e dos Dúnedain; mas ainda não eram muito perturbados por eles.[12] Esses Orkes temiam os Elfos e fugiam deles; e não ousavam se aproximar das habitações dos Homens ou atacá-los durante suas jornadas, a menos que um homem solitário ou uns poucos aventureiros temerários se desgarrassem perto de seus esconderijos. Mas as coisas tinham mudado. Enquanto a maior parte da força de Elfos e Homens tinha sido deslocada para o sul, para a guerra contra Mordor, eles tinham se tornado mais ousados, e suas tribos dispersas haviam formado uma liga entre si e cavado uma funda praça-forte sob o Monte Gundabad. Devagar, foram se infiltrando rumo ao sul.

Mas esses Orkes não poderiam ter causado o desastre dos Campos de Lis; não ousariam nem mesmo aparecer diante de Isildur. Pois, embora estivesse marchando para o norte acompanhado apenas de um pequeno grupo, talvez não mais do que duas centenas de soldados,[h][13] eles eram sua guarda pessoal de escolha, altos cavaleiros dos Dúnedain, endurecidos pela guerra, severos e totalmente armados.[14] Não há dúvida de que Sauron, bem informado sobre a Aliança e a reunião de grandes forças para assediá-lo, tinha enviado tropas de Orkes que

> Aqui o texto é interrompido, no meio de uma frase e ao pé da página. Nessa quebra, na margem inferior, Tolkien escreveu mais tarde: "Continua em Desastre dos C[ampos de] L[is].[15]

Texto 2

Em *Fellowship of the Rings*, p. 355,[16] Legolas fala desse costume [habitar em árvores] como se fosse universal entre os Galadhrim de Lórien, sendo usado "antes que viesse a Sombra",[i] mas, na verdade,

---

[h] Enquanto Isildur ficou um ano ou mais em Gondor, restabelecendo sua ordem e suas fronteiras (como está narrado no Conto de Cirion e Eorl, que se baseou em antigas crônicas, hoje perdidas), as forças principais do reino de Elendil em Arnor tinham retornado a Eriador pela estrada númenóreana que ia dos Vaus do Isen ao Lago Vesperturvo. Quando Isildur, por fim, sentiu-se livre para retornar a seu próprio reino, estava com pressa e desejava chegar primeiro a Imladris, onde tinha deixado seu filho mais novo e sua esposa. A estrada para oeste desviaria muito o seu caminho; pois não conseguiria seguir para o norte pela estrada, por causa dos pântanos traiçoeiros do Gwathló; seria obrigado a seguir a estrada para Vesperturvo até que ela cruzasse a grande Estrada Leste-Oeste de Arnor, a cerca de apenas 40 milhas a leste do Baranduin. Ela levava direto para Imladris, mas ficava a mais de 300 milhas do cruzamento para Valfenda, distância tão grande quanto a que havia entre a foz do Celebrant e o passo elevado nas Montanhas que levava a Imladris, quando se seguia no rumo norte ao longo do Anduin. (Por aquele passo grande parte do exército de Gilgalad tinha atravessado no caminho para Mordor.) Ele, portanto, decidiu marchar para o norte, subindo os vales do Anduin.

[i] Com isso ele (provavelmente) não se refere ao distante fim do primeiro milênio da Terceira Era, quando uma sombra caiu sobre Verdemata, a Grande, e ela

não era um hábito dos Elfos Silvestres de maneira geral. Foi desenvolvido em Lórien em virtude da natureza e situação daquela terra: uma região plana sem boas pedras, exceto as que podiam ser extraídas nas montanhas a oeste e trazidas com dificuldade descendo o Celebrant.[j] Sua principal riqueza eram suas árvores, um remanescente das grandes florestas dos Dias Antigos, das quais as principais eram os grandes *mellyrn* ("árvores-douradas"), de vasto diâmetro e imensa altura. A leste e a oeste aquela terra tinha como limites o Anduin e as montanhas, mas não tinha limites claramente definidos ao norte ou ao sul.

O texto continua com o excerto apresentado em CI:353, ao qual se segue esta passagem:

Mas, nos dias posteriores dos quais falamos, Lórien se tornara uma terra de vigilância inquieta. As moradas nas árvores não eram um costume geral. Os *telain* ou "eirados" eram originariamente refúgios para serem usados em caso de ataque ou invasão, ou com mais

---

começou a ser chamada de Trevamata: ver "Conto dos Anos", em The Returno of the King, p.1085 [isto é, RR:1543]; embora tenha sido, sem dúvida, essa "Sombra", espalhando-se de Dol Guldur, que levou os Galadhrim que viviam na parte sul de Verdemata a recuar cada vez mais para o norte e, por fim, fez com que a comunicação com aqueles que permaneceram a oeste do Anduin se tornasse rara e difícil. Ele está pensando principalmente no fim do segundo milênio, quando o poder de Sauron, agora revivido, passou a ser sentido em todas as terras a leste do Anduin e era uma ameaça crescente às terras estreitas entre o rio e as Montanhas Nevoentas. Não há registros sobre a duração do reinado de Amroth em Lórien, mas, seja como chefe hereditário, associado a Galadriel e Celeborn na qualidade de "conselheiros e guardiões", ou sozinho nas épocas da ausência deles, ele deve ter vivido sempre, desde o ano 1000 da Terceira Era, em crescente inquietação, até o desastre (sem dúvida devido, em última instância, a Sauron) de TE 1980, quando um Balrog surgiu em Moria e o reino foi abandonado pelos Anãos, tornando--se repleto dos serviçais de Sauron. Nimrodel e muitos outros membros do povo silvestre fugiram para o sul, e Amroth, ao procurar Nimrodel, nunca retornou. Lórien sem dúvida teria ficado deserta e aberta a Sauron se Celeborn e Galadriel não tivessem retornado e assumido o mando, apoiados por Elfos de origem noldorin e sindarin, os quais já eram grande parte do povo de Lórien.

[j] Nessa tarefa, em certa época, os Elfos receberam assistência dos Anãos de Moria. Pois eles tinham tido alianças e amizade com os Elfos de Eregion, e estavam bem--dispostos quanto a Lórien, onde muitos dos sobreviventes de Eregion haviam obtido refúgio.

frequência (em especial aqueles que ficavam bem alto nas grandes árvores) postos de vigia de onde a terra e seus limites podiam ser inspecionados por olhos élficos. Um desses postos de vigia, usado pelos guardiões das fronteiras do norte, era o eirado onde Frodo passou a noite. A morada de Celeborn em Caras Galadon também tinha a mesma origem: seu eirado superior, que a Sociedade do Anel não viu, era o ponto mais alto da região. Anteriormente o grande eirado de Amroth, no topo do grande morro ou colina de Cerin Amroth (erguido pelo trabalho de muitas mãos) fora o mais alto, e destinava-se principalmente à observação de Dol Guldur do outro lado do Anduin. A conversão desses telain em habitações permanentes foi um desenvolvimento posterior, e somente em Caras Galadon tais habitações eram numerosas. Mas a própria Caras Galadon era uma fortaleza, e apenas uma pequena parte dos Galadhrim morava entre seus muros. Sem dúvida viver em casas tão elevadas foi inicialmente considerado extraordinário, e Amroth provavelmente foi o primeiro a fazê-lo.[k] Assim, é muito provável que seu nome — o único que mais tarde foi lembrado na lenda — tenha se derivado do fato de sua morada ser em um alto *talan*.

Se for esse o caso, o nome está relacionado a um radical de forma RATH, com o significado de "escalar" — com as mãos e os pés, tal como numa árvore ou numa encosta rochosa. É uma forma registrada em quenya somente nas palavras *rapillo* (*rasillo*), "esquilo", e *rantala*, "escada" (< ★*ranthlā*).[17] Em lindarin, *rath-* ainda era o radical de um verbo normal de classe "forte" com o sentido de "escalar"; um escalador (profissional ou habitual) era *rathumo*, mas em palavras compostas a forma de agente era *-rathō*, como em *orotrātho*, "escalador-de-montanhas". Em sindarin, formas derivadas com uma conexão clara com o radical não são encontradas.[18]

Tanto o quenya como o lindarin também possuíam a palavra *ratta*, a qual poderia ser um derivativo (por meio do alongamento da consoante medial, um traço frequente do eldarin primitivo) das

[k] A não ser que fosse Nimrodel. Seus motivos eram diferentes. Ela amava as águas e as cascatas de Nimrodel, das quais não gostava de se afastar por muito tempo; mas com o entenebrecimento dos tempos, viu-se que o rio era demasiado próximo das fronteiras do norte, e em uma região onde habitavam então poucos Galadhrim. Talvez tenha sido dela que Amroth tomou a ideia de morar num alto eirado.

formas **rattha* ou **ratta* a partir do radical RAT,[1][19] e, em seus sentidos, parece ser uma mistura das duas. Significava "uma trilha"; embora aplicada com frequência a caminhos que eram conhecidos de montanhistas, a passos nas montanhas e aos caminhos íngremes que levavam a eles, não era um termo restrito a subidas. Podia ser usado para se referir a trilhas que atravessavam um terreno pantanoso, ou trilhas (marcadas nas árvores ou, por vezes, com pedras-guia) em florestas. Essa é evidentemente também a origem do termo sind. *rath*, cuja vogal curta mostra que chegou a ter uma consoante dupla em posição medial e não era derivada de uma forma simples de RAT tal como **rathā*. Tinha os mesmos significados das formas em quen. e lind. *ratta*, ainda que, em regiões montanhosas, fosse mais empregado para designar vias íngremes. Em Minas Tirith, no sindarin númenóreano que era usado em Gondor para a nomenclatura de lugares, *rath* tinha se tornado virtualmente equivalente a "rua", sendo aplicado a quase todas as vias pavimentadas dentro da cidade. A maioria delas era em aclive, muitas vezes íngreme.

O nome provavelmente vinha dos primeiros dias de Gondor, quando a colina pedregosa de Amon Anor ainda era inabitada, exceto por um pequeno forte em seu cimo, ao qual se chegava por caminhos tortuosos e degraus de feitio grosseiro. Naqueles dias, o lugar era de importância inferior à de Minas Ithil, o centro da Vigia que era mantida sobre a terra abandonada de Mordor. O propósito principal do forte (Minas Anor) era então o de guardar o local das Tumbas dos Reis, que foram construídas num longo píer de rocha que ligava a colina externa, Amon Anor, à massa principal do grande Mindolluin atrás dela. Assim, uma das mais antigas das *raths* de Minas Tirith deve ter sido o caminho tortuoso e íngreme que seguia para baixo até as Tumbas e depois ao longo da via pedregosa entre elas: Rath Dínen, a Rua Silente, como era chamada;

[1] O radical RAT (da qual RATH era provavelmente uma variação enfática em eldarin primitivo) significava "achar um caminho", aplicado a pessoas que faziam jornadas nos ermos, a viagens numa terra sem estradas, e também a ribeiros, rios e seus cursos. Um dos derivados era a forma eld. prim. **rantā*, aplicada às picadas e trilhas de viajantes ou exploradores cujo uso se tornara habitual e que podiam ser seguidas por outros. Também era um termo aplicado, especialmente em sindarin, aos cursos de rios, como em *Celebrant* ("Veio-de-Prata"). Ver também a *Gondrant*, trilha de pedra das grandes carroças dos pedreiros do Vale das Carroças-de-pedra, *Tum Gondregain*, a norte de Minas Tirith.

embora no tempo do SdA esse nome fosse aplicado somente ao grande caminho entre as numerosas tumbas. A antiga *rath* tinha sido substituída por uma via ampla e cheia de curvas, aberta na rocha da colina, que ia descendo sem degraus e estava cercada, na sua borda externa, por um muro baixo e balaustradas entalhadas: *Dúnad in Gyrth*, a Descida dos Mortos.

NOTAS

[1] Da maneira como foi escrita originalmente, essa frase começava com: "Os Elfos-da-floresta desempenharam um papel modesto na Guerra do Anel".

[2] A expressão "os de trás" [*backward*] não deve ser entendida num sentido culturalmente pejorativo, mas literalmente: "aqueles na parte de trás", isto é, por oposição aos que estão "à frente"; ver XI:382.[m]

[3] A afirmação, neste ponto, que os Elfos-verdes (quen. *Laiquendi*, sind. *Laegrim*) "provavelmente eram, em sua origem, aparentados aos Noldor" aparentemente representa um retorno tardio a uma atribuição de parentesco mais antiga que, em outros textos, tinha sido claramente deixada de lado por volta de 1951 (mas ver X:158) em favor do parentesco telerin (ver X:83, 89 §62, 93; X:163–4,169–71 §§28–9; XI:13).

[4] Isto é, na mesma região delimitada por rios na qual Lórien ficava na Terceira Era. A nota de Tolkien, segundo a qual as Montanhas Nevoentas (Hithaeglir), "naquela época remota, parecem ter formado uma cadeia contínua com as Montanhas Brancas" (Ered Nimrais) parece indicar que o Desfiladeiro de Rohan, o qual, na Terceira Era, separava as duas cadeias montanhosas, ainda não existia durante a Grande Marcha na Primeira Era.

[5] Mas ver cap. 7, "A Marcha dos Quendi", na Parte Um deste livro, no registro AV 1130/91.

[6] A forma original dessa frase começava com: "Em termos dos Homens, essa época talvez tenha durado mais do que todos os anos". Numa carta de outubro de 1958, Tolkien afirma: "Imagino que o intervalo [entre a Queda de Barad-dûr e o presente] seja de cerca de 6.000 anos" (Ver *As Cartas de J.R.R. Tolkien* [carta 211]).

[7] O fim desse parágrafo extenso, começando com "quando os Elfos Silvestres voltaram" (sem a nota interposta), pode ser encontrado em CI:348.

[8] Aqui e nas primeiras duas ocorrências do nome "Oropher", na extensa nota seguinte de Tolkien, o nome original do pai de Thranduil é "Rogner". Tolkien alterou a segunda dessas ocorrências para "Oropher", e o nome aparece *ab initio* no texto seguinte; portanto, foi colocado editorialmente nas duas primeiras ocorrências também. O começo da extensa nota, até as palavras "antes que o convite dos Valar a tivesse perturbado", com esclarecimentos editoriais e combinada à frase sobre a qual comenta, está citado em CI:351. Também adotei aqui a troca editorial que Christopher fez, substituindo "Menegrond", no texto

[m] O editor está se referindo à palavra em inglês *backward*, que tem acepções tais como "retardatário", mas também "ultrapassado", "retrógrado" etc. [N. T.]

datilografado, por "Menegroth" — até onde consigo determinar, "Menegrond" não aparece em nenhum outro lugar. Deve-se notar, porém, que o próprio Tolkien deixou o nome como estava, apesar de outras correções; além disso, na situação linguística das *Etimologias*, escritas por volta de 1936, o elemento *roth* de *Menegroth* é um sufixo especificamente doriathrin, correspondendo ao noldorin (mais tarde, sindarin) *r(h)ond* (ver V:384 s.v. ROD; também XI:414–15 e VT46:12 s.vv. ROD, ROT-); de modo que "Menegrond", no contexto presente, pode ser, de fato, uma forma especificamente sindarin da forma doriathrin "Menegroth" sempre empregada em outros pontos.

9 A abertura dessa nota de rodapé foi publicada antes em CI:351. "SdA, RR, 363" corresponde a RR:1539. "Retornaram duas vezes antes da Última Aliança": no texto contemporâneo "A História de Galadriel e Celeborn", com a revolta dos Mírdain em Eregion por instigação de Sauron, Galadriel, sozinha, atravessou Khazad-dûm para chegar a Lórinand (CI:322), assumiu o governo e permaneceu lá até partir em busca de Celeborn em Imladris, antes do Conselho que ocorreu lá (CI:325–26). Em dado momento depois do Conselho, Galadriel e Celeborn partiram e foram habitar onde depois ficaria Dol Amroth, até que, com o desastre em Khazad-dûm em TE 1981, Galadriel assumiu de novo o mando de Lórinand, e Celeborn se juntou a ela (ibid.).

10 Há fortes evidências de que Tolkien originalmente não pretendia terminar ou interromper o texto aqui. Primeiro, está claro que Tolkien começou a continuação da longa nota sobre Oropher e Thranduil na parte inferior da mesma página, de modo que houvesse bastante espaço para a continuação do texto principal. Além do mais, no verso da página — isto é, originalmente a notificação de publicação da Allen & Unwin na qual o texto foi datilografado —, Tolkien chegou a tal ponto para aproveitar ao máximo as áreas em branco que ele não só continuou a nota sobre Oropher e Thranduil na margem superior do panfleto (de ponta-cabeça em relação ao texto impresso) como também enfiou as últimas linhas da nota nos espaços entre os parágrafos do panfleto. Finalmente, as últimas letras da última palavra do texto principal, antes da grande lacuna, estão fracas, como se a fita da máquina de escrever tivesse perdido a tinta de repente, o que poderia ter ocasionado uma pausa não planejada na composição — que, no fim das contas, não continuou.

11 Na margem superior da página, Tolkien, em algum momento posterior, escreveu: "Continuação da Discussão sobre Élfico Silvestre, digressionando (na discussão sobre Thranduil & sua mudança para o norte) para um breve relato sobre a queda de Isildur".

12 Aproveito a oportunidade, embora não seja, estritamente falando, um texto tardio, para registrar um adendo manuscrito (que acabou sendo rejeitado) a uma versão datilografada daquilo que se tornaria "O Conto de Aragorn e Arwen" em SdA, RR, Apênd. A. A fonte e o contexto desse fragmento são citados em XII:268: "Arador era o avô do Rei". O texto, intitulado "Fragmento A", diz:

Os trols tinham vivido no norte das Montanhas Nevoentas desde dias imemoriais, especialmente perto da Charneca Etten; mas aumentaram em número e perversidade enquanto o reino de Angmar durou. Depois disso, recuaram para o leste das montanhas, mas, cerca de 300 anos antes da Guerra do Anel, retornaram e começaram a atormentar Eriador, apesar da vigilância dos Caminheiros, abrindo covis nos morros em locais tão distantes das montanhas quanto as Colinas do Norte. Na época de Arador, um bando deles ameaçou a casa do Chefe dos Dúnedain, a qual ficava então nos bosques perto do Fontegris, a norte das Matas dos Trols, embora muitos dos Dúnedain vivessem nas florestas entre o Fontegris e o Ruidoságua.

13 "como está narrado no Conto de Cirion e Eorl": ao menos em textos publicados, essa tradição não está relatada em "Cirion e Eorl" em *Contos Inacabados*, mas, sim, refletida nos parágrafos de abertura de "O Desastre dos Campos de Lis". Ver CI:365.

14 Na versão original da nota extensa e cheia de digressões sobre Isildur, o motivo para que ele seguisse a rota para o norte, e não para o oeste, é que "ainda não havia outras estradas em Eneðwaith ou Minhiriath e, depois de Tharbad, ele teria de seguir para o norte através de uma região sem trilhas e parcialmente pantanosa para alcançar a grande Estrada Leste-Oeste de Arnor perto de Amon Sûl, ou seguir adiante". Sobre essa nota, ver CI:375 n. 6.

15 Essa, sem dúvida, é uma referência, no mínimo, a um esboço do texto apresentado como "O Desastre dos Campos de Lis" em *Contos Inacabados*; ver especialmente p. 368 e p. 379 n. 20. De fato, um trecho desses esboços, aparentemente em estágio inicial, encontra-se na mesma página que as linhas finais da longa nota sobre Oropher e Thranduil mencionada anteriormente (e claramente antecede o presente texto, porque está escrito no que era originalmente a margem superior do aviso de publicação, a qual certamente teria sido utilizada por Tolkien se esse espaço estivesse disponível quando ele estava finalizando a nota). Embora escrito muito rapidamente e até ilegível em certos trechos, o esboço parece dizer:

> ao longo das trilhas feitas pelos Elfos Silvestres perto das fímbrias da floresta. Chuvas pesadas tinham caído nos dias anteriores, e o Anduin [? longe ?] seu canal profundo estava inchado de águas velozes. Num dia desolado de Outono, quando o Sol estava afundando na nuvem avermelhada além dos picos distantes das Montanhas, eles se aproximaram do limite sul dos Campos de Lis [? ouviram]. Na luz que se esvaía

Compare esse trecho com CI:366.

16 Isto é, SA:484.

17 Embora possa se tratar de mera coincidência (mas provavelmente não é), vale notar aqui o nome *Ratatoskr* da mitologia nórdica, usado para designar o esquilo que fica subindo e descendo a árvore cósmica Yggdrasil, levando mensagens. Ainda que a etimologia do nome hoje seja definida como "dente-escavador" ou "dente-furador", sugeriu-se por muito tempo que o elemento inicial *rata-* significava "viajante" ou "escalador".

18 Neste ponto, o texto originalmente continuava com uma explicação esboçada, mas rejeitada, da palavra sindarin *rath*, "rua", e sua relação com RATH:

Nesse caso, o sindarin compartilhava com o quenya um radical com a forma RAP [*sic*], "escalar"; e o único derivativo de RATH é *râth*. (A palavra *rath* em sindarin, especialmente quando aplicada à ladeira íngreme que levava da cidadela de Minas Tirith ao local das Tumbas, parece ter parentesco com ele, o que é possível. Mas sua vogal breve indica que ela descende do termo eld. com. ★*ratt-*.) Esse termo, no sindarin númenóreano de Gondor que era usado na nomenclatura de lugares (e, em geral, de pessoas), era aplicado a todas as vias mais longas e ruas de Minas Tirith. Quase todas elas tinham uma inclinação, muitas vezes íngreme; mas a conexão entre *rath* e "escalar" pode ser vista de modo mais claro na Rath Dínen, a Rua Silente, que era uma ladeira íngreme que descia da Cidadela de Minas Tirith até as Tumbas. A vogal de *rath*, entretanto, ficava breve na pronúncia; para "escalar", a palavra usada era amrad-, "achar caminho na subida", derivada do radical RAT, sem dúvida originalmente aparentado a RATH (uma variação enfática).

Um radical RAP "escalar" é atestado em um escrito linguístico um pouco anterior a esse: ver PE22:127. Ao final desse texto datilografado, Tolkien escreveu:

A relação de *-roth* com o radical RATH é provavelmente esta: era uma forma do agente vista em lind. *-rātho*, ou seja, *amroth* era < *ambarātho*, significando "escalador, escalador do alto". Nesse caso, o élfico silvestre alterou a vogal ★*ā* > *o*, ainda que de maneira independente do sindarin, e provavelmente sem as complicações vistas no sindarin, no qual o eld. prim. ★*au* e ★*ā* tornaram-se *ǭ* (tão aberto quanto na pronúncia inglesa de *au*) e depois > *au*, que se manteve, contudo, apenas em monossílabos tônicos e, em outros casos, foi revertido para *o*. O indício da existência de um radical *rath* "escalar" em élfico silvestre o conecta ao lindarin, e não ao sindarin, em última análise. Isso está de acordo com a história, já que os que se desgarraram na Grande Jornada evidentemente pertenciam à última hoste dos Lindar, de quem Olwë era o chefe.

19 "*Celebrant*", "Silverlode" [Veio-de-Prata]: em inglês, *lode*, "veio", tem aqui o mesmo significado que na palavra *lodestone*,[n] isto é, "caminho, curso"; a palavra é derivada do inglês antigo *lād*, com o mesmo sentido. Em inglês médio tardio, passou a significar um "curso d'água", isto é, o curso seguido por um regato ou riacho.

[n] Literalmente "pedra-do-caminho", termo usado para designar fragmentos de magnetita, ímãs naturais usados como bússolas rudimentares [N. T.].

18

Nota sobre o Atraso de Gil-galad e dos Númenóreanos

Este texto está escrito com letra razoavelmente clara, usando caneta de bico preta, numa única página de um aviso de publicação da Allen & Unwin, datado de 19 de janeiro de 1970.

Nota sobre o atraso de Gil-galad e dos Númenóreanos em atacar Sauron *antes* que ele pudesse reunir suas forças.

É uma atitude vã, e na verdade injusta, julgar que eles foram tolos por não agir como, no fim, foram obrigados a agir, reunindo rapidamente suas forças e atacando Sauron. (Ver o *Debate dos Mestres-do-saber sobre a Interdição de Manwë* e sua conduta como Senhor de Arda.)[1] Eles não tinham nenhum conhecimento preciso acerca das intenções de Sauron ou do poder dele, e foi um dos êxitos de sua astúcia e seus enganos o fato de que não estavam cientes de sua real fraqueza, e da necessidade que tinha de um longo tempo durante o qual reuniria exércitos suficientes para atacar uma aliança dos Elfos e dos Homens Ocidentais. Sem dúvida, teria mantido a ocupação de Mordor em segredo, se pudesse, e parece, com base em eventos posteriores, que Sauron tinha assegurado a vassalagem de Homens que habitavam terras vizinhas, até mesmo aquelas a oeste do Anduin, nas regiões onde mais tarde ficaria Gondor, nas Ered Nimrais e em Calenardhon. Mas os Númenóreanos, ocupando as Fozes do Anduin e o litoral de Lebennin, tinham descoberto seus estratagemas, e os revelaram a Gil-galad. Porém, até [SE] 1600, ele ainda estava usando o disfarce de amigo e benfeitor, e amiúde viajava à vontade por Eriador com poucos acompanhantes, e, assim, não podia arriscar que surgisse qualquer rumor de que estivesse reunindo exércitos. Nessa época, foi forçado a negligenciar o Leste (onde o antigo poder de Morgoth tivera sua base) e, embora seus emissários estivessem se ocupando das tribos de Homens orientais que se multiplicavam, não ousava permitir que qualquer um deles ficasse à vista dos Númenóreanos, ou dos Homens Ocidentais.[a]

Os Orques de vários tipos (criaturas de Morgoth) acabariam se mostrando os mais numerosos e terríveis de seus soldados e serviçais; mas grandes hostes deles tinham sido destruídas na guerra contra Morgoth e na destruição de Beleriand. Alguns remanescentes tinham escapado para esconderijos na parte norte das Montanhas Nevoentas e das Montanhas Cinzentas, e estavam agora se multiplicando de novo. Porém, mais a leste, havia mais tipos de Orques, e mais fortes, descendentes do reinado de Morgoth, mas, há muito sem um mestre durante a ocupação de Thangorodrim, eram ainda selvagens e ingovernáveis, predando uns aos outros e aos Homens (tanto bons como maus). Mas só depois que Mordor e a Barad-dûr estavam prontas ele pôde permitir que saíssem de seus esconderijos, ao passo que os Orques Orientais, que não tinham experimentado o poder e o terror dos Eldar, ou o valor dos Edain, não eram subservientes a Sauron — enquanto ele foi obrigado, para engodo dos Homens Ocidentais e dos Elfos, a usar forma e semblante tão belos quanto pudesse, eles o desprezavam e riam dele. Assim foi que, embora exercesse todo o seu tempo e toda a sua força para reunir e treinar exércitos, assim que seu disfarce foi revelado e ele foi reconhecido como um inimigo, foram necessários cerca de noventa anos antes que Sauron se sentisse pronto para a guerra aberta. E esse foi um erro de julgamento, como vemos por sua derrota, no fim das contas, quando a grande hoste de Minastir, vinda de Númenor, desembarcou na Terra-média. A sua congregação de exércitos não acontecera sem oposição, e seu sucesso fora muito menor do que esperara. Mas essa é uma matéria de que se fala nas notas sobre "Os Cinco Magos".[2] Ele tinha inimigos

[a] Isto é, das numerosas tribos de Homens, a quem os Elfos chamavam de Homens de Boa Vontade, que viviam em Eriador e Calenardhon e nos Vales do Anduin e na Grande Floresta e nas planícies entre esta e Mordor e o Mar de Rhûn. Em Eriador havia, de fato, alguns dos remanescentes das Três Casas de Homens que tinham lutado ao lado dos Elfos contra Morgoth. Outros eram de sua parentela, os quais (como os Elfos Silvestres) nunca tinham atravessado as Ered Luin, e outros tinham parentesco mais remoto. Mas quase todos eram descendentes de antigos rebeldes contra a tirania de Morgoth. (Havia também alguns homens malignos.)

poderosos atrás de si, no Leste e nas terras do Sul, aos quais ainda não havia dado suficiente atenção.

NOTAS

[1] Isto é, o texto do cap. 8 da Parte Três deste livro, "A Interdição de Manwë".
[2] Apresentado em XII:384–85.

19

Nota sobre as Vozes dos Anãos

Esta nota se encontra em dois lados de uma tira estreita de papel guardada junto com documentos que datam de c. 1969. Foi escrita com letra muito apressada, usando caneta-tinteiro e caneta esferográfica pretas.

É errôneo retratar os Anãos como se fossem [?pouco criativos] ou maus linguistas. Eles tinham grande interesse por línguas — o qual ficou mais ou menos dormente até começarem a ter contato com outros povos —, mas não conseguiam ocultar suas *vozes*. Foneticamente, eram hábeis e conseguiam pronunciar bem idiomas eruditos, mas suas vozes tinham tons muito graves, com coloração gutural; e, entre si próprios, conversavam num sussurro gutural.

De início, tinham uma língua [?puramente] falada [?mas ????]

Mas afirma-se no Apêndice do SdA[1] que as *cirth* foram criadas inicialmente em Beleriand pelos Sindar — numa forma simples, elas se espalharam entre os Anãos; a [?elaboração] das cirth sob a influência das tengwar é atribuída a Daeron.

NB: a *invenção* atribuída aos Anãos por Elrond[2] é apenas a das runas invisíveis com letras-da-lua. Ao mesmo tempo, não convém exagerar a habilidade linguística anânica. Embora criadas pelos Sindar (devido à inimizade deles em relação aos Anãos de Nogrod e Belegost), é provável (e era considerado verdadeiro pelos Noldor) que a ideia das runas gravadas na pedra etc. tenha sido derivada, em última instância, dos Anãos que tinham amizade com os filhos de Fëanor.

NOTAS

1 Ver RR:1592.
2 Ver *O Hobbit*, capítulo 3.

20

Nota sobre a Estrada dos Anãos

Este texto datilografado, que se encontra entre os documentos linguísticos de Tolkien, tem uma associação com o texto tardio "O Desastre dos Campos de Lis" (CI:365–85),[1] mas agora está separado dele. Foi datilografado no verso de um aviso de publicação da Allen & Unwin datado de 1968. Uma versão aparentemente posterior foi parafraseada e parcialmente citada em CI:377 n.14, mas o presente esboço traz mais detalhes sobre a história da Estrada dos Anãos. No texto de *Contos Inacabados*, não há indicação de que a estrada se estendia no rumo sul até Moria — nele, ela desce do Passo de Imladris.

A Estrada dos Anãos, *Menn-i-Naugrim*, tinha sido construída com grande labor pelos Anãos Barbas-longas de Moria e sua parentela nas Colinas de Ferro (Emyn Engrin) no Nordeste.[2] Os Anãos de Moria tinham construído uma estrada que saía de seus portões e seguia para o norte ao longo das faldas orientais das Montanhas Nevoentas, atravessava o curso superior do Rio de Lis e seguia até o ponto mais baixo onde o Anduin podia ser atravessado por pontes, um pouco acima do início de sua descida repentina. Ali eles construíram uma ponte de pedra a partir da qual a estrada prosseguia, em linha reta e diretamente para o leste, atravessando o vale e cruzando a Floresta até uma ponte sobre o Celduin (Rio Rápido) construída pelos Anãos das Colinas de Ferro, de onde continuava sobre uma região descampada, seguindo para nordeste até as minas de ferro deles.[3]

A construção das pontes e as primeiras milhas da estrada através da floresta são obras da Primeira Era; a estrada foi completada no começo da Segunda Era, quando a população de Moria (e, em menor extensão, também a das Minas de Ferro) foi muito aumentada pela chegada de imigrantes que vinham das mansões nas Ered

Luin. Havia grande tráfego na estrada naqueles dias, até a forja do Grande Anel e a guerra entre Sauron e os Elfos e seus aliados Númenóreanos, na qual os Anãos de Moria acabaram se envolvendo por causa de sua amizade estreita com os Noldor de Eregion. O poder de Sauron, entretanto, ainda não crescera de todo, e se concentrava em regiões distantes no sul e no leste. Ele invadiu Eriador pelo sul e não perturbou grandemente as terras do norte.

NOTAS

[1] O parágrafo que precede essa passagem corresponde ao parágrafo de abertura do que acabou se tornando a n. 14 do *Desastre* (CI:377). Aqui, no entanto, está numerada como a nota 10.

[2] A forma original do nome da Estrada dos Anãos era *Menn-i-Nyrn*.

[3] Esse parágrafo, em algum momento, foi riscado duas vezes, com riscos leves.

21

De "A Caçada ao Anel"

Este texto, escrito numa letra legível com uma caneta de bico marrom, está associado com a grande quantidade de material que Christopher Tolkien publicou como "A Caçada ao Anel" em *Contos Inacabados* e descreve como sendo "escritos após a publicação do primeiro volume [de *O Senhor dos Anéis*], mas antes da do terceiro" (CI:27). Ver RR:1551. Os dois Nazgûl envolvidos são diferenciados aqui como "E" (identificado em outro lugar como Khamûl, CI:462) e "F".

Sáb. 24 de set. [de 3018]. (Gandalf atravessa Enedwaith em velocidade.) E toma a Estrada de Tronco e alcança Frodo nos arredores da Ponta do Bosque — provavelmente por acidente; ele toma ciência do Anel de forma apreensiva, mas hesita e fica indeciso por causa do sol brilhante. Ele entra na mata e espera pela noite. Após o anoitecer, ao tomar ciência do Anel de maneira intensa, sai em perseguição; mas é intimidado pela aparição súbita dos Elfos e pela canção de Elbereth.[1] Enquanto Frodo está cercado pelos Elfos, ele não consegue perceber o Anel claramente.

Dom. 25. Assim que os Elfos partiram, ele retomou a caça e, ao chegar nas colinas acima da Vila-do-Bosque, fica ciente de que o Anel esteve ali. Sem conseguir encontrar o Portador e sentindo que ele se afasta, E convoca F por meio de gritos. E tem ciência da direção geral que o Anel tomou, mas, sem ter conhecimento do descanso de Frodo na mata, e crendo que este partiu diretamente para o leste, ele e F cavalgam pelos campos. Visitam Magote enquanto Frodo ainda está sob as árvores. E então comete um erro (provavelmente porque imagina o Portador-do-Anel como sendo algum homem poderoso, forte e veloz): não espreita perto da fazenda, e envia F Passadiço *abaixo* na direção de Trasdivisa, enquanto ele segue para o norte ao longo do caminho em direção à Ponte. Combinam de retornar e se encontrar à noite; mas o fazem tarde demais. F se junta a ele logo depois.

E agora está bem ciente de que o Anel atravessou o rio; mas o rio é uma barreira para o seu sentido de movimento. Além disso, E e F (e todos os Nazgûl) odeiam água; e recusam-se a tocar no Baranduin: suas águas lhes eram "élficas", pois nascia no Nenuial, que os Elfos ainda controlavam. (Frodo passa a noite em Cricôncavo; Gandalf aproxima-se de Tharbad.)

NOTAS

[1] Ver SA:140 e seguintes.

22

OS RIOS E AS COLINAS-DOS-FARÓIS DE GONDOR

Este texto foi publicado anteriormente em *Vinyar Tengwar* 42 (2001). Descrevo e apresento aqui praticamente da mesma forma que o fiz em *VT*, embora tenha reduzido consideravelmente o conteúdo mais estritamente linguístico e etimológico e o (meu próprio) comentário, sem indicação, e atualizado as referências cruzadas editoriais a *O Senhor dos Anéis* para condizerem com a atual edição padrão (que possui páginas numeradas de forma contínua).

Este ensaio histórico e etimológico, intitulado apenas "*Nomenclatura*" por seu autor, tem seu lugar junto a outros escritos similares que Christopher Tolkien datou de c. 1967–69 (XII:293–94) — incluindo "De Anãos e Homens", "O Xibolete de Fëanor" e "A História de Galadriel e Celeborn" — e que foram publicados, na íntegra ou em parte, em *Contos Inacabados* e *The Peoples of Middle-earth*. De fato, Christopher Tolkien também apresentou numerosos trechos desse ensaio em *Contos Inacabados*. Ele preparou uma apresentação mais completa do texto para *The Peoples of Middle-earth*, mas ela foi omitida daquele volume por questões de tamanho. Christopher gentilmente me forneceu tanto o texto completo do ensaio como a sua própria versão editada, que pretendia incluir naquele livro. Com seu gracioso consentimento, mantive tanto do próprio comentário de Christopher quanto praticável, claramente identificado como tal no decorrer do texto, ao mesmo tempo em que forneci alguns comentários e notas adicionais de minha autoria.

O ensaio possui treze páginas datilografadas, numeradas de 1 a 13 por Tolkien. A metade de uma folha rasgada sem numeração, com uma anotação manuscrita com o cabeçalho "*Complicado demais*" (no meio de e referindo-se a uma extensa discussão acerca do sistema numérico eldarin, em particular a explicação do numeral

5), foi colocada entre as páginas 8 e 9 do texto datilografado. Outra folha sem numeração vem logo após a última página do texto datilografado, com uma nota manuscrita acerca do nome Belfalas (que é parafraseada em CI:336). Todas essas folhas são várias formas de boletins impressos da Allen & Unwin, com a escrita de Tolkien confinada aos lados em branco, exceto no caso da última folha. Nela, o lado impresso foi usado para o rascunho manuscrito do Juramento de Cirion em quenya (já muito próximo da versão publicada; ver CI:408), que foi continuado no alto (relativo à parte impressa) do lado em branco. A nota sobre *Belfalas* foi escrita de cabeça para baixo, começando ao pé da página (em relação a esse rascunho e à parte impressa).

Acerca da origem e da data deste ensaio, Christopher Tolkien escreveu o seguinte: "Em 30 de junho de 1969, meu pai escreveu uma carta ao Sr. Paul Bibire, que havia lhe escrito uma semana antes, contando-lhe que havia passado no exame de BPhil[a] em Inglês Antigo em Oxford: ele se referiu de uma forma um pouco depreciativa ao seu sucesso, obtido apesar de negligenciar certas partes do curso que achava menos atraentes, e notavelmente as obras em inglês antigo do poeta Cynewulf (ver *Sauron Defeated*, p. 285, nota 36). No final de sua carta, o Sr. Bibire disse: 'A propósito, há algo que venho querendo saber desde que vi o acréscimo relevante à segunda edição [de *O Senhor dos Anéis*]: se o Rio Glanduin é o mesmo que o Cisnefrota' (para a referência, ver *Sauron Defeated*, p. 70 e nota 15)". Christopher Tolkien forneceu as partes relevantes da resposta de seu pai (que não foi incluída na coletânea de cartas editadas com Humphrey Carpenter):

Foi gentil de sua parte escrever-me mais uma vez. Fiquei muito interessado em suas notícias pessoais e me solidarizo com o senhor. Eu achava e acho o caro Cynewulf um lamentável enfadonho — lamentável porque é de se chorar o fato de que um homem (ou homens) com talento para a urdidura de palavras, que deve ter ouvido (ou lido) tanto do que agora está perdido, passasse o seu tempo compondo coisas tão sem inspiração.[1] Além disso, em mais

[a] *Bachelor of Philosophy*, na Universidade de Oxford, é um título de pós-graduação [N. T.].

de um momento em minha vida coloquei em perigo minhas chances ao negligenciar coisas que na época não achava divertidas!...

Sou-lhe grato por chamar a atenção para o uso de *Glanduin* no Apêndice A de *The Returno f the King*, p. 319.[2] Não possuo um índice remissivo dos Apêndices e preciso fazer um. O Glanduin é o mesmo rio que o Cisnefrota, mas os nomes não possuem relação. Vejo, no mapa com as correções que serão feitas para a nova edição, que aparecerá no final deste ano, que esse rio foi marcado por mim como Glanduin e vários nomes compostos por *alph* "cisne".[3] O significado pretendido para o nome *Glanduin* era o de "rio da fronteira", um nome dado ainda na Segunda Era, quando ele era a fronteira meridional de Eregion, além da qual ficava o povo hostil da Terra Parda. Nos primeiros séculos dos Dois Reinos, *Enedwaith* (Povo-do-Meio) era uma região entre o reino de Gondor e o lentamente minguante reino de Arnor (que originalmente incluía Minhiriath (Mesopotâmia)). Os reinos tinham um interesse mútuo na região, mas se preocupavam na maior parte com a manutenção da grande estrada que era o seu principal meio de comunicação, à exceção do mar e da ponte em Tharbad. Gente de origem númenóreana não vivia ali, exceto em Tharbad, onde uma grande guarnição de soldados e guarda-rios outrora era mantida. Naqueles dias houve obras de drenagem, e as margens do Fontegris e do Griságua foram fortalecidas. Mas, nos dias de *O Senhor dos Anéis*, a região há muito tempo ficara arruinada e retornara ao seu estado primitivo: um rio lento e largo que fluía por uma rede de pântanos, lagoas e ilhotas: o lar de inúmeros cisnes e outras aves aquáticas.

Caso o nome Glanduin ainda fosse lembrado, ele se aplicaria somente ao curso superior, de onde o rio descia veloz, mas logo se perdia nas planícies e desaparecia nos charcos. Creio que posso manter Glanduin no mapa para a parte superior, e marcar a parte inferior como brejos com o nome *Nîn-in-Eilph* (terras-aquáticas dos Cisnes), que explicará de forma adequada o rio Cisnefrota, *The Return of the Ring*, p. 263.[4]

alph "cisne", pelo que me lembro, só ocorre em *The Return of the Ring*, p. 392.[5] *Não poderia estar em quenya, visto que ph* não é usado na minha transcrição do quenya, e o quenya não tolera consoantes finais além das dentais *t*, *n*, *l*, *r* após uma vogal.[6] A palavra em quenya para "cisne" era *alqua* (*alkwā*). O ramo "celta" do eldarin (telerin e sindarin) transformou *kw* > *p*, mas, ao contrário do celta, não alterou o *p* original. O muito alterado sindarin da Terra-média transformou as oclusivas em fricativas após *l*, *r*, como o fez o galês: assim, **alkwā* > *alpa* (telerin) > sind. *alf* (escrito como *alph* na minha transcrição).[7]

No final da carta, Tolkien acrescentou um pós-escrito:

Estou bastante recuperado — embora tenha levado um ano, de que eu mal podia dispor.[8] Consigo caminhar normalmente agora, até umas duas milhas, mais ou menos (ocasionalmente), e tenho alguma energia. Mas não o suficiente para lidar ao mesmo tempo com a composição contínua e com a "escalada" interminável do meu trabalho.

No alto do presente ensaio, Tolkien escreveu "*Nomenclatura*", seguido de: "Rio Cisnefrota (SdA, edição rev. RR 263) e *Glanduin*, RR Apênd. A. 319"; e então por: "Questionado por P. Bibire (carta de 23 de junho, 1969; resp. 30 de junho). Conforme explicado de forma mais breve em minha resposta: *Glanduin* significa 'rio da fronteira'." Percebe-se, dessa forma, que o ensaio parece ter surgido como uma expansão e elaboração das observações em sua resposta.

Os nomes dos Rios

O ensaio começa com o trecho longo e a nota do autor apresentados em CI:357–59 (e, assim, não são reproduzidos aqui). Algumas diferenças entre o texto publicado e o texto datilografado são dignas de nota: onde o texto publicado possui *Enedwaith*, no texto datilografado lê-se *Enedhwaith* (essa foi uma mudança editorial feita em todos os excertos deste ensaio que contêm o nome em *Contos Inacabados*; ver XII:328–29, n. 66); e onde o texto publicado possui *Ethraid Engrin*, o texto datilografado usa *Ethraid Engren*. Além disso, uma frase que se refere ao antigo porto chamado Lond Daer Enedh foi omitida antes da última frase da nota do autor em CI:358; ela diz o seguinte: "Ele era a entrada principal para os Númenóreanos na Guerra contra Sauron (Segunda Era 1693–1701)" (ver *The Return of the Ring*, p. 1540; e CI:325, 353–60). Junto à discussão da aproximação a Tharbad que encerra o parágrafo em CI:358, Tolkien também forneceu a referência cruzada "*The Fellowship of the Ring*, p. 287, 390".[9]

Tolkien então comentou: "Os nomes dos Rios são um pouco problemáticos; eles foram criados com pressa, sem considerações suficientes", antes de dar início a considerações acerca de cada nome. Partes significativas dessa seção do ensaio foram apresentadas em *Contos Inacabados*. Passagens longas não são repetidas aqui, mas seus lugares no ensaio são indicados.

Adorn

Este não está no mapa, mas é dado como o nome do rio curto que conflui com o Isen[10] a oeste das Ered Nimrais no Apênd. A, RR 346.[11] Como seria de se esperar de qualquer nome na região que não seja de origem rohanesa, tem uma forma adequada ao sindarin; mas não é interpretável em sindarin. Deve-se supor que seja de origem pré-númenóreana, adaptado ao sindarin.[12]

Sobre esse verbete, Christopher Tolkien comentou: "Quanto à ausência do nome no mapa — referência, é claro, ao meu mapa original de *O Senhor dos Anéis*, que foi substituído muito tempo depois pelo mapa redesenhado feito para acompanhar *Contos Inacabados* —, ver CI:354, nota de rodapé".

Gwathló

Sobre o verbete seguinte, intitulado "*Gwathlo* (*ló*)", Christopher Tolkien escreveu: "A longa discussão acerca desse nome encontra-se em CI:354–57, com a passagem a respeito dos Homens-Púkel removida e citada na seção sobre os Drúedain, CI:507–9. Nesta última passagem, a frase "Talvez até mesmo nos dias da Guerra do Anel alguns dentre o povo-drû restassem nas montanhas de Andrast, a extensão ocidental das Montanhas Brancas" contém uma mudança editorial: o texto original possui "nas montanhas de Angast (Cabo Longo)", e a forma *Angast* torna a ocorrer mais de uma vez no ensaio. Essa mudança foi baseada na forma *Andrast* comunicada por meu pai a Pauline Baynes para que fosse incluída, com outros nomes novos, em seu mapa ilustrado da Terra-média; ver CI:354, nota de rodapé".[13] Pode-se notar uma outra mudança editorial: onde o texto publicado possui *Lefnui* (CI:356, repetido na nota extraída acerca dos Homens-Púkel, CI:507), no texto datilografado lê-se *Levnui*; ver o verbete de *Levnui* adiante.

Uma nota não utilizada, junto a "no grande promontório [...] que formava a margem norte da Baía de Belfalas" (*ibid.*), diz o seguinte:

"Mais tarde ainda era chamada *Drúwaith (Iaur)* '(Antiga) Terra-Púkel', e suas matas escuras eram pouco visitadas, e tampouco eram consideradas como parte do reino de Gondor". Além disso, uma frase riscada por Tolkien, após "enormes árvores [...] debaixo das quais os botes dos aventureiros se esgueiravam em silêncio para o interior da terra desconhecida" (CI:357), diz o seguinte: "É dito que alguns, mesmo nessa primeira expedição, chegaram até os grandes pantanais antes de retornarem, temendo ficar desorientados em seus labirintos".

A discussão originalmente continuava com a seguinte nota etimológica, riscada na mesma época que a frase excluída:

O elemento *-ló* também era de origem eldarin comum, derivado de uma base *(s)log*: em eldarin comum, *sloga* havia sido uma palavra usada para rios de um tipo que eram variáveis e dados a transbordar suas margens sazonalmente e causar enchentes quando seus volumes aumentavam pelas chuvas ou pelo derretimento de neve; especialmente aqueles que, como o Glanduin (descrito acima), tinham suas nascentes em montanhas e num primeiro momento desciam velozes, mas eram parados nas terras mais baixas e nas planícies.

A passagem foi substituída por aquela apresentada em CI:357, que começa em "Portanto, o primeiro nome que lhe deram foi 'Rio da Sombra', *Gwath-hîr, Gwathir*". Pode-se notar que a palavra *lô* nessa passagem foi corrigida no texto datilografado a partir de *lhô*. Uma nota acerca do nome *Ringló*, omitida do trecho em *Contos Inacabados*, ocorre após as palavras "*Gwathló*, o rio sombrio vindo dos pântanos". Quanto a essa nota e o seu desenvolvimento, ver o verbete *Ringló* adiante. Após essa nota, uma explicação etimológica foi inserida antes do último parágrafo completo do excerto publicado em *Contos Inacabados*:

Gwath era uma palavra sindarin comum para "sombra" ou luz tênue — não para as sombras de objetos ou pessoas reais, lançadas pelo sol ou pela lua ou por outras luzes: essas eram chamadas *morchaint* "formas-sombrias".

Erui

Embora esse fosse o primeiro dos Rios de Gondor, o nome não pode ser usado para "primeiro". Em eldarin, *er* não era usado para contagem em série: significava "um, único, só". *erui* não é o sindarin usual para "único, só": essa palavra era *ereb* (< *erikwa*; ver quen. *erinqua*); mas possui a desinência adjetiva muito comum *-ui* do sindarin. O nome deve ter sido dado porque, dos Rios de Gondor, ele era o mais curto e o mais veloz, e era o único sem um tributário.

Serni

Christopher Tolkien escreveu: "A explicação sobre esse nome é dada no Índice Remissivo de *Contos Inacabados*, mas com um erro de impressão que nunca foi corrigido: a palavra sindarin que significa "seixo" é *sarn*, não *sern*". A frase inicial diz o seguinte: "Uma formação adjetiva a partir do sind. *sarn* 'pedrinha, seixo' (como descrito anteriormente), ou um coletivo, o equivalente do quen. *sarnie* (*sarniye*) 'cascalho, margem de pedregulhos'." Uma frase não usada, que ocorre antes de "Sua foz era bloqueada por cascalhos", diz o seguinte: "Era o único dos cinco a desaguar no delta do Anduin."

Sirith

Esse nome significa simplesmente "uma corrente": ver *tirith* "vigia, guarda", a partir do radical *tir-* "vigiar".

Celos

Christopher Tolkien escreveu: "A explicação sobre esse nome é dada no Índice Remissivo de *Contos Inacabados*. Quanto à marcação errônea do Celos no meu mapa redesenhado de *O Senhor dos Anéis*, ver VII:322 n. 9".

Gilrain

Uma parte significativa dos comentários sobre esse rio foi apresentada em CI:329–30; mas a discussão começa com uma passagem omitida de *Contos Inacabados*:

Assemelha-se ao nome da mãe de Aragorn, *Gilraen*; mas, a não ser que tenha sido escrito errado, ele devia possuir um significado diferente. (Originalmente, a diferença entre o uso correto de *ae* e *ai* em sindarin foi negligenciada, e o *ai*, mais usual em inglês, foi usado para ambos na narrativa geral. Donde *Dairon*, agora corrigido, em vez de *Daeron*, um derivado do sind. *daer* "grande": eld. com.

**daira* < base DAY; não encontrada em quenya. Por isso *Hithaiglir* no mapa em vez de *Hithaeglir*, e *Aiglos* [em vez de *Aeglos*].)[14] O elemento *gil-* em ambos sem dúvida é o sind. *gil* "centelha, cintilação de luz, estrela", frequentemente usado para as estrelas do céu no lugar do radical mais antigo e mais elevado *el-*, *elen-*. (De modo similar, *tinwë* "faísca" também era usada em quenya.) Não há dúvida quanto ao significado de *Gilraen* como um nome de mulher. Significava "adornada com um toucado engastado com pequenas gemas em sua malha", como o toucado de Arwen descrito em *The Fellowship of the Ring*, p. 239.[15] Pode ter sido um segundo nome que lhe foi dado após ela chegar à idade adulta, que, como costumava acontecer em lendas, havia substituído o seu verdadeiro nome, não mais registrado. O mais provável é que era o seu nome verdadeiro, uma vez que se tornara um nome dado a mulheres de seu povo, os remanescentes dos Númenóreanos do Reino do Norte de sangue não misturado. As mulheres dos Eldar estavam acostumadas a usar toucados desse tipo; mas entre outros povos eram usados apenas por mulheres de alta posição entre os "Caminheiros", descendentes de Elros, como afirmavam. Nomes como *Gilraen*, e outros de significado similar, assim, provavelmente se tornariam prenomes dados a meninas da gente dos "Senhores dos Dúnedain". O elemento *raen* era a forma sindarin do quen. *raina* "enredado, entrelaçado".

Em uma nota etimológica que acompanha o texto, Tolkien fornece estes detalhes acerca do sind. *raen* e do quen. *raina*:

Base eld. com. RAY "enredar, entrelaçar, tramar rede ou renda"; também [*excluído*: "pegar",] "envolver em uma rede, enlaçar" [...]. A palavra só era aplicada a obras com um único fio; tramar com fios cruzados ou vime era representado pela base distinta WIG.

Sobre essa nota, Christopher Tolkien escreveu: "*Tressure* [toucado], uma rede para prender o cabelo, é uma palavra do inglês medieval que meu pai havia usado em sua tradução de *Sir Gawain e o Cavaleiro Verde* (estrofe 69): 'the clear jewels / that were twined in her tressure by twenties in clusters' [as claras gemas / em tramas no toucado às vintenas em cachos], onde o original possui a forma *tressour*".

O verbete então continua:

Em *Gilrain*, o elemento *-rain*, embora similar, era distinto em origem. Provavelmente foi derivado da base RAN "vagar, errar, tomar curso incerto", o equivalente do quen. *ranya*. Isso não pareceria adequado a nenhum dos rios de Gondor [...].

A parte apresentada em *Contos Inacabados* começa aqui (p. 330). A última frase do primeiro excerto da discussão de *Gilrain* nessa mesma página em *Contos Inacabados* omite o final; a frase inteira diz o seguinte: "Essa lenda [de Nimrodel] era bem conhecida na Dor-en-Ernil (a Terra do Príncipe) e sem dúvida o nome [*Gilrain*] foi dado como lembrança disso, ou vertido para uma forma élfica a partir de um nome mais antigo de mesmo significado". Também foi omitido o parágrafo que se segue a essa frase, que diz: "A fuga de Nimrodel foi datada pelos cronologistas como ocorrida em 1981 da Terceira Era. Um erro no Apêndice B aparece nesse ponto. O registro correto dizia (ainda em 1963): 'Os Anãos fogem de Moria. Muitos dos Elfos Silvestres de Lórien fogem para o sul. Amroth e Nimrodel perdem-se'. Em edições ou reimpressões subsequentes, o trecho de 'fogem de Moria' a 'Elfos Silvestres' foi, por razões desconhecidas, omitido." A leitura correta desse registro foi restaurada em edições posteriores (RR:1545). Ademais, a primeira frase do parágrafo seguinte, que introduz a passagem com a qual o excerto apresentado em *Contos Inacabados* continua (p. 330), diz: "Naquela época, Amroth era, na lenda, chamado de Rei de Lórien. Como isso se encaixa com o governo de Galadriel e Celeborn ficará claro em um sumário da história de Galadriel e Celeborn." Por fim, a última frase do penúltimo parágrafo apresentado em CI:332 foi omitida; ela diz o seguinte: "Comunicações foram mantidas constantemente com Lórien."

Uma nota datilografada anexada após a primeira frase do último parágrafo em CI:332, junto ao trecho "os pesares de Lórien, que agora estava sem monarca", e subsequentemente riscada por Tolkien, diz o seguinte:

Amroth jamais tomara uma esposa. Por longos anos amara Nimrodel, mas buscara o seu amor em vão. Ela era da raça silvestre e não amava os Forasteiros, que (ela dizia) trouxeram guerras e destruíram a paz de outrora. Ela falava apenas na língua silvestre, mesmo após esta ter caído em desuso entre a maioria do povo. Mas, quando o terror saiu de Moria, ela fugiu descorçoada, e Amroth a seguiu. Ele a encontrou próximo às orlas de Fangorn (que naqueles dias ficavam muito mais perto de Lórien). Ela não ousou entrar naquela mata, pois as árvores (dizia) a ameaçavam, e algumas se moveram para lhe barrar o caminho. Ali conversaram por um longo tempo; e no fim ficaram noivos, pois Amroth jurou que, por Nimrodel, ele deixaria o seu povo mesmo na hora de necessidade deles, e com ela buscaria um refúgio de paz. "Mas não há"

A nota excluída termina aqui, no meio de uma frase. Conforme Christopher Tolkien ressaltou (CI:329), essa passagem é o germe da versão da lenda de Amroth e Nimrodel apresentada em 327–29.

A discussão de *Gilrain* conclui (após o parágrafo apresentado em CI:332–33) com esta nota:

O rio *Gilrain*, caso esteja relacionado com a lenda de Nimrodel, deve conter um elemento derivado do eld. com. RAN "vagar, errar, perambular". Ver quen. *ranya* "vagueação errática", sind. *rein*, *rain*. Ver sind. *randír* "errante" em *Mithrandir*, quen. *Rána*, nome do espírito (Máya) que se dizia habitar a Lua como seu guardião.

Ciril, Kiril

Incerto, mas provavelmente originado de KIR "cortar". Ele nascia em Lamedon e corria para oeste por uma certa distância em um profundo canal rochoso.

Ringló

Quanto ao elemento *-ló*, ver a discussão de *Gwathló*, anteriormente apresentada. Mas não há registro de quaisquer pântanos ou charcos em seu curso. Era um rio veloz (e gelado), como o elemento *ring-* ["frio"] sugere. Ele obtinha suas primeiras águas de um alto campo nevado que alimentava uma lagoa gelada nas montanhas. Se esta, na estação em que a neve derretia, se espalhava em um lago raso, isso explicaria o nome, mais um dentre os muitos que se referem à nascente de um rio.

Ver o verbete *Ringló* no Índice Remissivo de *Contos Inacabados*. Essa explicação do nome *Ringló* surgiu apenas no decorrer da composição deste ensaio; pois na discussão de *Gwathló* que Tolkien riscou, ele originalmente acrescentara esta nota:

Ele [o elemento *ló*] também aparece no nome *Ringló*, o quarto dos Rios de Gondor. Pode ser traduzido como *Friágua*. Descendo gélido das neves das Montanhas Brancas num curso rápido, após o seu encontro com o Ciril e posteriormente com o Morthond, ele formava charcos consideráveis antes de chegar ao mar, embora esses fossem muito pequenos comparados aos pântanos do Cisnefrota (Nîn-in-Eilph) ao redor de Tharbad.

Na discussão revisada de *Gwathló* (CI:356–57), essa nota foi substituída pela seguinte:

Encontra-se um nome similar em *Ringló*, o quarto dos Rios de Gondor. Nomeado como vários outros rios, como o Mitheithel e o Morthond (raiz-negra), por sua fonte *Ringnen* "água-gélida", foi chamado mais tarde de *Ringló*, visto que formava um pantanal em volta de sua confluência com o Morthond, embora fosse muito pequeno comparado com o Grande Pântano (*Lô Dhaer*) do Gwathló.

Tolkien então riscou a segunda parte dessa nota (a partir de "visto que formava um pantanal" até o final), substituindo-a com uma indicação para ver a explicação final de *Ringló* dada anteriormente, na qual o elemento *lô* não é derivado dos pantanais perto da costa ("não há registro de quaisquer pântanos ou charcos em seu curso"), mas do lago que se formava na nascente do rio "na estação em que a neve derretia" nas montanhas.

Morthond

De modo similar, o *Morthond* "Raiz-negra", que nascia em um vale escuro nas montanhas bem ao sul de Edoras, chamado de *Mornan* ["vale escuro"], não somente por causa da sombra das duas montanhas altas entre as quais ficava, mas também porque passava por ele a estrada vinda do Portão dos Mortos, e os viventes não iam ali.

Levnui

Não havia outros rios nessa região, "Gondor distante", até que se chegava ao *Levnui*, o mais longo e mais largo dos Cinco. Essa era considerada a fronteira de Gondor nessa direção; pois além dela ficava o promontório de Angast e o ermo da "Antiga Terra-Púkel" (Drúwaith Iaur) que os Númenóreanos jamais tentaram ocupar com povoados permanentes, embora mantivessem uma Guarda-costeira e faróis na extremidade do Cabo Angast.

Diz-se que *Levnui* significa "quinto" (após o Erui, o Sirith, o Serni e o Morthond), mas sua forma apresenta dificuldades. (Está escrito como *Lefnui* no Mapa; e essa forma é preferida. Pois, embora nos Apêndices seja dito que *f* possui o som do *f* inglês [e do português], exceto no final de uma palavra,[16] o *f* surdo na verdade não ocorre em posição medial antes de consoantes (em palavras ou nomes simples [isto é, não compostos]) em sindarin; enquanto o *v* é evitado antes de consoantes em inglês).[17] A dificuldade é apenas aparente.

Tolkien então imediatamente dá início a uma longa, elaborada e complexa discussão dos numerais eldarin. Após essa discussão, Tolkien (continuando para oeste no mapa a partir de Levnui) reintroduziu o nome *Adorn*, e repetiu a essência de seus comentários anteriores: "Esse rio, que corria do Oeste das Ered Nimrais até o Rio Isen, é adequado em estilo ao sindarin, mas não possui significado nessa língua e provavelmente é derivado de uma das línguas faladas nessa região antes da ocupação de Gondor pelos Númenóreanos, que teve início muito antes da Queda". Ele então continuou:

Vários outros nomes em Gondor aparentemente são de origem similar. O elemento *Bel-* em *Belfalas* não possui significado adequado em sindarin. *Falas* (quen. *falasse*) significava "costa" — especialmente uma exposta a grandes ondas que se quebram (ver quen. *falma* "crista [de onda], onda"). É possível que *Bel* tivesse um sentido similar em uma outra língua e que *Bel-falas* seja um exemplo do tipo de topônimo, não incomum quando uma região é ocupada por um novo povo, no qual dois elementos com praticamente o mesmo significado topográfico se unem: o primeiro na língua mais antiga e o segundo na língua recém-chegada.[18] Provavelmente porque o primeiro foi compreendido pelos Forasteiros como um nome específico. Contudo, em Gondor o litoral, desde a foz do Anduin a Dol Amroth, era chamado de *Belfalas*, mas na verdade era geralmente mencionado como *i·Falas* "a praia-de-espuma" (ou por vezes como *Then-falas* "praia curta", em contraste com *An-falas* "praia comprida", entre as fozes do Morthond e do Levnui). Mas a grande baía entre Umbar e Angast (o Cabo Longo, além do Levnui) era chamada de Baía de Belfalas (*Côf Belfalas*) ou simplesmente de Bel (*Côf gwaeren Bêl* "a ventosa Baía de Bêl"). De modo que é mais provável que Bêl fosse o nome ou parte do nome da região que mais tarde era chamada comumente de *Dor-en-Ernil* "terra do Príncipe": era talvez a parte mais importante de Gondor antes do povoamento númenóreano.

> Christopher Tolkien escreveu: "Para 'a ventosa Baía de Bêl', ver o poema "O Homem da Lua desceu cedo demais" em *As Aventuras de Tom Bombadil* (1962), em que o Homem da Lua tombou 'às espumas do banho na agitada Baía de Bel', identificada como Belfalas no prefácio do livro. — Essa passagem foi riscada, presumivelmente de imediato, uma vez que o parágrafo seguinte começa mais uma vez com 'Vários outros nomes em Gondor aparentemente são de origem similar'. Uma página de manuscrito rápido encontrada com o ensaio datilografado mostra meu pai esboçando uma origem completamente diferente para o elemento *Bel.* Mencionei e citei em parte esse texto em *Contos Inacabados* (p. 336), ressaltando que ele representa uma concepção inteiramente diferente do estabelecimento do porto élfico (*Edhellond*) ao norte de Dol Amroth daquela apresentada em "De Anãos e Homens" (XII:313 e 329 n. 67), onde é dito que ele devia sua existência a 'Sindar navegantes dos portos ocidentais de Beleriand, que fugiram em três pequenos navios quando o poderio de Morgoth sobrepujou os Eldar e os Atani'. A página manuscrita obviamente pertence ao mesmo período bastante tardio do ensaio, como se vê tanto pelo papel em que foi escrito como pelo fato de que a mesma página possui um rascunho para o Juramento de Cirion em quenya (CI:408)". Essa página manuscrita é apresentada aqui na íntegra:

Belfalas. Esse é um caso especial. *Bel-* é certamente um elemento derivado de um nome pré-númenóreano; mas sua fonte é conhecida e, na verdade, era sindarin. As regiões de Gondor possuíam uma história complexa no passado remoto, no que tangia à sua população, e os Númenóreanos evidentemente encontraram muitas camadas de povos misturados, e numerosas ilhas de gentes isoladas, quer se agarrando a antigas moradas, quer se refugiando dos invasores nas montanhas.[b] Mas havia em Gondor um elemento pequeno, mas importante, de natureza totalmente extraordinária: uma povoação eldarin.[19] Pouco é conhecido de sua história até logo antes de desaparecer; pois os Elfos eldarin, quer Noldor Exilados, quer Sindar há muito arraigados, permaneceram em Beleriand até a sua desolação na Grande Guerra contra Morgoth; e então, se não partiram por sobre o Mar, vagaram para oeste [*sic*; leia-se "para leste"] em Eriador. Lá, especialmente próximo às Hithaeglir (de ambos os lados), eles encontraram povoados espalhados dos *Nandor*, Elfos telerin que, na Primeira Era, não haviam completado a jornada até as costas do Mar; mas ambos os lados reconheceram seu parentesco como Eldar. Entretanto, parece ter havido, no início da Segunda Era, um grupo de Sindar que foi para o sul. Aparentemente eram um remanescente do povo de Doriath que ainda guardava rancor contra os Noldor e que deixou os Portos Cinzentos porque esses, e todos os navios lá, eram comandados por Círdan (um Noldo). Tendo aprendido o ofício da construção de navios,[c] foram ao longo de anos buscando um lugar para levar sua própria vida. Por fim, estabeleceram-se na foz do Morthond. Lá já havia um primitivo porto de pescadores; mas estes, temendo os Eldar, fugiram para as montanhas. A terra entre o Morthond e o Serni (as partes de Dor-en-Ernil que davam para o litoral)

> A página manuscrita termina no meio da frase, e sem chegar a uma explicação do elemento *Bel-*. Christopher Tolkien escreveu: "Talvez tenha sido uma extensão puramente experimental da história, abandonada de imediato; mas a afirmação de que Círdan era um Noldo

[b] Embora nenhuma das regiões dos Dois Reinos antes (ou depois!) dos povoados númenóreanos fosse densamente povoada segundo os nossos padrões.

[c] Todos os Elfos eram naturalmente hábeis na construção de barcos, mas as embarcações usadas para fazer uma longa viagem pelo Mar, perigosa até mesmo para navios élficos até que a Terra-média estivesse muito para trás, necessitavam de mais habilidade e conhecimento.

é muito estranha. Isso vai completamente de encontro a toda tradição acerca dele — porém, é essencial à ideia esboçada nessa passagem. Possivelmente foi a constatação desse fato que levou meu pai a abandoná-la no meio de uma frase".

O texto datilografado continua com uma substituição da passagem rejeitada acerca de *Belfalas* (e agora evitando a discussão daquele nome problemático):

Vários outros nomes em Gondor aparentemente são de origem similar. *Lamedon* não possui significado em sindarin (se fosse sindarin, ele faria alusão a **lambeton-*, **lambetân-*, mas o eld. com. *lambe-* "língua, idioma" dificilmente pode estar relacionado). *Arnach* não é sindarin. Pode ter ligação com Arnen no lado leste do Anduin. Arnach era aplicado aos vales no sul das montanhas e aos seus sopés entre o Celos e o Erui. Havia muitos afloramentos rochosos ali, mas não muito mais do que nos vales elevados de Gondor, de modo geral. Arnen era uma extensão rochosa da Ephel Dúath, em torno da qual o Anduin, ao sul de Minas Tirith, fazia uma curva ampla.

As sugestões dos historiadores de Gondor de que *arn-* é um elemento em alguma língua pré-númenóreana que significa "rocha" são meramente suposições.[20] Mais provável é a opinião do autor (desconhecido) do texto preservado em fragmentos chamado *Ondonórë Nómesseron Minaþurië* ("Investigação dos Topônimos de Gondor"). Com base em evidências internas, ele viveu na época do reinado de Meneldil, filho de Anárion — nenhum evento posterior a esse reinado é mencionado —, quando lembranças e registros dos primeiros dias dos povoamentos agora perdidos ainda estavam disponíveis, e o processo de nomeação ainda estava em andamento. Ele menciona que o sindarin não era bem conhecido por muitos dos colonizadores que deram os nomes, marinheiros, soldados e emigrantes, embora todos almejassem ter algum conhecimento dele. Gondor certamente foi ocupada desde o início pelos Fiéis, homens do partido dos Amigos-dos-Elfos e seus seguidores; e esses, em rebelião contra os Reis "adunaicos", que proibiram o uso das línguas élficas, deram todos os nomes no novo reino em sindarin, ou adaptaram nomes mais antigos ao estilo do sindarin. Eles também retomaram e encorajaram o estudo do quenya, no qual documentos importantes, títulos e fórmulas eram compostos. Mas era provável que erros fossem cometidos.[21] Uma vez que um nome se tornava corrente, ele era aceito pelos governantes e organizadores. Portanto, ele acredita que a intenção original era de que *Arnen* significasse "junto à água", isto é, o Anduin; mas *ar-* nesse sentido é quenya, não sindarin. Mas, uma vez que no nome completo *Emyn Arnen* a palavra *Emyn* é o plural sindarin de *Amon* "colina", *Arnen* não pode ser um adjetivo sindarin, visto que um adjetivo dessa forma teria um plural sindarin *ernain*, ou *ernin*. Logo, o nome devia significar "as colinas de Arnen". Está agora esquecido, mas é possível se ver por registros antigos que *Arnen* era o nome mais antigo da maior parte da região posteriormente chamada de *Ithilien*. Esse nome foi dado à terra estreita entre o Anduin e a Ephel Dúath, primariamente à parte entre Cair Andros e a extremidade meridional da curva do Anduin, mas se estendia vagamente ao norte até Nindalf e ao sul em direção ao Poros. Pois quando Elendil tomou como sua morada o Reino do Norte, devido à sua amizade com os Eldar, e confiou o Reino do Sul aos seus filhos, eles o dividiram assim, como é dito em anais antigos: "Isildur tomou como sua terra toda a região de Arnen; mas Anárion tomou a terra desde o Erui até o Monte Mindolluin, e de lá para oeste até a Floresta Norte" (mais tarde em Rohan chamada de Floresta Firien), "mas Gondor, ao sul das Ered Nimrais, mantiveram entre si."

Arnach, caso se aceite a explicação anterior, não tem, então, relação com *Arnen*. Sua origem e fonte, nesse caso, agora estão perdidas. Era em geral chamado *Lossarnach* em Gondor. *Loss* é a palavra sindarin para "neve", especialmente neve caída e há muito acumulada. Não está claro por qual razão essa palavra foi prefixada a Arnach. Seus vales superiores eram renomados pelas flores, e abaixo deles havia grande pomares, dos quais, na época da Guerra do Anel, muitas das frutas de que Minas Tirith necessitava ainda vinham. Embora não se encontre menção disso em nenhuma das crônicas — como costuma ser o caso com questões de conhecimento comum —, parece provável que a referência na verdade fosse às flores. Expedições até Lossarnach para ver as flores e as árvores eram feitas com frequência pelo povo de Minas Tirith. (Ver Lossarnach, Imloth Melui "vale das flores perfumadas", um lugar em Arnach, no índice remissivo.) Esse uso de "neve" seria especialmente provável em sindarin, onde as palavras para neve caída e flor eram muito semelhantes, apesar de diferentes em origem: *loss* e *loth*, [a segunda] com o significado de "inflorescência, um conjunto de pequenas flores". *Loth* na verdade é com maior frequência usada coletivamente em sindarin, equivalente a *goloth*; e uma única flor era denotada por *elloth* (*er-loth*) ou *lotheg*.

Os nomes das colinas dos Faróis

O sistema pleno de faróis que ainda operava na época da Guerra do Anel, não pode ter sido anterior ao estabelecimento dos Rohirrim em Calenardhon cerca de 500 anos antes; pois sua principal função era alertar os Rohirrim de que Gondor estava em perigo, ou (mais raramente) o inverso. Não é possível dizer o quão antigos eram os nomes usados na época. Os faróis ficavam no alto de colinas ou nas extremidades elevadas de espinhaços que se projetavam das montanhas, mas algumas não eram objetos muito notáveis.

A primeira parte dessa afirmativa foi citada na seção "Cirion e Eorl", em CI:420 n. 35.

Amon Dîn

Esse verbete foi apresentado na íntegra em CI:424 n. 51 (último parágrafo).

Eilenach e Eilenaer

Esse verbete foi apresentado na mesma nota em *Contos Inacabados*, mas, nesse caso, levemente reduzido. No original, a passagem começa da seguinte forma:

Eilenach (mais bem grafado *Eilienach*). Provavelmente um nome alienígena; nem sindarin, númenóreano, nem da fala comum. Em sindarin verdadeiro, *eilen só podia derivar de* ⋆*elyen*, ⋆*alyen*, e normalmente seria escrito *eilien*. Este e *Eilenaer* (nome mais antigo de Halifirien: ver esse adiante) são os únicos nomes desse grupo que certamente são pré-númenóreanos. Evidentemente estão relacionados. Ambos eram acidentes geográficos notáveis.

O nome e a nota entre parênteses sobre *Eilenaer* foram inseridos aqui, como alterações no texto datilografado. Christopher Tolkien escreveu: "O nome *Eilenaer* na verdade não ocorre no relato de Halifirien neste ensaio: meu pai pretendia introduzi-lo, mas, antes de fazê-lo, ele rejeitou por completo aquele relato, como se verá." No final da descrição de Eilenach e Nardol conforme apresentada em *Contos Inacabados*, onde é dito que o fogo em Nardol podia ser visto de Halifirien, Tolkien acrescentou uma anotação:

A linha de faróis de Nardol a Halifirien ficava em uma curva suave voltada um pouco para o sul, de modo que os três faróis intermediários não obstruíam a vista.

Seguem-se afirmativas a respeito de Erelas e Calenhad, elementos das quais foram usados no índice remissivo de *Contos Inacabados.*

Erelas

Erelas era um farol pequeno, assim como *Calenhad.* Eles não eram sempre acendidos; quando o eram, como em *O Senhor dos Anéis*, isso era um sinal de grande urgência. *Erelas* tem estilo sindarin, mas não tem significado adequado nessa língua. Era uma colina verde sem árvores, de forma que nem *er*, "solitário", nem *las(s)*, "folha", parecem aplicáveis.

Calenhad

Calenhad era similar, mas um tanto mais largo e mais alto. *Calen* era a palavra usual em sindarin para "verde" (seu sentido mais antigo era "brilhante", quen. *kalina*). *-had* parece ser de *sad* (com a costumeira mutação nas combinações); caso não seja um erro de grafia, o elemento vem de SAT "espaço, lugar, isto é, uma área limitada natural ou artificialmente definida" (também aplicado a períodos ou divisões de tempo reconhecíveis), "dividir, marcar", visto no sind. *sad* "uma área limitada natural ou artificialmente definida, um lugar, ponto" etc. (também *sant* "um jardim, campo, quintal, ou outro lugar em propriedade privada, cercado ou não"). Assim, *Calenhad* significaria simplesmente "espaço verde", aplicado ao topo da colina, plano e coberto de relva. Mas *had* pode representar o sind. *-hadh* (os mapas não usam *dh*, mas esse é o único caso em que *dh* poderia estar envolvido, com exceção de *Caradhras*, que foi omitido, e de *Enedhwaith*, que foi erroneamente grafado com *ened*).[22] *-hadh* seria então de *sadh* (em uso isolado, *sâdh*) "gramado, relva" — base SAD "despojar, esfolar, descascar" etc.[23]

Halifirien

O ensaio termina (inacabado) com uma longa e notável discussão do Halifirien. Com este relato, compare CI:402–3, 407–9.

Halifirien é um nome no idioma de Rohan. Era uma montanha com fácil acesso ao seu topo. Em suas encostas setentrionais erguia-se a grande mata chamada em Rohan de Floresta Firien. Ela se tornava densa no solo mais baixo, em direção ao oeste ao longo do Ribeirão Mering e ao norte para a planície úmida através da qual o Ribeirão corria até o Entágua. A grande Estrada do Oeste passava por uma longa picada ou clareira através da mata, para evitar o terreno alagadiço além de suas orlas. O nome Halifirien (grafia modernizada de *Háligfirgen*) significava Montanha Sagrada. O nome mais antigo em sindarin havia sido *Fornarthan* "Farol Norte"; a floresta havia sido chamada de *Eryn Fuir* "Floresta Norte". A razão para o nome de Rohan agora não é conhecida por certo. A montanha era estimada com reverência pelos Rohirrim; mas, de acordo com suas tradições na época da Guerra do Anel, isso se dava porque foi no topo dela que Eorl, o Jovem, encontrou-se com Cirion, Regente de Gondor; e lá, depois de contemplarem a terra, eles determinaram as fronteiras do reino de Eorl, e Eorl fez a Cirion o Juramento de Eorl — "o juramento ininterrupto" — de amizade e aliança perpétuas com Gondor. Uma vez que em juramentos da maior solenidade os nomes dos Valar eram invocados[d][24] — e embora o juramento fosse chamado de "o Juramento de Eorl" em Rohan, ele também era chamado de "o Juramento de Cirion" (pois Gondor da mesma forma comprometera-se a ajudar Rohan), e ele usaria termos solenes em sua própria língua —, isso poderia ser suficiente para consagrar o local.

Mas os relatos nos anais possuem dois detalhes notáveis: de que havia no local onde Cirion e Eorl se encontraram o que parecia ser um antigo monumento de pedras brutas quase da altura de um homem e com um topo plano; e de que, nessa ocasião, Cirion, para

[d] Ver "A Coroação de Aragorn".

assombro de muitos, invocou o Uno (isto é, Deus). As palavras exatas não foram registradas,[25] mas provavelmente tomaram a forma de termos alusivos como os que Faramir usou ao explicar a Frodo o teor da "graça" tácita (antes de refeições comunais)[26] que era um ritual númenóreano, por exemplo, "Estas palavras hão de permanecer pela fé dos herdeiros da Decaída aos cuidados dos Tronos do Oeste e daquele que está acima de todos os Tronos para sempre."

Isso de fato consagraria o local pelo tempo que durassem os reinos númenóreanos, e sem dúvida foi feito com essa intenção, não sendo de modo algum uma tentativa de *restaurar* a adoração do Uno sobre o Meneltarma ("pilar do céu"), a montanha central de Númenor,[e] mas uma lembrança dela, e da alegação feita pelos "herdeiros de Elendil" de que, visto que jamais vacilaram em sua lealdade, eles[f] ainda tinham permissão de se dirigir diretamente ao Uno em pensamento e prece.

O "antigo monumento" — querendo evidentemente dizer com isso uma estrutura feita antes da chegada dos Númenóreanos — é um ponto curioso, mas não corrobora a ideia de que a montanha já era em algum sentido "consagrada" antes de seu uso no juramento. Se fosse considerado de importância "religiosa", tal fato na verdade teria tornado esse uso impossível, a não ser que ao menos tivesse sido completamente destruído primeiro.[g][27] Pois uma estrutura religiosa que fosse "antiga" só podia ter sido erguida pelos Homens da Escuridão, corrompidos por Morgoth ou por seu serviçal Sauron. Os Homens Médios, descendentes dos ancestrais dos Númenóreanos, não eram considerados malignos, nem inimigos inevitáveis de Gondor. Não há nada registrado acerca de sua reli-

---

[e] Isso teria sido considerado sacrílego.

[f] E, como era acreditado de modo geral por seus governantes, todos aqueles que aceitavam a liderança deles e recebiam a sua instrução. Ver a nota seguinte.

[g] Para o ponto de vista númenóreano acerca dos antigos habitantes, ver a conversa de Faramir com Frodo, especialmente SdA, DT, p. 287 [isto é, DT:971–72]. Os Rohirrim, de acordo com a classificação de Faramir, eram *Homens Médios,* e a importância deles para Gondor naquela época ocupa boa parte dos seus pensamentos e influencia o seu relato; a descrição dos vários homens dos "feudos" meridionais de Gondor, que eram principalmente de ascendência não númenóreana, indica que outros tipos de Homens Médios, descendentes de outros das Três Casas dos Edain, permaneceram no Oeste, em Eriador (como os Homens de Bri), ou mais ao sul — notavelmente o povo de Dor-en-Ernil (Dol Amroth).

gião ou de suas práticas religiosas antes de entrarem em contato com os Númenóreanos,[h] e aqueles que se associaram ou se misturaram com os Númenóreanos adotaram os costumes e crenças destes (incluídos no "saber" do qual Faramir fala como tendo sido aprendido pelos Rohirrim). Assim, o "antigo monumento" não pode ter sido feito pelos Rohirrim, ou venerado por eles como sagrado, visto que ainda não haviam se estabelecido em Rohan na época do Juramento (logo após a Batalha do Campo de Celebrant), e tais estruturas em lugares elevados como locais de adoração religiosa não faziam parte dos costumes dos Homens, bons ou maus.[i][28] Contudo, pode ter sido um túmulo.

Tolkien abandonou o texto às palavras "Contudo, pode ter sido um túmulo", e (sem dúvida imediatamente) marcou todo o relato sobre Halifirien para ser excluído.

Christopher Tolkien escreveu: "Essas últimas palavras podem muito bem significar o preciso momento em que o túmulo de Elendil em Halifirien [ver CI:407] entrou na história; e é interessante observar o modo de seu surgimento. A 'Firien' original era a 'colina negra' onde ficavam as cavernas do Fano-da-Colina (VIII:251); também era chamada de 'a Halifirien' (VIII:257, 262),

[h] Pois assuntos dessa espécie eram de pouco interesse para os cronistas gondorianos; e também porque se supunha que eles haviam, em geral, permanecido fiéis ao monoteísmo dos Dúnedain, aliados e pupilos dos Eldar. Antes da transferência da maioria dos sobreviventes dessas "Três Casas dos Homens" para Númenor, não há menção da delimitação de um lugar elevado para adoração do Uno e do banimento de todos os templos construídos à mão, que era característico dos Númenóreanos até a sua rebelião, e que, entre os Fiéis (dos quais Elendil era o líder) após a Queda e a perda do Meneltarma, tornou-se um banimento a todos os locais de adoração.

[i] Os Homens da Escuridão construíam templos, alguns de grande tamanho, geralmente cercados por árvores escuras, com frequência em cavernas (naturais ou escavadas) em vales secretos de regiões montanhosas; como os temíveis salões e passagens sob a Montanha Assombrada além da Porta Escura (Portão dos Mortos) no Fano-da-Colina. O horror especial pela porta fechada diante da qual o esqueleto de Baldor fora encontrado provavelmente era devido ao fato de que a porta era a entrada para o salão de um templo maligno ao qual Baldor chegara, provavelmente sem obstáculos até aquele ponto. Mas a porta foi fechada diante dele, e inimigos que o haviam seguido em silêncio aproximaram-se, quebraram-lhe as pernas e o deixaram para morrer na escuridão, incapaz de encontrar qualquer saída.

e o Fano-da-Colina 'dizia-se ser um *haliern*' (inglês antigo *hálig-ern* 'local sagrado, santuário') 'e que continha alguma relíquia ancestral de dias antigos de antes da Escuridão'; enquanto *Dunharrow* [Fano--da-Colina], nas palavras posteriores de meu pai, é 'um modernização de Rohan para Dūnhaerg "o fano pagão na encosta da colina", assim chamado porque esse refúgio dos Rohirrim [...] situava-se em um local sagrado dos antigos habitantes' (VIII:267 n. 35). O nome *Halifirien* foi logo transferido e tornou-se a última das colinas-dos--faróis de Gondor, na extremidade oeste da cadeia (VIII:257), que fora chamada primeiramente de *Mindor Uilas* (VIII:233); mas não há qualquer indício do que meu pai tinha em mente, no tocante ao significado bastante explícito do nome *Halifirien*, quando ele fez essa transferência. O relato apresentado anteriormente, escrito tão no fim de sua vida, parece ser a primeira afirmativa acerca do assunto; e aqui ele sem dúvida pressupôs que (embora a colina antigamente tivesse o nome sindarin de *Fornarthan* 'Farol Norte') eram os Rohirrim que a chamavam de 'Montanha Sagrada': e a chamavam assim, 'de acordo com suas tradições na época da Guerra do Anel', por causa da profunda gravidade e solenidade do juramento de Cirion e Eorl feito em seu topo, onde o nome de Eru foi invocado. Ele se refere a um registro nos 'anais' de que 'um antigo monumento de pedras brutas quase da altura de um homem e com um topo plano' fora erguido no cume do Halifirien — mas de imediato passa a afirmar com veemência que a presença do monumento não 'corrobora a ideia de que a montanha já era em algum sentido "consagrada" antes de seu uso no juramento', visto que semelhante objeto antigo de importância 'religiosa' 'só podia ter sido [erguido] pelos Homens da Escuridão, corrompidos por Morgoth ou por seu serviçal Sauron'. Mas: 'Contudo, pode ter sido um túmulo'.

"E assim a 'consagração' da colina (antigamente chamada Eilenaer) foi deslocada dois mil e quinhentos anos antes de os Rohirrim se estabelecerem em Calenardhon: no início da Terceira Era ela já era o Monte da Admiração, Amon Anwar dos Númenóreanos, por causa daquele túmulo no topo. Não tenho dúvida de que o relato do Juramento de Cirion e Eorl, com os textos de estreita relação, em *Contos Inacabados*, seguiu-se logo depois e talvez sem qualquer intervalo ao abandono deste ensaio sobre os nomes dos rios e das colinas-dos-faróis de Gondor.

"Assim, vê-se que não só a presente obra, como também toda a história do Halifirien e do túmulo de Elendil surgiu do breve questionamento do Sr. Bibire.

"Este é um lugar conveniente para mencionar um estágio do desenvolvimento da história do túmulo de Elendil que não foi mencionado em *Contos Inacabados*. Há uma página de rascunho rejeitada para a passagem que relata a definição das fronteiras de Gondor e Rohan por Cirion e Eorl, que pouco difere do texto impresso em *Contos Inacabados* até o parágrafo que começa assim: 'Por esse pacto, apenas uma pequena parte da Floresta de Anwar [...]' (CI:410). Aqui, o texto rejeitado diz o seguinte:

Por esse acordo, originalmente apenas uma pequena parte da Floresta a oeste do Ribeirão Mering foi incluída em Rohan; mas o Monte de Anwar foi declarado por Cirion agora como um local sagrado de ambos os povos, e qualquer um deles podia agora subir até o topo com a permissão do Rei dos Éothéod ou do Regente de Gondor.

Pois no dia seguinte aos juramentos, Cirion e Eorl, com doze homens, tornaram a subir o Monte; e Cirion abriu o túmulo. "É agora enfim apropriado", disse ele, "que os restos mortais do pai de reis sejam levados à proteção dos fanos de Minas Tirith. Sem dúvida, tivesse ele retornado da guerra, seu túmulo teria sido no Norte distante, mas Arnor definhou, e Fornost está desolada, e os herdeiros de Isildur se foram para as sombras, e nenhuma notícia deles nos chegou há muitas vidas de homens."

"Aqui meu pai parou e, ao pegar uma nova página, escreveu o texto tal como se encontra em *Contos Inacabados*, postergando a abertura do túmulo e a remoção dos restos mortais de Elendil para Minas Tirith para um ponto posterior na história (CI:415)".

NOTAS

1 O fato de terem sido dois versos de um poema atribuído a Cynewulf, o *Crist*, que inspiraram Tolkien a criar a sua mitologia (ver *As Cartas de J.R.R. Tolkien* [carta 297], e a *Biografia* de Carpenter, pp. 93, 102), é uma ironia que sem dúvida deixa ainda mais intenso o lamento de Tolkien.

2 Isto é, RR:1476.

3 Tal edição corrigida não apareceu em 1969, nem durante o restante da vida de Tolkien. Para o mapa corrigido ao qual Tolkien se refere, e o seu destino, ver CI:354, nota de rodapé, e 359.

[4] Isto é, RR:1404.

[5] Isto é, RR:1587, entrada PH.

[6] Ver *As Cartas de J.R.R. Tolkien* [carta 347]: "O quen. permitia, de fato favorecia, as 'dentais' *n, l, r, s, t* como consoantes finais: nenhuma outra consoante final aparece nas listas em quen.". A lista de Tolkien aqui omite *s*, sem dúvida não intencionalmente.

[7] Meus agradecimentos ao Sr. Bibire por me fornecer uma fotocópia dessa carta.

[8] Tolkien caiu da escada e machucou a perna em 17 de junho de 1968, enquanto ele e sua esposa Edith estavam se preparando para se mudarem de Oxford para Bournemouth. Ver *As Cartas de J.R.R. Tolkien* [cartas 305 e 306], e a *Biografia* de Humphrey Carpenter, p. 340.

[9] Isto é, SA:391, 527.

[10] No texto datilografado na verdade lê-se *Gwathlo* aqui, embora, como Christopher Tolkien observa, o rio Isen (Angren) deva ser o nome pretendido.

[11] Isto é, RR:1514; ver também 1519. O nome *Adorn* é dado a esse rio curto no mapa-pôster da Terra-média de 1970 de Pauline Baynes, que foi reproduzido na p. 385 do catálogo da recente exposição da Biblioteca Bodleiana, *Tolkien: Maker of Middle-earth* [Tolkien: Criador da Terra-média] (Catherine McIlwaine, 2018). O mapa anotado que Tolkien forneceu a Pauline Baynes, pelo qual esse nome aparentemente foi comunicado, também foi reproduzido no mesmo catálogo, na p. 383.

[12] Ver CI:550 s.v. *Adorn*.

[13] O "mapa ilustrado da Terra-média" de Pauline Baynes é o mapa-pôster de 1970 recém-mencionado; e ele de fato apresenta o nome do cabo como *Andrast*, assim como o mapa anotado também mencionado.

[14] O mapa da Terra-média na verdade possuía *Hithaiglin* antes de Christopher Tolkien corrigir o nome para *Hithaeglir* quando redesenhou o mapa para *Contos Inacabados*. Quanto à variação *Aiglos* vs. *Aeglos* (do nome da lança de Gil-galad, SA:350), Christopher Tolkien comentou que ele substituiu a primeira forma pela segunda em *Dos Anéis de Poder e da Terceira Era* (S:384).

[15] Isto é, SA:330.

[16] Ver RR:1586, entrada F.

[17] Em outras palavras, o nome é pronunciado *Levnui*, com o som do *v* inglês [e português], mas é melhor que seja escrito *Lefnui* em um contexto inglês.

[18] Esse fenômeno não incomum em topônimos é exemplificado ainda mais em *O Senhor dos Anéis* por formas como *Bree-hill* [Colina-de-Bri], em que *bree* é uma anglização do britônico **brigā* (> galês *bre* "colina"); e *Chetwood* [Floresta Chet], que contém uma anglização do britônico **kaito* (> galês *coed* "mata, floresta"). Ver XII:39 nr., 81.

[19] Isso foi originalmente escrito como "povoação élfica".

[20] Tolkien fornece uma explicação similar para o elemento inicial do próprio nome *Gondor*: *gond* "pedra"; ver *As Cartas de J.R.R. Tolkien* [carta 324]. Tolkien (apropriadamente) adotou esse elemento em suas línguas élficas de *ond*, *onn* "pedra", uma das pouquíssimas palavras que se supõe terem sido preservadas das línguas pré-celtas da Bretanha; ver *As Cartas de J.R.R. Tolkien* [carta 324], VT30:10–4.

[21] Tolkien aqui apagou uma anotação entre parênteses que dizia o seguinte: "(Muitos daqueles que de fato deram os nomes eram marinheiros e colonizadores [*excluído*: que não falavam sindarin fluentemente >] que tinham somente pouco conhecimento de quenya e cujo sindarin era imperfeito.)"

[22] As palavras desde "e Enedhwaith" até o final dessa frase foram inseridas como uma anotação manuscrita na margem superior. Ver XII:328–29 n. 66.

[23] *Sward* [gramado] originalmente significava, e ainda pode ser usada para significar, a pele do corpo (esp. pele coberta de pelos e cabelos, como o couro cabeludo), ou o couro da carne de porco ou toucinho.

[24] A referência é às palavras de Gandalf ao colocar a Coroa Branca na cabeça de Aragorn, RR:1383: "Agora vêm os dias do Rei, e que sejam abençoados enquanto durarem os tronos dos Valar!".

[25] Tolkien na verdade acabou por elaborar e registrar as "palavras exatas" de Cirion: ver CI:408–9.

[26] Ver DT:968.

[27] Ver também XII:312–14.

[28] Nessa nota de rodapé, o nome *Baldor* é (por duas vezes) uma substituição editorial de *Brego* no original. Tolkien confundiu Brego, que concluiu a construção de Meduseld, com seu filho Baldor, que atravessou a Porta do Fano-da-Colina. Ver VIII:407, RR:1142–43, 1156; 1518, registro 2512–70; e 1546, registro 2570.

APÊNDICES

1

Temas Metafísicos e Teológicos

"*O Senhor dos Anéis* obviamente é uma obra fundamentalmente religiosa e católica; inconscientemente no início, mas conscientemente na revisão. É por isso que não introduzi, ou suprimi, praticamente todas as referências a qualquer coisa como 'religião', a cultos ou práticas, no mundo imaginário. Pois o elemento religioso está absorvido na história e no simbolismo." (*As Cartas de J.R.R. Tolkien* [carta 142])

"Entre os exilados, remanescentes dos Fiéis que não adotaram a falsa religião nem tomaram parte na rebelião, a religião como adoração divina (embora talvez não como filosofia e metafísica) parece ter desempenhado um papel pequeno [...]." (*As Cartas de J.R.R. Tolkien* [carta 153])

"Mas uma vez que escrevi deliberadamente uma história, que está construída sobre ou a partir de certas ideias 'religiosas', mas *não* é uma alegoria delas (ou de qualquer outra coisa) e não as menciona abertamente, menos ainda as prega, não vou agora me desviar desse modo [...]." (*As Cartas de J.R.R. Tolkien* [carta 211])

Conforme mencionado na minha introdução da Parte Dois deste livro, a afirmação de Tolkien de que "*O Senhor dos Anéis* obviamente é uma obra fundamentalmente religiosa e católica" tem intrigado muitos críticos, pois tanto *O Senhor dos Anéis* como o legendário mais amplo de Tolkien são praticamente destituídos de referências a qualquer *cultus* religioso (que dirá a um sistema *católico* de ritos e adoração). E, como sugiro, creio que essa afirmação intriga tantos críticos porque eles não se detêm na que acredito ser a palavra mais importante na afirmação: isto é, *fundamentalmente*. Entendo essa palavra de modo bastante literal, e não simplesmente como um intensificador retórico descartável; isto é, entendo que Tolkien está dizendo que *O Senhor dos Anéis* e, por extensão, seu legendário mais vasto (do qual o *SdA* é uma parte intencional e sua extensa coda) é, *no fundo*, ou como seria possível dizer, *em sua natureza essencial*, baseado em crenças e pensamentos religiosos, e especificamente católicos. Tolkien diz basicamente isso na terceira passagem (raramente citada) de *Cartas* incluída anteriormente: "uma história, que está *construída sobre ou a partir de* certas ideias 'religiosas'" (ênfase minha).

Como também ressaltei lá, a minha esperança é de que os escritos reunidos neste livro substanciem essa afirmação. Para alguns com conhecimento da fé católica — que, além de um conjunto de dogmas e rituais religiosos, implica numa visão de mundo que abrange *inter alia* uma teologia, metafísica, cosmogonia e antropologia distintas — muitos dos elementos e temas católicos salientados e brevemente explorados aqui já terão sido notados. Mas esses serão opacos a muitos leitores, e por isso forneço este guia conciso para aqueles leitores que desejam saber ao que, acredito, Tolkien aparentemente estava fazendo alusão ou se referindo em diversos pontos que de outro modo apenas causariam perplexidade ou pareceriam completamente obscuros.

Eras do Mundo

p. 64: "já que estamos em 1960 da 7ª Era [...]"

Embora muitos estejam familiarizados com o conceito de nomes para as Eras do Mundo conforme encontrados na mitologia clássica, como, por exemplo, a Era de Ouro, a Era de Prata etc., é muito menos conhecido o fato de que a Igreja Católica emprega há muito tempo um sistema de Eras do Mundo *numeradas*, que se estende pelo menos a uma Sexta Era. No decorrer da vida de Tolkien, a Proclamação do Nascimento de Cristo, pouco antes do início da Missa do Galo, afirmava categoricamente que Cristo nasceu "na sexta era do mundo". O texto da proclamação vem do *Martyrologium Romanum* (Martirológio Romano), a lista oficial de mártires e santos da Igreja Católica Romana, com informações calendáricas associadas. Ele diz, em parte (ênfase minha):

...] anno Imperii Octaviani Augusti quadragesimo secundo, toto Orbe in pace composito, *sexta mundi ætate*, Jesus Christus, æternus Deus æternique Patris Filius, mundum volens adventu suo piissimo consecrare, de Spiritu Sancto conceptus, novemque post conceptionem decursis mensibus, in Bethlehem Judæ nascitur ex Maria Virgine factus Homo.	[...] no quadragésimo segundo ano do império de Otaviano Augusto, quando o mundo inteiro estava em paz, *na sexta era do mundo*, Jesus Cristo, Deus eterno e Filho do eterno Pai, desejando santificar o mundo com a Sua pientíssima vinda, tendo sido concebido por obra do Espírito Santo, e nove meses tendo se passado desde a Sua concepção, nasce em Belém da Judeia da Virgem Maria, feito Homem.

Corpo e Espírito

p. 42: "[...] seu ser era encarnado e consistia naturalmente da união de um *fëa* ['espírito'] e um *hröa* ['corpo'] [...]"

p. 118: "[...] 'pessoas' — em ser pleno, *fëa* e *hröa* [...]"

p. 276 nr.: "Dizem que o *fëa,* ou espírito, 'recorda' o seu corpo (que habitava por igual em todas as partes) [...]"

p. 288: "[...] embora aqueles *fëar* que obedeciam à sua convocação estivessem a salvo da Escuridão, ficar desnudos era contra a natureza deles."

p. 315: "Pois a função do corpo de um dos Encarnados é ser morada de um *fëa*, cuja ausência não lhe é natural; de modo que tal corpo nunca equivale precisamente a um corpo que nunca possuiu um *fëa*: ele sofreu uma perda. Ademais, enquanto o *fëa* estava com ele, habitava-o em cada parte ou porção, menor ou maior, superior ou inferior."

> Desde o Iluminismo, e particularmente se originando da muitíssimo influente teoria do dualismo mente-corpo, adotada pelo filósofo, matemático e cientista do século XVII René Descartes, tornou-se comum, mesmo entre muitos cristãos, considerar a pessoa humana como um espírito (alma) que *habita* e *usa* um corpo, o qual, entretanto, não é de particular importância à natureza ou integridade da pessoa humana. Segundo essa visão, uma pessoa humana de nenhuma maneira essencial torna-se incompleta quando a alma deixa o corpo; na verdade, para muitos a partida da alma é de fato

considerada como libertadora, visto que liberta a pessoa humana das necessidades e fardos materiais.

Embora a maioria dos que adotaram essa visão (de maneira refletida ou não) ignore o fato, essa antropologia dualista é na verdade uma retomada da antiga crença platônica/gnóstica/maniqueísta na superioridade do espiritual sobre o material; e, em seus extremos, da crença de que o mundo material, incluindo o corpo, é inerentemente maligno, uma armadilha para a alma humana, cujo objetivo primário é, ou deveria ser, libertar-se do corpo e do mundo material.

Na antropologia católica, por outro lado, a natureza da pessoa humana, e a relação entre corpo e espírito na pessoa humana, é precisamente aquela que Tolkien atribui aos Encarnados, aqui e em outros lugares, repetida e enfaticamente. Ou seja, é da natureza das pessoas encarnadas, tanto Elfos como Homens, ser uma união de corpo e espírito, de modo que caso qualquer um dos dois seja perdido ou separado, a pessoa encarnada estará incompleta, e terá sofrido uma perda e uma ruptura terríveis de sua natureza. Nem o corpo, nem o mundo material, são inerentemente inferiores ao espírito, ou algo do qual um espírito tenha um dever de tentar escapar.

p. 46 nr.: "[...] com o nascimento de Lúthien [Melian] ficou enredada na 'encarnação', incapaz de deixá-la de lado enquanto o marido e a filha permaneciam vivos em Arda, e seus poderes mentais (especialmente a previsão) foram toldados pelo corpo através do qual já tinham de agir sempre."

pp. 243–44: "Pengolodh também cita a opinião de que se um 'espírito' (isto é, um daqueles não corporificados pela criação) usa um *hröa* para o fomento de seus propósitos pessoais, ou (ainda mais) para a fruição de faculdades corporais, ele julga cada vez mais difícil operar sem o *hröa*. As coisas que são mais vinculatórias são aquelas que nos Encarnados têm a ver com a vida do próprio *hröa*, seu sustento e sua propagação. Assim, comer e beber são vinculatórios, mas não o deleite pela beleza de som ou forma. O mais vinculatório é o ato de gerar ou conceber."

Em nítido contraste com a dos Encarnados, a situação com espíritos como os Valar e os Maiar que não são encarnados por natureza, mas que fazem corpos para si mesmos a fim de interagir mais facilmente com Encarnados e com o mundo material, em um importante aspecto revela-se como platônica, como evidenciado por esta passagem no *Fédon* de Platão (*Fédon*, trad. Carlos Alberto Nunes, ed. UFPA 2011, pp. 123–25):

> "Convencida de que não deve opor-se a semelhante libertação [do corpo e dos sentidos], a alma do verdadeiro filósofo abstém-se dos prazeres, das paixões e dos temores, tanto quanto possível, certa de que sempre que alguém se alegra em extremo, ou tema, ou deseja, ou sofre, o mal daí resultante não é o que se poderia imaginar, como seria o caso, por exemplo, de adoecer ou vir a arruinar-se por causa das paixões: o maior e o pior dos males é o que não se deixa perceber."
>
> "Qual é, Sócrates?", perguntou Cebes.
>
> "É que toda alma humana, nos casos de prazer ou de sofrimento intensos, é forçosamente levada a crer que o objeto causador de semelhante emoção é o que há de mais claro e verdadeiro, quando, de fato, não é assim. De regra, trata-se de coisas visíveis, não é isso mesmo?"
>
> "Perfeitamente."
>
> "E não é quando passa por tudo isso que a alma se encontra mais intimamente presa ao corpo?"
>
> "Como assim?"
>
> "Porque os prazeres e os sofrimentos são como que dotados de um cravo com o qual transfixam a alma e a prendem ao corpo, deixando-a corpórea [...]. Ora, pelo fato de ser da mesma opinião que o corpo e de se comprazer com ele, é obrigada, segundo penso, a adotar seus costumes e alimentos [...]"

Existência, Contingência da

p. 334: "Ele [Eru] está fora de Eä, mas sustenta o todo de Eä em pensamento (e com isso ela tem coerência)."

Na metafísica católica, a existência do universo material e de tudo que há nele é *contingente*: tanto no sentido de que não existe por necessidade, mas, antes, por um ato gratuito de criação divina, como no sentido de que a sua existência continuada, em todas as suas partes até a mais diminuta partícula, e a todos os momentos, deve-se ao desejo contínuo (de um ponto de vista temporal) de Deus quanto à sua existência. Sua formulação católica (como tanto mais da metafísica católica) deve-se a São Tomás de Aquino, que muito elaborou e explanou a contingência da existência.

A afirmação específica de Tolkien aqui, de que o todo da existência material e temporal (Eä, "o Mundo que É") tem "coerência" (< latim *cohaerentia* "conexão, coesão" < *cohaerere*, literalmente "estar ligado, junto") no pensamento de Eru, também claramente ecoa a Bíblia, em particular Cl. 1:17: "E ele [Cristo] é antes de todas as coisas, e todas as coisas subsistem por ele". A contínua contingência da existência também está refletida em Atos 17:28, em que São Paulo, citando (em última análise) Epimênides (que, no entanto, tinha Zeus em mente), diz aos atenienses reunidos: "Porque nele vivemos, e nos movemos, e existimos; como também alguns dos vossos poetas disseram".

O Mal (como Falta de Perfeição)

p. 203: "√*man* 'bom'. Esse significado implica que uma pessoa/coisa é (relativa ou absolutamente) 'imaculada': isto é, no pensamento élfico, não afetada pelas desordens introduzidas em Arda por Morgoth: e, portanto, de acordo com sua natureza e função."

p. 291: "'Melhor', mas não perfeita: isto é, não, de qualquer modo, exatamente de acordo com o padrão concebido e não concretizado. Mas tal 'imperfeição' não é um mal, necessariamente."

Tomás de Aquino, como Agostinho e Platão antes dele, considerava que o mal não possui existência independente. Seres racionais certamente podem *fazer* coisas más, mas o mal em si não possui "ser". Pelo contrário, do mesmo modo que a escuridão não possui existência independente, sendo, antes, meramente uma falta ou ausência de luz, o mal para Tomás de Aquino é, da mesma forma, alguma deficiência ou falta do bem em/para seres criados. Em termos tomísticos, isso significa uma falta na *perfeição de forma* de um ser: isto é, um malogro ou impedimento para que um ser se torne ou seja por completo aquilo que por sua natureza deveria ser, fundamentalmente. Nesse sentido, portanto, é mau se, digamos, um esquilo, que possui a *forma* (na linguagem de Tolkien, *padrão*) de um roedor arborícola quadrúpede com uma cauda peluda que se alimenta tipicamente de castanhas e sementes, carece ou é privado de um ou mais membros: ele não concretiza por completo, ou não mais concretiza por completo, a sua forma. Naturalmente, isso não significa que semelhante esquilo por si só seja *mau*, mas apenas que ele sofreu um mal (nesse sentido tomístico). Ademais, obviamente há graus de semelhante mal: se, ao perder um ou mais membros, um esquilo não for mais capaz de viver em árvores ou mesmo de obter alimento para si, ele então sofre um mal maior do que se, digamos, perdesse ou lhe faltasse parte de sua cauda.

Ainda assim, a definição élfica de bem, e de prejuízos para o bem, depende da medida na qual uma coisa ou um ser concretiza, ou malogra ou é impedido de concretizar, o seu *padrão* específico; isto é, da medida na qual uma coisa ou um ser é "imaculado". O estado imaculado de Arda e de seus seres era perfeitamente "de acordo com sua natureza e função"; mas essa perfeição de todas as coisas foi debilitada por Morgoth, de maneira que tudo em Arda foi sujeitado a um mal, e, por sua vez, cada ser em Arda é suscetível a uma inclinação para realizar o mal.

Evolução (Teísta)

p. 291: "Assim, dizem os Valar, é como a variedade de Arda, de fato, foi atingida: começando com uns padrões e variando nesses, ou mesclando padrão com padrão."

p. 333: "Pois está claro, naquele saber que recebemos dos Valar, que eles puseram em marcha o desenrolar de diversos padrões viventes em muitos pontos diferentes do *Ainulindalë* e, portanto, isso se repetiu em Eä. Dentro de Eä, temos, então, não um único *Ermenië* ou Grande Padrão, mas certo número de Padrões Maiores ou mais antigos (*Arkantiër*)."

p. 334: "[...] esses 'padrões maiores' (*arkantiër*), desenvolvendo-se em Arda, divergirão, seja pelo desígnio dos que os principiaram, seja pelas variedades causadas pela matéria de Arda, a qual precisam usar, em grupos diferentes, mas similares, de descendentes."

Uma característica de longa data do que veio a ser conhecido como "criacionismo da Terra jovem" é a crença em uma "criação especial": isto é, de que os primeiros seres vivos em todas as suas espécies foram criados, se não "de imediato", pelo menos dentro de um curto período de tempo. Essa crença estava (está) baseada em uma interpretação literal do relato da criação do Gênesis, de maneira que todas as variedades de vida foram criadas no espaço de quatro dias. Junto do comprometimento com uma teoria de formas invariáveis e imutáveis (ver HILOMORFISMO adiante), não há tempo ou mecanismo disponível para qualquer tipo de descendência de espécies: portanto, todas as espécies devem ter sido diretamente criadas por Deus no início do mundo.

Por outro lado, a teoria de *padrões* (formas) de Tolkien aqui possibilita tanto princípios em diferentes momentos de várias espécies, a partir de uma variedade de padrões — embora sempre subordinados a e em última análise derivados do próprio Grande Padrão de Eru, e sujeitos à vontade de Eru — como suas mudanças, por misturas ou divergências, ao longo do tempo. (Um tempo muito prolongado pela alteração do comprimento do Ano Valiano, embora, naturalmente, ainda nada comparado ao tempo geológico). É preciso salientar que esse tipo de evolução teísta *não* é a mesma coisa que aquilo que agora é comumente chamado de "Design Inteligente", segundo o qual (em pelo menos uma de suas variações), Deus intervém repetidamente no tempo para moldar e guiar o desenvolvimento das espécies. Em vez disso, a habilidade dos padrões de se mesclarem e de divergirem ao longo do tempo está de certo modo "embutida" neles. (Note-se que o próprio termo *evoluir*, originalmente e nesse contexto, indica uma "implementação" de alguma potencialidade inerente já possuída por um ser vivo, ou, na terminologia de Tolkien, que se "desenrola" ao longo do tempo).

QUEDA DO HOMEM, A

p. 258: "Os Eldar achavam que algum desastre, talvez chegando mesmo a ser uma 'mudança do mundo' (isto é, algo que afetou toda a história posterior deste), abatera-se sobre os Homens e alterou a sua natureza, especialmente com relação à 'morte' [...]. Andreth acreditava que a morte (e especialmente o medo dela) sobreviera aos Homens como punição ou resultado de algum desastre — uma rebelião contra Eru, supunham os Eldar."

Na visão católica, a Queda do Homen ocorreu quando os nossos "primeiros pais", que são chamados de Adão e Eva no livro do Gênesis, desobedeceram a ordem de Deus de não comer o fruto da Árvore do Conhecimento do Bem e do Mal. Tendo feito isso, instigados por Satã na forma de uma serpente, eles se apartaram da graça de Deus, e foram expulsos do paraíso terrestre do Jardim do Éden. E porque eram os primeiros pais de toda a humanidade, as consequências do pecado deles, chamado de "pecado original", foram transmitidas aos seus filhos e, assim, a todas as gerações subsequentes da raça humana. É por essa razão que toda a humanidade é sujeita a labores, sofrimentos, desejos malignos e (pelo menos fisicamente) à morte.

pp. 115–16: "Os Quendi jamais 'caíram' como raça — não no sentido em que eles e os próprios Homens criam que os Segundos Filhos haviam 'caído'. Já que estavam 'corrompidos' pela Maculação (que afetava toda a 'carne de Arda' de onde derivavam e eram nutridos seus *hröar*), e tendo também sido submetidos à Sombra de Melkor antes de seu Achamento e resgate, podiam cometer o mal *individualmente*. Mas *jamais* (nem mesmo os malfeitores) rejeitaram Eru, nem adoraram Melkor nem Sauron como deus — nem individualmente, nem como um povo todo. Portanto suas vidas não foram submetidas a uma maldição ou diminuição geral; e sua duração de vida primeva e natural, como raça, que pela 'sina' era coextensiva com o restante da Vida de Arda, permaneceu inalterada em todas as suas variedades."

Ao contrário dos Homens, os Elfos não caíram como um todo. Assim, de muitas maneiras eles são um retrato do que Tolkien imaginava que Homens não caídos poderiam ter sido.

p. 48: "[...] o parto entre os Eldar não é acompanhado de dor."

Gênesis 3:16 afirma que o parto doloroso é uma das consequências da Queda: "com dor darás à luz filhos". Os Eldar, por serem não caídos, não sentem dor no parto. Ademais, visto que a Igreja Católica ensina que a Virgem Maria era, como diz Tolkien, "a única pessoa [puramente humana] *não caída*" (*As Cartas de J.R.R. Tolkien* [carta 212]), isto é, preservada do pecado original por um ato da graça preveniente de Cristo (o verdadeiro significado da Imaculada Conceição), ela também ensina que Maria não sentiu dor durante o nascimento de Jesus.

p. 369: "Os Númenóreanos, ou Dúnedain, ainda eram, em nossos termos, 'Homens caídos'; mas eram descendentes de ancestrais que em geral arrependeram-se por completo e que detestavam todas as corrupções da 'Sombra'; e foram especialmente agraciados. Em geral, tinham pouca inclinação e uma abominação consciente à luxúria, cobiça, ódio e crueldade, e tirania."

Além disso, os primeiros Númenóreanos, apesar de serem caídos, por uma graça especial em geral são os que mais se aproximavam dos Quendi não caídos, particularmente em suas relações corretas com Deus, com a existência encarnada e o autocontrole, com o mundo natural e em seus interesses e artes.

Hilomorfismo

p. 290 nr.: "No princípio da criação, essa substância primordial ou *erma* se tornou variada e dividida em muitos materiais secundários ou *nassi*, os quais têm dentro de si mesmos vários padrões, pelos quais diferem um do outro internamente, e externamente têm diferentes virtudes e efeitos."

A metafísica aristotélico-tomista do *hilomorfismo* (do grego ὕλη, *hylē*, "madeira, matéria", e μορφή, *morphē*, "forma"), considera que os seres materiais (incluindo seres humanos e todos os outros seres, viventes e não viventes) são compostos por *matéria* (em última análise derivada da Matéria Primordial, adiante) e *forma*, isto é, um princípio organizacional de determinação divina que molda a matéria primordial no ser que ela é. Em seres vivos, sua *forma* é o seu *espírito*; em seres humanos, sua *forma* é a sua *alma*. Em termos tolkienianos, seres vivos consistem em *erma*, "substância primordial", e em um *arkantië*, "grande padrão", em última análise de determinação divina. Uma distinção tolkieniana é que os *arkantiër* foram desenvolvidos em resposta ao Grande Padrão, *Erkantië*, de Eru, e, portanto, representavam um ato subcriativo; e, ainda assim, ambos foram permitidos e determinados por Eru. Outra distinção é que a natureza dos Encarnados consiste em uma união de corpo (em termos tolkienianos, um *hröa*) e, como seu padrão, uma alma (em termos tolkienianos, um *fëa*).

Incorruptibilidade dos Santos

pp. 316–17 nr.: "Os Homens relatam que os corpos de alguns de seus Mortos mantêm por muito tempo a sua coerência, e mesmo, por vezes, persistem em forma bela, como se apenas dormissem. De que isso é verdadeiro os Elfos têm prova; mas o propósito ou a razão não lhes parece clara. Os Homens dizem que são os corpos dos sagrados que por vezes permanecem incorruptos por muito tempo: querendo dizer aqueles cujos *fëar* eram fortes e, contudo, estavam sempre voltados para Eru em amor e esperança."

> A Igreja Católica reconhece como *incorruptível* um corpo que, sem ter sido embalsamado ou preservado artificialmente de outro modo, ainda assim exibe pouco ou nenhum sinal de decomposição mesmo muito tempo após a morte. A incorruptibilidade é mais frequentemente associada com santos e, pelo menos entre os leigos, a incorruptibilidade é considerada evidência de que o indivíduo falecido é um santo, quer já esteja canonizado ou não. Diz-se ainda que alguns corpos incorruptos exalam o Odor de Santidade.

Casamento

p. 44 nr.: "O 'desejo' do casamento e da união corporal era representado por *√yer*; mas nos incorruptos ele jamais ocorria sem 'amor' *√mel*, nem sem o desejo por crianças."

p. 184: "Os Elfos se casavam *perpetuamente* e, enquanto seu primeiro parceiro estivesse vivo e encarnado, não pensavam em outro casamento. Em Aman, o único caso que abriu uma brecha nisso foi o de Míriel/Finwë [...]. Se uma esposa enviuvasse (ou vice-versa) para sempre, um novo casamento era permissível, mas raramente ocorria."

> Duas distinções da visão católica acerca do sexo e do casamento são 1) que o sexo possui duas finalidades naturais e inseparáveis, a saber, união matrimonial e procriação; e 2) que o casamento é permanente enquanto ambos os cônjuges estiverem vivos e, portanto, indissolúvel, exceto por causa e no momento da morte de um dos cônjuges. (Foi esse segundo fato que apresentou um dilema a Tolkien ao considerar o caso de Finwë e Míriel, assim como ao considerar o fenômeno da reencarnação élfica).

p. 365–66: "O casamento era considerado natural por todos [os Númenóreanos], e uma vez contraído era permanente."

Conforme salientado em A Queda do Homem, embora os Númenóreanos fossem caídos, como toda a humanidade, foi-lhes concedida (de início, e por um longo tempo) uma graça especial para retornarem a um estado próximo daquele do Homem não caído (e, assim, mais próximo daquele dos Eldar). Esse estado é exemplificado não apenas pela duração aumentada de suas vidas, mas também por seu caráter moral, incluindo suas atitudes e comportamentos acerca do casamento, que nessas questões são os mesmos dos Eldar não caídos (como um todo).

Odor de Santidade

p. 281: "[...] os Maiar normalmente eram invisíveis se despidos, mas sua presença era revelada por sua fragrância [...]. Isso se aplicava apenas àqueles não corrompidos."

Escrevendo no século IV, São Cirilo de Jerusalém ensinou: "Em cada pessoa, dizem as Escrituras, o Espírito revela a sua presença de um modo particular para o bem comum. O Espírito [Santo] vem gentilmente e faz-se conhecido por sua fragrância." (Aula Catequética 16, *De Spiritu Sancto*)

Relata-se também que os corpos de pessoas santas emanam uma fragrância, muitas vezes comparada a flores, conhecida como o *odor sanctitatis* "odor de santidade", enquanto vivos e, com mais frequência, no momento da morte e depois dela. Também se relata que os corpos incorruptíveis de santos emanam o *odor sanctitatis* mesmo após passado muito tempo de sua morte.

Matéria Primordial

p. 290 nr.: "Alguns dos mestres-do-saber afirmam que a substância de Arda (ou, de fato, de toda Eä) era, no princípio, uma só coisa, a *erma* ['substância primordial'] [...]"

p. 298: "[...] as matérias de Eä procedem de uma única *erma* [...]"

p. 332: "[...] Arda começou com a *Erma* ['substância primordial'] e depois com os *nassi* ['materiais'], antes da entrada das coisas viventes [...]"

p. 338: "[Os Valar] tinham dado assistência ao desígnio geral de Eä, e separadamente, em diferentes graus e modos, à produção, a partir da *erma* (ou substância primordial), de coisas de muitos tipos. [...] Nem eles nem os Encarnados poderiam fazer coisas intrinsecamente novas; não poderiam 'criar' à maneira de Eru, mas apenas fazer coisas a partir do que já existia, a *erma*, ou suas variações e combinações posteriores."

> Na metafísica aristotélico-tomista, a "matéria primordial" (*prima materia*) é a matéria fundamental, criada, mas indiferenciada, a partir da qual todos os seres materiais são feitos, através da agência de formas em última análise de determinação divina, que organizam e moldam uma porção da matéria primordial no ser que ela é. Em termos tolkienianos, é a *erma* "substância primordial", da qual todos os *nassi* "materiais" provêm, pela agência de *kantiër* "padrões" que derivam, de maneira mediada, dos Valar, mas, em última análise, de Eru.

Ver HILOMORFISMO, anteriormente apresentado.

2

Glossário e Índice Remissivo de Termos em Quenya

Este glossário e índice remissivo não se propõe a ser completo, mas apenas a fornecer glosas e localizações de fácil acesso de termos em quenya que são importantes para a compreensão dos textos de Tolkien e de suas inter-relações. Termos que são usados principalmente como nome próprios (por exemplo, *Arda*) estão indexados apenas como localizações onde Tolkien fornece uma glosa pertinente ou outra qualificação de significado.

Aman "Estado Imaculado", o Reino Abençoado 203–04

Ambar "mundo": para o significado completo, ver 261; também 262, 264, 267 n. 5, 346–47

Arda "a Terra" (lit. "reino") 262, 284, 326, 330 n. 6, 347

arkantiër "Padrões Maiores" (ver Hilomorfismo no Apênd. I) 333, 463

axan, pl. *axani* "lei" 244–46

coimen, pl. *coimendi* "ano de vida" (= 144 *löar*) 111–113, 115, 119, 133, 148–50, 152, 171 n. 4

coivië "viver" (como um processo) 111, 116, 120 n. 9, 147

Cuiviénen (também *Kuiviénen*) "Água do Despertar" 86, 87 n. 10, 328

Cuivienyarna "Lenda do Despertar" 37, 80, 112 nr., 242 n. 2

Endor "Terra-média" (lit. "Região-média") 64, 122–27

Erkantië "Grande Padrão" (ver *Arkantiër*) 332, 335 n. 1, 466

erma "substância primordial" (ver Matéria Primordial no Apênd. I) 38, 41 n. 1, 202, 290 nr., 291, 298, 309 n. 6, 331–32, 338–39, 340 n. 2

Ermenië "Desígnio de Eru" 298, 333, 336 n. 7

fana, pl. *fanar* "vestimenta" visível dos Valar e Maiar 231, 271, 280–85

fëa, pl. *fëar* "espírito" 18, 29, 38–43, 44 nr., 45, 47–8, 49 n. 2, n. 3, 51 n. 20, n. 21, 52, 54, 79, 82 n, 24, 90, 110–11, 113–14, 117–18, 147, 175, 184, 188, 201, 233–36, 237

Índice Remissivo

Este índice remissivo visa ser abrangente, mas verbetes grandes como *Elfos* e *Tempo* estão divididos em subtópicos. Ele abrange o texto principal, excluindo os apêndices (embora ocasionalmente sejam feitas referências ao glossário no Apêndice II). Devido à grande quantidade de referências cruzadas neste livro, os títulos dos textos publicados nele foram omitidos (eles podem ser encontrados no Sumário), assim como os de *Contos Inacabados* e dos volumes de *A História da Terra-média*.

Este livro foi impresso pela Ipsis, para a
HarperCollins Brasil, em 2022. A fonte usada
no miolo é Adobe Garamond, corpo 11.
O papel do miolo é pólen bold 70 g/m^2.